Christopher Ruocchio est diplômé de l'université de Caroline du Nord. Mêlant le meilleur du *space opera* et de la Fantasy épique, *L'Empire du silence* a été acquis dans une demi-douzaine de pays. Voici le quatrième volet de la saga.

Du même auteur :

Le Dévoreur de soleil :
1. *L'Empire du silence*
2. *Les Ténèbres hurlantes*
3. *Le Démon blanc*
4. *Les Royaumes de la Mort*

CE LIVRE EST ÉGALEMENT DISPONIBLE
AU FORMAT NUMÉRIQUE

www.bragelonne.fr

Christopher
Ruocchio

Les Royaumes de la Mort

Le Dévoreur de soleil – tome 4

Traduit de l'anglais (États-Unis) par Nenad Savic

Bragelonne

Titre original : *Kingdoms of Death*

ISBN : 979-10-281-2163-1

Bragelonne
60-62, rue d'Hauteville – 75010 Paris

E-mail : info@bragelonne.fr
Site Internet : www.bragelonne.fr

À Elgin et Darlene,
mes seconds parents.
Je vous aime.

1

Crépuscule

La nuit.

La nuit était tombée sur Eikana. Elle s'accrochait aux toits et aux antennes pareilles à des pierres tombales usées qui hérissaient la vieille raffinerie. Il n'y avait pas de clair de lune, et les étoiles montaient la garde en silence, distantes et froides comme le sable gris qui s'étirait, plat, dans toutes les directions.

— Les Pâles ne sauront pas ce qui les a frappés, chuchota Crim en dépit de la relative sécurité du vaisseau qui nous entourait.

Je sentais son impatience, l'impatience de tous les hommes, ces soldats agglutinés tels les Achéens dans les entrailles de leur cheval de bois. Ils semblaient tous retenir leur souffle.

— Il vaut mieux, grogna Pallino. La flotte est encore à trois heures d'ici.

— Les dissipateurs de chaleur tiennent le coup, Monseigneur, le rassura l'officier pilote. Ils ne nous verront pas arriver à moins de nous apercevoir par un hublot.

Je savais que le pilote avait raison. L'*Ascalon* était le navire le plus rapide de la flotte, un intercepteur de classe Challis, dont les énormes dissipateurs pouvaient masquer les émissions infraluminiques, le rendant invisible aux détecteurs de chaleur et de lumière. Il était parfait pour les missions furtives comme la nôtre. C'était un petit navire, mesurant à peine plus de cent cinquante mètres de la poupe à la proue, avec un système hydroponique et un support-vie conçus pour un équipage actif d'une dizaine d'hommes, plus une quarantaine de crèches cryogéniques. C'était peu, mais cela suffirait, du moins l'espérais-je.

Trois heures.

Nous avions trois heures pour sécuriser les installations de Yamato à *Virdi Planum.*

Je regardai par le hublot allongé et distinguai les contours argentés des collisionneurs d'hadrons. Pleinement opérationnelles, les machines produisaient plusieurs kilotonnes d'antimatière par jour, les cœurs de fer synthétisant le matériau volatile à partir de la collision de minuscules quanta pour alimenter les navires du secteur. Au loin, j'avisai les dômes argentés où des silos d'isolement attendaient de quitter la surface d'Eikana pour être placés en orbite haute.

Sans antimatière, nos vaisseaux ne pouvaient pas voler plus vite que la vitesse lente de la lumière.

Sans Eikana, la capitale de Nessus – et par extension la marine impériale des Provinces centaurines – était pour ainsi dire paralysée. Une cible facile.

Les Cielcins n'étaient pas du genre à choisir des cibles faciles.

La plupart des Cielcins, en tout cas.

Mon inquiétude filtra sans doute car Pallino me demanda :

— Est-ce que ça va, Had ?

Je me tournai vers l'homme, qui me regardait avec des yeux plissés. Lorsque j'avais fait sa connaissance sur Emesh, plusieurs siècles plus tôt, Pallino était un vieux combattant grisonnant, borgne et balafré. Des décennies passées au service de l'Imperium et au mien lui avaient valu un second œil et une nouvelle jeunesse, alors que – du fait de ma génétique palatine et de mon espérance de vie de plusieurs siècles – je m'étais contenté de vieillir. Pallino avait dormi dans la glace pendant près de cent ans à bord du *Tamerlane*, tandis que j'avais servi comme conseiller auprès du magnarque de Nessus. Je l'avais dépassé, donc, ce qui n'empêchait pas l'homme de me considérer avec une pointe d'inquiétude paternelle.

— Cette attaque porte la marque de Dorayaica, affirmai-je.

Ils l'appelaient le *Fléau de la Terre*. Le *Prophète*. Le Prince des Princes cielcins, grand ennemi de l'Homme. Alors que la plupart des flottes de guerre cielcines migraient de système en système, brûlant et pillant des mondes entiers, Dorayaica se déplaçait de façon calculée. Son esprit extraterrestre avait compris notre stratégie d'une manière qui surpassait la vision de ses congénères. Il détruisait les chantiers navals, brisait les chaînes d'approvisionnement, capturait les transports de légionnaires.

— Tu n'en sais rien, rétorqua Pallino en grimaçant.

— Je suis sûr de moi, insistai-je en passant en revue les visages masqués de nos soldats, ma Compagnie rouge. (Haussant la voix, je m'adressai à eux :) Je veux que la raffinerie soit nettoyée avant l'arrivée de la flotte ! (Je m'écartai de la paroi et agrippai un anneau capitonné au-dessus de ma tête pour me stabiliser.) Je veux du travail propre, jeunes gens. Pas question d'alerter leurs navires de notre présence.

Il était impératif de prendre possession de l'installation en toute discrétion. Il aurait suffi d'une décharge de maser tactique mal placée ou d'une explosion photonique involontaire pour détruire les énormes réservoirs AM sous les dômes, et il y avait assez d'antimatière sur Eikana pour transformer *Virdi Planum* en cratère et fendre la croûte planétaire.

— On fera aussi propre que possible, Monseigneur, répondit Crim en vérifiant d'une main les couteaux qu'il portait à son ceinturon.

L'*Ascalon* décrivit un arc, sa silhouette en lame de couteau glissant sur l'atmosphère. L'alignement argenté des collisionneurs de la fonderie se stabilisa en dessous de nous.

— Préparez-vous ! m'exclamai-je en appuyant sur le bouton de ma collerette pour activer le déploiement de mon casque.

Des panneaux de métal s'élevèrent autour de mon visage, se déroulèrent tels des pétales, enserrant ma tête. La vision augmentée de la combinaison s'alluma un instant plus tard, projetant des cônes de lumière jumeaux dans mes rétines. Pallino et Crim avaient fait de même. Une mer de soldats en armure me faisait face : des masques ivoire parfaitement lisses arborant la fourche et le pentacle de la Compagnie rouge à l'emplacement de l'œil gauche.

Il faudrait faire vite. Les quelques secondes durant lesquelles le vaisseau serait suspendu au-dessus du collisionneur seraient les plus délicates. S'il y avait des xénobites dans la raffinerie, ils repéreraient facilement l'*Ascalon* accroupi tel un oiseau de proie au-dessus des pipelines.

— Dépressurisation de la cabine dans cinq, quatre, trois...

La fin du compte à rebours fut noyée par le vacarme produit par mon sang dans mes oreilles. J'étais resté prisonnier sur Nessus pendant près de soixante-dix ans car j'avais survécu à mon procès sur Thermon. Lequel avait duré douze ans. Bref, plus d'un siècle s'était écoulé depuis ma dernière bataille contre les Cielcins.

Cela faisait tellement longtemps...

Les battements de mon cœur disparurent derrière les sifflements de la dépressurisation du compartiment arrière de l'*Ascalon*. Comme il n'y avait pas d'air sur Eikana, la rampe s'ouvrit dans un silence sinistre. Tant mieux ; il n'y aurait pas de vent pour porter nos voix et les cliquetis de nos pas.

Je passai devant, suivi de près par Pallino. Devant nous, quelques centaines de mètres de pipelines couverts se déroulaient vers les bâtiments ramassés et bruts de la raffinerie. Pas très loin, de part et d'autre des conduits, il y avait des échelles. D'un geste, j'ordonnai aux hommes de se déployer. Je m'arrêtai pour les laisser me dépasser et, me retournant, vis notre vaisseau s'élever en silence sur ses champs répulseurs, tandis que la rampe se refermait. Et puis il disparut, ombre encore plus noire que l'espace.

— Lord Marlowe…

L'homme qui avait pris la parole était un soldat ordinaire, le dernier de la file.

Je me rendis compte que je me tenais au sommet du collisionneur depuis trop longtemps. Mon regard s'attarda sur la masse argentée de la machine qui s'étirait jusqu'à l'horizon. Les collisionneurs d'hadrons de la raffinerie quadrillaient toute la planète ; si je l'avais voulu, j'aurais pu faire le tour de l'équateur pour approcher du complexe par-derrière. Une route unique, un anneau autour du monde.

— Lord Marlowe ? répéta l'homme.

Me réveillant enfin, je le suivis en bas de l'échelle.

Les hommes se déplaçaient en trias, en nœuds de trois soldats sautant de cachette en cachette. Nous progressions rapidement le long des remparts de la grande machine, et pendant près d'une minute, les seuls bruits de mon univers se résumèrent aux claquements de mes talons se réverbérant dans ma combinaison.

— Contact, annonça un soldat. Sur la gauche.

Une silhouette cornue se dressait sur le toit du bâtiment le plus proche, noire sur la toile de fond des ténèbres, gargouille inhumaine juchée sur les hauteurs. Le personnage n'avait pas remarqué notre présence, aussi me surpris-je à me demander s'il ne s'était pas endormi pendant son tour de garde.

Un de nos hoplites brandit sa lance. Un laser invisible jaillit, brûlant la gargouille. Pas de bruit, pas de cri. La silhouette cornue bascula, dégringola.

— Il y en a deux autres, lança un autre soldat.

— Joli tir, un-trois !

— On les a eus, reprit la première voix.

— Apparemment, ils ne nous attendaient pas ! Il n'y a presque pas de gardes !

Pourquoi y en aurait-il eu ? Les Cielcins comptaient sur leurs capteurs longue distance, ils craignaient une attaque frontale de leur blocus orbital. Ils ne s'attendaient pas à une attaque au sol, et cet effet de surprise serait notre seul avantage.

Le bâtiment central se dressait devant nous. Là, l'antimatière nouvellement créée était extraite du collisionneur et canalisée dans des bobines magnétiques pour être stockée dans un des silos périphériques. Là se trouvait également le centre de commandement de toute la raffinerie. Notre objectif. Si nous désactivions le collisionneur et vidions la raffinerie de sa matière volatile, nous pourrions faire descendre nos vaisseaux et nos troupes à l'arrivée de la flotte.

Nous aurions besoin d'eux.

Un sas termina son cycle sur notre droite, et une silhouette vêtue de noir noueux apparut. Culminant à près de deux mètres cinquante, elle dut se baisser pour sortir du sas. L'œil peu avisé aurait pu prendre le xénobite pour un humain. Deux bras, deux jambes, un buste fin. Ses cornes auraient pu être les ornements d'un casque cruel. Mais je connaissais bien les Cielcins, je reconnaissais les différences subtiles, je savais que, plus on les regardait, plus elles étaient horribles. Ses bras étaient trop longs, ses doigts trop nombreux, de même que leurs articulations. Ses jambes étaient arquées, tordues, le torse trop étroit et trop court à la fois. Et la couronne de cornes n'était pas un accessoire de son casque, mais appartenait à son crâne inhumain.

Le xénobite ne s'attendait pas à nous rencontrer, ce qui se vit à la manière dont il tourna son masque blanc vers nous, à l'ouverture subite des objectifs noirs qui lui couvraient les yeux. La main de Crim jaillit, et la créature se ratatina aussitôt, une humeur noir d'encre s'écoulant de sa gorge tranchée. Crim bondit et récupéra sa fine lame d'un geste qui ouvrit davantage la gorge de sa victime.

Il ralentit à peine et fit signe à deux groupes d'hommes d'explorer le sas que la créature venait de quitter.

— Jetez un œil à l'intérieur. Il y en a peut-être d'autres, dit-il d'une voix dénuée d'émotion.

Nous avions étudié les plans de la raffinerie Yamato en chemin, et une projection tridimensionnelle de l'installation flottait en périphérie de ma vision.

— Ça ne me plaît pas, Had, me dit Pallino sur un canal sécurisé pour ne pas inquiéter les hommes. C'est beaucoup trop calme.

— Ça ne va pas durer. La porte n'est pas loin.

Crim avait justement atteint celle-ci, lourd carré d'acier plein. Ce n'était pas un sas. Les zones entourant les points de collecte du collisionneur d'hadrons étaient maintenues dans le vide pour isoler l'antimatière en cas de fuite, niveau supplémentaire de sécurité, aussi futile soit-il. Un des soldats se pencha vers le panneau de contrôle, qu'il détacha rapidement de la paroi. Et puis il déroula un mince câble de son gantelet, qu'il connecta au trou qu'il venait de créer.

— Vous pouvez l'ouvrir ? lui demanda Crim.

Je m'imaginai facilement le soldat fronçant les sourcils sous son masque.

— Oui, Monsieur, mais ils le sauront immédiatement. J'essaie de trouver une solution.

— Nous devrions emprunter le sas latéral, suggéra Pallino en désignant de la tête la créature morte sur sa passerelle.

— Ce serait une mauvaise idée, répondis-je en jetant un coup d'œil à mon plan. On serait vite coincés dans le collecteur de carburant. Nous sommes censés prendre possession de la salle de contrôle et verrouiller toute l'installation.

— Ah ! ça se présente mal, lâcha le technicien en jurant. Impossible d'activer un cycle sans mettre la sécurité au courant.

— Vous pouvez désactiver les capteurs ? s'enquit Crim. Nous nous fraierons un passage par le feu.

— Ils ne manqueraient pas de remarquer la hausse de température, rétorqua l'homme.

— Alors il faudra tailler dans le métal, dis-je en me faufilant entre les hommes. (Je portai la main au moraillon magnétique à ma hanche droite, mes doigts trouvant la poignée jaddienne familière de mon épée.) Écartez-vous, soldat.

Le technicien s'exécuta.

— La voie est libre, Monseigneur.

J'appuyai sur la double détente, et la lame de matière haute se déroula comme un rayon de lune sur un monde qui n'avait jamais eu de satellite. La matière exotique ondula comme du mercure dans l'atmosphère, scintillant tel un éclat de cristal liquide. Je vérifiai mon avance, l'épée projetant des ombres fantomatiques sur la passerelle, sous nos pieds, et la paroi métallique à côté de nous. Je posai la main gauche sur le bouton d'activation du bouclier de ma combinaison et me préparai pour la suite. Cela faisait tellement de temps que je n'avais combattu que j'avais oublié cette tension palpable. J'avais l'impression d'être redevenu ce jeune homme de trente ans, de ne plus faire mes trois cent trente ans.

Je plongeai la pointe de mon épée dans la porte. Le métal céda facilement. Le fil atomique de l'arme passa entre les molécules, et je taillai un trou aux contours irréguliers dans l'acier. Je fis un pas en arrière, la lame vrombissant dans ma main. Crim et deux légionnaires poussèrent la porte, qui tomba en produisant un bruit inaudible, mais perceptible dans mes bottes.

Crim passa devant, une main posée sur le manche de son couteau ensanglanté, l'autre sur la garde de l'épée en céramique, à sa ceinture. Il marchait avec la furtivité d'une panthère, la tête rentrée dans les épaules, le pas léger. Derrière lui, les hommes bougeaient telles des pièces sur un échiquier, raides et précis, balayant le couloir gris avec la pointe de leurs lances courtes, prêts à tirer au moindre signe de vie. Aucune alarme ne se déclencha, aucun garde n'accourut.

— C'est beaucoup trop facile, entendis-je Pallino marmonner.

Je le fis taire d'un regard avant de suivre mes hommes, mon ombre s'étirant devant moi à cause des torches de ceux qui marchaient dans mon dos. Dès que j'entrai dans le couloir, je vis un éclair sur les murs polis et entendis les cris rauques des soldats.

— Contact ! Contact !

Un des hommes émergea d'un passage transversal, la lance levée devant lui. Il se débattait avec une chose argentée semblable à un serpent.

— Des *nahute* ! m'exclamai-je en bondissant.

Le drone extraterrestre s'était enroulé autour du bras de mon soldat. L'homme hurla, ses cris emplissant la radio comme le serpent serrait de plus en plus fort. Je vis son bras céder et le drone lui plier le coude à l'envers. Le soldat tomba lourdement sur le sol, et ses cris devinrent des couinements.

— Restez calme ! ordonnai-je en essayant de lui remettre le bras en place.

Rien dans la réaction de l'homme ne suggérait qu'il m'avait entendu. Il hurla de plus bel comme je lui maintenais le bras. Le drone serpent enroula sa queue autour de mon poignet. Levant mon épée, je le coupai en deux, sentis la machine mourir et tomber.

— Vous pouvez vous lever ? demandai-je au blessé en lui tendant la main.

Je n'entendis pas sa réponse. Deux autres drones jaillirent du passage transversal, les mâchoires tournoyant avec force vibrations mécaniques. L'un fonça par-dessus mon épaule, l'autre ricocha sur mon bouclier dans sa hâte de m'attaquer, et je le tranchai net avec mon arme avant de me tourner vers le passage sombre.

Un visage blanc flottait dans la pénombre, le menton pointu, les yeux pareils à des gouffres noirs. Cornes. Griffes. Dangereuse épée blanche. Furieux, le Cielcin se jeta sur moi, son corps allongé semblant se matérialiser devant moi, se condenser dans l'ombre. Je me préparai à l'accueillir en priant pour qu'il n'ait pas sonné l'alarme. L'épée blanche siffla au-dessus de ma tête, la céramique extraterrestre laissant une entaille dans l'encadrement de la porte. La créature n'avait sans doute jamais vu de matière haute auparavant car elle n'était pas consciente du danger qu'elle courait. À part les longues chaînes de carbone de l'adamant dont on faisait les coques de vaisseaux spatiaux et la matière haute elle-même, rien ne pouvait arrêter la matière haute. Les polymères caoutchouteux de la combinaison du Cielcin n'offrirent aucune résistance.

En me relevant de ma position accroupie, je traînai mon arme en lui faisant décrire un arc qui traversa le chambranle de la porte et mon ennemi, qui tomba en deux morceaux.

— Ils doivent savoir que nous sommes ici, maintenant, lança Pallino, apparaissant à côté de moi, l'arme brandie devant lui.

D'un coup de pied, j'obligeai les doigts morts du xénobite à lâcher son épée, puis je retournai son cadavre. Des voyants rouge terne clignotaient dans le panneau de contrôle de son plastron coupé en deux, illuminant son sang noir. Le système de diagnostics de la combinaison ? Ou bien un signal de détresse ? Pallino avait raison, évidemment.

— Il ne faut pas rester là.

La première demi-heure de notre fenêtre de tir était passée, et il ne serait plus question de discrétion. Je me rassurai en me disant que les Cielcins n'avaient aucun moyen de savoir s'ils avaient affaire à une armée ou aux derniers survivants du personnel de la raffinerie. Cela ne soigna pas ma nervosité, cependant, tandis que nous gravissions l'escalier en colimaçon parallélépipédique. Près de cinq cents travailleurs avaient vécu là, seuls habitants permanents d'une Eikana aride et dénuée d'air. Je frissonnai en pensant au destin qui avait été le leur.

La salle de contrôle de la raffinerie n'était pas loin, quelques niveaux plus haut, sur la galerie surplombant les collecteurs de carburant et le tram de maintenance. La salle elle-même se trouvait à l'extrémité d'une passerelle suspendue au-dessus de l'installation, permettant aux techniciens d'examiner les machines complexes.

Elle était forcément gardée.

Comme j'atteignais le troisième palier, la cage d'escalier trembla, et je vis des éclairs de lances à énergie au-dessus de nous. L'absence d'air nous avait permis d'entrer dans la forteresse en silence, mais elle avait également ses désavantages.

Nous ne les avions pas entendus arriver.

— Reste là ! cria Pallino en tendant le bras pour m'empêcher d'avancer.

Au-dessus, je vis les silhouettes cornues de l'ennemi – ils étaient au moins une demi-douzaine –, qui affrontaient mes hommes dans l'entrée. Les marches en acier vibraient sous mes pieds et, regardant en dessous, j'avisai d'autres cornes, des silhouettes sombres gravissant l'escalier.

— Ce n'est pas très bon, tout ça ! dis-je.

La structure tout entière tomba de quelques centimètres, tandis que des boulons lâchaient. Pallino et moi fûmes projetés contre le garde-corps et, regardant en bas, je reconnus la forme en scarabée blanche et argentée d'une chimère cielcine. Le cerveau extraterrestre dans la machine m'examina quelques instants avec ses capteurs optiques. Il ne restait pas grand-chose de la créature, et le corps que les alliés humains des Cielcins avaient fabriqué était plus résistant que toute forme de chair. La main de fer aux multiples articulations agrippait le bas de la cage d'escalier, chiffonnant les étançons métalliques comme du papier.

— Monte ! m'écriai-je en poussant Pallino devant moi.

Nous atteignîmes le palier au moment où la créature arrachait l'escalier de la paroi. La structure tomba de quatre mètres et heurta le sol, produisant des vibrations que je ressentis dans mes jambes. Deux de nos hommes chutèrent ; ils n'avaient pas été assez rapides.

La chimère fléchit ses cuisses puissantes munies de pistons et bondit. Pallino tira, mais l'énergie de sa lance fut absorbée par le bouclier de la créature. Les mages qui avaient conçu le corps de la chose y avaient mis tout leur art. Des doigts blancs agrippèrent le palier, derrière nos talons, mais la créature avait oublié quelques règles de physique élémentaire. Le poids colossal de son corps tordit le métal de la plate-forme, et je sentis un crissement dans mes pieds comme des boulons épais frottaient contre le mur.

Nous courûmes, poussant nos hommes devant nous. Je les suivis sur la passerelle surplombant l'installation, enjambai des cadavres humains et xénobites. L'épée de Crim traça une ligne noire sur la gorge d'un assaillant, puis para avec fluidité le coup d'un autre ennemi. Se déplaçant comme de l'eau, le guerrier de la Règle frappa le Cielcin à l'aisselle avec un poignard qui se couvrit d'un sang noir d'encre qui bouillonna dans le vide. La créature désespérée tenta de répliquer, avant d'être transpercée par la baïonnette d'un autre de nos hommes.

La galerie était pleine de personnages cornus, de masques blancs, d'armures noires ; ils brandissaient des cimeterres blanc d'os ou bien des *nahute* ressemblant à des fouets.

Nous n'avions pas le choix.

Plus question de reculer.

— Scellez la porte ! cria quelqu'un.

La paroi se referma dans notre dos. À travers les vitres obliques, sur notre gauche, il était possible de voir la grappe de collisionneurs d'hadrons qui passaient au-dessus des collecteurs et les siphons magnétiques qui canalisaient le carburant volatile vers les silos. J'aperçus la salle de contrôle de la raffinerie suspendue tel un champignon inversé au-dessus du sol. Les cris de nos soldats emplirent soudain notre canal de communication, me ramenant brutalement à notre difficile réalité.

Ils devaient être une vingtaine à bloquer le passage, à se dresser entre le sas d'accès de la salle de contrôle et nous. L'espace qui nous séparait d'eux était saturé de drones volants et voraces et de lames scintillantes. Les lances à énergie tiraient, les rideaux d'énergie s'embrasaient. Hommes et Cielcins tombaient. L'épée de Crim taillait un labyrinthe ensanglanté dans ceux qui se jetaient sur lui ; bientôt, son armure blanche et rouge fut toute noire. Je tuai moi-même deux ennemis. L'épée que Sir Olorin m'avait offerte tant d'années auparavant faisait un véritable massacre. Un *nahute* avait pénétré le bouclier d'un de nos hoplites et grignotait les plaques de son armure. Le sang rouge coulait et bouillonnait comme le noir, et je vis trois hommes tomber d'un seul coup.

Nous gagnions du terrain, cependant.

La ruine.

Le sol sous nos pieds trembla et, regardant par-dessus mon épaule, je vis la paroi en acier s'enfoncer comme si un poing géant la martelait. La chimère avait atteint la porte.

— Dans le sas ! cria Crim.

Ces portes-là étaient deux fois plus épaisses que celle que nous venions de fermer et protégées par électromagnétisme dans l'éventualité d'une défaillance massive des systèmes de la raffinerie. Avec l'antimatière, cependant, il n'y avait pas de confinement, pas de protection possible. Ce serait l'annihilation.

La ruine.

Un nouveau coup enfonça la porte. Je me tenais dans le sas ouvert et regardais par-delà la rivière d'hommes et de monstres morts. Nous y étions presque.

— Monseigneur ?

— Fermez le sas.

2

La vérité

— Combien de temps la porte tiendra-t-elle ? demandai-je en embrassant du regard la salle de contrôle et la dizaine de cadavres inhumains affaissés dans leurs fauteuils ou sur les consoles.

En dépit de l'importance de la flotte ennemie en orbite autour d'Eikana, la raffinerie était défendue par très peu de soldats. Sans doute concentraient-ils leurs efforts sur les silos de carburant, dont ils préparaient le chargement dans le puits gravitationnel.

Je ne connaissais pas l'homme qui répondit, la voix étouffée par le casque dans l'atmosphère viciée de la salle de contrôle.

— Suffisamment longtemps, à moins qu'ils fassent venir un monstre encore plus gros.

— Ils pourraient la faire exploser, suggéra quelqu'un d'autre.

— Pas si près du collisionneur ! protesta Crim. Ils ne sont pas suicidaires.

Je n'en étais pas si sûr, car j'avais déjà vu des Cielcins se jeter dans la mort sur la terre ferme et dans l'espace. Les regards se rivèrent sur les bobines magnétiques qui tissaient une toile d'araignée sous la chambre.

— On peut désactiver tout ça ?

L'homme penché au-dessus de la console centrale se figea, puis se tourna vers moi.

— Je le crois, Monseigneur. C'est plus compliqué que la coupure d'alimentation sur le *Tamerlane*, mais j'ai presque éteint le collisionneur. Il suffit normalement de laisser les siphons diriger l'AM vers les zones de stockage.

C'était un jeune ingénieur, un des hommes d'Ilex.

— Normalement ? demanda Pallino.

Le chiliarque se tourna vers moi. Je n'avais pas besoin de voir son visage pour percevoir son incrédulité et son exaspération. Je levai la main pour le calmer et fixai du regard mon reflet dans l'alumverre. Mon image soutint mon regard, masque noir en forme de visage impassible orné de filigranes autour des yeux. L'armure m'allait toujours après tout ce temps, le plastron musculeux à la mode romaine, décoré du cartouche de ma Maison – la fourche et le pentacle – entouré de huit ailes resplendissantes en émail rouge. En dessous, je portais une tunique du même rouge, avec des ptéryges sur les épaules et à la taille, le cuir joliment embossé. Les gantelets et jambières étaient richement décorés de motifs végétaux et de visages en céramique. Et puis, il y avait la cape : noire à l'extérieur, rouge à l'intérieur, nouée sur l'épaule droite.

Lord Hadrian Marlowe me regardait sans réellement me voir.

Dans ce moment de calme, je vis – il vit, nous vîmes – ces reflets infinis de moi-même. Un millier d'Hadrian me scrutaient dans le verre. Mille milliers d'yeux, des millions de visages noirs… des versions infinies de cet instant, légèrement différentes les unes des autres, de plus en plus différentes à mesure qu'il s'éloignait de moi. Je vis d'innombrables versions de moi disparaître, balayées par un éclair comme le technicien échouait derrière sa console. Ses erreurs nous tuaient, et des mondes parallèles disparaissaient. Je ne comprenais pas ses choix – je ne comprenais rien à la mécanique des accélérateurs de particules, ni aux siphons électromagnétiques –, mais j'étais familier de leurs conséquences.

On dit qu'en présence d'un observateur, les particules de lumière passent du statut d'ondes d'énergie à celui de rayons perceptibles par nos yeux, que la présence de la conscience altère la réalité elle-même. Le Silencieux avait changé quelque chose en moi, sur sa montagne. À ce moment-là, j'avais eu l'impression de voir pour la première fois dans ma vie, comme un aveugle recouvrant l'usage de ses yeux. Comme nos yeux redressent les ondes de lumière, ma nouvelle vue redressait le temps. Il me suffisait de regarder. De me concentrer. De choisir.

Je choisis donc de vivre, me focalisai sur un chemin temporel où le confinement résistait.

— J'ai réussi, annonça le technicien, inconscient de mon influence.

La vision se dissipa, les reflets s'amalgamèrent, s'effondrèrent à l'infini jusqu'à ce qu'il n'en reste plus qu'un.

— Très bien, soldat, dis-je en fermant les paupières à l'intérieur de mon casque. (Invoquer la vision n'était jamais facile.) Dans combien de temps la flotte arrivera-t-elle ?

Crim, qui avait retiré son casque, se passa la main dans sa crinière brune et ondulée.

— Une heure. Et trente-sept minutes. Nous tiendrons ici.

Il plissa les yeux et regarda à travers la verrière en direction de la passerelle que nous venions d'emprunter. Je suivis son regard. Des soldats cielcins se succédaient, allant et venant, transportant du matériel.

— Ils n'oseront pas faire sauter la porte, reprit-il. Ils utiliseront un cutter à plasma.

— Sans doute, acquiesçai-je.

Des créatures plus nombreuses grouillaient en contrebas. La masse des forces restant dans la station nous avait trouvés. Ils devaient être deux cents… voire trois cents. Pour la énième fois, je regrettai de n'être pas scholiaste, de n'être pas capable d'estimer précisément leur nombre d'un simple coup d'œil.

Comme nous parlions, un faible vrombissement mécanique – à peine perceptible depuis que nous avions franchi le sas de la salle de contrôle – se mit à ralentir. En dessous de nous, le gigantesque moteur qui enserrait la planète commençait à s'éteindre. Une fois le collisionneur désactivé, les siphons ne seraient pas longs à vider la raffinerie de son produit volatile, à le canaliser vers les silos de stockage, à des kilomètres de là. Comme ils évoluaient dans le vide, les Pâles ne le remarqueraient peut-être pas. Dans le cas contraire, ils pourraient choisir de faire exploser la salle de contrôle et de vidanger le carburant déjà stocké dans les silos. Ils ne savaient pas que la flotte arrivait, ni quand elle arriverait.

Je ne le pensais pas, cependant. Syriani Dorayaica n'était pas du genre à gâcher un atout tel que les installations de Yamato. Non, le Prince des Princes des Pâles essaierait de tirer tout ce qu'il pourrait de la raffinerie. D'où la nécessité de désactiver le collisionneur. En effet, une seule décharge d'énergie dans un dispositif actif risquerait de provoquer l'annihilation complète de la station. Inactives, les machines pourraient être endommagées, mais pas détruites.

Une impasse. Pour le moment.

— Je n'aime pas ça, grommela Pallino. Ne pas avoir de porte de sortie…

— Nous avons une porte de sortie, rétorqua Crim en tirant quelque chose d'une poche, à sa ceinture.

Malgré les décennies qu'il avait passées au service de l'Empire, l'ancien mercenaire de la Règle portait toujours son caftan jaddien rayé rouge et blanc par-dessus son armure.

— Rester assis sur son cul, je n'appelle pas ça une porte de sortie, contra le vieux soldat.

Crim s'appuya contre une console avec la décontraction d'un promeneur s'installant sur un banc dans un jardin public. Il déroula le papier ciré du bonbon qu'il venait de sortir de sa poche et se mit aussitôt à mâchouiller d'un air pensif.

— Ils vont arriver, dit-il. (Il jeta l'emballage du bonbon par terre.) Vous en voulez un ?

Pallino secoua la tête et se retourna, laissant un silence gêné s'installer. Je n'intervins pas. Les autres soldats étaient regroupés dans le sas ; un homme était penché au-dessus du terminal de sécurité gérant le sas et les portes de la galerie. Un des soldats les plus jeunes – qui avait également retiré son casque – s'éclaircit la voix et dit :

— Je pourrais… je pourrais en avoir un, Monsieur ?

Sans dire un mot, Crim mit la main dans sa poche et jeta une friandise au jeune homme. Personne d'autre n'en demanda.

— Le collisionneur devrait être complètement désactivé dans neuf minutes, annonça le technicien. Les siphons magnétiques seront propres dans treize minutes.

Je lui adressai un petit hochement de tête et lui effleurai l'épaule en me dirigeant vers la porte.

— Qu'est-ce qu'ils font ? demandai-je à l'homme penché sur la console, qui sursauta.

— Je ne suis pas sûr, Monseigneur. Ils ont déroulé un câble depuis le rez-de-chaussée, mais les caméras de la passerelle sont toutes mortes. Ils ne voulaient pas qu'on les observe… (Il me regarda furtivement.) Je pense qu'ils ont opté pour un genre de foreuse à plasma. Pour tailler dans la porte, comme le suggérait le commandant. Difficile d'être affirmatif étant donné la faible visibilité.

J'examinai la plaque holographique par-dessus son épaule. Y étaient affichées les images prises par quatre caméras positionnées dans le sas, dont une seule était braquée vers la vitre en alumverre et l'extérieur. L'énorme chimère se tenait, immobile, derrière la porte, le visage inexpressif tourné vers le centre de commandement. Elle avait dû tenter sa chance avec le sas, avant de renoncer à percer l'acier épais d'une coudée. Ses camarades s'activaient autour d'une grande caisse noire à la surface cannelée et abîmée. La carcasse pourrie d'une boîte, aurait-on dit.

C'était une arme, très probablement. Peut-être un cutter à plasma. Un genre de foreuse.

—Dommage qu'on ne puisse pas leur parler, dis-je en grimaçant intérieurement. (J'avais rarement dit quelque chose d'aussi vrai. Sans air dans le vaste espace, impossible de parler à nos ennemis, sur la galerie, à moins de…) Vous pourriez accéder au système de communication externe ?

—Je crois, oui, acquiesça le soldat en appuyant sur quelques boutons.

—Vous êtes un des nouveaux, n'est-ce pas ?

Nous avions engagé des hommes pour cette expédition. Nombre de techniciens et de mécaniciens de la Compagnie rouge avaient été débauchés après mon jugement sur Thermon. Les techniciens et ingénieurs de bord étaient rares, et le *Tamerlane* ayant été plongé dans la naphtaline durant près d'un siècle – pendant que je me languissais dans ma cage dorée de Nessus –, les miens avaient été conduits ailleurs. On m'avait donc alloué de nouveaux hommes lorsque la crise d'Eikana avait mis fin à mon purgatoire de soixante-dix ans.

L'homme cessa de manipuler le terminal de sécurité.

—Oui, Lord Marlowe. C'est ma première mission.

—Comment vous appelez-vous, jeune homme ?

—Leon.

—Leon, répétai-je en examinant ses insignes. (Il portait le plastron lourd d'un hoplite, mais ses épaulettes arboraient les cercles rouges d'un enseigne.) C'est un prénom très ancien.

— En effet, Monseigneur. Il est dans ma famille depuis très longtemps.

— Vous n'aviez encore jamais vu de Cielcins, n'est-ce pas, Leon ?

— Seulement sur des holos, confirma-t-il d'un air peiné que je devinai à sa voix. Je ne les pensais pas si grands. (Il tourna son visage masqué vers moi.) Est-il vrai qu'ils… mangent des gens ?

Sous mon masque, je souris en repensant à une conversation que j'avais eue autour d'un dîner trois siècles plus tôt et à mon frère Crispin.

— Vous en doutez ?

— Non.

— Quand j'étais jeune, je ne le croyais pas. Je pensais que c'était une histoire inventée par la Fondation pour nous convaincre de partir en guerre.

Pourquoi racontais-je tout cela à ce jeune homme, pourquoi me délestais-je de ce poids ? Avais-je été tenu à l'écart de la bataille pendant trop longtemps ? Étais-je nerveux à ce point ? Ou bien étais-je devenu un vieil homme en dépit de mon physique juvénile ?

— Certaines histoires sont vraies, cependant, poursuivis-je. C'est une chose terrible. Il est préférable de croire que rien n'est vrai et de faire ce qu'on veut du monde.

— Monseigneur ? demanda Leon dans un froncement de sourcils audible.

— Je ne vous mentirai pas. Ce ne sera pas facile. Les combats… (Je lui donnai une tape sur l'épaule.) Mais nous combattrons ensemble.

— Oui, Monsieur, acquiesça le jeune homme en se tenant bien droit.

— Allumez le système de communication externe et écartez-vous, je vous prie.

Leon fit ce que je lui demandais, et je remarquai que ses doigts étaient plus assurés sur les commandes. Je me félicitai cependant que le nouveau n'ait pas eu la responsabilité de la désactivation de la matrice de collisionneurs d'hadrons.

Un voyant bleu clignotait dans un coin de la plaque holographique, confirmant que la communication était établie. Le vide régnait dans la majeure partie de la raffinerie, mais certaines poches étaient conditionnées pour le confort des équipes. Presque partout, donc, ma voix serait silencieuse, mais j'étais certain d'être entendu quelque part, notamment par la chimère disposant d'une radio interne. Et par ses congénères éventuelles présentes dans la base.

— *Bayarunbemn o-ajun!* lançai-je dans la langue des xénobites. (*Vous nous avez encerclés!*) Je veux parler à votre chef!

Ma silhouette noire et rouge s'affichait sur toutes les plaques holographiques de la raffinerie. Mon visage – mon masque – serait visible même là où ma voix ne serait pas entendue. J'avais combattu les Cielcins pendant des centaines d'années, sur des dizaines de mondes, depuis l'Étendue de la Règle jusqu'aux Provinces centaurines : Aptucca et Oxiana, Berenike et Mettina, Comum et Senuessa.

Mon visage et mon masque étaient connus.

La réponse inhumaine vint lentement, comme si l'ennemi se réveillait d'un profond sommeil. Aucune image n'apparut sur la plaque. La voix qui retentit était plus haut perchée et froide que n'importe quelle voix humaine, neutre et dénuée d'affect.

— Vous êtes le Diable.

— En chair et en os. C'est vous qui êtes le chef, ici ?

— *Daratolo ne?* répondit la créature d'une voix étrange et neutre, qui crachota dans la liaison défaillante. Vous êtes vivant ? Après tout ce temps… J'avais presque perdu l'espoir de vous rencontrer.

Je restai impassible, heureux que mon masque empêche le xénobite de lire la surprise sur mon visage empourpré. Ce n'était pas l'accueil que j'avais imaginé. Après un moment d'hésitation, je parvins à dire :

— Qui êtes-vous ?

Je ne reconnaissais pas cette voix.

— Vous avez tué deux de mes sœurs-frères. *Raka'ta ude ti-wetidiu.*

Nous sommes quatre, désormais. La réponse me sauta aux yeux comme si un mystagogue venait de retourner une de ses cartes.

— Iubalu. Bahudde.

La chose me répondit d'un grognement inarticulé pareil au bruit produit par une scie. Ce n'était pas un bruit naturel, comme si la voix était générée par quelque dispositif et non par une gorge. Ces noms l'avaient agacé.

— Vous êtes un des *Iedyr.*

Les *Iedyr Yemani* – la Main blanche – étaient les généraux de Syriani Dorayaica, ses concubins et serviteurs. Leur maître leur avait offert un corps machine personnalisé. J'en avais tué un sur la route de Nemavand et, avant l'aide des Irchtani, nous en avions éliminé un autre sur Berenike.

— Vous osez prononcer leur nom ! lança la créature.

— Ils se mettent en branle sur la galerie ! s'écria Pallino.

Je me tournai furtivement vers les Cielcins derrière la porte extérieure du sas. Ils avaient soulevé le couvercle de leur boîte, dont je ne voyais pas encore le contenu.

La voix froide et neutre n'avait pas terminé.

— Je vous conduirai à mon maître.

— Vous pouvez toujours essayer, rétorquai-je comme un sourire soulevait le coin de mes lèvres. Puis-je connaître le nom de mon destructeur ?

La créature produisit un couinement aigu pareil à un gémissement féminin. C'était un éclat de rire cielcin.

— Je suis Hushansa aux-nombreuses-mains, *vayadan ba-Shiomu*, et je vais aimer le regarder vous briser. Mon maître vous… désire depuis si longtemps.

J'empêchai à grand-peine mon estomac de se retourner. Je ne savais que trop bien de quoi les Cielcins étaient capables, mais je n'en répondis pas moins :

— Vous n'avez pas encore gagné.

— *Siajenu ti-saem yu kianuri !* (*Vous n'avez nulle part où fuir !*) Vous ne vous échapperez pas. Vous êtes à nous.

— C'est ce que votre frère croyait aussi, lâchai-je froidement avant de couper la communication.

Me retournant, je découvris que Pallino me regardait à travers son casque.

— Quel était l'objectif ?

— Je voulais savoir qui nous affrontions. Et je voulais qu'il me voie.

— Pourquoi ? me demanda mon vieil ami.

Aucun autre soldat n'aurait osé douter de ma stratégie devant tout le monde.

— Parce que, maintenant, il me veut vivant, expliquai-je. Ils ne tenteront rien qui risquerait de nous tuer tous.

Pallino se tut, comprenant la logique de ma démarche. J'entendais presque l'homme serrer les dents et les rouages de son cerveau se mettre en branle sous son casque.

— Nous sommes toujours coincés ici, remarqua-t-il.

— Pas du tout, contrai-je en me rapprochant de la verrière pour regarder le rez-de-chaussée de la raffinerie.

Des groupes de Cielcins couraient dans tous les sens ou bien nous observaient de derrière leurs masques blancs hideux. Ils n'avaient pas d'armes de poing, et le fait qu'ils ne nous aient pas encore fait exploser semblait confirmer mon hypothèse. Je regardai l'heure sur mon terminal de poignet.

— Notre flotte arrivera dans soixante-dix-neuf minutes. Nous ferons traîner les choses autant que possible.

Sur la galerie, derrière le sas, les Cielcins avaient mis en place leur machine. Des tuyaux et des câbles serpentaient sur la passerelle, et la machine se dressa sur trois pattes arachnéennes. C'était effectivement un genre de foreuse à plasma, de l'équipement d'exploitation minière modifié pour faire fondre le métal renforcé de la porte. Les concepteurs extraterrestres de la machine l'avaient probablement conçue pour excaver les astéroïdes dans lesquels ils habitaient.

— Combien de temps avons-nous devant nous ? demandai-je en les regardant la fixer à la porte du sas.

À ma grande surprise, Leon me répondit :

— Ces portes mesurent quarante-cinq centimètres d'épaisseur. Si ce brûleur est comparable à ce que nous utilisons, je dirais quinze minutes. Peut-être vingt.

— Pour chaque porte… (Ce ne serait pas suffisant. Nous avions besoin du double.) Rappelez-moi : dans combien de temps les siphons seront-ils purgés ?

Le technicien qui avait désactivé le collisionneur se racla la gorge.

— Ils le sont déjà.

— Bien. (Le processus était arrivé à son terme pendant que je parlais avec Leon et Hushansa.) Minez la porte. Utilisez les plus grandes charges disponibles.

Un silence hébété suivit mon ordre. Tous les hommes me regardaient. Personne n'osait parler. Je savais ce qu'ils pensaient. Même si la raffinerie était purgée de son antimatière, faire exploser des charges importantes dans un lieu aussi confiné serait synonyme de condamnation à mort. Je préférai ne pas faire attention à eux.

— Monseigneur ?

— Dépêchez-vous !

La fin survint en temps et en heure. Les Cielcins réussirent à faire fondre la porte externe du sas et, après quelques minutes d'hésitation, à transporter leur foreuse à plasma à l'intérieur sans toucher les contours rougeoyants de leur trou. La chimère suivit, aussitôt imitée par des soldats qui s'activèrent sur la porte interne.

Ce serait très juste.

J'expliquai mon plan et attendis, tandis que la porte devenait rouge, puis jaune.

— Cinquante minutes avant l'arrivée de la flotte, annonça Crim. (Il intervenait toutes les cinq minutes.) Nous devrions y aller, dit le soldat de la Règle la main posée sur la garde de l'épée, le casque vissé sur la tête.

— On y est presque, dis-je.

Chaque seconde était un don. Dès l'instant où je passerais à l'action, les Cielcins, en dessous, se jetteraient sur nous. La chimère qui nous avait attaqués plus tôt n'était pas Hushansa, à mon avis. Il y en avait forcément d'autres, et des pires.

— Tenez-vous prêts, ajoutai-je en voyant l'acier commencer à couler comme de la glace.

C'était le moment.

Je saisis mon épée et découpai un cercle.

Le sol tomba sous moi, et j'accompagnai sa chute. Treize mètres me séparaient du plancher de la raffinerie. La couche de gel de ma combinaison absorba l'impact, protégea mes os et articulations délicates. Je grimaçai néanmoins en roulant par terre, le bouclier allumé, l'épée inactive dans la main pour éviter de me blesser. Mes hommes me suivirent telle une averse de grêle. Il en restait quarante-deux sur les soixante qui étaient partis avec moi.

Je donnai le signal, et la salle de contrôle au-dessus cracha des flammes écarlates huileuses. Et puis la foreuse à plasma explosa à son tour. Je m'imaginai la chimère et les dizaines de soldats massés dans le sas changés instantanément en cendres, je craignis que l'installation tout entière soit détruite par quelque échantillon oublié d'antimatière précieuse.

Il n'y eut pas d'annihilation.

Simplement des ennemis nous tournant autour tels des requins.

3

Le rouge et le noir

Comment dit-on, déjà, en anglais classique ? *De la poêle, directement dans le feu…*

Nous étions encerclés, mais nous avions durement frappé l'ennemi, et la flotte arriverait dans moins d'une heure. Nous nous en sortirions, mais à la seule condition de nous abriter dans un endroit plus sûr. Ma cascade nous avait permis de gagner du temps tout en éliminant un peloton cielcin entier, nous faisant passer d'une situation délicate à une autre.

L'atmosphère du centre de commandement s'était échappée lorsque j'avais découpé un trou sous nos pieds, et les lances des hommes qui m'entouraient tiraient en silence sur les ennemis en approche. Des éclairs fleurissaient en fumant sur leurs armures.

— Après ça, aucune chance qu'ils remettent la raffinerie en route, lança Crim en levant les yeux vers la salle de contrôle dévastée. Nous devrions contacter l'*Ascalon* par radio pour leur demander de venir nous chercher. Ils seront là avant la flotte.

— Les Cielcins savent que nous sommes ici, désormais, dis-je. Ils scruteront l'espace alentour et le descendront. Nous avons besoin de la couverture offerte par la flotte !

Tout en parlant, je coupai en deux un *nahute*, mettant un terme à sa frénésie meurtrière. Un Cielcin déchaîné sauta d'une passerelle qui nous surplombait, l'épée pointée vers le bas pour m'embrocher. Je bondis sur le côté. La lame en céramique du xénobite heurta le sol et éclata. La créature jeta son arme et se tourna vers moi. Avec son visage masqué, elle ressemblait à une poupée, à ces marionnettes géantes qu'on voyait souvent à la cour des seigneurs nippons.

—On ne peut pas rester ici ! tonna Pallino, dont la voix couvrait celle des autres.

—Le tram ! cria quelqu'un.

Le tram. Un convoi de voitures tournait autour des collisionneurs, permettant aux employés d'accéder facilement à l'installation pour effectuer des travaux de maintenance. Il y avait des stations à intervalles réguliers, les techniciens parcourant parfois des milliers de kilomètres pour se rendre à l'autre bout de *Virdi Planum*. Le tram était mû par des accélérateurs magnétiques et, dans l'absence d'air d'Eikana, atteignait quatre cent cinquante kilomètres par heure.

—Ça va fonctionner ? demandai-je.

—Ça devrait ! répondit une voix ténue. Les trams devraient être branchés sur un système séparé.

—Il n'est pas loin ! lança quelqu'un d'autre.

—Encore faut-il qu'on le rejoigne, dit un autre encore.

—Alors, allons-y ! m'écriai-je en brandissant mon épée en direction du quai.

Un trio de hurleurs cielcins descendit du carénage d'une des bobines magnétiques. Pallino en élimina un, avant d'en embrocher un second avec la baïonnette de sa lance. Le troisième abattit son épée sur son bouclier, avant qu'un de nos hommes le supprime sans lui laisser le temps de tenter de nouveau sa chance.

La première station de tram était assez proche : droit devant, au seuil d'une volée de marches descendant sous la piste des collisionneurs d'hadrons. Crim avait déjà atteint les marches, où il combattait un Pâle. Un *nahute* passa tout près de ma tête, son corps en métal tissé glissant sur mon bouclier à la manière d'une anguille. J'entendis un homme crier, puis je le vis tomber à ma gauche, se tordre de douleur comme un drone extraterrestre traversait la couche intérieure de sa combinaison pour s'enfouir dans sa chair, en dessous.

Quelque chose de massif et blanc atterrit sur la passerelle la plus proche, dont les plaques de métal se tordirent et tombèrent sur le sol dans un silence étrange. De la taille d'un ours, la chimère dominait mes hommes de sa hauteur, son blindage blanc terne et ses membres fins lui donnant des airs de squelette géant. La chose machine attrapa un de nos soldats avec ses doigts longs comme des dagues et le cassa en deux comme une poupée de chiffon. Sans ralentir, la créature jeta le cadavre de sa victime sur un autre soldat, qui s'écroula et glissa sous le poids de son camarade mort.

— Ne vous arrêtez pas ! hurla Pallino en visant la chimère.

Les Cielcins nous avaient pris en tenailles. Ils avaient la supériorité numérique et la position avantageuse, mais nous avions des boucliers, et nos lances à énergie pénétraient leurs rangs comme un couteau brûlant une motte de beurre. Le géant décrivit un arc avec le bras, soulevant du sol deux de mes hommes, qui heurtèrent le mur et retombèrent dans l'escalier devant Crim.

Je me figeai, l'épée à la main.

J'étais du mauvais côté.

La tête-tourelle de la chimère se tourna vers moi.

— Je vous ai trouvé !

La voix neutre et mécanique résonna dans les haut-parleurs de ma combinaison, et je sus que je n'avais pas une chimère ordinaire en face de moi. Deux fois plus grande qu'un homme, plus fine également, comme si elle était une ombre de fin de journée. Tout l'art maléfique de MINOS se lisait dans la forme gracieuse de ses bras, la courbure de ses doigts en lames de couteau, dans la terreur sans visage surmontée de pointes qui lui servait de tête. Il ne s'agissait pas d'un simple lieutenant, ni d'un serviteur, mais bien du général lui-même, le *vayadan* Hushansa.

— Vous êtes plus petit que les autres ! le provoquai-je dans sa langue. (Il n'avait même pas de *nombreuses mains*.) Il ne restait donc rien lorsqu'ils vous ont assemblé !

Je regardai par-dessus son épaule la moitié de nos forces qui contournait un bâtiment en direction du tram.

Les doigts d'Hushansa s'allongèrent. Une trappe s'ouvrit sur son épaule, exposant la pointe argentée de quelque projectile. Le grappin jaillit comme une flèche ; très vite, mais assez lentement pour pénétrer mon bouclier. Le temps s'étira et, soudain, un million de grappins différents se dirigèrent vers moi. Le système de visée du général était tellement précis que la plupart des projectiles atteignaient les articulations molles de ma combinaison et me transperçaient comme un vulgaire poisson. Certains rebondissaient sur ma protection, tandis que d'autres... Je levai ma lame et coupai le grappin en deux, tranchant la ligne avant que la pointe affreuse touche sa cible.

— *Gennuthar ne !* lança Hushansa.

Impossible !

Je ne dis rien.

— Hadrian, il faut y aller, lança Pallino, qui se tenait à côté de moi.

— Je sais.

Un éclair de lumière violette frappa le géant de métal, qui mit un genou à terre. Je reconnus cette couleur : celle du plasma d'hydrogène.

— Des grenades ! cria quelqu'un juste avant qu'une boule de plasma surchauffé apparaisse dans le dos du géant titubant.

Hushansa tomba tête la première, s'agita à la manière d'un crabe. J'avisai Crim au sommet de l'escalier, la robe jaddienne flottant étrangement dans l'absence d'atmosphère. Deux légionnaires le flanquaient, qui braquaient leurs lance-grenades courtauds vers le monstre de métal. Les grenades à plasma étaient suspendues dans un gel colloïdal qui les faisait adhérer à tout ce qu'elles touchaient. Les lanceurs fonctionnaient avec des cartouches de gaz, qui propulsaient les grenades assez lentement pour traverser n'importe quel bouclier personnel. Hushansa se redressa, se tourna vers eux.

— *Talaq !* s'exclama Crim.

Feu, dans son jaddien maternel.

Les grenadiers tirèrent de nouveau, et deux rosettes violettes enflèrent aussitôt. Le monstre eut un mouvement de recul et répliqua avec une salve de missiles-épingles, qui jaillirent d'une trappe dans son poignet et touchèrent les boucliers de Crim et ses hommes sans causer le moindre dommage.

— En avant ! criai-je aux soldats qui m'accompagnaient, en désignant l'escalier de la pointe de mon épée.

Une nouvelle volée de grenades atteignit sa cible. Des éclats pâles de l'armure du général volèrent en tous sens. La tête couronnée tomba et heurta le sol dans ce qui aurait été un vacarme assourdissant s'il y avait eu de l'air.

Je n'eus pas le loisir de réfléchir à la mort de ce grand capitaine ennemi. Je suivis Pallino dans l'escalier en poussant mes hommes devant moi. Crim s'arrêta pour aider un blessé à se relever, passant son bras autour de ses épaules pour le soutenir. Nous n'avions plus beaucoup de chemin à parcourir : quelques marches à descendre, puis un virage à gauche et une salle à traverser sous les bâtiments de collisionneurs.

Les Cielcins nous barraient la route, mais nous les massacrâmes en trottant ou en claudiquant dans l'escalier. Je découpai deux *nahute* dans les airs, et lorsqu'un Cielcin se laissa tomber du collisionneur, au-dessus de nous, je lui tranchai les deux jambes d'un seul coup d'épée.

Le tram attendait, passif, devant nous : deux voitures suspendues à un rail magnétique fixé sous les collisionneurs. Sans souci d'aérodynamisme, le tram était laid, vert-de-gris comme le reste de la raffinerie. Je suivis le rail du regard jusqu'à l'arche ouverte dans la paroi externe de l'installation, puis au-delà, vers l'horizon.

— On y est presque, dit Crim à l'homme qu'il aidait à marcher.

— Faisons monter les hommes à bord ! lançai-je à Pallino.

Il nous restait une quarantaine de minutes à tenir avant l'arrivée de la flotte. Si nous parvenions à atteindre la prochaine station sur la piste du collisionneur d'hadrons, ce serait jouable. Certains de nos hommes étaient déjà arrivés devant le véhicule, dont ils ouvrirent les portes pour se tasser à l'intérieur. Crim mit un pied dans la voiture et confia le blessé à deux soldats, avant de maintenir la porte ouverte.

— Nous sommes prêts à partir ! annonça le technicien qui avait désactivé l'accélérateur de particules.

— Prenez la première voiture et filez ! ordonnai-je à Crim, qui hocha la tête et entra dans le véhicule en se baissant.

Parvenu au niveau de la seconde voiture, je me retournai. Une bonne douzaine de nos soldats approchaient, formant une ligne d'une centaine de mètres dans la vaste salle. Derrière eux se précipitait une petite armée de Pâles. Les Cielcins les plus proches faisaient tournoyer des *nahute* au-dessus de leur tête à la manière de bolas, leurs frères bondissant dans leur sillage en traînant presque leurs longs bras sur le sol.

Soudain, il y eut un cri, un hurlement pareil à un grincement de métal si puissant, que je le sentis dans ma poitrine et à travers mes semelles. Je me figeai, comprenant que quelque chose de terrible se préparait. Les Cielcins lancèrent leurs serpents de métal, et les hommes qui me flanquaient tirèrent. Un des *nahute* prit feu et se bloqua, tombant inerte sur les plaques du sol. Un autre atteignit le dernier de nos hommes et le déséquilibra. Mes muscles se contractèrent comme je me préparais à bondir, mais Pallino me retint.

— Il est trop tard, Had ! gronda-t-il en me serrant fort le bras.

Dans mon dos, un choc métallique me confirma que les freins de la première voiture avaient été desserrés. La salle tout entière trembla, tandis que je percevais un faible vrombissement et que des câbles vibraient à la suite de l'activation des électroaimants. Je regardai furtivement par-dessus mon épaule et eus le temps de voir Crim refermer la porte de la voiture qui s'ébranlait. L'ancien assassin ne salua pas vraiment, se contenta d'agiter une main dans laquelle il tenait un de ses précieux couteaux. Alors, il disparut avec la moitié de nos hommes, que des accélérateurs silencieux propulsèrent instantanément à près de quatre cent cinquante kilomètres par heure. Une poignée de secondes plus tard, leur véhicule – point noir de plus en plus petit – avait franchi les limites de la raffinerie, fonçant vers l'horizon et la sécurité.

Des crissements métalliques résonnèrent dans toute la superstructure, surprenant les Pâles, qui s'arrêtèrent subitement.

— Magnez-vous, bordel ! cracha Pallino en faisant signe aux soldats de se hâter.

Au loin, j'avisai une ombre pâle se mouvant au milieu de la horde en approche. Elle ressemblait à un Cielcin, mais en plus grand et plus fin, et la tourelle de sa tête était couronnée de pointes argentées.

— Impossible ! soufflai-je à mon tour.

Les bras aux mains griffues écartés devant lui, le général-*vayadan* Hushansa séparait en deux le flot de ses soldats telle une pierre au milieu d'un ruisseau.

— Vous n'êtes pas le seul à ne pas pouvoir être tué !

La même voix neutre, le même rire froid.

— Un autre ? demanda Pallino.

— Non, le même, corrigeai-je en secouant la tête.

Je sentis le chiliarque se raidir.

— Les gars de Crim ont fait exploser ce connard !

— Il semblerait bien que non.

Le général avait apparemment transmis un message à ses soldats, car les Cielcins s'écartèrent davantage pour laisser leur maître passer et venir plus près de moi. Il se baissa pour éviter la poutre soutenant un collisionneur et ne pas le rayer avec les pointes de sa couronne.

— *Marerose o-okun*, dit-il en se redressant. Je vous l'ai dit : vous ne pouvez pas vous échapper.

— Hadrian…, souffla Pallino en me tirant par le bras.

L'intervention du général avait permis à nos hommes de franchir les quelques dizaines de mètres qui les séparaient de la voiture. Nous étions presque libres.

— Hadrian !

Quelque chose dans l'intensité de sa voix me fit me retourner. Une autre chimère couronnée se trouvait à l'extrémité opposée de la salle et se déplaçait lentement vers nous. Elle était identique à la première. Et à celle que Crim avait tuée au sommet de ces marches.

Deux Hushansa.

— Hushansa aux-nombreuses-mains, dis-je en examinant successivement les deux copies, ma compréhension enflant tel un cancer.

La créature que Crim avait massacrée plus tôt n'était pas vraiment Hushansa. Pas plus que les deux chimères qui nous flanquaient. De même que la chose qui nous avait attaqués dans la cage d'escalier avant de mourir dans le sas lorsque j'avais fait exploser la salle de contrôle. Le véritable Hushansa était ailleurs, en sécurité dans une navette posée quelque part, voire avec la flotte, au-dessus de la raffinerie. Ces corps – ces mains – étaient ses ombres, ses marionnettes, des émanations de sa vile volonté. Elles ne contenaient aucune portion de sa chair originelle, ce qui avait également été le cas de ses frères. Ces *vayadayan* de la Main blanche étaient tous différents. Les mages humains qui les avaient conçus pour les Cielcins avaient tout fait pour satisfaire leurs clients. Iubalu avait été une horreur rampante, Bahudde un géant culminant à dix mètres. Hushansa était un fantôme volant entre plusieurs corps, en occupant un ou plusieurs selon ses besoins.

— Je vois, dis-je en les regardant tour à tour.

— Vous ne pouvez pas gagner, lança-t-il en écartant les bras. Qu'espériez-vous accomplir en venant jusqu'ici ? Nous nous emparerons des réserves de carburant et détruirons cet endroit. Qu'avez-vous accompli ?

— *Sim yadanolo ne ?* demandai-je en souriant sous mon masque.

N'avez-vous pas deviné ?

La cuisse droite du premier Hushansa s'ouvrit, et le général en sortit une épée, qui se déplia pour atteindre sa taille maximale. Elle semblait trop courte à l'extrémité du bras démesuré de la créature, mais elle était longue d'au moins deux mètres dix de la pointe au pommeau. Toutes les fibres de mon corps me criaient de me ruer vers la voiture, dans mon dos, mais je savais que la créature serait sur moi dès que je me retournerais ; les scientifiques traîtres qui avaient conçu ces démons métalliques dans les entrailles d'Arae les avaient faits rapides.

Je m'efforçai de me calmer et de trouver cet espace dégagé sous la couche de mes sentiments, cet endroit silencieux en moi. Le premier Hushansa bondit avec son épée tendue devant lui. Je pivotai sur le côté en écartant Pallino. Comme je m'y attendais, le second Hushansa avait sauté aussi, les bras tendus pour m'attraper. Tous les deux se déplaçaient à une vitesse supérieure à celle de n'importe quel mortel, quoique suffisamment faible pour traverser la barrière d'énergie de mon bouclier. La lame aurait dû me transpercer la poitrine, ou pour le moins toucher mon armure. Ces mains munies de serres auraient dû m'agripper la cuisse et l'épaule.

Les potentialités de succès étaient certes nombreuses, mais les positions quantiques dans lesquelles les monstres échouaient l'étaient tout autant. Ainsi, la lame qui aurait dû me transpercer me traversa seulement, tandis que les mains griffues se refermèrent sur du vide. Comprenez-moi : je n'étais pas insubstantiel. Je me contentai de remplacer une réalité par une autre. La lame d'Hushansa et ma poitrine occupaient bel et bien le même espace dans l'univers, mais grâce au pouvoir que le Silencieux m'avait conféré, je décidai que les deux ne se rencontreraient pas. Pendant un instant, l'univers reconnut un paradoxe.

J'y mis un terme en faisant un pas de côté, m'écartant de la lame et des griffes. Mon épée jaillit, trancha la céramique de celle du géant, puis l'articulation d'un de ses genoux. L'armure de la chimère résistait à tout, même à la matière haute, mais l'articulation était constituée d'un métal ordinaire. La jambe céda, et le géant tomba sur son *alter ego*.

— Maintenant ! criai-je à Pallino en le poussant presque dans le tram.

Je titubai et m'appuyai contre la porte ; ce que j'avais accompli m'avait coûté, et j'étais pris de vertige. J'avais la nausée, je craignais de vomir dans mon casque.

Ça va passer, me dis-je en montant dans la voiture à la suite de Pallino.

Derrière nous, les deux Hushansa s'efforçaient de démêler leurs membres. Les soldats cielcins, dans leur dos, lancèrent leurs *nahute*. Je me retournai pour appuyer sur le gros bouton rouge qui fermait la porte de la voiture grâce à des systèmes hydrauliques.

— Démarrez ! sifflai-je dans mon micro.

Déjà, mon malaise passait, ma vue s'éclaircissait et ma tête cessait de tourner. Seul subsistait un ronflement de sang dans mes oreilles.

Le soldat aux commandes du véhicule obtempéra, et je ressentis le murmure lointain des électroaimants de la voiture. Nous nous ébranlâmes avec la fluidité d'un navire sur une mer d'huile. À travers l'alumverre, je vis celui des deux Hushansa qui n'était pas blessé se relever tant bien que mal. La tourelle de sa tête pivota comme ses systèmes optiques invisibles se rivaient sur nous. Nous devions déjà nous déplacer à près de quatre-vingts kilomètres par heure.

La chimère courut.

Usant de ses longs bras comme de jambes, la chose impie nous prit en chasse, parcourant le quai à une vitesse qu'aucune créature vivante n'aurait pu égaler. Nous accélérions, mais elle gagnait du terrain.

— Par la Terre noire…, jura quelqu'un.

Le monstre avait presque atteint l'extrémité du quai. L'arche ouverte dans la paroi de la raffinerie se trouvait juste devant nous ; nous la franchirions dans quelques secondes. Au-delà, le collisionneur rectiligne comme un laser se déroulait au-dessus du désert sans air de *Virdi Planum*, disparaissant derrière l'horizon.

— Poussez-vous ! criai-je en me faufilant vers l'arrière de la voiture.

Hushansa bondit. Sa masse importante et sa vélocité le propulsèrent comme un missile, et le tram tout entier résonna comme une cloche. Je heurtai avec le flanc la paroi du compartiment et aperçus le torse blanc de la chose à travers la lunette arrière. Hushansa agrippait la voiture, y était suspendu comme un insecte.

Un *bang!* étouffé se réverbéra dans le véhicule, qui vibra. Derrière les vitres défilait un désert noir. Nous avions quitté la raffinerie, et le tram approchait de sa vitesse de croisière, augmentant rapidement la distance qui nous séparait de la horde cielcine.

— Où est-il ? grondai-je entre mes dents serrées en essayant de me figurer où se trouvait notre ennemi.

Je passai d'une vitre à l'autre en me tordant le cou.

Un nouveau *bang!* se propagea dans mes pieds. Je m'imaginai la chimère accrochée sous le tram et nourris brièvement l'idée de transpercer le plancher de la voiture d'un coup d'épée. Des lumières flanquant le collisionneur défilaient à grande vitesse, comptant les kilomètres.

Je ne pouvais pas me permettre de manquer ma cible.

La voiture tout entière se mit à vibrer violemment, tandis qu'un affreux gémissement métallique parcourait la superstructure qui nous entourait.

— Nous n'avons plus d'énergie ! s'écria l'homme qui tenait les commandes.

Les aimants contenus dans le rail qui nous surplombait avaient été désactivés. Nous ralentissions bruyamment. La station suivante n'était pas encore visible, tandis que la raffinerie, derrière nous, n'était plus qu'une tache de lumière floue à l'horizon. Le pilote frappa les commandes en jurant.

Il y eut un nouveau *bang!* et la voiture se décrocha, tomba comme un caillou venant de ricocher sur un étang. La faible gravité jouait en notre faveur, et quelqu'un, quelque part, nous cria de nous préparer pour l'impact. Le tram heurta les rochers et le sable et rebondit, nous envoyant cul par-dessus tête. Je trouvai une rampe à agripper et me félicitai de ce que la couche de gel de ma combinaison protégeait mes articulations. Néanmoins, je frappai plusieurs fois le plafond. Nous étions tous secoués comme des poissons dans un baril. Le véhicule décrivit de nombreux tonneaux en soulevant le sable et la poussière du désert.

Nous parcourûmes ainsi plusieurs centaines de mètres avant de nous immobiliser.

— Ouvrez les portes ! aboyai-je. Il faut sortir d'ici avant qu'il force l'entrée !

Si la chimère pénétrait dans la voiture, elle nous y débiterait en rubans de chair en quelques secondes.

Un bon tiers de mes hommes étaient affalés sur les sièges ou gisaient sur le plancher ; je n'aurais su dire s'ils étaient morts ou seulement sonnés. Leur armure devait les avoir protégés, mais il était difficile d'être affirmatif, et je n'avais pas le temps de me poser la question. La voiture était inclinée, si bien qu'il fallait monter vers la sortie. Deux des hommes maintenaient les portes ouvertes, tandis qu'un troisième avait sauté dehors, lance à la main.

Où était passé Hushansa ?

— Contactez les autres par radio et racontez-leur ce qui est arrivé, ordonnai-je à un soldat.

Je m'attardai devant l'ouverture et scrutai l'étendue sablonneuse. Le collisionneur d'hadrons brillait au-dessus de nous tel un gigantesque aqueduc, les arches gracieuses de ce monument à la civilisation se succédant vers l'éternité dans les deux directions.

Quelle distance avions-nous parcourue en si peu de temps ?

Ma tête résonnait toujours de notre violente chute. Je n'avais plus aucune idée du temps qui nous séparait de l'arrivée de la flotte…

… et où était donc passé Hushansa ?

Je sautai dans le sable en bénissant la faible gravité d'Eikana. Dans un autre milieu notre déraillement aurait eu des conséquences bien plus terribles.

— Tu le vois ? demanda un soldat à un de ses camarades en scrutant l'horizon, la lance pointée devant lui.

— Peut-être est-il tombé plus près du rail, répondit le légionnaire sur le ton de la conversation.

Les autres hommes sortaient doucement de la voiture, les plus vaillants aidant les blessés. En effet, plusieurs soldats semblaient avoir des membres cassés. La faute à pas de chance, me dis-je, ou bien leurs combinaisons avaient connu une défaillance. Notre chute avait laissé une belle cicatrice sur la surface de *Vìrdi Planum*, une balafre noire longue de plusieurs dizaines de mètres. Il n'y avait ni vent, ni feu, ni fumée, ni odeur de brûlé. C'était bizarre.

— Monseigneur ! appela un soldat en désignant le collisionneur.

Une silhouette blanche se dressait sous les arches, et malgré la distance, je reconnus la couronne de pointes d'Hushansa. En dépit des quelques centaines de mètres qui nous séparaient, ses optiques croisèrent mon regard.

Sous mon masque, je souris de nouveau.

— Ne vous mêlez pas de ça ! ordonnai-je en levant le bras pour appuyer mon propos.

Rapide comme il était, Hushansa les tuerait tous s'ils se mettaient en travers de son chemin. Car c'était moi qu'il voulait. Il essaierait d'éviter de me tuer, en revanche. Son sombre maître me voulait vivant. Il viendrait donc directement vers moi.

Le monstre de métal s'ébranla, bondissant dans notre direction sur le terrain plat, galopant sur ses quatre membres à la manière d'un singe dans la jungle. Je me mis en garde, l'épée non activée dans la main droite.

Comme tout était calme et immobile, la vision me vint facilement. Mon sang martelait mes oreilles.

Hushansa se multiplia comme mon reflet avant lui, devenant une vague quantique déferlant sur moi comme la marée montante. Je le regardai arriver, regardai les lignes de potentiels converger comme un holofilm en verre explosant à l'envers. Le corps du général-*vayadan* était protégé par de l'adamant, qui résisterait à ma lame jaddienne. Son armure était impénétrable, sauf en ces quelques endroits où était exposé le titane de son exosquelette. Je pourrais frapper mon ennemi un milliard de fois et échouer un milliard de fois. Mes options étaient de moins en moins nombreuses à mesure que le monstre approchait, parcourant une dizaine de mètres à chaque bond. Ma vision tremblota comme une douleur blanche enflait derrière mes yeux. Des pans entiers de spectre disparurent devant moi, tandis que je luttais avec mes sens encore trop humains pour embrasser l'infini. *Finissons-en*, me dis-je en attendant, les doigts sur la double détente de mon arme, le bras en arrière, la pointe du pied vers l'avant. J'aurais une chance sur un milliard de le frapper au bon endroit.

Soudain, le démon capitaine fut sur moi et sauta, les griffes écartées devant lui pour m'attraper.

J'appuyai sur les détentes, et le métal liquide s'écoula, brilla plus fort que les étoiles qui nous observaient. Je pointai mon épée devant moi comme une infinité de possibilités se contractaient en une réalité unique et parfaite.

La lame frappa Hushansa sur la face extérieure du genou, mordit, coupa. Glissant vers le haut, elle trouva la rotule de la hanche de la chimère, détacha la jambe gauche du bassin, avant de frapper l'intérieur du coude. Le géant tomba en morceaux autour de moi. Mon épée finit de décrire son arc, tandis que je restais impassible, triomphant.

Tout autour de moi, les soldats criaient de joie.

— Le Demi-mortel ! Marlowe ! Marlowe !

Je pivotai sur mes talons et me retrouvai face au torse d'Hushansa, qui essayait de se redresser sur un bras. Inutile de le menacer ; ce corps n'abritait aucune vie susceptible d'être perdue. Ni le cerveau, ni aucun autre organe de la créature ne se trouvait dans cette machine. Juste un écho, une copie de son fantôme. Désespéré, un panneau s'ouvrit sur son épaule et un harpon jaillit, mais son équilibre défaillant le trahit et il manqua largement sa cible.

— Cela n'a aucune importance ! tonna le *vayadan*, dont la voix résonnait dans les haut-parleurs de ma combinaison. Nous finirons par vous avoir. Le *Shiomu* finira par vous avoir.

Le Prophète.

Je m'arrêtai à cinq pas de la carcasse. Hushansa se dressait sur son bras et penchait sa tête sans visage vers moi d'un air de défi.

— Vous avez échoué ! *Kianna !* (Il produisit ce son aigu et inexpressif qui passait pour un rire chez son espèce.) Retournez auprès de votre Empereur et dites-lui que vous avez échoué. Ce monde est à nous !

— Vraiment ? demandai-je en faisant un pas dans sa direction pour lui montrer que je n'avais pas peur. Retournez auprès de *votre* maître et dites-lui que j'arrive.

Hushansa rit de nouveau.

— *Tsuareu suh cadolo ni ne ?*

Vous pensez toujours pouvoir gagner ?

Je reculai de quelques pas et fis un geste de la main gauche.

Mes hommes comprirent le message. Deux grenadiers tirèrent sur ce qui restait du général. Son corps de marionnette explosa dans une rosette de flammes violettes, qui projetèrent mon ombre très loin sur le terrain plat.

Le reste n'était que silence.

Nous n'avions rien d'autre à faire qu'attendre. Peu de temps après, un nouveau soleil brilla furtivement au milieu du ciel. Et puis un autre. Et encore un autre, qui fit disparaître les étoiles. Notre flotte était arrivée juste à l'heure. Avant longtemps, des navettes et des appareils légers traversèrent les cieux et tirèrent sur la raffinerie. Depuis le désert, nous assistâmes à la brève bataille d'Eikana. Le collisionneur ayant été neutralisé, nos forces s'emparèrent tranquillement de la raffinerie.

Enfin, la pointe de flèche de l'*Ascalon* apparut au-dessus de l'horizon, tandis que le soleil se levait au-dessus de *Virdi Planum*. Et comme Crim arrivait avec l'équipe médicale de deux navettes de soutien, le jeune Leon s'approcha de moi.

— Comment avez-vous…, commença-t-il en désignant successivement la carcasse du troisième ou quatrième corps d'Hushansa, le collisionneur juché sur ses arches et le point distant de la raffinerie. Comment avez-vous fait tout ça ?

Pas de *Monseigneur*, ni de *Monsieur*.

— Je vous l'ai dit. Certaines histoires sont vraies.

4

Nessus

Depuis le jour de ma mort à bord du *Démiurge*, mes rêves m'ont hanté, y compris pendant les fugues cryogéniques. Depuis Annica, depuis ces jours passés au sommet de cette montagne, je rêvais de ce que j'avais vu. Le Silencieux m'avait révélé la totalité du temps, avait déversé dans ma boîte crânienne le passé, le présent et les avenirs potentiels. Des univers d'événements tellement improbables qu'ils auraient pu passer pour des rêves. J'avais soupé de ces eaux comme un homme buvant l'océan. J'avais tout avalé, puis tout recraché. Il y en avait trop.

Des fragments de la vision totale me revenaient, des bruits et des images, des sensations enregistrées par les mécanismes inconscients de mon cerveau tellement humain. Des chaînes m'entravaient poignets et chevilles, m'obligeaient à claudiquer comme un vieillard. Les Cielcins m'encerclaient, me faisaient face. Ils ne portaient pas de masque. Leurs crocs de verre noir luisaient comme les gardes, dans mon dos, me forçaient à avancer avec leurs lances. Devant moi se dressait un dôme noir semblable à un œuf gigantesque, sur les marches duquel était juché un personnage en noir et azur couronné d'argent.

— Vous saviez que cela finirait ainsi, disait Syriani Dorayaica, le regard noir rivé sur moi. (Il leva une main griffue et la pointa vers le ciel.) Le moment est venu.

Je regardai dans la direction qu'il indiquait et poussai un cri.

—Hadrian !

Les ténèbres.

La lumière.

Une main sur ma joue, froide et sèche. Une odeur de fumée et de bois de santal.

—Valka…

Nous étions au lit. Elle avait allumé la lampe entourée de vitres colorées, baroques, et se dressait sur un coude. Il me fallut quelques secondes pour me rappeler où j'étais. Mon regard glissa sur les poutres finement ouvragées, sur les moulures du plafond, sur les panneaux de bois et les tapis jaddiens, sur les fenêtres hautes et étroites donnant sur le balcon et les jardins.

La Villa Maddalo. Sananne. Nessus.

La vieille maison avait été une abbaye accueillant les moines de Cid Arthur avant l'arrivée de l'Empire sur Nessus. Elle était juchée sur un promontoire dominant les villages qui entouraient la ville de Sananne. La nuit, les spires et contours cyclopéens des docks verticaux culminant à mille cinq cents mètres d'altitude scintillaient de lumières artificielles, tandis que chantaient les cigales. Une brise légère soufflait dans les cyprès effilés qui ceignaient les jardins bucoliques, me rappelant mon monde natal.

Mon chez-moi.

Cette demeure était ma prison pendant soixante-dix ans. Une cage dorée, certes, mais une cage quand même. Douze années durant, la Fondation m'avait jugé pour trahison et hérésie, mais à la fin, elle n'avait rien prouvé. Impossible de démontrer que les enregistrements de mon miracle de Berenike – enregistrements récupérés sur le réseau galactique avant d'être supprimés – n'avaient pas été altérés. Les scholiastes qui avaient assuré ma défense s'étaient battus bec et ongles contre l'Inquisition. En désespoir de cause, la Fondation avait tenté de m'assassiner. Comme avant elle Augustin Bourbon et l'Impératrice, sur Forum. Elle avait échoué, cependant, finissant de saboter mon procès. En compensation du mal qu'elle s'était donné – et parce que j'avais causé du tort à l'Empereur –, on m'envoya sur Nessus, la capitale du Magnarcat du Centaure. Le voile de Marinus ayant été perdu, le Centaure était devenu le centre de notre guerre contre les Cielcins. D'où Nessus. Le *Tamerlane* était en orbite et son équipage en fugue cryogénique, à l'exception de Valka, qu'on avait autorisée à vivre avec moi dans ma prison.

L'Empereur m'avait relégué là pour me tenir à l'écart des ennuis, de Forum et du public. Cette vie aurait pu être belle si je n'avais été confiné dans une coquille de noix.

Si je n'avais été harcelé par mes cauchemars.

— Est-ce que ça va ? me demanda Valka en me caressant la joue de ses doigts tatoués. (Comme je ne répondais pas, elle ajouta :) Les rêves, encore ?

Je hochai la tête, me levai et, nu, traversai le tapis épais jusqu'à la vasque pour me remplir un verre d'eau fraîche.

Comme je restais mutique, Valka reprit :

— Ce n'est pas Eikana, n'est-ce pas ?

— Non, confirmai-je d'une voix rauque.

Trois semaines s'étaient écoulées depuis mon retour d'Eikana à bord de l'*Ascalon*. J'avais rendu mes rapports à l'équipe du magnarque et au Renseignement de la Légion et jouissais d'une courte permission dans la villa.

— Eikana n'était rien, précisai-je.

Je n'eus pas besoin de me retourner pour savoir que Valka secouait la tête.

— Qu'est-ce que c'était, alors ?

— Rien de nouveau.

« *Le moment est venu* », pensai-je. J'avais rêvé cette scène des milliers de fois au fil des ans : moi entravé, marchant vers le dôme noir, vers le Prince des Princes des Cielcins.

Les scholiastes disent que le rôle de la mémoire est de nous protéger de blessures futures. Le souvenir d'une brûlure nous apprend à ne pas jouer avec le feu. Mais que peut-on dire alors de mes souvenirs du futur ? S'il est possible de les qualifier ainsi…

— Tu ne dors pas beaucoup, depuis ton retour.

— Et tu n'y es pas pour rien, rétorquai-je en me retournant pour lui adresser le fameux sourire en coin des Marlowe.

Elle répondit avec sa moue asymétrique. Ce n'était pas son vieux sourire. Le ver qu'Urbaine avait lâché dans son esprit avait fait des dégâts, et Valka ne s'était jamais complètement remise de cette épreuve. Les choses que le mage lui avait fait endurer avaient laissé des traces qui se voyaient parfois dans un muscle figé ou les tremblements légers de sa main.

— Quelque chose te tracasse, insista-t-elle en écartant sa chevelure rousse désordonnée de son visage.

— Cela faisait tellement longtemps, finis-je par dire.

— Que tu n'avais pas combattu ?

— Que je n'avais rêvé. Mais ça aussi, concédai-je. (J'avais dormi pendant les neuf mois qu'avait duré le voyage de retour depuis Eikana, et pour une fois, mes rêves ne m'avaient pas suivi dans la fugue.) Je n'arrête pas de penser à quelque chose que ce… général a dit. « Nous finirons par vous avoir. »

Une ride apparut entre les sourcils arqués de Valka.

— Dorayaica te cherchait déjà avant Berenike. Rien de nouveau sous le soleil, Hadrian.

Je plongeai mon regard dans le verre d'eau, tenu en coupe entre mes mains, dans mon reflet à sa surface, puis dans le regard de Valka. Le temps avait été clément avec elle, à condition d'oublier le ver d'Urbaine. Les longues décennies n'avaient eu que peu d'emprise sur son visage et son corps.

Cependant, elle était tavrosi et non pas palatine. De fines rides encadraient ses yeux, et les fossettes qui marquaient le périmètre de son sourire étaient plus profondes. Il n'y avait pas de givre dans le feu de sa chevelure, en revanche, et lorsqu'elle souriait – cette fois, son sourire fut entier et symétrique –, c'était comme un arc électrique qui embrasait mon propre visage.

— Tu as raison, acquiesçai-je en la détaillant du regard. Évidemment. (Je bus mon eau pour me donner le temps de reprendre mes esprits.) Mais je n'arrive pas à me débarrasser de… ces visions.

— Et s'il s'agissait de simples rêves ? proposa Valka en haussant un sourcil.

Mon sourire vacilla. Une fois de plus, elle avait raison. Si je ne me trompais pas, si le Silencieux m'avait vraiment montré l'intégralité du temps sur le sommet de cette montagne, alors une grande partie de ces visions ne se réaliserait pas. Les images qui me hantaient n'étaient peut-être bien que de la fiction. Je me voyais assis sur le Trône solaire avec la princesse Sélène à mes pieds, ou bien travaillant dans un champ, enchaîné à côté d'une fille qui ressemblait beaucoup à Siran. Il m'arrivait également de me voir nu à une vente aux enchères, vendu par le pirate Demetri à des organisateurs de combats. Ou bien je rêvais de ma première rencontre avec Uvanari, sauf que nous nous tenions au milieu de l'océan vert d'une plantation et non dans les tunnels de Calagah. Un garçon nommé Switch décédait dans mes bras sous le ciel d'Emesh, mais ce n'était pas le Switch que je connaissais. Et je mourais sous les coups de lame de Gilliam. Ou ceux d'Uvanari.

Des événements qui ne s'étaient pas produits et qui ne se produiraient jamais. Je les voyais tous.

— Hadrian… (La voix de Valka m'atteignit là où j'étais assis, au fond de mes pensées.) Reviens te coucher.

Je ne répondis pas tout de suite, prenant le temps de retourner une à une ces pensées, ces non-souvenirs.

Valka avait raison, la plupart de ces rêves étaient impossibles. Ils n'adviendraient jamais.

Mais alors, pourquoi ce cauchemar me réveillait-il en sursaut au milieu de la nuit ?

Mon regard se posa sur la pendule antique qui luisait au-dessus de la cheminée froide. C'était presque l'aube.

— Je crois que je vais me lever. Je dois rencontrer le magnarque plus tard dans la matinée.

Karol Venantian ne correspondait pas à l'image typique du magnarque sollien. Il n'était ni un ancien officier obèse, ni un vulgaire homme de paille. Le Seigneur Suprême de tous les systèmes du bras du Centaure, un des trois magnarques de l'univers humain, une des trois personnes autorisées à parler à la place de l'Empereur, avait l'allure d'un scribe. Fin comme une rapière et légèrement courbé par ses presque six siècles, Lord Venantian n'aurait pas été ridicule dans la robe verte d'un scholiaste. Au lieu de quoi il était vêtu d'une toge violette agrafée à l'épaule gauche et d'un gilet blanc et or : les symboles de sa fonction.

— Le Consortium a livré l'uranium à la province de Ramannu en temps et en heure, dit-il en regardant la piste d'atterrissage par le hublot de notre navette. La caravane pourra partir dès l'arrivée des barges de carburant d'Eikana. Le commandant Lynch me dit que ses amis nippons ont été satisfaits de retrouver leur raffinerie plus ou moins intacte.

La mention du Consortium Wong-Hopper et de l'uranium me rappela ma planète natale. L'uranium sur le point de nous être livré avait-il été extrait sur Delos ou dans son système ? J'aurais pu le demander au magnarque, mais il était préférable de ne pas savoir, d'imaginer.

— Yamato estime que les installations d'Eikana ne pourront être remises en route que dans environ huit mois, mais c'est beaucoup mieux que ce que nous craignions.

À travers le hublot, à ma droite, je voyais la face gris-blanc du plus proche des bâtiments du chantier naval de Sananne, un monstre de près de deux mille mètres de haut. Les tours de la ville paraissaient bien modestes en comparaison. La structure pâle me rappelait un tableau exposé dans le palais de Peronin représentant la ville de Londres brûlant dans l'ombre des colossales pyramides des Mericanii. Perturbé par cette image, je me tournai vers le magnarque.

— Il y a toujours un risque que les Cielcins reviennent. Nous les avons battus, mais leur général a survécu, et il ne fait aucun doute qu'il fera part de leur défaite à son maître.

— En effet, concéda le magnarque en caressant son menton pointu. Les Yamato vont doubler la sécurité du système, mais nous allons envoyer une légion les épauler.

— Vous feriez mieux d'envoyer une légion dans toutes les raffineries du Centaure.

— Tout ce temps passé dans l'espace vous a-t-il fait oublier quelle était votre place, Lord Marlowe ? (Sa voix était celle d'un homme à la poigne d'acier, et le scribe parut soudain bien loin.) Vous avez raison, évidemment. Personne ne sait quelles informations les Pâles ont collectées lorsqu'ils ont découvert l'emplacement des installations d'Eikana. Peut-être notre réseau de raffineries tout entier est-il en danger.

— Peut-être bien.

— Vous avez appris la nouvelle pour les Jaddiens, je suppose.

— Quelle nouvelle ?

— Le prince Aldia nous a promis une armée.

— Encore ?

Les Jaddiens nous promettaient déjà de l'aide lorsque j'étais petit garçon. Les Principautés avaient failli envoyer une armada – des milliers de vaisseaux et des millions de soldats – à une bonne douzaine de reprises, mais chaque fois, ils avaient changé d'avis au dernier moment, se contentant d'une participation symbolique, d'une expédition telle que celle de la satrape di Sayyiph sur Emesh il y avait bien longtemps.

Je voyais aux rides de son visage que le magnarque pensait la même chose que moi.

— Il semble bien, répondit-il avec une pointe d'acidité dans la voix. Forum m'informe que nos amis jaddiens ont lancé une flotte de quelque vingt mille navires de guerre sous le commandement du petit-fils du prince Aldia, le prince Kaim.

— Kaim di Otranto ? m'étonnai-je. *Al Badroscuro ?*

— Lune noire, confirma Venantian d'un ton moqueur. Quel surnom ridicule.

— L'homme n'est pas ridicule, en revanche.

Je n'avais jamais rencontré le jeune prince de Jadd, ni même vu un hologramme de lui digne de ce nom. Les *eali al'aqran*, les palatins jaddiens, portaient un masque lors de leurs apparitions publiques, une prothèse de porcelaine peinte qui reproduisait les expressions de leur visage. Celle-ci distinguait l'homme de sa fonction, elle symbolisait la séparation entre le personnel et le politique, et il ne me revenait pas de dire si elle y parvenait. Aldia di Otranto et son guerrier de petit-fils étaient connus dans toute la galaxie, mais pas leurs visages, alors que notre saint Empereur et ses prédécesseurs apparaissaient sur une infinité de portraits officiels, ainsi que sur les hurasams en or.

Le magnarque sembla mâchouiller quelque chose pendant quelques secondes, puis reprit :

— Non, en effet. Le ministère de la Guerre dit qu'il arrive avec une armée de deux cents *millions* de clones mamluks.

Si j'avais porté un masque jaddien, sa mâchoire inférieure se serait décrochée.

— Deux cents… millions ? répétai-je, la gorge soudain sèche.

C'était un nombre colossal, presque l'équivalent de toutes les légions impériales et armées des grandes et moins grandes maisons des Provinces centaurines réunies.

Il était facile d'oublier pourquoi le clonage – la *duplication* – était un des péchés de la liste édictée par la Fondation. La création illégale d'armées de clones avait garanti leur indépendance aux Jaddiens. Avant la guerre contre les Cielcins, ces mêmes armées avaient permis aux quatre-vingt-une principautés de Jadd de résister au contrôle impérial. Si les Jaddiens acceptaient enfin de participer à l'effort de guerre avec leurs clones esclaves, nous parviendrions peut-être à repousser l'invasion des xénobites une fois pour toutes.

— Les démons doivent trembler dans leurs bottes ! reprit Venantian. Enfin, les Jaddiens vont mettre des décennies à arriver dans cette région.

Abasourdi, je hochai la tête. Jadd se trouvait en bordure de la galaxie, à l'extrémité de l'Empire sollien, à des dizaines d'années-lumière de Nessus et de la ligne de front.

— Êtes-vous sûr que nous puissions leur faire confiance ? demandai-je.

Je n'avais personnellement aucune raison de me méfier des Jaddiens ; Sir Olorin Milta et son satrape de maître avaient joué un grand rôle dans ma recherche de Vorgossos, mais la mention d'un nombre aussi important avait de quoi glacer le sang.

— Le prince Aldia et Sa Radiance sont amis depuis des siècles, expliqua le magnarque en s'adossant à son fauteuil, tandis que la navette ralentissait au-dessus de la piste d'atterrissage située en bordure des docks. M'est avis que nous n'avons rien à craindre. Nous avons étendu la conscription aux provinces extérieures. L'Empereur désire pouvoir fournir autant de soldats que les Jaddiens d'ici la fin du siècle, et je ne parle même pas du personnel qu'il faudra former pour tous les navires que nous construisons.

La navette se posa et Lord Venantian se leva. J'étais censé l'accompagner dans l'inspection de l'usine fabriquant les composants de notre dernier cuirassé. Lorsqu'il serait terminé, le *Chasseur* serait un des plus gros navires de combat de l'Empire, un monstre de cent cinquante kilomètres de long qui rivaliserait avec le *Démiurge* de Kharn Sagara et les Migrateurs des Exaltés. La superstructure était assemblée dans l'espace, au-dessus d'une des cinq lunes de Nessus, mais nombre de composants étaient fabriqués sur la terre ferme, où la gravité était plus un avantage pour les ouvriers qu'un inconvénient pour le processus de construction. Une fois terminés, les composants seraient hissés dans l'espace par des câbles incroyablement longs pour y être assemblés.

Les aides du magnarque – logothètes et scholiastes tout de gris vêtus et muets pendant la durée du vol – se précipitèrent sur la rampe déployée. Je leur emboîtai le pas, marchant à côté du seigneur.

— Comment avez-vous trouvé votre sursis, Lord Marlowe ? m'interrogea le magnarque en s'arrêtant au pied de la rampe.

— Votre Grâce ?

C'était une belle journée, et il y avait très peu de vent, en dépit de la hauteur à laquelle nous nous trouvions. Mes cheveux noirs flottaient entre nous, aussi les attrapai-je pour les coincer derrière mon oreille.

— Eikana. Vous avez été avec nous… combien ? soixante-dix ans ?

— Soixante-huit ans avant Eikana.

Malgré son grand âge, ses cheveux blancs et sa peau parcheminée, le magnarque du Centaure me regarda de haut. J'étais plutôt petit pour un palatin, quoique grand pour le commun des mortels. Je levai le menton, certain que la rencontre de ce matin n'avait été organisée que pour cet instant, pour que le magnarque – mon geôlier – puisse me poser cette question. Je serrai si fort l'ourlet de ma cape que les os de ma main gauche se seraient brisés s'ils avaient été ordinaires.

— J'ai servi l'Empire toute ma vie, dis-je. Et je compte bien continuer.

Le magnarque lissa sa toge couleur porphyre d'une main ornée de nombreux anneaux.

— Certains membres de mon conseil s'attendaient à ce que vous preniez la fuite.

Malgré la chaleur du soleil blanc, un froid glacial envahit mes os, menaça de geler mon sang et mon âme. La colère légendaire des Marlowe me traversa, et je me surpris à rétorquer :

— Je suis désolé de les avoir déçus.

— Je n'aurais pas aimé avoir à lâcher mes chiens à vos trousses.

Ce n'était pas une façon de parler, mais un mensonge. Lorsqu'il en avait le loisir, c'est-à-dire rarement, le magnarque aimait prendre ses chiens pour chasser le renard et la salamandre à dix pattes dans les forêts situées au nord de Sananne.

— Je me serais donné du mal pour les distraire convenablement, lançai-je avec un sourire en coin censé confirmer qu'il s'agissait d'une plaisanterie.

Lord Venantian m'avait envoyé sur Eikana en désespoir de cause. Mes hommes et moi étions la seule compagnie disponible et possédant des navires rapides en mesure d'intervenir et de libérer la raffinerie.

— Je n'en doute pas ! s'amusa le magnarque avec la même légèreté que moi.

J'aurais pu le frapper. Le fumier avait fait en sorte que Valka reste à Maddalo dans le but précis de m'empêcher de prendre la fuite. Sous-entendre que j'aurais pu partir sans elle était une insulte qui aurait dû lui valoir quelques dents cassées.

— Je reste un serviteur fidèle de l'Empereur, conclus-je en m'inclinant légèrement comme me l'avait appris mon maître de dance dans un passé très lointain.

— Excellent ! Il sera ravi de l'entendre lorsqu'il arrivera !

5

Soleil couchant

Un chœur de trompettes argentées se faisait entendre autour de la piste d'atterrissage. Derrière les instruments étaient alignés nos innombrables soldats vêtus d'armures rouges et blanches, les crêtes en crin de cheval et les plumes flottant dans le vent. Immobiles qu'ils étaient sous leurs bannières blanches et les soleils impériaux, ils auraient pu être des statues.

Ils auraient pu seulement, car je sentais leur regard sur moi et sur ceux qui suivaient le vieux magnarque marchant vers la frégate dorée accroupie tel un dragon sur la plaine.

L'*Aube rayonnante* de l'Empereur.

Karol Venantian ouvrait la marche, flanqué de deux licteurs en armure bronze et blanche, les franges violettes de leur cape confirmant leur statut de serviteurs du magnarque. Valka était à côté de moi, vêtue d'une robe formelle en dentelle noire qui lui couvrait le bras droit jusqu'au poignet, mais laissait apparent son bras gauche tatoué. Suivaient les seigneurs de la cour du magnarque, les chanceliers et scholiastes qui le conseillaient, dont le commandant Anders Lynch et le directeur du chantier naval de Sananne. Derrière nous marchaient deux rangées de gardes en armures équipées de boucliers, une alternance de légionnaires impériaux en blanc et rouge et de soldats de la Maison Venantian en blanc et bronze.

Habillés que nous étions de noir, Valka et moi ne semblions pas à notre place. Les seuls autres personnages en noir étaient le clergé de la Fondation, avec leurs grandes couronnes égyptiennes et leurs étoles blanches. Ils étaient perchés sur une estrade tels des vautours sur un rail, où ils étiraient leur cou pour voir loin devant.

L'Empereur était arrivé.

Des jets de liquide de refroidissement visaient la frégate impériale, et de grandes colonnes de vapeur s'élevaient vers le ciel couleur coquille d'œuf. Dans les nuages avançaient les chevaliers excubites tels des scarabées jumeaux, la haute crête et la cape en soie blanche flottant dans la brise chaude. Ils marchaient d'une manière parfaitement synchronisée, et je vis le reflet de notre approche sur leurs plastrons comme ils formaient des rangs dans la vapeur et les ombres dorées de leur vaisseau.

Les ongles de Valka s'enfoncèrent dans mon bras.

— Tout ceci est-il nécessaire ? marmonna-t-elle dans son panthaï natal, langue que les autres ne parlaient pas.

En guise de réponse, je lui tapotai la main. Valka était tavrosi, et ni les décennies passées ensemble, ni les tourments que lui avaient fait subir les siens pour exorciser le démon qu'Urbaine lui avait mis dans la tête n'y avaient rien changé. Nos cérémonies impériales, la pompe, l'apparat et le respect martial lui étaient presque aussi étrangers que les Cielcins.

Comme pour répondre à sa question, les trompettes résonnèrent tandis qu'au loin l'orchestre de la Légion jouait l'hymne de l'Empire.

Il était là.

La personne impériale assise sur son trône n'était pas installée sur une plate-forme flottante ni quelque autre machine de ce genre. Sa Radiance Impériale l'Empereur sollien William XXIII de la Maison Avent était juché sur un palanquin porté par deux dizaines d'homoncules androgynes en livrée impériale, perruque et uniforme blancs. L'Empereur lui-même avait revêtu une armure romaine au torse musclé embossé, orné du soleil impérial flanqué d'ailes repliées et d'étoiles. Le moindre centimètre carré de l'armure était finement ouvragé, décoré de céramique blanc neige. Ses mains, en revanche, étaient rouges. L'Empereur ne portait pas de gantelets, mais des gants de velours, et il avait un anneau en or à chacun de ses doigts, sauf un.

Une lourde cape en samit aussi rouge que ses cheveux était suspendue à ses épaules, et la couronne qui lui ceignait le front était constituée d'or pur. Derrière lui venait la troupe habituelle de gardes et de conseillers ; scholiastes en vert et logothètes en gris terne de fonctionnaires suivaient l'Empereur comme des oiseaux marins un chalutier. Je me félicitai de ne pas voir le visage du prince Alexander parmi eux. On m'avait dit que mon ancien écuyer avait fait le voyage de Forum, mais l'Empereur ou son équipe avait apparemment jugé préférable de ne pas faire venir le prince à cette audience publique.

La musique enfla à l'approche du cortège, puis cessa brusquement comme le magnarque tombait à genoux devant son maître. Une vague parcourut notre train, et nous nous agenouillâmes tous à la suite du vieil homme, même s'il est vrai que je dus tirer Valka par le bras pour qu'elle m'imite. Les homoncules s'arrêtèrent, puis posèrent le palanquin par terre. Par trois fois, le magnarque pressa son visage contre le riche tapis déroulé pour accueillir le Fils de la Terre.

— La Terre bénisse Votre Radiante Majesté ! lança-t-il comme s'il n'était plus l'homme qui m'avait menacé sur cette piste d'atterrissage, près du chantier naval, un peu plus d'un mois plus tôt. Bienvenue ! Bienvenue sur Nessus ! Nous prions pour que votre voyage ait été agréable !

L'Empereur leva une main et deux doigts en signe de salut et de bénédiction.

—Très agréable, merci, magnarque. J'avoue que l'accueil réservé par votre planète est bien meilleur que dans nos souvenirs. (César balaya de son regard émeraude les forces rassemblées, l'orchestre et le clergé.) Je suppose que la construction de la nouvelle flotte est bien avancée.

Karol Venantian se redressa autant qu'il le pouvait sans se lever.

—Nous avons pris du retard à cause de l'incident d'Eikana, Radiante Majesté, mais nous espérons rattraper le temps perdu au cours des cinq années à venir.

Tandis que le magnarque continuait de parler, j'examinai les gens massés derrière le trône impérial à la recherche de visages familiers parmi les ministres austères et les scholiastes en robe verte. Je repérai la mâchoire carrée de Sir Gray Rinehart, l'homme qui avait remplacé Lorcan Breathnach à la tête du Renseignement de la Légion, ainsi que les moustaches de Lord Haren Bulsara, le directeur du Bureau colonial. Je remarquai aussi la confesseuse de l'Empereur, la sévère archi-prieuse Leonara. Elle le suivait comme son ombre ; on aurait même dit qu'elle était cousue à l'ourlet de sa cape. À côté d'elle, tenant justement cet ourlet dans ses mains gantées, il y avait un homme que j'avais souvent vu, mais à qui je n'avais jamais adressé la parole. Enfin, un homme... La chose était un des androgynes impériaux, un homoncule eunuque créé pour servir de valet et d'ordonnance à l'Empereur. Il était glabre mais, au contraire des autres androgynes, n'était pas coiffé d'une perruque, et son uniforme blanc se distinguait des autres par l'écharpe rouge qu'il portait à la manière d'un baudrier maçonnique.

—Lord Marlowe. (La voix impériale interrompit mon examen, et je m'inclinai.) Il semblerait que nous vous devions une fois de plus une fière chandelle. Même en exil, vous savez vous rendre indispensable.

Les leçons de stoïcisme dispensées par Gibson me permirent tout juste de contenir le sourire satisfait que m'aurait autrement inspiré la rage que devait ressentir le magnarque à ce moment-là. Je ne me penchai pas pour embrasser le tapis, car ce n'était pas ce qu'on attendait de moi, mais je ne levai pas non plus les yeux pour répondre :

— Merci, Honorable César.

À la façon dont les ombres se déplacèrent, je conclus que l'Empereur s'était levé. Quelques instants plus tard, une paire de bottes blanches entrèrent dans mon champ de vision, suivie très vite d'un gant rouge chargé de bagues. Je m'en saisis pour l'embrasser, quelque peu gêné par l'attitude de l'Empereur. En effet, il était passé devant le magnarque, avait choisi de me saluer avant les autres nobles.

— Nous regrettons de ne pas avoir pu vous aider lors de votre procès, mais nous sommes heureux de vous voir en forme.

Levant les yeux, je lâchai la main de l'Empereur ; il aurait été malvenu d'attendre trop longtemps pour rompre ce contact. Je ne savais pas comment réagir à cette introduction. Après tout, j'avais été livré au magnarque sur son ordre. Lorsque les assassins de la Fondation n'étaient pas parvenus à me tuer, le sceau et la signature de William Avent avaient suffi à faire de moi un conseiller cloué à la surface de Nessus. « *Pour votre propre protection* », avait dit l'Empereur. Et le *Tamerlane* m'avait été confisqué.

Pour m'éviter de m'attirer des ennuis, plutôt.

— Merci, Votre Radiance, me contentai-je finalement de répondre.

Cela sembla satisfaire l'Empereur, qui se détourna de moi, tel un rayon de soleil.

— Et voici votre maîtresse, je suppose. Nous n'avons pas été présentés, je crois.

Je clignai des yeux. J'avais rencontré Sa Radiance l'Empereur plus d'une centaine de fois au fil des siècles, mais toujours seul. Que Valka et l'Empereur ne se soient jamais croisés paraissait incroyable, mais c'était bien le cas. Le gant de velours rouge descendit de nouveau, devant Valka cette fois. Qui ne l'embrassa pas. Je sentis son regard brûler ma tempe pendant un instant, mais je tins ma langue. Enfin, en l'absence d'alternative, Valka embrassa les bagues impériales.

— Honorable César..., repris-je en imaginant déjà la conversation que Valka et moi aurions plus tard dans la villa. Je vous présente la docteure Valka Onderra.

J'omis d'ajouter le toponyme *Vhad Edda*. Valka et moi nous étions rendus chez elle après la bataille de Berenike à la recherche d'un remède à son affliction. Nous en avions trouvé un, mais le clan de Valka avait tenu à l'envoyer en *rééducation*, espérant purger les polluants que son long séjour parmi les *barbares* avait instillés dans son cerveau. À la fin, les Stochocrates avaient choisi de la reconfigurer complètement, d'effacer son esprit avec l'aide des machines qui imprégnaient son cerveau afin de bâtir une femme nouvelle sur les ruines de l'ancienne.

Valka avait eu de la chance de ne pas perdre complètement l'esprit.

Quelque chose dans son nom rafraîchit la mémoire de l'Empereur, cependant, car il lança :

— La Tavrosi ! Bien sûr ! (Faisant un pas en arrière, il embrassa du regard la suite du magnarque.) Levez-vous.

Nous nous exécutâmes, Valka me prenant une nouvelle fois le bras. Un des androgynes – le valet fin qui tenait la cape de l'Empereur – s'approcha et chuchota quelque chose dans l'oreille de son maître. César agrippa l'épaule de l'homoncule et hocha la tête.

— Merci, Nicephorus, dit-il avant de se tourner vers le magnarque agenouillé. Levez-vous, magnarque Venantian. Montrez-nous votre superbe ville et la flotte que vous construisez pour nous ! S'il vous plaît !

— Votre Radiance…, commença le magnarque en se levant avec l'aide d'un de ses licteurs. Le tram attend de nous conduire au palais, si vous voulez bien me suivre.

— Bien sûr, cher magnarque. C'est votre monde, après tout. Nous vous suivons !

L'Empereur et le magnarque s'écartèrent pour laisser passer l'escorte du premier, qui prit la direction de l'allée centrale et du train qui nous conduirait au palais, où nous attendait un banquet de bienvenue.

Sa Radiance était fatiguée, et son long voyage n'était pas terminé. Au fil des guerres, l'Empereur était rarement sorti des grandes salles de sa Cité éternelle. Il avait brièvement visité quelques forteresses de la Légion et capitales provinciales, et il était venu une ou deux fois sur Nessus ; néanmoins, la dernière fois qu'il avait entrepris pareil périple remontait à avant Vorgossos, avant mon adoubement. Cela faisait des siècles que le Premier-Né de la Terre n'avait visité les provinces extérieures.

Nessus serait donc la première d'une trentaine d'étapes : Vanaheim, Aulos, Carteia, Perfugium… Certains de ces mondes étaient des atouts stratégiques, d'autres avaient été ravagés par les Pâles. Après la chute de Marinus et la perte de contrôle sur le Voile, renforcer les territoires impériaux du Centaure était devenu une priorité. Marinus avait été un coup sévère porté à l'Empire car les conquêtes récentes de la Règle étaient isolées.

Des dizaines de mondes perdus.

— Il convient de mettre de l'ordre sur nos frontières, reprit Sa Radiance.

— Nous avons préparé des rapports sur l'état de ces dernières, acquiesça le magnarque.

L'Empereur opinait du chef, mais il y avait quelque chose de glacial et minéral dans sa voix.

— Très bien, très bien. Il semblerait toutefois que vos effectifs ne soient pas suffisants, Karol.

Le magnarque me tournait le dos, mais je l'imaginai parfaitement fronçant les sourcils.

— Je ne dirais pas cela, Votre Radiance, même s'il est vrai que notre flotte a beaucoup souffert. Nous avons des légionnaires en grand nombre – sur Gododdin, sur Perfugium et ailleurs –, mais sans vaisseaux pour les transporter, ils ne servent à rien. Croyez que nous construisons aussi vite que nous le pouvons. (En arrière-plan, le monolithe pâle du chantier naval se dressait dans le ciel, présence aussi imposante que celle des montagnes lointaines.) Les Cielcins agissent avec ruse. Ils ont détruit deux de mes chantiers dans les quatre-vingts dernières années. Si je n'étais pas intervenu à temps sur Eikana, ils auraient même compromis notre production de carburant.

— *Khun!* chuchota Valka dans mon oreille. Qu'a-t-il fait, exactement ? Personnellement, je veux dire !

— Laisse tomber, lui dis-je doucement.

— Marlowe !

Entendant mon nom, je me retournai. Derrière le souverain, la suite de l'Empereur finissait de mettre pied à terre. Les habituels logothètes, scholiastes et représentants de la Fondation avaient pris leur place dans le train de l'Empereur, laissant les conseillers militaires fermer la marche avec leurs bérets rouges et blancs et leurs uniformes noirs de la Marine. Je crus reconnaître un visage ou deux, des strategoi qui siégeaient au Bureau du Renseignement avec Augustin Bourbon et Lorcan Breathnach. En revanche, je ne connaissais aucun des légats, des commandants centaurins invités par l'Empereur.

Impossible de ne pas identifier le tribun Bassander Lin, toutefois.

Le patricien mandari marchait péniblement à l'aide d'une canne en frêne. L'homme s'était brisé presque tous les os en combattant le général-*vayadan* Bahudde sur Berenike. Rien, pas même les meilleurs médecins de l'Empire, n'aurait pu lui rendre son corps d'avant. La science lui avait sauvé la vie, ce qui était déjà une prouesse. Et il servait toujours, ce qui en disait long sur son opiniâtreté.

— Lin. (Je le saluai furtivement.) Je suis étonné de vous voir ici. Je croyais que la 347ᵉ était du côté de Sete.

Le tribun me rendit mon salut.

— Après Berenike, la 347ᵉ a été reconfigurée. Le remplaçant de Hauptmann a fait muter Leonid Bartosz et confié les rênes de la légion à un légat originaire du bras de Persée dont je n'avais jamais entendu parler. Pour ma part, j'ai été muté dans la 409ᵉ.

— Et promu, apparemment, ajoutai-je en désignant les deux étoiles et le chêne symbolisant son nouveau grade.

Je ne le félicitai pas. Lin et moi n'étions pas amis, ne l'avions jamais été. Je connaissais l'officier irritable depuis qu'il était lieutenant, et j'avais servi avec lui lors de la recherche de Vorgossos. Par sa faute et celle de feu Titus Hauptmann, les pourparlers de paix avec le clan Otiolo avaient été interrompus. Ils n'avaient pas échoué par leur faute, toutefois. J'étais incapable de l'admettre à l'époque, mais la paix avec les Cielcins était impossible. Lin était là pour me rappeler que je m'étais fourvoyé.

— Oui, c'est une menue bénédiction, acquiesça-t-il en effleurant ses galons. (Un instant plus tard, il croisa le regard de Valka.) Docteure… J'ai été heureux d'apprendre que vous étiez guérie.

Il hocha la tête en guise de salut.

— Et moi d'apprendre que vous étiez remis de vos blessures.

— Nous devrions peut-être y aller ? proposa Lin en montrant la procession marchant vers le tram.

Je fis signe à Bassander de passer devant, et nous lui emboîtâmes le pas, calquant notre rythme sur le sien, claudiquant. Après quelques secondes, Lin se racla la gorge.

— Comment trouvez-vous Nessus, Marlowe ?

Pas de *Lord*, ni de *Sir*. Bassander Lin n'avait jamais été capable de réconcilier la terreur sainte que je lui inspirais et le mépris qu'il avait eu pour le jeune homme que je fus. Il m'avait vu mourir à bord du *Démiurge*. Puis revenir.

— Pénible, répondis-je en fixant d'un regard assassin l'arrière de la tête de Venantian.

— Je suis surpris. Vous êtes proche de l'action, en position d'intervenir…

— En position de dire à d'autres comment ils devraient intervenir, vous voulez dire.

— Sans compter que nos compagnons sont congelés en orbite depuis notre arrivée, intervint Valka. Nous sommes très isolés, ici.

J'approuvai de la tête.

— Après les événements de Thermon, l'Empereur a jugé préférable de me mettre à l'écart, histoire que je cesse de me donner en spectacle.

— Il aurait dû vous mettre dans un vaisseau en partance pour une autre galaxie, dans ce cas ! lâcha Lin, faisant presque rire Valka.

— Gardez cette idée pour vous, s'il vous plaît, repris-je. Je suis sûr que certains de ses conseillers la lui ont déjà soufflée. (Comme Lin ne répondait pas, j'ajoutai aussitôt :) Alexander est avec vous, n'est-ce pas ?

— Le prince ? (Nos regards se croisèrent brièvement.) Sa Radiance a suggéré que nous l'emmenions pour l'habituer.

— L'habituer ? répéta Valka.

Je sus au ton piquant de sa voix qu'elle pensait la même chose que moi.

Alexander était toujours l'héritier présomptif. Ou pas si présomptif que cela. Il était un des *descendants*, le cent septième enfant de l'Empereur. Les enfants plus âgés, comme le prince héritier Aurelian, étaient presque aussi vieux que l'Empereur lui-même. Si l'un d'entre eux devait monter sur le trône, son règne serait court. Alexander, lui, était jeune, même si je n'avais aucune idée du nombre d'années qu'il avait passées en fugue cryogénique. En tout cas, il était toujours le favori pour succéder à l'Empereur.

Et il avait assisté à mon miracle de Berenike, il avait vu le laser orbital cielcin me frapper sans parvenir à me tuer. Me craignait-il toujours autant que sa mère ? Que les Lions de la cour impériale ?

Que la Sainte Fondation de la Mère Terre ?

Lin sembla hésiter à poser sa question suivante. Pour se faire entendre malgré les trompettes, il se pencha vers moi et me chuchota à l'oreille :

— Est-il vrai que la Fondation a essayé de vous empoisonner ?

Je le regardai sans rien dire, ce qui était une réponse en soi, même si ce n'était pas toute la réponse. La Fondation avait envoyé un assassin dans ma cellule. Je l'avais obligé à prendre son propre poison. La nouvelle ne s'était pas propagée dans tout l'Empire. Certains préféraient raconter qu'Hadrian Marlowe avait pris le poison devant le préteur et les jurés, mais qu'il n'était pas mort.

Le tribun parut saisir le message.

— Vous devriez nous rendre visite à la villa, intervint Valka pour empêcher que le silence maladroit se prolonge. (Elle lui posa la main sur l'épaule.) Nessus est bien plus agréable quand on s'éloigne de la ville.

De fait, il était impossible d'avoir ce genre de conversation en ville ; les oreilles et les caméras y étaient trop nombreuses.

— Merci pour l'invitation. Je crains cependant que Marlowe et moi soyons très occupés. Vous avez entendu parler des Jaddiens, j'imagine.

— Du prince Kaim et de son armée ? demandai-je. Oui.

— L'Empereur n'est pas venu ici dans l'unique but de vérifier l'avancée des travaux dans les chantiers navals de Venantian. À la base, il était censé s'arrêter ici à la fin de sa tournée des provinces.

Cela piqua ma curiosité, et je me penchai à mon tour vers lui.

— Cette étape n'était pas prévue ?

Voilà pourquoi Venantian m'avait informé de la venue de l'Empereur si tardivement. Voilà pourquoi il était de si mauvaise humeur lorsque nous avions inspecté les chantiers navals ensemble.

— L'Empereur a accepté de perdre cinq ans pour faire ce détour, confirma le tribun en secouant la tête.

— Cinq ans ? s'étonna Valka. Pourquoi ?

— C'est seulement une rumeur… Le hasard a fait que j'ai entendu une conversation entre Sir Gray et mon commandant.

— Qui est votre commandant ? m'enquis-je sans savoir si c'était important.

— Le légat Sendhil Massa, répondit Lin d'une voix à peine audible.

Je ne le connaissais pas, même si un autre membre de la Maison Massa siégeait au Bureau du Renseignement. J'avais oublié son nom, mais c'était une connaissance de Lorian Aristedes.

— Que se sont-ils dit ?

— Seulement que l'Empereur était venu ici pour vous.

6

Vieilles cicatrices

De tous les endroits que j'avais habités, la Villa Maddalo était parmi les plus parfaits. S'il s'était trouvé sur Colchis et non Nessus, il aurait été le meilleur. Les Cid arthuriens qui l'avaient bâti des millénaires plus tôt avaient choisi pour site un promontoire surplombant un fleuve et des prés quadrillés de haies tapissant les collines qui ondoyaient jusqu'à la capitale, à l'horizon. L'extérieur était en pierre chaulée, et les toits pointus étaient soutenus par des poutres sculptées de motifs géométriques caractéristiques de ce culte chevaleresque.

Ce n'était pas le palais d'un seigneur de l'Imperium, mais Maddalo était magnifique d'une manière qui équilibrait fierté et humilité. Les deux ailes de l'ancienne abbaye ceignaient une cour et un jardin de rocaille entourant les habituelles enclume et épée d'Arthur-Bouddha. La Fondation avait fait retirer et fondre les icônes du culte lorsque Nessus fut conquise par l'Imperium, et ici et là, la villa portait les stigmates de l'Inquisition : une balafre dans le bois où un lotus ou un Graal avait été effacé, une souche pétrifiée là où un figuier sacré avait été abattu. En certains endroits, des œuvres d'art traditionnelles avaient été remplacées par des artefacts dont la présence semblait déplacée : une tête de taureau empaillée, un tableau représentant une palatine nue étendue sur un sofa en cuir, une sculpture qui n'était qu'une masse informe de bronze.

J'avais fait enlever la tête de taureau et la sculpture pour faire de la place à un ange aux ailes de chauve-souris dans le style des gargouilles qui avaient protégé mon enfance au Repos du Diable. Valka avait insisté pour garder le tableau, ce qui ne m'avait guère étonné. L'œuvre me mettait mal à l'aise, et cela l'amusait.

Les lieux étaient emplis des signes de notre occupation. Deux lances ornées de l'étendard de la Compagnie rouge flanquaient le grand escalier. On y reconnaissait la fourche et le pentacle de ma branche de la Maison Marlowe, entourés d'une frise géométrique rappelant les origines grecques de ma mère. La bibliothèque – une tour carrée se dressant dans le coin sud-ouest – abritait les livres qui avaient voyagé avec moi pendant si longtemps à bord du *Tamerlane*. Là se trouvaient également les dizaines de journaux – couvertures noires et papier blanc – que j'avais emplis de croquis, de poèmes et de mes citations préférées.

Valka avait installé son bureau dans une des salles de l'étage, qu'elle avait tapissée de phototypes, de cartes et de scans des sites liés aux Silencieux qu'elle avait visités. Apparemment, les anaglyphes circulaires qui couvraient les ruines des Silencieux n'étaient pas du tout des glyphes, mais les empreintes en trois dimensions de mécanismes supérieurs, mystère qui lui résistait depuis des années. Langage ou pas, cependant, elle était xénologue, et elle finirait par résoudre cette énigme.

On m'avait alloué du personnel à mon arrivée mais, soixante-dix ans plus tard, il ne restait plus qu'Anju. Elle avait commencé dans l'arrière-cuisine, avant de devenir cuisinière en chef, poste qu'elle occupait depuis trente ans. Malgré son âge très avancé pour une plébéienne, elle était la première à se lever pour nous préparer le petit déjeuner, à moi, au jardinier et aux deux bonnes. Souvent, je mangeais en leur compagnie avant d'aller faire de l'exercice dans la salle de sport voûtée de l'aile ouest. Autrefois, la salle résonnait des coups d'épées en acier des Cid arthuriens qui s'y entraînaient.

Le matériel d'escrime, les mannequins cibles d'entraînement et la fosse holographique étaient les seuls vestiges des moines qui n'avaient été grattés ou effacés. Comme je l'avais si souvent fait durant d'innombrables matinées – pendant que Valka dormait après une nuit de recherches –, je me tenais au milieu de la piste d'escrime, entouré de cibles mouvantes dansant à l'extrémité de bras articulés. Des projecteurs holographiques peignaient des hommes sur ces cibles. Les Cid arthuriens avaient conçu et programmé des images de chevaliers médiévaux en armures gothiques, la visière baissée, les tuniques colorées et richement ornées.

Pieds et torse nus, vêtu seulement d'un pantalon moulant et armé d'un bâton lesté en fibre de carbone, j'avais une piètre allure en comparaison. Ils étaient quatre, armés d'une épée ou d'une masse, les hologrammes suivant parfaitement les mouvements des cibles sur leurs bras reliés au plafond, semblables à des cordons ombilicaux d'acier. J'ignorais comment le dispositif avait pu passer l'inspection de la Fondation, comment il pouvait fonctionner sans intelligence artificielle ; et pourtant, il fonctionnait sans jamais se répéter. Un temps, j'avais songé à le faire démonter, car ces bras me rappelaient trop les Exaltés et les soldats chimériques qui formaient le gros des armées du Prophète. Je ne l'avais pas fait, cependant. La Fondation avait fait bien assez de mal à la villa lorsqu'elle avait arraché les vieilles icônes. Les hologrammes rappelaient les images que ma mère peignait pour ses opéras ; aussi, lorsque je me tenais au milieu de ces chevaliers en armure, avais-je l'impression de vivre dans un de ses scénarios.

Le premier chevalier attaqua, frappant d'estoc vers le bas, la lame déroulant un sillage rouge en plongeant. Je parai et glissai mon épée sous la visière de son heaume. L'hologramme se dissipa, et l'automate matelassé se retira, la lame factice retombant, passive, avant d'être escamotée au plafond. Et d'un. Je sautai sur le côté juste à temps pour esquiver une attaque du chevalier portant un surcot bleu et doré orné de ce qui ressemblait à la fleur de lys de la Maison Bourbon. Les autres attaquèrent, à leur tour : l'un vêtu de noir et d'or armé d'une énorme masse, l'autre de plaques d'acier et équipé d'un casque pareil à un baril doté d'une moustache. Je parai un coup du chevalier noir et m'écartai pour le mettre entre les deux autres et moi. Je me devais de les contrôler, de les combattre un à un.

Mes pieds nus glissèrent sur le sol lisse comme je reculais avant l'attaque féroce du chevalier noir. Le bleu arriva sur ma gauche, essayant de me prendre en tenailles. Je chargeai le chevalier noir, déviai sa masse et frappai son armet, qui résonna comme une cloche. Le chevalier vacilla, le bras métallique gémissant comme il mettait un genou à terre, me laissant le temps de me retourner pour esquiver un grand coup de taille du chevalier bleu. Le chevalier moustachu brandit sa grande épée à la manière d'un bourreau.

J'attaquai d'estoc en faisant glisser sa lame le long de la mienne. Son épée frappa le sol, tandis que je piquais le centre du mannequin avec mon arme d'entraînement. Le chevalier disparut, le squelette métallique s'élevant vers le plafond, alors que le premier redescendait sous la forme d'un ancien samouraï nippon.

Le chevalier noir s'était relevé, cependant, se déplaçant en tandem avec son collègue bleu. Leurs pieds fantomatiques ne faisaient aucun bruit sur les dalles de pierre polie comme un miroir, et leurs armures étaient totalement silencieuses. Ils attaquèrent de concert, et si je touchai le noir à la tête, l'épée holographique du bleu me frappa dans le dos, me laissant une marque furieuse.

Les dents serrées, je bloquai le bras droit du chevalier bleu avec mon bras gauche, ravalant la douleur lorsque mes os artificiels absorbèrent l'impact. Je pivotai sur mes talons, ma lame en fibre de carbone sifflant pour toucher mon adversaire à la tête. Le chevalier tomba et se dissipa, défait. J'avais un sursis car j'avais battu trois adversaires très rapidement, aussi me retrouvai-je face au samouraï. Le bras tendu, j'avais adopté ce qui était ma garde de prédilection depuis Emesh. L'antique chevalier portait un masque démoniaque sous son *kabuto*. Il attaqua à une vitesse foudroyante. Je parai en faisant un pas de côté et en pointant mon arme vers les yeux de mon adversaire. Le samouraï recula et modifia sa garde. La lame incurvée se leva, s'abattit subitement. Je reculai à mon tour en relâchant mon poignet pour faire retomber mon bâton, tandis que mon adversaire me présentait brièvement son épaule.

Lorsque j'étais enfant, j'avais trop souvent hésité à frapper lorsque Sir Felix m'obligeait à combattre mon frère.

Je frappai.

Le quatrième hologramme disparut, et les bras articulés tournèrent au-dessus de moi, les mannequins pendillant tels des fruits trop mûrs. Je pivotai lentement sur mes talons comme les bras se déployaient à nouveau, les bâtons capitonnés prenant l'apparence d'armes diverses, des projections colorées couvrant les squelettes métalliques.

Je serrai les dents et m'efforçai d'évaluer la situation. Pendant un bref instant, je vis dans le plastron d'un chevalier le reflet de mon sourire en coin et de mon visage taillé à la serpe figurant un masque de détermination. Je me sentis grand et fort. Aussi grand et fort que je l'avais été autrefois, plus grand et fort que je ne le serais jamais.

Le premier chevalier tapota la paume de sa main avec sa lame sans produire le moindre bruit. Ses camarades m'encerclèrent comme des requins dans une eau rouge sang.

Aucun homme n'aurait pu combattre quatre adversaires simultanément. Aucun homme ordinaire. Je tournai sur moi-même car je ne pouvais pas les voir tous les quatre en même temps. Les quatre devinrent huit, puis seize, puis trente-deux, puis soixante-quatre. Des centaines. Des milliers.

Ils frappèrent et disparurent, leurs possibilités balayées par le flot impitoyable du temps. Une lame siffla tout près comme je me mettais de profil, puis je pivotai en abattant ma lame factice sur l'épaule d'un autre golem. Je ne me reposai pas sur mes lauriers, m'extirpai aussitôt du nœud que mes ennemis avaient formé autour de moi, la lame pointée entre nous.

Combien de fois cette salle avait-elle résonné de nos coups d'épée ? Je me rappelle la couleur des rayons de soleil passant entre les barreaux en fer forgé des fenêtres et le froid des dalles lisses sous mes pieds nus et calleux. J'avais vécu des milliers de matinées similaires, mais je n'en connaîtrais plus beaucoup. Le silence tombait sur la Villa Maddalo. Le silence et une ombre appelée Hadrian Marlowe qui, un jour prochain, se retrouverait face à un Sir Hector tout sourire en ayant bien du mal ne serait-ce qu'à tenir son épée.

Le chevalier argenté visa mes yeux.

— Simulation, pause !

Les servomoteurs des bras métalliques s'arrêtèrent en gémissant, alors que l'épée du chevalier d'argent n'était qu'à quelques centimètres de mon visage. Je me détendis et me retournai pour découvrir Valka sous l'arche ronde de la porte, vêtue d'un ample chemisier sans manches et de jodhpurs évasés. Le tribun Lin était à côté d'elle, penché sur sa canne, occupé à regarder partout sauf les cicatrices hideuses qui zébraient ma main et mon bras gauche. L'épée en matière haute avait bien failli me tuer, dans le Grand Colosseum de Forum.

— Lin ! Je ne savais pas qu'il était si tard ! lançai-je, toujours entouré de quatre chevaliers holographiques.

Le tribun était vêtu de noir sous sa redingote et portait son béret blanc sous son bras.

— Je ne savais pas que vous aviez gardé ça, répondit-il en désignant de sa canne le drapeau jaune accroché sur le mur opposé.

On y voyait un ange doté de quatre paires d'ailes et d'un crâne à la place du visage. Il appartenait autrefois à Marius Whent, le soi-disant amiral dont nous avions renversé la dictature lors de notre quête de Vorgossos.

— Celui-ci flottait au-dessus du bâtiment qui accueillait son gouvernement, dis-je en levant les yeux vers l'objet. Jinan… La lieutenante Azhar l'a décroché lors de nos célébrations.

Jinan et moi avions escaladé la spire ensemble.

— J'ai toujours son épée, rappela Lin en tapotant l'arme sous sa redingote.

Même s'il n'était pas chevalier impérial, Lin avait gardé l'arme depuis Pharos. Je m'étonnais d'ailleurs que personne ne la lui ait reprise.

— Un souvenir de l'arène ?

— Je vous demande pardon ? demandai-je comme je me retournais pour confier mon arme à un des automates.

Les antiques chevaliers clignotèrent avant de disparaître, tandis que les mannequins s'élevaient vers le plafond telles des marionnettes à la fin d'une représentation. Il parlait de mes cicatrices. En temps normal, je portais un gant en cuir noir accroché par une boucle au niveau du coude pour dissimuler les principales.

— Une relique de l'avant-dernière fois que la Fondation a tenté de me tuer. À ce rythme, elle va finir par y arriver.

— Ne dis pas ça ! protesta Valka.

Je haussai les épaules. Grâce aux implants de Valka, nous étions à peu près certains que la maison n'était pas surveillée électroniquement. Entre autres choses, j'avais choisi la Maddalo car elle était ancienne. La maison ayant été une abbaye, sa connexion à la datasphère planétaire était très mauvaise. Il n'y avait pas de serrures électroniques aux portes et aux fenêtres, pas de caméras de sécurité, ni de système de communication intégré. Si quelque chose, dans les parages, avait émis des ondes, Valka l'aurait détecté avec son implant de dentelle neuronale.

— Comment trouvez-vous Nessus ? demandai-je à Lin en m'essuyant. Vous appréciez vos réunions avec le magnarque ?

J'avais assisté à plusieurs sessions avec l'Empereur, où était évoquée la logistique de la tournée de Sa Radiance dans les provinces extérieures. Un travail ennuyeux au possible.

— Ce n'est pas si mal. Vous êtes bien installés, on dirait.

— Vous parlez de la villa ? (J'embrassai le gymnase du regard, me tournai vers les hautes fenêtres donnant sur le jardin à l'anglaise entouré de haies protectrices.) La maison est le seul élément agréable de ma cellule. Ma codétenue mise à part, bien sûr.

Valka leva les yeux au ciel.

— Cela pourrait être bien pire, insista Lin en claudiquant vers une fenêtre. J'avoue avoir été surpris de recevoir votre invitation.

— Je vous en avais parlé le jour de votre arrivée, lui fit remarquer Valka.

— Certes, mais… (Il nous tournait le dos et, bien droit et le regard balayant le monde en contrebas, pianotait sur le pommeau de sa canne comme avait l'habitude de le faire Raine Smythe.) … nous n'avons pas toujours été sur la même longueur d'onde.

Je me rendis compte, comme il parlait, que j'avais autrefois tranché cette main posée sur le pommeau de la canne. Après un silence maladroit, Lin ajouta :

— La campagne a été longue...

Il semblait las, épuisé. Sa voix trahissait plusieurs siècles de vie. J'avais failli oublier qu'il était patricien, que malgré notre proximité générationnelle, son sang moins noble que le mien le faisait vieillir plus vite que moi. Lin n'était plus un jeune homme.

— Je suis heureux que nous soyons dans le même camp, Marlowe.

Pourquoi ces confidences ?

— Moi aussi, Lin, dis-je, manquant d'imagination.

— Je ne vous ai jamais remercié de m'avoir sauvé, sur Berenike.

— Ce n'était pas nécessaire, le rassurai-je en mettant ma serviette autour de mon cou.

— Bien au contraire, lança le tribun en se retournant brusquement et en soupirant.

Recevoir les remerciements de Lin n'était pas une expérience agréable, aussi me hâtai-je de dévier la conversation.

— Berenike n'a pas été facile.

— Qu'est-il arrivé à vos soldats irchtani ?

Près de deux tiers d'entre eux étaient morts dans l'assaut final contre Bahudde et la foreuse que les Cielcins avaient envoyée contre notre forteresse.

— Ils ont été mutés, répondis-je. Leur commandant, Barda, a rejoint un fort de la Légion sur... Zigana, je crois. Il est parti avec ses hommes. (Je changeai de posture, croisai les bras dans une attitude défensive.) Ils entraînent leurs congénères pour leur permettre de rejoindre notre combat.

Lors des funérailles d'Udax et des centaines d'Irchtani morts, j'avais promis à Barda fidélité à son peuple. Cette promesse, je n'avais pas fait grand-chose pour la tenir. Chassant de mon esprit ces réflexions coupables, je dis :

— Permettez-moi d'aller m'habiller. Je vous rejoins très vite.

Je me réfugiai dans la sécurité relative de notre chambre, où je fis ma toilette et m'habillai, optant pour une tunique blanche aux manches amples serrée par une ceinture, mon habituel pantalon noir et des bottes hautes. Je m'attardai un peu, m'affairai sur les attaches en argent du gant en cuir que je portais à la main gauche pour dissimuler mon bras, mes yeux violets étudiant leur propre reflet dans le miroir. Sous celui-ci, il y avait une antique vasque ayant appartenu à Jinan, qui s'en servait tous les matins pour pratiquer les ablutions que son dieu du feu jaddien imposait à ses fidèles. Elle me l'avait laissée lorsque je l'avais laissée. J'avais pris l'habitude d'y entreposer quelques objets de valeur. Mes bagues, notamment – l'une en ivoire, l'autre en rhodium, la dernière en or jaune –, mais aussi le fragment de coquille blanche que le Silencieux m'avait donné et dont la radiance m'avait guidé sur les rivières du temps depuis les Ténèbres hurlantes, ainsi que la demi-lune en argent du phylactère génétique que Valka avait fait pour moi. Là se trouvait également le cylindre en argent contenant le réservoir de pentaquarks inertes de la lame en matière haute qu'Augustin Bourbon avait confiée à son assassin pour ce fameux jour, dans le Colosseum. Je l'avais retiré avant de renvoyer la poignée vide à son propriétaire afin de lui faire savoir qui avait compris son destin. Je l'avais gardé depuis.

Il me rappelait ce que j'avais été et ce que je ne devrais jamais redevenir.

Je m'efforçai de réconcilier la vision que Bassander Lin avait de moi, sa gratitude, sa terreur sainte et ces souvenirs. Je finis d'accrocher mon gantelet et secouai le bras pour faire tomber ma manche par-dessus. Comme je m'éloignais, le soleil se réfléchit sur les soudures argentées de la vasque réparée. Je l'avais cassée en m'installant dans mes quartiers à bord du *Tamerlane*, lorsque l'Empereur m'avait fait cadeau du vieux navire de guerre, et ses cicatrices exposées au grand jour étaient aussi visibles que les miennes.

Je pensai à Lin, à ses os brisés rafistolés avec des outils usés, et à Valka, dont l'esprit avait été brûlé par le virus de MINOS. Nous avions tous été marqués par la guerre, comme il se devait pour tout serviteur du Temps.

Descendant par le grand escalier flanqué des bannières des Marlowe, je trouvai Lin et Valka dans la salle principale. Nous fîmes alors visiter la demeure et son jardin à Bassander Lin en parlant de choses diverses, en évoquant de vieux souvenirs. Nous parlâmes de Raine Smythe, de Vorgossos et de l'avant-Vorgossos. Nous nous rappelâmes Emesh et Sir Olorin, Otavia Corvo et ceux qui dormaient dans les cryptes glacées du *Tamerlane*, en orbite.

— Je n'ai revu aucun d'entre eux depuis bien avant Thermon, dis-je. Pallino et Crim étaient avec moi sur Eikana, et j'ai échangé avec Lorian et Corvo par radio après, mais je suis dans l'ensemble très isolé.

— Nous le sommes tous les deux, intervint Valka en s'adossant à sa chaise.

Nous nous étions installés autour d'une table que les bonnes avaient disposée dans le jardin pour le repas du soir.

— Un peu de vin ? proposa Valka en montrant une bouteille de bleu de Carcassoni.

Lin refusa la boisson millésimée comme il l'avait refusée au début du repas.

— Juste de l'eau, merci, répondit-il en remplissant son verre en améthyste avec la carafe assortie pour appuyer son refus. J'imagine qu'être séparé de vos hommes n'a pas été facile.

— D'autant plus que le magnarque n'est pas mon plus grand admirateur, dis-je en coupant ce qui restait de ma caille.

Voyant Lin hausser les sourcils, Valka expliqua :

— Le magnarque est très… dévot.

— Moi aussi, contra Lin d'un ton neutre.

— Elle veut dire que Lord Venantian me juge coupable d'hérésie, de sorcellerie et… de tout ce que l'Inquisition avait à me reprocher à Thermon.

J'avalai un morceau de caille en scrutant Lin dans l'attente d'une réaction.

Le visage de l'officier mandari ne trahit pas ses sentiments. Il secoua vigoureusement la tête, cependant.

— Impossible. J'ai vu ce que vous avez fait sur Berenike et sur ce navire… Si vous étiez une machine ou un genre d'*expérience*, les inquisiteurs l'auraient découvert. Ils n'auraient pas eu besoin d'un assassin.

Mon front se barra d'une ride. J'avais moi-même pensé de nombreuses fois à cet argument lorsque mes rêves me réveillaient au beau milieu de la nuit. Si je n'étais pas vraiment humain, la Fondation l'aurait découvert. J'étais unique en mon genre, et quoi que le Silencieux m'ait fait, il ne m'avait pas changé comme Kharn Sagara s'était changé, se fabriquant un autre corps.

La brise agita les cyprès effilés et les noyers sous les branches desquels commençaient à scintiller des lucioles dans la pénombre du soir.

— C'est bien le problème, finis-je par dire. Ç'aurait été presque mieux si j'avais été vraiment coupable. Au moins, ils auraient su quoi faire de moi. Je ne serais pas coincé ici.

Je montrai le jardin, la maison et la planète tout entière sous le ciel en train de s'obscurcir.

— Il y a pire destin.

— Peut-être, acquiesçai-je en sirotant mon vin.

— Vous avez dit que l'Empereur était venu ici pour nous..., l'encouragea Valka en posant la main sur mon bras. Sur le tarmac. Vous avez dit avoir entendu Sir Gray Rinehart et votre légat discuter.

Alors qu'il nous en avait déjà beaucoup dit, Bassander Lin parut mal à l'aise. L'homme était légionnaire jusque dans ses os meurtris, et s'intéresser à des ouï-dire à la manière de vulgaires cadets lui était douloureux.

Bassander posa son verre en améthyste et se tourna furtivement vers le jardin et le gazon où sa navette en lame de couteau se découpait sur la toile de fond du soleil couchant comme s'il craignait d'être entendu.

— Sir Gray pense que l'Empereur a l'intention de vous nommer auctor du domaine.

Heureusement, j'avais posé moi aussi mon verre de vin sur la table, autrement, je l'aurais sans doute lâché.

— Auctor ? Moi ?

— Qu'est-ce qu'un auctor ? s'enquit Valka, son regard doré nous interrogeant alternativement.

— C'est une fonction ancienne, répondit Lin à ma place. Une fonction que personne n'a occupée depuis les Guerres jaddiennes.

— Depuis les Guerres d'Auriga, le corrigeai-je. (J'avais lu les chroniques de l'Empire d'Impatian une bonne dizaine de fois. Je me tournai vers Valka en posant la main sur son genou.) Vous n'êtes pas sérieux ?

Bassander était toujours sérieux, cependant. Je le connaissais depuis des décennies, et je ne l'avais presque jamais vu sourire.

— Si vous ne répondez pas à mes questions...

Valka reposa son verre et cacha sa main gauche sous la table. Je décelai une tension dans son épaule, comme elle essayait de masquer ses tremblements.

Je levai une main conciliante, mais Bassander répondit plus vite que moi.

— Les auctors étaient des mandataires impériaux, quasi des co-Empereurs. Ils parlaient avec la voix de l'Empereur, donnaient des ordres, édictaient des lois, dirigeaient les Légions.

— Ils étaient des remplaçants, précisai-je. Les anciens Empereurs les nommaient et les envoyaient distribuer leurs ordres à leur place. Des hommes de confiance triés sur le volet. Ils exerçaient un pouvoir impérial jusqu'à la fin de leur mission. Après les Guerres d'Auriga, l'Empereur – un des Titus, il me semble – a préféré créer le système des magnarques et des vice-rois, plus stable et moins centralisé.

Valka hochait la tête, massait sa main gauche avec la droite.

— Vous croyez vraiment qu'il a l'intention de ressusciter cette vieille fonction ? demanda-t-elle.

— Comme je vous l'ai expliqué, l'Empereur a accepté de prendre un retard de cinq ans pour s'arrêter sur Nessus. Pourquoi l'aurait-il fait sinon pour prendre une décision de ce genre ? (Bassander se pencha au-dessus des restes de son repas.) Auctor, vous seriez au-dessus de la Fondation. Ils n'oseraient plus rien tenter contre vous. Vous seriez en sécurité. Vous pourriez quitter cet endroit.

— Qu'est-ce qui vous fait penser que l'Empereur souhaite me voir quitter cet endroit ?

— Si j'en crois Rinehart, l'Empereur ne voulait pas que vous soyez envoyé ici. Il pense que c'était du gâchis, ajouta-t-il en reprenant son verre en améthyste pour boire.

Je réfléchis. Sir Gray Rinehart était le directeur du Bureau du Renseignement et, par extension, à quelques pas seulement du Conseil impérial. Cette histoire d'auctor n'était peut-être qu'une rumeur, mais les rumeurs colportées par l'espion en chef de l'Empire étaient forcément plus crédibles que d'autres.

Pour la première fois depuis longtemps, je ressentis une ridicule pointe d'espoir et dus contenir un sourire en coin. Je baissai la tête vers mon assiette pour le dissimuler.

— Auctor, murmurai-je. Auctor...

C'était logique, en effet. Très peu de choses auraient justifié de détourner une flotte de guerre tout entière de plusieurs centaines d'années-lumière et de prolonger de plusieurs années l'absence de l'Empereur. La nomination d'un auctor impérial en faisait partie. Le premier depuis neuf mille ans.

Valka éclata subitement d'un rire lumineux dans l'atmosphère nocturne.

— Cela ne va pas plaire à ton ami le magnarque !

7

Le démon du roi

Des semaines s'écoulèrent avant la réception des convocations. Je passai la majeure partie de mes journées avec le magnarque, accessoire inutile lors de ses inspections des chantiers navals et des grands cubicula où dormaient des milliers de soldats attendant que retentissent les trompettes de la bataille. En ces occasions, l'Empereur parlait très peu, écoutant les explications de Lord Karol Venantian avec le silence studieux de celui qui avait régné toute sa vie. Les meilleurs chefs – j'ai eu l'occasion de le vérifier – écoutent plus qu'ils ne parlent. C'était le cas de Raine Smythe et de mon père qui, en dépit de son inhumanité, dirigeait sa préfecture avec l'efficacité froide d'une machine pensante.

Les jours passant, je commençai à me dire que la rumeur dont m'avait fait part Bassander n'était que cela : une rumeur. Mis à part l'étrange remarque faite lors du conseil, l'Empereur ne fit pas plus attention à moi qu'à un autre, comme si je n'étais pas l'homme qui lui avait apporté les têtes de deux chefs de clan cielcins, qui avait coupé plusieurs doigts de la Main blanche de Syriani Dorayaica. Comme si je n'étais pas celui qui avait refusé de mourir dans le Grand Colosseum, ni celui qui avait survécu sans dommage à un tir de laser devant les portes du Mur Tempête, sur Berenike.

Je comprends désormais que cette attitude était en soi une affirmation du pouvoir de Sa Radiance. Le César, c'était lui.

Les convocations finirent cependant par arriver.

— Par ici, je vous prie, dit le valet de l'Empereur, l'androgyne que César avait appelé Nicephorus.

Le crâne chauve de l'homoncule brillait dans la lumière de sa lampe comme il me précédait dans l'escalier étroit du viaduc relié au sanctuaire de la Fondation où le magnarque avait sa chapelle privée.

— Sa Radiance l'Empereur m'a demandé de vous conduire à lui dès votre arrivée.

— Il est à la chapelle ?

— Sa Radiance a pris l'habitude de profiter du crépuscule pour s'adonner à la prière et à la contemplation, expliqua Nicephorus. Surtout ces derniers temps. Le destin des provinces lui importe énormément.

— Oui, je comprends, acquiesçai-je en m'arrêtant pour laisser Valka passer devant moi.

— Avez-vous apprécié le temps passé sur Nessus, Monseigneur ? demanda le valet sur le ton de la conversation.

— À part qu'on ne peut pas partir, c'était très bien ! intervint Valka.

Je lui pris la main, l'obligeant à se tourner vers moi.

« *Quoi ?* » articula-t-elle en silence.

Nicephorus n'était certes qu'un serviteur, mais il était le valet de l'Empereur et donc ses oreilles. Tout ce que nous nous dirions serait répété à César sans la moindre modification.

— Disons qu'après avoir été brièvement absent, j'ai trouvé un goût doux-amer à mon retour, expliquai-je en pensant à ma mission sur Eikana.

Comme j'avais voyagé en cuve cryogénique à bord de l'*Ascalon*, je n'avais vu ni Otavia Corvo, ni Lorian Aristedes, ni la majeure partie de ma Compagnie rouge. Ils avaient combattu en orbite, et nos gardiens impériaux nous avaient fait comprendre que nous devions retourner directement à la capitale provinciale. Rentrer m'avait fait l'effet d'émerger d'un rêve dans une réalité grise et banale. Ou bien Nessus était-elle le rêve, un cauchemar terne, et Eikana la vraie vie. La vieille villa–qui était devenue notre foyer en dépit des barreaux invisibles que Venantian et ceux de son espèce avaient mis aux fenêtres–n'était pas vraiment mon chez-moi, et Eikana–et les instants que j'avais partagés avec Pallino et Crim–m'avait rappelé que ma véritable maison était en orbite et que ses occupants étaient immergés dans des rêves glacés.

Nicephorus s'arrêta au sommet des marches et nous attendit. L'androgyne eut un sourire dont la lumière n'éclaira pas ses yeux émeraude.

—Sa Radiance ne vous a pas envoyé ici de gaieté de cœur.

En termes d'excuses impériales, on ne pouvait pas espérer mieux.

Nicephorus tendit le bras et désigna le sanctuaire de l'autre côté du viaduc, un bâtiment carré sous un dôme vert-de-gris ceint par neuf tours de prière.

—Venez. Il ne faut pas faire attendre César.

Les Excubites s'écartèrent, et deux d'entre eux poussèrent les lourdes portes en chêne pour me permettre d'entrer dans la chapelle. J'avais rarement mis les pieds dans cet endroit depuis mon installation sur Nessus, n'assistant qu'aux cérémonies qui nécessitaient ma présence.

L'Empereur était agenouillé devant l'autel. Il me tournait le dos et priait, les mains tendues. Il était entouré de ses aides et parasites, logothètes et scholiastes qui, tête basse, priaient en silence. L'archiprieuse Leonora se tenait sur le côté telle une reine surveillant son roi sur l'échiquier, même si, vêtue d'une robe noire et portant une mitre blanche, il était impossible de dire si elle mettait l'Empereur en échec ou au contraire le protégeait.

L'autel se dressait sous le dôme central de la chapelle, dont la surface couverte de plâtre était ornée d'une fresque représentant une Terre verte et bleue striée de nuages. Un parfum de myrrhe s'élevait d'encensoirs suspendus sous les arches qui ceignaient l'espace. La fumée des bougies allumées devant les icônes dans leurs niches gravées se mêlait aux odeurs de la nourriture laissée devant ces mêmes icônes, offrandes aux vertus et pouvoirs qui modelaient l'humanité et son monde. La Prudence et la Justice, le Temps et l'Espace, la Tempérance, le Courage et l'Évolution aux Mains ensanglantées. Il y avait des icônes de la Mort, du Destin et de la Furie aussi, et des dizaines d'autres moins connues et moins adorées.

Je sentais le malaise de Valka, à côté de moi, et je le comprenais. Elle était une fille des clans de Tavros, une sorcière – de l'avis de la Sainte Fondation – à cause des machines installées dans son cerveau. En entrant dans cette chapelle, on avait l'impression d'être un mouton entrant dans la cage aux lions. Ou un lion dans un enclos plein de bergers armés.

Ni Bassander Lin, ni Sir Gray, ni Sendhil Massa le légat n'étaient présents.

L'Empereur ne se retourna pas, et avant que Valka et moi ayons parcouru cinq pas sur la mosaïque du sol, un logothète en uniforme anthracite passepoilé de rouge de fonctionnaire nous arrêta en tendant le bras devant nous et chuchota :

— Lord Nicephorus ! L'Empereur est en train de prier !

— On a vu, contra Valka d'un ton acide.

Qu'elle tempéra en souriant de toutes ses dents, mais d'un sourire peu crédible. L'homme plissa les yeux. En guise de réponse, je m'inclinai un peu et attendis en faisant tourner mon anneau en or autour de mon index droit.

L'anneau de l'Empereur. Celui qu'il aurait dû porter sur le seul doigt libre de bijou de sa main droite. Il m'avait donné cet anneau avant de me bannir de la Cité éternelle après l'échec du complot de Bourbon et de l'Impératrice dans le Colosseum.

L'anneau du Tueur de Dragon.

Se mouvant avec la grâce de celui qui avait passé sa vie à la cour, Nicephorus s'interposa entre Valka et le logothète.

—Attendez ici, je vous prie.

Sa Radiance ne bougea pas pendant plusieurs minutes supplémentaires, ses bras écartés et ses mains gantées de rouge, ses épaules fières et droites malgré le poids des années. C'est à ce moment-là seulement que je remarquai la toge violette de Lord Venantian agenouillé non loin de là sur un prie-Dieu en velours, tête basse, mains jointes. Sur l'autel, devant eux, William Premier – le Dieu Empereur – était agenouillé sous le dôme de la Terre, comme il s'était agenouillé sur l'Aventin, dans la Rome ancienne, dans les cendres de sa victoire sur les machines. La statue brandissait une couronne de fils entremêlés avec l'intention manifeste de se la poser sur le front.

Lorsque ce fut le moment, l'Empereur joignit ses mains rouges au-dessus de sa tête et, faisant le signe du disque solaire, se leva en rassemblant sa cape or et écarlate pour la poser sur son bras.

—Nous pensions que vous viendriez seul, commença-t-il en se retournant.

Je ne m'inclinai pas, mais posai un genou à terre comme j'en avais le droit en tant que soldat et chevalier de l'Imperium. Comme je regardais vers le bas, je ne vis pas si Valka s'était inclinée, agenouillée ou si elle manifestait son respect à l'Empereur d'une quelconque manière.

—Honorable César, commençai-je comme j'en avais aussi le droit, ma compagne est emprisonnée ici avec moi depuis soixante-dix ans. Elle n'est pas votre sujette, mais j'espérais qu'elle pourrait joindre sa voix à la mienne dans ma demande de libération.

Je risquai un regard vers le haut pour juger de la réaction de l'Empereur.

Sa Radiance se retourna pour permettre à deux serviteurs d'ajuster le drapé de sa cape. L'homme posa un pied sur son prie-Dieu et demanda :

— Est-ce la raison de votre présence ? Êtes-vous venu nous supplier ? Nous croyions pourtant vous avoir convoqué…

Je sentis la main de Valka sur mon épaule et en conclus qu'elle était debout. Elle ne dit rien, mais ce contact me donna la force de lever complètement la tête. J'avais été le serviteur préféré de l'Empereur, mais ce temps était révolu, et si la rumeur de Lin n'avait aucun fondement, alors ma position était périlleuse. Pourtant…

— Votre Radiance, je suis votre dévoué serviteur, mais il m'est impossible de vous servir convenablement d'ici. J'ai accompli plus de choses pour votre Empire en une journée à Eikana qu'en soixante-dix ans sur Nessus. Alors, oui, je suis prêt à vous supplier de me laisser mieux vous servir.

S'il était raisonnable, l'Empereur n'était pas insensible à la flatterie. Très peu de grands seigneurs le sont.

Les yeux émeraude de l'Empereur ne trahirent aucune émotion comme il me scrutait pendant ce qui me parut la durée de vie d'un soleil.

— Levez-vous, Hadrian, dit-il enfin en faisant un geste de la main. (Balayant l'assemblée du regard, il ajouta :) Laissez-nous.

Comme un seul homme, scholiastes et logothètes s'en furent en faisant couiner leurs pantoufles sur les carreaux. Je me rappelai la terreur qui s'emparait de moi chaque fois que mon père ordonnait à ses conseillers de quitter la salle de réunion, la poigne de fer de la peur se refermant sur mon cœur. Mais j'étais jeune à l'époque, et si la présence de l'Empereur aurait dû emplir mes veines de glace, je découvris qu'il restait peu de crainte en moi.

C'était une danse, une chorégraphie, rien de plus.

Leonora et le magnarque n'avaient pas pris pour eux l'ordre de quitter la chapelle, tout comme les Excubitors attentifs et armés d'épées en matière haute scintillantes et actives. Les serviteurs androgynes étaient partis aussi, à l'exception de Nicephorus, qui se tenait tête chauve basse à côté d'un autel consacré au Temps, divinité aux deux visages. Quand tous les autres furent sortis, Sa Radiance reprit :

— Je ne sais pas quoi faire de vous, Lord Marlowe.

Pas de *nous* de majesté. Cela pouvait être un bon signe, ou tout à fait le contraire.

Il poursuivit comme si le magnarque et l'archiprieuse n'étaient pas là :

— Comprenez-vous ce que vous avez fait ?

Je ne répondis pas, me tenant à côté de Valka, les mains jointes, la main gantée manipulant l'anneau de l'Empereur. Ce dernier entreprit de contourner le grand autel où la statue du Dieu Empereur était agenouillée au milieu de dix mille bougies allumées, dont les flammes dansantes formaient une petite galaxie.

— Vous avez accompli quatre miracles. À Vorgossos, ils disent que vous êtes revenu d'entre les morts. À Aptucca, vous avez obtenu une grande victoire sans verser la moindre goutte de sang humain. Dans mon Colosseum, puis sur Berenike, vous avez défié la mort. Je ne crois pas la première histoire, et je sais que la deuxième est fausse. Mes inquisiteurs ont réfuté la troisième. Vos os artificiels... Mais la quatrième, Berenike... J'ai vu les enregistrements.

Je me félicitai à ce moment-là d'avoir récupéré les enregistrements des caméras de ma combinaison après notre mission sur Eikana. Ils n'auraient fait qu'ajouter à la liste de mes crimes.

L'Empereur avait disparu derrière la statue et, bêtement, je m'approchai de l'autel et de l'endroit où se tenaient le magnarque et l'archiprieuse.

— J'ai toléré ces histoires jusqu'à présent non pas parce que je les croyais, non pas non plus parce que je ne les croyais pas, mais parce que je les jugeais plus utiles que problématiques. Les gens sont crédules, et tant mieux, si cela peut être bénéfique à notre combat. (L'Empereur émergea de derrière l'autel, les mains jointes devant lui.) Ma Fondation… (Il adressa un hochement de tête à Leonora.) … ne partage pas forcément mon avis. Elle pense que vous êtes un charlatan et une menace pour moi. La Fondation a œuvré dans ce qu'elle pense être mon intérêt, celui de l'Imperium et celui de l'humanité dans son ensemble. (Il écarta les mains.) Sachez ceci : la Fondation n'a pas agi contre vous sur mes ordres.

— C'est rassurant, intervint Valka en croisant les bras sur sa poitrine.

Mon rythme cardiaque s'accéléra brutalement, mais l'Empereur fit comme s'il n'avait rien entendu.

— Comprenez-vous la situation dans laquelle vous m'avez mis ? m'interrogea-t-il.

— « *Personne ne me débarrassera de ce prêtre importun ?* », récitai-je en anglais classique.

L'Empereur comprenait manifestement cette langue morte, car il haussa un sourcil.

— Exactement. Ma main gauche frappe ma droite, mais j'ai besoin des deux. Comprenez ceci : lorsque je vous ordonne de vous rendre quelque part pour quelque temps – ici, par exemple –, c'est que j'ai mes raisons. J'ai fait en sorte de vous séparer de ma Fondation. Je vous ai tenu à l'écart de ces agences qui s'imaginent savoir ce que je pense, alors que ce n'est pas du tout le cas. (Il s'arrêta devant la statue de son ancêtre, le visage noble strié de rides profondes.) Lorsque nous avons discuté en tête à tête la dernière fois, vous m'avez dit avoir des visions. Je ne vous ai pas vraiment cru. Néanmoins, comme je vous l'ai dit, j'ai vu les enregistrements de Berenike… Des millions de personnes les ont vus. (Il leva les yeux vers le visage taillé du Dieu Empereur.) Ils disent que vous êtes l'Élu de la Terre. Ils disent que ces… miracles en sont la preuve. (L'Empereur se tenait aussi droit qu'un laser. Il était tellement immobile qu'il aurait pu être une statue lui-même. Seule sa mâchoire bougeait.) Pratiquez votre magie pour moi.

— Je ne suis pas un sorcier, répondis-je avec circonspection. (La magie et la sorcellerie évoquaient immanquablement les machines interdites, aussi valait-il mieux s'éloigner de ce sujet au plus vite.) Vous m'avez d'ailleurs avoué un jour ne pas croire en la sorcellerie.

— N'êtes-vous pas mon serviteur ? Il me semble vous avoir donné un ordre.

— Eikana. Berenike. Nemavand. Aptucca. Vorgossos. Je vous ai offert des victoires, Votre Radiance. Voilà où réside ma magie.

Valka lâcha un rire sec de dérision.

— Tenez votre langue ! cracha Karol Venantian, incapable de se contenir.

— Vous parlez à l'Empereur consacré de la Terre ! ajouta l'archiprieuse Leonora.

William XXIII leva une main ornée d'anneaux.

— Vergilian et le Synode de la Fondation voudraient que je vous tue, Hadrian. Tandis que certains de mes conseillers voudraient que je vous exile sur Belusha, où vous pourririez jusqu'à la fin de vos jours.

Il se retourna et, pour la première fois, je vis les scintillements fractals de son bouclier. Ce n'était pas une menue menace. Belusha était la plus célèbre des colonies-prisons de l'Empire, un monde glacé situé dans le système d'une étoile mourante où nombre de sujets récalcitrants de l'Empire avaient terminé.

— Vous n'oseriez pas ! s'écria Valka. Il a tellement donné pour vous ! Il s'est tellement battu !

Je levai la main pour la faire taire, tandis que mon cœur palpitait d'amour et de gratitude en dépit de la peur qui m'étreignait.

L'Empereur ne dit rien.

— Silence, sorcière ! tonna Leonora en montrant Valka du doigt.

— Sorcière toi-même ! se défendit Valka en levant le menton. Hadrian a fait tout ce que vous lui avez demandé. Tout ! Et c'est comme ça que vous le remerciez ? Vous le menacez d'exécution ! D'emprisonnement !

— Valka, arrête, lui demandai-je, par trop conscient du risque qu'elle prenait.

— Je n'arrêterai pas !

La moue de l'Empereur avait cédé la place à un sourire fragile et parcheminé.

— En près de six siècles de veille, Madame, je ne me rappelle pas qu'on m'ait parlé sur ce ton.

— Il y a un début à tout.

— Valka !

Le silence se fit. Je ne présentai pas d'excuses, ne demandai pas pardon.

L'Empereur souriait toujours.

— « *La femelle de l'espèce est plus mortelle que le mâle* », dit-il en anglais classique. (Comme Valka lâchait un autre rire sec de dérision, l'Empereur poursuivit en galstani :) Tous les deux, vous êtes peut-être plus dangereux que les Cielcins… (Il ferma les paupières et inspira profondément par le nez, technique que les scholiastes utilisaient pour s'éclaircir les idées.) Ce qui soulève une autre question…

— Votre Radieuse Majesté, ce n'est pas possible ! protesta Leonora. La femme doit être châtiée !

— La femme n'est pas mon problème, ni moi le vôtre, Révérence. Taisez-vous.

L'archiprieuse baissa la tête et fit un pas en arrière, même si j'aperçus une étincelle de colère dans son regard noir.

— Par ailleurs, ceci est une conversation privée. Il n'y a pas eu d'offense publique. Lord Marlowe a de la chance de pouvoir compter sur une partisane aussi zélée.

— Merci, Votre Radiance, marmonnai-je.

Valka et moi courions un danger bien réel. Un autre Empereur aurait peut-être ordonné l'exécution séance tenante de Valka pour laver cet affront. Je regardai du coin de l'œil les Excubitors postés tout autour de la chapelle.

— Tout ceci a peu d'importance, reprit-il. J'ai trouvé un meilleur usage de votre personne. (L'Empereur s'amusa quelques secondes avec ses bagues.) Je vais être franc. Vous êtes resté si longtemps sur Nessus pour une raison. Je n'ai pas l'habitude de malmener des outils qui peuvent m'être utiles, et vous pouvez m'être utile. Charlatan ou sorcier, vous avez obtenu des résultats. Vous dites que vos victoires sont déjà magiques, et je suis d'accord. S'il est vrai que je vous ai confiné sur cette planète pour vous éviter des ennuis, je pense que vous avez raison : vous me seriez plus utile ailleurs.

Par la Terre et l'Empereur, Bassander Lin ne s'était pas trompé. Sir Gray et le légat avaient dit vrai.

Auctor.

L'Empereur allait me nommer Auctor de l'Imperium. Je me préparai à recevoir la nouvelle, à encaisser le déferlement de colère du magnarque et de l'archiprieuse.

— Je veux que vous nous apportiez d'autres victoires, aussi vous rendrez-vous à Padmurak à bord de votre vaisseau et serez-vous notre apôtre. Vous prendrez la tête de notre délégation auprès du Grand Conclave lothrien.

— Quoi ? (Ce n'était pas du tout ce à quoi je m'attendais.) Padmurak ?

Les visions d'un Hadrian Auctor de l'Empire sollien s'évanouirent d'un seul coup.

J'aurais dû être soulagé, et pourtant je ressentais une mélancolie perverse. Non pas parce que je voulais les honneurs, mais parce que rien n'aurait mis le magnarque et la représentante de la Fondation plus en colère, pas même les provocations de Valka.

— Cela fait trop longtemps que le Commonwealth reste à l'écart de ce conflit, expliqua l'Empereur, les sourcils haussés du fait de ma réaction, qu'il avait cependant choisi de ne pas relever. Maintenant que le prince Kaim et les Jaddiens ont accepté de participer à l'effort de guerre, il semble juste que le Commonwealth nous rejoigne à son tour. Vous vous assurerez de son soutien. Notre peuple a trop longtemps été seul à verser son sang pour l'humanité. Si le Fléau de la Terre insiste pour changer la nature de cette guerre, eh bien, nous insisterons aussi.

Le *nous* de majesté était de retour, et avec lui l'impassibilité stoïque du visage de l'Empereur.

Cela s'entendait. Le Commonwealth lothrien était – après l'Empire sollien – la plus importante nation humaine de la galaxie. Son Grand Conclave – des officiels soi-disant élus par le peuple mais en réalité nommés par le Parti – dirigeait plus de cent mille mondes dispersés à travers les confins du bras du Sagittaire, dans l'Ouest galactique, plus près du noyau. Chaque planète était dirigée par son propre conclave, dont un représentant participait au Grand Conclave de Padmurak.

— C'est une nouvelle forme d'exil, n'est-ce pas ? demandai-je en souriant.

— Une nouvelle tâche impossible, répondit l'Empereur en se tournant brièvement vers Venantian.

Je me demandai si le magnarque était à l'origine de cette idée. Mais non : l'Empereur avait changé le programme de sa tournée pour m'annoncer la nouvelle. Il s'agissait donc d'une décision importante.

— Et oui, je ne risquerai pas un autre Thermon, reprit-il. C'est la raison pour laquelle je vous avais envoyé ici. La raison pour laquelle vous irez sur Padmurak. Le Commonwealth n'a plus le droit de se terrer tel un ermite. Vous leur parlerez et obtiendrez une aide militaire. Vous serez autorisé à faire des concessions en notre nom : je parle de lever des embargos commerciaux, ce genre de choses. Mes conseillers vous fourniront tout ce dont vous aurez besoin. Magnarque Venantian ?

Le vieil homme faillit trébucher dans sa hâte de rejoindre la personne impériale.

— Votre Radiance ?

— Faites en sorte que le navire de Lord Marlowe soit équipé, approvisionné et sorti des docks, ordonna l'Empereur sans me lâcher des yeux. Je veux qu'il puisse partir au plus tôt.

— Alors, c'est tout ? m'enquis-je.

— Tels sont vos ordres. Maintenant, partez pratiquer votre magie, sorcier.

8

Verre éclaté

— Combien de temps avant le rendez-vous, pilote ? demandai-je sans perdre de temps en émergeant du portail sur la passerelle de l'*Ascalon*.

L'intercepteur de classe Challis bourdonnait sous mes pieds comme j'embrassais du regard l'étroit poste de pilotage et les trois officiers qui l'occupaient. L'*Ascalon* était pilotable par un homme seul. Il avait été conçu pour transporter peu de passagers à une très grande vitesse et en toute discrétion. Je l'avais ajouté à ma liste d'atouts avant la bataille de Senuessa, quelques années avant Thermon, lorsque j'avais besoin de rallier très vite les mondes relativement proches les uns des autres de la bordure du Voile. Pour ce genre de mission, le *Tamerlane* était trop pataud.

— Dix minutes, Monseigneur, répondit la première pilote, une femme à la chevelure rousse barrée d'une mèche blanche.

— Nous devrions être capables de voir le navire dans trois minutes, Monseigneur, intervint le navigateur. Elle est en train de contourner la moitié éclairée de la planète.

Valka arriva à ce moment-là.

— Mettez-la à l'écran, je vous prie, lança-t-elle. Je voudrais assister à notre approche.

— Bien sûr, Votre Grâce.

Je sentis Valka se crisper, mais elle ne reprocha pas à l'homme de l'avoir appelée ainsi. Des siècles passés parmi les barbares solliens avaient émoussé ses défenses. Et puis, notre séjour chez elle n'avait pas non plus redoré le blason de la Stochocratie.

Un silence professionnel s'installa comme les trois officiers faisaient leur travail. Le timonier était assis devant les autres, sanglé à un fauteuil au milieu d'une bulle géodésique en alumverre. C'était la seule véritable verrière de la passerelle, que le timonier mettait à profit pour communiquer avec les aviateurs lorsque l'appareil était dans des docks. Dans l'espace, la bulle était moins… utile, même si elle réduisait la claustrophobie que l'on ressentait parfois dans certains vaisseaux spatiaux, surtout les plus petits. Les autres fauteuils – ceux de l'officier en chef et du navigateur – se trouvaient en retrait, sous le plafond incliné. Je me tenais entre ceux-ci, la main dépourvue de gant posée sur le dossier du navigateur, à ma droite, l'anneau doré de l'Empereur scintillant à mon doigt. Je m'étais à moitié attendu à ce qu'il me demande de le lui rendre lors de notre ultime conversation, juste avant le départ. Au lieu de quoi, Sa Radiance avait insisté pour que je le garde afin de prouver au Grand Conclave que je le représentais bien.

— Revoir Otavia et les autres va me faire du bien, me dit Valka. Ça fait tellement longtemps.

Après toutes ces décennies, c'était un euphémisme.

— Elle m'a dit qu'ils t'attendaient tous, répondis-je.

J'avais parlé à la vieille capitaine mercenaire ce même jour afin de coordonner notre rendez-vous. L'*Ascalon* s'était posé sur la pelouse, devant la Villa Maddalo, et Anju avait supervisé le transfert de nos affaires, à Valka et moi, dans le *Tamerlane*.

« Je suppose que je ne vous reverrai plus », avait dit la cuisinière en me regardant à travers sa cataracte.

Elle était toute jeune à ses débuts, un peu maladroite et espiègle. Sa famille était au service de la propriété, et j'avais vu trois générations se succéder au mien. Son petit-fils venait de passer les examens nécessaires pour devenir fonctionnaire. Anju disait qu'il ambitionnait de devenir patricien, et j'avais promis de lui donner un coup de pouce. Comme le passage du temps est étrange. La vieille cuisinière avait vécu sa vie, elle avait vu ses enfants et petits-enfants grandir.

Alors que mes cheveux n'étaient même pas encore grisonnants.

Dire que pour Otavia Corvo et les autres à bord du *Tamerlane*, il ne s'était pas écoulé de temps. Soixante-huit années passées à rêver. Les gens que nous étions pressés de revoir nous avaient quittés la veille, de leur point de vue.

— « On ne se baigne jamais deux fois dans le même fleuve », citai-je dans un murmure. Rien ne demeure.

— Monseigneur ?

La première pilote se retourna. J'avais parlé en anglais classique, une langue morte qui lui était totalement étrangère.

Je remarquai que Valka me regardait, le sourcil haussé. Elle m'avait parfaitement compris.

— Ce n'est rien, dis-je en fermant les paupières et en pensant au fleuve scintillant du temps, dont je rêvais toutes les nuits des eaux et des rives étranges.

Le navigateur s'éclaircit la voix.

— Nous avons un visuel, Monseigneur. Sur le moniteur supérieur.

Une fenêtre factice se réveilla au plafond, au-dessus des trois officiers, affichant une image grossie aux contrastes exagérés de ce qui se présentait devant l'appareil.

Je ne l'avais pas vu à Eikana. Je ne l'avais pas vu depuis des années.

Le *Tamerlane* volait au-dessus du visage vert et blanc de Nessus telle une ville naviguant sur un océan. Il volait à l'envers par rapport à nous, sa coque dorsale blindée faisant face à la planète autour de laquelle nous orbitions, si bien que les spires, soutes géométriques et grappes organiques de réacteurs suspendues sous la couche blindée supérieure ressemblaient aux tours et au bastion d'une forteresse en acier noir. Mon château. Les cinq grands cônes de ses réacteurs à fusion étaient sombres, et seuls brillaient sur la poupe ses petits moteurs ioniques. Nous le rattrapions, nos propres moteurs ioniques nous poussant toujours plus haut.

De la proue pointue à la poupe en pointe de flèche, il mesurait plus de dix-huit kilomètres. Entre les marins et les officiers, les fantassins endormis dans la glace et les aquilarii qui pilotaient ses appareils légers, quatre-vingt-dix mille hommes le considéraient comme leur maison. Tout comme moi.

Sans rien dire – nous n'en avions pas besoin –, Valka me prit par la taille.

Je souris.

Nous rentrions à la maison.

Les portes du hagard s'ouvrirent, et nous traversâmes le bouclier statique de la baie de lancement. Durant notre approche, l'officier pilote avait tourné le dos au vaisseau géant pour pénétrer dans le hangar à reculons, usant des moteurs ioniques et de nos propulseurs pour ralentir. Des sabots magnétiques nous agrippèrent, et les grandes portes se refermèrent en glissant.

Valka et moi ne pûmes qu'entendre la manœuvre étouffée car nous attendions déjà dans le sas. Elle serra ma main et m'embrassa, me prit par le cou pour m'attirer tout près d'elle. Les soixante-dix années de notre exil fondirent comme un glacier, et avec elles d'autres choses. La fraîcheur de l'air recyclé sans odeur raviva les souvenirs d'un passé lointain, et la Valka qui m'embrassa n'était pas la dame noire de Nessus, mais la xénologue que j'avais rencontrée sur Emesh lorsque je n'étais qu'un jeune homme.

— Nous revoici sur la route, chuchota-t-elle, le front appuyé contre le mien.

Je souris et l'embrassai à mon tour.

Le sas s'ouvrit, laissant entrer une lumière pâle.

— Il est agréable de voir que certaines choses ne changent pas, lança une voix familière. Cela fait quoi ? Une centaine d'années pour vous ?

Otavia Corvo, plus de deux mètres de muscles secs dans un uniforme noir, les boucles décolorées tombant autour de son visage à la peau foncée, se tenait à l'extrémité de la passerelle. Elle décroisa les bras et sourit.

Valka et moi nous séparâmes comme le premier officier Bastien Durand lançait :

— Bienvenue à bord du *Tamerlane*, Lord Marlowe, docteure Onderra.

Il s'inclina et ajusta ses lunettes en s'efforçant de dissimuler un sourire en coin.

— Soixante-dix ans, corrigeai-je en rejoignant Corvo et en lui serrant le bras.

— Tu n'as pas du tout vieilli, dit-elle avec un sourire carnassier.

— Otavia ! s'écria Valka en prenant dans ses bras la femme bien plus grande qu'elle.

— Valka ! répondit la capitaine, surprise par la vigueur de l'étreinte de la docteure.

Il reste un instinct primal dans ceux d'entre nous qui ont une espérance de vie supérieure. Comme si notre mémoire et nos cellules s'attendent à ne vivre que ces trois quarts de siècle de notre passé mythique, aussi revoir Corvo et Durand après une si longue séparation revenait à revoir des amis d'enfance au soir de sa vie. Des amis qui n'auraient pas du tout changé.

—White et Koskinen sont prêts à nous faire quitter le système dès que nous y serons autorisés, nous informa Corvo lorsque Valka l'eut lâchée. On va vraiment dans le Commonwealth ?

—Tu y es déjà allée ? l'interrogeai-je.

Elle secoua la tête.

—J'en ai entendu parler.

—Avant Pharos, j'ai navigué avec une femme qui en était originaire, dit un Durand redevenu sérieux.

Le premier officier était froid avant Annica et Berenike, et puis il était devenu aussi distant que les étoiles. Si mes expériences avec le Silencieux et ma *magie*–pour utiliser le terme de l'Empereur–avaient fait de Bassander Lin mon allié, elles m'avaient aliéné Durand. J'avais forcé l'officier à me tirer dessus, j'avais vu son visage se vider de son sang lorsqu'il avait constaté que la balle ne m'avait fait aucun mal. En vérité, il m'avait à peine regardé, depuis.

—Elle était étrange. Laconique. Ne disait jamais clairement ce qu'elle voulait.

—Les Lothriens ne parlent jamais des individus, dis-je. Ils n'ont ni nom, ni titre, ni identité, ni propriété.

—Ça ne donne pas très envie, remarqua Pallino en apparaissant à l'extrémité du tunnel, suivi par Elara.

—Pal !

Je lui tapai sur l'épaule. Je l'avais vu bien plus récemment que les autres, mais cela faisait tout de même trop longtemps. Je serrai Elara dans mes bras. Valka et Bassander Lin mis à part, ils étaient ceux qui me liaient à ce que je considérais comme le véritable début de ma vie sur Emesh.

—Quand vous a-t-on sortis de vos cuves cryogéniques ? leur demandai-je.

—Hier, répondit Elara. Nous voulions appeler, mais notre chère capitaine a dit que vous étiez très occupés avec l'Empereur.

Elle eut un sourire presque maternel. Elara était devenue maîtresse de manœuvre lorsque nous avions volé le *Mistral* et laissé Bassander et Jinan au-dessus de Rustam. Pallino et elle ne s'étaient jamais mariés. Ils étaient tous les deux relativement âgés lorsque je les avais rencontrés dans les fosses d'Emesh, et s'ils avaient pu vivre une seconde jeunesse lorsque j'avais fait d'eux des maîtres d'armes et membres de ma Maison, ils n'avaient pas ressenti le besoin d'officialiser leur union. Un peu comme Valka et moi.

Valka et moi descendîmes de la passerelle ombilicale et nous retrouvâmes dans la salle qui surplombait la baie de lancement. À travers des fenêtres hautes et étroites, je distinguai la silhouette en lame de couteau noire et argentée de l'*Ascalon*, dont les moteurs et les ailes se replièrent contre la coque.

— L'Empereur ? demanda un petit homme aux yeux clairs et aux longs cheveux si blonds qu'ils paraissaient blancs. Où est-il ?

— Heureux de vous revoir aussi, Aristedes.

Le commandant Lorian Aristedes me salua d'un hochement de tête en jouant avec l'attelle argentée qui maintenait en place ses doigts trop longs.

— L'Empereur est-il ici ?

— L'Empereur visite les mondes de la ligne de front, expliqua Valka.

— C'est lui qui a ordonné cette mission dans le Commonwealth, précisai-je.

Le visage squelettique de Lorian se fripa.

— Ça vient d'en haut, alors… (J'entendais tourner les rouages de son cerveau.) Essaient-ils une nouvelle fois de vous éloigner de l'action ?

— Il semblerait bien.

Le petit homme avait la fâcheuse habitude d'aller directement à l'essentiel. Me tournant vers Corvo et Durand, je dis :

— Vous pourriez faire porter nos effets dans nos quartiers ?

Durand se tapota la poitrine en signe de salut et s'en fut chercher des dockers. Lorsqu'il eut disparu, je demandai à Corvo :

— Combien de temps faudra-t-il pour atteindre Padmurak ?

— Un peu plus de quarante-trois années standard, répondit la capitaine en se mordant l'intérieur de la joue.

— Halford est-il sorti de sa cuve cryogénique ? m'enquis-je.

Halford était le capitaine de nuit. Il avait la responsabilité du vaisseau lorsque l'équipage principal était en sommeil cryogénique.

— Non, répondit Corvo en secouant la tête. Ça faisait tellement longtemps que le *Tamerlane* était à l'arrêt que je voulais me charger de son rodage. Gododdin se trouve à sept ans d'ici en volant à notre vitesse maximale. Nous nous arrêterons là-bas pour faire le plein, puis nous foncerons vers le Sagittaire. Nous bifurquerons vers le noyau avant de remonter le bras.

— Bien. (*Sept ans.*) Je resterai éveillé aussi ; comme ça, je serai présent en cas de pépin. En plus, on pourra passer un peu de temps ensemble. On réveillera Halford et les autres à Gododdin. Il prendra le relais à ce moment-là pour nous conduire à Padmurak.

Voyager dans le bras du Sagittaire nous ferait passer à proximité de Colchis. Même s'il n'était pas possible de faire halte là-bas, je pris note de laisser un message à Siran et Gibson via le réseau de relais du système. En partant du principe qu'ils étaient toujours en vie.

— Ce sera probablement le dernier voyage de Roderick, fit remarquer Corvo, qui pensait au commandant Halford. Il a déjà dépassé deux siècles de service actif. Le temps qu'on rentre du Commonwealth, ça fera trois cents ans.

La moitié de sa vie de palatin, me dis-je. Je pensais rarement au capitaine de nuit. Malgré toutes les années passées en notre compagnie, je n'avais jamais réellement pris le temps de connaître l'homme qui nous avait sauvés des pirates au large de Nagapur.

— J'ai du mal à réaliser que ça fait si longtemps.

— Et moi donc ! s'exclama Pallino. J'ai l'impression que c'était hier ! Je parle du jour où on s'est retrouvés face au bâton que ce bon vieux Lin avait dans son cul de Mandari !

— Le tribun Lin t'envoie ses salutations, d'ailleurs, dis-je à Corvo, qui hocha la tête. (Après quelques secondes de silence, je repris :) Le bon côté des choses, c'est qu'il s'agit d'une mission diplomatique. Pour une fois, nous nous éloignons des combats. J'imagine qu'on n'aura pas beaucoup de distractions dans le Commonwealth... Il faudra en profiter à Gododdin. Vous avez tous été dans la glace pendant très longtemps. Vous avez mérité de prendre un peu de bon temps.

— Il n'y a que du bromos, sur Gododdin, se plaignit Pallino. Personnellement, j'ai bouffé assez d'hyperavoine pour cent vies.

— Ça te fera du bien ! lâcha Valka dans un éclat de rire.

— Crois-moi, Valka, cette merde m'a fait assez de bien comme ça. Assez de bien pour attendre le retour de la Terre.

Je me surpris à sourire en les regardant tous. Mes amis.

— Vous m'avez manqué.

— J'aimerais pouvoir en dire autant, jeune homme ! aboya Pallino. Sauf qu'on a dormi tout du long. Ta tronche, je l'ai vue avant-hier !

— Excellent ! commentai-je. (Pendant un instant, j'avais l'impression d'être redevenu Had le myrmidon.)

Comme ça, tu n'auras pas le loisir de l'oublier. Les ancêtres comme toi ont la mémoire courte.

— Tu trouves ça drôle, c'est ça ? protesta Pallino en me pointant du doigt. Je vais t'apprendre le respect, petit ! Tu me dois le respect !

— Tu n'es plus mon aîné, Pal. (Mon sourire vacilla lorsque je vis Durand revenir avec des hommes pour porter nos affaires dans notre cabine.) Peut-être que c'est toi qui as besoin de recevoir une leçon ou deux !

— On peut régler ça sur le ring ! s'enthousiasma Pallino en se frappant la poitrine.

— Quand tu veux ! répondis-je en riant avec les autres. Quelle heure est-il sur le navire ?

— Quatorze zéro, répondit Lorian.

— Bien, dis-je en opinant du chef. Corvo, tu nous accompagnes ? Quand on aura fini de s'installer, on se retrouvera pour dîner, d'accord ? (Je m'interrompis, me rendant compte que nous n'étions pas tous là.) Où sont Crim et Ilex ?

— À la medica, répondit Durand. Leur dégel a commencé plus tard que le nôtre. Okoyo dit qu'ils seront opérationnels en fin de journée.

— Dans ce cas, repoussons un peu le dîner, conclus-je en m'éloignant et en posant la main sur l'épaule du petit intus. Je préfère attendre de voir tout le monde !

L'air me parut sec et sans vie comme les portes se refermaient et que les ventilateurs se mettaient doucement en route. Les lumières se réveillèrent, passant progressivement de l'orange au doré. Rien n'avait bougé depuis notre départ. Le mur était nu là où la bannière de Whent avait été décrochée, et les étagères de la mezzanine étaient vierges de livres. Ceux-ci étaient restés à Maddalo. Valka avait accompagné Corvo sur la passerelle, me laissant mettre de l'ordre dans notre nouvelle vie tout seul.

Je me dirigeai vers l'espace salon, avec ses canapés et sa table basse. J'avisai la vieille table, la cave à vin et la trappe du monte-charge relié au mess des officiers. La patère était toujours à sa place au-dessus du buffet, où était posée autrefois la vasque de Jinan.

Quelque chose, par terre, attira mon attention. Je m'approchai du buffet et m'accroupis.

Des éclats de verre jonchaient le sol, brillant dans la lumière des plafonniers.

Je mis quelques secondes à comprendre de quoi il s'agissait : les restes de la bulle de verre que j'avais commandée pour préserver de l'entropie ma fleur de Galath. Lorsque j'avais quitté le *Tamerlane* au début de mon exil, il m'avait semblé inopportun de prendre la fleur. Peut-être parce qu'elle était un symbole de l'Empire et que celui-ci m'avait rejeté. Ou bien avait-elle cessé de compter pour moi, comme ces gravures sur bois nippones accrochées au mur.

Le globe était peut-être tombé à cause des mouvements du vaisseau, ou bien un manutentionnaire l'avait-il bousculé en vidant les appartements. Je n'avais aucun moyen de vérifier, les enregistrements de sécurité datant de sept décennies ayant été effacés de la base de données longtemps auparavant. J'écartai quelques éclats et trouvai ce que je cherchais.

La fleur blanche s'était desséchée. Désormais complètement gris, ses pétales bordés d'argent s'étaient recroquevillés. Je soulevai la fleur par la tige et la fis tourner entre mes doigts en fronçant les sourcils. Depuis la porte vitrée du buffet, mon reflet me faisait les gros yeux. Je reconnus le jeune homme qui avait pris possession du *Tamerlane*. Le nez pointu et les pommettes hautes étaient les mêmes, tout comme les yeux violets et le rideau d'épais cheveux noirs. Seule la permanence des rides autour de mes yeux et de ma bouche trahissait mon âge. La lassitude de l'esprit qui s'accrochait à moi, également.

Dans le calme de la chambre, seul, je me concentrai sur ma seconde vue. Je voyais la fleur dans une infinité de variations. Morte. Morte. Et morte. Ici manquait un pétale, là la tige se cassait. Et puis je la trouvais écrasée ou complètement absente. Très souvent. Je cherchai encore, me focalisai sur les bordures du cône de lumière qui figurait la frontière de ma vision, les frontières du possible. Pas une seule fois je ne découvris la fleur et le globe entiers. Ils avaient été brisés il y avait bien longtemps, et je ne pouvais changer que le présent et donc le futur.

Seul le passé est écrit.

— Lord Marlowe ?

J'écrasai la fleur dans mon poing et découvris que les dockers étaient arrivés avec une première palette flottante chargée de nos affaires, à Valka et moi.

— Oui ? (Je me levai, laissai la poussière de la fleur tomber de ma main.) Qu'y a-t-il ?

— Je… où dois-je poser ceci, Monseigneur ?

— Près de l'escalier, répondis-je en tendant ma main gantée. Sauf les caisses destinées à la chambre.

— Entendu, Monseigneur.

Les hommes aiguillèrent la palette au-dessus des tapis tavrosi et se mirent au travail.

— Et que quelqu'un nettoie ceci ! ajoutai-je en montrant les éclats de verre, avant de quitter nos appartements pour rejoindre Valka et Corvo sur la passerelle, ayant oublié la raison première de ma venue ici.

9

Des rois et des pions

— Avez-vous regardé dans les placards des crèches cryogéniques ? demanda Lorian Aristedes, installé dans un des fauteuils d'accélération alignés contre les parois de la petite soute de l'*Ascalon*.

J'interrompis ma fouille des caisses qui formaient une rangée au milieu de l'espace long et étroit. Les parois étaient penchées vers l'intérieur, où elles étaient reliées par des poutrelles de métal brut pareilles aux côtes d'une baleine de fer. La plupart des systèmes de l'appareil garé dans le ventre du *Tamerlane* étant désactivés, l'atmosphère était fraîche, aussi expirions-nous des nuages de vapeur. Le vaisseau n'alimentait que les conditionneurs d'atmosphère et le modeste jardin hydroponique.

Incapable de masquer mon irritation, je lançai :

— Pourquoi mon collier se trouverait-il dans le placard de quelqu'un d'autre ?

Le jeune homme haussa les épaules.

Le phylactère de Valka – la demi-lune en argent qu'elle m'avait donnée avant les combats de Berenike – ne figurait pas parmi les affaires rapportées de Maddalo. Le pendentif contenait une copie complète des informations génétiques et épigénétiques de Valka gravée dans le quartz, ainsi qu'un échantillon de son sang. Là d'où elle venait, c'était le genre de cadeau qu'on faisait au membre estimable d'un clan qu'on autorisait à avoir un enfant. Les Tavrosi n'avaient pas de famille, simplement le clan, et chaque homme ou femme avait un enfant seul. Le mariage était interdit car il impliquait de privilégier un partenaire par rapport aux autres, ce que les clans considéraient comme un préjugé ridicule. Les échanges de phylactères étaient interdits, de crainte que l'existence de frères et de sœurs crée l'équivalent d'une unité familiale exclusive.

Valka avait fabriqué deux phylactères. Elle gardait l'autre autour de son cou. Celui qui contenait tout ce que j'étais. Chez elle, cet échange nous aurait valu la prison ou plutôt une période de rééducation stochocratique. Cela avait été son compromis, l'alternative au mariage que j'aurais souhaité, mais aussi à la dissolution des liens exigée par la culture de Valka.

La vie n'est-elle pas faite de ces soumissions mutuelles ?

— J'imagine qu'il n'a pas juste été oublié en bas ? proposa Lorian en croisant ses maigres bras sur son torse. Par la Terre et l'Empereur, il fait froid, ici.

Je me relevai en fermant le couvercle en métal de la caisse que je fouillais, puis fourrai mes mains dans mes poches.

— Peut-être.

Une partie de nos affaires se trouvait toujours dans cet amoncellement de caisses. J'en avais déjà passé au peigne fin une bonne partie, mais je n'avais trouvé presque que des vêtements et des notes : le fruit des recherches de Valka. Deux caisses blindées contenaient des armures de combat conçues pour moi sur Forum. Nous n'avions pas jugé utile de les faire porter jusqu'à nos quartiers, aussi resteraient-elles dans cette soute jusqu'à la fin de notre voyage.

— Il aurait dû être avec la vasque. Celle où je laisse mes effets les plus précieux.

— Je n'ai pas vu la vasque non plus, dit Lorian, qui ne m'était décidément d'aucune aide.

— Je sais bien ! répondis-je en soulevant mon pardessus pour m'asseoir face au jeune homme.

Les genoux repliés contre la poitrine, emmitouflé dans sa cape, Lorian ressemblait presque à un enfant.

— J'avais remarqué, figurez-vous ! ajoutai-je d'un ton acide.

Sans décroiser les bras, Lorian haussa une nouvelle fois les épaules.

— Vous m'avez demandé de l'aide : je vous ai aidé.

— J'enverrai un télégramme à Nessus quand nous serons à Gododdin. Je dormirai mieux pendant le vol vers Padmurak si je sais où se trouve le collier. (Je connaîtrais donc des années de doute et d'anxiété, car il n'était pas possible d'envoyer ni de recevoir des télégrammes lorsqu'un navire volait en distorsion.) Je vous prie de m'excuser.

— Ce n'est rien, assura Lorian en agitant la main. J'espère qu'on le retrouvera, mais il n'est pas impossible qu'on ait oublié une caisse ou deux sur Nessus.

— Je n'ai plus qu'à espérer que le magnarque ne vendra pas la villa pendant mon absence.

— Il ne ferait pas un truc pareil !

Sans doute. Lorian devait avoir raison. Si le phylactère se trouvait toujours dans la vasque, près du miroir de notre chambre à coucher, sous les poutres sculptées du plafond, il ne risquait rien. Anju et son équipe avaient probablement déjà fait le ménage, recouvert les meubles et les statues de draps – de linceuls – et coupé l'électricité. Seul le jardinier hanterait encore le terrain et nourrirait les poissons.

Après une minute de silence, Lorian – qui n'était pas le genre d'homme à tenir longtemps sa langue – s'enquit :

— Nous allons vraiment sur Padmurak ?

Je clignai des yeux une fois, deux fois, ne sachant pas comment interpréter sa question.

— Pourquoi ? Vous avez une autre idée ?

Je compris alors que Lorian avait proposé de m'aider afin d'avoir l'occasion de m'interroger.

— Je pensais que nous en profiterions pour nous éclipser.

— Pour devenir des renégats ? m'étonnai-je en haussant les sourcils. D'où vous est venue cette idée ?

Le petit homme se mordilla longuement l'intérieur de la joue.

— Eh bien, cette mission est un châtiment de plus. Je ne suis pas au courant de tout ce qui s'est passé pendant que j'étais au réfrigérateur avec les autres, mais je me suis dit que vous auriez quelque chose derrière la tête. Comme après Colchis.

— La mission sur Annica ? (Je laissai enfin retomber mes sourcils.) Non, Lorian, nous allons sur Padmurak.

Le commandant parut déçu. Il déplia les genoux, laissa ses pieds pendre juste au-dessus du sol.

— Je me disais qu'il y avait quelque chose, que la docteure et vous aviez mis au jour quelque mystère relatif à vos amis Silencieux ou aux Cielcins.

— Lorian, j'ai passé les soixante-dix dernières années en détention parce que l'Empereur est incapable d'empêcher la Fondation ou sa femme d'essayer de me tuer. Avant ça, j'avais déjà passé dix ans en prison, au cas où vous auriez oublié. Ceci n'est pas un jeu, et il n'y a pas de plan caché. J'ai une mission et un devoir à accomplir. J'ai bien l'intention de respecter mes engagements afin de rappeler à l'Empereur qu'il nous est redevable, à la Compagnie et à moi. La Fondation pense que je menace son pouvoir religieux, poursuivis-je en le pointant du doigt. Ils me prennent pour un genre de prophète. Un faux prophète, j'imagine. Et ils ont vu ce qui s'est passé sur Berenike. Je ne peux plus me cacher.

— Est-ce qu'ils savent pour... ? s'anima Lorian en se redressant.

Il se passa l'index sur la gorge, mimant une décapitation. J'avais presque oublié que Lorian avait vu l'enregistrement de ma mort à bord du *Démiurge* et mon apparente résurrection.

— S'ils savaient, ils m'auraient découpé en morceaux sur Vesperad ou ailleurs. Je pense plutôt qu'ils sont convaincus que j'ai mis en scène l'attaque orbitale de Syriani.

— Ils ne peuvent pas être stupides à ce point.

— Bien au contraire. Ils pensent que leurs doutes les rendent intelligents. (C'était à mon tour de croiser les bras. Je jouai avec une des attaches de mon gant sous la laine épaisse de ma manche.) L'Empereur est moins bête.

— Vous croyez ?

S'il se penchait davantage, Lorian tomberait en avant.

— Lorsqu'on est pris dans une toile d'intrigues, mon ami, il vaut mieux dire la vérité à la plus haute autorité possible afin de profiter de sa protection.

Lorian coinça une mèche de cheveux raides et presque blancs derrière son oreille pointue et dit :

— Il s'agit de survivre dans le marigot. Cela explique ce que nous faisons depuis un siècle.

Quelque chose dans le ton de l'officier tactique provoqua un spasme d'irritation sur mon visage.

— La Fondation a failli me tuer, Lorian. L'Impératrice et ses Lions m'ont presque tué. Cette mission n'est pas un châtiment. Elle n'est pas que cela, en tout cas. Il n'y a pas de Fondation dans le Commonwealth. Nous nous rendons quelque part où nous pouvons être utiles. Ainsi, nous échapperons un peu plus longtemps au filet politique.

— Raison de plus pour devenir des renégats. Lorsque la mission sera terminée, bien sûr. Vous disposez de trois légions, au sein de cette compagnie. Vous avez un vaisseau, et aucun de vos officiers n'osera vous contredire. Si nous rentrons sur Nessus, ils nous remettront probablement en sommeil cryogénique, et vous retournerez à la villa. L'Empereur fera de vous un magnarque ou quelque chose comme ça.

—Bassander Lin et le directeur Rinehart croyaient que l'Empereur voulait me nommer auctor.

—Auctor?!

Lorian tomba bel et bien de son fauteuil et tenta de se relever à la manière d'un boxeur souhaitant reprendre le combat après avoir été mis au tapis. Je me levai par solidarité, craignant que l'intus se soit fait mal. Les idiosyncrasies de sa condition faisaient que les articulations de Lorian se disloquaient fréquemment et qu'il était souvent victime de troubles du système nerveux périphérique.

—Auctor! répéta-t-il. Par la planète noire! Vous êtes sérieux?

—Est-ce que vous vous sentez bien?

—Bien sûr que je vais bien, Marlowe! répondit-il en me lançant un regard noir. Ne changez pas de sujet! (Il s'adossa au siège duquel il venait de choir.) Auctor? Ce serait parfait... (Il se massa une main, le regard pâle perdu dans le lointain.) Il s'agit d'un test, alors?

—Je crois bien. À condition que Lin ait vu juste.

Valka était arrivée à cette conclusion environ deux mois après notre départ et, depuis, je ne parvenais pas à me sortir cette idée de la tête. Si notre mission dans le Commonwealth était d'une grande importance, elle ne justifiait pas vraiment le détour que l'Empereur avait fait par Nessus. Il avait manifestement voulu me voir, me jauger après ces décennies de séparation.

Lorian se rassit et croisa les bras, serrant sa cape autour de lui.

—Diantre. Et Lin a entendu ça de la bouche de Rinehart?

—C'est ce qu'il prétend.

Les traits squelettiques de Lorian s'affaissèrent.

—Il est le patron du Renseignement de la Légion, il est forcément au courant. Diantre, répéta-t-il en se frottant la mâchoire.

Je lui tournai le dos et fis quelques pas sous les poutrelles du plafond.

—Quand l'Empereur a détourné sa flotte pour se rendre sur Nessus, Bassander a cru que c'était pour procéder à ma nomination.

—Au lieu de quoi vous avez hérité de Padmurak.

—Au lieu de quoi nous avons hérité de Padmurak.

—Et s'il voulait simplement gagner du temps ? proposa Lorian en se massant toujours la mâchoire. En nous envoyant dans le Commonwealth, il récupère presque un siècle de temps réel, du temps qu'il passe en sommeil cryogénique.

—Il fait cette tournée pour prolonger sa vie, lançai-je en m'arrêtant de faire les cent pas. Il n'est plus tout jeune. Il est Empereur depuis plus de mille ans. Impossible de dire quel est son âge biologique, mais quelqu'un doit savoir, doit avoir fait l'addition de toutes ses fugues cryogéniques. À mon avis, il a six, peut-être sept cents ans.

Nous autres palatins ne vieillissions pas comme les hommes ordinaires. Nos télomères artificiellement allongés freinaient notre lente décrépitude, tenaient jusqu'à la fin, lorsque – comme pour les rats de laboratoire de la période antique – cancers et autres mutations s'accumulaient à un rythme rapide en l'absence de vieillissement naturel. Rares étaient les nobles palatins qui vivaient assez longtemps pour avoir des cheveux blancs ou devenir myopes comme le vieux Gibson. En dépit de l'apparente vitalité de l'Empereur, j'étais convaincu d'avoir raison.

« Je suis vieux, mon cousin, m'avait-il dit un jour. *J'aimerais voir la fin de cette guerre avant la fin de mon règne. »*

— C'est très probable, acquiesça Lorian. Tout ceci n'est peut-être qu'un prélude à la transition. A-t-il nommé un successeur ? J'avoue ne pas avoir suivi cette histoire depuis longtemps.

— Non. Je suis sûr qu'il a fait ses plans, mais non.

L'Empereur avait plus de cent enfants. Aurelian, l'aîné, était presque aussi âgé que lui, sa naissance ayant été ordonnée le jour du couronnement de William, plus de mille ans auparavant. Le plus jeune – dont je ne connaissais pas le nom – n'avait pas plus de dix ans. La Maison Avent avait l'habitude de produire de nouveaux héritiers régulièrement, de les disperser aux quatre coins de l'Imperium pour prévenir un effondrement de la dynastie.

Lorian se mâchouilla la langue.

— S'il désigne notre ami Alexander – ce qu'il fera à mon avis –, cette histoire d'auctor deviendra logique. En pratique, il ferait de vous le co-Empereur.

Le gouffre qui s'était formé dans mon estomac lorsque Lin m'avait parlé de cette rumeur pour la première fois s'élargit encore. Je n'avais pas oublié le regard d'Alexander lorsqu'il m'avait vu émerger des flammes de Berenike sans la moindre brûlure. Comme son père, le prince Alexander de la Maison Avent savait que ce qu'on racontait sur moi était vrai, et il me craignait pour cela. Je m'étais fait un ennemi du jeune prince et je traitais son admiration avec mépris.

— Co-Empereur…, répétai-je en serrant et desserrant les poings le long de mon corps. Finalement, devenir des renégats ne serait pas si mal.

— Qu'est-ce qui ne serait pas si mal ? demanda une nouvelle voix.

Lorian et moi nous retournâmes de concert et vîmes Elara sortir du tunnel ombilical qui reliait l'appareil au

Tamerlane, aussitôt suivie par Pallino. Elle sourit et, en guise d'introduction, lança :

— Valka a dit que vous étiez en bas, que vous cherchiez quelque chose.

— J'ai bien l'impression qu'une ou deux de mes caisses ont été oubliées sur Nessus, expliquai-je en m'adossant à un empilement de boîtes.

— Tu as regardé dans les placards des crèches cryogéniques ? demanda Pallino en fronçant les sourcils. (Apercevant Lorian, il se tapota le front pour le saluer.) Petit homme.

— Triclops, répondit Lorian en lui rendant son salut.

Je ne posai pas de question.

— Ces caisses ne rentrent pas dans les placards des crèches, rétorquai-je. Je disais justement que j'enverrais un télégramme à Nessus dès que nous serions arrivés à Gododdin, histoire de vérifier.

Je me résignai douloureusement à être séparé de mon phylactère jusqu'à notre retour sur Nessus.

Elara s'assit à côté de moi et posa une main rassurante sur mon bras.

— Tu le retrouveras.

Le regard rivé sur mes mains, entre mes genoux, je sentais qu'elle me souriait. Un bourgeon chaud apparut dans ma poitrine, et toutes les prédictions de Lorian sur l'Empire et ma place dans ce monde me semblèrent subitement lointaines. Les sourires sont contagieux, et la vue de celui d'Elara embrasa le mien.

— Je suis heureux de vous avoir tous retrouvés. Vous m'avez manqué.

— Tu nous as manqué aussi, dit Elara en serrant mon bras.

Des paroles vides, mais gentilles. Elle et les autres avaient dormi durant les longues années qui s'étaient écoulées depuis

Thermon. Ils avaient manqué beaucoup d'événements et n'en étaient pas conscients.

— Pas à moi, en tout cas ! s'esclaffa Pallino.

— Oh ! ferme-la un peu, lui lança Elara en le regardant durement.

— À vos ordres, Madame, répondit le vieux chiliarque en la saluant comme il se devait.

M'éclaircissant les idées, je regardai tour à tour Elara et Pallino, les derniers de mes myrmidons.

— Vous aviez besoin de moi ? m'enquis-je.

— Valka a dit que tu cherchais quelque chose. On a pensé que tu aurais peut-être besoin d'aide.

Dans ma poitrine, la chaleur enfla encore.

— Finalement, pourquoi ne pas jeter un œil dans les placards des crèches…

10

Paradis

Le monde, en dessous de nous, brillait d'un éclat gris-blanc comme une plaque holographique connectée à un signal mort. L'atmosphère de Padmurak était viciée et sans vie, et Vedatharad, la *Grande Ville*, s'étalait sur une plaine enneigée qu'aucune vie n'avait jamais frôlée. Chacun des quartiers de la Grande Ville était surplombé d'un puissant dôme d'acier et d'alumverre qui me rappelait une Vorgossos hantée par les démons.

Même depuis les airs, la capitale du Commonwealth inspirait un utilitarisme efficace quoique décrépit, avec ses blocs de béton brut et ses angles droits sous des dômes de verre. Des monuments sans âme à des Écritures sans dieu, qui transformaient les hommes en rouages et prétendaient les libérer non pas en brisant leurs chaînes, mais en leur faisant forger ces chaînes et en les qualifiant de *camarades travailleurs*. Le Commonwealth était pour le partage intégral des richesses, réfutait l'existence de classes sociales, d'une hiérarchie, de différences entre les hommes. Ses citoyens n'avaient pas de nom – disait-on –, pas de rang. Ils habitaient des cellules vides dans les grandes tours-ruches qui se dressaient telles des cheminées d'usines sur le périmètre de chaque arcologie.

— Cet endroit est affreux, dit Crim en regardant par le hublot étroit de la navette, comme nous nous préparions à mettre pied à terre. Et c'est leur capitale ? Ils n'auraient pas pu la construire sur un monde où l'air est respirable ?

— Ça en dit long sur eux, hein ? commentai-je.

Le ciel était aussi gris que la planète, les nuages blancs rappelant les étendues enneigées. Un des dômes emplissait le ciel, devant nous, la structure de son squelette noir se découpant sur la toile de fond grise. En ce sens, dressée qu'elle était vers le ciel, la Grande Ville était tellement différente de la Cité éternelle.

— Tout le monde met son casque ! ordonna Pallino, prenant le commandement de notre petite expédition.

J'appuyai avec le pouce sur le bouton commandant le déploiement de mon casque. Le dispositif se déroula et se referma devant mon visage avec une précision d'horlogerie fine, tandis que les autres mettaient leur casque manuellement. J'entendis les geignements des joints de pression et les sifflements des systèmes de support-vie qui se réveillaient. Tor Varro portait sa robe verte de scholiaste par-dessus sa combinaison environnementale, le visage caché par un masque de verre noir dépourvu de traits. Le casque de Valka était similaire, tout en alumverre noir et en acier articulé recouvrant une sous-couche isolante et matelassée. Le reste de sa combinaison, cependant, ressemblait à la mienne : le plastron qu'elle portait par-dessus sa tunique rouge sang était sculpté pour ressembler à un torse féminin et arborait un pentacle et une fourche sur le sternum. Comme elle n'était pas soldate, elle n'avait pas de ptéryges aux épaules, ni à la taille, ni de protection sur les bras et les jambes. Le polymère de son bras gauche, toutefois, présentait les motifs fractals de son *saylash*, le tatouage de son clan – reproduit dans les moindres détails –, noir sur noir.

Je ne l'avais pas vue le porter depuis des décennies, et je souris sous mon masque. J'avisai son vieux pistolet tavrosi à sa hanche, partiellement dissimulé par le lourd brocart de sa courte cape, cousine de la mienne.

Quelle paire nous faisions.

— Tout le monde a mis son casque ? demanda Pallino en passant les hommes en revue. (Lorsqu'il fut satisfait, il se tourna vers l'officier pilote et lança :) Égalisez la pression de l'habitacle.

Un sifflement puissant se fit entendre comme l'atmosphère de la navette s'évacuait pour atteindre le niveau de pression plus faible de l'extérieur. Un instant plus tard, l'écoutille s'ouvrit sur la rampe, et les premiers de nos gardes sortirent, vêtus d'armures impériales ivoire, les lances grandes et droites. À côté, les gardes gris du Commonwealth faisaient pâle figure. Varro suivit, puis ce fut au tour de Crim, Pallino, Valka et moi. Nous marchions à la tête des hoplites lourdement armés formant le gros de notre détachement.

On nous avait instruits de marcher tout droit vers le long et bas terminal ouvert qui occupait la moitié de la piste longue d'une centaine de mètres. Je me demandai pourquoi on ne nous avait pas permis de rouler jusqu'au terminal. Peut-être le Commonwealth, en nous obligeant à marcher, souhaitait-il nous insulter subtilement.

Les soldats lothriens qui nous faisaient une haie d'honneur levèrent leurs lances. Ils devaient être deux cents, avec leurs armures ornées de médailles et de rubans.

— Ils ont envoyé les meilleurs d'entre eux, hein ? remarqua Pallino en chuchotant malgré notre liaison sécurisée.

La brise légère manquait trop de substance pour soulever le brocart de nos capes, à Valka et moi.

— C'est effectivement une concentration importante d'hommes décorés, confirma Varro.

— Ils essaient de nous impressionner, dis-je.

Comme si des soldats pouvaient compenser la décrépitude de cet astroport.

Au-dessus du linteau rectangulaire de la gueule du hangar, on voyait un bas-relief représentant le peuple lothrien travaillant main dans la main, deux colonnes marchant l'une vers l'autre pour se rejoindre au milieu sous un livre ouvert. Les postures étaient rigides, dénuées d'art et de souplesse, mécaniques, les mines à la fois déterminées et joyeuses, mélange non naturel que je ne me rappelais pas avoir déjà vu sur un visage vivant.

— C'est la Lothriade ? demanda Valka en désignant le livre du menton.

— Oui, confirmai-je dans un hochement de tête. Elle est présente partout, m'a-t-on dit.

La Lothriade était au fondement du Commonwealth. Plus qu'un recueil de lois, plus que de Saintes Écritures, elle contenait une liste d'affirmations approuvées, d'expressions et d'idées dont l'usage était permis par le Grand Conclave. Autrefois, les peuples du Commonwealth parlaient librement. À mesure que les partisans avaient renforcé leur emprise sur la société, cependant, les dictionnaires avaient été abrégés, purgés des mots dangereux ou non nécessaires. À la fin, on interdit même les noms, ainsi que tous les mots qui permettaient de différencier les hommes car ils étaient à la racine des inégalités. Si les clans de Tavros craignaient de favoriser un partenaire en amour à cause de préjugés, les hommes du Commonwealth craignaient les préjugés eux-mêmes.

Un jour, ils avaient cessé d'imprimer des dictionnaires, leur préférant des listes non pas de mots, mais de pensées autorisées. Il n'y aurait bientôt plus qu'une seule manière d'exprimer la faim et la douleur, une seule façon de demander de l'aide ou de s'adresser à un camarade. En lieu et place d'une langue, il y aurait des phrases idéologiquement approuvées, comme des hiéroglyphes. Immuables.

C'était ce qu'on disait, ce qu'on était supposé croire.

Nous passâmes sous le bas-relief, et des portes en acier se refermèrent dans notre dos, bloquant les rayons du soleil malade. La lumière qui brillait au plafond était absolument dépourvue de couleur. Des indicateurs, en périphérie de mon champ de vision, me montraient que de l'air était injecté dans l'espace caverneux. Devant nous, il y avait un quai et un portail, qui s'ouvrit sur un homme vêtu d'une tenue grise dénuée d'emblèmes flanqué de deux soldats en armure noire.

Comme nous nous approchions du quai, l'homme en gris leva la main.

— *Dilijatja vatajema*, commença-t-il dans sa langue natale gutturale. De la part du Conclave, un représentant souhaite la bienvenue sur Padmurak et dans la Ville populaire à la délégation de l'Empire sollien.

Je notai que l'homme avait une oreillette et conclus que des conseillers – voire une machine – lui dictaient son texte pour s'assurer de sa pureté idéologique.

Je m'inclinai. Curieux, je décidai de tester l'ambiance et parlai en galstani.

— Merci pour votre accueil, représentant. Je suis Lord Hadrian Marlowe de la Maison Marlowe-Victoria, apôtre de Sa Radiance, l'Empereur William XXIII. On m'a envoyé traiter avec vos maîtres, les Présidents du Grand Conclave, afin d'aboutir à une stratégie commune dans notre combat contre les Cielcins.

Comme je m'y attendais, l'homme ne répondit pas tout de suite, le temps que sa machine ou les marionnettistes qui la contrôlaient traduisent mes paroles. J'aurais pu parler en lothrien, mais ç'aurait été risqué. Je connaissais cette langue, mais pas la liste des phrases approuvées par le Conclave et ses divers ministres. Essayer de la parler serait revenu à traverser un champ de mines avec un bandeau sur les yeux et après avoir bu.

— Ce qui est fait pour le bien de tous est fait pour le bien de chacun, répondit le ministre dans un sourire à peine perceptible.

Il devait s'agir d'une citation. Parler à un étranger ne maîtrisant pas les codes du lothrien devait être extrêmement compliqué, et je n'enviai pas la tâche de ce pauvre bougre, qu'attendait sans doute un peloton d'exécution ou la guillotine en cas d'échec.

— Espérons-le. (Me rendant compte que je portais toujours mon casque, je me hâtai de le replier.) Participez-vous au Conclave ?

— Chaque homme doit servir le Peuple selon ses aptitudes. Même la plus petite contribution au bien du Peuple est bénéfique à la totalité.

J'en conclus qu'il n'appartenait pas au Conclave. Je devais avoir affaire à un logothète ou à quelque secrétaire haut placé dans la hiérarchie locale. Car en dépit de ce que les Lothriens prétendaient, il y avait bien une hiérarchie sur Padmurak. L'homme s'inclina, nous faisant signe de le suivre. Parlant toujours sa langue natale, il dit :

— Les voitures de la délégation sont arrivées.

Nous traversâmes les rues mornes du Onzième Dôme, empruntâmes des boulevards gris sans alignements d'arbres, ni parterres de fleurs. Rien ne semblait pousser dans cette ville affreuse. D'épaisses colonnes de vapeur s'élevaient vers le ciel, se condensaient sur le dôme, avant de retomber en pluie triste. J'avais l'impression distincte – en regardant par la vitre arrière mouillée de la voiture du représentant – que les rues avaient été nettoyées en prévision de notre arrivée, car nous vîmes très peu de gens. Par ailleurs, les façades brutales semblaient avoir été lavées au nettoyeur haute pression. Partout, il y avait des bas-reliefs en bronze – sans patine, ni vert-de-gris – vantant les vertus et les exploits du Peuple.

— Où sont les gens ? demanda Valka en voyant deux hommes et une femme vêtus de gris marcher d'un pas rapide sur le trottoir.

Le représentant regarda dehors en clignant des paupières. En apparence, il cherchait des yeux les gens dont Valka parlait, mais en réalité, il attendait sa réponse. Elle arriva une seconde plus tard.

— Chacun œuvre pour le bien de tous.

Je sentais que Pallino avait envie de dire quelque chose, aussi lui lançai-je un regard noir pour l'en dissuader. Le patricien se retourna ostensiblement vers les autres voitures de notre convoi.

Nous finîmes par sortir du Onzième Dôme et nous engageâmes sur une route souterraine passant sous la plaine morne. Ce trajet me conforta dans l'idée que la ville avait été vidée en prévision de notre venue ; en effet, les six voies étaient desertes, alors que le trafic était probablement dense en temps normal. Je n'avais pas vraiment envie d'interroger notre hôte, vu qu'il n'avait sans doute rien de personnel à dire.

Les lumières orange défilaient à grande vitesse.

Bientôt, elles cédèrent la place au soleil jaune d'un autre dôme, encore plus grand que le premier. Nous émergeâmes par une gigantesque arche en acier qu'il était possible de refermer en cas de nécessité, puis traversâmes un pont suspendu au-dessus d'un réservoir bouillonnant. D'un côté, j'avisai un grand barrage dont les vannes étaient ouvertes, produisant de puissantes chutes d'eau.

De l'autre côté de ce pont se dressait l'agglomérat géométrique du cœur de Vedatharad, empilements infinis de pierres se découpant sur la toile de fond du jour jaunasse. L'atmosphère semblait épaisse, brumeuse à cause de la vapeur emplissant le dôme externe, et à travers le rideau de verre lui-même, je reconnus les silhouettes de tours sans fenêtres pareilles à des usines. Ces tours abritaient les habitants du Commonwealth, j'en étais convaincu, cloîtrés dans leurs taudis.

Il y avait de plus en plus de gens dans la rue, des hommes et des femmes en uniforme gris terne se pressant sous le ciel en bouteille du Premier Dôme. Certains étaient seuls, d'autres blottis sous de grands parapluies pour se protéger de la condensation qui tombait en pluie. Nombreux étaient ceux à porter un masque chirurgical sur le visage, et il y avait des gardes partout. J'étais habitué à la présence d'une police militaire – nous avions des préfets sur tous les mondes impériaux –, mais les gardes étaient réellement omniprésents. Il y avait un homme en armure noire à chaque coin de rue, ce qui me fit penser, non pas aux villes de l'Imperium, mais à la cité qui surplombait le palais de Kharn Sagara sur Vorgossos.

Comme sur Vorgossos, il y avait des ténèbres en dessous.

Le Palais du Peuple était ceint d'un mur de béton et d'acier mesurant une quinzaine de mètres d'épaisseur et plus de quarante mètres de hauteur. Les hautes terrasses de la ziggourat centrale s'élevaient telle une pyramide dédiée à un faux dieu oublié. Des dépendances, dépourvues de fenêtres, austères comme des pierres tombales, se dressaient autour du périmètre : casernements, arsenaux, bureaux de la police secrète. De l'eau jaillissait de fontaines abstraites, décrivant des arcs au-dessus de la route principale, bondissant d'un pilier à l'autre. Des soldats en uniforme noir mat de la Garde du Conclave ou en tenue d'apparat grise et rouge flanquaient tels des automates portes et fontaines, étaient alignés sur les terrasses de la ziggourat culminant à plus de trois cents mètres du sol, sous le sommet du dôme.

Les voitures contournèrent la dernière fontaine et s'arrêtèrent devant un grand escalier. Un tapis rouge comme du magma recouvrait les marches comme le tapis incarnadin que Clytemnestre avait déroulé sous les pieds d'Agamemnon le Grand quand la Terre était jeune. Deux gardes ouvrirent la double portière de la voiture, et le représentant me fit signe de sortir en premier. Pallino passa devant, cependant – Crim se trouvait dans un autre véhicule –, et me tendit la main. J'aidai à mon tour Valka à sortir.

— Ça me rappelle la maison, dit-elle en panthaï.

La comparaison était facile. Là d'où elle venait, la beauté était subjective, tout comme la réalité du monde. Chez elle, Valka voyait ce qu'elle désirait, ce que ses implants peignaient sur le monde, des illusions déployées telles des ombres sur le réel. Des jardins verdoyants là où il n'y avait que de la roche nue, de beaux parquets et des meubles sculptés à la main en lieu et place de sols stratifiés et de tapisseries en nylon. Les Stochocrates imaginaient des richesses qu'ils plaquaient sur la laideur, tandis que le Commonwealth embrassait la laideur et l'imposait à tous.

— Est-ce que ça va ? lui demandai-je en me penchant vers son oreille.

Il y avait fort peu de chances que les Lothriens qui nous entouraient parlent la langue relativement rare de Valka, mais le risque existait néanmoins.

— Oui, ne t'en fais pas, ce n'est rien, me rassura-t-elle dans un sourire courageux.

Un trio de drones prenait des holos de nous comme nous gravissions l'escalier. La sécurité, peut-être, ou bien un média officiel profitant de notre visite pour produire de la propagande. Répondant au salut des piquiers, j'adressai à une des machines un sourire en coin. Devant moi, Crim marchait en tenant bien haut la bannière impériale rouge, ornée d'une bande blanche là où brillait le soleil impérial. Comme nous montions les marches et passions sous de gigantesques piliers carrés en direction de fausses portes perpétuellement ouvertes et sculptées pour ressembler à un livre ouvert, j'avisai des silhouettes sombres alignées pour nous accueillir : des hommes et des femmes en costume gris, au visage pâle et aux cheveux noirs.

Je m'attendais à ce qu'on nous accueille devant la porte, au lieu de quoi on nous demanda de passer par la sécurité et ses scanners rougeoyants. Impossible, donc, de cacher mon épée, mon générateur de bouclier et les armes sanglées à ma cuisse. Ils sauraient aussi pour ma dague d'apparat, ainsi que pour tout l'équipement des quarante hommes de ma garde, jusqu'au plus petit couteau de Crim. Et pour les os en adamant de mon bras gauche.

Seuls leur échapperaient les implants de Valka, voire la bobine de monofilament que Crim dissimulait dans sa chevelure.

Notre représentant fit signe à un homme et une femme, qui se hâtèrent de traverser l'atrium pour venir à notre rencontre. Je notai qu'ils se ressemblaient tous, comme une fratrie : teint gris, cheveux noirs, yeux enfoncés. Tous les trois paraissaient consommer des stimulants, même si je n'aurais su dire s'ils prenaient du verrox, des amphétamines ou simplement de la caféine. Les deux nouveaux représentants avaient eux aussi une oreillette.

— Bienvenue à la délégation, dirent-ils à l'unisson en nous saluant furtivement.

La même phrase, les mêmes inflexions que le premier représentant, un peu plus tôt.

— Nous sommes honorés, répondis-je en laissant le temps à la traduction de leur parvenir. Quand le Grand Conclave nous entendra-t-il ? J'ai hâte de rencontrer vos maîtres.

Les mains jointes devant elle, la femme s'inclina légèrement.

— Il n'y a ni rois, ni maîtres dans le Commonwealth, répondit-elle d'un ton de maîtresse d'école ou de scholiaste corrigeant un élève un peu lent. Le Conclave ne se réunit pas aujourd'hui. La délégation sera convoquée lorsque les Sièges arriveront.

Une ride de désapprobation menaçant de me barrer le front, je regardai successivement Valka et Tor Varro.

— Il n'y aura donc pas de réception ? Je pensais commencer tout de suite.

Les deux hommes et la femme échangèrent quelques regards en attendant que les autorités compétentes leur mettent dans la bouche les paroles appropriées. Ma patience n'était pas loin d'atteindre ses limites. Je n'avais rien contre le silence, mais cette passivité idiote qui passait pour de la politesse m'était insupportable.

— Je suis venu pour accomplir une mission de première importance pour l'Empereur sollien, et il n'y a personne pour me recevoir ?

La femme – clairement la cheffe du trio, même si elle n'aurait pas manqué de s'en défendre et de répéter que chacun devait servir le Peuple selon ses compétences – me fixa du regard et m'adressa un sourire crispé.

— Chacun doit œuvrer pour le bien du Peuple. Et il y aura du pain pour tous les courageux.

— Vous êtes très occupés, hein ?

J'enfonçai mes pouces sous ma ceinture en examinant l'espace caverneux dans lequel nous venions d'entrer. Ici, le sol n'était pas constitué de béton ou de laminé, mais de dalles de marbre formant un damier blanc et noir. Devant nous, il y avait un bassin éclairé de l'intérieur à la surface parfaitement lisse au-dessus de la pierre noire. Un miroir noir. J'eus subitement une envie enfantine de déranger ce calme, de briser cette illusion d'ordre parfait.

Je savais ce qui était en train de se passer.

C'était une posture. Comme l'aurait fait n'importe quel souverain, le Conclave voulait nous montrer à quel point cette mission primordiale pour nous était de peu d'importance pour lui. Comme si la venue d'un apôtre de l'Empire sollien n'était pas un signe de fin du monde.

La guerre était sur le point d'arriver sur Padmurak, que ses seigneurs noirs le veuillent ou non.

11

Le Grand Conclave

La nuit, encore. Et des rêves.

Des rêves de noyade dans des eaux profondes. Des mains pâles s'étirant dans les ténèbres, me caressant, me tirant vers le fond. J'étais mort, ou presque, enfermé dans mon armure. Le temps s'écoulait à l'envers, et je tombais, tombais vers le haut vers la lumière rouge et le vacarme de la bataille. Je me tenais sur un pont de pierres grises et usées à proximité d'une ville constituée de tours grises. Des voitures brûlaient autour de moi, des hommes fatigués tenaient des armes.

Si comme certains le pensent le temps est infini, alors tout finira forcément par arriver. Pour ma part, je suis convaincu que tout a une fin, notamment les empires, les planètes et les hommes. Même les quelques siècles de la vie d'un homme sont assez longs pour créer des vérités et des demi-vérités. Un jour, j'avais dit à Lorian que je ne rêvais pas de l'avenir. Car je ne pensais pas en être capable.

Les armes tiraient. Les canons s'embrasaient.

Je me réveillai.

Le soleil jaune pâle se levait sur Padmurak, transperçait les fenêtres horizontales donnant sur des sections de la ville brutale et cyclopéenne. Depuis notre appartement situé au sommet de la spire qui abritait l'ambassade impériale, je distinguais les silhouettes lointaines des autres dômes. Quelque part, à des kilomètres de là, se trouvait l'astroport réservé aux navettes, et, plus loin encore, l'astroport qui accueillait le fret. Par deux fois, la nuit précédente, j'avais vu des fusées briller dans le ciel. Au-delà, c'était la toundra. La toundra et une succession infinie d'usines, de casernes et de camps de travail sur lesquels avait été érigée la société lothrienne.

Je laissai Valka dormir, me douchai sans eau, me frottai sous les jets soniques avant de regarder la cabine incinérer mes déchets avec force éclairs. J'enfilai mon plus bel uniforme diplomatique : chemise blanche, pantalon orné de bandes rouges sur les coutures. Je choisis également une veste en brocart noir sur noir aux motifs paisley doublée d'écarlate. Je pris mon temps pour passer mon gantelet de cuir par-dessus ma manche, l'accrochant au niveau du coude. Je vissai la bague de souverain de l'Empereur à l'index de ma main droite et suspendis le morceau de coquille d'œuf de Silencieux à une chaîne. Mes bottes se resserrèrent d'elles-mêmes autour de mes mollets. Et puis je pris mon épée.

Le Grand Conclave m'attendait.

Varro, Valka et moi traversâmes le damier noir et blanc de l'antichambre, flanqués de nos gardes et précédés par les représentants du gouvernement du Commonwealth. Chaque jour, nous en voyions de nouveaux. Nous contournâmes le bassin noir, gravîmes un escalier conduisant à une galerie surplombant l'antichambre et donnant sur la cour du palais. S'affairaient autour de nous des ministres et des fonctionnaires vêtus de gris et arborant sur le cœur l'étoile noire symbole de leur profession. Ces gens étaient les *pitrasnuk*, les partisans qui dirigeaient le Commonwealth lothrien au nom du Peuple *zuk*.

Tout autour de la galerie, on pouvait admirer une fresque dépeignant le triomphe du Peuple. Dans l'axe de l'entrée principale, il y avait une arche carrée sous laquelle nous passâmes, nous soumettant une nouvelle fois à une inspection de la sécurité. Nous découvrîmes alors d'autres fresques et nous retrouvâmes dans un long et étroit couloir dont le plafond était si haut qu'on ne le voyait même pas. Il n'y avait pas de passages transversaux, et je sentais que nous nous dirigions vers le cœur de la ziggourat. Cet endroit me rappelait le béton impitoyable de la prison de la Fondation sur Thermon, ou les cellules de Borosevo, sur Emesh. Je me demandai si le Commonwealth s'était inspiré de la Fondation des milliers d'années plus tôt, s'il avait volé cette architecture glaciale inspirant la terreur.

Le couloir débouchait sur ce que je pris d'abord pour une vulgaire salle ronde, avant de me rendre compte que nous nous trouvions dans un amphithéâtre. Un colisée. Des murs de trois mètres de haut nous entouraient, surmontés d'une balustrade en fer derrière laquelle étaient assis en arc de cercle les trente-cinq Sièges du Grand Conclave lothrien. Le fauteuil central était inoccupé et flanqué de deux fois dix-sept femmes et hommes en tenue et au visage gris, aux cheveux noirs ou blancs. Des fonctionnaires moins importants étaient installés derrière et au-dessus d'eux, le visage plongé dans l'ombre de ce lieu de pouvoir défraîchi.

— Le Conclave reconnaît la délégation de l'Empire sollien, lança un homme âgé assis à la droite du fauteuil central, sans doute le porte-parole. Le Conclave espère que la présence de la délégation marque le début d'une nouvelle ère de coopération entre l'Empire et le Commonwealth. Le bien de tous est le bien de chacun.

Il prononça ces paroles avec la solennité d'un prêtre, tant et si bien que dès qu'il eut fini, les autres membres du Conclave et la congrégation de fonctionnaires entonnèrent à l'unisson :

— Le bien de tous est le bien de chacun.

Un appareil serti dans le mur sous le fauteuil central répéta leurs mots dans un galstani hésitant et maladroit, pour notre bénéfice, sans doute.

Dans l'atmosphère sombre, je distinguai un bouclier entre les niveaux supérieurs et nous, et je compris pourquoi nos gardes avaient été acceptés dans cet endroit. Aucune de nos armes n'aurait pu pénétrer ce rideau d'énergie.

Je fis un pas en avant et m'inclinai, une main sur le cœur, l'autre écartée de cette manière commune à tous les représentants planétaires.

— Honorables Sièges, commençai-je en me redressant. Je suis Sir Hadrian Marlowe, chevalier de l'Ordre royal de Victoria. Je suis envoyé par mon Maître impérial, William XXIII de la Maison Avent, afin de demander votre aide dans la guerre que nous menons aux xénobites cielcins qui ravagent les mondes et l'univers humain depuis si longtemps.

Je m'interrompis, laissant le temps aux oreillettes de traduire, de fournir une réponse, aussi, mais les membres du Conclave me fixaient d'un regard impassible.

Je fis encore un pas en avant.

— Notre Empire porte le poids de cette offensive depuis plus de mille ans. (Je me tus. Plus de mille ans… Ce n'était pas une découverte pour moi, mais le fait de le verbaliser me fit un drôle d'effet. J'inspirai profondément et repris :) Depuis un millénaire, nous nous battons, nous saignons, nous mourons pour maintenir l'ennemi à distance. Depuis un millénaire, nous refusons de reculer. Notre peuple verse son sang pour garantir la sécurité du vôtre. Toutefois, les Cielcins ont traversé l'Étendue en grand nombre. Leur marine brûle des planètes le long de la frontière centaurine. L'ennemi nous attaque sur des fronts multiples, dans quantité de systèmes, et il nous est de plus en plus difficile de nous défendre. Nous avons besoin de navires. Nous avons besoin de soldats.

Mes paroles furent suivies d'un silence minéral. Lançant un regard oblique à Varro, j'ajoutai :

— Face à cette menace sans précédent, mon Maître impérial vous demande de vous joindre à nous.

Toujours aucune réponse de la part du Conclave. Le vieil homme assis à la droite de la place vide passa en revue ses compatriotes, à l'affût d'une réaction. Le Neuvième Siège glissa un peu vers l'avant. Il semblait plus jeune que les autres, avait les cheveux noirs coupés court et soigneusement peignés, et ses yeux gris scintillaient au-dessus de ses joues creuses.

— Quiconque voit autour de lui des *maîtres* et des *esclaves* est incapable d'avoir des *camarades*. Comment peut-on pratiquer l'égalité lorsqu'on ne la reconnaît pas ?

Je ne dis rien, réfléchissant à sa réponse. Je comprenais parfaitement le lothrien, mais la machine sertie dans le mur me proposa néanmoins une traduction. Ce n'était pas une réponse directe, mais je n'étais pas étonné. Le Neuvième Siège me posait-il une question ou reprochait-il au Conclave de m'avoir accordé une audience ? L'homme semblait si jeune ; je me demandai comment il avait pu atteindre ce niveau de responsabilité si vite. Peut-être la maîtrise de la Lothriade était-elle un atout plus important que l'expérience aux yeux du Grand Conclave. Peut-être le jeune homme était-il un savant, un théologien de leur foi sans dieu.

Un moment passa, et je décidai que le Neuvième Siège s'était adressé à ses collègues. Une femme – le Treizième Siège – prit alors la parole d'une voix nasillarde :

— Il y a dans chaque cœur un désir d'égalité.

Encourageait-elle un dialogue ? Je me tournai vers Varro. Les traits sombres du scholiaste étaient aussi inexpressifs qu'à l'accoutumée, ne reflétant aucunement la frustration que je ressentais.

— Ils ne nous font pas confiance, me murmura-t-il à l'oreille. L'homme pense que nous voulons les duper, que nous comptons capitaliser sur la situation. La femme n'est pas de son avis.

Hochant la tête, j'examinai les Sièges plongés dans l'ombre du haut dossier carré de leur fauteuil. Un drone muni d'une caméra flottait le long de la balustrade qui nous condamnait à rester dans le monde d'en bas. Je le suivis des yeux, soutins son regard.

— Je suis autorisé à faire quelques concessions au nom de l'Empire, repris-je. À commencer par ceci…

Je sortis d'une poche de ma ceinture un cristal de stockage, un rectangle de six centimètres sur trois. Je le levai bien haut pour le montrer. Sur un geste du vieil homme – le Premier Siège, installé à la droite de la place vacante –, un piédestal jaillit du sol au milieu de l'arc. Je posai le cristal sur sa surface de verre. Un instant plus tard, une projection apparut dans un cône de lumière projeté par un dispositif situé derrière et au-dessus des éminents personnages.

Sous une couche de sceaux de sécurité fractals confirmant la nature de document impérial de l'hologramme, s'afficha un texte de loi.

— Comme vous pouvez le voir…, expliquai-je, une main dans le dos, l'autre tendue devant moi comme si j'offrais quelque chose, nous sommes prêts à mettre un terme immédiat à l'embargo sur les ventes d'uranium raffiné et d'antimatière. Nous autoriserons même certaines sociétés opérant sous la Charte impériale à faire affaire avec vos colonies. Il n'y a aucune raison qu'un arrangement entre nos deux peuples ne nous soit pas mutuellement bénéfique.

Un murmure se propagea dans le groupe des trente-quatre et dans celui des fonctionnaires moins importants, de plus en plus agités. Une autre femme – le Sixième Siège – leva la main.

— Un homme demande la Voix ! lança-t-elle.

Une fois de plus, j'adressai un regard inquisiteur à Varro. Le scholiaste haussa ses sourcils froncés. Lentement, très lentement, les trente-quatre se tournèrent d'un côté et de l'autre, échangeant des regards. La femme avait toujours la main levée. Quelques secondes plus tard, une deuxième main se leva, tout à gauche. Il s'agissait du Dix-septième Siège, un homme à la mâchoire carrée. La glace ayant été brisée, plusieurs mains suivirent. Le Neuvième Siège croisa les bras et fut aussitôt imité par d'autres. Le Premier Siège compta d'un côté et de l'autre et conclut :

— Vingt et un ! Contre treize ! La Voix est accordée !

Je me demandai ce qu'ils faisaient en cas d'égalité.

La femme occupant le Sixième Siège se leva en lissant les plis de sa robe.

— Et maintenant ? L'Empire est l'ennemi du Peuple depuis des milliers d'années. L'Empire a entravé notre commerce. L'Empire a empêché la création de colonies. Aujourd'hui, l'Empire supplie le Peuple de lui venir en aide. Pourquoi ?

Le traducteur fit son travail d'une voix asexuée et dénuée d'inflexions.

Trente-quatre visages gris se tournèrent vers moi. Le Sixième Siège ne se rassit pas. Je fixai la femme d'un regard surpris.

« Un homme demande la Voix », avait-elle dit. Elle avait demandé l'autorisation de donner son avis, de sortir des sentiers battus, et on la lui avait donnée. Aurait-elle parlé si les autres avaient voté contre ? Probablement pas car ces trente-quatre-là étaient sans doute les personnes les plus observées de tout le Commonwealth.

Je regardai furtivement le Neuvième Siège avant de répondre au Sixième.

— Des mondes brûlent à travers le Centaurin. Des centaines de mondes. Les Cielcins déploient des forces comme nous n'en avons encore jamais vu. La ligne de front est beaucoup trop longue pour que nous puissions la défendre correctement. Les gouverneurs régionaux et seigneurs féodaux sont dépassés. (Je me tournai vers Valka, qui m'adressa un sourire d'encouragement.) Le bras du Centaure a servi de rempart contre l'invasion pendant des siècles. S'il cède, les Cielcins seront à votre porte. Depuis le début de la guerre, notre peuple a protégé le vôtre. Même si nous tenons notre position, il est fort possible que les Cielcins ouvrent des passages conduisant jusqu'à votre territoire. Je vous l'ai dit : la guerre a évolué.

Le Sixième Siège prit le temps de réfléchir avant de répondre :

— Les *Rugyeh* vont souffrir pour nous atteindre. Leur flotte sera étirée, affinée. Faible.

Quelques-uns de ses collègues approuvèrent avec force hochements de tête, notamment les Sièges Neuf et Dix-sept. *Rugyeh* signifiait « les autres », en lothrien. C'est ainsi qu'ils désignaient les Cielcins.

— Les Cielcins auront bien engraissé d'ici là. Après toutes ces années passées en transit, ils émergeront bien plus nombreux, dis-je.

Les études conduites par le Renseignement de la Légion sur des navires ennemis capturés au fil des ans avaient révélé l'absence de crèches cryogéniques, et les nombreux séquençages génétiques et dissections pratiqués sur les Pâles par les scholiastes et leurs techniciens avaient permis de conclure que les xénobites vivaient très longtemps. Le prince Aranata Otiolo m'avait révélé qu'il avait plus de mille ans, même si la durée d'une année cielcine restait à déterminer. Les Cielcins ne perdaient pas leur temps pendant que leur flotte se répandait dans le Noir entre les étoiles. Des générations naissaient, des vies étaient vécues, aussi leur armée se renouvelait-elle et grossissait-elle à l'occasion de chaque saut vers un nouveau monde. Vers une nouvelle bataille. C'était ce qui expliquait la puissance de l'armée que Bahudde avait lancée contre Berenike. Pour les humains, un long vol entre les étoiles était synonyme de stase, de sommeil, mais pour les Pâles ? Pour les Cielcins, il était l'occasion de croître et de se renforcer.

— Vous ne les comprenez pas comme je les comprends, Honorable Siège. (Je la regardai dans les yeux pour la convaincre.) Le Commonwealth n'est pas prêt. Si les combats se propagent à l'espace lothrien, l'Empire ne sera pas en position de voler à votre aide.

— Une menace ! s'emporta un homme maigre assis vers la gauche alors qu'il n'avait pas demandé la parole. La délégation menace le Peuple !

Le traducteur mécanique répéta les paroles sans en imiter le ton, cependant. Son objection mourut dans l'atmosphère silencieuse et morte.

— Un homme dont le discours est incorrect élève l'individu au-dessus de la volonté du Peuple, intervint le Premier Siège d'une voix chevrotante. (L'ancien posa la main sur quelque chose, au milieu de la place centrale inoccupée.) Sur décision du Conclave, le Vingt-cinquième Siège est censuré.

Le Vingt-cinquième siège blêmit et s'abîma dans la contemplation de ses mains. Il n'avait pas attendu son tour pour parler. D'une toute petite voix, il dit :

— Un homme demande la Voix.

À ma grande surprise, il ne leva pas la main, alors que la femme du Sixième Siège levait toujours la sienne. Comme la fois précédente, le Neuvième Siège croisa les bras, aussitôt imité par ses moutons. Le Premier Siège compta les mains.

— Sept ! proclama-t-il. Contre vingt-sept ! La Voix est refusée !

Le Vingt-cinquième Siège fronça les sourcils, mais garda le silence.

Le Sixième reprit le cours de ses interrogations.

— Le délégué dit que le Commonwealth n'est pas prêt, mais le délégué demande l'aide du Commonwealth. C'est incompréhensible.

— Le bien de chacun est le bien de tous, ne pus-je m'empêcher de répondre, provoquant une certaine agitation parmi les Sièges et dans l'assistance qui les surplombait. Dans ce cas précis, ce qui est bon pour mon peuple est bon pour le vôtre. À moins que vous considériez que mon peuple n'en est pas un. (Comme le Sixième Siège ne faisait pas de commentaire, je fis un pas en avant, littéralement et de façon rhétorique.) Je vous assure que les Cielcins ne feront pas la différence. Leurs goûts culinaires sont éclectiques.

La femme ne répondit pas tout de suite et se rassit. Ayant apparemment réfléchi, elle lança :

— Le bien de tous les hommes est plus grand que celui de n'importe qui.

— Cela signifie-t-il que vous acceptez les termes de notre offre ? s'enquit Varro, prenant la parole pour la première fois.

Jamais je n'aurais cru que ce serait si facile. Les Lothriens avaient-ils à ce point soif de ressources ? Je savais que – tout comme mon père – ils exploitaient leurs serfs. Au contraire de mon père, toutefois, ils les payaient en pain et en protéines.

— Un seul individu ne peut pas décider des actions du Commonwealth dans son entier, interjeta le Dix-septième Siège. (Le menton sur le poing, l'air de s'ennuyer, il examina ses compatriotes.) Sur décision du Conclave…

Il s'interrompit, attendit que deux ou trois autres de ses camarades l'encouragent à continuer d'un hochement de tête. Je compris que cette phrase était un genre de marqueur indiquant que ce qui allait suivre sortait du registre de leur cher livre saint. Ils n'avaient donc pas de réponse toute faite au grand problème que je leur soumettais. De fait, cette audience mettait à rude épreuve les usages du Conclave ;

nous étions à l'extrême limite des vérités politiquement approuvées. D'où les demandes de prise de parole, d'où la censure de celui qui n'avait pas attendu son tour.

— Sur décision du Conclave, ce sujet devra être débattu. Le Conclave étudiera la proposition de la délégation. (Comme il parlait, ses camarades opinaient du chef. Subitement, le Dix-septième Siège se racla la gorge et lança :) Un homme demande la Voix.

Il leva la main, suivi par d'autres. Encore une fois, le Neuvième Siège et sa coterie croisèrent les bras.

Le Premier Siège compta.

— Vingt-neuf contre cinq, dit-il. La Voix est accordée.

Le Dix-septième Siège eut un sourire pincé et se leva comme la femme avant lui. Je fus frappé par la grande taille de l'homme et par la manière aristocratique, impériale, dont il portait sa robe de juge. Il n'avait pas du tout l'air du représentant d'un Peuple prônant l'égalité absolue.

— Le Sixième Siège soulève une question importante. La bonne volonté subite de l'Empire trahit son désespoir. La délégation prétend avoir le pouvoir de faire des concessions. D'autres concessions que celles déjà décrites par la délégation de l'Empire sollien devront être étudiées. Des amendements devront être votés.

— Des amendements ? répétai-je, soulagé encore une fois de parler à un individu et non à un robot prononçant des phrases toutes faites.

— Quel genre d'amendements ? s'enquit Varro.

Entre nous, Valka ne disait rien. Elle ne représentait pas l'Imperium et n'avait pas le droit de parler en son nom. Elle était mes yeux car ses implants ne perdaient pas une miette de cette audience, et les nématodes qui organisaient sa matière grise n'oublieraient rien. Ils étaient mes témoins indispensables.

— Des droits d'installation dans le bras de Persée supérieur, dit l'homme en souriant comme l'autotraducteur répétait ses paroles dans la seule langue que j'étais censé comprendre.

Le fait que le Dix-septième Siège n'ait pas hésité une seconde signifiait sans doute que tout avait été prévu depuis le début.

Je baissai les yeux. M'avait-on envoyé dans le Commonwealth pour que j'y échoue ? Le Conseil impérial avait-il prévu que le Grand Conclave du Commonwealth ferait une requête que je ne pourrais accepter ? Une requête impossible à satisfaire ?

L'Empereur m'avait-il encore confié une tâche impossible ? Le Conseil impérial et ses conseillers avaient dû penser à cette éventualité. Nous avions bloqué l'expansion des Lothriens dans le bras de Persée pendant des millénaires. Nous leur avions même fait la guerre pour cela.

— Des droits d'installation…, repris-je en secouant la tête. Je vais devoir contacter par télégraphe mes maîtres impériaux. (Si j'avais été auctor, j'aurais pu décider seul.) Notre dialogue prendra du temps. En attendant, nous pourrons discuter les détails d'un arrangement.

— D'un arrangement tout à fait hypothétique, intervint Varro, champion de la précision.

Une autre voix résonna dans la salle circulaire.

— Un homme demande la Voix.

Toutes les têtes se tournèrent à l'unisson.

Le Neuvième Siège leva la main, l'index tendu. Comme il avait voté trois fois pour empêcher ses compatriotes de parler, je fus surpris de le voir demander la parole. Sa coterie réagit tout de suite en levant la main, bientôt suivie par les autres. Tous les autres.

N'étant pas familier de la politique intérieure du Grand Conclave, je n'avais aucune idée de ce que cela signifiait.

— Trente-quatre contre zéro, annonça le Premier Siège. La Voix est accordée.

Le Neuvième Siège ne se leva pas. Tel un Empereur, aussi raide que le Dix-septième Siège, il resta adossé au granit usé de son fauteuil pareil à un monument funéraire.

— Pourquoi l'Empire sollien a-t-il envoyé cet homme ? Hadrian Marlowe est bien connu. Le délégué est un guerrier. Pourquoi l'Empereur rouge a-t-il envoyé un guerrier à Padmurak ?

— Parce que chaque homme doit servir le Peuple selon ses aptitudes, répondis-je d'un ton acerbe en parlant un lothrien parfait pour la première fois.

— Excellent ! s'exclama le Neuvième Siège en applaudissant. C'est très juste. La question reste entière, cependant : pourquoi ce délégué ?

La façon qu'avaient les Lothriens de louvoyer, de ne pas aller à l'essentiel, de gommer l'identité au profit du rôle ou de la fonction commençait à me taper sur le système. La Lothriade avait peut-être libéré les serfs de leurs maîtres, mais dans l'Empire, même le plus insignifiant des serfs avait au moins un nom. J'avais soupé du collectivisme lothrien, mais je serrai les dents et expirai longuement en me concentrant sur un des aphorismes de Gibson afin d'évacuer ma frustration. J'avais l'impression que beaucoup de choses dépendraient de ma réponse, mais je ne comprenais pas pourquoi. Je soutins le regard du Neuvième Siège pendant de longues secondes avant de passer les autres en revue. Le vieux Premier Siège, le noble Dix-septième. La multitude de personnages sans visage assise derrière le premier rang, derrière des tablettes équipées de microphones et d'holographes. Ils étaient tous vêtus de gris, tel un collège de sorciers.

— Je connais les Cielcins, dis-je avant de me répéter dans la langue maladroite et impersonnelle du Commonwealth. *Din konraad vedajim Rugyeh.* (*Un homme connaît les Autres.*)

Personne, dans l'Imperium, ne connaît mieux l'ennemi que moi, poursuivis-je. J'ai tué de ma main deux de leurs princes, exploit qu'aucun autre homme ne peut revendiquer. J'ai combattu trois doigts de la Main blanche qui sert le Fléau de la Terre. C'est moi qui ai négocié la reddition de l'ennemi sur Emesh. Si l'Empereur m'a choisi, c'est pour que je conseille vos amiraux sur les tactiques à adopter. Contre l'ennemi. *Notre* ennemi. (M'adressant plus particulièrement au Vingt-cinquième Siège, je continuai :) Ni ma présence, ni mes mots ne sont une menace. Ils sont une mise en garde. Les Cielcins arrivent, et si nous tombons, ils viendront vous chercher. Ils briseront les dômes de votre Grande Ville et se repaîtront de votre Peuple. Aidez-nous, et nous vous aiderons.

Le Neuvième Siège souriait depuis le début de mon intervention. Lorsque j'eus terminé, il ne répondit rien, ne bougea pas. Apparemment, il avait dit ce qu'il avait à dire.

Le Premier Siège prit la parole à sa place.

— Le Conclave étudiera la proposition de la délégation. Cette audience est maintenant close.

Ayant terminé sa déclaration, le vieil homme tendit la main vers le trône inoccupé à côté de lui et appuya sur quelque chose. Me mettant sur la pointe des pieds, je distinguai la couverture en cuir noir d'un livre, un volume mesurant un pied de large sur une coudée de haut, soit un peu plus grand qu'un de mes carnets. Et puis le Premier Siège se leva en brandissant le volume au-dessus de sa tête, montrant l'étoile noire embossée sur la couverture. Il devait s'agir d'une copie de la Lothriade.

Je n'en avais jamais eu d'exemplaire entre les mains. Je l'avais lue quand j'étais garçon, bien sûr – tous les enfants des grands seigneurs passaient par là, ne serait-ce que pour en juger la nature néfaste –, mais comme la plupart des textes que j'avais étudiés dans le cadre de mon éducation sur Delos, je l'avais découverte sous la forme d'un hologramme. Pour la première fois de ma vie, on me présentait cette véritable horreur.

Un livre noir.

Le *seul* livre autorisé dans le Commonwealth. L'emblème d'une contradiction. Ces gens qualifiaient l'esclavage de liberté, une vérité narrative. Ces gens glorifiaient leur Peuple en détruisant le concept d'individualité.

Une nation de brûleurs de livres fondée sur un livre unique.

12

Le Commonwealth

Les négociations furent longues.

Je ne m'attarderai pas sur les semaines d'audiences et de négociations, je ne vous embourberai pas dans les détails du marécage de nos discussions avec les Lothriens. Nous perdîmes des journées entières à attendre que le télégraphe quantique ait fini de transmettre laborieusement des documents au Conseil impérial, les données traversant, octet par octet, les milliers d'années-lumière qui séparaient Padmurak de Forum. Et puis plusieurs jours passèrent pendant que le Conseil communiquait avec l'Empereur, qui avait depuis longtemps quitté Nessus pour reprendre sa tournée. Apparemment, il s'était arrêté sur Vanaheim, où il resterait quelques mois.

Le Conseil et l'Empereur rechignaient à céder les territoires non colonisés du bras de Persée. Le Commonwealth s'était étendu dans les confins supérieurs du Sagittaire, formant une barrière qui empêchait nos propres colons de progresser vers l'ouest galactique. C'est leur présence qui, dès le départ, avait obligé les colons impériaux à passer par des mondes tels que Gododdin pour traverser le Second Golfe et entrer dans le bras du Sagittaire. L'accès au bras de Persée offrirait de nouvelles possibilités d'installation au Commonwealth, lui permettrait d'atteindre le bras extérieur et les franges de la galaxie. Par ailleurs, il rapprocherait dangereusement la frontière lothrienne de la République durantine et des Principautés de Jadd, développement qui ne ferait plaisir ni aux uns, ni aux autres.

Les Cielcins étaient la plus grande menace rencontrée par l'humanité depuis Columbia et ses filles, mais aucune menace ne justifiait de trahir nos alliés.

Et pourtant, nous ne pouvions pas refuser. Nous avions besoin de l'aide des Lothriens, et je ne pouvais pas me permettre de rentrer sur Nessus, de me présenter devant César en ayant échoué. En conséquence de quoi je tournai moi aussi autour du pot de notre arrangement à la manière imprécise de nos hôtes. D'autres concessions furent faites. La possibilité d'une installation lothrienne dans l'Étendue de la Règle reconquise fut évoquée. De nouvelles frontières furent dessinées dans la ceinture de Rasan, le *no man's land* situé entre l'Empire et le Commonwealth dans le bras du Sagittaire.

Ce fut un travail fastidieux, dont les détails ont bien peu d'importance.

Valka se lassa de ce programme au bout de quelques jours, et je ne pouvais pas la blâmer. Elle avait insisté pour me suivre en ville ; pas question de rester seule là-haut. J'avais appris ma leçon. Depuis Berenike, elle et moi étions rarement séparés. Cela n'arrivait plus que lorsque nous n'avions pas le choix, comme lors de ma mission sur Eikana, ou parce que nous nous étions mis d'accord pour prendre des chemins différents. Passé les premiers jours, elle cessa d'assister aux diverses réunions auxquelles j'étais convié, préférant m'attendre dans le luxueux appartement mis à notre disposition dans le complexe du palais. Nous passâmes de nombreuses soirées avec divers membres du staff du consulat impérial.

Le plus important d'entre eux était Lord Damon Argyris, le chef consul. Argyris avait passé la majeure partie des cinq dernières décennies à Vedatharad, sortant très peu souvent des murs de la tour de l'ambassade.

— Ils tolèrent difficilement les étrangers dans leurs villes, dit-il. Et ça s'est aggravé récemment. Au temps de mon prédécesseur, il y avait un marché étranger près du Onzième Dôme, où des marchands venus d'ailleurs étaient autorisés à commercer. Pas de chez nous, évidemment. Pas depuis les Guerres de Persée. Mais c'étaient des étrangers quand même. (Le consul appuya sa tête contre les petits carreaux du mur du sauna et se tamponna le front avec le coin de sa serviette enroulée autour de son corps musclé telle une toge.) En toute franchise, je m'étonne que le Grand Conclave s'intéresse aux concessions matérielles de l'Empereur. Le carburant, je veux bien – on n'en a jamais assez –, mais je m'attendais à ce qu'ils refusent nos offres commerciales. La situation est peut-être différente dans les autres systèmes du Commonwealth, mais Padmurak est devenue presque aussi inaccessible que la Terre.

— J'imagine que nous devrions nous estimer heureux, répondis-je en admirant la mosaïque haute résolution, derrière le consul.

Elle représentait le Dieu Empereur en héros de l'antiquité – musclé et nu – écrasant un serpent d'acier avec le talon. D'une main, il tenait le démon mécanique par la gorge, de l'autre, il brandissait une épée de feu. Les tesselles étaient si petites – plus petites que des grains de riz – que la mosaïque ressemblait à une peinture à l'huile luisant dans la vapeur des bains.

Je voyais à la manière dont ses yeux voletaient qu'Argyris admirait les autres usagers des bains. Comme le consul ne réagissait pas, j'ajoutai :

— Vu que l'Empereur n'autorisera jamais l'installation des Lothriens dans le bras de Persée, nous devrions prendre ce qu'on nous propose.

Argyris garda le silence. Je me raclai la gorge.

— Je ne suis pas d'accord ! lâcha-t-il enfin en se lissant la moustache. Cela reviendrait à défaire des siècles de travail. (Au prix d'un effort important, il détacha ses yeux noirs des corps nus qui nous entouraient et me regarda.) L'idée de redessiner les frontières de la ceinture de Rasan ne me plaît pas beaucoup.

La ceinture était une zone neutre entre le Commonwealth et l'Empire depuis les Guerres de Persée ; elle mesurait cent années-lumière de large et était fermée à toute colonisation. Les nouveaux accords, si les deux parties les signaient, réduiraient de moitié la taille de cette zone tampon, autorisant le Commonwealth à explorer et coloniser des milliers de systèmes solaires. Ce ne serait pas encore l'accès au bras de Persée et à la frontière jaddienne, mais ce serait important : une concession, une perte claire pour l'Empire.

— À moi non plus, dis-je.

J'agrippai mon banc de pierre, tandis que le consul faisait signe à une servante de verser de l'eau sur les pierres brûlantes, entre nous. Son collier doré montrait qu'elle était esclave, me remémorant que, si la Lothriade avait de gros défauts, l'Empire avait ses propres péchés. Un nuage de vapeur enfla entre l'homme et moi, et comme la jeune femme se baissait pour reprendre de l'eau, le consul en profita pour lui toucher un sein. La fille ne dit rien, mais grimaça lorsqu'il lui pinça le téton.

— Il suffit ! aboyai-je.

Argyris me lança un regard assassin, mais lâcha la fille.

— Donnez-moi la louche, Mademoiselle, ordonnai-je en tendant la main gauche.

Mes laides et profondes cicatrices brillèrent d'un éclat blanc argenté dans la lumière jaune des plafonniers. Je sentis le regard de la jeune femme et celui du consul sur ma peau. Impatient, pressé de l'éloigner d'Argyris, je fis claquer mes doigts sous le nez de la servante qui, mutique, me donna la louche.

— Vous pouvez nous laisser.

— Attendez une minute ! protesta Argyris en me faisant les gros yeux. Vous ne pouvez pas… !

Vêtue d'un simple pagne et des bijoux en or dont l'avait affublée le consul, la fille était tiraillée entre son maître et moi.

— Lord Argyris, nous avons une conversation sérieuse, grondai-je sèchement en brandissant la louche comme un professeur sa baguette. Restez concentré, je vous prie.

Comme nous étions tous les deux palatins, je n'avais aucun moyen de connaître l'âge de Damon Argyris ; je ne savais même pas s'il était mon cadet ou mon aîné. Après plusieurs centaines d'années de vie, la perte de maturité n'était pas l'exception, mais la règle. Qu'il ait deux cents ou cinq cents ans, Argyris était tout autant que moi victime de ses habitudes ; ses appétits, en revanche, étaient grotesques. Jeune homme, j'avais failli forcer une de mes servantes à coucher avec moi, mais j'étais parvenu à me retenir. Je m'étais convaincu qu'elle m'aimait, je l'avais espéré. Toutefois, un fossé sépare le maître de son serviteur, un gouffre, un trou béant encore plus large que la ceinture de Rasan ou les golfes où ne brille aucune étoile, et la seule façon de le franchir est la coercition.

Non pas l'amour.

J'avais compris mon erreur à temps. Autrement, j'aurais certainement fini en harceleur d'esclaves dans les bains de l'Empire. Réfléchissant à cette question, je versai de l'eau sur les pierres chaudes.

— Laissez-la partir, dis-je simplement à Argyris, le regard perdu dans les volutes de vapeur.

Se rappelant que j'étais l'apôtre de l'Empereur et chevalier de l'Ordre royal de Victoria – et le *Demi-mortel*, comme en attestaient mes cicatrices –, Argyris déglutit et congédia la fille d'un geste.

La jeune femme vacilla, puis se hâta de s'enfuir sous le regard du consul, qui haussa les épaules.

— Comme il vous plaira.

Lui adressant un sourire en coin, je revins à notre conversation.

— Vous dites que les choses ont changé ici…

— Oh ! oui, confirma le consul en grimaçant. Comme je vous l'ai dit, ils ont fermé le marché des étrangers avant mon arrivée, mais lorsque j'étais nouveau ici, il était possible de se balader dans la rue sans une escorte lothrienne. Maintenant… (Il s'étira longuement et en profita pour regarder les corps qui nous entouraient.) Désormais, Padmurak est un monde de tunnels. De la navette à la voiture, de l'immeuble au tram jusqu'à l'immeuble suivant. Et partout, des chaperons.

— J'imagine qu'ils ne veulent pas que nous voyions comment ils vivent.

— Ils ne veulent pas que nous soyons témoins de leur pauvreté. Ils n'arrêtent pas de parler du bien du Peuple, mais travaillent surtout au bien de quelques-uns. (Argyris s'essuya de nouveau le visage avec sa serviette.) C'est évident à qui se donne la peine d'observer, même s'ils font des efforts pour entretenir ce que nous sommes autorisés à voir. De temps à autre, cependant, un accident sur une route vous oblige à changer d'itinéraire, et là, on découvre les routes défoncées, les vitrines cassées, les ruches murées.

— Les ruches ?

— Les bâtiments où vivent les travailleurs *zuk* en périphérie des dômes. Ils les appellent *vuli*, les ruches.

— Comme pour des abeilles ? demandai-je en le regardant fixement.

— Exactement. (Le consul se mordilla la lèvre.) Marlowe, vous avez chassé la servante, et il n'y a plus de vapeur. Ah ! voilà qui est mieux, se félicita-t-il comme je versais une louchée d'eau sur les pierres. La ville n'est pas aussi peuplée qu'avant. J'ai entendu des rumeurs selon lesquelles le Conclave redistribuerait la population. Ils craignent la foule car les dômes sont faciles à saboter. Et il convient de se méfier des révolutionnaires.

— Je n'ai jamais entendu parler de révolutionnaires lothriens, m'étonnai-je.

— Le Conclave fait tout pour que vous n'en entendiez jamais parler, expliqua Argyris d'un ton froid. Les révolutionnaires libéraux existent bel et bien. Enfin, à ce qu'il paraît.

— Des libéraux ? Des républicains ?

— Peut-être n'ont-ils pas poussé la réflexion jusque-là. (Le consul grogna comme un nouveau nuage de vapeur l'enveloppait.) En toute honnêteté, je ne suis pas sûr qu'ils existent. Nos experts du renseignement pensent que c'est de la propagande, un épouvantail.

— Je croyais qu'ils craignaient la foule, d'éventuelles émeutes, insistai-je en posant la louche, perdu par ses explications confuses.

— Ils les craignent effectivement. D'après nos estimations, il devrait y avoir environ un milliard trois cents millions d'habitants sur Padmurak. Peut-être vingt, vingt-cinq millions à Vedatharad. Moins d'un million de ces habitants sont de vrais *pitrasnuk*. Le Conclave et les gens de cet acabit forment une toute petite minorité, otage de son peuple.

Un peu comme dans l'Empire, en somme. Un seigneur ne pouvait gouverner qu'un peuple consentant, même si ce consentement n'était pas gravé dans le marbre. La possibilité d'une révolte populaire était un problème éternel que seul un gouvernement juste pouvait prévenir. Ceux qui régnaient par la violence – comme mon père – étaient contraints d'être toujours plus violents pour mater leur peuple. Machiavel s'était trompé : il valait mieux être aimé que craint, et mieux encore être à la fois aimé et craint.

Un roi avait des responsabilités, dont je ne voyais aucune trace dans le Commonwealth. Sous la peinture fraîche et derrière les façades nettoyées avant notre arrivée, la ville – et peut-être le Commonwealth tout entier – était délabrée, négligée.

— Vous devriez écouter leurs informations. Du poison pur. Quand ils n'accusent pas leurs libéraux de voler les rations ou de saboter les réservoirs d'air, ils blâment l'Empire pour les restrictions commerciales et les embargos.

— Du pain et des jeux, commentai-je d'un air entendu, les bras croisés sur la poitrine.

— Surtout des jeux. Le pain va aux partisans. Ce sont eux qui ont fermé ces routes commerciales ; nous refusons simplement de les rouvrir. Toujours accuser l'ennemi de ses propres turpitudes.

Dans le silence lourd qui s'ensuivit, je versai une louchée d'eau sur les pierres brûlantes, frappé par l'ironie cosmique de notre situation : deux nobles de l'Imperium – des hommes riches – profitant des avantages dus à la fonction de consul, tandis que la ville autour de la tour de l'ambassade était à l'abandon. Je repensai à Anju, à la Villa Maddalo, à la pension que j'avais laissée pour eux, et je me sentis apaisé. Ce n'était pas grand-chose, mais c'était beaucoup à côté de ce que vivaient les habitants du Commonwealth.

Un jeune logothète émergea d'un bassin tout proche et reprit sa serviette sur un banc en pierre, ses pieds nus claquant sur les dalles. Argyris le regarda s'éloigner d'un œil approbateur. J'attendis que l'objet de son attention eût disparu avant de reprendre la parole.

— Le Onzième Siège nous a invités la docteure Onderra et moi à moissonner de la glace dans le sud à la fin de la semaine. Demain, nous allons visiter les villes-fermes. Vous joindrez-vous à nous ?

— Non, Monseigneur. C'est un épouvantable travail que celui-là, mais bon, il vous donnera une idée de ce qu'est la vie ici. *Idem* pour les fermes. De vraies forteresses ! Je vous rejoindrai pour le Premier Ballet, en revanche. (Trois jours avant l'expédition polaire, donc.) On m'a dit qu'ils joueront *La Terre embrasée* d'Ademar en notre honneur.

— Je ne m'attendais pas à ce que les Lothriens nous offrent une représentation théâtrale.

— Leur monde est certes dénué de couleurs. Ne vous méprenez pas sur eux : ils vous surprendront encore. Ne répétez à personne que je vous ai dit ça, mais le Premier Ballet lothrien est le meilleur. Bien meilleur que tout ce que l'Empereur a à offrir.

Revenant à des problèmes plus immédiats, je dis :

— Je m'étonne que les Lothriens ne disposent pas d'une meilleure source d'eau. Ils ne recyclent pas l'eau de la glace qu'ils moissonnent ?

Ce retour à des sujets plus prosaïques mina l'enthousiasme de Damon Argyris.

— Oh ! ils le font, Sir Hadrian. Vous avez vu le barrage et les vannes, sur le chemin ?

Je lui confirmai que oui.

— Les dômes ne sont pas la ville originelle, d'après ce que mon prédécesseur m'a dit. Les Lothriens sont sur Padmurak depuis longtemps. Ils ont d'abord creusé des tunnels, tout un réseau sous la surface. D'où l'idée des abeilles, je pense. Après la construction des dômes, les tunnels ont été convertis en infrastructures. Autoroutes, ventilation, alimentation en eau.

Mais ça ne suffit pas. Même si la ville est moins peuplée qu'avant, elle consomme plus qu'elle ne produit. Padmurak manque d'eau, mais surtout… (Il désigna les bains d'un grand geste.) … elle manque d'air.

13

Le spectacle continue

Damon Argyris n'avait pas menti. Le Premier Ballet lothrien était sublime. Je ne connais pas grand-chose à la danse, et encore moins à la musique. Cependant, même le plus pauvre des poètes parmi les hommes sait reconnaître les signes de la beauté. Un alignement de femmes en justaucorps blanc bougeant avec la précision d'une horloge sur une scène de verre reflétant des mouvements gracieux effectués au son d'une musique douce et claire.

La musique enfla, emplissant l'auditorium des premières notes de *La Terre embrasée* d'Ademar Giallo.

Je comptai les danseuses.

Elles étaient cinquante-deux.

En les regardant se disperser sur le verre orné d'étoiles, je me demandai si Ademar connaissait la signification de ce nombre, ou si le sens de l'association des Mericanii avec le nombre cinquante-deux était déjà oublié à son époque. Moi, je le connaissais. Je l'avais appris, parmi tant d'autres choses, dans les archives que nous avait laissées l'Empereur Gabriel II sous la Grande Bibliothèque de Colchis. La révolution de Julian Felsenburgh avait engendré cinquante-deux filles, cinquante-deux intelligences artificielles indépendantes produites par sa première création, le système Columbia qui gérait la Vieille Terre lorsque le soleil se couchait sur son

Âge d'or. Chaque fille était jouée par une Lothrienne en tout point semblable à sa voisine : mince, poitrine haute, cheveux noirs coiffés en chignon.

Nous ne voyions pas le public sous notre box et regardions le spectacle en silence, Valka, moi, Lord Argyris et quelques membres du personnel consulaire. Nos hôtes étaient installés autour de nous, discrets et attentifs. Le Neuvième Siège n'avait pas prononcé un mot de la soirée, laissant le soin au Dix-septième Siège de nous faire la conversation.

— Le délégué est-il satisfait ?

J'ignorais quel changement subtil de protocole permettait à l'homme de nous parler plus librement, ou si les règles étaient plus souples pour lui. Peut-être son comportement cavalier expliquait-il le mutisme du Neuvième Siège, qui respectait le credo lothrien avec un zèle religieux.

Valka répondit pour moi :

— C'est vraiment merveilleux !

— Elles sont impressionnantes, ajoutai-je en admirant les cinquante-deux filles de silicium qui, depuis leurs cercles de lumière individuels, essayaient de séduire des hommes en tenue rouge portant une bande dorée autour de la tête. (Ils étaient, je le savais, les grands rois des hommes qui dirigeaient les colonies avant leur chute.) Il faut une vie d'entraînement pour parvenir à cette perfection.

— Puissent tous ceux qui excellent sur l'avenue de leur vie offrir cette excellence au Peuple, acquiesça le Dix-septième Siège dans le langage alambiqué des Lothriens, réagissant peut-être à la pression silencieuse exercée par le Neuvième Siège, à cinq places de là. Que tout un chacun mette son excellence au service du Peuple et offre sa vie à la collectivité.

Ça veut dire oui, je suppose.

La fille au centre de la scène dansait autour d'un homme qui la repoussait, tandis que tous les autres se laissaient tomber. Hochant la tête, j'expliquai :

— C'est notre Dieu Empereur.

Le premier Empereur sollien – lorsqu'il n'était qu'un roi exilé sur Avalon – avait refusé les avances des Mericanii. Car ils voulaient son monde. Sur les autres mondes qu'elle avait sublimés ou bâtis – comme sur la Terre –, l'humanité avait été séduite par sa propre création, et de cette relation incestueuse étaient nées les horreurs du règne des machines : les grandes pyramides qui s'élevaient au-dessus des villes de la Terre et de ses colonies. Les mondes oniriques dans lesquels les machines attiraient l'humanité et l'emprisonnaient. Les cancers qui maintenaient les hommes en vie pour que leurs machines s'accrochent telles des araignées à leurs cerveaux inutiles. Les homoncules cultivés pour remplacer ceux qui mouraient et grossir les rangs des hommes captifs et servir les machines créées autrefois pour servir l'humain.

Ademar ne savait rien de tout cela lorsqu'il avait composé son ballet. L'histoire était devenue légende au fil des millénaires, la légende fable ou texte religieux. Très peu de gens avaient entendu parler de Felsenburgh et Columbia, des horreurs qu'ils avaient engendrées. De ces personnes qui savaient que le Dieu Empereur de l'ancien temps avait reçu ses visions et son autorité du Silencieux, de la chose invisible qui avait guidé ma main, qui m'avait ramené d'entre les morts, deux étaient assises dans ce box.

— Je n'avais jamais vu une telle précision, s'exclama Valka.

— Parce qu'ils tuent ceux qui échouent, lui murmurai-je à l'oreille.

Nous étions désormais certains que personne autour de nous ne comprenait le panthaï, et j'avais de toute façon parlé assez bas pour que personne d'autre que Valka ne m'entende. Celle-ci me gratta doucement avec les ongles et lança en galstani, afin de prévenir toute réponse et de mettre un terme à cette conversation :

— Et vous autres, non ?

Bien qu'en exil et fugitive, elle restait tavrosi jusqu'à la moelle. Il était certainement arrivé à de grands seigneurs de l'Imperium de faire exécuter des artistes, mais j'étais tout aussi sûr que la Fondation avait châtié nombre de seigneurs pour ce genre d'excès.

— Évidemment ! protestai-je car je n'étais pas du genre à me soumettre. Et puis, qu'entends-tu par « vous autres » ?

— Selon moi, la différence n'est pas flagrante.

— Valka, ils n'ont même pas de nom ! lançai-je en la fixant d'un regard plissé.

— Comme tu voudras, concéda-t-elle avec un geste dédaigneux de la main. Mais je...

Elle se tut subitement, et ses yeux artificiels se perdirent dans le lointain.

— Est-ce que ça va ?

Peut-être était-elle victime d'une autre de ces anamnèses provoquées par le ver d'Urbaine. Elle serra doucement mon bras et secoua la tête aussi discrètement que possible.

— Ce n'est rien. *Ce n'est rien !* répéta-t-elle comme je ne cessais pas de la regarder fixement.

Inconscient de la détresse de Valka, Lord Damon Argyris lança :

— Je vous avais bien dit que les artistes du Commonwealth étaient sans pareils ! (Il se pencha en avant pour me voir derrière Valka et ne remarqua pas les ongles de celle-ci enfoncés dans mon avant-bras gauche ganté.) Vous auriez dû voir le spectacle qu'ils ont offert au Doxe durantin !

— Vous avez passé trop de temps hors de l'Empire, seigneur consul, rétorquai-je sans lâcher Valka des yeux. (J'ignorais ce qui l'avait perturbée, mais ce n'était pas *rien*.) Vous oubliez trop facilement les accomplissements de vos compatriotes.

M'ayant entendu, le Dix-septième Siège intervint :

— Le spectacle n'est pas à la hauteur des attentes du délégué ?

Je me rendis compte que je n'avais pas répondu à la question lorsqu'il l'avait posée la première fois et me détournai de la scène pour examiner cet homme à l'allure rigide, hautaine, qui transpirait une haine viscérale pour les seigneurs et les empires.

— Oh ! le délégué est impressionné, dis-je en lothrien en regardant brièvement le Neuvième Siège, assis, parfaitement impassible, derrière son collègue.

Je bus une gorgée du spiritueux sans goût que m'avaient servi nos hôtes. Ne sachant comment exprimer ce que je souhaitais en contournant les limitations du lothrien, je basculai en impérial standard :

— Je voulais simplement dire que si la représentation est impressionnante, il s'agit d'un ballet impérial. Mon ami le consul ne s'en rendait apparemment pas compte.

Sous ses moustaches broussailleuses, Damon Argyris fronça les sourcils.

— Vous n'avez pas tort, Lord Marlowe, mais moi non plus.

— J'aurais aimé assister à la représentation offerte au Doxe, dis-je au Dix-septième Siège.

Je m'étonnais intérieurement que le chef de la sereine république ait rendu visite au Commonwealth. Sur la scène, en contrebas, les danseuses avaient enfilé des tenues rouges. Les femmes effectuaient des pirouettes gracieuses, tandis que les hommes avançaient. Ceux-ci étaient désormais vêtus de blanc. Le danseur qui jouait le rôle du Dieu Empereur était au centre de la scène. Je n'avais encore jamais assisté à une représentation de *La Terre embrasée* d'Ademar, mais j'étais à peu près certain que l'auteur n'avait pas prévu que les danseurs – vêtus du blanc impérial, me rendis-je compte – dominent les danseuses tels les conquérants d'un harem. C'était insultant pour l'Empire, ce qui me fit sourire. Les Lothriens avaient décidément un talent certain pour transmettre des messages sans utiliser de mots.

— Quel spectacle ç'a dû être…

Enfin le rideau tomba, mais je n'entendis pas le public applaudir à tout rompre, simplement le bruit de nos propres mains. Le public lothrien, en dessous, ne se manifesta pas. Un peu gêné – m'étant levé pour applaudir à la manière impériale –, je m'inclinai et remerciai nos hôtes.

— Voici un Peuple sans maîtres, lança le Neuvième Siège en me fixant d'un air assassin. Sans dieu. Un Peuple glorifié par ses actions.

Je posai le regard sur le petit homme à la robe et aux yeux gris, sous ses cheveux noirs huilés. Comme je le scrutais, je fus frappé de nouveau par le fait que tous les Lothriens se ressemblaient.

Le Neuvième Siège soutint mon regard, et comme je ne répondais pas, il poursuivit :

— Que les plus forts effectuent les tâches les plus difficiles. Que les sages approfondissent leurs études. Que les justes surmontent les plus grandes épreuves. Que chacun mette à profit ses aptitudes pour le bien de tous.

— Vos danseurs ont bien travaillé.

Je me demandai si un homme qui n'avait pas de nom pouvait se connaître véritablement et savoir ce qu'il valait.

— Chacun doit se montrer loyal envers le Conclave, conclut le Neuvième Siège, tandis que le Conclave est loyal envers le Livre. Ce sont les bases de l'ordre et de la justice.

— Être loyal et servir… Je suis familier de ce credo, répondis-je en m'inclinant légèrement.

14

L'esprit dans la machine

Le dîner fut servi à une longue table noire au centre d'une vaste salle vide. Nous avions pris un ascenseur pour quitter le Palais du Peuple et monter jusqu'aux terrasses en marbre que j'avais aperçues depuis la rue. L'architecture de ces hauteurs au climat raréfié était aussi brutale et cyclopéenne qu'ailleurs, mais les murs luisaient d'un éclat blanc dans les étoiles scintillant derrière le dôme veiné, au-dessus.

Le sol de la salle à manger était en marbre aussi, et même les murs en étaient recouverts. Il n'y avait pas de rideaux aux longues et étroites fenêtres, ni aucun tapis pour réchauffer l'atmosphère d'utilitarisme froid de la pièce. En dehors de la table et des chaises, il n'y avait qu'un globe représentant Padmurak en suspension magnétique dans un coin. Il y avait très peu de décoration sur les murs. D'un côté, j'avisai une plaque holographique déguisée en miroir. Il devait y en avoir une dans toutes les pièces de l'appartement de notre hôte, et je supposai qu'elles étaient des maillons du réseau de sécurité et de télécommunication.

La nourriture était simple, mais bonne. Comme l'avait expliqué le Troisième Siège, les Lothriens ne mangeaient pas de viande. En guise de plat principal, on nous servit un genre de ragoût de haricots blancs et de carottes à la sauce tomate. Il y avait du pain et de l'ail rissolé, mais pas de beurre. Ni d'œufs.

Ni de fromage, ni aucun autre produit d'origine animale. Pas même leurs imitations produites en cuve ou synthétisées.

— Il n'y a pas de serviteurs ? demandai-je en lothrien.

Comme le mot « serviteur » n'existait pas, je le remplaçai par « aidant ».

Le Dix-septième Siège déposa le dernier plateau sur la table.

— Une main oisive se retourne immanquablement contre le Peuple, dit-il en écartant ses cheveux de son visage et en s'installant en face de nous. Voilà pourquoi aucune main ne doit rester oisive. Chacun doit servir.

Il montra la porte par laquelle il venait d'entrer et qui donnait sur les cuisines où, en dépit de sa piété civile, le Dix-septième Siège n'avait probablement pas participé à la préparation du repas.

Je traduisis ce qu'il venait de dire à Valka, qui maîtrisait mal le lothrien.

— C'est vraiment très beau, ici, dit-elle en souriant.

Pour assister au ballet, Valka avait choisi de porter sa plus belle tenue diplomatique : une robe sage noire et ivoire, à la fois pratique et élégante. Quant à ses cheveux roux foncé, ils étaient coiffés en chignon. Son rouge à lèvres presque noir attirait l'attention sur son sourire.

— Vous devez être très fier, ajouta-t-elle.

Notre hôte lui retourna son sourire, avant de nous servir de l'eau avec un pichet en métal très simple, mais bien fait. D'abord moi, puis Valka, puis lui-même.

— Je suis fier du Peuple, c'est la seule chose qui compte.

L'homme se figea un peu, étudiant sa tartine à l'ail. Sans viande, ni poisson, le repas n'était bizarrement pas au centre de notre petite réunion. Il n'y avait pas de véritable entrée, ni de succession de plats. On ne savait pas dans quel ordre les mets disposés sur la table devaient être mangés.

— Dommage que le Neuvième Siège n'ait pas pu se joindre à nous, regrettai-je en montrant la place vacante à la gauche de notre hôte, qui interrompit sa mastication quelques secondes pour réfléchir.

— Aucune main ne doit rester oisive, insista-t-il.

Je me penchai vers l'oreille de Valka, qui me donna un coup de pied sous la table. Je ne la comprenais que trop bien. L'homme qui nous accueillait avait une conversation tellement limitée que la soirée risquait d'être longue. Parler à un Lothrien était une tâche impossible, mythe de Sisyphe oral.

Heureusement, au contraire de Sisyphe, je n'étais pas seul.

— Je réfléchissais à votre langue..., commença Valka en se servant une portion de ragoût aux haricots. Hadrian me dit que les phrases que vous prononcez sont des citations du codex de votre peuple. Est-ce vraiment possible ?

Je traduisis la remarque de Valka à notre hôte en usant de phrases qui ne figuraient certainement pas dans la Lothriade. L'homme avait une oreillette, mais j'avais ressenti le besoin d'être plus explicite.

— Seul un discours correct peut servir la volonté du Peuple, répondit le Dix-septième Siège.

— Un discours correct ? s'étonna Valka. Qu'est-ce qu'un discours correct ?

— Un discours prononcé pour le bien du Peuple.

C'était un extrait de phrase sorti de son contexte, assurément.

Échouant à la traduire pour Valka, je dis :

— Le lothrien enseigné dans l'Empire ne met pas suffisamment l'accent sur cet aspect.

Je me donnais du mal pour faire entrer mes pensées dans un cadre lothrien. Il était difficile de décrire la manière dont mon tuteur m'avait enseigné cette langue sans utiliser les notions de tuteur et d'élève. J'étais convaincu de passer pour un imbécile. J'avais eu peu d'occasions de pratiquer le lothrien depuis que j'avais quitté le Repos du Diable. Dire que je parlais mieux le cielcin que cette langue humaine...

— C'est une forme incorrecte, remarqua l'homme. Seule la Lothriade est correcte.

— Elle a nécessairement des limites ! protesta Valka lorsque je lui eus traduit les propos de notre hôte. Ou bien y a-t-il aussi une manière correcte de demander où sont les toilettes ?

Le Dix-septième Siège se contenta de rire.

— Comment faites-vous pour désigner un concept ou un objet nouveau ? insista Valka en se penchant au-dessus de la table, pressée d'obtenir des réponses à ses questions après des semaines dans le Commonwealth, de passer sur le gril un *pitrasnuk* du Grand Conclave. Imaginons que vous rencontriez une espèce de xénobites...

— *Rugyeh*, répondis-je en premier. Ça veut dire « les autres ».

En lothrien, chaque mot avait le poids d'une dizaine d'autres. Le sous-texte, le contexte étaient primordiaux à la conduite d'une conversation.

— Ça ne règle pas tous les problèmes, me fit remarquer Valka en jouant avec sa petite cuillère. Si tous les mots sont connus à l'avance, il est impossible d'aborder des sujets nouveaux. On ne peut pas s'adapter.

Notre hôte opina du chef pendant que je traduisais, s'interrompant pour mâcher une cuillerée de ragoût. Il arracha un morceau de pain à sa portion et le lâcha dans son bol.

— La volonté du Conclave est la volonté du Peuple. Un homme bon est au Conclave ce qu'un fils est à son père. Un père donne sa voix à son fils.

— Mais comment ?

— Par l'enseignement, répondit l'homme.

Encore une fois, il devait s'agir d'un fragment de phrase.

— La *Voix*, dis-je, répétant ce mot que j'avais tant entendu dans l'arène du Conclave. *Halas*. Le Conclave écrit continuellement de nouvelles phrases. Vous êtes les seuls autorisés à user de la Voix ?

— *Da*, confirma le Dix-septième Siège.

— Et pourquoi *l'homme* ? protesta Valka. « Un homme bon est au Conclave… » Et les femmes dans tout ça ?

Le Dix-septième Siège la regarda longuement avant de répondre.

— Il n'y a pas de femmes, dit-il en utilisant un mot – *samkanka* – qui signifiait précisément « femelle ». Ni d'hommes.

C'était faux, évidemment. Les Troisième et Sixième Sièges étaient des femmes. Et il y en avait d'autres. Nous avions vu des femmes par dizaines dans les fermes urbaines. Et puis, il y avait les ballerines.

— Il n'y a pas de femelles, répéta notre hôte. Ni de mâles. Il n'y a que le Peuple. L'*homme*.

J'avais réfléchi à l'asexualité agressive de la Lothriade. *Ovuk*, qui signifiait « homme » – et possédait une racine commune avec *zuk*, le travailleur –, était utilisé à la place d'« humain », sans notion de sexe ni de genre. En ce sens, leur langue ressemblait un peu à la nôtre, sachant qu'« homme » est utilisé pour désigner à la fois un homme et un humain. Nous nous accommodons difficilement de cette confusion, mais celle dans laquelle étaient plongés les Lothriens me semblait encore plus profonde.

— Quels que soient les mots, vos yeux reconnaissent la différence, intervins-je, encouragé par les objections de Valka. Il est des réalités plus fortes que les mots, Monsieur. Le langage ne peut pas changer la réalité. L'étirer, à la rigueur.

— Seulement jusqu'à un certain point, ajouta Valka, manifestement aussi troublée que moi par le mode de pensée des Lothriens.

Le Dix-septième Siège nous étudia par-dessus son repas à moitié terminé. Il porta sa coupe emplie d'eau à ses lèvres – il n'y avait pas de vin à table, ni même de cet alcool sans couleur qu'on nous avait servi à l'opéra – et but. Sans répondre, il se leva et se dirigea vers le globe tournant dans son champ magnétique artificiel. Il saisit la barrière qui entourait le dispositif et arrangea ses cheveux.

Non pas ses cheveux, compris-je rapidement sans le lâcher des yeux.

Son oreillette.

Le Dix-septième Siège retira le dispositif de son oreille et le posa, désactivé, sur la barrière.

— Peut-être pour l'instant, Lord Marlowe, dit-il dans un galstani parfait. Madame... Mais cela finira par changer.

— Vous parlez le standard ? s'étonna Valka en faisant la moue avec ses lèvres presque noires.

— Le standard ! Encore une vérité temporaire ! Nous parlons tous votre langue. J'ai été formé dans votre Empire. Sur Teukros. Comme beaucoup d'autres.

J'assimilai ce changement d'attitude subit. J'avais souvent vu des seigneurs palatins désactiver leur système de sécurité pour parler librement. Ma propre mère l'avait fait dans son palais d'été lorsque nous avions planifié mon évasion, une éternité plus tôt. Je l'avais fait moi à bord du *Tamerlane*, aussi n'était-ce pas vraiment une révélation. Je m'attendais en effet à ce que, sous le glacis d'une adhésion sans faille à la Lothriade, règne un agnosticisme peu différent de la fausse piété de nombre de nos seigneurs.

— Il s'agit donc de théâtre, commentai-je. La Lothriade. Votre façon de parler. L'égalité, la communauté, oui, mais pour les *zuk*, pas pour vous.

— Comme dans votre Empire.

— Mon Empire ne fait pas semblant d'être ce qu'il n'est pas, rétorquai-je, heureux de pouvoir enfin m'en prendre à quelqu'un après près d'un mois passé sur ce monde.

— Nous non plus. Je ne suis qu'un serviteur. Lorsque la Lothriade aura été perfectionnée, nous n'aurons plus besoin du Conclave.

— Perfectionnée ? répéta Valka, heureuse que la barrière de la langue soit tombée. Perfectionnée comment ? demanda-t-elle en pivotant sur sa chaise pour se tourner vers l'homme dans sa robe grise de juge.

Le sourire de notre hôte ne vacilla pas, et l'éclat de ses yeux noirs me fit penser aux vates qui priaient nus sur des piliers au milieu des villes et hurlaient vers les cieux pour que la Terre revienne.

— Les vieux monstres seront balayés. Les vieilles coutumes, la vieille culture, les vieilles habitudes, les vieilles pensées. Les anciens ne sont pas allés assez loin. Ils ont gardé leur langue. Leurs noms. Autant de choses qui les liaient à leur passé. Le véritable progrès – la vraie perfection – nécessite plus de sacrifices.

— Vous parlez comme un Extrasolarien, dis-je.

— Les Extrasolariens ont des vices et aucune vision. Ils changent de forme pour illustrer leur nature désordonnée. Nous, nous imposons notre nature à la nature.

Mal à l'aise sur ma chaise à moitié retournée, je me levai.

— L'hubris n'est-il pas un vice ? On ne peut pas forcer les hommes… et les femmes, ajoutai-je en regardant Valka du coin de l'œil.

— Les vieilles pensées. Les vieux corps. Les vieilles natures seront balayées aussi. (Il ferma les paupières et récita un mantra en lothrien :) Comment les vieilles pensées seront-elles effacées ? En effaçant les vieux désirs. Comment les vieux désirs seront-ils effacés ? En éliminant les vieilles natures.

Comment les vieilles natures seront-elles effacées ? En éliminant les vieux corps.

— Les nouveaux corps ne seront… ni mâles, ni femelles ? demandai-je car j'étais toujours le disciple de Gibson.

— Bien sûr, confirma l'homme avant de poursuivre en lothrien : Là où il y a distinction, il y a disparité. Là où il y a disparité, il y a souffrance. Comment vaincre la souffrance ? En combattant la disparité. Comment vaincre la disparité ? En combattant la différence.

À sa citation, je répondis par une autre :

— Chaque ange connaît sa place. Tous ne sont égaux qu'en enfer.

Sans y penser, je portai ma main gantée au pentacle de la Compagnie rouge épinglé à mon revers, tandis que mon esprit me ramenait au diable des Marlowe que je n'avais pas arboré depuis des siècles.

— Hadrian ! (Valka posa la main sur mon bras.) *Var rawann.*

Fais attention.

— Pourquoi ne l'avez-vous pas fait ? Il y a des homoncules hermaphrodites chez les Mandari. La technologie existe.

Le Dix-septième Siège ne répondit pas, mais plissa ses yeux noirs lothriens.

— Je vois, repris-je après un moment de silence, pensant avoir compris. Votre peuple a résisté.

— Disons qu'il n'est pas encore prêt, acquiesça le séduisant bureaucrate dans un sourire contenu.

— À être remplacé ? Cela se comprend.

Valka serra un peu plus fort mon bras.

Notre hôte s'était qualifié de « serviteur », aussi l'imaginai-je dans une salle d'opération blanche et vierge assistant à la naissance de ses enfants. Une nouvelle génération pour remplacer l'ancienne, pour supplanter la nature. Ils avaient déjà supprimé les mots pour désigner les hommes et les femmes, mais cela ne leur suffisait pas. Ils avaient produit de nouveaux corps, de nouveaux hommes, mais les *zuk* ne les avaient pas acceptés. Le Conclave n'arriverait pas à remplacer les milliers de milliards d'habitants du Commonwealth par un nouveau Peuple issu de chaînes de montage. Même les usines de clones des Jaddiens ne seraient pas à la hauteur de cette tâche. Le Conclave espérait-il que son Peuple se reproduirait avec ses nouveaux hommes ? Afin de faire disparaître l'ancien par le métissage ?

Apparemment, il avait été déçu. Le peuple lothrien avait rejeté l'homme nouveau du Conclave. Du moins était-ce mon hypothèse.

— Nous réessaierons, lança le Lothrien dans le silence.

— Les vieilles natures sont coriaces.

— Vous êtes sollien. Vous êtes une créature de l'Ancien. Il est normal que vous pensiez une chose pareille. J'imagine que vous avez été formé par un scholiaste. Les scholiastes sont des créatures de l'Ancien aussi. Ils n'ont pas leur place dans l'avenir.

Posant une main sur le dossier de ma chaise, je levai mon verre d'eau et rétorquai :

— Et pourtant, vous avez vous aussi été formé dans l'Imperium, par des scholiastes. Vouloir balayer le passé revient à saper les fondations d'une tour. La tradition ancre un homme dans le monde. C'est vrai pour les Lothriens comme pour les autres. (J'avalai une gorgée d'eau.) Vous bâtissez un nouveau monde pour les milliers d'années à venir.

Le Dix-septième Siège éclata d'un rire sec.

— Je ne suis qu'un intendant. Je ne vivrai pas assez longtemps pour voir mon paradis devenir réalité, mais je mourrai en ayant contribué à le bâtir.

— « Moi je dis que la loi cruelle de l'art est que les êtres meurent et que nous-mêmes mourions en épuisant toutes les souffrances… »

— « … pour que pousse l'herbe non de l'oubli, mais de la vie éternelle, l'herbe drue des œuvres fécondes… », m'interrompit l'homme en complétant ma citation, sa voix glissant sur la mienne comme la lame d'un épéiste sur celle de son adversaire. Je vois que vous connaissez votre Proust.

— J'ai eu un bon professeur.

— À l'évidence. Vous me comprenez parfaitement.

Vraiment ? Je n'en étais pas si sûr. Pendant tout le repas, j'avais eu le sentiment que notre hôte se prenait pour mon professeur. Non, c'était plus que cela. Il voulait m'impressionner, me convaincre de la supériorité des Lothriens, comme le ballet avait eu pour but de nous montrer la supériorité de l'art lothrien. Lord Argyris s'était laissé convaincre. Mais Lord Argyris était un imbécile.

— Moi…, dis-je. (Ce mot, aucun Lothrien, et surtout pas les membres du Conclave, n'avait le droit de l'employer.) Avez-vous un nom, Monsieur ?

— Je suis un serviteur de la Lothriade.

— Je suis sérieux. Avez-vous toujours des noms ? Vous en aviez forcément un lorsque vous étudiiez dans l'Imperium. Ou bien dois-je vous appeler *Serviteur* ?

— Talleg. Lorth Talleg.

— J'étais sûre que vous aviez des noms ! s'enthousiasma Valka. Il n'est tout simplement pas possible de…

— Seuls les membres du Parti ont un nom, précisa l'homme dans un sourire pincé. Les *zuk* n'en ont pas.

— Comment est-ce possible ? m'enquis-je.

— Ça l'est, tout simplement.

Cinq petits mots pour justifier toutes ces tombes…

— Quelle hypocrisie ! s'exclama Valka en retirant sa main de mon bras.

Nous n'avions pas l'habitude d'être dans le même camp, et cela nous faisait un drôle d'effet. En dépit de son collectivisme tavrosi, le peuple de Valka chérissait l'individu et même l'âme humaine.

Le sourire de Lorth Talleg disparut.

— Pas du tout. Comme je l'ai dit, je suis un serviteur de la Lothriade. Un berger. Mon rôle – et celui du Conclave – est d'apporter la Lothriade à l'humanité, non pas d'en profiter tout seul.

— Et de faire de l'humanité des *Eloi*, conclus-je.

— Des quoi ?

Ayant compris que notre hôte n'était qu'un médiocre étudiant en littérature, je le rejoignis près du globe. Padmurak était un triste et pâle monde de glace, de neige et de roche nue, à la surface sans air dépourvue de lacs ou de mers naturels, au visage gris et balafré. Il ne manquait pas d'eau, mais n'en possédait que sous la forme d'épaisses calottes glaciaires. Ses montagnes étaient petites, banales, car la planète, si elle avait toujours une activité tectonique, était apathique au possible. Examinant l'artefact, je ne fus pas étonné de constater que les littoraux, les latitudes et longitudes étaient constitués de fil de platine, subtil signe extérieur de richesse. En dépit de l'apparence spartiate de ses appartements, notre hôte était un des hommes les plus importants du Commonwealth. Talleg était un des trente-quatre personnages qui présidaient au destin de plus de cent mille mondes habités.

— Cela n'a pas d'importance, répondis-je. C'est un vieux mot. Issu d'un vieux livre.

Le mot « vieux » pesait de tout son poids sur l'atmosphère tendue, tournait comme un couteau dans une plaie.

— Êtes-vous toujours comme ça ? m'interrogea Talleg en me scrutant d'un regard intense.

— Absolument, confirmai-je sans lâcher le globe des yeux. Demandez aux gens qui me connaissent.

Sans doute l'homme se tourna-t-il vers Valka, dont la voix claire résonna aussitôt :

— Essayez donc de passer un siècle avec lui !

Le sourire de notre hôte – disparu lorsque le Dix-septième Siège avait cédé la place à Lorth Talleg – refit son apparition.

— Vous nous haïssez, n'est-ce pas ?

— Oui, acquiesçai-je en me tenant bien droit, comme à mon propre procès. Nous avons des esclaves, dans l'Empire, et c'est notre grande honte. Mais ici, tous les hommes sont des esclaves.

— C'est ce que vous pensez de nous ? demanda-t-il en se penchant contre le rebord de la fenêtre. Une nation d'esclaves ? Mais vous oubliez, Lord Marlowe, que j'ai étudié dans votre Empire. Vous enchaînez des armées entières, vous emprisonnez des mondes. Vous-même avez reçu l'ordre de venir ici. Cela fait-il de vous un esclave ? (Il gloussa, une moue de dégoût déformant son beau visage.) Ne me parlez pas de liberté. La liberté est comme la mer.

Je me figeai et me tournai vers Valka, qui nous observait depuis sa chaise à très haut dossier. Lorth Talleg avait dit qu'il avait été formé sur Teukros. À Nov Senber, forcément, l'athénée que j'avais échoué à rejoindre lorsque j'avais fui Delos, dans ma jeunesse. Ses professeurs avaient été des scholiastes. Sa dernière phrase était donc un aphorisme.

— … être véritablement libre, c'est un peu comme dériver sur un radeau au milieu de l'océan. On peut aller partout, dans toutes les directions…, intervint Valka, citant Imore et le *Livre de l'esprit*.

Non, compris-je. *Elle ne cite pas Imore.*

Elle me citait moi, qui avais cité de manière imparfaite les mots d'Imore dans notre prison glaciale près du lac où les Frères dormaient sous la glace et les jardins de Vorgossos.

Talleg hochait la tête en souriant de plus belle.

— Mais à quoi bon ? conclut-il. La liberté n'est pas une vertu, Lord Marlowe. Elle est même un obstacle à la vertu.

N'avais-je pas dit exactement la même chose à Valka lorsqu'elle avait attaqué l'Empire ?

À vrai dire, non.

— Qu'avez-vous fait ? interrogeai-je Talleg. Asséché cette mer ?

— Nous avons donné au Peuple une voix, un objectif, un chemin doré à suivre. Un chemin sur lequel l'homme est libéré. Libéré de la pauvreté, de la souffrance. Ni dieux, ni rois, ni maîtres.

— En dehors de vous.

Il s'éloigna de la fenêtre et se tapota la poitrine de l'index.

— Je vous l'ai dit, je ne suis qu'un serviteur. *L'objectif du Conclave est de dissoudre le Conclave*, conclut-il en lothrien.

Cette dernière phrase ne pouvait être qu'une citation de la Lothriade qui, seule, contenait des contradictions aussi flagrantes.

— Ce jour ne viendra jamais, rétorquai-je en retirant ma main du globe, qui reprit sa lente rotation. Votre Commonwealth est un désert, et un désert n'est rien. Tout ce qu'il contient a été pétrifié.

— Et votre Empire ?

— L'Empire est un fleuve. Il a un cours et des courants. Nos mouvements sont certes limités, mais nous sommes tous limités ! Par notre corps, comme vous l'avez noté vous-même. Par notre esprit, par la nature. La liberté, c'est accepter ces limites et y répondre avec humilité. Nous ne pouvons pas changer la nature.

— Bien au contraire ! s'écria Talleg avec un regard de fanatique, aussi brillant et fou que celui du Neuvième Siège.

— Mais pas dans tous les cas, lança Valka, dont la voix interrompit notre échange avec la soudaineté d'un coup de feu figeant des duellistes. On ne peut pas remonter le temps, Lord Talleg. Ni inverser l'entropie.

— Je ne suis pas *Lord*, Madame, rétorqua Talleg en lui faisant face, manifestement furieux.

— Je suis issue d'un clan vivant dans la Volute, dit-elle en secouant la tête. Vos mondes à tous les deux me paraissent bien étranges, mais je préférerais mourir dans l'Empire d'Hadrian que de vivre dans votre Commonwealth.

Elle se leva et contourna la chaise en prenant lourdement appui dessus, et je remarquai une certaine tension sur ce visage que j'aimais le plus au monde, la différence de dilatation de ses deux pupilles.

— Pourquoi nous avoir invités ? demanda-t-elle à Talleg. Avez-vous l'habitude d'insulter vos convives ?

Nous n'entendîmes pas la réponse à sa question. Valka s'écroula subitement, et plus rien d'autre ne compta. N'ayant pas été assez rapide pour la rattraper, je me précipitai pour l'aider, soulevant sa tête du sol.

— Ça va aller, la rassurai-je en écartant quelques mèches de son front. (Sa pupille gauche était entièrement dilatée, et les mouvements de ses yeux n'étaient pas synchronisés. Elle transpirait abondamment, aussi.) Ça va aller, répétai-je.

C'était un mensonge, cependant.

Le ver qu'Urbaine lui avait mis dans le cerveau s'était réveillé, activé par son niveau de stress, par un détail de la conversation ou par rien du tout. Elle n'avait pas connu d'épisode de ce genre depuis tellement longtemps, que j'avais espéré… Je me rappelais trop bien les nuits noires d'Edda, lorsque j'avais demandé l'aide du peuple de Valka. La manière dont elle se mordait la joue et les lèvres. Sa façon de se griffer le visage, d'arracher sa propre chair jusqu'à ce que les médecins la restreignent et lui injectent des sédatifs. Je revoyais sa main se refermant sur sa propre gorge. Elle ne l'avait même pas remarquée, comme si ses doigts tatoués étaient mus par une volonté propre.

— Qu'est-ce qui lui arrive ? me demanda Talleg, dont l'ombre nous recouvrit.

Ne répondant pas, je pris la main gauche de Valka et serrai des doigts qui ne sentaient rien. Sur Edda, les Tavrosi avaient fait tout leur possible pour détruire le virus d'Urbaine, sauf détruire complètement son esprit. Leurs efforts avaient neutralisé le ver, l'avaient démembré, l'avaient empêché de la tuer. Cependant, ils avaient échoué à purger complètement son cerveau. Ne restait plus toutefois qu'une ombre de ce qui avait été, une terreur chronique et de moins en moins dangereuse survenant par crises.

— Qu'est-ce qu'elle a ?

— Une attaque, répondis-je d'un ton neutre, ne souhaitant pas entrer dans les détails.

— Je vais faire appeler mes médecins, dit Talleg en reculant.

Vos médecins, pensai-je. *Les vôtres*… Il n'était certes pas un lord, mais…

— Ce ne sera pas nécessaire. Elle ne risque rien, mais je dois la ramener à l'ambassade. Je suis navré, mais je dois mettre un terme à notre conversation.

Valka trembla lorsque je la posai dans la voiture qu'Argyris avait appelée pour nous, un véhicule lothrien très laid dont le chauffeur nous gratifia d'un simple hochement de tête. J'installai donc Valka sur la banquette arrière en prenant garde de ne pas lui cogner la tête contre le montant de la portière, dont je remarquai la vitre en alumverre épais de deux centimètres et demi et le blindage en titane et adamant digne d'un vaisseau spatial.

Je m'attardai un peu dans l'humidité, levai les yeux vers la bruine traversant les faisceaux des lampadaires, observant les fontaines abstraites qui entouraient le Palais du Peuple. Comme je repensais aux paroles de Talleg, le dôme qui nous surplombait sembla se rapprocher de seconde en seconde. Nos négociations n'avaient rien donné, ce qui n'avait rien d'étonnant. Le Commonwealth lothrien n'était pas une nation, mais une expérience sur des sujets humains.

— Hadrian, viens, appela Valka d'une voix fragile.

Je montai à côté d'elle et tins sa main gauche tremblante. Elle posa la tête sur mon épaule, serra le poing sur ses genoux. Nous ne parlâmes pas pendant un long moment après cela, laissant le chauffeur conduire en silence. À l'intérieur, la voiture était équipée à la mode impériale, avec du cuir rouge et des dorures. J'avais l'impression d'être sur un radeau impérial voguant sur une mer grise et uniforme. La condensation ruisselait sur les vitres.

— Cet endroit est incroyable, murmura-t-elle en panthaï. Je pensais que ton Empire était pire que tout…

— Moi aussi, répondis-je dans sa langue. Autrefois. Vraiment.

Je sentais son regard sceptique sur moi. Comme les muscles de ses bras étaient pris de spasmes, elle les agrippa pour les immobiliser.

— C'est ce que je pensais, repris-je. Mais chaque fois que je le quitte, je me rends compte que j'étais dans l'erreur. Les Extrasolariens. Le Commonwealth. Au moins l'Empire protège-t-il l'*humanité*.

À travers la vitre en alumverre, je contemplai la ville. *L'humanité. Le genre humain*. Les idéaux du Commonwealth étaient aussi toxiques pour l'animal humain que les chirurgies et opérations des Extrasolariens. Chacun de ces peuples semblait voir l'humanité comme un problème à résoudre.

— Qu'est-ce que tu veux dire ?

Je lui expliquai et ajoutai :

— L'Empire n'est pas une solution. Il accepte la condition humaine, y compris sa laideur. Il n'impose pas son idéalisme.

— Il n'impose pas son idéalisme ? répéta Valka en se blottissant contre moi.

Ses tremblements se calmaient. Les vestiges du virus de MINOS perdaient de leur efficacité ou bien étaient bloqués par les sous-systèmes du lacis neural de Valka.

— Il y aurait pourtant des choses à dire sur vous, les palatins, lança-t-elle.

— Merci pour le compliment, dis-je en souriant, comme elle tournait la tête en grognant. Note cependant que le Collège supérieur n'a pas fait de nous autre chose que des humains. Il s'est contenté d'étirer un peu notre humanité, c'est tout. Tu as entendu Talleg. Ils ont essayé de remplacer leur peuple par des homoncules, exactement comme les Mericanii.

Valka frissonna, mais je n'aurais su dire si c'était à cause du souvenir des images et monographies que nous avions vues dans les Archives de Gabriel et des révélations faites par Horizon, ou à cause du virus.

Je scrutai la ville à l'architecture sinistre et monolithique, regardai défiler les immeubles gouvernementaux sans âme pareils à des montagnes dans le crépuscule de Padmurak.

— Cet endroit est comme un rêve, repris-je en pensant à Talleg. Un rêve qui se dissipe.

— Un cauchemar, tu veux dire, rétorqua Valka en se penchant pour voir derrière moi. Ça me rappelle vraiment mon monde une fois qu'on a retiré…

Elle se tapota le front avec les ongles pour faire référence au monde d'illusions que les Tavrosi peignaient sur la réalité morne de leur vie. À Tavros, on vivait dans un rêve éveillé, chacun dessinant une utopie artificielle sur sa vie dépourvue de couleurs.

— Ou un souvenir, dis-je.

Le Commonwealth et la Stochocratie étaient – chacun à sa manière – des reflets de l'Empire mericanii qui avait dirigé les premières étoiles de l'humanité. C'était son rêve que je voyais lorsque je regardais la Grande Ville de Vedatharad, son rêve dont j'avais découvert des reflets dans les cités canyons d'Edda et dans l'asile d'où j'étais parvenu à extirper Valka. J'avais même vu ses vestiges dans le culte de la Fondation, dont les prédécesseurs mericanii avaient vénéré Felsenburgh, comme nous vénérions le Dieu Empereur et placions l'humanité au centre de l'univers.

Les esprits dans la machine.

— Je crois que c'est en train de passer, murmura Valka.

Elle ne retira pas sa tête de mon épaule. Après tout ce temps passé ensemble, nous avions du mal à nous séparer.

— Tu te sens mieux ? (Je serrai sa main et me rappelai.) Est-ce qu'elles sont plus fréquentes ? Tes attaques ?

Valka réfléchit et consulta ses archives mentales.

— Non. J'avais eu la dernière avant notre étape sur Gododdin, à bord du *Tamerlane*.

— Mais alors… (Je m'interrompis, ne sachant pas quoi dire.) Que s'est-il passé, à l'opéra ?

— Quoi ?

— À un moment, tu t'es figée. J'ai cru que tu avais une…

Je me tus, jugeant que j'avais suffisamment prononcé le mot « attaque » pour cette journée.

Valka ouvrit la bouche et, le regard vitreux, essaya de se rappeler.

— Pendant un instant, j'ai cru déceler la présence d'un autre lacis neural. Mais il s'agissait sans doute d'une anamnèse de plus.

— Un autre lacis neural ? Les Lothriens ne s'en servent pas, si ?

— Je ne crois pas, confirma-t-elle en secouant la tête. Je n'ai rien perçu de tel depuis notre arrivée. Pas même avec le

Conclave. Si quelqu'un doit en avoir un, je pencherais plutôt pour un secrétaire. (Elle se couvrit les yeux avec la main.) Ce n'était rien, Hadrian. Vraiment. Le virus se manifeste de temps à autre, voilà tout. (Elle déglutit.) C'est comme s'*il* était toujours dans ma tête.

Je n'avais pas besoin de demander pour savoir que ce « il » faisait référence au mage extrasolarien, Urbaine.

— Rentrons, dit-elle. Ce n'était rien. Je vais bien. Promis.

15

Par le feu

Ma visite de l'usine installée sur la calotte glaciaire sud fut ennuyeuse. Valka était restée dans notre suite de l'ambassade sollienne sous la surveillance de Damon Argyris et du personnel consulaire ; son attaque avait été une des pires de ces dernières années. Elle s'en était remise, mais la perspective d'un long trajet en train à travers un paysage morne jusqu'à *Lahe Uenalochta*, la station du Gel éternel, lui était insupportable. Deux jours de voyage. Deux jours passés en compagnie de Pallino, Crim et de vingt gardes dans un train pour le moins spartiate.

Je ne m'étendrai pas sur l'usine elle-même. Je vis même une *zuk* obligée de se tenir nue sur la glace, sous le dôme de la station, parce qu'elle avait commis un crime dont on ne voulut rien me dire. On ne me laissa pas approcher la victime, qui n'avait pas de cheveux et n'avait que la peau sur les os. Ses pieds étaient bleus.

Je n'aurais pas dû la voir.

Il n'y avait ni femmes, ni hommes sur Padmurak. C'était ce qu'on m'avait dit, en tout cas.

Je ne suis pas un prophète. Les visions de nos futurs sont en désordre dans ma tête, et je n'ai pas la capacité de séparer le bon grain de l'ivraie. Je ne sais que ce qui peut, ce qui est susceptible de se produire, rien d'autre. Je ne prophétiserai donc rien. Toutefois, je suis sûr que le Commonwealth va finir par s'écrouler. De faim ou de soif, des coups d'épée qu'il recevra, de la guerre que lui feront les monstres. Les dieux – les miens ou ceux des autres – ne peuvent décemment pas tolérer ces crimes. Ainsi, notre Empire finira-t-il par tomber lui aussi. Il tombe déjà, à dire vrai. J'ai détruit ses piliers, arraché son cœur avec celui de mon étoile. Le monde change, et comme l'a dit Valka : on ne remonte pas le temps, ni n'inverse l'entropie.

Nous ne restâmes à *Lahe Uenalochta* que deux jours. Je dînai avec le commandant, qui ressemblait en tout point aux partisans et soldats du Commonwealth que j'avais déjà rencontrés. J'ai oublié son visage, alors que je me rappelle le moindre trait de la femme. Je les dessinai d'ailleurs dans le carnet que je gardais dans une poche de mon lourd manteau.

Le train s'arrêta près du Treizième Dôme et de l'extrémité sud de Vedatharad. À la sortie du wagon, notre escorte de représentants nous pressa de rejoindre une flotte de voitures noires pouvant accueillir cinq personnes chacune. La route était dégagée, et nous devions emprunter l'autoroute souterraine qui passait sous le Huitième Dôme pour retourner à l'ambassade impériale. Nos chauffeurs étaient lothriens ; seuls les partisans étaient autorisés à conduire dans la Grande Ville. Il était hors de question de permettre à des étrangers d'explorer librement la capitale dans toute sa splendeur décrépite. Par ailleurs, il fallait être né et avoir grandi à Vedatharad pour savoir se repérer dans le dédale de tunnels parcourant les sous-sols des dômes de la ville.

— Tu as des nouvelles ? me demanda Pallino en me regardant de son air paternel habituel.

— Je ne reçois aucun signal pour l'instant, répondis-je, comprenant enfin pourquoi la structure des dômes était métallique.

Chaque bulle était une cage de Faraday, un filet de fer qui bloquait les transmissions radio et les faisceaux directionnels. Les habitants de chaque dôme étaient coupés des autres, dans l'impossibilité de communiquer, de se coordonner.

Pallino se mordit la lèvre et donna l'impression de se retenir de cracher dans le véhicule.

— Je croyais qu'elle allait mieux.

— Elle allait mieux, confirmai-je en regardant furtivement le représentant lothrien et les trois hoplites qui nous accompagnaient.

Je ne voulais pas discuter de l'état de Valka devant un partisan du Commonwealth, et encore moins évoquer ses implants, car ces choses-là étaient mal vues, même dans ce pays lointain. Je ne voulais pas non plus parler de cet autre lacis neural que Valka avait perçu à l'opéra, partant du principe qu'il s'agissait de l'ombre d'Urbaine.

— Mais ce n'est pas le genre de chose qui guérit complètement.

Derrière la vitre, les tours grises atteignaient presque le sommet du dôme, à mille mètres d'altitude. Je me rappelle très vaguement ce trajet. La route contournait le périmètre du dôme, traversait pont après pont, s'enfonçait dans le quartier inférieur sillonné par un dense réseau de canaux navigables ou non. Il nous suffisait de suivre le périmètre, et la route nous conduirait à une autre de ces autoroutes souterraines menant directement au Premier Dôme et à l'ambassade.

— Je regrette que les siens ne l'aient pas aidée davantage, au lieu de lui cramer la tête, dit Pallino.

— Tout ira bien, insistai-je, refusant de lui donner raison. Admettre que Valka était durablement handicapée aurait été une trahison. Je repensai à la vasque brisée, aux éclats soudés à l'argent. N'avais-je pas mes propres cicatrices ? Valka n'avait jamais méprisé mes blessures – ni ma mort –, aussi ne pouvais-je décemment dédaigner les siennes.

Derrière un rail, sur notre gauche, la route plongeait vers des rues situées trois cents mètres plus bas et des canaux alimentés par diverses stations.

— Je suis étonné que l'eau soit en libre accès, ici, dis-je.

— Le Peuple doit avoir accès à tout ce dont il a besoin, entonna notre représentant après avoir entendu une traduction de ma remarque dans son oreillette. Il faut de l'eau et de la nourriture pour tous ceux qui travaillent.

— Qu'est-ce qu'il raconte ? me demanda Pallino en se penchant vers moi.

Notre escorte lothrienne avait parlé dans sa langue natale, évidemment.

— Rien.

Et c'était vrai. Pallino se redressa un peu. Étant assis dans le sens de la marche, il se pencha vers la vitre pour regarder quelque chose.

— Qu'est-ce que c'est ?

Il me parut soudainement moins décontracté. À la manière dont ses lèvres bougeaient, je savais qu'il communiquait en subvocalisant avec ses lieutenants dans les autres véhicules. J'essayai de me retourner, mais ne vis pas ce dont Pallino parlait.

— La police militaire, des gyrophares. Qu'est-ce que c'est que ce truc ? tonna Pallino à l'intention de notre escorte, qui le regardait en clignant des yeux, incrédule.

Notre ami lothrien cherchait visiblement quoi répondre, alors que la traduction ne lui était pas encore parvenue. Il comprenait donc le galstani.

— Les ennemis du Peuple sont partout, récita-t-il.

— Cela ne veut rien dire ! s'emporta Pallino lorsque je lui eus traduit la réponse de l'homme. Je me demande comment ces idiots arrivent à accomplir quoi que ce soit !

— Ils attendent qu'on ait le dos tourné, lâchai-je sans me soucier de notre chaperon, faisant signe à Pallino de rester alerte.

Subitement, la voiture ralentit. À travers les vitres et le blindage, j'entendis crier en lothrien, mais ne parvins pas à comprendre les mots et citations.

— Ils nous forcent à traverser le pont, annonça Pallino. La route doit être bloquée. Eh ! Face de ciment, pourquoi la route est-elle bloquée ?

Le Lothrien cligna des paupières.

— Je vous ai posé une question, insista Pallino en se penchant vers l'homme assis en face de lui, le regard bleu scintillant. Pourquoi la route est-elle bloquée ?

Posant la main sur le bras du licteur, je répétai la question en lothrien. Le représentant pencha la tête sur le côté, écoutant un message émis par les puissances qui tiraient les ficelles.

— Sur décision du Conclave... il y a un problème sur la N4 conduisant au Premier Dôme. Une collision bloque le trafic dans le tunnel. La délégation et l'escorte doivent se diriger vers la C7.

— Il y a eu un accident dans le tunnel, expliquai-je à Pallino. On emprunte un nouvel itinéraire.

Regardant à travers l'alumverre, j'avisai l'alignement de voitures noires semblables à des scarabées de notre convoi. Malgré le retard et une pointe d'inquiétude – après tant d'années à faire la guerre et à vivre une existence singulière, la moindre modification de plan était l'occasion de s'inquiéter –, je ne pus m'empêcher de ressentir une certaine excitation à l'idée de sortir des limites du tapis rouge que les Lothriens avaient déroulé pour nous. Je m'attendis presque à ce que les vitres du véhicule deviennent opaques, mais cela n'arriva pas. Ni lorsque nous traversâmes le pont surplombant le quartier inférieur en direction des tours grises qui se dressaient au cœur du dôme, ni quand nous arrivâmes de l'autre côté.

Comme dans les autres *kupa*, les autres dômes que nous avions traversés, la zone la plus urbanisée du Huitième Dôme était située en son centre, où la bulle de verre et d'acier était la plus haute. Dans le Premier Dôme, les tours étaient toutes des bâtiments officiels, dominés par la ziggourat du Palais du Peuple. Il n'y avait pas de structure centrale comparable, ici, seulement une infinité de tours carrées et quasi dépourvues de fenêtres se dressant dans l'atmosphère grise et humide.

— Ils ont connu des jours meilleurs, lança Pallino, regardant un alignement de vitrines cassées et des grappes d'hommes en vêtements gris usés se réchauffant autour de braseros en tôle.

Il y avait là plus de gens – de *zuk* – que dans toutes les autres parties de la Grande Ville que nous avions découvertes, mais l'impression générale était celle d'un vide total.

— S'il s'agit de leur capitale, je n'ose imaginer l'état de leurs colonies.

— Sans doute ressemblent-elles davantage à la station du Gel éternel, commentai-je en repensant à la femme aux pieds nus sur la glace.

— J'imagine qu'ils mettent la situation sur le compte des embargos, lança Pallino sans se soucier d'être entendu. À ce propos, je ne comprends pas qu'ils n'aient pas accepté tout de suite ta proposition. Les négociations prennent un temps infini.

Les discussions ne se passaient pas très bien. Comme les Cielcins, les Lothriens étaient limités par leur langue. Ils avaient du mal à incorporer de la nouveauté dans un système sclérosé par la nécessité de rester dans les clous de la doxa, et le processus d'approbation de nouvelles pensées hors des limites de la Voix était lent et hasardeux.

— Personne n'a jamais dit que ce serait facile, concédai-je en avisant une file d'hommes et de femmes faisant la queue devant un dispensaire marqué d'une étoile noire et du mot *Paishka* – « Rations » – écrit en lettres phosphorescentes.

Nous entrâmes dans le quartier central en passant devant des carcasses rouillées de voitures depuis longtemps abandonnées. Un peu plus loin, un transport de troupes noir roulait lentement et en silence, le gyrophare bleu allumé. En silence également, nous longeâmes le périmètre du quartier dans le sens contraire des aiguilles d'une montre en direction d'un pont qui passait au-dessus des canaux nous séparant des immeubles ramassés de l'anneau extérieur. Je me retournai pour regarder par la vitre la structure grise juchée sur des piliers en béton, dont les plus grands culminaient trois cents mètres au-dessus des canaux et des toits du quartier inférieur.

Notre convoi ralentit car le Conclave n'avait pas eu le temps d'interrompre pour nous le trafic comme il en avait l'habitude.

— Le Conclave vous informe que cet itinéraire nous fera prendre huit minutes de retard.

— Manquait plus que ça…, se plaignit Pallino.

Bientôt, nous nous engageâmes sur le large pont constitué de six voies.

— Crim me dit qu'ils sont en train de nettoyer la route devant nous, reprit le licteur, deux doigts posés sur la radio, derrière son oreille. (Crim se trouvait dans la première de nos cinq voitures.) Ils obligent les voitures et camions à s'écarter.

Nous traînions beaucoup trop. Un klaxon retentit devant nous, et une voix amplifiée résonna.

— Dégagez la voie ! disait-elle en lothrien. Dégagez la voie !

Soudain, la voiture s'arrêta.

Pallino jura dans sa barbe.

Un silence inconfortable emplit l'habitacle comme de l'eau, mes hoplites s'agitant sur leur siège. Le Lothrien était immobile comme une statue et avait le regard fixé sur un point lointain, l'esprit perdu quelque part dans les brumes suspendues au-dessus des quartiers inférieurs. Je regardai dans la même direction que lui, vers les tours qui se dressaient telles des pierres tombales au cœur du Huitième Dôme.

L'endroit me semblait étrangement familier, comme si j'étais déjà venu. Étais-je de retour sur Vorgossos ? Le souvenir de la vieille ville de Kharn ne m'avait jamais quitté ; son empreinte sur ma mémoire était trop forte.

Nous attendions depuis près de dix minutes lorsque les cris commencèrent.

— Qu'est-ce que c'est que ça ? m'enquis-je en me retournant.

Le visage anguleux et revitalisé de Pallino se fripa, l'air grave. Et puis il regarda notre escorte et cria :

— Que se passe-t-il ?

Le représentant secoua la tête, mutique.

Pallino saisit l'homme par sa tunique grise et terne.

— Lâche-le ! sifflai-je. (Comme il n'obtempérait pas, je posai une nouvelle fois la main sur son poignet.) Pas question que tu provoques un incident diplomatique à cause d'un embouteillage, Pallino. Calme…

… toi.

Ce dernier mot mourut dans ma gorge, tandis que des détonations étouffées claquaient au loin.

Des coups de feu.

— J'ai dit… que se passe-t-il ? répéta Pallino en serrant plus fort les revers du représentant.

Ayant compris l'intention, sinon les mots, le représentant commença :

— Les…

Soudain, il ferma la bouche.

— Les libéraux, conclus-je tout seul. (Je me tournai vers le représentant et répétai :) *Bodanukni. Paustanni ?*

Des Rebelles ?

Ne parvenant pas à se censurer, l'homme hocha la tête.

— Dis à Crim et aux autres de se tenir prêts, lançai-je en sortant ma coiffe élastique de mon col.

Je la passai au-dessus de ma tête et coinçai mes longs cheveux à l'intérieur avant de presser le bouton de commande de mon casque. Les segments se déployèrent et se refermèrent autour de mon visage, les systèmes optiques s'allumant un instant plus tard. Pendant ce temps, les coups de feu et les cris n'avaient pas cessé.

La voix de Crim résonna dans la radio :

— … n'ira pas loin dans ces voitures. Quelqu'un a un visuel de l'ennemi ?

— Il n'y a personne derrière, dit quelqu'un.

— Pas encore ! répondit un autre.

— Soyez vigilants, ordonna le commandant d'origine jaddienne. Surveillez les voitures des deux côtés. Pas question qu'on soit pris à revers.

— *Tohn ! Tohn !* cria quelqu'un au loin.

Cela voulait dire « vite » en lothrien.

Encore un coup de feu. Un bruit différent des craquements de disrupteurs de phase, ou des décharges de plasma.

— Un fusil ? demanda Pallino.

Je ne pouvais que hocher la tête.

— Appelez vos préfets, ordonnai-je au représentant. Où est la Garde du Conclave ?

— Sur décision du Conclave…, répondit l'homme en fronçant les sourcils. Il est demandé au délégué de rester dans le véhicule. Les renforts arrivent.

— Ah ! fis-je en pressant le dispositif de communication derrière mon oreille. Je veux des hommes de chaque côté ! Il faut les prendre à revers, commandant !

— Entendu, Monseigneur, acquiesça Crim d'un ton sec.

Il relaya mon ordre, désignant deux hommes par véhicule, en positionnant un à gauche et un à droite. Les deux hoplites choisis dans notre voiture firent mine d'ouvrir une portière lorsque le représentant s'écria :

— Il est demandé au délégué de rester dans le véhicule ! Les renforts arrivent !

L'hoplite le plus éloigné de la portière le gratifia d'un geste obscène. Un coup de feu retentit dès que le soldat fut sorti de la voiture, et son bouclier s'embrasa, le faisant tituber. Il claqua la portière et s'accroupit en épaulant son fusil à plasma, puis se mit à couvert derrière les véhicules arrêtés. On ne pouvait que spéculer sur l'effet que produisit la vision de légionnaires solliens en armure ivoire et tabard rouge se déversant des voitures du convoi. Les hommes se déplaçaient avec une efficacité tranquille, faisant signe aux *zuk* d'abandonner leurs véhicules et de s'éloigner. Beaucoup le firent, traversant le pont en direction des portions intérieures du quartier.

Je me rappelle avoir gardé mon calme.

— Peut-on entrer en contact avec l'ambassade ? demandai-je.

— Pas à travers ce putain de dôme, répondit Pallino.

Des cris, encore. Une balle fit exploser la vitre d'une voiture toute proche.

— Les renforts arrivent, insista le larbin lothrien. Restez dans le véhicule.

Quelque chose siffla dans les airs, et un instant plus tard, la voiture fut secouée et se souleva, retombant sur le toit. Relativement protégé dans mon armure, je tendis le bras pour plaquer le représentant contre la banquette pendant que le véhicule glissait sur la chaussée.

— Une roquette ! jura Pallino en détachant sa ceinture pour tomber sur le plafond, en dessous de nous.

D'un coup de pied, il ouvrit la portière.

— Vous devez rester ! cria le Lothrien en galstani, comme j'entreprenais de rejoindre mes hommes.

Je ne m'étonnai pas qu'il parle le galstani ; sans doute était-ce le cas de tous les hommes que le Conclave nous avait mis sur le dos.

— Ne bougez pas d'ici ! lui ordonnai-je en refermant la portière.

La brume et la fumée se mêlaient, et des flammes orange éclairaient le jour gris là où des voitures brûlaient. Des hommes et des femmes en combinaison grise de *zuk* couraient dans tous les sens. Quelques-uns m'insultèrent en me croisant, mais la plupart passèrent loin de moi en écarquillant les yeux de peur.

— *Ne bahovni, ne panovni !* s'écria quelqu'un en crachant. *Ni dieux, ni maîtres !*

— *Zara ! Zara !* scandaient la plupart.

Cela voulait dire « roi ». César. Dans leur bouche, le mot avait le poids d'une insulte.

— Les gens pensent que nous sommes responsables de ce qui se passe ! lançai-je en sursautant comme une balle heurtait mon bouclier.

— Qu'ils aillent se faire foutre ! Puisse la Terre décomposer leurs os ! siffla Pallino en levant son disrupteur.

Une combattante libérale émergea de derrière une voiture, mais tomba aussitôt dans un chaos de membres entremêlés et de tissu gris, son allégeance à un autre ordre n'étant trahie que par un brassard rouge et noir. Je contemplai son corps pendant un instant et me demandai quel mensonge ou désespoir avait tourné sa main contre moi.

Je n'eus pas le temps de m'attarder sur cette question.

— Où est le grenadier ? demandai-je.

— Aucune idée, répondit Crim. Pallino, il faut mettre Monseigneur à l'abri.

L'assassin sortit un couteau de lancer de son ceinturon et dégaina son épée en céramique, qui brilla d'un éclat blanc comme le lait. Je m'armai aussi de mon épée, mais ne l'activai pas. Une averse de balles tomba autour de nous, grêlant la surface de la voiture retournée. Des hommes arborant des brassards ou des bandeaux rouge et blanc avançaient méthodiquement entre les véhicules. Ils ne se déplaçaient pas comme des révolutionnaires, comme des anarchistes ou des libéraux ou quel que soit le nom qu'ils s'étaient choisi, mais comme de vrais soldats.

Un de mes gardes tira, et la décharge de son disrupteur toucha non pas un bouclier, mais une couche isolante portée sous une combinaison grise. L'ennemi grimaça et se mit à couvert. Crim envoya un de nos soldats près du rail de sécurité et sortit de derrière une voiture. L'épée blanche du combattant de la Règle étincela comme il écartait le fusil d'un rebelle, avant de lui assener un coup de couteau, faisant couler le sang. Crim pivota sur lui-même, et son arme décrivit un arc qui se termina dans l'œil d'un autre combattant. L'homme s'écroula comme une marionnette nippone, tandis que son fusil se déchargeait dans un bruit honteux et furieux.

Les autres tirèrent, leurs balles déchirant l'atmosphère autour de nous. Les vitres des voitures explosèrent, et la foule qui fuyait cria. Nous répliquâmes, les hoplites s'accroupissant derrière les véhicules de la délégation pour se protéger.

— Il faut à tout prix trouver celui qui est à l'origine de ce tir de roquette ! dis-je à Pallino en le saisissant par le bras.

Le soldat hocha la tête une fois et relaya mon ordre aux autres via la radio à large bande.

Où étaient les préfets lothriens ? Ils disposaient forcément de navettes d'intervention rapide à l'intérieur du dôme. Elles auraient déjà dû être là. Pallino tira de derrière une voiture et poussa un cri enthousiaste car il avait touché sa cible.

Une balle fit tinter la vitre blindée entre nos têtes. Une demi-douzaine de libéraux étaient en train de nous prendre à revers, les pistolets braqués sur nos têtes. Me félicitant de disposer d'un bouclier, je faillis éclater de rire. Les gens que nous avions croisés plus tôt n'étaient apparemment pas tous des passants paniqués et innocents.

— Bien joué…, murmurai-je en moi-même.

Sans laisser à Pallino le loisir de me contredire, je courus à leur rencontre, traversant rapidement l'espace qui séparait l'arrière de notre convoi des nouveaux assaillants. Les libéraux visaient avec circonspection pour ne pas menacer leurs collègues, de l'autre côté du pont. Un projectile frappa mon bouclier, rebondit avec force étincelles. J'activai ma lame, la matière haute s'écoulant comme du mercure comme j'arrivais devant le premier homme. Le guérillero n'avait pas pris ses jambes à son cou ; sans doute pensait-il pouvoir faire céder mon bouclier.

L'homme écarquilla les yeux, la détermination cédant la place à la panique. Ne connaissait-il pas les champs de Royse ? S'il avait disposé d'une lance à énergie, je me serais méfié de lui, mais de simples balles…

Je le coupai en deux.

Cinq rebelles me prirent pour cible. Je levai la main devant mon visage et plongeai derrière une camionnette, dont la pile encore chaude était surplombée d'un nuage de vapeur. J'entendis la tôle céder et les vitres exploser sous une pluie de balles. Le véhicule civil n'avait pas le blindage des voitures de notre convoi, et je craignais qu'une balle perdue ou au contraire experte touche la pile. Je ne pouvais pas me permettre de m'attarder là.

Un homme armé d'un fusil contourna la camionnette ; il ne faisait pas partie des six qui nous avaient pris à revers, car ceux-là ne disposaient que d'armes de poing. Il devait avoir enjambé le rail de sécurité. Faisant un pas en avant, il pointa son arme devant lui à la manière d'une baïonnette, espérant pénétrer mon bouclier d'énergie avant que je puisse réagir. Je claquai sa tête contre la carrosserie. Sonné, il appuya sur la détente par réflexe, les balles mitraillant mon bouclier pour se disperser dans la rue, à côté de nous.

L'homme tituba en arrière, le crâne ensanglanté. Une balle résonna derrière ma tête, attirant mon attention. Un autre libéral avait tiré de derrière le capot d'une voiture basse. Prenant sa chance, il se précipita sur moi en hurlant.

Il fut trop lent, cependant.

L'épée en matière haute dessina un arc vertical, coupant net la crosse de son arme et ses bras. J'avisai un autre rebelle près du rail de sécurité et me mis à courir vers lui sans me soucier des balles qui martelaient le béton autour de mes pieds. Dans mon dos, Crim tenait les libéraux à distance. Ses couteaux volaient, sa lame scintillait.

Comme je plongeais vers le rail, j'entaillai sans le vouloir un lampadaire, qui tomba dans le canal, trois cents mètres plus bas. Une nouvelle explosion secoua le pont, et d'énormes flammes rouges avalèrent une camionnette. La lumière écarlate peignait un monde couleur de sang, et je me retournai pour voir des silhouettes noires se découper sur les flammes. Une fois de plus, leur précision me frappa. On était loin d'une bande hétéroclite de combattants de la liberté désorganisés. Non. Il s'agissait de véritables soldats, équipés et entraînés. Je me rappelai ce que Damon Argyris avait dit.

« Nos experts du renseignement pensent que c'est de la propagande, un épouvantail. »

Un bouc émissaire. *Ou une marionnette…*

Je vis Pallino et ses hommes régler son compte à ce qui restait de l'arrière-garde des libéraux avant de rejoindre Crim. Nous étions en train de gagner. Je brandis mon épée bien haut et m'écriai pour demander un dernier effort à mes hommes :

— Pour la Terre et l'Empire !

Ce n'était pas une question de piété, ni de patriotisme, simplement une manière d'affirmer notre identité dans cet endroit hideux.

Et puis, je compris.

Je me souvins.

Me rappelai pourquoi ce pont me semblait si familier.

Les tours grises qui se dressaient au cœur du Huitième Dôme, telles que vues depuis cette portion précise du pont, étaient celles que j'avais vues en rêve la nuit qui avait précédé ma réception par le Grand Conclave. Un avenir qui n'avait pas eu lieu.

Pas encore.

Si les souvenirs existent pour nous informer des erreurs du passé, ma mémoire de l'avenir était constituée de panneaux signalant d'éventuelles erreurs futures. Tout comme une odeur ou un son ravive des souvenirs anciens, mon arrivée à Vedatharad avait réveillé des craintes sur ce qui risquait de se produire, des événements que mon corps et mon cerveau connaissaient depuis le jour où le Silencieux avait déversé tout le Temps dans ma tête.

Je me rappelai m'être baissé une seconde trop tard.

La troisième roquette frappa la voiture la plus proche de moi. Je n'eus pas le temps de me concentrer sur ma vision, ni de crier. Si Pallino jura, si Crim hurla, je ne les entendis pas. Je fus projeté en arrière et heurtai si violemment le rail du dos que mes poumons se vidèrent. Et puis il y eut la chute et les ténèbres avant le choc final.

16

Vautours

Dans le rêve, je tombai de nouveau, vis de nouveau le pont, les incendies. J'entendis les coups de feu, les cris. Ma tête tintait comme la cloche d'un temple. Je serrai les dents, même si c'était douloureux. Je bougeai les bras, les jambes. Je n'avais rien de cassé. Ma combinaison m'avait sauvé ; la couche de gel s'était durcie pour protéger mes membres. Une matière collante m'empêchait de me relever.

De la boue.

J'étais étendu face contre terre dans la boue.

Quelque chose me frappa au niveau des côtes. Pas très fort. Pour la seconde fois, me rendis-je compte, la première m'ayant réveillé.

—*Zhivon!* chuchota quelqu'un d'un ton sec.

Mon cerveau était aussi embourbé que ma combinaison, et ma tête pulsait. Je mis presque une minute à me rappeler que *zhivon* signifiait « vivant » en lothrien.

Du lothrien. Je suis dans le Commonwealth.

J'étais sur Padmurak.

—Valka!

J'essayai de me relever, mais mes mains s'enfoncèrent profondément dans la boue, et je retombai en produisant un bruit humide. Je n'aurais su dire combien de temps je restai dans cette position.

On me donna un nouveau coup dans les côtes.

—*Zhivon ?*

C'était une question, cette fois. Je tentai de me retourner. Les systèmes optiques de mon casque étaient maculés de boue, et j'eus le plus grand mal à les essuyer.

Un homme grand en combinaison grise se dressait au-dessus de moi, s'appuyant sur une longue perche en bois. Il avait le crâne chauve et les joues creuses comme presque tous les *zuk*, mais il portait des bottes en caoutchouc qui lui arrivaient à mi-cuisse par-dessus sa combinaison gris délavé.

—L'homme noyé respire, Carry ! lança une femme ou un jeune garçon.

—Silence ! répondit l'homme en me poussant avec sa perche. L'homme noyé n'est pas noyé, dit-il en s'accroupissant à côté de moi, sans lâcher sa perche. D'où vient l'homme noyé ?

S'ils parlaient la langue du Commonwealth, ils ne citaient pas la Lothriade.

—L'homme vient de l'Empire sollien, coassai-je.

L'autre personnage se redressa et recula.

—*Solnechni ?*

—L'homme noyé est un chevalier ! lança l'autre.

J'essayai de nouveau de me lever. J'échouai. J'avais des vertiges et mal au crâne, et je décidai de rouler sur le dos. J'avais perdu ma cape dans ma chute. Et mon épée.

—Mon épée !

Je portai la main à l'attache magnétique, à ma ceinture, et n'y trouvai rien. J'avais perdu l'épée d'Olorin, et le sentiment de perte plongea ma tête plus profondément dans la boue.

Deux visages m'observaient. Il y avait un homme, ainsi qu'un personnage aussi indéterminé que sa voix, soit une jeune femme à la mâchoire carrée, soit un jeune homme très féminin.

— Que faut-il faire ? demanda l'adolescent, qui ne devait pas avoir plus de quinze années standard. Les hommes vivants n'ont pas besoin d'être secourus.

— Silence, Looker ! le coupa l'homme en donnant deux coups de perche dans la boue. Un homme réfléchit.

— Un homme visite Padmurak, dis-je dans un lothrien hésitant. (J'espérai ne pas avoir de traumatisme crânien.) Un homme a été attaqué par les *bahovni*.

— Un homme est tombé dans la rivière ! lança l'enfant appelé Looker.

— *Bahovni ?* répéta Carry en fronçant encore plus les sourcils.

— Êtes-vous des… rebelles aussi ? les interrogeai-je en les regardant tour à tour.

— Des rebelles ? s'étonna Looker. Il n'y a pas de rebelles, homme noyé. Tout le monde le sait.

Un petit « ah ! » m'échappa, et je me sentis m'enfoncer encore plus dans la boue. Cela expliquait l'absence de préfets lothriens. Ils n'avaient pas été envoyés. Des images de la bataille étaient projetées sur les parois sombres de ma boîte crânienne, la manière dont les rebelles s'étaient déguisés et mêlés à la foule en train de fuir, leurs déplacements coordonnés, leurs protections antidisrupteurs.

Des Lothriens, comme notre escorte.

Pourquoi le gouvernement lothrien voudrait-il me faire tuer ? L'assassinat d'un apôtre impérial serait de nature à déclencher une guerre. Il ne pouvait tout de même pas souhaiter une guerre contre l'Imperium ! Et pour quelle raison ? Pour la ceinture de Rasan ? Pour une expansion dans le bras de Persée ? Il ne pouvait pas espérer gagner. Si le Commonwealth régnait sur un très vaste territoire, il n'avait ni le matériel, ni les hommes pour résister aux Légions. Rien dans l'architecture brutaliste décrépite de Vedatharad ne faisait penser à une machine de guerre capable de secouer les étoiles. Les Lothriens étaient vêtus de haillons, affamés, pauvres.

Ou bien était-ce également une posture, les capes mitées dissimulant de l'acier trempé ? La puissance de l'Empire étant concentrée dans les confins centaurins, le Conclave imaginait que nos défenses dans le bras de Persée extérieur et la ceinture de Rasan étaient diminuées, qu'il aurait une chance de gagner.

Peut-être avait-il raison, mais le fait que le Commonwealth veuille profiter de l'offensive cielcine me donnait la nausée.

— L'homme noyé est mort ? demanda Carry.

Je me rendis compte que j'étais resté immobile pendant un long moment. L'enfant me toucha avec un objet court et argenté, les muscles tendus, prêt à reculer en cas de nécessité. Reconnaissant l'arme, je saisis Looker par le poignet et parvins presque à m'asseoir.

— Lâcher ! Lâcher ! s'écria Looker.

L'homme de grande taille me frappa à la tête avec l'extrémité de sa perche. Ma combinaison absorba le gros de l'impact, mais mon crâne tinta comme une cloche. Je résistai néanmoins, faisant glisser ma main du poignet de Looker à l'épée en matière haute.

Mon épée.

Mes doigts trouvèrent la détente double, et les baryons de pentaquarks firent jaillir la lame blanc-bleu dans la pénombre. Looker glapit et lâcha prise, décrivant des moulinets avec les bras pour ne pas s'écrouler. Avant que Carry me frappe de nouveau, je le menaçai de mon épée. C'était une menace vaine vu que je n'aurais pas pu tenir debout. À en juger par la douleur dans mon crâne et par ma vision brouillée, je conclus que j'avais un traumatisme crânien.

— Restez où vous êtes, menaçai-je en me débattant avec la grammaire lothrienne. Un homme n'est pas l'ennemi de l'autre homme.

— Menteur ! cria l'enfant en se massant le poignet.

Je désactivai mon arme, mais gardai la poignée dans ma main, puis je me frappai la poitrine.

— Hadrian, dis-je. (Comme il n'y avait pas de façon de dire « mon nom est… », je répétai :) Hadrian.

Apparemment, on me comprit, car l'homme désigna son propre visage et répondit :

— Carry. (Et puis il montra l'autre personnage qui, avec ses poings serrés et ses yeux écarquillés, ressemblait plus à un jeune homme en colère qu'à une jeune femme.) Looker…

— Vous avez un nom, conclus-je en basculant instinctivement en galstani.

Je me retins à grand-peine pour ne pas rire. Que n'aurais-je donné pour voir le visage de Lorth Talleg à ce moment-là ! Ses rêves de Lothriade affinée et d'utopie étaient comme une route en béton transpercée par les mauvaises herbes de l'humanité. Ses idéaux étaient comme une botte écrasant la nature et la dignité humaine, mais les racines de l'homme étaient trop profondes.

— *Stoh ?* demanda Carry.

Quoi ?

Le mot « nom » n'existait pas en lothrien. « Vous » et « votre » n'existaient plus.

— Carry, dis-je en désignant l'homme de ma main vide. Hadrian, ajoutai-je en me tapotant la poitrine.

— Ha… drian ? répéta-t-il.

Ma tête tourna de plus belle, et je faillis retomber sur le dos. Je restai immobile pendant quelques secondes, attendant que ma vision s'éclaircisse, que le décor, autour de moi, se stabilise. Je me trouvais sur un genre de côte artificielle et j'avais les pieds dans l'eau brune. Il n'y avait pas de ciel au-dessus, simplement un toit en béton, rouille et lichen parcouru de conduits. L'éclairage provenait de vieilles diodes orange et ternes.

— Les mots de l'homme ne sont pas… *ne lothtara*, m'excusai-je.

Ils ne sont pas corrects.

La relation entre le mot *lothtara* signifiant « correct » et le mot « Lothriade » était évidente. Sans doute le partisan qui avait réécrit la Lothriade pour former cette association particulière avait-il été récompensé comme il se devait. Par un peloton d'exécution qui avait effacé pour de bon sa révision.

À mon grand étonnement, Carry cracha.

— *Lothtara ! Lothriade !* dit-il. Ils sont pour les *pitrasnukni* !

— Les partisans, répondis-je. Ces hommes… (Je désignai Carry et Looker.) … *zukni* ? *Zuk ?*

Carry hocha la tête. Looker se rapprocha discrètement du plus grand travailleur.

— Aucun homme ne doit être oisif ! affirma ce dernier avec un pathos et une amertume qui m'étonnèrent.

Il venait de prononcer la première phrase de la Lothriade. Il montra un véhicule à mi-chemin entre le bateau et le traîneau chargé de ferraille recouverte de cette boue gluante dans laquelle j'étais moi-même tombé.

— Looker et Carry nettoient les tunnels des eaux usées.

— Les eaux usées ? répétai-je en regardant autour de moi et en me félicitant de la solidité de ma combinaison.

In sterquilinus invenitur. « Il sera trouvé dans la crasse. »

J'essayai de rire. Le fond du fond du monde.

— L'homme noyé peut-il se lever ? demanda Carry.

Je réessayai, et Carry me tendit la main. Il était sec mais plus fort qu'il en avait l'air. Assez fort en tout cas pour m'extirper de la boue, mais ma vision se brouilla de nouveau, et je titubai en avant sur le rivage en béton. Je m'écroulai sur les mains et les genoux. Mon sang affluait dans mes oreilles. Je serrai fort l'épée d'Olorin en surveillant la manière dont les ombres jumelles de l'homme et de l'enfant me dominaient.

Il me fallait retourner à l'ambassade, retrouver Valka, Crim et Pallino. Sauf que je ne pouvais pas me lever et que je ne voyais pas clair.

— Dois prévenir… les autres, bafouillai-je en m'efforçant de faire rentrer ce que j'avais à dire dans des mots lothriens.

Comment expliquer que mes amis étaient en danger si je ne pouvais exprimer la relation qui nous unissait ?

— Des gens vont mourir.

— Hadrian va mourir, dit Carry en s'accroupissant à côté de moi. Hadrian est blessé.

— Magda pourrait aider, intervint Looker.

— Magda ? répéta l'homme d'un ton presque pensif.

— Qui est Magda ? m'enquis-je en essayant de me retourner pour regarder mes nouveaux compagnons.

Ma vision vacilla. J'avais une commotion cérébrale ; j'en étais certain, désormais.

— Docteur, répondit Carry en me tendant la main.

Si j'avais été complètement conscient, je me serais émerveillé de la manière dont ces *zuk* étaient parvenus à contourner l'élimination des pronoms, du vocatif, de l'identité elle-même, tout en se donnant des noms. J'aurais aussi réfléchi à ce prénom : Magda. Looker et Carry étaient des prénoms simples, descriptifs. Magda, c'était différent. Un prénom antique, qui ne sonnait pas du tout lothrien.

Je saisis la main de l'homme, qui s'appuya sur sa perche pour me relever. Je vacillai, l'obligeant à me retenir comme ma tête tournait. Dans ma main droite, j'étreignis désespérément l'épée d'Olorin.

— Il faut trouver une valve pour nettoyer homme noyé ! s'exclama Carry en riant. L'odeur est horrible.

Protégé par mon casque, je ne sentais rien, mais j'étais sûr qu'il avait raison. La matière gluante dont j'étais couvert semblait être un mélange d'huile et d'eaux usées. Bizarrement, le grand *zuk* n'était pas incommodé, mais il est vrai que les deux personnages passaient leur vie dans ces tunnels à la recherche de métal.

Nous nous trouvions sous Vedatharad, dans des tunnels creusés avant la construction des dômes. Les ancêtres des ancêtres des Lothriens qui avaient colonisé Padmurak durant la grande expansion de l'humanité des millénaires plus tôt avaient percé ces tunnels avec des explosifs, des lasers et de grosses machines. Ils les avaient lissés avec du ciment et de l'acier avant de les peupler comme des fourmis. Comme les Cielcins à l'aube sombre de leur existence. Peut-être la dureté de cet environnement sur une planète sans air était-elle à l'origine de cette société de contrôle social extrême. Repensant à ces tunnels aujourd'hui, je ne puis m'empêcher de revoir mentalement les *vuli*, les bâtiments qui dominaient la ville et qui accueillaient les billions de citoyens du Commonwealth sur ce monde-là et des centaines de milliers d'autres.

Des ruches.

Vidés, ces tunnels étaient comme des os, des restes fossilisés de ce qu'avait été le Commonwealth au début de son histoire, et leurs seuls habitants étaient les scarabées et vautours comme Looker et Carry, qui s'étaient réfugiés là pour échapper au monde d'en haut. Mieux valait nettoyer les os de cet horrible endroit que de vivre sous la botte du Conclave et de la Lothriade.

« Il n'y a pas de rebelles », avait dit Carry. Ce n'était pas strictement vrai. Il en était un, et son enfant aussi, même s'ils ne combattaient pas.

— Magda aidera, lança Carry en passant mon bras autour de ses épaules pour m'emmener vers le traîneau. Magda vous aidera.

17

L'ADORATRICE

Carry avait parlé d'une valve et mis sa menace à exécution. Après nous avoir conduits sur ce canal pendant quelque temps, il en emprunta un autre, plus lent, usant d'un moteur pour nous faire avancer et se servant de la perche pour naviguer. Et puis nous nous arrêtâmes sous un jet d'eau claire afin de nettoyer mon armure et ma tunique. Je me souviens d'être tombé sous la puissance du jet. En revanche, je ne me rappelle pas avoir été hissé de nouveau dans le bateau de Carry. Dans l'état où j'étais, mon esprit confus prenait les conduits sombres pour les rivières de la lumière et du temps.

Il y eut un autre jet, une nouvelle série de conduits. De l'eau en train de s'évacuer. Un océan de se vider. Un lac. Je gisais sur le sol aux pieds de Carry, et je sentais le torrent couler sur moi. Je sentis des os craquer sous mes pieds, me revis courant sur une pente, tandis que la marée reculait devant moi. J'entendis les cris affreux d'une monstrueuse créature des profondeurs. Sa masse boursoufflée se dressait devant moi, ses vrilles se secouant comme elle mourait. D'innombrables yeux chassieux étaient rivés sur moi, et une main tremblante et implorante se déplia. Je tendis la mienne pour m'en saisir et identifiai le monstre à ce moment-là.

Je clignai des yeux et restai bouche bée comme Looker tournait une roue pour tarir le flot, ainsi que mes visions.

Carry m'aida à me relever. C'est sa main que j'avais saisie et non celle d'un monstre.

J'étais sur Padmurak.

Padmurak.

Je devais à tout prix parler à Valka et au consul, les prévenir. Les sauver.

Le Conclave essayait de nous tuer. Il voulait déclencher une guerre.

Seraient-ils en sécurité dans l'ambassade ? Le Commonwealth prendrait-il le risque flagrant d'un tel assaut ?

— Plus très loin, dit Looker en s'accroupissant à côté de moi près du plat-bord. Plus très loin.

J'étais vaguement conscient d'être sur le bateau, de Looker qui m'observait et de Carry qui nous conduisait sur un autre canal. Par deux fois, nous croisâmes d'autres *zuk* travaillant sur des conduits ou progressant dans le noir et sur des eaux à l'odeur nauséabonde. Jinan me lançait un regard assassin depuis l'autre extrémité du bateau, les yeux blancs de colère, un ruban bleu dans les cheveux. Je me redressai, me retournai dans les draps de mon lit à bord du *Tamerlane*, le casque de myrmidon écrasé m'observant depuis la table de chevet. La femme à côté de moi bougea et, baissant les yeux, j'avisai le corps de bronze d'Otavia Corvo, aussi nue que moi.

— Tu ne dors pas ? me demanda-t-elle en clignant des paupières.

Elle posa une main chaude et puissante sur ma cuisse. Corvo se redressa et m'embrassa. Je fus tellement surpris que je restai figé, paralysé, sa langue dans ma bouche, ses cheveux flottant autour de mon visage.

Je me réveillai de nouveau, la vision aussi floue que mes pensées.

D'autres souvenirs. D'autres vies.

Étourdi et blessé comme je l'étais, mon esprit bondissait de souvenir en souvenir. De choses qui n'avaient jamais eu lieu en choses qui n'auraient jamais lieu. Je craignis de ne jamais me retrouver, d'errer à jamais dans les souvenirs de ces autres vies, de ces autres Hadrian, de ne jamais revenir sur ce bateau.

Je n'aurais pas dû avoir peur.

— Aidez-le à retirer ce masque, dit une douce voix féminine.

Mon casque siffla et s'ouvrit, et je sentis un air chaud et humide sur mon visage. Une lumière intense balaya mes yeux de droite à gauche.

— Commotion, dit la voix. Carry dit que vous… n'êtes pas d'ici.

Elle parlait en galstani.

— Oui, confirmai-je. Je suis un émissaire de l'Empire sollien. Nous avons été attaqués par… des libéraux.

— Il n'y a pas de libéraux, me corrigea la voix.

— Je le sais maintenant.

Un visage féminin – souriant et bienveillant – émergea de la lumière agressive et pâle. Elle avait un visage rond sous des cheveux courts, bruns et grisonnants. Elle n'était pas chauve comme les autres *zuk*. Et pourtant, elle était une *zuk*. Elle avait des yeux noirs lothriens, une pâleur grise caractéristique. Elle portait la même combinaison que ses compatriotes.

— Vous devez vous reposer.

— Je dois prévenir les autres. Valka… le consulat…

— Mon Dieu, vous devez absolument vous reposer, insista-t-elle en posant une main ferme sur ma poitrine. Des jours passeront avant que vous soyez en mesure d'aller où que ce soit.

— Je n'ai pas des jours ! Et Valka non plus !

— Si vous partez maintenant, Carry et Looker vous repêcheront dans les égouts avant le lever du soleil.

Elle se retourna et entreprit de vaporiser de l'eau sur de minuscules arbres fruitiers superbement taillés et exposés sur plusieurs niveaux, sous des lampes. En dépit de leur taille réduite, certains d'entre eux portaient des fruits tout à fait normaux. Deux pommes mûrissaient sur l'un, trois oranges sur l'autre. Un troisième portait une grenade unique.

— Même si le soleil ne se lève jamais, ici…

La pièce, si j'en croyais ma vision un peu trouble, n'était pas tellement plus grande qu'un habitacle de tram. D'un côté, il y avait un alignement de lits, qui se résumaient à une structure en métal surmontée d'une planche et d'un mince tapis en mousse. À part le mien, ils étaient inoccupés. Face aux lits, il y avait les arbres, qui luisaient sous leurs lampes. Les murs de béton étaient recouverts d'un écheveau de tuyaux et de conduits doublés de caoutchouc. Il y avait une porte à chaque extrémité. L'endroit ne ressemblait pas tant à une chambre d'hôpital qu'à une centrale électrique ou à un tunnel de vapeur.

— Quel est cet endroit ?

— Une clinique, répondit-elle en me regardant durement, à la manière lothrienne.

— Vous êtes… Magda.

Elle ne confirma, ni n'infirma. La langue lente et trébuchante, je réessayai :

— Pourquoi cet endroit ?

— Pourquoi ici, en bas, vous voulez dire ? demanda-t-elle en tenant son vaporisateur entre ses bras croisés.

Je hochai la tête, ce qui me fit mal.

— Les gardes ne viennent pas ici. C'est trop profond. Trop vieux. Ils ne connaissent pas le chemin. (Comme elle parlait, elle s'affaira dans une caisse en plastique noir posée sur le lit voisin.) Les gens descendent. Il n'y a nulle part ailleurs où aller, sur Padmurak. Ils finissent tous en bas. Des rebuts tels que vous. Des exclus comme vos amis. Certains se contentent de… fuir.

— Et vous, à quelle catégorie appartenez-vous ?

— On m'a appelée, répondit-elle en cessant de s'activer à l'intérieur de la caisse pour tâter quelque chose dans sa tunique grise.

Apparemment, elle avait modifié une combinaison de *zuk* pour en faire une tunique ou un genre de robe, qui pendillait sur sa carcasse mince et lui donnait des allures d'épouvantail. Magda produisit un flacon de pilules blanches, l'ouvrit et en sortit trois petits cachets.

— Prenez ça.

L'épée d'Olorin était toujours dans ma main.

— Qu'est-ce que c'est ?

— Des analgésiques. Ça vous fera du bien.

Je soutins son regard aussi longtemps que je le pus, mais je finis par fermer les paupières. Je tendis ma main libre et avalai les cachets sans eau.

— Vous êtes… palatin, n'est-ce pas ?

Je plissai les yeux, circonspect. Le temps n'était plus à la prudence, toutefois ; après tout, je venais d'avaler les pilules qu'elle m'avait données.

— Oui. Je m'appelle Hadrian.

— Les palatins guérissent vite. Deux jours. Peut-être trois. Vous serez rapidement sur pied, droit comme un i.

— Droit comme un i ? ne pus-je m'empêcher de répéter.

Un vieil idiome français qui avait survécu jusqu'à nous. Un idiome qui n'avait pas sa place dans un monde qui n'avait jamais parlé français.

— Êtes-vous lothrienne ?

Elle en avait l'air. Les Lothriens formaient un groupe ethnique tellement monolithique, avec leurs cheveux noirs et leur peau grisâtre, que je connaissais la réponse.

— Oui.

— Où avez-vous appris le galstani ?

Le Grand Conclave ne pouvait pas autoriser un trop grand nombre de ses citoyens à apprendre des langues non censurées, ni caviardées par ses ministres.

Magda regarda la porte par-dessus son épaule.

— Père Dias, répondit-elle. Dieu ait son âme.

C'était la deuxième fois qu'elle mentionnait *Dieu*, mot que je n'aurais jamais pensé entendre de la bouche d'une Lothrienne.

— Votre père ?

— Non. (Elle plongea la main sous sa tunique et en sortit un pendentif suspendu à une chaînette. Il s'agissait d'une croix constituée de deux clous grossièrement soudés.) Il était prêtre. Il est venu ici pour… nous aider. Pour m'aider à nous aider.

— Un prêtre ?

Je ne comprenais pas. Pourquoi un prêtre de la Fondation serait-il venu sur Padmurak ? Et quel rapport avec cette croix ? Peut-être son galstani était-il défaillant. Et puis les souvenirs me revinrent, quoique lentement, et je reconnus le symbole : l'emblème d'une culture ancienne, une des religions des adorateurs protégées par les lois de l'Empire.

— Vous êtes catholique historique ?

Il y avait des catholiques historiques sur Delos, mais je n'en avais jamais rencontré, et je n'avais jamais vu leurs symboles de mes propres yeux. Je connaissais un peu cette religion, j'avais lu les livres de Dante et Milton sur l'ordre de Gibson lorsque j'étais jeune garçon, et je connaissais la signification de cette croix.

— J'essaie de l'être, répondit Magda en secouant la tête. Père Dias l'était.

Il était extraordinaire qu'à vingt-cinq mille années-lumière de la Terre, et vingt mille ans plus tard, on retrouve sous les dômes de Vedatharad l'adoratrice solitaire d'un dieu qui était déjà vieux lorsque le Dieu Empereur était jeune. Par décret, ces fidèles étaient autorisés à vivre dans des réserves telles que celle qui se trouvait dans les montagnes surplombant Meidua. L'Empire avait longtemps toléré – isolé – les mystagogues païens tels que les catholiques historiques, les vishnouïtes et les bouddhistes Theravada. Les accords qui garantissaient leur protection remontaient à la Grande Charte, des milliers d'années avant la formation de la Sainte Fondation terrienne. Je ne m'expliquais pas que celle-ci n'ait pas définitivement aboli ces cultes.

Nous n'étions certes pas dans l'Empire.

— Il est mort, alors ? demandai-je un peu brutalement.

Magda opina du chef.

— Il a bâti cet endroit, m'a sauvée, baptisée. Il m'a donné un nom. Alors, je continue son œuvre, ajouta-t-elle en désignant la clinique autour d'elle. J'aide les pauvres rats que Carry et les autres m'amènent. J'ai aidé Carry aussi. Lui et son… enfant.

Son hésitation confirma ce que je subodorais déjà : Looker était un des *nouveaux hommes* lothriens.

— Ne craignez-vous pas d'être découverte ? lui demandai-je.

— Je ne serais pas la première à mourir en Son nom, répondit Magda en me fixant d'un regard de fer.

Sans doute me parlait-elle de son dieu antique.

— Comme votre prêtre ?

— Père Dias nous baptisait. Il nous donnait un nom. Nous enseignait le standard. Cela ne plaisait pas au Conclave. Ils l'ont capturé à la surface, où il s'était rendu pour soigner des malades. (Elle regarda la caisse à côté de moi.) Ils l'ont envoyé avec les autres.

— Dans les camps ? m'enquis-je en repensant à la station du Gel éternel. Il était médecin ?

— Oui, répondit-elle en se mordant la lèvre. Je ne puis que spéculer. Des gens disparaissent constamment. Des familles. Des ruches entières. Les camps, peut-être… (Elle scruta mon visage à l'affût d'une réaction.) Peut-être les vendent-ils à votre Empire. Ils disent que vous autres palatins buvez du sang, que c'est ce qui vous permet de vivre si longtemps.

— Quoi ?

Je faillis éclater de rire.

— Ils disent que le sang des enfants vous aide à rester jeunes.

— C'est faux ! (Je ris et le regrettai aussitôt car une douleur intense enfla dans mon crâne.) C'est de l'ingénierie génétique. Vous vous moquez de moi, n'est-ce pas ?

Elle sourit aussi en découvrant des dents mal alignées, qui illuminèrent son visage vieillissant.

— Certains pensent que le Conclave nous vend bel et bien.

— Ils enlèvent vraiment des gens, alors ? m'enquis-je en repensant aux rues vides de Vedatharad.

— Tout le temps. De plus en plus. Pour coloniser de nouveaux mondes. S'il n'a pas été tué, père Dias a été envoyé dans un *lahe*, sur une autre planète. Un camp-colonie. (Elle rit doucement.) Je ne pense pas que vous soyez un buveur de sang.

Je grimaçai, effleurai mon visage découvert avec mon gant.

— Nous devrions vous débarrasser de cette armure, dit-elle en se penchant vers moi pour chercher le sceau de ma combinaison. Laissez-moi vous examiner.

Agissant sans réfléchir, je lui agrippai le poignet – je m'y repris à deux fois – et la menaçai avec l'émetteur de matière haute de mon épée.

— Non.

Magda se contenta de cligner des paupières. Je ne décelai aucune peur dans ses yeux.

— Il se peut que vous ayez d'autres blessures.

— Non, répondis-je d'un ton neutre, définitif. Je vais bien.

Si j'avais eu un bras cassé, je l'aurais su ; si j'avais perdu du sang dans ma combinaison, je m'en serais rendu compte. Il y aurait eu des alarmes, des notifications sur la visière de mon casque ou sur mon terminal de poignet. Et il n'y avait rien. Je les aurais vues lorsque j'avais essayé de contacter les autres.

— Laissez-moi vous aider.

— Je vous dis que je vais bien !

Le fait de me redresser à moitié réveilla les pulsations dans ma tête. Ma vision se brouilla et je retombai en arrière, sentant mon épée glisser de mes doigts gourds.

Je perdis connaissance.

Perdu dans des ténèbres blanches, je ne sentais rien. Même la douleur était partie, étouffée ; sans doute l'effet des analgésiques de Magda. Je n'étais plus qu'un solipsiste triste de Descartes, je n'étais plus conscient que de moi-même. C'était un peu comme être mort, comme ces ténèbres hurlantes à travers lesquelles mon âme avait erré avant que le Silencieux me renvoie. Combien de temps restai-je ainsi étendu dans la clinique de Magda ? C'était impossible à dire. Des heures ? Des jours ? Le temps n'était qu'un flou pâle. Une ou deux fois, je me réveillai et vis la docteure lothrienne qui m'observait depuis le lit voisin ou s'occupait de ses arbres fruitiers miniatures.

Une ou deux fois, je l'entendis chanter tandis qu'elle me croyait inconscient.

Des leçons de la terreur,
des mensonges écrits ou prononcés ;
Des discours trop faciles,
qui renforcent les hommes cruels ;
De la vente, de la profanation,
de l'honneur et de l'épée ;
Du sommeil et de la damnation,
Délivre-nous, Seigneur.

Les mots étaient en anglais, ce que je trouvai étrange.

— C'est lui qui vous a appris ça ? lui demandai-je. Le prêtre ?

C'était probablement le cas, même si je ne me rappelle pas sa réponse. C'était une chanson appropriée pour la Lothriade. Une prière pour un monde qui connaissait bien le mensonge et la terreur. Trop bien…

Je me réveillai en criant et en m'agrippant le flanc. Du sang maculait mes doigts car j'avais arraché des points de suture primitifs. Quand avais-je été blessé ? Quand avais-je reçu un coup de couteau ? Magda émergea d'une autre pièce en remontant ses manches.

— Restez allongé ! s'emporta-t-elle dans son lothrien natal en sortant un kit médical de sous le lit voisin. Un homme mourra, autrement !

Au prix d'un effort de volonté considérable, je retirai ma main de ma blessure, une blessure dont j'étais sûr qu'elle n'était pas là plus tôt. Je serrai les dents et enfonçai ma tête dans mon oreiller, les muscles du cou tendus.

— Qu'avez-vous fait ? me demanda Magda en s'approchant de moi avec circonspection et en avisant ma blessure.

— Rien ! répondis-je, sincère.

Je ne me souvenais pas qu'elle m'ait retiré mon armure, mais je n'aurais pas pu oublier pareille blessure.

— Elle n'était pas là avant ! s'écria-t-elle en appliquant un point de compression.

Je criai.

— Vous avez essayé de refermer ça vous-même ? m'interrogea-t-elle en scrutant les points de suture.

Elle regarda autour d'elle et blêmit.

— Que m'avez-vous fait ? demandai-je en repensant à ce qu'elle avait dit sur les palatins buveurs de sang. Que m'avez-vous fait ?

Cette adoratrice païenne voulait me prélever des organes, c'était très clair. Looker et Carry ne m'avait pas conduit à Magda pour me sauver, mais bien pour me tuer.

— Rien ! se défendit Magda en reculant, les mains levées. J'étais à l'arrière et je vous ai entendu crier.

Mon épée était posée sur la table de chevet, à ma portée, quoique tout juste. Pourquoi ne me l'avait-elle pas prise ? Je tendis le bras, générant une intense vague de douleur là où mes muscles se déchiraient. Magda m'attrapa, essaya de m'immobiliser, mais il était trop tard.

— Sainte Mère de Dieu…, l'entendis-je jurer.

Mais je sombrais déjà.

Lorsque je me réveillai de nouveau, Magda n'était plus là. Carry était assis contre le mur, sous les arbres miniatures, les bras croisés, le menton posé sur le torse. Il ronflait. Des bandages propres m'enserraient de la poitrine au nombril ; ils m'empêchaient de respirer librement.

Je fis sans doute du bruit, car Carry ouvrit une paupière.

— Un homme se réveille. Magda dit qu'un homme s'est coupé.

— Un homme n'a jamais fait une chose pareille, parvins-je à articuler en regardant autour de moi.

Mon épée était toujours posée sur la table de chevet. Pourquoi ne l'avaient-ils pas prise ? S'ils avaient l'intention de me faire du mal – comme je le pensais –, ils auraient dû prendre mon épée comme ils avaient pris mon armure.

Celle-ci était posée sur le lit voisin.

— Carry a demandé à Looker de nettoyer l'armure d'un homme, me dit Carry en me voyant tourner la tête.

Oubliant mon lothrien, j'acquiesçai doucement.

— Merci.

Un ennemi n'aurait pas nettoyé mon armure. Que se passait-il ? Un peu raide, je passai une main sur mon flanc, tâtai ma blessure. Que s'était-il passé ?

— Magda dit qu'un homme doit rester plus longtemps. Un homme n'est pas apte à voyager.

Je levai ma main devant mon visage, la contemplai comme si je la voyais pour la première fois.

— Quoi ? (Je l'avais mal entendu, et le sens de sa phrase me frappa avec quelques secondes de retard.) Non, non. Je ne peux pas rester.

J'avais parlé en galstani, Carry ne m'avait pas compris. Il secoua la tête et frotta son scalp à la chevelure naissante.

— Magda apporte de la nourriture. Un homme a dormi trois jours.

— Trois jours ?

Je parvins à me redresser sur les coudes et fus surpris de ne ressentir aucune douleur. Tant de choses avaient pu se passer en trois jours. Crim et Pallino étaient-ils rentrés à l'ambassade ? Valka était-elle en sécurité avec Damon Argyris ? Le *Tamerlane* était-il en orbite ?

Carry se leva et se hâta de m'aider à m'asseoir. J'agitai la main pour lui signifier que je n'avais pas besoin de lui.

— Je vais bien, dis-je en galstani avant de reprendre en lothrien : Un homme doit conduire un homme à la surface. Dans le Premier Dôme.

— Seulement quand Magda le dira.

J'agrippai le devant de sa combinaison, ne ressentant plus aucune douleur, les idées claires.

— S'il vous plaît. Le peuple d'un homme va mourir.

Le grand *zuk* m'obligea à lâcher ses vêtements de ses mains puissantes.

— Un homme doit attendre. (Il s'éloigna d'un pas lourd, ouvrit la porte et disparut dehors en criant :) Looker ! Viens surveiller un homme noyé !

Comme je me retrouvais seul, je tâtai ma blessure, écartai les bandages du bout des doigts. Je m'attendis à découvrir de la bande correctrice noire, ou bien des points de suture, comme lors de ma période de veille précédente.

Sauf qu'il n'y avait pas de blessure sur ma chair vierge.

Il n'y avait rien du tout.

18

L'Achéron

— Jamais vu un homme guérir si vite, dit Magda en me trouvant habillé et assis.

Comme son père, Looker s'était assoupi pendant son tour de garde, ronflant doucement sous les petits arbres fruitiers. Cela m'avait donné le temps d'enfiler la sous-couche noire de mon armure, le vêtement se resserrant autour de moi comme ses sceaux se refermaient, le tissu intelligent se contractant jusqu'à former une seconde peau.

La docteure me trouva ainsi lorsqu'elle réapparut avec quatre bols de nouilles aux œufs nageant dans un bouillon brun aux champignons. Je mangeai goulûment, découvrant que j'étais affamé. Je n'avais pas mangé depuis la matinée qui avait précédé la bataille sur le pont, et encore, pas très bien, car la nourriture avait été exécrable depuis que nous avions quitté l'ambassade pour la station du Gel éternel plus d'une semaine plus tôt.

— Comme je l'ai dit, commençai-je la bouche pleine, nous autres palatins sommes modifiés génétiquement pour être… (J'allais dire « supérieurs ».) … pour guérir très vite.

— J'aurais préféré y jeter un coup d'œil, regretta-t-elle en désignant mon flanc avec sa fourchette en plastique.

— Je survivrai, répondis-je en faisant fi de l'incertitude dans le regard noir de la femme.

Elle m'avait soigné depuis que je m'étais réveillé en hurlant, une blessure toute fraîche sur le flanc. Je savais qu'elle était convaincue que je m'étais infligé cette blessure tout seul, tout comme j'avais cru qu'elle avait voulu me jouer un mauvais tour. Mise sous pression, elle avait fini par produire un scanner médical pour me prouver que mes reins, mon foie, ma rate et le reste étaient toujours à leur place. Depuis, elle se comportait comme si je l'avais frappée, comme si mes craintes étaient ridicules, voire offensantes. Je m'étais excusé autant que possible, mais je restais sur mes gardes.

Je ne pouvais pas me permettre de la laisser examiner ma blessure, ou plutôt de constater qu'elle avait disparu, qu'elle s'était volatilisée aussi brusquement qu'elle était apparue. J'aurais conclu moi-même à un délire, à un cauchemar enfiévré – à l'image de cette vision de moi en compagnie d'Otavia – si je n'avais eu ces bandages et si mes draps n'avaient été ensanglantés. Inconsciemment, j'effleurai mon flanc avec ma main. La droite. Celle que j'avais perdue, puis récupérée. S'était-il produit quelque chose de similaire ? Ma conscience – ou ma volonté – s'était-elle saisie d'un ruban de temps parallèle ? Avais-je rouvert les yeux sur un univers différent ? J'imaginai la conscience comme le faisceau d'une torche balayant des rayonnages chargés de livres, s'arrêtant pour choisir un titre, un narratif, un texte.

C'est ainsi que le Silencieux m'avait sauvé à bord du *Démiurge*, échangeant un Hadrian mort contre un vivant. L'homme qui avait perdu le bras droit et la tête contre celui qui avait perdu le gauche. Ma mémoire restait constante. Je me rappelais ma mort non pas parce que le passé avait été altéré – il est impossible de modifier le passé –, mais parce que le présent avait été changé. Le Silencieux avait invoqué un état d'Hadrian victime de l'entropie, avant de le renvoyer dans le monde, de le faire sortir des coulisses, d'un état potentiel que l'univers n'aurait pas connu autrement. Il n'avait fait qu'encourager la probabilité, altérer la fonction d'onde autour de moi jusqu'à remplacer ce qui était par ce qui avait été perdu. Et j'avais ressuscité. J'avais également remplacé l'Hadrian victime d'une commotion par un Hadrian blessé, invoqué dans mon délire.

Mais j'avais commis une erreur grâce à laquelle je savais que c'était moi le responsable. En effet, le Silencieux ne se trompait jamais. Lorsqu'il m'avait laissé sans mon bras gauche, il savait que j'aurais besoin de nouveaux os et d'adamant pour survivre à mon combat contre Irshan. Il m'avait montré le Temps, mais mon esprit humain avait été incapable de l'appréhender. Il m'avait offert une partie de son pouvoir et une fraction de sa vision, même si j'étais limité par mon corps.

— Un homme va-t-il bien ? me demanda Carry en voyant mon geste.

Je retirai ma main de mon flanc. Comment avais-je fait cela ? Était-ce une conséquence des médicaments que j'avais pris ? Ou bien de mon traumatisme ?

— Je… je… (Je me rendis compte que je parlais le standard et basculai en lothrien.) *Da*.

Mieux valait leur faire croire que j'avais été sauvé par ma biologie palatine. Ce serait plus commode. Je ne comprenais pas tout ce qui m'arrivait, et eux ne comprendraient rien. Me tournant vers Magda, je lançai en galstani :

— Il y a longtemps de ça, une femme m'a aidé comme vous venez de le faire. Je n'avais rien à lui donner. Je n'ai rien à vous donner non plus, mais je vous suis très reconnaissant.

Je posai mon bol vide. Comment se les était-elle procurés ? Il devait être difficile d'obtenir des rations supplémentaires, et en dépit de l'opulence des serres que m'avait fait visiter le Troisième Siège, il était peu probable que les gens ordinaires mangent à leur faim.

— Merci, conclus-je.

— J'ai fait ce qui devait être fait.

Je me levai subitement, les idées parfaitement claires. Je n'avais plus de douleurs. Quoi qu'il se soit passé dans mon délire, j'avais échappé aux conséquences de ma commotion et de ma blessure, même si je n'étais pas sûr de pouvoir recommencer. Les gantelets de ma combinaison étaient posés sur une petite desserte en métal. Je m'en équipai.

— Dieu vous a envoyé comme Il a envoyé tous les autres, dit Magda en touchant sa croix.

Ma tunique était ruinée, mais mon armure était propre. Sans ma cape et ma tunique, équipé de ma seconde peau noire et de mon armure, je me trouvai petit dans la vitre d'une armoire médicale. Au moins ressemblais-je à moi-même. Magda n'avait pas terminé.

— Vous dites que vous êtes un grand seigneur de l'Empire. Peut-être êtes-vous la raison pour laquelle Il m'a envoyée servir ici. Pour vous sauver.

— Je ne crois pas en votre dieu, lâchai-je sèchement.

— Il n'a pas besoin que vous croyiez en Lui, rétorqua-t-elle sans ciller.

— Magda…, repris-je dans un sourire triste. Je ne suis pas venu détruire votre Conclave. Mon objectif est de sauver les miens, de stopper les *Rugyeh*.

— Les quoi ? s'étonna-t-elle en penchant la tête sur le côté.

Malgré moi, j'éclatai de rire. D'un rire faible et creux dans cette clinique de métal et de roche. Elle n'avait même pas entendu parler des *Rugyeh*, de la guerre qui faisait rage dans un bon tiers de l'univers colonisé. Et c'était normal. Le Conclave cachait à son Peuple ce qui se passait hors de leurs frontières ; pour le Conclave, il n'y avait rien hors du Commonwealth, il ne pouvait rien y avoir. La Lothriade était tout, et s'ils avaient entendu parler de l'Empire sollien, de Jadd et des Durantins, ils envisageaient ces endroits comme des fictions écrites par leurs maîtres *pitrasnuk*. Comment pourrais-je lui expliquer ?

Je préférai ne pas essayer.

— Je dois y aller. (Je pris ses mains dans les miennes et me penchai pour les embrasser.) Vous m'avez sauvé la vie. Je ne vous oublierai jamais.

Elle accepta mes remerciements sans désespoir et, alors que j'étais sur le point de suivre Carry dehors, appela :

— Lord Hadrian ?

Je me figeai et pivotai sur mes talons.

— Il a des projets pour vous, je crois. Mon Dieu.

Ces mots me hantèrent par la suite sans que je sache pourquoi.

Il y avait des corps dans l'eau. Le courant lent les poussait dans notre direction, tandis que la petite embarcation de Carry le remontait. Deux ou trois fois, le grand *zuk* en repoussa un avec sa perche. Il y avait des hommes, des femmes, d'autres que je ne parvins pas à identifier. L'un d'entre eux portait une combinaison noire sous un treillis gris usé. Et un brassard blanc et rouge. Il devait s'agir d'un de nos assaillants, ou bien celui-ci avait-il perdu la vie à l'occasion d'une autre attaque.

— La Garde du Conclave, dit Carry en désignant le cadavre du menton. La police secrète. Souvent, ces hommes portent les couleurs des libéraux.

— Pourquoi ?

— *Panovni*. Les rebelles tuent le Peuple. Le Parti protège le Peuple. Le Peuple aime le Parti, conclut-il en haussant les épaules.

Nous naviguâmes en silence pendant quelque temps, bercés par le bruit du moteur. Looker fixait du regard le sillage d'un morceau de tuyau qu'il avait plongé dans l'eau. Une fois, nous croisâmes deux hommes traversant un canal sur des échasses et portant un grand filet à l'extrémité de leurs perches. Carry les salua, et ils lui rendirent son salut. Aucune parole ne fut échangée.

Si leur vie était misérable, elle n'était pas dénuée d'espoir, notamment grâce à Magda et à sa foi en son dieu antique. L'espoir de voir un jour cet édifice brutal de ciment et d'acier s'écrouler. Les auteurs de la Lothriade et architectes du Commonwealth, pour ingénieux qu'ils soient, n'étaient pas parvenus à briser l'esprit humain. Ils pourraient bien piétiner le visage de leur population pendant une journée, un an ou un âge, mais leur pied finirait par se casser.

— Combien de personnes vivent ici ? demandai-je.

Carry réfléchit longuement avant de répondre.

— Aucun homme ne le sait. Des milliers. Davantage. Beaucoup de gens. (Il haussa de nouveau les épaules, comme il le faisait chaque fois qu'il était frustré par les limites de sa langue.) Mais il y en a moins que lorsque Carry était jeune. Des patrouilles viennent par les tunnels principaux. Prennent des hommes, les emmènent.

— Magda dit que les patrouilles emmènent ces gens dans des camps de travail.

— De plus en plus. Les patrouilles prenaient un homme, deux hommes. Pour les rééduquer. Sur un autre monde. (Un haussement d'épaules.) Maintenant, les patrouilles en prennent dix, vingt. Emmènent des hommes d'en haut, aussi.

Je hochai la tête et me frottai les yeux. J'avais rarement été aussi fatigué et inquiet. Je priai – la Mère Terre, le dieu de Magda, voire d'autres forces que je ne connaissais pas –, je priai pour qu'il ne soit rien arrivé à Valka et aux autres. Pallino et Crim avaient peut-être gagné la bataille du pont, ils avaient sans doute conduit le convoi à l'ambassade.

À moins qu'ils soient morts, me dit une autre voix, plus douce.

Je m'imaginai la tour de l'ambassade en train de brûler, le message envoyé par télégraphe par le *Tamerlane* en train de fuir :

« Lord M disparu, présumé mort. Ambassade détruite. Consul mort ou capturé.

Guerre.

Guerre. »

— La guerre, murmurai-je.

Un mot véritablement ancien, qui n'avait pas changé depuis l'Âge d'or de l'anglais classique, voire depuis les temps hyperboréens, lorsque l'homme était jeune et que les dragons régnaient sur la Terre.

— *Stoh ?* demanda Looker en se tournant vers moi.

— *Voyn*, répondis-je. Si le Conclave a attaqué l'Empire sollien, ce sera la guerre.

En dépit de ce que j'avais dit à Magda, ma visite pourrait marquer le début de la fin pour le Commonwealth. Encore une prophétie accidentelle.

L'enfant plissa le front et me demanda dans un standard défaillant :

— Votre... peuple... tuer Conclave ?

Je regardai l'hermaphrodite avec étonnement. C'était la première fois que j'entendais Looker ou Carry parler galstani. Peut-être Magda leur avait-elle appris quelques mots. J'étudiai le visage de Looker pendant quelque temps. L'enfant tenait toujours son tuyau dans l'eau, mais ne le regardait plus. Les yeux noirs lothriens de Looker brillaient d'un éclat inédit : celui des feux de la révolution et de l'espoir.

— Peut-être, répondis-je.

— Peut-être pas, grogna Carry, qui avait apparemment compris notre petite conversation.

Sa voix était grave, chargée du réalisme pessimiste de l'expérience, tellement différente de celle de l'enfant. Il désigna alors le tunnel sombre devant nous.

— Le Premier Dôme n'est pas loin, lança-t-il en lothrien.

Droit devant, une arche large et basse donnait sur un canal plus important. Les ténèbres s'éclaircirent un peu. Des appliques murales diffusaient une lumière orange terne, mettant en évidence des éons de crasse luisante et humide au plafond.

— Un homme doit être à l'affût des patrouilles, dit Looker en se tournant brièvement vers moi. À la surface, il y aura des yeux partout.

Une fois de retour dans la ville proprement dite, trouver l'ambassade ne serait pas aisé. Les Lothriens avaient fait tout leur possible pour ne pas révéler le plan de leur ville aux étrangers. J'enviai la mémoire parfaite de Valka et regrettai de ne pas l'avoir avec moi. Je n'osais pas tenter de la contacter, car la police lothrienne risquerait de capter mon émission ; et si Carry et Magda avaient dit vrai, si nous avions été attaqués par le gouvernement et non des terroristes libéraux sur le pont, je ne pouvais pas me permettre d'être entendu. Il me faudrait agir très vite.

Je savais à quoi ressemblait la tour de l'ambassade – c'était une des plus hautes du Premier Dôme, et elle se trouvait à proximité du Palais du Peuple, au cœur du quartier –, mais le quadrillage des rues m'était étranger, et je n'avais aucun moyen de savoir si j'émergerais au milieu du dôme ou près de son périmètre. J'hésitai presque à me débarrasser de mon armure pour enfiler la tenue grise d'un *zuk*. Cependant, afin de passer pour un simple travailleur, il me faudrait également me raser le crâne, ce que je n'avais aucun moyen de faire à bord de notre petite embarcation.

Comme Carry nous dirigeait vers une passerelle en métal bringuebalante, je passai ma coiffe au-dessus de mes cheveux gras et l'activai.

Le grand *zuk* coupa le moteur et usa de sa perche pour nous faire avancer. Une corde à la main, Looker sauta sur le quai et amarra la petite embarcation. Je sautai moi aussi sur le quai de fortune, quoique d'un pas moins assuré. Mes bottes cliquetèrent sur la grille de métal, et je regardai autour de moi. Non loin de là, une grande quantité d'eau s'écoulait par un déversoir large d'une trentaine de mètres, vidant le lac artificiel du Premier Dôme, situé très loin au-dessus.

Je restai là sans bouger, sans regarder ni Carry, ni Looker, me remémorant un autre canal, une autre ville.

Une autre vie.

« Raconte-moi une histoire, tu veux ? Une dernière. »

Le ciment humide. Le lichen. La pourriture. Les ordures.

L'odeur était la même. La même que dans cet affreux caniveau de Borosevo, où était morte Cat. Pendant que je me tenais là, la puanteur me ramena à Emesh, au jeune homme que j'avais été, à Cat mourant dans mes bras.

— Hadrian-homme ! appela Carry, m'arrachant à mes pensées.

Je me retournai et le vis qui me montrait un étroit chemin longeant le large égout, jusqu'au déversoir.

— Il y a une porte, ajouta-t-il. L'escalier conduira un homme à la surface.

— Merci ! répondis-je, certain qu'il me comprendrait.

— La paix soit avec vous, lança le grand *zuk* en anglais.

Ces mots, il les avait appris de Magda ou du prêtre dont elle avait parlé. J'étais presque certain que Carry et son enfant homoncule étaient des adeptes de la foi antique de la docteure.

Ne sachant quoi dire – il serait peu question de paix sur ma route –, je me contentai de lui rendre la pareille.

— La paix soit avec *vous*.

De nouveau seul, j'entrepris de rejoindre la surface.

Ma propre histoire n'était pas encore terminée.

19

Tour de vis

Des ténèbres grises recouvraient la Grande Ville, et le ciel au-dessus du colossal dôme était chargé de nuages épais. En comparaison avec les villes de la Règle ou de l'Empire, ces ténèbres étaient particulièrement sombres. Il y avait très peu de fenêtres éclairées et encore moins de lampadaires dans les rues. De temps à autre passait une voiture ou une camionnette de la police militaire. Je sautai d'une ombre à l'autre, ne m'arrêtant jamais, restant rarement immobile. La sécurité de la ville ne manquerait pas de me repérer, d'autant que *zuk* comme *pitrasnuk* devaient être soumis à un couvre-feu depuis longtemps dépassé.

L'escalier de Carry m'avait conduit dans un genre de parc en bordure du dôme. Je me hâtai de longer le lac réservoir en restant à l'ombre de monuments gigantesques ornés de bas-reliefs représentant le Peuple au travail, des fermiers armés de faucilles, des maçons équipés de maillets, des ouvriers avec des clés et des masques de soudeur. La gueule du déversoir s'ouvrait dans mon dos, la porte du monde souterrain, du monde ancien qui avait donné naissance au Commonwealth.

Par deux fois, des patrouilleurs me virent. Je semai le premier homme en dévalant un escalier entre deux bâtiments-ruches, le second en me cachant au milieu de sacs d'ordures empilés dans une allée, attendant le passage des éboueurs. Je restai là longtemps, ne voulant pas tuer l'homme qui m'avait vu. Je devais me diriger vers la ziggourat centrale, autour de laquelle se trouvaient les plus hautes tours du dôme. Dans le noir et de loin, cependant, je ne reconnaissais pas celle de l'ambassade sollienne.

Ce serait plus difficile que prévu. Je ne pouvais pas prendre le risque d'utiliser le système de télécommunication de mon armure. Quelqu'un risquerait de m'entendre et de remonter à la source de mon émission.

Caché parmi les ordures, je repensai à Borosevo. Je me souvins de la pluie, de Cat qui m'appelait depuis les toits. Ces souvenirs étaient si lointains, si vieux qu'ils semblaient appartenir à quelqu'un d'autre, comme si ma propre histoire était la vie d'un personnage créé par un page. Je finis par sortir de ma cachette et me mis à courir dans la nuit. Mon casque se scella de nouveau, ma combinaison m'envoya de l'air dans les poumons. En position accroupie, je bondissais d'un pilier à un autre, la main suspendue au-dessus du bouton d'activation de mon bouclier.

Une voiture banalisée ralentit et s'arrêta à proximité de la colonnade, et deux hommes en sortirent. Il ne s'agissait pas de révolutionnaires en rouge et blanc, mais de gardes du Conclave en noir mat, équipés d'armures et sans visage.

Ils me pourchassaient, je le savais. La sécurité de la ville avait fini par me localiser. Les caméras étaient partout. Peut-être n'étaient-ils pas conscients de traquer Hadrian Marlowe et me prenaient-ils pour un insurgé violant le couvre-feu, un factieux en mission secrète.

C'était possible, mais peu probable.

La peur est un poison, me dis-je en calmant les battements de mon cœur.

Adrénaline. Cortisol. Les toxines de la peur et du stress. Peut-être ne pouvaient-ils pas me voir, caché que j'étais dans les ombres des colonnes carrées.

Il y eut une détonation, le feu d'un disrupteur crépitant sur la pierre près de mon oreille gauche.

J'avais été trop optimiste.

Je déclenchai mon bouclier et me mis à courir. Des cris en lothrien résonnèrent dans mon dos, se réverbérant dans la colonnade. Des décharges de disrupteurs crépitèrent tout autour de moi comme les hommes me prenaient en chasse.

Les rues étaient vides lorsque j'émergeai de la colonnade, même si une barrière haute comme un homme séparait la voie rapide en deux. Je m'arrêtai en dérapant, regardant frénétiquement de part et d'autre. J'avisai sur ma droite une passerelle qui enjambait l'autoroute, conduisant au cœur du quartier central. Des pieds bottés martelaient le trottoir derrière moi, aussi gravis-je les marches de la passerelle trois par trois, titubant du fait de mon épuisement. Arrivé au sommet du pont, je m'affaissai contre le garde-corps et, regardant par-dessus mon épaule, aperçus trois gardes du Conclave.

Sans avoir de plan, je m'armai de l'épée d'Olorin et courus sur la passerelle étroite, mon ombre allongée dansant sur l'autoroute vide, en dessous. Le pont était constitué d'un simple tablier en acier, sans arcs ni piliers pour le soutenir. Approchant de son extrémité, j'activai la lame jaddienne, la matière haute brillant d'un éclat blanc-bleu dans la pénombre. La police avait atteint le tablier à son tour. Une décharge de disrupteur frappa mon bouclier, dans mon dos. Je brandis mon épée et taillai dans la passerelle, découpant le garde-corps, le tablier et les poutrelles, en dessous.

Les préfets lothriens crièrent comme la structure se tordait et tombait sur la voie rapide. Je ne perdis pas de temps et sautai par-dessus l'escalier, atterrissant sans grâce sur la route, dix mètres plus bas. Je désactivai mon épée et me remis en marche.

Droit devant, le Palais se dressait telle la tour de Bruegel, les étages se succédant jusqu'au verre du dôme, ses hauteurs de marbre pâles et fantomatiques suspendues dans la nuit ennuagée. L'eau s'accumulait dans les caniveaux, sur les façades nues des bâtiments. Il y avait des ordures sur la chaussée. Il s'agissait donc de la partie du quartier que les étrangers n'étaient pas censés voir. Des enseignes éteintes promettaient café et rations d'alcool. Au-dessus d'une nouvelle porte sombre était inscrit le mot *Lothtarsemya*, « Droit-Naissance ». Une plaque fixée au mur annonçait obstétriciens, prostituées d'État – femmes ou *hommes nouveaux* – et avorteurs.

Je n'avais pas le temps de réfléchir à tout cela. Plus loin, les tours étaient hautes, carrées, dépourvues de fenêtres ou percées d'ouvertures horizontales longues et étroites, de la largeur d'une main. Une avenue disparaissait derrière un coin, puis l'autre, encerclant le palais. Les ambassades se trouvaient toutes sur une avenue circulaire comme celle-ci, et je n'avais aucun moyen de savoir s'il s'agissait de la bonne artère. Comme je regrettais de ne pouvoir déployer ma vision pour suivre un autre Hadrian jusqu'à la bonne porte. Au sommet de la montagne du Silencieux, j'avais vu le temps dans son ensemble, tous les moments possibles et réels, et donc le chemin pour sortir de cette ville grise. Mes souvenirs étaient cassés et insuffisants, cependant, et si certains coins de rue et devantures m'étaient familiers, j'étais incapable de me repérer.

Je n'étais pas sur la montagne du Silencieux, mais à Vedatharad… et le chemin était perdu. Les visions du futur étaient enfouies dans une mémoire inconsciente, leurs fragments étaient brûlés par l'amygdale ou le cortex préfrontal – comme ma vision de la bataille sur le pont –, par le souvenir de crises attendues.

Je tournai à gauche, traversai l'avenue périphérique en diagonale. Je n'avais pas parcouru cent mètres qu'une sirène hurla au loin, tandis que l'éclairage public s'intensifiait, passant de l'orange au blanc. Il était supposé m'aveugler, mais le système entoptique de mon armure filtrait la lumière. Je n'avais nulle part où aller, nulle part où me cacher. La lumière aveuglante chassait la plus petite ombre, comme si je me tenais dans le périmètre d'une explosion atomique.

Ils m'avaient trouvé.

Ce qui signifiait une chose : je n'avais rien à perdre.

— Marlowe à l'ambassade ! Marlowe à l'ambassade ! Valka, Argyris… quelqu'un !

Je courais en appuyant sur les boutons de commande de mon terminal de poignet. Il était fort possible que les Lothriens brouillent tous les signaux, mais j'étais confiant, si près de l'ambassade, sous le même dôme, cela fonctionnerait.

— Marlowe à l'ambassade. Je suis sur l'avenue… (J'avisai une plaque.) L'avenue J et la 138e rue, dans le sens contraire des aiguilles d'une montre. Je suis poursuivi par la Garde du Conclave. Il y a quelqu'un ?

La sirène se rapprochait. Je courus en attendant qu'une voix amicale me réponde par radio. *Ils sont tous morts*, me chuchota une petite voix. Deux camionnettes de préfets apparurent devant moi.

— Lord Marlowe ? (Le son légèrement saturé résonna dans mes oreilles. La voix polie et respectueuse était celle d'un légionnaire.) Tournez à droite dès que vous le pourrez. Nous sommes à l'angle de l'avenue H et de la 137e rue. Vous êtes tout près.

— Tout près !

Je faillis rire. Attrapant un lampadaire, je me propulsai dans la première rue à droite. J'entendis crisser les roues sphériques des camionnettes de police qui freinaient brusquement pour s'engager dans ma rue. À côté de moi, il y avait des devantures de cafés vides, de faux restaurants et boutiques destinés à duper les visiteurs étrangers, une couche de peinture fraîche recouvrant les façades décrépites. Les bâtiments étaient inoccupés.

J'atteignis l'avenue I comme une des camionnettes anti-émeutes s'arrêtait en dérapant et en crachant six gardes en armure équipés de disrupteurs-matraques.

Je ne m'arrêtai pas, contournai les hommes et le véhicule. Un des policiers essaya de me barrer la route. Je sautai et lui assenai un coup de genou dans le menton. L'homme tomba en arrière, tandis que je roulais par terre et me relevais avant l'arrivée de ses camarades. D'autres camionnettes s'engagèrent à ma poursuite, toutes sirènes hurlantes dans la nuit.

Je n'y arriverais pas.

Craignant d'être rattrapé et heurté par un véhicule blindé, je donnai un coup d'épaule dans la porte vitrée la plus proche. Le verre se fissura, éclata à la troisième tentative, et je tombai sur le seuil d'un café vide. Me relevant tant bien que mal, je titubai derrière le bar, fonçai vers la cuisine. Sol blanc, murs blancs, plans de travail en acier. Il devait y avoir une porte de derrière.

Là !

Des cris et des bruits de bottes emplirent la pièce derrière moi comme j'ouvrais la porte et tournais à gauche en direction de l'avenue H. La vision de cette ruelle dans une ville si propre et géométrique était surprenante, même s'il n'y avait pas d'ordures… vu qu'il n'y avait personne. M'adossant à un mur, je repensai à ce que Magda et Carry m'avaient dit au sujet des gens qu'on envoyait dans des camps ou des vaisseaux spatiaux en partance pour d'autres mondes. Il me suffirait de prendre à droite et de tourner dans le sens contraire des aiguilles d'une montre, de dépasser quelques pâtés de maisons...

— Valka ! appelai-je d'une voix rauque. Est-ce que Valka... ?

— J'ai envoyé un homme la chercher, Monseigneur, répondit l'employé de l'ambassade par radio. Lord Damon est en train de descendre vers le lobby. Vous allez devoir courir.

— Merci, soldat, répondis-je d'un ton un peu sec.

Je tournai à droite. Une lumière solitaire brillait au niveau de la rue à six pâtés de maisons de là, dans une courbe de l'avenue. Je courus à en perdre haleine. Je n'étais pas loin ! J'avisai des soldats en uniforme blanc et rouge de l'Empire devant la porte. Je ne m'arrêtai, ni ne regardai par-dessus mon épaule.

— Ici ! criai-je, la voix amplifiée par les systèmes de mon armure. Ici ! Je suis ici !

Les hommes se précipitèrent vers moi, la lance activée à la main. Je crus entendre des bruits de pas sur le trottoir, dans mon dos, ainsi que les crissements de pneus des camionnettes qui me rattrapaient. Je donnai une tape sur l'épaule d'un légionnaire, avant de gravir les quelques marches conduisant à l'entrée de l'ambassade. Je m'écroulai sur le seuil, la poitrine se soulevant à un rythme rapide, brûlante. Roulant sur le ventre, je me retournai et regardai par la porte ouverte. Il n'y avait personne dans la rue à part nos légionnaires. Il n'y avait ni camionnettes, ni gardes du Conclave. L'avenue H était vide, comme si personne ne m'avait suivi.

— Monseigneur ! (Je reconnus la voix onctueuse du consul Argyris, son ton de reproche obséquieux.) Par la Sainte Terre, que se passe-t-il donc ?

— Posez la question au Conclave ! répondis-je en me mettant à quatre pattes. Nous avons été attaqués en rentrant des mines de glace.

— Oui, nous sommes au courant, acquiesça le consul en mettant les mains dans les poches de sa robe de velours. Votre homme – Pallino – nous en a parlé.

— Pallino est en vie ? Et Crim ? Et les autres ?

— Six de vos hommes sont morts, mais vos deux officiers sont vivants. D'autres sont descendus de votre vaisseau lorsque vous avez été porté disparu. Nous avons essayé de nous coordonner avec la Garde du Conclave, mais elle ne s'est pas montrée très coopérative.

— Ce n'est pas étonnant, commentai-je en commandant l'ouverture de mon casque. C'est elle qui est derrière tout ça.

Je pelai ma coiffe derrière mes cheveux gras et lançai à l'homme un regard furieux.

— Lord Marlowe ! C'est une accusation grave !

— Grave et assumée, Argyris. Maintenant, taisez-vous ! beuglai-je avec une force et une conviction telles que le géant eut un mouvement de recul, comme si je l'avais frappé.

J'étais certes en fâcheuse posture, à quatre pattes et essoufflé, mais ma réputation était bien connue. D'une voix beaucoup plus calme et contrôlée – un truc que j'avais appris de mon père –, je dis :

— Je sais très bien ce que ça signifie, mais je suis sûr de moi. Nous avons été attaqués par des hommes entraînés.

— Des libéraux, me corrigea le consul en agitant dédaigneusement la main.

— Il n'y a pas de libéraux ! Vous le savez aussi bien que moi, alors, cessez de faire l'imbécile !

— Hadrian !

Entendant la voix familière, je me retournai à temps pour voir Valka glisser à genoux sur le damier du sol pour m'attraper par le cou. Je l'étreignis en retour.

— Tu es en vie ! lança-t-elle avant de m'embrasser à pleine bouche. Nous pensions que…

—Je sais. (Elle n'avait pas besoin de m'expliquer. Je lui rendis son baiser.) Je sais, répétai-je en lui serrant doucement la main.

Regardant par-dessus son épaule, je vis d'autres silhouettes sous l'arche conduisant aux ascenseurs. Il y avait Pallino dans son treillis de la Compagnie rouge ; il avait l'air fatigué et ressemblait bien plus au myrmidon qu'il avait été qu'au soldat patricien qu'il était devenu. Crim se tenait à côté de lui, vêtu d'habits civils rouges, les bottes à moitié sanglées. L'épéiste venait manifestement de se réveiller. Entre eux, habillée de rouge et noir, la veste sur l'épaule, les cheveux platine formant ce nuage habituel autour de son visage ciselé, il y avait la capitaine Corvo.

—Je vois que la cavalerie est arrivée, dis-je.

Valka hocha la tête et s'assit sur ses talons.

—Quand tu… nous avons pensé que… j'ai appelé Otavia. Nous avons essayé de travailler avec les Lothriens pour te retrouver, mais comme l'a dit Argyris, ils ont refusé de coopérer, ne nous ont pas laissés effectuer des recherches.

Je me mâchouillai la langue quelques instants, me demandant comment gérer la suite des événements. Je me rendis compte que j'avais tellement investi d'efforts dans mon évasion que je n'avais pas réfléchi à ce que je ferais une fois les miens retrouvés. Je n'avais aucune preuve de l'implication du Conclave dans l'attaque, sauf que…

—La Garde m'a suivi à travers toute la ville. Elle m'a tiré dessus… (Je n'avais pas la force de me lever, mais Valka me prêta main-forte.) Elle s'est retirée lorsque je suis arrivé en vue de l'ambassade.

C'était une preuve en soi, une admission de culpabilité, mais elle ne satisferait pas les hommes tels que Damon Argyris. Si la Garde avait été convaincue de poursuivre un simple citoyen récalcitrant, elle serait allée le chercher sur les marches de l'ambassade. Et puis, les autorités n'auraient pas monopolisé de telles forces pour une personne lambda. Un jeune homme qui aurait bravé le couvre-feu pour se rendre à un rendez-vous galant n'aurait pas provoqué un tel dispositif.

— Ils savaient qu'il s'agissait de moi.

— Vous n'êtes pas sérieux ! protesta Argyris en se rapprochant. Pour quelle raison auraient-ils fait une chose pareille ? Attaquer un apôtre impérial est... un acte de guerre !

Je fixai le consul d'un regard de fer. J'avais eu le temps de penser à tout cela lors de mon trajet en bateau dans les canaux souterrains de Vedatharad, et je n'avais pas trouvé de réponse convaincante, simplement davantage de questions.

— La guerre..., commençai-je en tapotant Valka sur le bras pour lui signifier de me lâcher. S'ils voulaient la guerre, seigneur consul, ils se contenteraient de raser cet immeuble et d'envoyer une flotte dans la ceinture de Rasan. Ce n'est pas encore exclu, d'ailleurs, remarquai-je en me retournant.

— Si leur objectif était la guerre, ils n'auraient pas inventé cette histoire de terrorisme, fit remarquer Otavia Corvo en avançant dans le lobby. Pourquoi se donner tout ce mal ?

— Il s'agissait de me faire disparaître, dis-je en secouant la tête.

Valka et les autres gardèrent le silence. Argyris me fixait avec des yeux écarquillés, attendant que je lui en apprenne plus. Comme je me contentais de rester là sans rien dire, le consul – le genre d'homme mal à l'aise avec le silence – se racla la gorge.

— *Vous* faire disparaître ? Pour quelle raison le Grand Conclave s'en prendrait-il à vous ?

— Peut-être ont-ils entendu des histoires à mon sujet ? répondis-je en pensant aux images de mon miracle de Berenike. Peut-être croient-ils qu'elles sont vraies ?

J'étais certain que ces images avaient traversé les années-lumière et trouvé le chemin de Padmurak. Dans l'Empire, on racontait que les scientifiques lothriens étaient à la recherche des secrets de l'esprit humain, des mécanismes sensoriels qui pourraient rendre possibles les vieux rêves de télépathie et de psychokinésie. Les scholiastes parlaient de pseudosciences, évidemment, mais il n'en demeurait pas moins que leur ministère des Sciences – le *Navkaburo* – aurait été ravi de me disséquer le corps et le cerveau pour mettre au jour mes secrets. L'Empereur lui-même ne m'avait-il pas dit – après Thermon – qu'il m'avait envoyé en semi-exil sur Nessus pour m'éviter un destin similaire entre les mains des cathares de la Fondation ? Pendant un bref instant, je me demandai s'il était possible que la Fondation fût à l'origine de l'attaque que j'avais subie. Rien ne le démontrait, en tout cas. Peut-être échangeait-elle des secrets avec le Conclave, endossant le rôle de scientifiques et de chercheurs, au lieu de prêtres et de juges.

Ou bien étais-je devenu paranoïaque avec l'âge. Un paranoïaque victime de quatre tentatives d'assassinat par la Fondation…

Cependant, voir la main de la Fondation si loin de la Terre et de Forum n'était pas raisonnable. Je repensai à la question du Neuvième Siège, lors de notre première audience avec le Conclave. *« Pourquoi l'Empire sollien a-t-il envoyé cet homme ? »* avait-il demandé, exprimant la pensée de ses collègues. *« Pourquoi l'Empereur rouge a-t-il envoyé un soldat sur Padmurak ? »* Comment avais-je pu être aussi aveugle ?

Damon Argyris tamponna son front couvert de sueur avec un mouchoir en soie sorti de sa manche.

— Qu'allons-nous faire ?

— Ma mission est un échec, répondis-je simplement en me tournant vers Otavia. Nous rentrons tout de suite sur Nessus.

— Vous ne pouvez pas faire ça ! s'exclama le consul.

— Je vais contacter l'Empereur par télégraphe sans attendre, affirmai-je en lui lançant un regard assassin. Le Commonwealth ne nous aidera pas. On ne peut pas lui faire confiance. Pallino! (Je me tournai vers mon vieux compagnon, qui se redressa, son entraînement prenant immédiatement le dessus.) Ordonne à tes hommes de se préparer. Nous retournons immédiatement à bord du *Tamerlane.*

—Immédiatement? répéta Argyris en se rapprochant de moi. Monseigneur, attendez au moins le lever du jour!

—Monsieur..., répondis-je en imitant le ton obséquieux du consul, mais d'une manière ironique qui accentua la supériorité de mon rang. Je n'attendrai pas sur ce monde une seconde de plus que nécessaire. Et vous seriez bien avisé de faire de même.

Voyant Pallino commencer à s'éloigner, Argyris leva le bras pour l'arrêter. En soldat obéissant, l'ancien myrmidon s'attarda sous l'arche en marbre conduisant aux ascenseurs.

—C'est de la folie! poursuivit le consul. Nous devons parler au Conclave. Il y a forcément une explication.

—Va, Pallino, intervins-je sans me soucier des objections du consul.

Le vieux soldat salua et disparut.

—Tu es venue avec combien d'hommes? demandai-je à Otavia.

—Vingt, répondit-elle sans hésiter.

—Avec ce qui subsiste de ma garde, ça fait trente-quatre, plus Crim et Pallino. Et puis, il y a toi, Valka, moi... Où est Tor Varro?

—Il est retourné à bord du *Tamerlane* avec deux gardes.

Je fis quelques calculs rapides.

—Monsieur le consul, veuillez préparer des véhicules pour trente-sept personnes. Maintenant.

—Mais, Monseigneur! Ce n'est pas correct! Et puis, nous sommes au beau milieu de la nuit! Vous venez tout juste de rentrer! Vous êtes traumatisé par votre expérience et...

— *Traumatisé ?* répétai-je comme si je crachais un venin acide sur les dalles. Traumatisé ? Trouvez-moi ces véhicules, Argyris. Tout de suite.

Je me tus avant de le menacer physiquement. L'homme tremblait et transpirait abondamment. L'avais-je terrorisé à ce point ?

Le consul opina de la tête, puis se mit à la secouer avant de reprendre la parole.

— Monseigneur… nous n'avons pas de véhicules. Le Commonwealth ne nous permet pas de nous déplacer en ville ! Vous le savez bien !

La colère est aveugle, me dis-je en reprenant le contrôle de ma respiration.

— Vous voulez dire que vous n'avez… aucun véhicule ? Pas de voitures ? Pas de navettes ? Pas de chars ?

— Le Commonwealth ne nous le permet pas ! Je vous l'ai dit ! Personne ne peut traverser Vedatharad sans escorte.

Je fermai les paupières en glissant mes pouces dans ma ceinture-bouclier.

— Votre vœu sera donc exaucé, Monsieur le consul. Contactez les Lothriens. Dites-leur que nous avons besoin d'un moyen de transport. (Je pianotai sur ma ceinture et sur la fixation de mon épée. Comme je n'entendais pas de bruits de pas, je hurlai :) Tout de suite !

Des glissements de pantoufles sur le marbre. J'en conclus que Damon Argyris était parti.

— Tu es sûr que les Lothriens étaient derrière l'attaque ? m'interrogea Valka.

En guise de réponse, je fis signe à Crim d'approcher.

— Que tes hommes se tiennent prêts. Il se pourrait que nous soyons contraints de nous emparer de leurs véhicules.

— S'ils ne nous attaquent pas en premier, remarqua l'assassin.

— En assiégeant l'ambassade ? Combien y a-t-il d'hommes, ici ?

— À l'ambassade ? (Crim fronça les sourcils.) Cinq cents légionnaires, plus les cinquante gardes d'Argyris.

— Ils n'essaieraient pas quelque chose d'aussi flagrant, rétorquai-je en secouant la tête. Surtout avec le *Tamerlane* en orbite haute.

Je me doutais que le Commonwealth disposait d'une flotte capable de venir à bout d'un vaisseau de guerre impérial, y compris d'un navire aussi formidable que le *Tamerlane*.

Une pensée similaire était inscrite sur le visage de la capitaine Corvo.

Crim fouilla quelques secondes dans les poches de son pantalon et en sortit un disrupteur de phase, qu'il me tendit.

— Pourquoi ? l'interrogeai-je.

— Vous avez perdu votre arme de poing, patron.

Il haussa un sourcil oblique et désigna du regard mon holster vide sur ma cuisse, derrière mon épée. Je n'avais même pas remarqué.

— J'ai dû la perdre lors de ma chute. (J'acceptai l'arme qu'il me présentait.) Il ne te fera pas défaut ?

— Oh ! j'en ai d'autres, me rassura-t-il en se tapotant le nez. (Alors que je m'apprêtais à ranger l'arme dans mon holster, l'ancien mercenaire me tendit quelque chose de rouge enveloppé dans un papier ciré.) Un bonbon, chef, chuchota-t-il d'un ton de conspirateur. Pour l'haleine.

Cela faisait certes plusieurs jours que je n'avais pas eu le loisir de m'occuper de mes dents. Subitement gêné, je pris le bonbon.

— Argyris ne va pas tarder à revenir. Crim, rassemble les hommes et prépare-les pour le départ. Je veux que nous puissions filer dans vingt minutes.

Lorsqu'il eut disparu, je m'affaissai sur une chaise à très haut dossier, au pied d'une colonne cannelée.

— Est-ce que ça va ?

Valka se tenait à côté de moi. Elle était habillée simplement : pantalon large, tee-shirt ample orné du symbole de quelque groupe de musique tavrosi aux couleurs phosphorescentes passées. Elle n'avait pas dormi.

— Vous devriez vous préparer, leur dis-je à Corvo et elle. Vous aurez besoin de votre combinaison si nous devons embarquer dans une navette.

— J'y vais tout de suite, répondit Corvo en posant la main sur l'épaule de Valka.

— Merci, Tavi, murmura celle-ci en serrant la main de la capitaine avant qu'elle disparaisse à la suite de Crim et Pallino. J'ai bien cru t'avoir perdu pour de bon.

Je tirai sur la chaîne que Valka portait autour du cou, sortant de sous son tee-shirt le phylactère contenant une goutte de mon sang cristallisé.

— Jamais, assurai-je.

Pallino réapparut le premier avec nos bagages et cinq de nos hommes. Comme nous n'étions plus seuls, Valka prit l'ascenseur pour se préparer dans nos appartements. D'autres soldats arrivèrent, suivis de près par Crim, Corvo et Valka.

— Des fonctionnaires typiques, commenta Pallino. Toujours à fermer la marche. J'ai bien l'impression que notre unité entière sera prête avant que notre ami le consul remontre le bout de son nez.

— Ce ne sera pas long, lançai-je.

— Tu es sûr que c'était bien le Conclave, sur le pont ?

— Il y a quelque chose de bizarre, ici, tu ne trouves pas ? l'interrogeai-je en guise de réponse.

— Tu veux dire que tout est bizarre, ici, confirma le vieux myrmidon.

Dans un soupir qui trahit mes trois cent quarante ans, je me levai.

—Où est Argyris ? Il est bien trop long.

Presque aussitôt, le consul émergea de l'ascenseur, transpirant et haletant comme s'il pesait trois fois son poids. Trois aides l'accompagnaient. Il parut surpris de constater que mes hommes étaient déjà prêts et équipés, mais il ne s'arrêta brièvement que pour se tamponner le front.

—Les Lothriens nous envoient un convoi. Il arrivera devant la porte de derrière dans une vingtaine de minutes.

Je jetai un coup d'œil à l'horloge. Il était presque 5 heures du matin. Le soleil ne tarderait pas à se lever.

—La porte de derrière ?

—Le couvre-feu se termine dans environ dix minutes. Le trafic va reprendre. Ils ne veulent pas que nous bloquions la route pendant que tout le monde embarque, expliqua Damon Argyris en examinant les légionnaires de la Compagnie rouge.

—Nous ferions mieux d'y aller tout de suite, alors, intervint Otavia Corvo.

Crim et Pallino guidèrent tout le monde à travers le lobby, au-delà de la réception – vide à cette heure-là – et des portes coupe-feu menant aux locaux des gardes. Les hommes bougonnaient, échangeaient des plaisanteries, poussant des valises et épaulant des sacs à dos.

—Il n'y a rien à voir sur ce caillou, Otho ! dit l'un.

—J'aurais quand même voulu respirer un peu d'air frais, répondit Otho.

—Tu es sourd ou quoi ? Il n'y a pas d'air frais non plus ! Tu es en train de respirer du pet lothrien recyclé !

—Ferme-la, Galba ! Pas devant Son Altesse et sa Dame.

Valka dissimula son sourire derrière sa main.

— Bouclez-la ! aboya Pallino comme nous descendions un escalier mécanique, puis traversions une vaste salle de conférences.

Nous étions arrivés à l'ambassade après notre réception dans le Palais du Peuple par ce même chemin. Devant nous, il y avait un alignement de portes vitrées donnant sur un parking souterrain dont les rampes débouchaient sur l'avenue, au-dessus. Après les dernières salles de conférences de chaque côté du couloir, celui-ci formait un croisement en T, ceignant le périmètre de la grande tour, conduisant aux toilettes et aux escaliers de service menant au lobby et aux étages supérieurs.

— J'ai contacté par radio vos pilotes de navettes. Je les ai prévenus, lança Argyris, marchant juste devant moi en faisant glisser ses chaussons. Ils seront prêts à votre arrivée. (Il ralentit brusquement et se retourna, si bien que je le bousculai presque.) Êtes-vous sûr que je ne puis rien faire pour vous convaincre de rester, Lord Marlowe ? Vous êtes arrivé il y a moins d'un mois. Les progrès sont lents, sur Padmurak. Je suis certain qu'il est possible de faire entendre raison au Conclave.

Je ne m'arrêtai pas, bousculant le consul pour me diriger vers les portes vitrées.

— Je ne resterai pas une minute de plus sur Padmurak.

Le Conclave avait essayé de me capturer, avait tué mes hommes. J'espérais, en quittant la ville à la hâte, devancer l'ennemi. Je me précipitais peut-être, mais ceux qui avaient orchestré l'attaque du pont et m'avaient poursuivi jusqu'à l'ambassade ne resteraient pas les bras croisés.

— Il y a forcément une explication, Monseigneur ! Je vis ici depuis des décennies !

Comme je marchais désormais en tête de la colonne, j'avais presque atteint la porte. J'étais flanqué de Valka et Corvo, tandis que Pallino me suivait de près. Je dépassai les portes des dernières salles de conférences et me retrouvai dans le lobby du parking. C'est alors que je l'entendis.

Le bruit parfaitement reconnaissable des étourdisseurs.

Des doigts de fer se refermèrent sur mon cœur et envoyèrent de l'adrénaline dans mon système. Les nerfs en alerte, je regardai de part et d'autre et découvris trente légionnaires solliens des deux côtés du couloir, disrupteurs réglés pour étourdir à la main, boucliers actifs.

Conscient d'être pris entre leurs deux feux – et de la vulnérabilité de Valka –, je fis la seule chose raisonnable : je levai les mains en l'air.

— Je suis vraiment désolé, dit Lord Damon Argyris, consul impérial sur Padmurak. Je dois penser à mon personnel. Ils ont menacé d'incendier la tour si je ne vous livrais pas.

— Ils l'incendieront quand même, votre tour, pauvre imbécile, répondis-je sans le regarder.

— Je ne crois pas. Dites à vos hommes de jeter leur arme.

Très lentement, je pivotai sur mes talons et constatai que mes hommes avaient dégainé leur arme et activé leur bouclier, qu'ils formaient des trias défensives dans le couloir. Comme ils ne se trouvaient pas dans la ligne de mire des légionnaires, ils avaient eu le temps de réagir. Toutefois, au moment même où je me retournais, d'autres légionnaires en livrée consulaire affluèrent dans notre dos, finissant de nous encercler.

— Vous êtes mort, sale traître, crachai-je. L'Empereur ne vous pardonnera jamais.

— L'Empereur ne sera pas mis au courant, rétorqua le consul, moins nerveux à présent que la vérité nue était connue de tous. J'écrirai à Forum pour informer l'Empereur de votre mort dans un attentat terroriste. Ces libéraux sont vraiment de sales types.

Dans mon dos arrivèrent des véhicules dont je sus au bruit qu'ils faisaient qu'il ne s'agissait pas de simples voitures diplomatiques, mais de camionnettes blindées.

— Ils sont en avance, lança presque joyeusement Argyris en frappant dans ses mains, avant de se diriger vers le parking.

— Que vous ont-ils offert ? interrogeai-je le sybarite en le suivant du regard et en abaissant mes mains. Des filles ? Des esclaves ? Une petite vie confortable ?

— Bien plus que cela, répondit l'homme en écartant les bras. Je vous l'ai dit : je vis ici depuis des décennies.

Je compris. Ce n'était pas une trahison improvisée, ni la tentative désespérée d'un fonctionnaire jaloux de son mode de vie.

— Depuis quand êtes-vous dans leur main ? lui demandai-je en passant en revue ses hommes. Est-ce qu'ils savent ? Que leur avez-vous dit, au juste ?

— Ne parlez pas de ce que vous ne maîtrisez pas, Monseigneur, se contenta-t-il de répondre.

Derrière les portes vitrées, les gardes du Conclave émergeaient de leurs véhicules. Ils devaient être une centaine ; au moins aussi nombreux en tout cas que les hommes du consul.

— Vous êtes un homme dangereux, Lord Marlowe. Est-il vrai que vous avez des vues sur le trône ?

Voilà comment Argyris avait convaincu ses hommes de se retourner contre l'apôtre de l'Empereur. En m'accusant de traîtrise.

Toujours accuser l'ennemi de vos propres turpitudes.

Je grognai et, me mouvant avec une agilité et une célérité palatines, je pris de vitesse les gardes plébéiens du consul, dégainai l'arme de Crim et tirai. Le disrupteur crépita, sa décharge rouge frappant Argyris en plein visage. L'énergie réduisit ses nerfs en poussière de carbone, arracha et brûla sa peau. Le consul tomba raide mort.

— Lâchez votre arme ! Lâchez votre arme tout de suite ! s'écrièrent une bonne dizaine de gardes de l'ambassade.

Certain que les disrupteurs pouvaient se mettre à tirer d'une seconde à l'autre, j'obtempérai, puis joignis mes mains sur ma tête, tandis qu'un groupe de soldats se ruaient sur moi. Comme j'étais tout près du cadavre, je lui crachai dessus.

20

L'Amazone

Ils me forcèrent à me mettre à genoux. Un soldat me délesta de mon épée pendant qu'un de ses camarades appuyait le canon de son arme contre l'arrière de ma tête. À côté de moi, on prit son pistolet à plasma à Valka et on la força également à s'agenouiller. Corvo mit les mains derrière la tête et n'attendit pas qu'on l'oblige pour poser les deux genoux à terre.

— Moi qui croyais que notre mission nous éloignerait des combats, se plaignit-elle.

— Et moi donc, acquiesçai-je.

J'ignorais ce que le gouvernement lothrien me voulait, mais j'étais presque certain que c'était moi sa cible. Le Conclave aurait pu envoyer des images de mon cadavre et de mon exécution en même temps que sa déclaration de guerre à l'Empire mais, comme je l'avais dit à Argyris – comprenant un peu tard –, si les Lothriens avaient voulu la guerre, ils auraient détruit la tour de l'ambassade sans se donner la peine d'essayer de me capturer.

— Ordonnez à vos hommes de reculer, menaça le soldat dans mon dos en me donnant un coup de son arme sur le crâne.

Derrière les portes vitrées, les gardes du Conclave s'alignèrent et se mirent au garde-à-vous pendant que leurs marionnettes impériales s'occupaient de leurs prisonniers.

— J'ai dit, ordonnez à vos hommes de reculer !

— Vous commettez une erreur, soldat, répondis-je sans me retourner.

— Vous avez tué le consul ! Sale traître !

— Moi, un traître ? Votre consul a trahi l'Empire. Je me suis contenté de rendre justice.

Comme je parlais, je contemplais le cadavre au visage carbonisé de celui qui avait été Damon Argyris quelques minutes plus tôt. J'étais trop en colère pour regretter mon acte. Alors je parlai vite, m'attendant à chaque instant à recevoir une décharge de disrupteur :

— Vous êtes sur le point de livrer un chevalier royal au Commonwealth. Regardez-vous dans un miroir, imbécile !

L'homme fut pris de court, et je vis une lueur d'espoir dans son hésitation. Devant nous, les portes vitrées s'ouvrirent en glissant lentement, laissant entrer l'humidité matinale. Un homme arriva, flanqué de deux gardes du Conclave. Il portait la tenue rouge et grise des soldats lothriens : hautes bottes noires, tunique grise et pantalon orné de bandes et de cordons rouges, long manteau gris qui traînait presque jusqu'au sol. Il avait également un casque en céramique arborant l'étoile noire lothrienne, au lieu d'une casquette. Je devinai qu'il s'agissait d'un commissaire politique, ce qui, dans le Commonwealth, se rapprochait le plus de nos chevaliers.

Il nous examina attentivement de ses yeux noirs.

— Les ennemis du Peuple seront abattus par notre unité et notre détermination, commença-t-il dans sa langue.

Par la mascarade et la subversion, plutôt, me dis-je.

— Sur décision du Conclave, la délégation de l'Empire sollien est en état d'arrestation.

Il s'approcha de moi et me souleva le menton. Je compris qu'il s'agissait de l'homme qui avait dirigé ma traque cette même nuit. Il se tourna vers le cadavre de Damon Argyris.

— *Koya tranya,* lâcha-t-il.

Quel gâchis.

Les Lothriens avaient renoncé à me poursuivre lorsque j'étais arrivé en vue de l'ambassade, mais Argyris, en leur proposant ma tête en échange de son petit confort, avait supprimé la nécessité de nier et de sauver les apparences.

Et puis j'avais éliminé le consul.

Le commissaire aboya à ses hommes de désarmer les miens et de les mettre aux arrêts. Les gardes du Conclave s'avancèrent vers Valka, Corvo et moi-même, tandis que ceux de l'ambassade s'employaient encore à désarmer notre colonne.

— Emmenez le délégué et ses compagnons à la voiture. Le Siège voudra parler au délégué sans attendre.

Les gardes sortirent des menottes.

En galstani et en espérant que le commissaire ne me comprendrait pas car j'avais un disrupteur sur la tête, je m'adressai aux légionnaires :

— Il vous fera tous tuer. (Le canon du disrupteur s'enfonça plus profondément dans mon cou, mais l'homme ne tira pas.) Votre seule chance de quitter cette planète en vie est de vous joindre à moi.

Les soldats lothriens obligèrent la capitaine Corvo à se lever. Deux d'entre eux la fouillèrent, répétant le travail effectué avant eux par les légionnaires qui nous avaient désarmés. Comme je me levais, ils entreprirent de lui mettre les menottes.

Otavia Corvo, cependant, n'avait pas l'intention de se laisser faire. Depuis qu'elle nous avait rejoints sur Pharos, elle avait officié sur la passerelle, été capitaine du *Mistral* lorsque Bassander avait pris le commandement de la Compagnie rouge, puis capitaine du *Tamerlane* après mon élévation au rang de chevalier. Je ne l'avais pas vue se battre depuis Pharos. La géante donna un coup de tête dans le visage d'un Lothrien, le cognant assez fort pour le faire tituber en dépit de son casque. J'entendis le type lâcher un juron comme Otavia lui saisissait la tête à deux mains et lui assenait un violent coup de genou dans la face, faisant éclater le verre trempé de sa visière. L'homme s'écroula avant que ses camarades aient eu le temps de réagir et de pointer leur arme sur la capitaine.

Mais Corvo avait à peine commencé. Tournant sur elle-même, elle agrippa un second Lothrien par la gorge et le souleva dans les airs avant de le jeter violemment sur le marbre. Une décharge de disrupteur la toucha – tirée par un Lothrien ou un légionnaire –, mais Otavia ne s'arrêta pas là. Elle prit pour cible un troisième Lothrien, lui donnant un coup de coude précis dans le visage. Le soldat fut projeté en arrière, et son fusil disrupteur glissa au loin. Le commissaire dégaina son pistolet, mais Corvo le désarma d'un coup de pied dans la main. Une deuxième décharge l'atteignit entre les omoplates, et elle poussa un grognement. Pivotant sur ses talons, elle appuya sur le bouton d'activation de son bouclier.

Je fis de même.

Depuis longtemps déjà, je suspectais Otavia Corvo de n'être pas totalement humaine, je soupçonnais un de ses ancêtres de la Règle de s'être accouplé avec un homoncule, un géant conçu pour le labeur et quelque loisir. J'en avais la preuve sous les yeux. Aucun humain ordinaire n'aurait pu encaisser deux décharges de disrupteur tirées de si près. J'avais déjà reçu toutes sortes de coups et projectiles, mais aucun palatin n'aurait pu résister à de telles décharges. La myéline qui isolait le système nerveux de Corvo devait avoir des propriétés extraordinaires.

— Vos boucliers ! criai-je à Valka et tous ceux qui pouvaient m'entendre en ramassant le disrupteur qui m'avait servi à tuer le consul. (Je me retournai et menaçai l'homme qui m'avait pris mon épée.) Rendez-la-moi ! Ne m'obligez pas à vous faire du mal !

Le soldat hésita, le regard se posant alternativement sur moi et le commissaire politique occupé à se battre contre mon amazone de capitaine.

— Je n'ai pas le temps de discuter avec vous, soldat : rendez-moi mon épée ! (Comme il ne bougeait pas, je hurlai :) Ils vous tueront tous si vous ne vous battez pas de mon côté !

Je rengainai l'arme de Crim et tendis la main.

Autour de nous, le chaos se propageait en spirale. La confusion régnait chez les gardes de l'ambassade tiraillés entre les derniers ordres du consul et la réalité de la situation. Entre l'Empire et le Commonwealth.

— *Strel ! Strel !* s'exclama le commissaire en reculant devant les assauts de Corvo.

Ce faisant, il prit la décision à la place des légionnaires. *Tirez !*

Les gardes du Conclave pointèrent leurs armes sur les boucliers des légionnaires et firent feu. Mon ennemi et moi nous tînmes le temps d'une nanoseconde dans l'œil d'un terrible cyclone d'indécision.

Alors, le soldat me tendit mon épée. Pivotant sur place, je commandai la fermeture de mon casque et activai la lame en matière haute.

— Pallino ! Crim ! Les camionnettes ! Elles sont notre seule chance de sortir d'ici vivants !

Un Lothrien qui se précipitait vers moi s'écroula, un couteau fiché dans la gorge.

— Entendu, patron, me répondit Crim d'un ton rassurant.

Regardant brièvement dans mon dos, j'avisai le guerrier de la Règle à côté de Pallino et d'un groupe de nos hommes. Il avait dégainé son épée.

Devant nous, Corvo souleva le commissaire par les revers de son long manteau et le jeta au sol. Ses poings s'abattirent sur lui tels des marteaux, et lorsqu'elle se redressa, la poitrine se soulevant à un rythme rapide, ses mains étaient couvertes de sang.

— Capitaine ! appelai-je en lui lançant le disrupteur de Crim.

Je n'en avais plus besoin car j'avais récupéré mon épée. Corvo attrapa l'arme et m'adressa un bref salut.

— En avant, mes chiens de guerre ! beugla Pallino pour se faire entendre malgré le vacarme.

Épaule contre épaule, Corvo et moi nous dirigeâmes vers la porte. Tout en avançant, la géante passait sa coiffe par-dessus ses cheveux et esquivait les tirs qui sifflaient au-dessus de sa tête. Les Lothriens se mirent en branle, faisant éclater les portes vitrées avec des béliers. Un des gardes du Conclave fonça, le fusil devant lui, dans l'espoir de pénétrer mon bouclier. Peut-être n'avait-il encore jamais vu de matière haute. Je brandis mon arme. Il mourut.

— Pour la Terre et l'Empire ! criai-je en essayant de jouer sur la corde sensible du patriotisme comme l'avait fait Argyris avant moi. Pour l'Empereur !

Les Lothriens, cependant, n'avaient pas laissé le choix aux gardes de l'ambassade. Ils tiraient sans distinction, sans choisir leur cible, et là où il y avait eu deux compagnies impériales antagonistes, il n'y en avait plus qu'une, réunie.

— À droite ! lança Crim en tranchant la gorge d'un ennemi trop téméraire. Vers l'avant du convoi !

— Valka, reste avec moi !

Je lui tendis la main de crainte que le stress ne lui déclenche une nouvelle attaque. Elle n'en voulut pas et tira dans la poitrine d'un peltaste lothrien. Elle avait récupéré son vieux pistolet tavrosi, et l'arme tinta comme elle tirait trois décharges de plasma dans le torse non protégé de l'homme. Nombre de Lothriens ne portaient pas de céramique mais une veste balistique par-dessus une combinaison antidécharges. Dépourvus de protection – pour des raisons budgétaires, sans doute –, ils étaient extrêmement vulnérables aux tirs de plasma.

Les dents serrées, Valka tua un autre ennemi.

— Je vais bien ! grogna-t-elle en me suivant.

— Attention aux disrupteurs !

— À terre, à terre !

Des cris en standard et en lothrien emplissaient le couloir et le parking. Corvo, Valka et moi traversâmes un tapis d'éclats de verre, qui crissait sous nos pieds. Je tranchai le bras d'un officier lothrien qui vint trop près de nous, avant d'enfoncer ma lame dans le cœur d'un de ses camarades qui voulait se saisir de Valka.

Les Lothriens étaient arrivés à bord d'une dizaine de ces gros véhicules blindés qui m'avaient pourchassé dans les rues de la ville. Ils étaient peints en noir mat et assez spacieux pour accueillir dix soldats : deux à l'avant et huit sur des bancs à l'arrière. Une rangée de soldats équipés de hauts boucliers en céramique protégeait l'accès des portières ouvertes.

— Je m'occupe d'eux, dis-je.

Bien qu'imposants, leurs boucliers ne pouvaient rien contre la matière haute. Tout autour, les policiers lothriens tiraient des grenades lacrymogènes, et l'atmosphère s'emplissait de fumée là où le plasma avait causé des départs de feu.

Corvo resta à mes côtés. Elle se jeta sur un soldat muni d'un bouclier, lui assenant un violent coup d'épaule qui le projeta trois mètres en arrière dans la portière d'une camionnette, vidant ses poumons de leur air. Mon épée tailla dans le bouclier en céramique le plus proche, ainsi que dans l'homme qui le maniait. Même si leur visage était invisible, la panique et la peur se lisaient dans la posture de nos adversaires. Ils se mirent à reculer en titubant, comprenant que leurs lourds boucliers médiévaux ne leur seraient d'aucune utilité contre Corvo et moi. Un homme lâcha le sien et tira des décharges de disrupteur, qui crépitèrent devant moi.

Il fut lui-même touché au niveau du flanc et, regardant par-dessus mon épaule, je vis Pallino et un groupe de soldats de la Compagnie rouge se disperser dans le parking.

— Il faut contacter les navettes par radio pour leur dire de se tenir prêtes ! lança-t-il.

— Aucun signal ne traversera le dôme ! contrai-je. Il faut évacuer l'ambassade ! Ces hommes sont pour ainsi dire morts ! Argyris les a condamnés !

— Pas le temps ! répondit Pallino. Mon boulot, c'est de te mettre en sécurité, Had ! (Le vieux soldat me rejoignit et, désignant la camionnette de tête, lança :) Il faut y aller !

Je tergiversai, hésitant entre deux options comme l'ennemi avant moi.

— Je ne connais pas la route de l'astroport ! Et toi ?

— Moi, oui ! intervint Valka en se tapotant la tempe. Tout est là !

— Où est Crim ? m'enquis-je.

Comme pour me répondre, un couteau se ficha dans le torse d'un garde du Conclave à six ou sept mètres de là. Jetant un coup d'œil dans mon dos, j'avisai un grand groupe de soldats impériaux se déversant du sous-sol de l'ambassade. La dernière ligne de résistance lothrienne se dispersa et commença à courir vers les véhicules. Un déluge de plasma et de décharges de disrupteurs les éparpilla dans tout le parking.

— Il faut y aller ! me dit Corvo en me prenant par l'épaule. Dans le premier véhicule, maintenant !

Pas de « Monsieur », ni de « Monseigneur ». Juste l'essentiel. Je désactivai ma lame et lui emboîtai le pas en attrapant Valka par le poignet. Corvo sauta dans la camionnette et se faufila jusque dans le compartiment avant. J'entendis un cri étouffé, puis une décharge de disrupteur. Le cadavre du conducteur fut jeté sans ménagement sur la chaussée.

La tête de Corvo émergea du compartiment avant tandis que je sautais à l'arrière.

— Je prends le volant !

— Je vais t'aider ! lança Valka en se glissant sur le siège du passager, à côté de la capitaine.

Je me retournai pour aider Pallino. Crim monta à son tour suivi par une demi-douzaine de nos hommes.

— J'essaierai de contacter le vaisseau et les navettes dès que nous serons sortis du dôme, dit-il. Les tunnels sont bien isolés, mais ça vaut le coup d'essayer.

— Entendu ! acquiesçai-je en m'attardant un peu à côté de la portière.

Nos hommes se battaient pour prendre possession des véhicules que les Lothriens refusaient d'abandonner.

— Ils vont mourir !

— Il faut vraiment y aller, patron ! lança Crim en se préparant à fermer la portière. Il n'y a plus de temps à perdre !

Je levai la main pour l'en empêcher, mais Pallino m'attrapa par l'épaule.

— On ne peut rien faire avec quelques dizaines d'hommes, me mit-il en garde.

Je jurai et me retournai comme la camionnette vrombissait sous mes pieds.

— À droite en sortant du parking, instruisit Valka. Puis à gauche sur l'avenue.

Crim et Pallino fermèrent les portières sur la folie et les morts. J'attrapai une sangle accrochée au plafond comme Corvo démarrait sur les chapeaux de roue. La camionnette faisait des embardées et dérapait sur ses roues sphériques, heurtant les parois de la rampe à plusieurs reprises.

— On va s'en sortir ! promit Corvo tandis que nous émergions dans la rue.

Il n'y avait pas de vitres dans le compartiment arrière, simplement des meurtrières étroites dans les portières, des fentes tout juste assez larges pour qu'un officier passe le canon d'un fusil ou d'un disrupteur de phase. J'ouvris une des meurtrières au moment où une autre camionnette émergeait sur l'avenue H.

— Prends la 87e, puis tourne à droite ! cria Valka. Ça nous amènera près de la périphérie du dôme. Il faudra prendre à gauche vers le pont !

Je me faufilai entre nos hommes pour regarder dans le compartiment avant. Corvo était assise à droite, les mains sur le volant. Valka était accroupie sur le siège de gauche, le bras et l'index tendus devant elle.

— Les autres ne sauront pas trouver le chemin sans nous, fis-je remarquer.

— Dites-leur de rester sur la 87e jusqu'au réservoir ! cria Valka.

— Je m'en charge ! approuva Crim.

— Qu'est-ce qui se passe ? m'interrogea Pallino en m'obligeant à me retourner.

Je m'affaissai contre la paroi qui séparait l'avant de l'arrière du véhicule et retirai mon casque. Secouant la tête, je dis :

— Les Lothriens me veulent. J'imagine que ç'a un rapport avec… ce dont je suis capable.

— Tu crois qu'ils sont au courant ?

Pallino m'attrapa de nouveau par l'épaule, me stabilisant comme la camionnette était secouée dans tous les sens. Je regardai successivement Pallino, Crim et la demi-douzaine de soldats sans visage, qui nous fixaient à travers leur visière.

— Ils m'ont demandé pourquoi l'Empereur m'avait choisi. Ils doivent savoir ou suspecter quelque chose.

— Peut-être qu'ils veulent simplement un otage, proposa Crim. Une monnaie d'échange lors de négociations.

— Peut-être, concédai-je en m'appuyant contre la paroi. Mais je les soupçonne d'avoir des ambitions plus importantes.

Je soutins le regard de Pallino pendant un long moment. Le myrmidon était un des rares à m'avoir vu mourir. Valka et Bassander Lin étaient présents près du lac, sur le vaisseau de Kharn Sagara, lorsque le prince Aranata Otiolo m'avait décapité.

— Je crois qu'ils savent de quoi je suis capable. Je crois qu'ils voudraient avoir les mêmes aptitudes.

Les changements que le Silencieux avait apportés en moi pouvaient-ils être prélevés dans mes os par un chirurgien et répliqués ? Je n'en avais pas la moindre idée. Depuis Annica, j'avais toujours refusé de me soumettre à des examens médicaux de crainte que l'Empire et la Fondation découvrent quelque chose de trop tentant pour eux. Si l'Empereur m'avait ostracisé pour mon propre bien, exilé, les Lothriens n'avaient aucune raison de prendre mes intérêts en considération.

— On ne peut pas les laisser te capturer, conclut Pallino en me donnant une tape sur l'épaule.

Bang!

Quelque chose heurta la camionnette avec suffisamment de force pour nous faire basculer. Pallino me repoussa en jurant comme lui seul pouvait le faire.

— Qu'est-ce que c'était que ça ? demanda Crim en rajustant sa cartouchière.

Je me faufilai jusqu'à la portière et ouvris une des meurtrières. Comme je le craignais, un engin noir mat nous suivait de près.

— Qu'est-ce que c'était ? s'enquit Crim en me rejoignant.

Ce n'était pas une camionnette. Collant mon visage contre le métal pour élargir mon angle de vue, je distinguai l'arrière d'un véhicule plus petit, qui nous avait heurtés sur le côté.

— Ils essaient de nous faire quitter la route, marmonnai-je.

— Quoi ?

Crim essaya de le voir à son tour.

Un gémissement haut perché résonna dehors. Je baissai la tête par réflexe. Une lumière intense – blanche et froide – brilla à travers la meurtrière. Je me protégeai le visage avec le bras et plissai les yeux. J'avais cependant eu le temps de reconnaître les projecteurs d'un engin volant. Des hommes se dressaient sur des chars volants, agrippant une barre de pilotage, les pieds ancrés dans des genres d'étriers.

— Des chars ! sifflai-je.

Les chars braquaient leurs projecteurs sur nous lorsqu'ils firent feu. Notre véhicule blindé trembla.

— On ne va pas tenir longtemps ! m'écriai-je. La moitié de la ville est à nos trousses !

21

La fin des héros

— Accrochez-vous ! gronda Otavia en freinant des deux pieds pour tourner à gauche et s'engager sur une autre des grandes avenues qui encerclaient le palais au cœur de la ville.

— Qu'est-ce que tu fais ? protesta Valka. C'était de l'autre côté !

— Sur une ligne droite, on ne durerait pas deux minutes ! expliqua la capitaine en serrant les dents.

Le pari de Corvo se révéla payant. La camionnette blindée qui nous filait rata le virage, et seul un des engins plus petits réussit à nous suivre, le second percutant un véhicule civil. Les pilotes de char freinèrent, mirent leurs répulseurs à contribution pour reculer et se lancèrent à notre poursuite.

— Pousse-toi de là ! lança Pallino en glissant dans une meurtrière le canon de son pistolet à plasma et en visant avec soin.

Il tira une décharge violette, qui illumina la rue sombre. Pendant un instant, le pilote de char le plus proche disparut dans un nuage blanc et or, tandis que le plasma se refroidissait après l'impact. L'engin nous suivait toujours, cependant.

— Par les nichons de la Terre ! jura-t-il. Cet enfoiré a un bouclier !

Les pilotes de char tirèrent, martelant notre carrosserie. Un tir passa même dans une de nos meurtrières, atteignant le bouclier d'un de nos hommes, qui sursauta en se couvrant le visage.

— Dommage qu'on n'ait pas de lance, regretta Pallino d'un ton sévère.

— La prochaine à droite ! La prochaine à droite ! cria Valka d'une voix haut perchée.

Deux de nos hommes me rattrapèrent comme je tombais après m'être tourné pour jeter un coup d'œil dans le compartiment avant.

— Ce n'est pas passé loin, entendis-je Corvo dire comme je me relevais.

— Qu'est-ce qui s'est passé ? m'enquis-je en passant la tête entre la capitaine et Valka.

— On a heurté quelqu'un ! répondit Valka.

Je dus m'accrocher fermement à la paroi comme Otavia prenait un virage serré, nos roues sphériques s'écrasant tandis que nous tournions à angle droit dans ce que je supposai être la 85e rue. Et nous roulions à contresens, désormais.

— *Noyn jitat !* jurai-je.

— Silence ! contra Corvo, dangereusement calme.

Devant nous, le trafic qui commençait à être dense s'ouvrit pour nous laisser passer. Il y eut un concert de coups de klaxon. Au lieu de protester, je me rassurai en me disant que notre véhicule était suffisamment solide pour encaisser n'importe quel accident de la circulation.

— Ils ne vont quand même pas tirer…, dit Valka. Ils risqueraient la vie de leurs propres citoyens !

À peine eut-elle terminé sa phrase qu'une pluie de munitions s'abattit sur nous.

Le bien de tous était certes le bien de chacun, mais la maxime avait ses limites. Il ne nous restait plus beaucoup de chemin à parcourir. Je voyais la clôture en acier qui surplombait le grand réservoir situé dans les zones périphériques du Premier Dôme. Devant, une ligne de monorail reliant les cités périphériques au quartier central coupait la rue. Plus que cinq pâtés de maisons.

Une rafale atteignit l'arrière de notre véhicule. Une munition se fraya un chemin à l'intérieur et frappa le pare-brise, faisant sursauter Valka.

— Un homme à terre ! lança un de nos soldats.

Me retournant, je vis qu'un de nos hommes avait reçu une balle dans la gorge ; son sang avait giclé sur la paroi. Sa combinaison s'était resserrée automatiquement pour freiner l'hémorragie, mais il était trop tard.

— Baro ! s'écria un autre en s'agenouillant à côté de lui.

Je connaissais la victime ; j'avais combattu avec cet homme des dizaines de fois. Pendant des décennies et par intermittence, il avait fait partie de ma garde rapprochée. Je m'accroupis à ses côtés et lui pris la main.

— Son bouclier a dû céder, dit l'autre homme, Galba. Quelqu'un a une bouteille de bêta ? Il faut arrêter l'hémorragie.

Mais il était bel et bien trop tard. La balle lui avait traversé la trachée pour ressortir dans son cou, où elle s'était logée entre sa peau et sa combinaison isolante. On ne le sauverait pas. J'essayai de me calmer, de trouver cette clarté qui me permettait de voir le temps se dérouler. Pendant un instant, je vis deux Baro, puis quatre, huit, seize… Cependant, je ne trouvai aucune rivière de temps dans laquelle l'homme ne mourait pas. Je cherchai plus loin, je cherchai n'importe quoi. Malgré ma commotion, j'essayai de changer le monde pour trouver un Baro vivant.

Chaque fraction de chaque seconde qui passait éloignait ces voies potentielles de la réalité. Je scrutai les rives où le réel se brisait telle une vague, cherchant un point où la balle passait deux centimètres sur la gauche et n'empêchait pas l'homme de respirer. Je tentai d'attraper cette réalité, mais elle se déroba à plusieurs reprises. Je n'étais pas le Silencieux, simplement sa main. J'étais insignifiant, et je ne le sauverais pas. La vie de Baro était partie, comme celle de la fleur de Galath.

— Il faut absolument s'occuper de ces chars !

Les mots de Corvo me ramenèrent brutalement dans la réalité, le présent unique.

Pallino me fixait d'un regard noir, les sourcils froncés.

— Quoi ? demandai-je.

Il secoua la tête.

Une nouvelle volée de projectiles frappa la camionnette, et Crim se hâta de refermer les meurtrières. Trop tard pour Baro.

— Si on ouvre les portières, je pourrai en toucher un avec un couteau, dit l'assassin.

— Mauvaise idée, contrai-je. Nous serions trop vulnérables.

J'examinai l'arrière du véhicule, je cherchai quelque chose, un atout éventuel. Il n'y avait pas grand-chose. Un banc de chaque côté, de quoi accueillir deux fois cinq hommes. Derrière Valka, un râtelier vide. Au-dessus du cadavre de Baro, des barreaux et, au plafond, une trappe.

Une idée terrible se forma dans ma tête. Terrible, mais tellement folle qu'elle pouvait fonctionner.

— Aide-moi à ouvrir cette trappe, lançai-je en la désignant du menton.

— Qu'est-ce que vous comptez faire ?

— Je vais monter sur le toit pour attirer leur attention. (Je tapotai ma ceinture.) Mon bouclier est capable d'encaisser trois kilotonnes. Je devrais pouvoir les occuper pendant quelque temps.

— Qu'allez-vous faire, patron ? me demanda Crim en tendant le bras pour m'arrêter. Agiter votre épée ?

— Quelque chose comme ça.

— Tu as complètement perdu la tête ! protesta Valka en me regardant par-dessus son épaule.

— Je ne laisserai personne d'autre mourir ! (J'aurais pu ajouter « à cause de moi ».) Les hommes que nous avons laissés à l'ambassade sont condamnés. Ils sont morts !

— Tu n'en sais rien, rétorqua Valka en secouant la tête, comme la camionnette tremblait.

— S'ils ne sont pas morts, ils finiront dans un camp de travail. Le Commonwealth ne laissera repartir aucun témoin. Ils ont essayé de me faire disparaître, mais ça n'a pas fonctionné. Ils ont joué leurs meilleures cartes. Ils n'ont plus le choix. Je dois m'occuper de ça.

Ne lui laissant pas le temps d'objecter, je l'embrassai. Pendant ce précieux instant, les autres cessèrent d'exister, et il n'y eut plus rien d'autre qu'elle et moi. Pas même la mort, le Commonwealth ou les Cielcins.

— Aide Corvo à conduire, lui dis-je en m'éloignant d'elle et en montrant le pare-brise. Je reviens tout de suite.

Je sautai par-dessus le corps de Baro et ouvris la trappe. Un courant d'air puissant me fouetta, souleva ma coiffe. Les cheveux noirs au vent, je me hissai sur la surface large du toit de la camionnette. Je pris le temps d'assurer mes appuis tel un boxeur, puis je me dressai aussi fièrement que possible.

Je ne lui avais pas dit que je l'aimais. Quel idiot.

Un déluge de balles s'abattit sur mon bouclier, projetant des scintillements fractals dans l'atmosphère grise. Des véhicules plus petits – gris, blancs et beiges – passaient de part et d'autre de la camionnette. Je mis mon bras devant mon visage comme une nouvelle volée de munitions me prenait pour cible. Otavia heurta un passant, et je tombai à genoux. Pendant une seconde, le calme s'installa. Relevant la tête, je constatai que les deux chars s'étaient laissé légèrement distancer, préparant une nouvelle attaque. Ils savaient que j'avais un bouclier, que leurs armes étaient sans effet. Il était temps de changer de tactique. Je n'avais pas activé mon épée ; je ne voulais pas qu'ils se disent que j'essayais de les attirer plus près.

Ils n'auraient pas besoin de cela, de toute façon.

Où était passée l'autre camionnette ? Et les gardes ?

Je n'avais pas de temps à perdre avec ce genre de questions. Un des chars accéléra, fondit sur moi dans le but de me percuter. Comme je l'avais deviné. Comme je l'avais espéré. Je bondis et agrippai le pilote et la colonne de contrôle du char des deux bras. L'impact fut violent qui me coupa le souffle, mais je tins bon. Mes jambes se balançaient dans le vide, et je luttai contre la sensation de chute.

Ma proie était déséquilibrée. Pour la faire voler, son pilote devait positionner ses pieds et ses mains avec soin. Comme celui-ci essayait de se débarrasser de mon étreinte, il relâcha le manche et l'engin tomba au sol. Je parvins néanmoins à me hisser sur le véhicule ; le pilote et moi nous tenions de part et d'autre de la barre. Alors seulement, je m'armai de l'épée d'Olorin, que je plaquai contre le crâne protégé du pilote. Sa visière avait éclaté lors de la chute, ce qui me permit de voir son œil unique briller, puis s'éteindre.

Les passants criaient en courant dans tous les sens ; jusque-là, je n'avais même pas remarqué leur présence. Des *pitrasnuk*, à en juger par leurs tenues. Horrifiés, ils contemplaient la victime et son assassin étranger dans son équipement exotique. Sans le vouloir, je venais de confirmer toutes les rumeurs que le Parti colportait au sujet de l'Empire sollien. J'étais penché au-dessus de la dépouille tel un vampire buvant du sang.

Les soliloques attendraient. L'autre pilote de char n'avait pas fait demi-tour pour s'occuper de moi, et la camionnette s'éloignait à grande vitesse. D'un coup de botte, je fis tomber le corps du char, puis enfonçai mes pieds dans les étriers.

Les répulseurs vrombirent, et l'engin s'éleva. À l'arrêt, il était possible de se tenir debout sur un char. Lorsque celui-ci était lancé à pleine vitesse, toutefois, on était penché en avant comme sur un skiff ou un vélo. Je poussai le manche aussi loin qu'il voulait aller.

Je n'avais pas piloté de char depuis des éons, mais les commandes de ces engins étaient intuitives. Pointant mes pieds vers le bas, je pris rapidement de l'altitude afin de fondre sur le second char, que je heurtai. Le pilote perdit le contrôle et s'écrasa contre la tour la plus proche. Otavia avait atteint le front du réservoir. Je survolai la camionnette à grande vitesse et dus me battre contre une intense sensation de vertige en découvrant la vaste étendue d'eau située une bonne trentaine de mètres sous le niveau de la chaussée. Au loin, je crus distinguer la vanne ouverte et, au-delà, l'affreuse toundra des plaines de Padmurak.

Depuis ma position avantageuse, j'étudiai la configuration du terrain. Il restait à Corvo un kilomètre de route à parcourir avant d'atteindre le tunnel conduisant au Onzième Dôme et à l'astroport. Le pont était tout proche. Il s'agissait de ce même ruban de béton que nous avions traversé le premier jour, passant au-dessus de canaux délibérément emplis de torrents d'eau pour nous impressionner. D'eau, il n'y avait presque plus ; tout juste voyais-je des ruisselets dignes de fontaines trop longtemps négligées.

Ce n'était pas le pont duquel j'étais tombé, mais il ferait l'affaire.

Regardant dans la direction d'où nous étions venus, je reconnus le mur qui entourait le Palais du Peuple, et le Palais lui-même – enfin, une portion de celui-ci – entre les hautes tours carrées de Vedatharad. Je m'attendais presque à voir de la fumée s'élever de l'ambassade, mais si les Lothriens avaient pour projet de la détruire, ils n'avaient pas encore eu le temps de s'y atteler. Je ne sus jamais ce qui était arrivé aux hommes que nous avions laissés là-bas. Je prie pour qu'au moins un d'entre eux ait trouvé refuge dans les sous-sols de la ville. Padmurak avait besoin d'hommes parlant couramment le galstani.

D'un homme ayant un nom.

Je plongeai à toute vitesse vers la camionnette, remarquant le trio de voitures qui la poursuivait. À mon grand étonnement, il n'y avait personne devant, ni sur le pont. Je tirai sur les véhicules, brisai leur formation serrée. Ils se bousculèrent sur la chaussée, ne comprenant pas d'où venait la menace. Je les attaquai de flanc et visai leurs roues. Les modestes voitures étaient dotées de pneus ordinaires et non de ces énormes roues sphériques qui équipaient la camionnette. Je touchai ma cible, et un véhicule se retourna, fit plusieurs tonneaux, rebondissant comme une chaussure négligemment jetée. Fermant une paupière, je collai mon œil contre le viseur et appuyai sur la détente.

Clic!

Vide.

Et je ne pouvais rien y faire. Éperonnant ma machine, je piquai vers la route, volant juste au-dessus des voitures. Corvo avait atteint le pont et fonçait vers la grande arche d'acier donnant accès à la voie rapide et à la liberté. Je compris alors pourquoi la Garde du Conclave n'avait pas dressé de barrage sur notre route.

J'avais oublié les portes.

Elles étaient en train de se refermer.

Pourquoi n'étaient-elles pas déjà closes ? Je n'en savais rien. Peut-être la Garde avait-elle eu trop confiance dans le commissaire politique envoyé à l'ambassade. Peut-être le message avait-il tardé à parvenir au gardien de la porte. Peut-être ne savaient-ils pas comment nous comptions nous échapper.

Les portes se refermaient bel et bien.

— Allez !

Sans mon casque ni la possibilité de toucher mon terminal de poignet, je ne pouvais pas communiquer avec les autres.

— Allez, allez, allez !

Je m'adressais à la fois à Corvo, à Valka et à la machine que je chevauchais. Je n'avais jamais prié avec autant de ferveur pour si peu.

Pour beaucoup.

Allez.

Je gagnais du terrain. Les puissantes portes se fermaient en grinçant, mues par des mécanismes peu huilés, négligés. Le char volait désormais au niveau de la chaussée. Je le poussai dans ses derniers retranchements pour tenter de rattraper la camionnette. Les gardes du Conclave arrivaient dans mon dos, les sirènes hurlant dans l'aube pâle tels les chiens de quelque enfer païen. Les geignements des répulseurs noyaient tout, y compris mes cris.

Trois cents mètres.

Des années-lumière.

Corvo conduisait pied au plancher. La puissante bête blindée mangeait la route, déroulant des rubans noirs dans son sillage. Elle était si proche. *Ils* étaient si proches. Les portes étaient presque fermées. Une mince fenêtre de lumière orangée se voyait entre leurs mâchoires. De plus en plus mince. Le chas d'une aiguille géante, mais une aiguille quand même.

La camionnette se faufila dans l'interstice, laissant – j'en étais convaincu – des traces de peinture sur les deux battants de la porte. Ils avaient réussi.

— Allez ! criai-je pour Valka et les autres, car il devint clair dans mon esprit que je ne partirais pas avec eux.

J'accélérai néanmoins, couché sur ma monture, volant aussi vite qu'une flèche. Je laissai ma vision s'étirer, mon sang pulsant dans mes oreilles comme des millions de millions de portes se refermaient en grinçant devant moi. Je les scrutai attentivement, cherchai – quelque part dans le temps – des battants qui ralentiraient et se bloqueraient. Défaillants.

Mon char frotta la chaussée sous mes pieds, me ramenant dans l'instant présent. Je serrai les dents comme le véhicule ondulait sous moi. La vision éclata comme un panneau de verre, ne laissant que les ronflements du sang dans ma tête endolorie. *C'est inutile. Il est trop tard.*

J'allais tellement vite.

Plus que trois cents mètres.

Trois secondes.

Pas assez.

Les portes étaient fermées. Je ne pouvais ni changer de trajectoire, ni freiner à temps. Je préférai sauter du véhicule, mon élan me projetant contre un lourd battant en acier dans un bruit de gong infernal. Le char frappa la porte à son tour à environ quatre mètres de là. Relativement léger sans son pilote, l'engin tournoya sur lui-même et tomba en direction de l'eau, en contrebas. Étourdi, je glissai jusqu'au bitume, le dos collé à la porte.

J'avais été trop lent, j'avais perdu trop de temps.

— Maudites soient tes visions, Marlowe ! jurai-je en appuyant sur le bouton de mon terminal. Valka ! Valka, c'est moi !

Il n'y eut pas de réponse. Il ne pouvait pas y en avoir. Le dôme était scellé ; aucun signal ne pouvait en sortir, ni y entrer. Je songeai un instant à sauter dans le réservoir, mais les chars des préfets n'auraient pas mis longtemps à me repérer.

Comme je n'avais nulle part où aller, je fis ce qui me sembla être la seule chose appropriée : je me levai et dégainai mon épée.

Six petites voitures de la Garde du Conclave me fonçaient dessus, suivies de près par une camionnette et – je les distinguai au loin – quatre chars volants. Si je parvenais à m'emparer de l'un d'entre eux, je pourrais peut-être m'en tirer. Tailler une porte de sortie dans l'acier du battant, puis voler jusqu'à l'astroport…

Je ne voyais pas d'autre solution.

— Toujours aller de l'avant, marmonnai-je, en passant ma coiffe au-dessus de ma tête.

Je pressai le bouton situé sous mon plastron, au niveau du cou, afin que le métamatériau se contracte, puis je mis mon heaume. Je ne pouvais pas me leurrer : il ne m'aurait servi à rien d'essayer de tailler dans l'acier de la porte. Je connaissais son épaisseur, et même si je réussissais à en découper un carré, je n'aurais pas la force de le déplacer et encore moins de rattraper Valka et les autres. Il ne me restait plus qu'à prier pour qu'ils réussissent leur évasion. À prier également pour que les Lothriens me veuillent vivant. Une fois à bord du *Tamerlane*, Corvo et Valka organiseraient peut-être une opération de libération avec l'aide des quatre-vingt-dix mille soldats qui attendaient dans le vaisseau.

Dans tous les cas, je n'avais aucune intention de me laisser faire.

Les masques et casques des chevaliers nippons représentaient des monstres grimaçants, des démons, des ogres ou autres bêtes, avec moustaches, sourcils en plumes, cornes. Souvent, les Cielcins portaient des masques qui laissaient leurs cornes exposées au vide, leur cuir osseux étant assez solide pour résister au Noir entre les étoiles. Sur la Terre de l'ancien temps, on raconte que des milliers de tribus et royaumes se couvraient de peaux de lion ou de loup, ou encore se peignaient le visage de couleurs impies pour effrayer l'ennemi.

Nous autres Solliens – comme nos ancêtres romains – avions opté pour le visage serein des dieux, et c'est avec sérénité que j'attendis sur ce pont, le visage sinistre dissimulé par le miroir noir de mon masque. Je vérifiai mon bouclier dans un coin de mon champ de vision. Tous les systèmes étaient dans le bleu.

Bien.

Chaque seconde que je passais sur le pont était une seconde gagnée pour les autres. Et si j'étais réellement l'objet du désir des Lothriens, c'était encore mieux.

Les voitures s'arrêtèrent en faisant crisser leurs pneus et en s'écartant pour occuper toute la largeur de la chaussée. Des hommes sans visage à la tenue noir mat en descendirent et pointèrent vers moi leurs étourdisseurs. D'autres armèrent des lance-projectiles et tirèrent des bouteilles de gaz par-dessus leurs frères. Celles-ci tombèrent devant moi en sifflant comme un nid de serpents, crachant des nuages gris-vert empoisonnés.

En sécurité dans ma combinaison, je souris. Une bouteille roula jusqu'à moi, et je l'écartai d'un coup de pied en activant mon épée d'un geste gracieux.

Ils ouvrirent le feu simultanément.

Je chargeai le flanc droit de l'alignement ennemi en essuyant un tir de barrage. Deux hommes se réfugièrent derrière la portière droite blindée de la voiture la plus proche. Je levai mon épée en matière haute au-dessus de ma tête et l'abattis à la manière d'un bourreau. La lame en pentaquarks tailla dans l'acier, la céramique et la chair, et les deux hommes tombèrent. Tournant sur moi-même, je traînai mon arme à travers le matériau de la voiture, découpant sa structure et le réservoir de carburant. Quelques secondes plus tard, la pile s'embrasa et l'onde de choc de l'explosion me projeta en arrière, frappant mon bouclier comme la voiture tout entière était soulevée dans les airs. Je ne tombai pas, cette fois, mais me retrouvai plaqué contre le rail de sécurité, un tintement de cloche dans les oreilles. La carcasse enflammée de la voiture se dressait entre les autres et moi, produisant une épaisse fumée noire qui se mêlait au gaz gris-vert des gardes.

Une balle traversa le nuage toxique et percuta mon bouclier, aussi me mis-je à l'abri derrière la carcasse. J'entendis des cris étouffés, que je ne parvins pas à comprendre. Accroupi derrière la voiture en train de brûler, je vis l'ombre d'un des gardes danser sur la chaussée, devant moi. Je bondis en rugissant et, d'un coup d'épée, lui tranchai la main gauche, ainsi qu'une portion du canon de son arme. L'homme tituba en arrière et tomba, mais deux de ses camarades se jetèrent aussitôt sur moi. L'un me saisit par la taille, tandis que l'autre agrippait ma main droite pour tenter d'immobiliser le poignet.

Lors d'un combat au corps à corps, une lame en matière haute peut s'avérer fatale pour les deux adversaires. Le risque est grand de faire deux victimes d'un coup : l'ennemi et soi-même. J'avais le bras gauche libre, cependant, aussi assenai-je un grand coup de coude dans le casque de l'homme qui me tenait par la taille, faisant éclater sa visière. Profitant de ce que le garde était sonné, je dégainai le couteau que je portais à la ceinture et le lui enfonçai dans le flanc. Le tissage de sa combinaison atténua grandement mon attaque, mais j'avais frappé si fort, et la lame était tellement pointue, qu'elle pénétra dans la chair molle sous ses côtes flottantes. L'homme desserra un peu son emprise, ce qui me permit de me focaliser sur l'autre garde, et de lui assener un coup de couteau.

L'articulation de son bras n'était pas protégée, aussi son sang coula-t-il librement comme il relâchait mon poignet droit. La matière haute tomba comme la main du Destin et, tournant sur moi-même, je coupai l'homme en deux, tandis que quatre de ses camarades me chargeaient. Je sautai et glissai sur le capot de la voiture suivante, ma lame taillant dans le pare-brise et la portière. Le conducteur échappa à la décapitation de quelques centimètres en se jetant en arrière. Sans me soucier de lui, je coupai le volant en deux, puis me remis en marche sous un nouveau déluge de feu.

Des étourdisseurs.

Ils n'essayaient donc pas de me tuer.

Je poursuivis ma route, déroulant un sillage écarlate sur la chaussée grise. Trois autres hommes tombèrent et une voiture fut détruite avant que les autres commencent à reculer, à s'éloigner sur le pont. Je brandis mon épée.

— Courez, sales chiens ! criai-je comme ma peur pour Valka se refroidissait et que brûlait de plus en plus vivement la colère que m'inspirait le fait d'avoir perdu Baro et les autres.

L'ennemi continuait de se retirer.

Une pluie de balles tomba autour de moi, grêlant la chaussée déjà abîmée. Les chars étaient tout proches, désormais, si bien que les systèmes optiques de ma visière devaient polariser l'éclat de leurs projecteurs. Je reçus une nouvelle volée de munitions, puis m'accroupis derrière une voiture. J'entendis le verre renforcé éclater et le métal se déformer sous l'averse intense, puis les gémissements de plus en plus graves des répulseurs des chars. Ils devaient être équipés de bouclier, et je n'avais que mon épée et un couteau.

Tout près de moi, un homme mort agrippait encore un fusil disrupteur. Je désactivai mon épée, la raccrochai à ma ceinture et, roulant jusqu'au cadavre, le délestai de son fusil. Sans lâcher mon couteau, j'usai de ma main gauche pour changer le réglage de phase. Les indicateurs passèrent du bleu au rouge. J'épaulai l'arme et, visant aussi bien que je le pouvais, appuyai sur la détente. Le pilote de char esquiva, et la décharge rouge le manqua de trente bons centimètres. Il répliqua aussitôt.

Dans un coin de mon champ de vision, l'indicateur de charge de mon bouclier passa du bleu au jaune. Je grimaçai. En dépit de sa puissance, le champ de Royse ne tiendrait pas éternellement. Le char avait ralenti et me tournait autour en me tirant dessus.

Je répondis.

La décharge rouge atteignit le bouclier du pilote, ne produisant aucun effet. Lâchant un juron, je jetai mon arme. Je n'avais aucune chance de battre quatre pilotes de char munis de boucliers avec un simple fusil disrupteur.

J'avais la possibilité de les rendre impuissants, cependant. Si les gardes n'avaient pas hésité une seconde à tirer sur leur cher Peuple, ils rechigneraient probablement à prendre un des leurs pour cible. Je rengainai ma dague, décrochai et activai mon épée, et me lançai à la poursuite des gardes en train de se replier. Mon patrimoine génétique palatin me permit de gagner rapidement du terrain sur eux, mais à peine eus-je parcouru la moitié du chemin qui me séparait d'eux que je m'arrêtai net.

Non pas une, mais trois camionnettes de la Garde bloquaient le pont, l'arrière tourné vers moi, les portières grandes ouvertes. Trente gardes avançaient d'un pas résolu, protégés par de hauts boucliers. Force m'est d'admettre qu'ils offraient un spectacle impressionnant, alors même que leurs boucliers ne stopperaient jamais mon épée.

Ils avançaient de concert et n'étaient armés ni d'un étourdisseur, ni d'un pistolet, mais d'une matraque en céramique semblable à une masse d'armes médiévale qu'ils frappaient contre leur bouclier en produisant un vacarme de tambour.

Je me mis en garde et levai ma lame en matière haute devant moi. Je ne pouvais pas espérer vaincre trente hommes, mais cela ne m'empêcherait pas de les affronter. Un serment prêté il y a bien longtemps résonna dans ma tête avec la voix de l'Empereur.

« Jures-tu d'aller au bout de chaque entreprise dans laquelle tu t'impliques ? »

« Je le jure. »

Je modifiai ma garde pour suivre les mouvements des chars qui me tournaient autour. Ils ne tiraient plus, ayant sans doute reçu de nouveaux ordres. Je regardai au-delà de l'alignement de gardes en train d'avancer sur moi et avisai, dans l'intérieur éclairé de blanc d'une des trois camionnettes, un commissaire politique – avec sa veste et son casque – qui assistait au spectacle les bras croisés. Rien ne le différenciait de celui qu'Otavia avait tué, comme si les événements de l'ambassade ne s'étaient jamais produits.

J'étais seul.

Mais j'avais été seul aussi sur Berenike, sur Arae et – avant cela – devant le Prince Aranata.

Je n'avais pas oublié comment mourir.

Je n'avais pas oublié comment affronter la mort. Quand les gardes ne furent plus qu'à une vingtaine de mètres, je chargeai. Aucun des Lothriens que j'avais croisés n'était équipé d'une armure en adamant, ni d'une arme en matière haute. Je voyais d'ici que leurs boucliers étaient constitués de fibre de carbone et de céramique, comme ceux des hommes sur le parking à l'ambassade. Je les tailladai, les réduisis à l'état de rubans, tandis que les gardes m'encerclaient.

J'étais entouré d'hommes morts.

J'étais seul contre tous, en fâcheuse posture, mais les gardes n'étaient pas assez libres de leurs mouvements pour esquiver mes coups, aussi tombaient-ils comme des mouches ou reculaient-ils tant bien que mal après avoir reçu de profondes entailles. Autour de moi, c'était un vrai carnage ; la chaussée était rouge de sang. Un garde situé dans mon dos me donna un terrible coup de matraque sur la tête, qui me mit à genoux. Mon casque m'avait protégé, mais je voyais quand même double.

Je sentis des mains sur mes bras, mes épaules. Je me relevai en hurlant et en tourbillonnant, et trois hommes tombèrent raides morts. Je dérapai sur le béton glissant, tandis que d'autres ennemis se jetaient sur moi. Mon épée entailla le revêtement de la chaussée, et j'essayai de rouler par terre.

— Tenez-le ! lança en lothrien une voix distante et haut perchée. (Le commissaire ?) Mettez-le à terre !

Boom !

Un énorme coup fit tinter mon casque. J'entendis des cloches, d'ailleurs. Les grosses cloches aux tintements graves, pareilles à celles d'un temple, du Repos du Diable. Devenais-je fou ? Ma vision se brouilla, crépita, tressauta ; mon système entoptique avait été endommagé.

— Valka ! m'écriai-je en cherchant un refuge dans mon âme.

En vain.

— Valka !

Je mobilisai ce qui me restait de force pour me mettre à quatre pattes. Où était mon épée ?

Elle était là ! Dans ma main !

Toutefois, le fait de la lever pour donner un grand coup en direction des hommes sur ma droite permit à ceux qui se trouvaient à ma gauche de me plaquer sur la chaussée.

Boom !

La masse tomba de nouveau. Ma vision étincela une dernière fois, s'éteignit. J'étais seul dans les ténèbres exiguës de mon armure, aveugle, meurtri. Je priai qu'un miracle survienne. Il n'y en eut pas.

Une botte – je crois – m'écrasa le visage, et le moindre de mes muscles devint mou. J'étais vaguement conscient d'avoir des mains sur moi. De très nombreuses mains.

— Valka…, dis-je ou pensai-je ou hurlai-je.

La botte plaqua mon casque sur le béton, et un troisième coup de matraque me fit perdre connaissance.

22

Dans le silence

Une épaisse couverture cotonneuse enveloppait le monde. Quelqu'un m'avait retiré mon casque, et mon sang produisait un vacarme de timbales dans mes oreilles. Je n'avais que très peu conscience de ce qui m'entourait. Je me rappelai être tombé, des cris étouffés en lothrien. À demi conscient, je m'enfonçai dans ce marigot, au-delà du sommeil, d'où j'émergeai par intermittence pour apercevoir des armures noires ou l'intérieur d'une camionnette.

Les ténèbres.

Deux hommes me portaient, me tenaient par les bras, mes pieds traînant par terre comme ceux d'une marionnette. Quelqu'un jura, et je tombai encore une fois, mes genoux heurtant la pierre. Je fixai d'un regard flou le sol entre mes mains. Des pierres verdâtres. De la poussière pâle. Quelque chose cliqueta, et une chaîne fixée à un collier dont je n'avais pas remarqué la présence me força brutalement à me relever. La créature qui tenait ma chaîne découvrit ses crocs en verre dans un sourire vicieux.

Le Cielcin ne dit rien, et ses frères me poussèrent pour me faire avancer. Chacun d'entre eux avait une épée blanche à la main, dont le plat était posé sur son épaule. Je m'arrêtai, sentant le vent soulever mes cheveux et la cape en soie extra-terrestre dont ils avaient couvert mes épaules.

Je n'étais pas sur Padmurak.

Il n'y avait pas de vent, là-bas. Pas dans les dômes, en tout cas. Et les piliers noirs qui se dressaient tels des arbres sans coiffe tout autour de moi dans le ciel gris ne ressemblaient à rien de ce que j'avais vu dans le Commonwealth.

Était-ce un rêve ? N'avais-je pas déjà vu ces piliers quelque part ?

— *Aeta !* aboya une voix extraterrestre. *Aeta !*

Un roi ! Un roi !

Regardant autour de moi, j'avisai une mer de Cielcins tapissant le fond d'une vallée entre deux montagnes anguleuses et floues en périphérie de mon champ de vision. Chacun des Pâles portait un masque pourvu d'une visière protectrice au niveau des yeux. Nombre d'entre eux brandissaient des bâtons ou des lances au bout desquels voletaient des centaines de centaines de bannières en soie représentant chacune un clan.

— *Aeta ! Aeta ! Aeta ba-Yukajjimn !*

Le roi de la vermine ! Le roi des rats ! croassaient-ils comme une volée de corbeaux.

Ils me pointaient du doigt, me rendis-je compte. Ils se moquaient de moi.

Je titubai en avant, tiré par mon tortionnaire.

Je savais où je me trouvais. Je savais ce qui m'attendait dans le grand dôme noir, devant nous. Je regardai droit devant moi et m'efforçai de ne pas les entendre.

— *Oimn Belu !* beuglaient d'autres.

Le Sombre. Aranata Otiolo m'avait appelé ainsi, il y avait bien longtemps.

Je voyais les lances cruelles et les cimeterres incurvés de l'ennemi brillant dans le soleil. Je compris que nous défilions comme j'avais défilé en exhibant le cadavre du général Iubalu dans les rues surplombées de nuages de la Cité éternelle. J'avisai les armures blanches des démons d'Arae, les hybrides de Cielcins et de machines conçus par les traîtres sorciers posthumains de MINOS, et je crus même apercevoir un trio de silhouettes fines et couronnées, escortant un œil blanc flottant.

Hushansa.

Et ces autres personnages – le personnage ailé, le colosse et le guerrier à la crête blanche – étaient les autres généraux, *ses* généraux, les doigts de la Main blanche. Les *Iedyr Yemani*, les saints esclaves et gardiens du Prince des Princes, Syriani Dorayaica.

Je savais où je me trouvais. Je savais que sous l'arche du dôme noir, ma chaîne serait fixée à un anneau dès que le Fléau de la Terre frapperait dans ses mains griffues. Combien de fois avais-je fait ce rêve ? Combien de fois avais-je vu ce qui allait se passer ? Et entendu ces cris ?

Je hurlai.

Un des gardes qui se tenaient à côté de moi me poussa, me cogna peut-être. Il n'était qu'une main. La plaine sinistre avec ses piliers noirs disposés en spirale autour du dôme disparut, et les Cielcins s'évanouirent aussi. J'étais dans une cellule. Il n'y avait pas de Cielcins. Il n'y avait pas de dôme, pas de mer de piliers. Une nouvelle vision. Un rêve éveillé.

Les Lothriens avaient retiré mon casque et mon armure, m'avaient laissé en combinaison. Alors que je m'apprêtais à me redresser, je reçus un coup de genou sur le côté de la tête. Je glissai sur le sol et heurtai un mur, où je crachai du sang et des fragments de dent. Je reçus un autre coup dans le ventre ; malgré cela, je ne vomis pas. S'ensuivit une rafale de coups au milieu de laquelle je parvins à lever les bras pour me protéger la tête.

Cela ne suffit pas.

J'avais mal aux mains.

J'essayai de les bouger, mais n'y arrivai pas. Je me rendis compte – difficilement – qu'elles étaient attachées au-dessus de ma tête. Je tentai de les baisser, et la douleur fut intense qui parcourut mes bras et mes épaules. Des chaînes tintèrent.

J'étais entravé, mes poignets menottés étaient suspendus à une chaîne fixée très haut sur le mur. À part cela, j'étais libre de mes mouvements, aussi pouvais-je me mettre debout pour soulager mes bras, mais je ne pouvais pas m'asseoir ni dormir sans les lever et donc souffrir le martyre.

— Quel terrible destin, dit une voix rauque.

Je mis plusieurs minutes à me rendre compte que ma nouvelle connaissance avait parlé en galstani, ce qui n'avait rien de remarquable en soi, sauf que je me trouvais sur Padmurak – je n'avais jamais quitté Padmurak – et que j'étais certain de ne pas être en train de rêver.

Au prix d'un effort de volonté important, je relevai la tête. J'étais dans une cellule basse de plafond, éclairée uniquement par une applique rouge fixée par un mortier en train de s'effriter, à côté d'une porte carrée en acier. Mes entraves mordaient dans mes poignets, et le moindre mouvement embrasait toutes les fibres musculaires de mon corps. J'avais mal partout, et j'étais sûr que, sous ma combinaison isolante, ma peau était couverte de bleus. Je ne pouvais pas en vouloir aux gardes lothriens. J'avais tué nombre de leurs camarades. Du bout de la langue, je trouvai l'emplacement d'une dent manquante. Crachant du sang, j'avisai enfin mon compagnon de cellule.

Un vieil homme était assis dans un coin, ses mains noueuses sur les genoux. Il n'était pas enchaîné et portait un simple pagne. Sa peau pâle était un peu jaunâtre et couverte de cicatrices. Ses cheveux poivre et sel bouclés et gras lui tombaient jusqu'à la taille, formant un rideau devant son visage. Il n'avait pas de barbe, et je pouvais compter ses côtes sous sa peau parcheminée et translucide, parcourue de veines. La malnutrition avait eu raison de ses muscles, et ses ongles étaient comme des serres.

— Cela doit être, dit-il. Cela *doit* être. Vous vous rappelez ?

— Qu'avez-vous dit ?

— Nous pensions pouvoir nous échapper… pensions… nous étions déjà trop vieux.

Son accent m'était étrangement familier. Il y avait eu la faim et la souffrance, mais sous le glacis de décrépitude, on décelait une vieille et bonne éducation. L'homme avait un accent impérial ; il était le rejeton d'une antique Maison. L'histoire qui avait conduit cet homme à croupir dans un cachot lothrien aurait certainement pu faire l'objet d'une série de romans.

— Est-ce que je vous connais ? lui demandai-je.

— Il m'a tué, mais je lui fais confiance…, répondit l'homme en levant son regard violet. Et il m'avait déjà tué !

J'eus un mouvement de recul. Ces yeux violets étaient profondément enfoncés, perdus dans le lointain. Et pourtant, je les connaissais, tout comme je connaissais intimement les cicatrices qui zébraient son bras. Je les connaissais toutes. Je me rappelai la marque sous son œil gauche là où la bague de notre père avait mordu dans ma chair. Je me rappelai les points clairs sur mon bras droit, là où j'avais porté une attelle, enfant, et puis les marques laissées par la guerre et les crimes du Colosso. J'avisai de nouvelles cicatrices sur sa joue gauche, les traces laissées par des griffes rouges et terribles. Et il était maigre. Tellement maigre ! Et meurtri. Tellement meurtri que sa peau paraissait avoir éclaté par endroits.

— Savez-vous de qui je parle ? demanda l'autre Hadrian.

Soit je devenais fou, soit j'avais une nouvelle vision.

— Le Silencieux ?

— Nous sommes sur le chemin le plus court, acquiesça-t-il en hochant la tête. Forcément, ajouta-t-il en fermant les paupières pour prier. Je suis désolé. Désolé…

— Pourquoi ?

Il ne dit rien, mais l'éclat dans ses yeux en disait long.

— Trouvez-nous en vous, dit-il en me pointant du doigt.

— Je ne comprends pas !

J'essayai de me lever, de me redresser, de m'approcher de cet autre moi. Quelles horreurs avait subies cet autre Hadrian pour finir par ressembler à cela ? Je le savais, en vérité. J'avais arpenté cette route peu de temps plus tôt. Enchaîné.

Un roi ! Un roi !

— Il n'y a qu'un chemin ! lança Hadrian Marlowe en levant la main pour appuyer son propos, l'index dressé.

Je me recroquevillai. Je notai qu'il n'avait plus d'annulaire, ni d'auriculaire, simplement de petits moignons.

— Il n'y a qu'une manière de passer par le chas d'une aiguille !

C'était un des aphorismes de Gibson, et le souvenir de cette phrase et du vieux scholiaste dans cet endroit désolé fut comme un rayon de soleil sur un monde sans étoile.

— Avancer, toujours avancer, reprit-il. Toujours descendre, ne jamais tourner ni à gauche, ni à droite. Trouvez-nous !

— Je ne comprends pas !

La lumière rouge près de la porte s'éteignit, cédant la place à une lumière bleue avec un bruit de sirène de raid aérien. La porte s'ouvrit en sifflant. Mon geôlier décharné entra avec un plateau-repas en plastique.

— Un homme doit manger, dit-il en posant le plateau sur le sol et en détachant mes poignets entravés de la chaîne fixée au mur. Mes bras tombèrent lourdement sur mes genoux.

L'autre Hadrian avait disparu.

23

Qui tire les ficelles ?

Des jours passèrent avant qu'ils viennent me chercher. Je n'aurais su dire combien, car on m'avait pris mon terminal. Seules les allées et venues du geôlier marquaient le passage du temps. Le *zuk* décharné, chauve, au nez crochu et aux yeux noirs ne prononçait jamais un seul mot. Il ne me retira pas mes menottes, mais ne me rattacha pas non plus au mur. Deux fois par jour, il m'apportait un repas et ramassait les restes du précédent. Il ne s'attardait jamais, ne répondait pas à mes questions. Il fallait dire que l'œil vigilant d'une caméra me fixait en permanence. Et il ne clignait jamais.

La nourriture était dégoûtante. Tous les jours, une brique blanche de pâte de protéine putride, avec un genre de purée verte et un quignon de pain rassis. Ils ne m'avaient pas privé de la couche isolante de mon armure, dont le système de recyclage de l'eau et des déchets fonctionnait toujours. Ainsi, je disposais de plus d'eau propre que n'aurait pu m'en fournir le robinet graisseux situé sur le mur opposé.

Je comptai soixante-sept repas avant que la Garde vienne me chercher. Trente-quatre jours, si la distribution des repas avait été régulière, ce qui n'était certainement pas le cas. Une fois, j'avais dîné avec le jeune commandant du monde-prison impérial de Pagus Minor, qui m'avait expliqué que déstabiliser un prisonnier en lui donnant des repas très irréguliers – soit trop fréquemment, soit de manière espacée – était une pratique courante. Ajoutée à l'absence de lumière du jour, cela permettait de saper les fondements de sa santé mentale. Il en résultait une anxiété importante, une dépression, de l'insomnie, sans parler de l'inconfort digestif et des douleurs abdominales provoqués par une alimentation irrégulière et de mauvaise qualité. Des tortures subtiles, des indignités accentuées par le fait qu'on ne me retira pas mes menottes pendant trente-quatre jours.

— Un homme doit se lever, ordonna le garde, dont l'arrivée avait été annoncée par les hurlements de la sirène, en tapotant sa matraque sur sa cuisse.

J'eus un mal fou à me lever. Mes muscles furent saisis de crampes causées par la malnutrition, les coups et ce mois passé à dormir sur le sol de pierre. Ils me battirent encore, quoique avec moins d'enthousiasme, prenant manifestement soin de ne pas me frapper à la tête. Lorsqu'ils eurent terminé, ils me poussèrent et me tirèrent à la fois dans un dédale de couloirs puissamment éclairés par des lampes dont je crus entendre les bourdonnements.

Puis il y eut un ascenseur, qui vrombit encore plus fort avant de s'arrêter dans un fracas métallique. La lourde porte coulissa, et d'autres hommes tirèrent la grille de fer qui bloquait l'ouverture. Nous passâmes un check point où des gardes travaillaient en tandem avec des soldats vêtus de noir, puis traversâmes des scanners avant d'émerger dans un couloir dallé de marbre aux murs couverts de bas-reliefs en béton représentant les Lothriens marchant main dans la main.

Je savais où je me trouvais.

C'était le tunnel qui traversait le cœur de la ziggourat, qui courait du lobby et des fontaines à l'arène du Conclave. On me conduisait au centre même du pouvoir lothrien. Comme nous approchions des grandes portes, je fis mon possible pour rester debout. Pas question qu'on exhibe devant le Conclave un homme brisé, meurtri et fraîchement ensanglanté. Je revêtis donc mentalement les atours de l'Empire et levai le menton avant d'être présenté aux grands seigneurs du Commonwealth.

La lumière était tamisée, rouge. Mes pieds nus claquaient sur les dalles, les bottes des gardes les martelaient, et tous ces bruits se réverbéraient dans les gradins vides autour de nous. Devant moi, les chaises à haut dossier réparties de part et d'autre de la Lothriade se dressaient telles des pierres tombales, leurs occupants assistant à mon approche dans un silence malaisant. Je croisai le regard du Premier Siège, cheveux blancs et solennel, mais ce qu'il vit en moi le dégoûta apparemment car il détourna les yeux. Le Troisième Siège, la femme qui nous avait fait visiter les fermes du Parti, m'observait aussi. Il y avait également le Sixième Siège qui, de tous les membres du Conclave, avait été le premier à m'interroger en demandant la Voix. Le Neuvième Siège était absent. Était présent le Vingt-cinquième Siège, qui avait été censuré par le Conclave le lendemain de mon arrivée sur Padmurak.

Et puis, il y avait Lorth Talleg, qui souriait de me voir dans cet état.

Exception faite des fonctionnaires assis derrière le Conclave de part et d'autre de la grande porte carrée et des gardes flanquant les portes latérales, le grand espace était vide. Les clercs, secrétaires et partisans logothètes qui occupaient normalement les gradins comme les spectateurs du Colosso étaient absents. On comptait me juger devant un minimum de témoins.

Lorsque je fus à portée d'oreille des bancs, mes gardes me poussèrent, me faisant tomber à genoux au milieu de l'arc à moitié inoccupé du Conclave.

Il y aurait très peu de témoins, effectivement.

— Le Conclave reconnaît le délégué de l'Empire sollien, commença le Premier Siège dans sa langue natale, d'une voix faible et chevrotante. *Ushdim.*

Levez-vous.

Je ne bougeai pas.

— *Ushdim !*

Entendant mes gardes approcher, je levai mes mains menottées et me mis debout. Cela n'empêcha pas les deux hommes de m'agripper fermement et de ne pas me lâcher.

La voix faible du Premier Siège résonna de nouveau, emplissant l'espace caverneux.

— Sur décision du Conclave, le délégué est accusé d'avoir fomenté une guerre contre le Peuple du Commonwealth, d'avoir conspiré avec des révolutionnaires contre les intérêts du Peuple du Commonwealth, de s'être déplacé sans autorisation et d'avoir menti sur ses véritables intentions, d'avoir assassiné un diplomate étranger sur le sol du Commonwealth, d'avoir tué un commissaire politique du Commonwealth et plusieurs officiers en service, d'avoir exercé des violences sur le Peuple du Commonwealth, d'avoir détruit la propriété du Peuple du Commonwealth, d'avoir volé la propriété du Peuple du Commonwealth, d'avoir refusé d'obtempérer. *Dya vinatva ?*

Je trouvai ces deux derniers mots étranges, alors que j'avais étudié le lothrien lorsque j'étais un jeune garçon. Concentré en dépit de la douleur omniprésente, je m'efforçai de comprendre.

— *Dya vinatva ?* répéta le Premier Siège.

Vinatva... Vinat signifiait « faute ». « Erreur ». « Culpabilité » ? *Vinatva* devait signifier « fautif, coupable ». Mais *dya* ?

— *Dya vinatva ?* demanda de nouveau l'homme. *Panacca !* *Avouez.*

Je finis par comprendre. *Dya* signifiait « vous ». Les Lothriens avaient – officiellement – banni les noms, aboli les pronoms *je* et *tu*, *il* et *elle*, *nous* et *eux*. Ils appelaient maladroitement les gens par leur fonction : *le délégué*, *un travailleur* ou, plus généralement, *un homme*. Ils avaient cependant conservé ce mot archaïque pour les occasions formelles, légales. Cette manière singulière de séparer l'agneau du reste du troupeau. *Vous*. J'étais certain d'avoir compris, désormais.

— Êtes-vous coupable ? me demandait le Premier Siège. Avouez !

Ils avaient aboli toute forme d'identité, mais pas la culpabilité. Le mot « vous » subsistait, atrophié mais puissant, afin de pointer l'ennemi du doigt et de le châtier.

Je levai le menton car je demeurais un seigneur en dépit de ma quasi-nudité.

— Parlons franchement, Messieurs, lançai-je d'une voix que je me félicitai de découvrir forte et assurée.

Je parlai en galstani, dans la langue de ceux qui possédaient toujours un libre arbitre. Il n'y eut pas de traduction. L'enregistreur de la vaste salle n'était pas actif. Il ne resterait aucune trace de mon procès, simplement ma mort. J'étais mort sur le pont, mort en terroriste essayant de déclencher une guerre.

— C'est vous qui avez fait tout ça, non pas moi. Vos soldats nous ont attaqués lorsque nous sommes rentrés de notre tournée des usines polaires. Argyris était votre homme, et c'est sur votre ordre qu'il a tenté de nous arrêter, à l'ambassade. Vous auriez pu nous laisser partir tranquillement, mais non. Vos agences ont tout fait pour que cela finisse dans un déchaînement de violence. Elles ont suivi vos ordres.

Le Premier Siège frappa l'accoudoir de son trône.

— *Dya panacca ?*

— Non ! criai-je. Je n'avoue rien du tout !

Je reçus un coup derrière le genou et tombai lourdement.

— *Panacca!* ordonna le Premier Siège.

Je me relevai doucement en regardant par-dessus mon épaule le garde qui m'avait frappé. L'homme tenait fermement sa matraque le long de son corps.

— La question est : pourquoi ? demandai-je en levant la main pour me protéger d'un coup éventuel. Pourquoi cette mascarade ? Si c'est la guerre que vous voulez, vous auriez pu la déclencher avant notre venue. Pourquoi ce… prétexte ? (Je me tournai un peu et fis deux pas vers le Dix-septième Siège.) Lorth Talleg ! (L'usage de son véritable nom provoqua un murmure dans l'assemblée, qui différa un peu mon châtiment.) Dites-moi *pourquoi* !

Lorth Talleg, le Dix-septième Siège, me fixa du regard. Lentement, il se pencha en avant à la manière d'une sentinelle regardant entre les créneaux d'un château fort. On aurait dit qu'il assistait à un tournoi particulièrement disputé.

— Avouez ! implora la voix poussiéreuse du Premier Siège, empêchant Talleg de répondre.

Le garde m'assena un coup dans le bas du dos, qui me projeta contre le mur de pierre. On me permit de me lever, même si je dus pour cela prendre appui contre le mur. Je comprenais fort bien ce petit jeu. Ils ne comptaient pas me tuer comme l'aurait fait n'importe quel seigneur de l'Empire. Ils voulaient que je me soumette, ils voulaient me briser, ils voulaient que je dise ce qu'ils attendaient de moi. Ainsi, ils s'assureraient de ma coopération, et ils comptaient parvenir à ce résultat par le plus ancien des moyens.

L'obéissance par la peur de la douleur.

Le Lord Hadrian Marlowe qu'ils renverraient dans l'Imperium serait leur homme ; il jouerait leur partition, il danserait une chorégraphie créée par eux, comme les danseuses du ballet de Giallo. Ils voulaient modeler le Demi-mortel à leur image, en faire une créature lothrienne.

— Vous avez bel et bien tué nos hommes, dit enfin Lorth Talleg, confirmant mes craintes.

De petites vérités. Ils commenceraient par me faire avouer de petites vérités, mettant progressivement leurs mots dans ma bouche. Talleg m'avait-il donné son véritable nom dans l'objectif de gagner ma confiance lors de ce procès ?

— Je n'ai fait que me défendre, dis-je en fixant d'un regard sévère le garde qui m'avait suivi jusqu'à l'extrémité du banc. Frappez-moi, espèce de lâche. Ou bien ne cognez-vous que lorsqu'on vous tourne le dos ? (Comme l'homme ne réagissait pas, je m'adressai à Talleg et aux autres.) Je ne jouerai pas à votre jeu. Tuez-moi ou libérez-moi. Cette pièce de théâtre ridicule est une perte de temps pour vous et pour moi.

— Mais vous les avez tués, insista Talleg dans ma langue. Et vous avez tué ce pauvre Argyris, n'est-ce pas ?

Talleg n'avait pas bougé de sa place, derrière la balustrade.

— J'ai fait ce que j'ai jugé nécessaire pour protéger les miens, dis-je. (Je me figeai, me préparai à recevoir un coup.) Où sont les miens, Talleg ?

— L'ambassade sollienne a été liquidée, répondit quelqu'un en lothrien.

Je tournai la tête et avisai le Neuvième Siège qui, venant d'arriver, se tenait derrière ses collègues, les mains jointes dans le dos, les yeux gris pétillant de jubilation, le costume gris soigné.

— Ils sont tous morts, ajouta-t-il.

Il laissa ses mots se dissiper lentement dans l'atmosphère comme la fumée d'un canon, tandis que les autres Sièges arrivaient, le contournant comme des satellites. Il était évident que quelque chose, dans ce petit homme, les effrayait, mais quoi ?

Je n'eus pas le temps de réfléchir à la question, cependant.

— Morts ? répétai-je en pensant aux gardes que nous avions abandonnés dans le parking, aux centaines de personnes qui travaillaient dans le complexe de l'ambassade, aux pauvres esclaves d'Argyris.

À Pallino, à Corvo et aux autres.

À Valka.

Comme le Neuvième Siège ne répondait pas, comme personne d'autre n'intervenait, je dis :

— Vous ne pouvez pas gagner. Tuez-moi si vous voulez. Détruisez mon peuple si vous pouvez. Vous ne gagnerez pas la guerre. Mon Empire anéantira vos planètes.

— Vous ne devriez pas nous menacer, lança le Premier Siège en parlant galstani pour la première fois. Quand on vient sur Padmurak pour demander de l'aide, on n'est pas en position de menacer.

Le Neuvième Siège reprit la parole en levant la main.

— Les menaces du délégué sont vides. La survie du Commonwealth est déjà assurée.

Il scruta le plancher de l'arène où je me tenais difficilement debout, entouré de quatre gardes, et sembla découvrir l'état dans lequel je me trouvais. Une vague de colère déforma furtivement son visage gris. Il poussa un long soupir exaspéré.

— Le Conclave avait reçu pour consigne de garder le délégué en bonne forme, reprit-il.

— Le délégué doit être puni ! rétorqua un de ses collègues.

— Le Conclave traite les ennemis du Peuple comme ils le méritent ! enchérit un autre.

S'ensuivit un brouhaha que ne parvint pas à faire cesser le Premier Siège en frappant son accoudoir.

Le Troisième Siège criait sur le Huitième, le Huitième sur le Vingt-quatrième. Et pendant ce temps, penché sur la balustrade, Talleg fixait du regard le Neuvième Siège, qui se dressait au-dessus de ce tumulte à la manière d'un Julian Felsenburgh, aucunement touché par le tableau qui l'entourait.

Le Neuvième Siège leva la main, et le silence se fit.

— Je suis désolé de vous avoir tous fait attendre, commença-t-il d'une voix douce. Je n'aurais jamais dû vous confier mon prisonnier.

À mon grand étonnement, il avait parlé en galstani d'un ton bas et théâtral dans le silence soudain.

— Votre prisonnier, Iovan ? s'étonna la femme du Sixième Siège en se retournant.

— Absolument, *mon* prisonnier. Après tout, c'est moi qui ai organisé son arrestation. C'est moi qui ai organisé la capture de son vaisseau…

— Quoi ? m'exclamai-je en titubant en avant. Vous mentez !

Le petit homme me regarda, mais ne me répondit pas. C'était impossible. On ne pouvait pas avoir perdu le *Tamerlane*. À ce moment-là, le choc et la colère m'empêchèrent de réfléchir. Qu'était-il arrivé à Valka ? À Corvo et aux autres ? Avaient-ils réussi à atteindre le vaisseau ? Étaient-ils restés en bas pour organiser mon évasion ou quelque opération avortée ? Je fermai les paupières et ravalai mes larmes.

Non. Non. Non.

— Mon maître n'appréciera pas d'apprendre que vous avez joué avec son nouvel animal de compagnie, dit le Neuvième Siège.

— Il n'est pas *notre* maître, rétorqua le Sixième Siège. Nous avions un accord, Iovan.

— Vous lui direz vous-même !

Le Sixième Siège faillit tomber de sa chaise.

— Lord… Lord Vati va nous rendre visite ?

— Il semblerait bien, répondit une voix grave, sépulcrale, d'outre-tombe.

Je n'avais entendu une telle voix qu'une fois auparavant – sur Berenike –, et sa musique noire m'arracha le cœur.

J'entendis le démon avant de le voir, son armure cliquetant, ses servomoteurs vrombissant dans le tunnel sombre.

Les pièces du puzzle s'assemblèrent subitement. Les Lothriens n'avaient aucune intention de faire de moi leur marionnette. Ils avaient des vues sur des territoires impériaux, ils souhaitaient la guerre, mais je ne serais pas le bouc émissaire, ni le *casus belli*. Ils avaient déployé tous ces moyens pour me capturer afin de me remettre… aux Cielcins.

Voilà pourquoi n'étaient présents que les grands seigneurs au courant du plus terrible des secrets du Commonwealth. Voilà pourquoi l'éclairage de la salle était si faible et rouge.

La créature qui apparut dans l'arche noire au-dessus du Grand Conclave n'avait rien d'humain. Elle dut se pencher pour entrer dans la grande salle, car la crête de son crâne de métal culminait à plus de trois mètres du sol. Je sus immédiatement qu'il s'agissait d'un des *Iedyr*, car son armure et son squelette de fer ressemblaient à ceux d'Iubalu, de Bahudde et d'Hushansa. Les mêmes placages ondulés, les mêmes lignes gracieuses et organiques. Aucune portion de chair extraterrestre n'était visible. On aurait dit un des chevaliers médiévaux des holos de combat de la Villa Maddalo. Son masque opalescent était parfaitement lisse, dépourvu de traits, tandis qu'une tresse de cheveux artificiels ornait sa nuque. Alors que les autres avaient opté pour un corps totalement différent du leur, ce Vati s'était fait fabriquer une armure ressemblant à un Cielcin, mais en plus grand. Son style me rappelait celui des chevaliers nippons, avec de grandes épaulières et deux cornes stylisées au-dessus de l'endroit où auraient dû se trouver ses yeux. Sur sa poitrine, était imprimée une main de Pâle argentée.

Derrière lui arrivèrent une douzaine de guerriers *scahari* vêtus de noir et de bleu, la cape brodée de runes circulaires entremêlées, le cimeterre blanc à la main, posé sur le bras opposé comme dans ma vision. En comparaison, Iovan le Neuvième Siège et sa coterie ressemblaient à de petits enfants.

J'étais à court de mots.

Lorsque Valka et moi avions dîné avec Lorth Talleg, j'avais accusé le Commonwealth de réduire l'humanité à l'état d'*Eloi*, de moutons. Comme j'avais eu raison ! Les Morlocks venaient d'arriver, les habitants des ténèbres pour qui les bergers engraissaient leurs moutons.

Les Cielcins.

Subitement, l'ode sinistre d'Argyris sur le déclin de la Grande Ville et les histoires racontées par Magda et Carry sur ces patrouilles enlevant des gens pour les envoyer sur d'autres mondes prirent une tout autre et terrible signification. Cinquante ans, avait dit Argyris. Cinquante ans. Combien d'hommes le Conclave avait-il vendus à ses maîtres inhumains ? Combien de femmes et d'enfants ? Mes pieds nus étaient comme soudés au sol, et je regardai avec des yeux écarquillés le chevalier pâle descendre sur ses pieds fendus pour rejoindre les membres du Grand Conclave.

— Enfin, dit-il en tournant vers moi son masque sans visage.

Je sentis la présence d'un million de minuscules yeux à facettes sur moi et ne pus m'empêcher de faire un pas en arrière.

— Je devrais vous tuer pour ce que vous avez fait subir à mes sœurs-frères, mais mon maître me l'a interdit. (La voix de la créature était si grave et résonnante qu'elle fit tomber de la poussière des lampes rouges qui nous surplombaient.) Savez-vous qui je suis ?

— Vous appartenez à la Main blanche, répondis-je en levant le menton.

— Je suis Vati Inamna, Premier Esclave du Prophète.

Les implants que les sorciers de MINOS avaient installés dans le cerveau de la créature traduisaient sa langue natale en standard. Le général se dirigeait lentement vers un étroit escalier permettant d'accéder au fond de l'arène où je me trouvais.

— J'espérais vraiment être celui qui vous retrouverait. Les dieux ont entendu mes prières.

À présent qu'il était tout près, le géant me dominait de toute sa taille. Il leva le bras, faisant glisser sa lourde cape noire de ses épaules pointues. J'avais eu le loisir d'examiner Iubalu et Bahudde, et j'avais remarqué que leurs bras et leurs mains avaient été conçus par les mêmes personnes. Les artificiers qui avaient dessiné l'armure de métal lui avaient donné l'apparence d'un croquis anatomique. Les plaques en adamant texturé évoquaient des muscles, les fibres en polymère sous les tendons bougeant sur des os en métal. Ses mains segmentées et pourvues de six doigts semblaient appartenir à un écorché.

Vati me toucha le visage. Il referma ses doigts puissants sur ma mâchoire et tourna ma tête dans un sens, puis dans l'autre à la manière d'un client examinant un jeune esclave de la Règle à une vente aux enchères. Le visage vierge était focalisé sur moi. La sensation d'être scruté par une multitude d'yeux devint insupportable. Je me recroquevillai, mais la poigne de fer serra encore, faisant craquer ma mandibule.

— Il attendait ça depuis tellement longtemps, dit Vati. (La créature me lâcha, puis me caressa l'arête du nez d'un doigt épais.) Il paraît que vous êtes l'élu de votre dieu.

— Du Silencieux, corrigeai-je.

Le géant eut un spasme à la main, que je remarquai à peine. Soudain, il me frappa au menton et me projeta contre le mur, sous le banc du Conclave. Ma tête tinta, et je dus fermer les yeux pour empêcher le monde de tournoyer.

— Vulgaire humain, lâcha Vati, dédaigneux. (L'ombre du chevalier pâle me recouvrit.) Il n'y a d'autres dieux que les nôtres.

Pour une fois dans ma vie, je ne discutai pas.

Vati affirmait être le *Premier Esclave* de Dorayaica. Les *vayadayan* étaient des esclaves, comme tous les Cielcins qui n'étaient pas *Aeta*. Il devait donc s'agir du Grand *Vayadan*, du Premier Doigt de la Main blanche de Syriani Dorayaica, du chef des *Iedyr Yemani*, du capitaine de ses armées, du maître de ses hôtes. Face à lui, enchaîné comme je l'étais, je n'étais qu'un homme. Un rat. *Yukajji*. La douleur brouillait ma vision, et même si j'avais été capable de me dresser devant ce monstre de métal, je ne pouvais rien contre le Commonwealth, qui avait mis toutes ses forces hideuses au service du plus grand ennemi de l'humanité.

— Talleg ! criai-je. Comment pouvez-vous permettre une chose pareille ?

— Le bien de tous est le bien de chacun, répondit l'homme. Leur sacrifice… pour la sécurité du Commonwealth.

— Votre peuple *est* le Commonwealth, espèce d'imbécile ! rétorquai-je en trouvant la force de me redresser. Une nation est son peuple, et vous avez vendu le vôtre comme de la viande !

Le Grand *Vayadan* rejeta la tête en arrière et poussa un cri qui me rappela un bruit de métal déchiré. C'était un éclat de rire inhumain. Vati se tourna vers son escorte et, dans sa propre langue, aboya :

— Gorre ! Conduisez notre hôte à bord du vaisseau et préparez-le pour le voyage.

Au-dessus de l'arène, un Cielcin qui devait être Gorre se mit en branle. Le Neuvième Siège lui emboîta le pas, aussitôt suivi par trois de ses assistants, ainsi que six Cielcins.

— Le désert n'est rien, Lord Talleg ! criai-je en me remémorant notre dîner. Rien !

Je devais lui faire ouvrir les yeux. Quelqu'un dans cette république de monstres devait comprendre. Le monde qu'ils espéraient bâtir en vendant leur population ne verrait jamais le jour. Comme des imposteurs faustiens, ils n'avaient pas compris que le fait d'acheter l'objet de leur désir mettait définitivement celui-ci hors de portée. Une livre de chair pouvait payer une place au soleil, mais les Lothriens ne seraient que des locataires. Le Conclave vendait son peuple comme du bétail, ce qui ne l'empêchait pas d'accuser les palatins solliens de capturer des paysans lothriens et de les dévorer pour prolonger leur vie.

Argyris avait dit un jour…

« Toujours accuser l'ennemi de ses propres turpitudes. »

24

La sorcière

Mes tortionnaires cielcins me poussaient dans les couloirs du palais, leurs mains griffues agrippant mes bras, les serres enfoncées dans le tissage blindé de ma combinaison isolante. Nous progressions par étapes, les soldats du Conclave nettoyant les zones successives, surveillant les entrées pour garder secrète leur alliance avec la Némésis ultime de l'humanité. Iovan, le Neuvième Siège, marchait devant moi, accompagné par une femme de sa coterie. Le Quatorzième Siège ? Le Treizième ? Ma tête tournait et j'avais mal partout à cause du coup que m'avait assené Lord Vati.

— Ça ne marchera pas, dis-je en levant mes mains entravées pour tâter ma mâchoire. Lorsque votre peuple apprendra ce que vous… ce que vous avez fait… il ne l'acceptera pas.

Iovan s'arrêta et se retourna vers mon escorte extraterrestre.

— *Dajaggaa o-tajun ne !* lâcha-t-il dans la langue des xénobites. (*Bâillonnez-le !*) J'en ai assez de l'entendre déblatérer.

À mon grand étonnement, les Cielcins obtempérèrent. L'un d'entre eux produisit une longueur de soie, qu'il noua entre mes dents. Après cela, Iovan posa la main sur mon épaule dans un geste faussement affectueux. Il sourit, les yeux gris pétillants.

— Le moment n'est vraiment pas bien choisi pour faire un scandale, n'est-ce pas ?

Après un bref trajet en ascenseur, nous émergeâmes sur une plate-forme de chargement. Des membres de la Garde étaient postés devant chaque entrée, tout autour, assurant la sécurité des lieux. Nous attendait une camionnette blindée semblable à celle que nous avions volée à l'ambassade. Les xénobites me firent monter à l'arrière et attachèrent mes menottes à une chaîne fixée à un anneau serti dans le plancher. Mes gardes inhumains prirent place de part et d'autre de moi sans rien dire. Iovan cria des ordres en lothrien au chauffeur et aux gardes avant de monter à son tour, suivi de près par la femme, le Treizième Siège. Comme je m'y attendais, l'homme s'assit en face de moi, tandis que ses hommes fermaient les portières.

Il souriait jusqu'aux oreilles, mais garda le silence comme la camionnette démarrait.

Vu que je ne pouvais pas parler, je me contentai de le fixer d'un regard noir.

Nous restâmes ainsi pendant de longues minutes, tandis que le véhicule roulait en nous secouant. Vêtu de noir, en armure, équipé d'un masque blanc, Gorre l'officier cielcin nous surveillait depuis sa place près de la portière, le sabre posé sur le bras. Lorsque le silence devint trop fin pour s'étirer davantage, Iovan dit :

— Vous n'imaginez pas comme il m'a coûté d'ordonner votre transfert. (Il parlait en galstani et me regardait comme si j'étais un spécimen sur une plaque de verre.) Lorsque vous nous avez échappé, sur le pont, j'ai cru que nous vous avions perdu. Après ça, j'ai failli vous laisser filer. Perdre un adversaire comme vous après toutes ces années…

— … aurait été une tragédie, termina la femme pour lui.

Iovan hocha sobrement la tête. Il me fixait toujours du regard. Il me considérait comme s'il me connaissait. Iovan était un pur Lothrien. Il avait cette pâleur grise, la chevelure noire, les traits grossiers et les yeux noirs… Non, ses yeux étaient gris, et brillaient dans la lumière faible du véhicule, luisaient d'un éclat vitreux comparable à celui des yeux de Valka lorsqu'ils étaient éclairés de la bonne manière. Des yeux artificiels. Lisant de la confusion sur mon visage, il lança, provocateur :

— Vous avez oublié ? Je suis vexé.

— Nous nous sommes déjà rencontrés, intervint la femme, le regard scintillant de ce même éclat gris.

— Sur Arae. Votre chien m'a tiré dessus.

Arae. J'écarquillai doucement les yeux comme les pièces du puzzle s'assemblaient.

Arae. Sur Arae, nous avions découvert que certains humains étaient les alliés des Cielcins. Sur Arae, les sorciers de MINOS avaient forgé les premiers hybrides Cielcins-machines. Les *Iedyr Yemani* y avaient sans doute été conçus, leurs membres assemblés. Les sorciers avaient préféré se suicider plutôt que d'être pris vivants, chacun d'entre eux envoyant une image de son esprit à travers le Noir vers un navire caché en orbite lointaine. Siran et moi avions pourchassé l'une d'entre eux dans une fonderie souterraine, nous les avions combattus, elle et son monstre de compagnie, un démon, un prototype des hybrides qui avaient commandé les armées du *Shiomu* depuis. Siran avait tué la sorcière…

Comment s'appelait-elle, déjà ?

— Vous avez vraiment oublié ? demanda Iovan.

— Ha ! fit la femme en se frappant le front. Ce souvenir appartient à Severine ! Nous nous mélangeons les pinceaux !

Severine, donc. La sorcière d'Arae. Urbaine lui-même avait utilisé ce nom sur Berenike.

— Oh ! ce n'est vraiment pas drôle, se plaignit la femme en se penchant en avant pour m'arracher mon bâillon.

Je fis quelques grimaces pour faire bouger mes lèvres et ma langue ankylosées.

— C'est vous ? lâchai-je après un long moment, tandis que les deux sorciers me fixaient de leurs yeux morts et mécaniques. Valka avait senti un autre… (Je crachai de la salive rosée.) Un autre lacis neural. Elle pensait à une anamnèse, mais il s'agissait de vous.

— Ah, votre concubine tavrosi, acquiesça Iovan. Ses implants posent un problème. Un problème qui…

— Urbaine l'a bien baisée, hein ? le coupa la femme. Je parie que, certains jours, elle ne peut même plus marcher droit !

Je retroussai les lèvres et bondis, mais les Cielcins me rattrapèrent. Malgré mes chaînes, j'aurais pu atteindre la femme pour démolir ce sourire tout en dents.

— *Adajjaa !* beugla le commandant cielcin.

Retenez-le !

Pendant un instant, je luttai contre les xénobites qui me tenaient, mais malnutri et meurtri comme je l'étais, je n'étais pas de taille à leur résister. Je m'écroulai sur le banc, essoufflé. La femme ricana, comme Iovan s'exclamait :

— Vous restez un combattant ! C'est bien ! Je craignais qu'ils vous aient brisé. (Il tendit le bras et, du bout de l'index, me tapota le nez.) Notre employeur sera satisfait.

— Les Cielcins n'ont pas d'employés, mais des esclaves, rétorquai-je.

— Vous les connaissez tellement bien, dirent l'homme et la femme à l'unisson.

Je clignai des yeux. Les mêmes mots, rythme et inflexions. Je repensai à Arae, au cercle de corps que nous avions découverts attachés à un transmetteur, qui avait émis leur image à travers l'espace. Les sorciers s'étaient débarrassés de leurs corps comme un serpent se débarrasse de sa peau. Ils n'étaient pas des hommes, après tout, mais des fantômes, des programmes de pensée qui infestaient et possédaient une coquille puis une autre, un peu comme Kharn Sagara. Je les regardai successivement et me demandai s'ils échangeaient des pensées, si Iovan était en même temps l'homme et la femme.

Me rendant compte que j'avais gardé le silence trop longtemps, je répondis :

— Je les connais, en effet. (Je me tournai vers le commandant inhumain, Gorre. Me demandant s'il comprenait notre langue, je poursuivis :) Les Cielcins vous utilisent. Ils ne vous garderont que tant que vous leur serez utiles.

Gorre ne parut pas comprendre notre conversation, ce qui ne m'étonna pas. Nous autres humains n'étions que des esclaves, de son point de vue. De la vermine. De la nourriture.

Iovan se pencha en avant et haussa un sourcil.

— Nous leur sommes très utiles, heureusement, dit-il.

La femme hocha la tête. L'observant, je fus frappé par sa gestuelle syncopée, comme si la moindre de leurs expressions était le résultat d'une réflexion, comme si l'esprit qui animait leur chair était très éloigné.

— Cela n'aura aucune importance, commentai-je. Les Lothriens ne vous soutiendront pas lorsqu'ils découvriront la vérité.

— Les Lothriens sont sous contrôle, rétorqua Iovan. Le Conclave n'a pas hésité à vendre ses prolos pour éviter de se retrouver au menu. Ç'a été très facile. Je suis ici depuis trois générations ; ils meurent tellement vite ! Trois générations pour subvertir le Conclave. (Il se rassit et arbora un sourire suffisant et la mine sévère du Neuvième Siège.) La volonté du Conclave est la volonté du Peuple. (Son masque de solennité vacilla encore une fois.) Que cela vous plaise ou non, Hadrian – vous permettez que je vous appelle Hadrian ? –, le Commonwealth est le vassal des Cielcins. Vous avez perdu.

(Il posa une main sur l'épaule de la femme.) Et c'est moi qui vous ai battu.

Le sourire de la femme se réveilla une fraction de seconde après celui de l'homme.

— Il est bien plus tard que vous le pensez, dit-elle. Votre Empire est condamné.

— Vous faites tout ça pour… détruire l'Empire ? m'étonnai-je en clignant des yeux.

— Eh bien… oui, confirma Iovan en grimaçant. Votre Empire a écrasé l'humanité. La galaxie a changé, mais pas nous. Pas vous. Votre Fondation nous maintient dans un Moyen Âge depuis des milliers d'années. Des milliers d'années à nous agenouiller devant votre Empereur rouge et son trône doré. Mais c'est fini ! Le temps est au changement, vous comprenez ? (Il s'agita sur son banc, posa une main sur sa poitrine et, de l'autre, prit la mienne.) Les choses que j'ai vues… vous n'imaginez même pas.

— J'ai beaucoup d'imagination, contrai-je.

Iovan et la femme rirent de concert.

— Vati n'a pas exagéré, reprit Iovan. Leurs dieux existent. Des êtres qui dépassent notre entendement…

— *Caihanarin*, dis-je en cielcin. Les Observateurs.

Mes interlocuteurs ne furent aucunement surpris.

— Vous savez un mot et vous pensez les connaître ? Vous ne savez *rien*, Hadrian, rien du tout. Nous deviendrons nous-mêmes comme des dieux, ajouta Iovan en levant l'index vers le plafond de la camionnette. Comme eux.

— L'Empire disparaîtra, et l'humanité sera libre, expliqua la femme. Libre d'évoluer, de se transcender.

— Comme vous ? demandai-je en faisant référence aux machines qui emplissaient leur tête.

— Nous ne sommes que le début, répondirent en chœur l'homme et la femme.

— *Nettan suja wo !* aboya Gorre, nous ordonnant de nous taire.

Entendre le nom de son dieu dans ma bouche ne lui avait pas plu, j'imagine. Iovan et sa contrepartie féminine se turent et fixèrent du regard l'imposant commandant, à l'arrière de la camionnette.

Remarquant leur soumission pitoyable, j'attirai le regard de l'homme et articulai en silence le mot :

« *Esclaves...* »

Toujours enchaîné, on me fit sortir de la camionnette dans un hangar cousin de celui dans lequel nous avions atterri à notre arrivée sur Padmurak. Des arches d'acier nu nous surplombaient, ainsi que des poutres et des passerelles qui donnaient à l'endroit une apparence industrielle oppressante. Dans cet univers de lignes et d'angles droits, la navette qui nous attendait offrait un spectacle incongru ; son long fuselage était incurvé comme la canne d'un vieillard, sa surface était striée, côtelée comme un dessin anatomique, aussi brute et organique que le corps de Vati.

Il n'y avait pas de rampe d'accès, mais une plate-forme élévatrice qui descendit pendant notre approche.

Gorre hurla des ordres aux deux xénobites qui s'occupaient de l'ascenseur. Il parla très vite, avec un accent épais qui brouilla ma compréhension de sa langue. J'entendis le mot *wananna*, cependant. « Préparer ». Un des Cielcins escalada une échelle fixée à une des poutres auxquelles était relié l'ascenseur et disparut dans la navette. Mon escorte me força à monter sur la plate-forme, ne s'interrompant que pour crier sur l'opérateur.

— *Psannaa !* lança Iovan, ordonnant à mes gardes de s'arrêter.

Les Cielcins me positionnèrent sur la plate-forme, puis me firent pivoter sur mes talons. Iovan et sa compagne sorcière se tenaient bras dessus, bras dessous, et arboraient le même sourire en plastique.

— Je regrette de ne pouvoir faire le voyage avec vous, lança la femme en prenant Iovan par la main. J'aimerais tellement voir ce que le Prince va vous faire. Il a des idées tellement intéressantes...

— Nous devons attendre de nous synchroniser avec les autres, intervint Iovan en déposant un baiser sur la main de la femme, sans se départir de son sourire. Saluez-les de notre part.

Il s'avança jusqu'à la plate-forme de l'ascenseur, où il entreprit d'ajuster ostensiblement le col de ma combinaison, pourtant très serré, à la manière d'un parent envoyant un fils à la guerre.

— Je n'ai pas menti : ordonner votre transfert m'a coûté. Je ne veux pas que le jeu s'arrête. Mais je suis heureux – tellement heureux – de vous avoir battu.

— Vous ne m'avez pas battu.

— Ah bon ?! fit mine de s'étonner Iovan en m'embrassant inexplicablement sur le front.

Je lui assenai un coup de tête et entendis le bruit satisfaisant du cartilage qui craque. Iovan tituba en arrière, et tomba de la plate-forme. Le tout sans cesser de rire... Je me demandai si la marionnette de chair des sorciers ressentait de la douleur. Urbaine était incapable de souffrance physique ; il n'était même pas mort lorsque Udax l'avait décapité. Les Cielcins me maintinrent plus fermement, leurs griffes peinant à transpercer le tissage de ma combinaison.

Iovan se releva en tenant son nez ensanglanté.

— Gardez un peu de votre énergie pour le Prince. Vous en aurez besoin sur Dharan-Tun.

C'était la première fois que j'entendais prononcer ce nom, le monde sombre, la forteresse noire de l'ennemi, la citadelle du Fléau de la Terre. C'était une menue victoire, pour moi.

Il avait raison : il avait gagné. Il m'avait battu, et si ce qu'il disait était vrai, il *nous* avait battus. Si le *Tamerlane* avait été pris, alors tout était perdu.

Le désespoir est le plus grand des péchés, l'échec terminal.

Je serrai les dents et toisai le petit sorcier.

— *Salu'ayan ne ?* cria Gorre aux autres. (J'entendis le souffle qui passait pour un « oui » dans leur langue.) *Eija !*

L'ascenseur monta en cliquetant, me plongeant dans des ténèbres puantes.

25

Renaissance

Je ne me rappelais pas être tombé, mais j'étais bien par terre. Je me mis tant bien que mal à quatre pattes, essayai de m'agenouiller, de me redresser, de respirer. Je toussai et crachai des caillots rosés sur la pierre. Je me cognai la tête. Un afflux massif de sang dans mes oreilles fit un bruit de cavalcade, et mes muscles se tendirent, tandis que la moindre fibre de mon corps se contractait pour m'obliger à vomir le contenu de mon estomac et de mes poumons.

Ils étaient censés vous vider avant de vous sortir de fugue cryogénique.

Jamais je n'avais eu aussi froid.

Essayant une nouvelle fois de me lever, je glissai sur le liquide amniotique et m'étalai de tout mon long, heurtant encore le sol de la tête.

— Là, là, dit une douce voix musicale. Là, là, Monseigneur, là, là.

Je sentis des mains sur mon visage, autour de ma tête. À force de tousser, ma poitrine menaçait d'éclater ou de se déchirer. Je ne voyais rien, j'étais incapable de parler. Je n'étais conscient que de ma toux et de mes haut-le-cœur. Et cette voix féminine et angélique.

— Valka ?

— Non, non, c'est juste nous, répondit la femme en me faisant taire, comme ma toux commençait à se calmer. Concentrez-vous sur votre respiration.

Il ne pouvait s'agir de Magda. Ils ne pouvaient pas l'avoir capturée aussi. Étais-je toujours sur Padmurak ? Non, non. Je commençai à me rappeler. Gorre m'arrachant ma combinaison, me poussant dans la crèche cryogénique. On m'avait retiré mes menottes, entravé dans la crèche.

— Valka ! parvins-je à crier en me mettant à genoux. (Mais je retombai durement.) Où ?

— Morte, j'en ai peur.

— Non, rétorquai-je d'un ton vide et faible. Non.

— Votre vaisseau a été pris. Détruit. (Un bruit de pas dans des flaques puis, de nouveau, des mains sur moi.) Vous êtes le seul survivant, Monseigneur.

Les mains me retournèrent, et je sentis plus que je ne la vis une femme s'agenouiller à côté de moi pour poser ma tête sur ses cuisses. Pendant un moment absurde, je crus qu'il pouvait s'agir de ma mère. Sauf que ma mère était morte depuis longtemps, victime des longues années que j'avais passées entre les étoiles. Néanmoins, je crus entendre sa voix.

« Tu es mon fils. »

Une autre voix, plus aiguë et froide que celle de la femme, résonna par-dessus ma cécité et les battements rapides de mon cœur.

— Qu'est-ce qu'il lui arrive ?

— Je l'ai réveillé sans lui avoir vidé les poumons, répondit la femme, que j'entendais sourire.

— Il va s'en remettre ? demanda la voix froide et vaguement familière.

— Bien sûr, confirma la femme d'un ton doux et câlin en me caressant le visage. Ça passera. C'est plus amusant comme ça.

Un bruit de semelles dures sur le sol.

— Je le veux vivant, docteure.

— Je… (Je fus pris d'une nouvelle quinte de toux, et la femme m'aida à me redresser. Des humeurs bleu-vert maculaient mes jambes, couvraient ma nudité pâle.) Je ne vois rien…

Ce n'était pas strictement vrai. Le monde m'apparaissait sous la forme de taches de lumière et d'ombre. Et tout était bleu-vert.

— Ça passera, répéta la femme. Les *jitaten prophanoi* qui vous ont congelé n'ont pas fait un boulot très propre. (Elle plaqua quelque chose de froid contre mon dos, et j'entendis les gémissements et tintements électroniques d'un dispositif médical.) Vous avez encore du fluide dans les poumons. Ça prendra un peu de temps. (Une lumière blanche se focalisa sur mon œil gauche, puis le droit, m'arrachant une grimace.) Iovan aurait dû vous mettre en fugue cryogénique lui-même.

Des bruits de pas nous tournaient autour. J'essayai d'en localiser la source.

— Je veux Hadrian Marlowe, docteure, non pas son cadavre.

— Il est en vie ! se défendit-elle d'une voix où commençait à poindre de la peur. Sa température augmente régulièrement, son EEG est…

— Je vous écoute…, l'encouragea la voix glaciale.

— Il est bizarre.

— Si vos collègues lui ont – par inadvertance – causé des dommages irréversibles, docteure Severine, je serai extrêmement déçu.

— Ne vous en faites pas, Votre Grandeur. Son potentiel d'action est hors du commun.

Je lui saisis le poignet, l'adrénaline me serrant la poitrine.

— Severine ?

J'agrippai si fort sa main que j'aurais pu la briser. Je sentis les arêtes de ses os imprimés semblables aux os artificiels de ma main gauche. Des images défilèrent devant mes yeux. Une main de métal blanc brisant le verre blindé d'une cuve. La masse imposante d'un colosse marchant, les jambes arquées, dans un marais en direction de hautes montagnes. Des hommes morts reliés à un transmetteur. Siran. Une détonation dans le noir.

— Vous êtes avec eux !

Je tentai de nouveau de me lever en repoussant la sorcière Severine. Et je glissai, tombai en roulant dans le liquide gluant de ma renaissance. Les ténèbres ondulaient autour de moi, les lumières orbitaient au-dessus. Lentement, je pris conscience du fluide qui maculait mon visage et mes cheveux, de la douleur palpitant dans mes doigts et ma gorge.

Mes anneaux. Ils n'avaient pas retiré mes bijoux lorsqu'ils m'avaient sanglé dans la crèche cryogénique extrasolarienne. Sous le métal et l'ivoire, ma peau avait brûlé. Comme mon corps se réchauffait, la douleur s'intensifiait, et mon sang coulait de mes doigts, mais aussi autour de mon cou et sur mon torse à cause de ma chaîne et du morceau de coquille de Silencieux. Je distinguais à peine mes mains, mes paumes. Mes doigts couverts de sang cessaient lentement de n'être que des taches floues. Tremblant, je retirai de mon pouce gauche le vieil anneau du prince Aranata Otiolo, ravalant un cri de douleur comme le métal arrachait ma chair, découvrant viande et tendons.

— Vos pauvres mains..., dit Severine. Il va falloir soigner ça.

Pour la première fois, je remarquai qu'elle portait des gants en caoutchouc et une combinaison médicale informe et luisante. Le visage derrière la visière en plastique n'était pas celui que j'avais vu sur Arae autrefois. Elle parlait en jaddien, mais son visage était mandari, ses yeux étaient plissés, ses pommettes hautes. Elle n'était pas mandari, sur Arae, si ?

Je retirai ma main et grimaçai comme l'air glacial soufflait sur ma peau. Sans détacher mon regard de Severine, je serrai mon membre blessé contre ma poitrine. J'avais des rubans ensanglantés autour du pouce et de l'annulaire de la main gauche, de l'index de la main droite. J'aurais bientôt de nouvelles cicatrices. J'avais eu une cicatrice de cryobrûlure sur le pouce de la main gauche – ma main gauche originelle. Dire que j'avais vécu assez longtemps pour recevoir la même blessure, au même endroit… Quelle amère ironie. L'absurdité et l'horreur de la situation dans laquelle je me trouvais me frappèrent. J'étais nu et couvert de fluide bleu et de sang, assis en tailleur devant ma cabine cryogénique vide.

— Je me souviens de vous, dis-je. (Car si le visage n'était pas celui de mes souvenirs, il s'agissait bien de la sorcière de MINOS que j'avais rencontrée sur Arae dans un lointain passé.) Je croyais que Siran vous avait tuée.

— Elle aurait réussi si elle avait visé la tête, répondit-elle dans un sourire pincé. Donnez-le-moi, ajouta-t-elle en tendant sa paume ouverte.

Elle parlait de l'anneau d'Aranata. J'observai le bijou maculé de sang. La pierre rouge me fixait d'un regard mauvais. Le rhodium avait été moulé – comme souvent dans l'art cielcin – pour évoquer un muscle nu. Profitant de mon état de faiblesse, elle me l'arracha.

— Faites-moi voir ça, lança l'autre voix.

Me laissant sur le sol, la femme se leva et recula, contournant les flaques de fluide bleu-vert avant de s'agenouiller. J'essayai de tourner la tête, mais je ne voyais pas derrière la femme. Ma crèche se trouvait au milieu d'un rond de lumière pâle entouré de ténèbres. Des lampes rouges comme l'enfer illuminaient faiblement des murs en pierre dont les arches organiques faisaient penser aux intestins pétrifiés d'un géant.

—Alors c'est vrai, dit la voix. C'est vous qui avez libéré l'infâme Otiolo. J'avais entendu cette histoire, mais les histoires ne sont que mensonges.

Il y eut de nouveau des bruits de pas, et une silhouette en armure segmentée et émaillée et robe noire émergea des ténèbres pour poser une main possessive sur la tête de Severine. Ma respiration s'accéléra, et je maudis mon cerveau embrumé de n'avoir pas compris plus tôt.

Le prince Syriani Dorayaica s'avança avec circonspection sur le sol mouillé, soulevant d'une main griffue ornée de bijoux sa robe pour l'empêcher de traîner dans le fluide gluant. Il était grand et terrible, presque aussi grand que son serviteur Vati, même si les facettes de son visage et les lignes de son corps étaient tout sauf mécaniques. J'avais devant moi un seigneur cielcin non perverti, ni altéré par la sorcellerie électrique de MINOS. Lorsqu'il marchait, des fils argentés dans sa robe brillaient, mettant en valeur des runes qui scintillaient comme des étoiles réfléchies par des eaux aussi noires que l'espace. Une épingle en argent en forme de main retenait sur son épaule les plis de son habit impérial dans une imitation obscène des toges de nos César. Son armure était ornée de bras entremêlés, aussi élaborée que celle de n'importe quel empereur. Son visage était monstrueux, lisse comme du verre, blanc comme du marbre, avec des yeux plus noirs que ses vêtements et aussi grands que des œufs sous sa couronne de cornes. De délicates chaînes en argent, sur son front, étaient décorées de petits saphirs bleu foncé, dont le plus gros, au milieu, brillait comme un troisième œil aveugle. Les cornes qui surplombaient son front royal étaient habillées d'argent.

Il ne plissa pas les yeux comme le faisaient nombre de ses congénères lorsqu'il entra dans la lumière, mais me toisa tel l'avatar de quelque dieu stygien.

— Vous voici enfin, honorable compagnon, dit-il dans un standard parfait, avant de se baisser pour me montrer l'anneau du prince Aranata dans sa paume. Bienvenue chez moi… dans mon *Dharan-Tun*. Je vous ai attendu tellement longtemps.

J'étais incapable de parler. Je pouvais à peine réfléchir. Comme si mon esprit peinait à accepter la réalité. En plus de m'être réveillé sur une autre planète, j'avais l'impression d'être dans un autre monde, comme si l'univers que j'avais connu – celui de l'Empire sollien, de la Compagnie rouge, de Nessus et Padmurak, de Forum, Vorgossos et Emesh – n'était plus. Severine prétendait que le *Tamerlane* avait été détruit, que tous les miens – mes amis – étaient morts. Je ne pouvais pas l'accepter, l'admettre. L'idée que tous ceux que je connaissais, que j'aimais, auprès desquels j'avais combattu pendant si longtemps… Durand et Ilex ; Koskinen et White ; Elara, qui était sortie avec moi des fosses d'Emesh ; Lorian Aristedes et toute la Compagnie rouge. Corvo et Crim. Et Pallino. Et Valka.

Valka…

Valka ne pouvait pas être morte. C'était tout simplement impossible. Je l'aurais su.

— J'aimerais vous parler, dit le Prophète en penchant sur le côté son énorme tête cornue. Prenez-le et parlez, ajouta-t-il en me tendant l'anneau.

Tremblant de froid, je pris le bijou dans la main blanche de Syriani. Sans détacher mes yeux des siens, je le passai à mon pouce droit, le gauche étant ensanglanté.

— Que voulez-vous que je dise ? parvins-je à demander.

Syriani se redressa, se déplia de toute sa taille.

— Vous avez pris deux de mes serviteurs. Iubalu et Bahudde m'étaient très chers. Et vous les avez détruits. (Le Prince des Princes se retourna et, la tenue ondulant dans la faible gravité, s'éloigna vers le périmètre de la tache de lumière.) Pis, vous avez brisé mes armées, entravé mes conquêtes, interféré dans ma mission auprès du Commonwealth, assassiné nos parents. Je devrais certes vous honorer pour cela, même si ce n'est pas *namnaran*, si cela ne se fait pas. Votre existence même est un blasphème. Vous êtes *dunyasu*, maudit, et *attantar*, béni. Et vous êtes *sa* créature. (Le géant xénobite – mince comme un sabre – fit rouler ses épaules étroites. Lâchant l'ourlet de sa robe, il pivota sur ses talons.) Vous croyez que votre truc de Berenike m'a fait changer d'avis ? Vous pensez que votre dieu peut gagner ? (Il pencha la tête à droite, là où un humain l'aurait secouée.) *Veih*. Non. Utannash est inconstant. Faux. Il vous trahira. Il vous abandonnera.

— Je ne comprends pas. Qu'est-ce qu'Utannash ?

— Lorsque vous l'appellerez, il restera muet, lâcha-t-il comme s'il ne m'avait pas entendu.

— Que voulez-vous de moi ? l'interrogeai-je, question commune aux prisonniers de toutes les époques.

Il leva sa main blanche tachée de sang – le mien – et me pointa du doigt.

— Douze et quatre fois douze générations se sont succédé depuis les jours d'Elu. Douze et quatre fois douze générations de souffrance. De misère. (Sa main retomba.) Mais c'est terminé.

Je regardai en silence, serrant mes poings endoloris. Les deux autres anneaux – que je portais sur mes doigts cryobrûlés – mordirent dans ma chair. Sifflant de douleur, je rassemblai ce que j'avais de force et me levai. J'avais le vertige, mais je suis fier de pouvoir dire que je ne suis pas tombé. Les pieds écartés pour garder l'équilibre, je lançai :

— Cela n'a rien à voir avec nous.

— Vous vous dressez en travers de notre route. Vous. Votre dieu. Vous devez être balayés. Mon empire s'étendra d'une extrémité à l'autre de l'espace pour qu'ils puissent me voir.

Je fis deux pas en avant.

— Alors, tuez-moi ! crachai-je.

Un *nahute* était accroché à la ceinture du xénobite, lasso de métal argenté. Il aurait suffi à Dorayaica de le dérouler pour mettre un terme à ma vie.

Il n'en fit rien, cependant.

Le prince sourit, sa bouche dépourvue de lèvres se retroussant pour révéler des dents de verre et des gencives noires. Tant de détails, chez les Cielcins, évoquaient la mort. Se pouvait-il que l'Évolution, dans un de ses caprices, ait créé cette espèce en s'inspirant des cauchemars des hommes ? Le sourire des Cielcins était un grondement féroce.

— Il vous faudra mourir, oui, expliqua le Cielcin. Mais *bien* mourir, précisa-t-il.

Sur ce, il se retourna et, soulevant sa robe, sortit du disque de lumière. Sa longue tresse fut la dernière à disparaître, serpent blanc glissant dans la nuit.

— Nettoyez-le, docteure. Installez-le. Et n'oubliez pas de l'équiper d'un collier. Une longue route nous attend.

Et il s'en fut. Quelque part au loin, une porte siffla. Severine s'approcha de moi, ses bottes en caoutchouc couinant dans le fluide et le sang.

— Suivez-moi, Lord Marlowe. Nous allons soigner vos pauvres mains.

Je la repoussai, titubai, jurant comme la douleur dans mes doigts s'intensifiait. La pression atmosphérique m'était douloureuse.

— Où m'emmenez-vous ?

— À la medica, répondit-elle en clignant des paupières derrière son masque en plastique.

— Et lui, où m'emmène-t-il ? grognai-je.

Severine se contenta de sourire.

26

La grotte

Severine me lava et me colla des bandes correctrices sur les mains et le torse. Mes meurtrissures et fractures, conséquences de mon passage à tabac sur Padmurak, n'avaient pas guéri durant ma fugue cryogénique. Elle s'en occupa également sous le regard des gardes cielcins. La vision de cet équipement humain dans une medica se résumant à une grotte taillée dans la roche avait quelque chose d'incongru. On me donna aussi à manger un porridge insipide à base de bromos et un quignon de pain noir. Bizarrement, on me traita mieux que dans les prisons lothriennes.

Cela ne dura pas, cependant.

Une fois son travail terminé, la sorcière de MINOS me confia aux Pâles, qui me battirent et me tinrent pendant que le plus petit d'entre eux m'équipait d'un collier. Quelque chose dans l'objet vrombit lorsqu'il se referma, et un voyant rouge s'alluma. Comme je n'étais pas remis de ma fugue cryogénique, je me rappelle à peine les escaliers en colimaçon, les couloirs courbes, les ascenseurs et les chaînes de cet horrible bastion. Je ne suis pas Valka, je ne l'ai jamais été. Ma mémoire est défaillante, s'estompe, disparaît.

Je ne m'en plains pas, d'ailleurs, bien au contraire.

Toutefois, je n'oublierai pas l'odeur, la puanteur de Dharan-Tun. Le fer et le soufre. Le sang et le feu. La putréfaction et la mort. Si le Prince des Princes avait une élégance démoniaque, son dominion était une monstruosité de fer et de roche nue. C'était un royaume en exil, un royaume en mouvement, hideux et grossièrement taillé dans une lune errante. Je ne saurais dire qu'elle était sa taille ; en tout cas, la lune était plus grande que les satellites d'Emesh, plus grande que certaines planètes. Dharan-Tun était un monde en soi, une planète propulsée par des moteurs aussi gros que les empires de la Vieille Terre, aussi puissants que des soleils, et si sa surface était sombre, froide et couverte de givre, des millions, voire des milliards de Cielcins et d'esclaves vivaient sous sa glace dans des tunnels et des salles aussi impressionnants que la mythique Nidavellir.

Et puis, il y avait les cavernes, les prisons, les fosses…

La porte siffla et se referma derrière moi, la serrure brillant d'un faible éclat rougeâtre. J'avais cessé de trembler, mais je n'en croisai pas moins les bras. Severine m'avait donné un vêtement, un genre de soutane brute et ample, quoique resserrée au niveau des manches, qui flottait autour de mes chevilles. Les pieds nus et calleux, je m'avançai dans les ténèbres de ma nouvelle maison, plissant les yeux pour voir à la lumière du panneau lumineux de la porte.

Les ténèbres soutinrent mon regard.

Lentement, je visitai le noir, testant le sol avec les orteils. L'air était moins froid que dans la salle où Severine m'avait réveillé, moins froid que dans la medica où elle m'avait soigné. L'atmosphère sentait l'humidité, la pourriture, les champignons, la terre. Je remarquai également un parfum bizarrement sucré.

Quelque chose clapota dans les ténèbres.

— Qui est là ? demandai-je en longeant le mur, ma main bandée effleurant la paroi.

La roche était lisse comme du verre sous mes doigts, comme si elle avait été taillée avec du plasma ou un rayon laser. Après quelques pas seulement, je dus m'arrêter. Blessé comme j'étais, affamé et pas tout à fait remis de ma fugue cryogénique, j'étais pris de vertige. Severine m'avait gardé à la medica – une salle sinistre emplie de machines – pendant plus d'une journée, d'après mes estimations. Mais je n'étais sûr de rien. La gravité réduite, les ténèbres et la sensation de dissociation se mêlaient et ajoutaient à ce sentiment qui me tourmentait depuis que mon char s'était écrasé sur ce pont : le chagrin.

Un nouveau clapotement.

Fermant les paupières et gardant ma peine à l'arrière-plan de mon esprit, je marchai doucement.

— Il y a quelqu'un ?

C'était absurde, mais je m'attendis presque à entendre le chœur de voix des Frères, à voir leurs bras boursoufflés s'agiter dans le noir. Mais il n'y avait rien. Regardant par-dessus mon épaule, j'avisai le panneau-serrure rouge de la porte. Il me paraissait aussi distant qu'une étoile, alors que je n'avais pas parcouru plus de trois mètres. Devant moi, la chambre s'élargissait, même si je ne pouvais en deviner les dimensions.

— Montrez-vous !

Le silence.

Un silence qui se prolongea.

Des clapotis.

J'avais parcouru une douzaine de pas depuis la sortie du couloir lorsque mes pieds trouvèrent de l'eau. Une flaque ? Un bassin… Remontant ma soutane, j'avançai dans l'eau jusqu'aux genoux en serrant les dents. Je devins subitement conscient des pulsations de la douleur dans mes mains et je m'arrêtai en prenant soin de ne pas mouiller mon habit. Quelque chose me frôla la jambe. Je sursautai, me hâtai de reculer. Quelle qu'elle soit, je n'avais pas envie de connaître la nature des créatures qui vivaient là-dedans. Une fois hors de l'eau, j'allai m'adosser à la paroi, à l'entrée du couloir. *C'était juste un poisson*, me dis-je.

—Juste un poisson…

Seul dans le noir, je repliai mes genoux contre ma poitrine. Enfin seul.

Les ténèbres se refermèrent autour de moi. Le noir, la réalité de mon emprisonnement, de la perte du *Tamerlane*, de la mort de Valka… Tous ceux que je connaissais et aimais n'étaient plus. Ma Compagnie rouge. Les miens.

Des larmes chaudes roulèrent sur mes joues, je serrai mes poings meurtris, fermai les yeux sur la souffrance qui enflait sous les bandes correctrices noires. Cette douleur, je la voulais, j'en avais besoin… je la méritais. Je serrai les poings jusqu'à ce que mes cris de souffrance emplissent la chambre minérale et sombre. Le sourire de Iovan fendit les ténèbres, son visage gris et démoniaque, ses yeux artificiels scintillants. Je comprenais un peu ce que Valka devait ressentir, hantée qu'elle était par le spectre d'Urbaine. Un sanglot m'échappa, pareil à une fissure dans un barrage sur le point de céder.

Que lui avais-je dit en dernier ? Je l'avais embrassée avant de gravir l'échelle conduisant au toit de la camionnette. « *Je reviens tout de suite* », lui avais-je dit. J'avais menti, évidemment. Nous ne nous reverrions jamais. Valka était morte, c'était une quasi-certitude.

« *Tu n'en sais rien.* »

Sa voix aiguë de Tavrosi résonna dans les ténèbres de ma grotte. Elle aurait pu être assise en face de moi et partager ma cellule, comme elle avait partagé celle dans laquelle nous avait enfermés Kharn Sagara.

« *Tu n'en sais rien.* »

Les derniers mots qu'elle m'avait dits. Histoire de me rappeler que je n'avais pas toujours raison. Il n'y aurait pas eu meilleure épitaphe pour Valka Onderra Vhad Edda de

Tavros. Son souvenir en réveilla un autre, et les yeux souriants de Iovan semblèrent une fois de plus me fixer dans le noir.

« Votre concubine tavrosi, avait-il dit. *Ses implants posent un problème. Un problème qui… »*

Qui quoi ?

Je me redressai un peu. Iovan n'avait pas parlé de Valka comme d'une morte. Elle était en vie lorsque j'étais monté à bord de la navette qui m'avait conduit jusqu'ici. Combien de temps s'était-il écoulé depuis ? Combien de temps étais-je resté congelé ? Furieux, n'osant espérer, je me levai et me frottai les joues avec les paumes. Je retournai devant la porte que je martelai en criant pour que Severine ou Syriani vienne, mais personne ne répondit. Après avoir frappé au battant pendant peut-être une heure, je titubai en arrière, la robe claquant contre mes chevilles, et m'adossai au mur. Alors je me concentrai, scrutai la vaste infinité de possibilités, cherchant un monde où j'ouvrais la porte et m'évadais.

Mais il n'y en avait pas.

Vous qui lisez ce récit, vous imaginez peut-être que ma vision était sans limite. En vérité, elle était limitée par ce que je savais. Sur Eikana, par exemple, je me suis appuyé sur les connaissances du technicien chargé de stopper la production d'antimatière afin de nous guider sur les courants du temps. Je ne savais rien de cette serrure. Était-elle mécanique ou électrique ? Où pouvait bien se trouver le panneau de contrôle ? Ma perspective étant limitée, la porte aurait très bien pu être un mur qui, face au prisme limité de ma conscience, ne s'ouvrirait jamais. J'étais le fameux chat – ni vivant, ni mort –, incapable de m'évader de ma prison.

Incapable également de me débarrasser de mon collier. Je passai mes doigts en dessous, tirai de toutes mes forces, tendant l'oreille pour entendre céder son mécanisme. Mais il ne bougea pas ; ni dans mon univers, ni dans les autres.

Impossible de me frayer un chemin entre des choix que je ne comprenais pas.

Je finis par retourner près du bassin noir et écoutai l'eau qui s'écoulait sur des pierres lointaines. Je me couchai et restai là une durée indéterminée car le temps lui-même se dissipa dans les ténèbres.

Des jours passèrent sans que rien de notable se produise. À la fin du premier, le creux dans mon estomac devint difficile à supporter, et la soif m'amena à boire l'eau du bassin. Je n'avais aucun moyen de savoir si elle était potable, mais au moins son goût n'était-il pas trop mauvais. Elle était un peu amère, mais *a priori* potable. Je serais fixé rapidement, cependant. Si je m'étais trompé, un animalcule ne tarderait pas à me tordre les boyaux, à me vider les intestins. Je repensai à Cat, mourante dans le caniveau. Quelle drôle de fin ce serait pour Hadrian le Demi-mortel, dont il se disait qu'on ne pouvait le tuer, qui avait tenu de la matière haute dans sa main, qui avait résisté au rayon sur Berenike. Emporté par un genre de dysenterie extraterrestre dans un sombre cachot.

Sauf à vouloir mourir de soif, je devais prendre le risque.

La porte s'ouvrit, laissant entrer un éventail de lumière rouge.

— On dirait que vous êtes bien installé, lança une voix traînante.

Deux ombres se découpaient dans l'arche couleur de sang. Après ce que je supposais être des jours de ténèbres, je trouvai aveuglant le modeste éclairage cielcin. Aux ricanements de mes visiteurs, je conclus qu'ils n'étaient pas des esclaves de Syriani, qu'ils ne portaient pas de collier. Comme ils s'approchaient de moi, l'un d'entre eux activa une sphère lumineuse flottant juste au-dessus de son épaule.

La lumière blanche et bien plus intense que celle de l'extérieur m'aveugla pour de bon. Comme mes yeux torturés s'habituaient, cependant, je reconnus le visage de la docteure Severine, ses yeux gris – les mêmes que ceux de Iovan – rivés sur moi, scintillants. C'est son compagnon, toutefois, qui avait parlé. Ni sa voix, ni son visage ne m'étaient connus, et pourtant, quelque chose en lui me semblait familier. Pâle comme du lait, chauve, grand et mince, on aurait dit une imitation de ses maîtres cielcins. Ses yeux étaient d'un gris mécanique évident. Il portait une veste trois-quarts en brocart taillée à la mode mandari, avec un col haut et des poches boutonnées, d'un violet tellement foncé qu'il se rapprochait de l'anthracite, ainsi que des chaussons assortis et des collants blancs.

Les yeux endoloris d'avoir été inusités, j'examinai ma prison. Des stalactites descendaient du plafond, spires laiteuses zébrées de veines sombres, qui me firent penser à la pierre de la nécropole du Repos du Diable, sur Delos. Le sol irrégulier formait un genre de croissant surplombant légèrement le bassin, qui mesurait une bonne cinquantaine de mètres de longueur. L'extrémité opposée de la salle était constituée de marches en calcaire. J'avisai également, le long du mur le plus éloigné, un caniveau d'une quinzaine de centimètres de large relié à une grille d'évacuation en fer rouillé et crasseux, et dans lequel coulait continuellement un filet d'eau. Des latrines primitives.

Il n'y avait pas d'autre aménagement, à moins de compter les anneaux en fer accrochés au mur à intervalles réguliers. Me voyant observer les toilettes de fortune, l'homme dit :

— Je vois qu'on vous a donné une des meilleures cellules.

Il se tourna vers Severine, qui ne dit rien.

— Que voulez-vous ? demandai-je d'une voix rauque.

En présence d'êtres humains, j'étais subitement conscient de ma crasse, de mon visage et de mes mains graisseuses. Je ressentis une terrible envie de plonger dans le bassin pour me nettoyer. J'étais affamé, cependant, faible.

— Nous sommes ici pour vous donner à manger, évidemment, soupira l'homme. Quoi d'autre ? Le Prince nous a demandé de nous occuper de votre confort.

— Mon confort ?

— Heureux de constater que votre expérience avec Iovan n'a pas eu raison de votre fierté impériale, commenta l'homme en entrant dans ma cellule. Le spectacle de votre interaction avec le Prince n'en sera que plus fascinant. C'est un artiste, vous comprenez.

Une caisse portée par un drone volant grâce à des répulseurs vrombissants apparut dans le dos des personnages. La machine déposa la boîte et s'en fut aussitôt par la porte ouverte. Pendant un instant très bref, je nourris la possibilité de prendre les deux sorciers de vitesse pour m'évader.

J'en étais incapable, bien sûr.

L'homme chauve soupira en se massant le cou.

— Dommage que vos hommes-oiseaux ne soient pas avec vous. Ils me doivent une… tête.

Mon estomac se retourna et une colère renouvelée enfla en moi.

— Vous êtes… Urbaine !

— Lui-même.

Le sorcier de MINOS qui rampait dans l'esprit de Valka et la handicapait me gratifia d'une parodie de révérence.

— J'espérais que vous étiez mort, dis-je en me rendant compte que j'avais été bien naïf.

— Vous n'êtes pas le seul humain de cette galaxie à ne pas mourir facilement, répondit-il dans un sourire pincé. (Il me regarda de la tête aux pieds.) J'aimerais beaucoup tester les limites de votre légende, Monseigneur. J'ai cru comprendre que certaines personnes, dans votre Empire, vous considèrent comme un genre de dieu. Même le Prince – béni soit-il – vous prend pour l'envoyé d'une divinité. Mais il n'y a pas de dieux.

Il n'y a pas de magie, simplement des mystères qui attendent d'être mis au jour.

Il ouvrit le couvercle de la caisse et en sortit un paquet enveloppé dans du papier d'aluminium. Il me le lança avec l'air d'un homme jetant des restes à un chien. Le paquet glissa sur le sol.

Il s'agissait d'une ration standard de la Légion.

Je ne fis pas mine de la ramasser. Pas question de leur offrir le spectacle d'un Hadrian désespéré, ni de supplier, ni de demander leurs restes.

— Il devrait y en avoir assez pour… une année standard, intervint Severine. À condition de vous rationner un peu.

Son sourire aurait pu vous sucer le sang à distance. Je m'efforçai de l'imiter.

— Comment avez-vous survécu ? demandai-je à Urbaine.

— Vous avez manqué mon second émetteur-récepteur, expliqua-t-il en se tapotant le cœur avec deux doigts. J'ai transféré mon daïmon ici pendant que vous étiez occupés avec le pauvre Bahudde.

— Je croyais que vous aviez besoin d'un plus gros transmetteur.

— Comme celui d'Arae ? (Il sourit et s'assit sur la caisse.) Vous nous avez manqué de quelques minutes, cette fois-là. Non. Sur Arae, nous avons dû transmettre plusieurs dizaines d'images de daïmons sur une demi-année-lumière, et nous avons dû le faire très vite. Sur Berenike, il n'y avait que moi… et j'avais simplement besoin de me mettre en orbite. (Il eut une grimace sardonique.) Vous ne… savez pas grand-chose des machines, n'est-ce pas ?

Je haussai les épaules et, posant la main sur la paroi, je me levai, ma soutane crasseuse pendant sur ma carcasse.

— En tout cas, je sais ce que vous êtes.

— Et que sommes-nous, Lord Marlowe ? demanda Severine, presque guillerette.

— Des fantômes. Vous êtes morts avec vos corps originels.

La femme gloussa, tandis qu'Urbaine éclatait de rire et lançait :

— Inepties primitives !

— Pas du tout, me défendis-je, ne connaissant que trop bien la profondeur du lien qui unissait la conscience et la chair. Vous n'êtes qu'une *image*, pour utiliser votre vocabulaire. L'ombre de ce que vous avez été.

— Nous étions des ombres autrefois, contra Severine, énigmatique. Nous sommes plus qu'humains, désormais.

J'étudiai leurs visages. Severine semblait relativement normale, mandari comme je l'avais dit, mais Urbaine avait clairement perdu une partie de son humanité. Son nez était plat et large, se rapprochant des fentes de ses maîtres cielcins, et ses oreilles étaient collées à son crâne.

— J'ai rencontré autrefois quelqu'un qui pensait comme vous. Il s'était tellement éloigné de son humanité qu'il n'était même plus conscient de ce qu'il avait perdu.

— Foutaises, assena Urbaine avec un geste dédaigneux.

— Ce ne sont aucunement des foutaises. (De fait, toutes les chimères posthumaines que j'avais rencontrées avaient en commun la même démence morale.) Vous ne pouvez pas devenir plus qu'humain en vous éloignant de l'humanité.

— *Humain*... cela ne veut rien dire, rétorqua Urbaine en se levant avec souplesse. Nous sommes données. Gènes. Pensées. La forme n'est pas pertinente.

— La forme crée la fonction. Changez le corps et vous changez l'esprit.

— Nous ne sommes pas venus pour parler philosophie !

— Certes, acquiesçai-je. Vous êtes venus vous gausser de moi. (J'écartai les bras et fléchis mes doigts. Les bandes correctrices avaient fait leur travail pendant que je me languissais dans le noir, preuve que plusieurs jours s'étaient écoulés.) Finissez-en.

J'avais recouvré une partie de mes forces et de mon assurance, même si j'avais mon collier et que j'étais enfermé. Urbaine devina ce que j'avais en tête et grogna.

— N'oubliez pas que vous êtes enfermé, Marlowe ! Vous avez perdu !

— C'est vrai, j'ai perdu. (Je me retournai, regardai l'eau à mes pieds. D'une voix distante, je poursuivis sans réellement avoir envie de parler :) Votre ami Iovan dit que vous voulez détruire l'Empire.

— Pour libérer l'humanité, confirma Urbaine en écartant ses longs bras et ses mains blanches.

— En en faisant l'esclave des Cielcins ?

Les sorciers échangèrent un regard. La femme répondit :

— Nouveaux paradigmes, nouvelle croissance. Les Cielcins offrent des opportunités… inédites.

— Comme la dissolution de l'Empire ? proposai-je en leur faisant face.

— Par exemple. L'humanité est devenue grasse sous le règne de vos empereurs. De quand date la dernière grande invention ? La dernière révolution industrielle ? La dernière idée nouvelle ? Vos seigneurs surjouent les ténèbres médiévales comme si l'Âge d'or durait encore.

Je tournai le dos aux sorciers et m'éloignai vers le bassin. Il y avait des poissons, là-dedans, découvris-je, des bancs de petites créatures pas plus grandes que ma main.

— Les Cielcins veulent nous balayer.

— Ils veulent balayer les *yukajjimn*, acquiesça Urbaine. Nous ne sommes pas des *yukajjimn*. Et vous n'en seriez pas un non plus si vous acceptiez de vous agenouiller.

— C'est une caste ? m'étonnai-je en fixant mon reflet dans l'eau.

Ma stupeur était manifeste. Longtemps auparavant, lorsque j'avais rencontré le prince Aranata Otiolo, il avait parlé des humains *yukajjimn* et de l'Empire sollien comme si les deux étaient synonymes. Kharn Sagara n'était pas un *yukajjimn* aux yeux des Cielcins. À l'époque, je n'avais pas eu le temps de me demander pourquoi – j'avais bien d'autres préoccupations –, mais à présent je comprenais. Sagara s'était soumis au prince pour vivre en paix et commercer avec le suzerain. En quelque sorte, il avait pris position sur le premier barreau de l'échelle cielcine. Les serments ne signifiaient rien pour le seigneur de Vorgossos, qui ne servait que lui-même. Les Cielcins ne voulaient pas éradiquer toute l'humanité, seulement les humains qui refuseraient de se mettre à genoux devant eux.

— Vous êtes vous-même un *Aeta*, dit Urbaine. Un *Aeta* humain.

— Un *Aeta yukajjimn*, ajouta Severine.

— C'est une caste, répétai-je, incapable de détacher mon regard de mon reflet. Vous allez forcer l'humanité à s'agenouiller devant son conquérant ?

— Nous allons forcer l'humanité à changer, répondit Urbaine. À progresser.

— Ce sont deux choses différentes.

— Absolument, confirma l'homme, dont l'ombre dansa sur la paroi au-dessus du bassin. Sous la Main du Prophète, l'humanité se répandra dans toute la galaxie. Dans d'autres galaxies, même. Nous combattrons dans ses armées, bâtirons ses villes. Nous nous élèverons. Nous évoluerons. L'humanité s'améliorera. C'est une nécessité.

Je me tournai vers le sorcier dont le physique était calqué de façon évidente sur celui de ses maîtres. Ce type rêvait de pouvoir. Son discours sur l'élévation de l'humanité ne concernait que lui. Pour gagner en prestige, il n'hésiterait pas une seconde à vendre des milliers de milliards d'êtres humains comme esclaves ou comme race à viande. Au minimum, il espérait devenir le vizir d'un nouvel empereur inhumain. Mais il y avait autre chose. Urbaine était un croyant, malgré ses protestations.

— Vous êtes un homme de science, sorcier, repris-je en regardant furtivement la femme, qui ne disait rien. Vous dites qu'il n'y a pas de dieux. Je dis que la religion et la science sont deux chemins vers la foi. Les deux sont des quêtes ; des quêtes identiques, si j'en crois mon expérience.

— Vous êtes un imbécile, se moqua Urbaine. Nous bâtissons un monde meilleur.

— Le paradis. Les Lumières. Peu importe le nom que vous lui donnerez. (Comme les deux sorciers semblaient pris au dépourvu, je poursuivis :) Pour ce qui est spécifiquement des sciences : la plupart des changements sont mauvais. Le changement augmente l'entropie, et l'entropie est synonyme de perte. (Je pensai à ma vision apocalyptique de la fin des temps, aux dernières étoiles s'éteignant comme des bougies qu'on souffle, tandis que l'énergie noire scindait la lumière elle-même.) On ne peut faire le bien qu'en préservant ce qui est déjà acquis et positif : les gens, les institutions…

— Qui détermine ce qui est positif ? m'interrogea Severine en reniflant. Vous ?

— Il y a des milliers de milliards de gens dans l'Empire. Des gens qui mourront en le défendant. (Je pivotai sur mes talons et leur lançai un regard noir.) Et vous, combien êtes-vous ?

Mon argument avait porté, je le sentais.

Tout comme les révolutionnaires qui avaient écrit la Lothriade, les mages de MINOS étaient très peu nombreux. Les révolutionnaires sont une minorité qui impose sa vision aux masses désintéressées. Des masses sacrifiables.

— Oh ! nous avons des gens partout, affirma Severine.

— Mais pas des milliers de milliards, je suppose, insistai-je d'un air que j'espérai méprisant.

— Je ne serais pas si fier, à votre place, lança Urbaine, le visage de marbre. Vous croyez que nous n'avons subordonné que le Commonwealth ? Nos doigts sont partout. En tout. Les Principautés. La République. Les Petits Royaumes. Ce qui reste des tenures…

— Et l'Empire lui-même, à n'en pas douter. (Je n'avais plus l'énergie d'être surpris.) J'aurais dû vous tuer quand j'en avais la possibilité.

Rien ne disait qu'arracher son cœur au sorcier suffirait à le détruire pour de bon. Il se pouvait qu'une sauvegarde de son *image* – son *daïmon* – subsiste sur un monde lointain. Ce serait un daïmon différent, cependant, un homme différent.

Comment pouvait-on vaincre un ennemi qui craignait si peu la mort ?

Le sourire d'Urbaine révéla une denture canine.

— Vous n'en aurez plus jamais l'occasion. (Il fit un pas dans ma direction.) Dommage que votre femme n'ait pas survécu. J'aurais bien aimé l'avoir aussi. Avec ses implants, on aurait pu faire de belles choses.

Il gloussa et se lécha les lèvres.

Ma vision devint toute blanche et je me jetai sur le sorcier, bien décidé à faire tomber ces dents pointues de sa bouche. Même si j'étais faible, mon crochet l'atteignit à la mâchoire, et il s'écroula comme une poupée de chiffon, comme un fagot de brindilles. Pendant un instant, je me tins au-dessus de l'homme dont le ver avait creusé des galeries dans le cerveau de Valka, qui l'avait handicapée, qui avait bien failli la tuer. Pendant ces quelques secondes, je me dressai triomphant, le poing levé pour cogner de nouveau.

Une douleur intense satura mes sens, comme si un éclair avait frappé la moindre de mes terminaisons nerveuses, la plus petite synapse. J'avais la sensation d'être enfermé dans un cercueil de métal chauffé à blanc, comme si mes os étaient emplis de charbons ardents. Je sentis ma peau cloquer, peler, mes tendons lâcher et se recroqueviller. Si je criai – et je criai forcément –, je n'entendis pas ma voix dans la mer d'agonie de mon univers. Aucun acide, aucun poison, aucun virus – pas même la terrible dispholide des prêtres de la Fondation – ne brûlait avec autant de force.

Et puis ce fut terminé. On éteignit la douleur comme une lampe.

Je repris connaissance couché sur le dos près du bassin, la robe et les cheveux imbibés. La douleur avait complètement disparu, mais son souvenir était comme une empreinte de botte sur mon cœur. Severine et Urbaine me regardaient, ce dernier me gratifiant d'une imitation de sourire cielcin.

Ses dents étaient rouges.

— Je vous ai eu, bredouillai-je en le pointant du doigt.

La douleur réapparut brutalement. Lorsqu'elle se fut estompée, ma gorge était à vif d'avoir hurlé. Je toussai et manquai de m'étouffer. J'aurais vomi si j'avais eu le temps de manger les rations qu'Urbaine m'avait apportées. J'eus néanmoins quelques haut-le-cœur.

— Vous croyez que c'est une de vos histoires, dit le sorcier. Vous vous prenez pour un héros. Vous vous êtes convaincu de combattre le mal. (Il secoua la tête.) Votre Empire a fait de vous quelqu'un de très simple. Il n'y a pas de héros. Il n'y a ni bien, ni mal. Les histoires sont pour les enfants… mais les enfants doivent grandir un jour.

Je compris ce qui s'était passé.

— Le collier…

J'étais incapable de parler sans tousser. Un des deux sorciers avait activé le dispositif via un implant. J'aurais été incapable de résister, même si je l'avais voulu.

— De l'induction nerveuse, expliqua Urbaine en se touchant la nuque. Envoyée directement dans votre moelle spinale. Désagréable, n'est-ce pas ? J'en ai créé la configuration moi-même. J'ai échantillonné toutes les sensations que le cerveau humain est capable de ressentir. Croyez-moi, cela peut être bien pire que cela. (Avant de se retourner, il m'envoya une ration d'un coup de pied.) Mangez, Lord Marlowe. Vous aurez besoin de forces.

Severine lui emboîta le pas, ses talons claquant derrière les chaussons mandari. Avant que la porte se referme en grinçant, j'entendis la femme dire :

— Nous laisserons la lumière.

27

La Main blanche

Je mesurai le temps en repas, commençant à compter à partir du moment où Severine et Urbaine m'avaient abandonné près du bassin. Le sachet contenait une modeste barre de ration, une pâtisserie au goût chimique et à la texture à mi-chemin entre le cuir et le sable. Une barre ne suffisait pas à induire une sensation de satiété, même si sa valeur nutritionnelle était supposée me maintenir vivant et en bonne santé pendant deux jours. Urbaine avait joué à un jeu cruel lorsqu'il m'avait laissé cette caisse. Non seulement aucun geôlier ne viendrait me donner à manger, ce qui m'aurait aidé à mesurer le temps qui passe, mais je devrais moi-même gérer mes réserves.

Je décidai cependant de ne pas jouer selon leurs règles et ne mangeai que deux barres par jour, du moins, d'après mes estimations. Chaque fois que j'en avalais une, je gravais un trait dans la paroi avec un caillou, que je complétais pour former un X lorsque j'en mangeais une seconde. Je stockai les emballages dans la caisse, de même que les bandes correctrices qui avaient fini de guérir mes cryobrûlures, remplacées par des cicatrices blanches.

Grâce à la lumière de la sphère lumineuse – qui faisait certainement office de caméra pour permettre à MINOS et Syriani de me surveiller –, j'explorai tous les recoins de ma cellule. C'était de loin la plus grande cellule dans laquelle on m'avait enfermé, mis à part la Villa Maddalo, mais c'était aussi la plus insalubre. Même la prison souterraine du Palais du Peuple de Vedatharad était équipée d'une tuyauterie. Dans les ténèbres, sous la surface de Dharan-Tun, je n'avais pas d'arrivée d'eau, simplement ce bassin amer alimenté par des fissures dans le plafond, où l'eau modelait des stalactites semblables à des doigts de Cielcins. Pour seule compagnie, j'avais ces étranges poissons extraterrestres dépourvus d'yeux qui, avec l'eau qui tombait d'en haut, étaient la seule source de bruit de ma prison. J'explorai donc la moindre fissure, le plus petit recoin, je plongeai même dans le fond du bassin glacial à la recherche d'une éventuelle porte de sortie.

Il n'y en avait pas, et même si j'étais parvenu à sortir de cette chambre… où aurais-je pu aller ? J'étais seul et quasi nu plusieurs kilomètres sous la surface d'une planète inconnue. Et puis, j'avais le collier d'Urbaine autour du cou. Je rêvais de neutraliser les gardes, d'utiliser la gueule d'un *nahute* pour découper mon collier avant de m'enfuir dans les profondeurs de ce monde, comme je m'étais enfui dans celles de Vedatharad… mais c'était juste un rêve.

Il n'y avait pas de gardes.

Je gravai vingt X sur la paroi, puis quarante, puis soixante. Personne ne vint.

Je parlais tout seul. Je me racontais des histoires, me narrais les contes de Siméon le Rouge, de Kasia Soulier et de Cid Arthur. Je récitais des passages de la *Romance d'Alexandre*, des *Méditations* et du *Livre de l'esprit*. Je chantais des chansons que m'avaient apprises Pallino et Switch au Colosso ; j'en chantais même quelques-unes apprises au contact de Valka. L'idée était de passer le temps, de remplir le silence.

Le silence, cependant, finissait par revenir. Si j'étais souvent agité, si je faisais les cent pas dans ma cage comme le faisaient dans la leur les tigres dont j'avais raconté l'histoire sur Padmurak, il m'arrivait de me calmer et de marmonner dans ma barbe. Je dormais de moins en moins, et si mes blessures guérissaient, je sentis un mal gris s'emparer doucement de moi, se mêler au chagrin d'avoir perdu tous mes amis, à l'espoir vain de les revoir un jour.

Je refusais de choisir entre renoncer et espérer.

La porte s'ouvrit en couinant, m'arrachant à un état intermédiaire situé entre la veille et le sommeil.

— *Uimmaa o-tajun!* lança un Cielcin.

Je me retournai lentement, affaibli par le manque de sommeil. Cinq gardes du Prophète entrèrent, l'armure noire striée et brillante, l'emblème de la Main blanche sur la poitrine.

— *Ijanammaa o-tajun junne wo!*

Maintenez-le à terre.

Celui qui portait un surcot bleu – l'officier – se tint à l'écart pendant que les autres me plaquaient le visage contre le sol et m'entravaient les poignets. Je ne résistai pas, et les soldats me hissèrent sans ménagement sur mes pieds, leurs mains griffues laissant des éraflures sur ma peau.

Après je ne sais combien de jours privé d'interlocuteur, j'eus du mal à trouver mes mots.

— Où m'emmenez-vous ?

Les xénobites me regardèrent fixement en clignant des yeux. L'un d'entre eux posa la main sur ma tête et poussa violemment. Je répétai ma question dans sa langue.

L'officier découvrit ses dents transparentes, mais ne répondit pas.

— Vous êtes sûr que Sa Grandeur nous interdit de nous amuser un peu ? s'enquit un garde, la tête cornue penchée sur le côté.

— *Suja wo!* aboya l'officier en repoussant son subalterne loin de moi. Celui-là est pour le Prince! Tu as entendu les ordres! Il le veut en bon état! (Les fentes de ses narines palpitèrent.) Ne vois-tu pas qu'il n'est pas de la *bonne* sorte? Tu le tuerais et perdrais ton frai! Que nous arriverait-il, alors, Gurana? Sa Grandeur nous ferait hacher pour son repas! conclut-il en poussant une nouvelle fois son subordonné.

— Je suis porteur, c'est tout! rétorqua celui qui s'appelait Gurana.

Son supérieur grogna.

— Tu n'as qu'à le fourrer dans autre chose! Celui-ci est pour le Prince!

Bien qu'ayant plus de trois cents ans, ma maîtrise de la langue des xénobites était ténue. J'étais à l'époque un des meilleurs experts de l'Imperium, mais maints aspects de la culture cielcine m'étaient parfaitement étrangers. Sans villes à piller, ni bibliothèques à vider – leur tradition était orale, transmise par des *baetayan* tels que Tanaran –, les subtilités de leur culture m'échappaient.

Cependant, je pensais savoir le genre de jeu auquel Gurana aurait voulu s'adonner. « Porteur », avait-il dit. Affamé et épuisé comme j'étais, je contemplai mes tortionnaires avec un nouveau sentiment d'horreur. Les Cielcins étaient des créatures hermaphrodites, monosexuées, mais avec un double rôle. Un xénobite pouvait donc être *akaranta*, actif, et *ietumna*, passif. Dans les premiers temps de la guerre, nous pensions que les Cielcins se reproduisaient comme nous, qu'un individu en fertilisait un autre, mais ce n'était pas si simple. Les xénobites pratiquaient la parthénogenèse, chacun d'entre eux étant capable de concevoir un enfant seul, de se dupliquer. Au lieu de féconder un partenaire, le Cielcin gravide pouvait implanter l'embryon qu'il avait conçu seul dans un de ses congénères, dont le patrimoine génétique influait sur le développement de l'enfant dans un processus que nos mages appelaient la « conjugaison ». Mieux encore, à condition de faire vite, le partenaire avait la possibilité de transférer le petit dans un troisième individu, un troisième parent, donc. Peut-être même pouvait-il y en avoir davantage.

Jusque-là, il ne m'était pas venu à l'idée que l'hôte pouvait appartenir à une espèce différente.

Je fus pris de nausée comme l'officier me poussait hors de ma cellule.

Des cris résonnèrent dans le couloir, où un Cielcin conduisait une colonne d'esclaves humains attachés les uns aux autres par le collier. Dans la lumière rouge, j'aurais pu me croire mort, en enfer. Mes gardes m'entraînèrent dans un escalier en colimaçon interminable, dont les parois et les marches taillées dans une roche pâle luisaient d'un éclat orangé. Cette ascension me parut interminable.

La nature des couloirs changea. Il n'était plus question de tunnels taillés dans la roche, ni de galeries bouchées. Atteignant le sommet d'une nouvelle volée de marches, nous passâmes entre deux horreurs sculptées, des Cielcins à trois têtes, aux regards multiples surveillant toutes les directions à la fois, aux yeux de verre contenant des caméras enregistrant allées et venues. Nous émergeâmes dans une vaste salle surplombée de hautes arches en ogive pareilles à des os noirs. Des Cielcins interrompirent leur travail pour nous regarder passer, tandis que d'autres se hâtèrent de s'écarter de notre chemin. Nombreux étaient ceux à porter cette armure sombre à l'allure organique que j'avais si souvent vue. Ceux-là marchaient en formation ou montaient la garde, le masque blanc et les cornes fiers dans la lumière sanguine. D'autres étaient vêtus de robes de soie, de tuniques sans manches blanches, grises ou bleues avec, ici et là, des touches de vert et de violet. Parmi eux, nus ou couverts de haillons, s'activaient des esclaves humains sous-alimentés, le regard vide. Un groupe d'entre eux portait un xénobite dans un bac, pendant que d'autres, chargés comme des mules, défilaient d'une sortie à une entrée de tunnel.

C'était une rue.

J'étais dans une rue cielcine.

Le petit garçon qui sommeillait en moi aurait voulu s'arrêter pour regarder, mais mes gardes ne m'en donnèrent pas le loisir. Ils me poussèrent, m'obligèrent à dépasser un troupeau d'humains hagards. Vu leur pâleur, ils devaient être lothriens, mais j'avisai également un vieillard aux yeux vert clair qui aurait pu être originaire de l'Imperium. Je croisai son regard et eus le temps de le voir articuler un mot unique : *« Palatin. »*

Je hochai la tête. Il détourna les yeux.

Gurana et les autres gardes me poussèrent devant un groupe de leurs collègues, puis dans un passage qui débouchait sur un espace véritablement gigantesque, plus grand que les dômes de Vedatharad, plus impressionnant que toutes les cavités de Vorgossos. Je ne pus m'empêcher de m'arrêter, stupéfait, mais Gurana en profita pour me frapper. Devant nous s'étirait un pont étroit enjambant une fosse, une des nombreuses passerelles disposées en éventail et convergeant vers la masse noueuse de *Dhar-Iagon*, le palais forteresse situé au cœur de Dharan-Tun, dont la haute porte hérissée de pointes éclairée par le magma en fusion en contrebas s'entrebâilla pour me laisser passer.

Un cri aigu résonna tandis que la puissante porte s'ouvrait. À moitié porté par les gardes inhumains qui m'escortaient, les pieds nus frôlant à peine la pierre lisse, je passai sous l'arche et me retrouvai dans un large couloir flanqué de sculptures monstrueuses.

Qui ne représentaient pas des Cielcins.

Passant dans leur ombre monolithique et effrayante, les gardes montrèrent leur gorge en signe de soumission. Je ne pus m'empêcher de les imiter, de lever la tête pour découvrir ces sculptures avec une crainte mêlée de respect. Je ne notai pas à l'époque le contraste entre les attitudes cielcines et humaines, les premiers baissant la tête lorsqu'ils étaient sur le point de devenir violents et levant le menton pour se soumettre, les seconds s'inclinant en signe de déférence et levant le menton en guise de provocation. Ce qui était pour eux un geste de révérence à ces choses sculptées juchées sur de puissants socles n'était pour moi qu'un vain geste de défiance adressé à des dieux sinistres adorés par mes tortionnaires.

J'avisai des vrilles et des tentacules, des ailes membraneuses, des visages fripés comme des amygdales, des yeux et des bras difformes et bien trop nombreux. Il y avait aussi un énorme serpent et un cerveau muni de nombreuses mains. Je reconnus un genre de chauve-souris accrochée à un pilier gravé, tandis qu'une horreur de roche informe et bouillonnante trônait sous l'arche suivante.

— Les Observateurs, lâchai-je dans un souffle, hypnotisé.

Mon escorte ne parlait pas la langue des hommes, cependant, et ne réagit pas.

D'autres gardes nous indiquèrent un ascenseur, et nous nous retrouvâmes dans un couloir encore plus large que le premier surplombé d'arches et de colonnes penchées. Des alignements de Pâles me regardèrent passer, souiller les riches tapis de mes pieds nus.

Une odeur d'encens et des craquements de bois qu'on brûle emplissaient l'atmosphère. Nous gravîmes une courte volée de marches menant à une arche en demi-cercle devant laquelle montaient la garde des soldats en noir et blanc armés de glaives polis. Arrivé au sommet de l'escalier, je découvris ce qui devait être notre destination finale. Une lumière violette pénétrait par des fenêtres situées très loin au-dessus de nous, et je reconnus les distorsions fractales d'un vol supraluminique, les étoiles bleues, floues et étirées par la vitesse. La distorsion projetait des ondulations sur le sol noir de jais. La géométrie impie des arches de fer et des fenêtres en ogive n'avait rien d'humain. Le sol était strié et irrégulier, la surface des murs et des piliers moletée comme des os de Cielcin.

Le vaste lieu ressemblait à une salle du trône, en vérité, sauf qu'il n'y avait pas de trône, mais un hémisphère de pierre blanche dominant l'espace sous les fenêtres hautes et étroites. Au milieu de la structure en dôme, il y avait une porte ronde à laquelle on accédait en traversant une langue de roche nue suspendue au-dessus d'une fosse d'une profondeur inconnue et d'où personne n'était probablement remonté.

Boum!

Dès que j'eus franchi le seuil de cette sombre salle, un tambour retentit.

Boum-bam!

Au-delà de l'arche, autour de braseros dans lesquels brûlait de l'encens, une foule de Cielcins vêtus de soie blanche s'allongea face contre terre.

— *Teke!* cria un héraut.

— *Teke! Teke! Tekeli!* lui répondirent les autres.

Ce n'était pas un mot cielcin, même si l'oreille non initiée n'aurait pas remarqué de différence avec leur langue. Je réfléchis à son origine, retournant ses sonorités dans ma tête. J'avais déjà entendu ce mot. Sur Berenike. Son sens m'était inconnu, en revanche.

Boom-bam!

Un Cielcin portant une lance héraldique secoua ses clochettes d'argent.

— *Raka attantar Aeta ba-ajun, Ikurshu ba-Elu!* proclama-t-il.

Béni soit le chef de notre clan, fruit du sang d'Elu!

— *Yaiya toh!* lui répondit-on.

— Béni soit le chef de notre clan, qui tient dans ses mains notre flotte-monde et le sang du clan!

— *Yaiya toh!*

— Béni soit le chef de notre clan ! Le tueur de dieu à la Main blanche !

— *Yaiya toh!*

— Béni soit le Prince des Princes d'Eue !

— *Yaiya toh!*

— Béni soit le Prince Syriani Dorayaica ! Notre Maître ! Notre Gardien ! Notre Père ! Notre Mère !

L'énumération du héraut était montée *crescendo*, ainsi que les réponses de la foule, s'accélérant au rythme du tambour. Les soldats frappaient le sol avec le pommeau de leur glaive sur le même rythme, si bien que le palais de *Dhar-Iagon* tout entier se mit à trembler.

De l'autre côté du pont étroit, la porte noire du dôme blanc s'ouvrit sur des ténèbres profondes, et le *Shiomu* apparut. Dorayaica portait la même armure noire sculptée que lors de notre première rencontre, la même toge et la même cape noire et argent. Sa couronne de cornes était habillée d'argent, et sa longue tresse blanche lui tombait sur l'épaule jusqu'à la taille.

Me prenant par surprise, la voix de Gibson résonna dans mon esprit : *« Tout ce qui sort de votre bouche doit-il forcément sonner comme une ligne de dialogue dans un mélodrame eudorien ? »* Malgré l'horreur de la situation, je faillis éclater d'un rire nerveux. Un rire de condamné à mort. Syriani Dorayaica mit un pied devant l'autre et traversa le pont. Celui-ci n'était pas plus large que ma main, mais cela ne parut pas déranger le Prophète. Il leva les mains pour demander le silence, et le silence se fit.

— *Tekeli!* dit-il, répétant le mot étrange, et la foule inhumaine et prostrée l'imita sans lever les yeux. Je suis le *Shiomu*, le Prophète Syriani qui vous a sortis des ténèbres. Je suis le Prince annoncé par Elu, qui mènera notre peuple vers une nouvelle vie. Je suis l'épée qui purifiera l'univers ! Je suis la main qui le renouvellera !

— *Yaiya toh !* répondit la foule en se mettant à genoux. *Yaiya toh !*

Je me redressai, me tins aussi droit que possible, et les yeux du Prophète me trouvèrent.

— *Cielucin ba-koun !* Mon peuple ! Le Feu est allumé ! Les chefs de clan de notre sang se rassemblent ! Un *Aetavanni* s'impose. Je le demande !

Aetavanni ?

Vannuri signifiait « rencontrer ». *Vanni* devait vouloir dire « rencontre ». Un *Aetavanni* était donc une réunion d'*Aeta*, de chefs de clan, de princes de guerre.

Des états généraux.

Mon sang se glaça pour la énième fois.

Les énormes yeux noirs de Syriani étaient restés rivés sur mon visage pendant tout ce temps. Je compris pourquoi on me maintenait en vie. On allait me faire défiler devant les princes cielcins comme j'avais exhibé la forme chimérique d'Iubalu devant César et les Grandes Maisons de l'Imperium. Œil pour œil, dent pour dent. Je me demandai si les Cielcins avaient toujours pratiqué ce genre d'humiliation publique ou si, comme la toge qu'il portait, Syriani l'avait emprunté à la culture humaine.

— *Nietada Iubalu oyumn ekan ka'iri o-manasie*, lançai-je d'une voix plus puissante que celle du Prophète et parlant cielcin pour qu'une partie de la foule m'entende. Iubalu a dit que je devais être sacrifié.

— Vous osez prononcer son nom ! couina une voix haut perchée.

Des lumières rouges brillaient parmi les colonnes cannelées et les fidèles agenouillés. Je reconnus immédiatement la voix. Je l'avais déjà entendue. Sur Eikana. L'œil descendit du vide qui nous surplombait, étincelle rouge enchâssée dans une sphère blanche mesurant moins d'une coudée de diamètre.

— *Okun ne?*

Hushansa – le vrai Hushansa, l'esprit et le cerveau inhumains qui contrôlaient les marionnettes de fer que j'avais combattues sur Virdi Planum – me toisait depuis son châssis flottant. Dans le fond de la salle, des statues bougèrent.

— Silence, *ushan belu*, intervint Syriani en levant la main. *Onnanna*. (Le Prophète s'approcha en tenant sa toge et, basculant en galstani, lança :) Sans vous, Marlowe, je n'aurais pas été. (Il se pencha au-dessus de moi, et son haleine fétide était comme un poison dans l'atmosphère saturée d'encens. D'une main griffue, il peigna mes cheveux emmêlés et les mit derrière mon oreille.) Ce que je fais, je le fais à travers vous. Vous êtes mon sol. Mon soubassement rocheux. Ce que je bâtis, je le bâtis sur vous. (Il recula et découvrit ses crocs blancs, désignant le dôme blanc et la porte noire.) Étroite est la route qui mène au pouvoir ! Et plus étroite encore celle qui m'est réservée !

— Quelle route ?

— Je vais devenir un dieu, expliqua le Prophète. J'offrirai votre peuple aux dieux qui vivent dans les ténèbres au-delà des derniers soleils, et ainsi je détruirai l'*Utannash*. Je détruirai le *mensonge*.

— Le Silencieux ?

Je fronçai les sourcils, tandis qu'un gouffre se formait dans ma poitrine. Syriani possédait une vision, assurément, car il semblait savoir que le Silencieux vivait dans nos futurs possibles, que sa création dépendait de notre survie.

— Vous le nommez ainsi, siffla Syriani.

Il recula et s'arrêta à quelques mètres seulement du précipice. L'esprit tournant à plein régime, je m'imaginai bondissant sur le Prophète et le poussant dans le vide, nous plongeant tous les deux vers la mort. Sans doute mon idée se lut-elle sur mon visage car, aussitôt, un tintement métallique se fit entendre qui me rappela des éperons, et une silhouette en armure blanche sortit de derrière un pilier. Le général-*vayadan* Vati se trouvait à l'autre bout de la salle, mais je savais qu'il se déplaçait aussi vite que je pensais.

Jamais je n'y arriverais, même si je parvenais à échapper à mes gardes. J'essayai d'ailleurs vaguement, ce qui me valut un violent coup de genou dans le ventre. Enchaîné, j'étais agenouillé à une dizaine de pas du seigneur noir. Culminant à près de deux mètres cinquante, couronné d'argent, Syriani lança :

— Utannash est le Mensonge. L'auteur de cet univers de faussetés, de cette prison ! Il est faux ! Ses pouvoirs vous trahiront, et alors vous verrez la Vérité.

Comme il parlait, une silhouette géante se déplaçait dans l'ombre, sur le côté. Tournant la tête, je vis une chose massive ramper derrière l'alignement de piliers le plus proche, derrière les courtisans agenouillés. Elle avait six pattes, comme les tanks déployés par la Légion. Sa tête pivotait comme une tourelle, et elle n'avait qu'un œil comme Hushansa, tandis que sa carapace blanche brillait d'un éclat rougeâtre dans la lumière des braseros.

— Il n'y a d'autres dieux que les nôtres, reprit le Prophète pour être entendu de tous.

— Il n'y a d'autres dieux que les nôtres, répéta l'assistance, les voix criardes se réverbérant sous les voûtes.

— Je le détruirai, et vous aussi, et tout le reste, dit Syriani à voix basse, pour n'être entendu que de moi.

— Alors, tuez-moi ! (Me rappelant que nous n'étions pas seuls, je répétai d'une voix puissante :) *Shuza biqqa o-koun wo !*

Sur un geste du prince, Gurana ou un des autres me frappa derrière la tête. Je m'étalai face contre terre et ne bougeai plus. Vu mon état de faiblesse, j'étais incapable de me relever.

— Vous n'êtes pas en position de donner des ordres ! siffla Syriani dans ma langue. Vous me croyez stupide ? Vous pensez pouvoir me provoquer, me pousser à l'erreur ? Votre mort est bel et bien prévue. Elle surviendra. Mais en son temps seulement.

— Lors de vos états généraux.

— L'*Aetavanni*, confirma Syriani. Je vois que vous me comprenez parfaitement. Votre temps est compté.

— Ce n'est pas difficile à comprendre. Vous comptez m'offrir en spectacle. Vous espérez impressionner les autres *Aeta*, les faire s'agenouiller devant vous.

J'étais subitement conscient de l'immobilité des gens qui nous entouraient. Les fonctionnaires de la cour de Dorayaica étaient agenouillés sur la pierre nue et semblaient pétrifiés.

Un gémissement aigu s'échappa de la gorge du prince. Un rire.

— Les impressionner ? Oui. Oui, en effet.

Il y eut un courant d'air et, regardant au-dessus de nous, j'avisai une silhouette mince posée sur une poutrelle entre deux piliers. Son corps était fin comme un fouet. Il ressemblait à un serpent de métal articulé doté de deux longues pattes et d'épaules aussi larges que celles d'un garçonnet. Sa tête blanche blindée était ornée d'une couronne semblable à celles que portaient les corps multiples d'Hushansa. La chose replia de larges ailes translucides et glissa le long d'une colonne, tandis que la bête à six pattes rejoignait Vati et Hushansa autour de leur maître.

Ils étaient quatre.

Au début, il y en avait six.

Je contemplais donc ce qui restait des doigts de la Main blanche, les quatre survivants des *Iedyr Yemani*, les saints esclaves exaltés qui servaient le Prophète. Comme je prenais conscience de la situation, la créature ailée couina :

— Ce *yukajji* a tué Bahudde ! (La créature s'allongea devant son seigneur, les ailes repliées dans son dos.) Il a tué Iubalu ! Nous voulons boire son sang !

— Silence, Aulamn ! beugla Syriani en balayant la foule du regard. *Rakayu uelacyr udantha.*

Le temps n'est pas venu.

Nous étions sur scène. Le Prophète jouait un rôle devant sa cour. J'étais au cœur d'une parodie de justice tribale. Les *vayadayan* des *Iedyr Yemani* étaient arrivés avec leur script. Par deux fois, le Prophète avait fait taire sa Main, par deux fois il avait refusé d'entendre leurs supplications.

L'énorme chose à six pattes fit pivoter sa tourelle et, d'une voix aussi profonde que la fosse dans le dos de Dorayaica, elle dit :

— Iubalu et Bahudde étaient nos sœurs-frères. Cette créature doit être punie. Sa vie est *dunyasu*, un affront ! Chaque bouffée d'air qu'il inspire a été volée à vos esclaves les plus sacrés.

— Silence ! cria de nouveau Syriani Dorayaica.

Vati s'agenouilla – dans cette position, la chimère était aussi grande que son maître – et bascula sa tête cornue ornée de plumes dans un geste de soumission. Elle était la seule des créatures de la Main à n'avoir encore pris la parole.

— Teyanu dit la vérité, Votre Grandeur. Le *dunyasu* Marlowe a profané le sang du clan ! Nous sommes déshonorés ! Seul le sang peut laver le sang !

— Une vie pour une vie ! ajouta Aulamn, la chose ailée.

— *Uja raka Aeta wo !* répliqua le Prophète. Il est *Aeta*, et un *Aetavanni* a été convoqué. Par les lois d'Elu, il est protégé.

— Par les lois d'Elu, il est parjure ! intervint l'énorme créature appelée Teyanu.

Le Prophète et ses *Iedyr* étaient dans une impasse. Je pensais comprendre. Les lois qui régissaient la société cielcine interdisaient à un prince d'en tuer un autre pendant une trêve, et le fait de convoquer un *Aetavanni* était synonyme de trêve. Ces mêmes lois, cependant – voire des lois plus anciennes, les lois de la jungle, des grottes, des oiseaux et des poissons –, décrétaient que quiconque attaquait l'*itani*, le sang du clan, et la *scianda*, la flotte-monde, devait être condamné à mort. Ce code d'honneur exigeait que Dorayaica me détruise et qu'il me protège à la fois.

La tension entre ces deux exigences était à l'origine de cette pièce de théâtre et expliquait sans doute ma longue détention. Les forces en présence dans le clan de Dorayaica, ses *vayadayan* et ses *baetayan*, ses guerriers, ses prêtres et conseillers devaient avoir débattu pendant des semaines pour arriver à ce résultat.

S'adressant à la foule, le Prince des Princes lança :

— Aucun *Aeta* ne peut tuer un *Aeta* lorsque le Feu brûle. Nous allons à Akterumu, où Elu le Grand a rencontré les dieux chuchotants ! Voudriez-vous que je brise les lois sacrées ?

— *Veih !* répondit la foule.

Non !

Parlant pour la Main, Vati – toujours à genoux, la gorge exposée – protesta :

— Mais ce *dunyasu* a massacré deux de nos sœurs-frères ! Deux de nos parents et partenaires ! Doit-on l'épargner ? Doit-on piétiner nos lois sacrées ?

— *Veih !*

— Que doit-on faire, dans ce cas ? intervint Syriani à point nommé.

— Il doit être châtié ! répondit Aulamn.

— Il doit être mortifié ! proposa Hushansa.

— Il doit être puni ! ajouta Teyanu.

Je n'écoutai que d'une oreille car j'étais obsédé par un nom unique : *Akterumu*.

Syriani avait dit que nous volions vers Akterumu. J'avais entendu parler deux fois de ce monde : la première par

Tanaran, *baetan* du Prince Aranata Otiolo, qui affirmait avoir découvert, avec le capitaine *ichakta* Uvanari, la localisation d'Emesh et de ses ruines laissées par les Silencieux grâce à Akterumu ; la seconde en rêve, à l'ombre du dôme noir.

Lentement, je me remis à genoux.

— Je suis désolé d'en arriver là, chuchota Syriani en galstani pour n'être compris que de moi. Mais mes esclaves disent vrai. Vous avez attaqué mon clan et tué deux de mes partenaires. Impossible de fermer les yeux sur ce crime. Impossible de pardonner.

— Des partenaires ? ne pus-je m'empêcher de répéter en observant les monstruosités de fer debout ou affalées autour de leur maître.

Le grand Vati avec sa crête pâle et son armure rayée. La terreur ailée Aulamn, prostrée devant le Prophète. Le massif Teyanu, plus gros qu'une voiture et pourvu de six pattes. Et Hushansa. Hushansa aux-nombreuses-mains, dont le noyau orbitait autour de ce rassemblement tel un satellite malfaisant.

Je me demandai comment l'*Aeta* s'y prenait pour dominer ses animaux de compagnie, pourquoi ces chimères n'avaient pas massacré leur Prophète avant de s'entre-tuer pour le pouvoir. Pouvait-il véritablement s'agir d'amour ? D'obéissance par dévotion ? Les Cielcins connaissaient-ils ces sentiments ? Abasourdi, j'observai l'*Aeta* et son entourage et, en dépit de ma situation catastrophique, je me pris à espérer en la possibilité d'une conciliation entre nos deux espèces. Comme le petit garçon que j'avais été.

Mais cet espoir fut soufflé instantanément.

Il n'y aurait pas de conciliation. Je n'étais pas un diplomate.

Sur un geste du Prophète, mes gardes m'agrippèrent les épaules de leurs mains griffues et me maintinrent fermement. Syriani se rapprocha et pencha son énorme visage vers moi.

— Donnez-moi vos mains.

Comme je ne bougeais pas, Gurana m'attrapa par les cheveux et me tira la tête en arrière, m'obligeant à présenter ma gorge dans un geste de soumission. Je serrai les dents et les poings comme le Prophète me saisissait le poignet droit de ses mains humides et froides, entraînant le gauche à cause de mes entraves. Lentement, inexorablement, il glissa ses griffes sous mes doigts et me força à les déplier.

— Nous sommes *Aeta*, vous et moi, dit-il dans ma langue. (Tenant ma main droite dans sa main gauche, il leva sa main droite et écarta les doigts.) Vous avez pris deux doigts de ma Main. Iubalu et Bahudde, énuméra-t-il en les pliant successivement.

Je n'ai jamais pu oublier ce qu'il fit ensuite. Avec une lenteur délibérée et une force inexorable, Syriani mit mon annulaire et mon auriculaire dans sa bouche. Incrédule et horrifié, j'en oubliai de réagir. Cela dura un instant, mais un instant qui suffit. Les mâchoires du xénobite se refermèrent, sectionnant mes doigts. En hurlant, je retirai ma main, j'essayai de me lever, de m'enfuir, de m'éloigner du monstre qui m'avait arraché la moitié de la main. Je sentais battre mon cœur dans mes deux doigts coupés, je vis mon sang gicler de mes moignons, couler sur le menton du xénobite. Pendant un instant obscène, je vis mes doigts dans la bouche de la créature. Et puis Syriani rejeta la tête en arrière et les avala.

Je fus incapable de parler, ce qui m'était très rarement arrivé. Je plaquai ma main blessée contre ma poitrine, imbibant ma robe de sang. Le Prophète me sourit, exhibant ses dents rouges de mon sang. Il éclata de ce rire haut perché et geignard propre à son espèce. Je me sentis subitement honteux. Tout ceci n'était qu'une blague, une plaisanterie hideuse : deux doigts pour deux doigts.

— *Taguttaa o-tajun wo !* ordonna Syriani.

Gurana attrapa le col de ma robe, qu'il déchira.

Parlant d'une voix puissante, Syriani s'adressa à la foule :
— *Shiabbaa ! Ute Aeta ba-Yukajjimn !*
Voyez le roi des hommes !
Je voulus dire que ce n'était pas vrai, que je n'étais pas l'Empereur. Être *Aeta*, cependant, était une chose différente. Les *Aeta* étaient des guerriers, et notre César restait loin du front et commandait ceux qui devaient se salir les mains à sa place. Syriani savait tout cela, il savait que, pour les humains, je n'étais qu'un chevalier, mais je m'étais montré supérieur à Aranata et Ulurani. Avec mes hommes, j'avais battu Iubalu et Bahudde. J'étais *Aeta*, le seul homme à porter ce titre, aussi étais-je le Prince des Princes des hommes. Pour les Cielcins, en tout cas.

Voilà pourquoi le Prophète comptait m'exhiber lors de son triomphe. M'exécuter devant l'*Aetavanni*, à Akterumu, serait le coup ultime. *« Ce que je fais, je le fais à travers vous »*, avait-il dit. Grâce à moi – à ma mort –, il renforcerait sa position et tenterait de devenir *Aeta ba-Aetane*, le Prince des Princes et Grand Roi des Cielcins.

Syriani leva une main blanche et fit un signe. J'entendis le fouet claquer avant de sentir la douleur rouge dans mon dos. Ma peau s'ouvrit et mon sang coula. Le fouet claqua de nouveau, et je contins un cri. Je m'affaissai, mais mes gardes m'empêchèrent de tomber. Pas question que je crie. Gibson n'avait pas crié. Le fouet tomba une troisième fois. Puis une quatrième. Mon sang imbibait ma robe, coulait sur mes cuisses, tandis que je fermais les paupières.

« Qu'est-ce que la douleur ? » demanda le professeur à son élève.

« Une illusion », répondit l'élève.

Le professeur frappa son élève au visage.

Urbaine était convaincu que la douleur fantôme qu'il m'avait infligée était un chef-d'œuvre de sadisme, et peut-être en était-ce un. Peut-être les sensations qu'il avait conçues étaient-elles d'une complexe et exquise cruauté. Rien ne remplace la véritable souffrance, cependant. La douleur est à la base de la morale, car il suffit de l'expérimenter une fois pour ne plus douter de son caractère diabolique. Il suffit d'avoir mal pour le comprendre.

Combien de fois le fouet tomba-t-il ? Dix fois ? Trente ?

Lorsque ce fut fini, mes geôliers me lâchèrent, et je tombai aux pieds de Syriani.

— Ce qu'il vient de subir..., lança celui-ci, et je sus à l'ombre qui me recouvrit qu'il me pointait du doigt. Je le ferai subir à chacun de ses congénères. (Il ramassa sa robe et s'adressa à mon escorte :) Suspendez-le au mur ! Que les esclaves voient leur roi !

28

Hadrian enchaîné

La douleur noya tout. Le moindre centimètre de mon corps était engourdi, mais dès que je bougeais, ne serait-ce que de manière discrète, la douleur se réveillait, insupportable. J'ouvris les yeux. Lentement, le monde recouvra sa netteté.

Ce que je regrettai aussitôt.

En dessous et devant moi s'étirait une cité cyclopéenne de fer et de pierre noire. Des tours cruelles se dressaient au bord de rivières de magma, ou bien pendaient comme des stalactites au toit métallique du monde, à des centaines de mètres du sol. Des cheminées de fer primitives évacuaient les fumées produites par des moulins et des fonderies alimentés par ces mêmes rivières, aussi le vaste espace tout entier puait-il le soufre. Je voyais au loin des silhouettes humaines hissant des poutres, œuvrant à la construction de quelque tour ou monument sous la surveillance de leurs maîtres pâles. L'espace souterrain était tellement vaste qu'il aurait pu contenir deux des grands dômes de Vedatharad, voire un troisième. De là où je me trouvais, je voyais également les arches de passages conduisant à d'autres grottes et tunnels tout aussi immenses.

Jamais je n'avais vu ville ennemie aussi terrible et impressionnante. De toutes les cités cielcines, c'était la plus grande. Exception faite d'une autre... mais celle-là, ils ne l'avaient pas bâtie.

Je compris progressivement que je me trouvais dans la vaste caverne que j'avais traversée sur le chemin de *Dhar-Iagon* et du trône du Prophète, la cité noire de Dharan-Tun.

Comme j'essayais de regarder par-dessus mon épaule, j'eus l'impression de tomber et poussai un cri.

Mes pieds se balançaient dans le vide. J'avisai le sol dallé, trente mètres plus bas. Mes mouvements réveillèrent une douleur intense dans mon bras et ma main mutilée. Ma prise de conscience fut difficile, comme si la réalité ne voulait pas – ne pouvait pas – tenir dans mon cerveau.

J'étais suspendu à une chaîne, accroché par le bras droit, l'autre étant libre. Mes gestes soudains m'avaient imprimé un mouvement de balancier, et je heurtai le mur, envoyant des ondes de souffrance dans mon épaule et mon dos sanguinolent. Je me remémorai les coups de fouet et, baissant les yeux, découvris mes jambes couvertes de sang coagulé. Ils m'avaient retiré ma robe et suspendu nu, la main mutilée en l'air pour que tout le monde puisse la voir.

J'avais défié le Prince des Princes, et chacun apprécierait les conséquences de ce manque de respect.

Combien de temps je restai suspendu là, combien de temps avais-je été sans connaissance ? Je n'aurais su le dire. Les Cielcins qui défilaient en contrebas m'observaient en me montrant du doigt. Les rares esclaves humains qui passaient prenaient soin de ne pas me regarder et disparaissaient en faisant tinter leurs chaînes. Je ne compris que plus tard que j'étais suspendu au-dessus de l'arche qui conduisait à l'entrée de *Dhar-Iagon*.

Quand avais-je bu pour la dernière fois ? Et mangé ?

Au prix d'un effort titanesque, je réussis à saisir ma chaîne au-dessus de mon poignet droit. En me hissant un peu, je soulageai la tension qui s'exerçait sur mon bras.

Je fermai cependant les paupières pour ne pas voir ma main mutilée et repoussai loin de ma conscience la vision de mes doigts coupés entre les dents de Syriani. Je saignais là où mon entrave mordait dans ma chair. Une douleur remplaça l'autre, tandis que mon dos zébré de plaies se rappelait à mon bon souvenir. Pris de court, je lâchai la chaîne et pesai de tout mon poids sur mon membre torturé. La chute brutale oblitéra ma vision, et je sombrai. Un peu plus tard, je fus réveillé par le bruit d'un treuil et par les frottements de la roche brute dans mon dos.

Sans ménagement, on m'attrapa et me souleva par-dessus le rebord, et je me retrouvai dans une salle basse de plafond surplombant la place. Déboussolé, incapable de réfléchir à cause de la douleur, je n'étais qu'à demi conscient de la présence d'un bâillon au goût immonde dans ma bouche. J'étais tellement assoiffé que je le suçai sans me poser de question. Son goût finit par me provoquer un haut-le-cœur. Un goût affreux, salé, alcalin.

La salle résonna du rire agressif des extraterrestres.

Alors seulement je reconnus le goût de l'urine, et je toussai, recrachai le bâillon par terre.

— *Pitatonyu edediu!* aboya un de mes geôliers.

— Il ne sait pas ce qui est bon pour lui !

Des mains pâles me plaquèrent au sol pendant qu'on me remettait le bâillon entre les dents et le pressait. J'étouffai, tentai en vain de repousser les Cielcins… Ils me laissèrent sur la roche nue, entravé par le poignet droit. Seul. J'eus envie d'enrouler la chaîne autour de mon cou et de me jeter dans le vide, mais rouler sur le côté pour épargner mon dos finit de consommer le peu d'énergie qu'il me restait.

Il me trouva ainsi.

La porte s'ouvrit quelque temps plus tard. Je n'essayai même pas de bouger. Pas même lorsque quelque chose de froid me brûla le dos. Cela sentait l'antiseptique. De l'alcool.

Un vieux visage d'homme se pencha vers moi, la peau parcheminée par la souffrance et le temps. Ses traits étaient grossiers et plébéiens – regard terne, nez plat, oreilles décollées – et sa mâchoire tremblotait comme il s'occupait de moi, nettoyant mes blessures avec une éponge et un seau de ce liquide antiseptique.

— Pourquoi vous donnez-vous ce mal ? bredouillai-je.

Le vieil homme ne répondit pas, mais produisit une gourde souple, qu'il pressa pour faire couler son contenu dans ma gorge. Craignant un mauvais tour, je crachai. J'avais toujours un goût d'urine cielcine dans la bouche et fixai l'homme d'un regard oblique. Il secoua la tête, faisant trembloter ses bajoues.

— Qui êtes-vous ?

En guise de réponse, il désigna mon collier, puis le sien.

— Vous ne parlez pas le standard ?

Le vieillard secoua la tête et ouvrit la bouche, révélant un trou noir là où auraient dû se trouver sa langue et ses dents.

— Je suis désolé.

Il haussa les épaules et me proposa de nouveau de l'eau. Je saisis la gourde de la main gauche et bus en serrant les dents, tandis que l'alcool brûlait les marques dans mon dos. Je restai couché en silence et laissai l'esclave faire ce qu'on lui avait ordonné : soigner mes blessures, s'assurer que je survive pour subir une nouvelle journée de tortures.

Une fois terminé son travail dans mon dos, il s'intéressa à mon poignet et à ma main mutilée. Comme il s'activait, je vis des tatouages dans son cou, un soleil et un nombre à peine lisible : « 111 ».

— Vous étiez soldat, murmurai-je en montrant son cou.

Il s'agissait de tatouages de légionnaire. Il avait été fait prisonnier durant une bataille ou pendant une fugue cryogénique. Il avait été pris jeune, avait vécu une vie d'esclave. Un nœud se forma dans mon ventre en pensant à son existence.

— Que va-t-on faire de moi ?

L'homme interrompit son travail et, les yeux plissés, désigna une nouvelle fois sa bouche vide. Honteux, je détournai les yeux. Un instant plus tard, je sentis une main sur la mienne et j'eus un mouvement de recul, mais l'homme me prit le bras et pressa son éponge sur mes doigts. Je jurai et faillis perdre une nouvelle fois connaissance. Le soldat me tint fermement, cependant. J'essayai de dégager ma main, mais il m'en empêcha, et lorsque je distinguai de nouveau son visage à travers mes larmes, je vis que son regard était focalisé sur quelque chose.

L'anneau de l'Empereur.

L'esclave muet regarda successivement mon visage et le bijou. Comme l'avait fait le pauvre esclave dans la rue, il articula silencieusement le mot « *palatin* ».

— Oui, confirmai-je. Hadrian. Je m'appelle Hadrian.

L'homme hocha la tête, puis regarda de nouveau ma main. Il semblait réfléchir en se mordant l'intérieur de la joue avec les gencives. Me prenant par surprise, il retira l'anneau de mon doigt. Comme je poussais un cri, il se releva à la hâte et, pressé de s'éloigner de moi, renversa le seau de désinfectant. Je tentai de me redresser, mais mon soignant me donna un coup de talon qui me fit retomber au sol, me sauta dessus et, sans que je puisse lui résister, attrapa ma chaîne – celle à laquelle était suspendu le morceau de coquille de Silencieux.

— Non ! sifflai-je en le repoussant.

La chaîne se brisa, et le pendentif roula sur le sol. Dans mon état, j'étais incapable de réagir, et l'esclave se releva avant moi.

— Gardes ! m'écriai-je. *Shuindu !*

J'avais peu d'espoir de voir les Cielcins débarquer pour me sauver. Quand j'y repense, j'ai presque envie d'en rire. J'avais néanmoins une chance d'effrayer l'esclave.

Le petit homme se baissa et ramassa le pendentif. Il me fixa d'un regard noir et m'adressa un geste de malédiction – l'index et l'auriculaire tendus – en articulant de nouveau le mot «*palatin*».

J'essayai de me lever, mais échouai.

Le talon de l'esclave muet s'abattit sur ma tête, et je perdis connaissance.

Les Cielcins réapparurent, le vacarme de leur arrivée brisant mon sommeil agité. Sans me laisser le temps de prononcer le moindre mot, ni de reprendre mes esprits, ils m'attrapèrent par la cheville et le poignet et me jetèrent dans le vide, dans l'atmosphère puante. Je sentis mon épaule se disloquer comme la chaîne se tendait et que la menotte mordait dans ma chair. La douleur fut insoutenable, et des ténèbres hurlantes pareilles à une encre noire et chaude inondèrent mon regard.

C'était la quatrième fois qu'ils me suspendaient à cette chaîne ; la cinquième si on comptait la première expérience. Cinq jours, ou ce qui passait pour des jours sur Dharan-Tun. À la fin de chaque journée, lorsque je peinais à respirer, ils me remontaient dans la cellule, me torturaient, me laissant ensuite à un autre esclave muet, une femme qui soignait mes blessures et m'offrait de l'eau et du porridge. Je ne sus jamais ce qui était arrivé à l'homme qui avait volé l'anneau de l'Empereur, ni pourquoi il n'avait pas pris les autres. La femme ne pouvait pas me le dire puisqu'elle n'avait plus de langue non plus.

Je ne raconterai pas le détail de mes tourments ; certaines expériences méritent d'être tues.

Je rouvris les paupières, et la douleur dans mon épaule me brûla plus fort qu'une étoile. La grande ville des Cielcins s'étalait devant moi. Elle me paraissait irréelle. On aurait dit un cauchemar tiré de Milton, Bosch ou Chambers, un tableau représentant l'enfer.

— Tu ne vas pas mourir ici, tu sais ? lança une voix froide.

Une ombre apparut à côté de moi et, tournant la tête, j'avisai mon frère Crispin, qui se tenait sur la paroi comme s'il s'agissait du sol. Il croqua dans une pomme et me regarda en souriant. Il n'avait aucunement changé depuis le jour où je l'avais laissé étendu par terre à Haspida, lorsqu'il avait quinze ans.

— Tu vas mourir *là-bas*, ajouta-t-il.

— Ferme-la, Crispin.

Mais il n'était plus là. Subitement, il me manqua, et je me mis à pleurer pour un frère qui m'avait haï et une maison que je n'avais jamais aimée.

Il avait raison. Je ne mourrais pas ici, mais sur Akterumu. Pour le moment, j'étais en enfer ; la mort viendrait plus tard.

— Il devient fou, dit la voix glaciale.

Je réfléchis très fort, et je compris que la voix n'avait jamais appartenu à Crispin. Urbaine se dressait sur la place, en contrebas, vêtu de soie mandari violette, son crâne chauve et anormalement haut couvert d'une coiffe en forme de dôme. À côté de lui, Severine opinait du chef.

— Il n'aura pas mis longtemps.

— Force m'est d'avouer que vous me décevez, Lord Marlowe ! s'écria Urbaine. Ils disent que vous êtes l'Élu de la Terre. L'Élu devrait être immunisé contre la souffrance !

Et d'éclater de rire.

J'avais essayé. Mille fois j'avais tenté d'accéder à ma seconde vue, à la vague de potentiel en train de se briser. La vision, cependant, ne vint pas. Affamé et torturé, je ne pouvais pas plus évoluer dans les rivières du temps que saisir la chaîne de ma main gauche pour soulager ma main droite mutilée. En plein délire, j'étais incapable de me concentrer.

Au loin, un groupe d'hommes apportait des pierres.

Je ne pouvais ni me libérer, ni m'envoler. J'étais privé de mes pouvoirs. Le Silencieux était devenu mutique, comme l'avait prédit Syriani.

— Rejoignez-nous, Monseigneur ! se moqua Urbaine. Venez avec nous autres mortels ! Vous ne voulez pas ?

— Rejoignez-moi plutôt là-haut, marmonnai-je en me balançant douloureusement. La vue est très belle !

Le rire d'Urbaine emplit la place.

— Non, merci, je préfère rester en bas !

— Je vous tuerai ! criai-je au paroxysme de la douleur. (Je gémis avant de partir d'un hurlement menaçant.) Par la Terre, je vous tuerai !

Comme mon sang ronflait dans mes oreilles, je m'imaginai arrachant mon bras et tombant sur le sorcier noir.

— Je regrette d'avoir manqué votre rencontre avec Sa Grandeur, reprit-il sans se départir de son sourire. Ce fut un beau spectacle, d'après ce qu'on m'a dit.

Je ne répondis pas. Mon cri avait consumé le peu de force que j'avais encore, et je restai suspendu dans un flou gris qui m'empêchait de distinguer clairement Urbaine et Severine. Un vent chaud me fouettait le visage et, regardant au-dessus de moi, j'avisai un oiseau perché, les ailes noires déployées.

— Udax ? demandai-je en voulant donner une tape sur l'épaule de l'Irchtani.

Sauf qu'Udax était mort en combattant Bahudde sur les champs de Berenike. Il s'agissait d'un aigle, de l'oiseau que Jupiter avait envoyé torturer Prométhée. Il me regardait avec des yeux sombres, reptiliens.

— Ils vont le tuer, s'ils continuent comme ça, dit une voix féminine et lointaine.

Valka ? Non, Severine. Valka était morte. Morte ? Elle ne pouvait pas être morte. C'était un mensonge distillé par Iovan et les autres sorciers.

Prométhée avait supplié Hercule de le tuer, et le fils bâtard de Jupiter avait demandé à son père – le geôlier du vieux titan – d'accélérer sa flèche pour mettre un terme au supplice de Prométhée. Mais Jupiter le capricieux ordonna à l'aigle qui tourmentait Prométhée d'emporter Hercule auprès de celui-ci pour se moquer de lui, personne n'étant capable de briser les chaînes forgées par le père des dieux. Et Jupiter éclata de rire au sommet du mont Caucase. Hercule n'était pas du genre à s'avouer vaincu si facilement, cependant, aussi trancha-t-il le bras du titan fou et emporta-t-il celui-ci loin de cette noire montagne. Après avoir traversé maintes épreuves, Hercule conduisit un Prométhée amputé à son fils Deucalion peu de temps avant que Jupiter inonde le monde pour le purifier. L'arrogance de Jupiter finit par le perdre, cependant, car le feu de Prométhée entre les mains de Deucalion permit à l'humanité de se délivrer des eaux envoyées par le père des dieux pour l'anéantir.

Mais il n'y avait ni Hercule, ni aigle. La chaîne était une torture suffisante.

Comme l'avait dit Urbaine, mon histoire n'en était pas une. Aucun héros ne viendrait me sauver. Le bien ne triompherait pas. Et le mal existait bel et bien. Les Cielcins en étaient un ; ils étaient le déluge qui balaierait l'humanité.

Je clignai des yeux.

Il n'y avait pas d'aigle. Seulement Urbaine et Severine qui me regardaient, le premier en souriant, la seconde impassible.

— Ils doivent l'achever, disait la femme.

— Non, pas encore. Il n'a pas terminé.

29

Mesurer le temps

Le temps est la miséricorde de l'Éternité, disaient les poètes. Milton a écrit que l'esprit pouvait faire un paradis de l'enfer, mais ces paroles sont celles du père du mensonge, de ce démon dont mes ancêtres ont choisi de faire leur emblème. L'esprit est grand, et s'il est capable de se tromper lui-même, il a ses limites. Aucun cerveau ne peut faire un paradis de l'enfer, pas même le mien. Il est impossible de sortir de prison par le rêve, ou d'un camp de prisonniers par la pensée. Personne n'oserait dire à ceux qui subissent les règles de la Lothriade qu'il leur suffit d'imaginer un monde meilleur. On peut encourager les esclaves des Cielcins à porter leur fardeau et à se battre pour leur survie ; en revanche, on ne peut pas les convaincre qu'ils ne sont pas enchaînés.

Impossible pour moi d'imaginer que j'étais libre, de penser que je ne souffrais pas.

Mon tourment se poursuivit, et je crus bien devoir perdre mon bras ou bien mourir de faim. Mon membre était bleu, exsangue. Il me faisait encore plus souffrir le soir lorsque le sang y affluait de nouveau. Mes gardes me torturaient de plus belle, et leurs rires étaient de plus en plus criards et cruels. Les esclaves muets me visitaient de moins en moins, et lorsque les Cielcins vinrent me chercher et me prirent par les bras pour me faire traverser *Dhar-Iagon*, pour me conduire sous les statues des Observateurs de cette ville maudite, m'entraînant dans des escaliers en colimaçon et des tunnels sombres jusqu'à ma cellule fermée par une porte en fer, je ne résistai pas.

De nouveau seul, je dormis, mais combien de temps ?

Personne ne vint, pas même la Mort, même si j'entendis ses pieds osseux et les bruissements de sa robe noire dans le couloir à maintes reprises. Ce qu'il y avait d'animal en moi refusait de mourir, et je rampai sur le sol comme un ver pour laper l'eau du bassin ou attraper les barres de ration qu'Urbaine m'avait laissées.

Je ne voulais pas crever.

Valka vivait. J'en étais convaincu. Urbaine… Severine… Iovan… Ils m'avaient tous menti.

Je ne pouvais pas mourir.

Pas encore.

La douleur reculait lentement, les blessures devenant des cicatrices. Le jour vint où je fus capable de me mettre à genoux, puis de me lever, puis de me laver. Après quoi je ne bus plus que l'eau qui ruisselait sur les parois calcaires. Bientôt, je me remis à dessiner des croix sur le mur, loin des premières.

J'avais décompté une année standard, j'en étais sûr, mais il s'était écoulé plus de temps, car je n'avais pas mesuré celui passé suspendu au-dessus de la place, ni celui passé couché dans ma cellule. Peut-être cela représentait-il des mois de plus.

J'allais mieux, même si j'étais loin d'avoir recouvré toutes mes forces. Je tenais à peine debout, et si j'avais perdu de la masse musculaire, je me sentais plus lourd que jamais. Marcher d'un bout à l'autre de ma cellule m'était difficile, aussi me contentai-je souvent de rester assis, le dos contre le mur, le regard plongé dans l'ombre, tandis que l'œil d'Urbaine flottait paresseusement au-dessus.

Je marmonnai dans ma barbe, puis je finis par me taire.

La caisse de rations se vida. Le désespoir me poussa à me nourrir des choses gluantes qui nageaient dans le bassin, à les manger crues avant d'en recracher les os. Je fis rapidement abstraction du goût infect de leur chair, je l'oubliai comme j'avais oublié le goût du vin et la caresse du soleil. J'avais guéri, mais mal, aussi les mouvements de mon épaule étaient-ils maladroits et irréguliers. J'étais incapable de lever le bras au-dessus de ma tête, et même alors, il me faisait souffrir le martyre. Il me restait certes trois doigts à cette main, mais je ne pourrais plus tenir une épée correctement. Sur un monde de l'Empire, on aurait pu faire repousser mes os et ma chair, on aurait pu réparer l'articulation de mon épaule, mais je n'étais pas dans l'Empire.

Peut-être même ne le reverrais-je jamais.

C'était une pensée étrange. J'avais appris à aimer l'Empire. Il avait de nombreux défauts, mais je m'y sentais chez moi. Je ne l'aimais pas pour ce qu'il était, mais pour ce qu'il aurait dû être, ce qu'il serait. Dans tous les cas, il était bien différent de Dharan-Tun. Et de Padmurak. Et de Vorgossos. L'humanité pouvait vivre dans l'Empire et y rester elle-même.

J'étais enfermé dans les geôles de l'ennemi, cependant, et je ne le reverrais jamais.

Perdu sans étoile, sans la lumière d'un autre monde pour me rappeler que l'enfer, c'était *seulement* ici, pour me rappeler – comme l'avait fait Gibson – que la majeure partie de l'univers était calme et paisible.

Ma seule source de lumière m'avait été donnée par l'ennemi, et elle n'éclairait que ma cage.

30

La vérité et le mensonge

Ils durent me traîner dehors pour mon audience suivante. J'essayai bien de marcher, mais les muscles de mes jambes se bloquèrent au bout d'une vingtaine de pas. Ils ne furent pas très doux avec moi, et j'avais les pieds en sang lorsque nous arrivâmes à destination.

Une lumière pâle et intense, et non rouge tamisée, illuminait la grotte, me faisant mal aux yeux. Les murs de pierre avaient été sculptés avec soin, étaient couverts d'anaglyphes circulaires cielcins : certains symboles étaient aussi petits que des œufs de rouge-gorge, d'autres aussi grands que des assiettes. J'en reconnus quelques-uns, mais leur grammaire demeurait un mystère. Il n'y avait pas de phrases, ni de pensées linéaires. Les Cielcins regardaient ces runes et voyaient des images, formaient des associations, des liaisons sémantiques fondées sur la position relative et la taille des symboles. Ainsi, un groupe de symboles pouvait-il avoir plusieurs sens. Mes connaissances me permirent de déterminer qu'il était question de vertus et de princes, de maîtres et d'esclaves, mais c'était à peu près tout.

Les gardes me lâchèrent sur le sol irrégulier, et je restai là, essoufflé, les genoux meurtris.

—*Ennallaa kounsur*, ordonna une voix familière.

Laissez-nous.

Les Cielcins ne protestèrent pas. Tenant à peine debout, j'aurais été bien incapable de me battre, d'autant que mes poignets étaient entravés.

Syriani Dorayaica se dressait à moins de trois mètres de moi, sa silhouette couronnée d'argent se découpant sur la toile de fond d'un portail rond. Il ne portait pas son armure striée. Chez lui, le Prophète des Cielcins portait une robe sans manches en *irinyr*, ce matériau lourd et brillant ressemblant à de la soie. Ses bras nus étaient couverts de bracelets d'argent auxquels pendillaient des chaînettes ornées de saphirs et de lapis-lazulis, tandis que des filigranes noirs savamment positionnés décoraient son visage plat et blanc. Il ne ressemblait pas tant à un combattant qu'à un sybarite, avec sa tresse blanche enduite d'une substance à l'odeur fumée désagréable.

J'essayai de me lever. Présenté ainsi devant Sa Grandeur, je me sentais miteux, vêtu d'un simple haillon serré à la taille.

— Magnifique, dit le Prophète en galstani en me détaillant de ses énormes yeux noirs. Il y a de la pureté dans la souffrance, vous ne croyez pas ?

Je me levai et, ne répondant pas, m'appuyai contre le mur.

— Vos philosophes et vos prêtres le savent. Acquiescer n'est pas trahir. (Il fit un pas dans ma direction.) Votre silence ne vous rapprochera pas d'Utannash, alors parlez.

Je recouvrai la voix au prix d'un effort considérable. Je ne m'en étais pas servi depuis longtemps, et elle me parut plus étrangère que celle du Prophète.

— Ce qui peut être noble, c'est la manière dont on supporte la douleur, non pas la douleur elle-même.

La lèvre inférieure de Syriani s'étira, et il avança vers moi.

— Vous croyez ? (Il continua de m'étudier, s'attardant sur les zébrures blanches de mes épaules et mes flancs.) La douleur purifie. Elle nous rappelle la différence entre l'*ouluu*, ce que vous appelez l'*atman*, l'âme, et ceci…

(Il tendit le bras et pinça ma chair molle entre mon épaule et ma poitrine.) *Ujazayu*. La substance. (D'un coup de griffe, il tailla dans ma peau, mais je ne grimaçai pas, tandis que mon sang coulait, imbibant ma robe autour de ma taille.) Il vaut mieux accepter la douleur, s'évader à travers elle. La supporter revient à accepter le Mensonge.

—Le Mensonge ? Utannash.

Le Prophète siffla.

—Il est l'auteur du Mensonge. Nous ne sommes pas *ceci*. (Il désigna successivement sa poitrine, puis la mienne.) Non pas des choses. Rien de tout ceci… (Il montra la grotte, Dharan-Tun et l'univers, au-delà.) Rien de tout ceci n'est réel. C'est l'œuvre d'Utannash, qui est faux. Dont le travail est faux. La douleur nous rapproche d'*eux*, elle nous rapproche de la vérité.

—De vos dieux ? demandai-je. Des Observateurs ?

Syriani acquiesça.

—Vous commencez à comprendre.

—Vous êtes en train de… me purifier ?

—La pureté est le plus grand des sacrifices. J'aimerais que vous compreniez avant de mourir. (Il fit un pas en arrière et se retourna à moitié pour contempler les sculptures sur le mur.) Les dieux cherchent à nous libérer de cette prison. À détruire ce monde pour nous libérer. Afin que nous puissions les rejoindre en *Iazyr Kulah*, le monde véritable.

—Le paradis.

—Exactement, confirma le Prince des Princes en imitant un hochement de tête humain. Votre Utannash a bâti ce monde pour nous punir. Nous devons le détruire afin de *le* détruire. (Syriani se tut, pivota sur ses talons et fit quelques pas en direction du portail qu'il venait d'emprunter.) Comment pouvez-vous survivre à une langue aussi confuse ?

Je ne dis rien pendant un long moment, me contentant de regarder mon hôte avec incrédulité.

—Vous voulez... détruire l'univers ? (Je faillis éclater de rire, tant cette idée me semblait risible. Ce n'était tout simplement pas possible.) Vous êtes complètement fou.

Syriani Dorayaica me refit brusquement face.

—Vous dites cela en dépit de tout ce que vous savez ? (Il agita la tête dans un geste de dénégation. Et puis il désigna le portail et dit :) *Wegga ush ti-koun.*

Suivez-moi.

Avec circonspection, j'entrepris de suivre le Prophète, par trop conscient du contact de la roche froide et humide sur mes pieds calleux et ma chair à vif. Des bassins peu profonds bordaient le chemin, où nageaient de minuscules poissons blanc-bleu luminescents, qui mettaient en valeur les glyphes phosphorescents taillés dans les murs. Syriani ne dit rien pendant un long moment, se contentant de marcher entre les bassins, d'en traverser certains grâce à des pierres qui dépassaient à peine de l'eau claire et immobile.

—Vous m'avez surpris sur Berenike, finit-il par reprendre en s'arrêtant dans un tunnel surplombé d'une voûte et dont les murs penchés étaient ornés de glyphes brillant d'un éclat argenté à la lumière des poissons. Vous avez manifestement plus de ressources que prévu. Vous auriez dû mourir.

—Vous souffriez d'un excès de confiance, répondis-je en gardant mes distances.

—Je craignais que pareille occasion ne se représente pas. (Syriani me tournait le dos, m'offrant le spectacle de sa longue tresse, qui jaillissait à la base de son cou, sous sa crête épоccipitale.) Je me suis précipité. C'est une erreur que je ne commettrai plus. Que je n'ai plus commise, ajouta-t-il en me regardant par-dessus son épaule.

—Vous parlez de me tuer ? demandai-je en plissant les yeux.

—De détruire un serviteur d'Utannash, oui.

—Je croyais que vous me vouliez pour votre *Aetavanni.*

— J'étais prêt à un compromis, répondit le Prophète en fermant les yeux. Mais les dieux récompensent leurs serviteurs, et aujourd'hui, je n'ai plus besoin de compromis.

Le Pâle se remit en marche, déambulant dans ce qui – je venais de le comprendre – était un jardin. Des champignons blancs et phosphorescents poussaient sur les murs et enrichissaient le tableau, tandis que des filets d'eau descendaient en cascades sur les parois, emplissant des bassins aussi noirs que l'espace. Je boitillai derrière le Prophète, dont les pieds nus cliquetaient sur la pierre. Manifestement, on m'avait autorisé à accompagner le Fléau de la Terre lors d'une de ses balades. Je m'attendis à croiser des serviteurs ou des esclaves portant un collier de métal, mais nous étions complètement seuls.

— Pourquoi l'appelez-vous comme ça ? demandai-je au bout de quelques minutes. (Et comme Syriani ne répondait pas, j'ajoutai :) Utannash ?

— C'est son nom, répondit le Pâle en caressant d'une main griffue un champignon en forme d'éventail. *Utannash* signifie « Celui-qui-ment », ou l'« Imposteur »... ? Ce mot existe-t-il ?

J'opinai du chef alors qu'il me tournait le dos.

— *Iugannan* signifie « menteur », n'est-ce pas ?

— En cielcin ? (Syriani produisit un claquement avec la bouche, marquant sa désapprobation.) Vous pensez que nous n'avons qu'un langage ? (Il me regarda, ses membranes nictitantes se refermant sur ses gros yeux noirs.) Finalement, vous ne savez pas grand-chose... Je croyais que nous nous ressemblions. J'ai énormément lu et étudié votre histoire. Votre art. Votre philosophie. Vous parlez très bien notre langue, mais je crains que vous ne compreniez pas aussi bien que je le pensais.

Il y avait une pointe de tristesse quasi humaine dans la voix du xénobite.

— Vous parlez très bien la nôtre, dis-je.

En effet, le Prince des Princes parlait un meilleur standard que la plupart des humains que je connaissais.

Dorayaica balaya ma remarque d'un geste.

— *Utannash* est à la fois le « Mensonge » et le « Menteur ». C'est un mot ancien. Un mot ancien pour un ennemi ancien dans une langue presque oubliée de mon peuple en cette époque de ténèbres. (Il découvrit furtivement ses dents de verre, grâce auxquelles il avait sectionné mes doigts.) Ignorez-vous que nous sommes nous aussi une race déchue ? Que notre gloire est loin derrière nous ? (Le Prince des Princes traversa un bassin noir et s'arrêta devant une fresque murale constituée de runes circulaires interconnectées.) Si Elu était à ma place… nous dominerions toute la galaxie, et aucun de vos congénères ne pourrait respirer librement. Hélas, je ne suis pas Elu, et les clans ne sont pas comme ils furent sur Eue après Se Vattayu.

— Mais pourquoi le Mensonge ?

— Parce que son monde voile la vérité des *Caihanarin*, expliqua Syriani en fermant les paupières.

— Les Observateurs ?

Encore une fois, le Prophète acquiesça d'un bruit sec et soufflé.

— Ils nous ont tout donné. Ils nous ont faits. Ils nous ont appris à voler, ils nous ont sortis de Se Vattayu et nous ont donné les étoiles, et ce pour que nous puissions défaire leurs ennemis. Utannash voulait les détruire pour devenir le dieu unique, il voulait imposer son mensonge, cet univers. Il est *alatayu*. La Némésis, le Destructeur… Le Diable, vous pourriez dire.

— Comme moi, intervins-je, provocateur.

Sa Grandeur n'apprécia pas ma blague.

— Mes *baetayan* ont mis plusieurs centaines de vos années pour créer ces jardins. Pour sculpter ces *udaritani*. Savez-vous les lire ?

— Seulement un peu, admis-je.

Cela sembla impressionner le seigneur cielcin.

— Ils sont un art bien plus subtil que vos systèmes primitifs. Ceci est notre histoire, conclut-il en désignant le mur d'un geste ample du bras.

Je m'imaginai des *baetayan* tels que Tanaran travaillant pendant des siècles – plusieurs fois l'espérance de vie d'un plébéien – pour terminer ces bas-reliefs. Les tunnels étaient si nombreux qu'une véritable armée d'artistes avait dû œuvrer à leur décoration.

— Je croyais que les *baetayan* étaient les dépositaires de votre histoire orale.

— C'est le cas, mais l'histoire ne doit pas vivre seulement sur la langue. N'êtes-vous pas d'accord ? (Du bout du doigt, il suivit le contour d'un glyphe lumineux.) L'*udaritanu* n'est pas comme votre alphabet. C'est un style pictural. Un peu comme vos tableaux blasphématoires.

— Blasphématoires ? répétai-je en clignant des yeux.

Le Prophète fit comme s'il ne m'avait pas entendu et désigna une série de petits cercles contenant chacun un triangle.

— Ici, on voit nos navires qui quittent Se Vattayu. Et là, la planète.

Il montra un grand et complexe glyphe au centre de la fresque. Le voir pour la première fois comme une image et non comme une phrase non linéaire changea ma perspective. Suivant du regard la courbe du mur, j'avisai un autre glyphe énorme et alambiqué relié au monde natal des Cielcins par une chaîne hélicoïdale constituée de signes plus petits. Il s'agissait manifestement de leur destination, du monde de leur exil.

— Mais… blasphématoires ?

Syriani tourna son énorme tête cornue pour me toiser, comme si j'étais un enfant turbulant.

— Vous produisez des images, des icônes, comme vous dites. Des idoles. Reproduire les choses matérielles telles qu'elles apparaissent, telles qu'elles appartiennent à Utannash et à son Mensonge, revient à renforcer le Mensonge. C'est un affront fait aux dieux.

— Vous avez des statues dans vos salles, des monstres…

— Des monstres ? Ce sont les dieux, et eux seuls sont réels.

Je comprenais. Innombrables étaient les vieilles traditions humaines à s'être retournées contre l'art et la beauté. À les avoir brûlés, détruits, déchirés au nom de quelque vérité transcendantale. Elles étaient convaincues que les images produites par des hommes obscurcissaient ou usurpaient ce qu'elles représentaient. Selon elles, une icône de la Beauté ratée ne pouvait que détruire la Beauté. La pervertir. Tandis qu'une icône réussie la remplaçait, devenait la chose elle-même. Et c'était vrai pour la Vérité et toutes les autres vertus. L'art, le vrai, est un rappel des choses invisibles et de leur manifestation dans les choses visibles. Le portrait de l'Empereur qui orne chaque hurasam n'est pas seulement là pour nous rappeler qui est l'Empereur, mais pour que nous n'oubliions jamais les vertus qui font de lui l'Empereur. La force et la dignité, le commandement serein.

— Et votre Main blanche, alors ?

Des agrafes en forme de main, justement, étaient accrochées à sa robe. Syriani en caressa une avant de répondre.

— Je vous l'ai dit. Je vais devenir un dieu.

— En nous conquérant ?

— Oui. Je vais vous sacrifier. Non pas vous seulement ; tout votre peuple. Comme Elu s'est élevé, je m'élèverai.

— Vous vous élèverez ?

— Vos empereurs sont des dieux, n'est-ce pas ? poursuivit-il en découvrant ses dents de verre.

— Seulement le premier, le corrigeai-je.

Syriani se rapprocha de la grande fresque, qu'il caressa d'une main aux six doigts écartés.

— Elu a été le premier. Les dieux lui ont parlé, lui ont expliqué comment construire les navires qui nous ont permis d'abandonner notre monde mourant. Elu et ses douze *Aeta* ont quitté Se Vattayu, ont fait de nous plus que des animaux. (Il effleura la ligne hélicoïdale reliant Se Vattayu au monde suivant.) Nous sommes aux dieux ce que les mouches sont aux garçons espiègles...

— Ils nous tuent pour se distraire, conclus-je.

— Ah ! le Marlowe que j'attendais serait-il de retour ?

— Shakespeare, dis-je en levant le menton.

— En effet. Mais nos dieux nous ont faits forts, alors qu'ils auraient pu nous étouffer dans l'œuf. Elu a guidé ceux qui ont voulu l'écouter vers un nouveau monde.

— Eue ? répétai-je en me rappelant le nom entendu plus tôt.

Je connaissais ce nom. Le Prophète n'était-il pas le Prince des Princes d'Eue ?

Le grand Cielcin inclina la tête vers l'avant dans un geste menaçant, ce qui aurait pu passer pour un acquiescement humain.

— Cela signifie le « cadeau ». (Syriani se retourna et fit quelques pas le long de la fresque, levant de nouveau la main vers une grappe d'*udaritani*, qui s'étirait depuis le symbole de la planète Eue.) Sur Eue, nous sommes devenus *Cielcins*, les « enfants des dieux ». (Voyant la confusion sur mon visage, Syriani ajouta :) C'est un autre mot ancien.

— Urbaine semble croire que les humains peuvent devenir des Cielcins. (Comprenant que ma phrase était un peu vague, je précisai :) Des enfants des dieux, je veux dire.

Les dents translucides de Syriani brillèrent de nouveau.

— Urbaine est un petit parvenu, lança-t-il. Il pense qu'en se donnant du mal pour nous ressembler physiquement, il obtiendra des faveurs… et il a peut-être raison. (Le Prophète eut un geste de dérision.) Urbaine croit que l'humanité finira par voir la vérité, que votre espèce servira les *Caihanarin*, qu'elle précipitera la fin. Mais je n'en suis pas si sûr. Vous participez du mensonge, et puis, vous êtes si faibles.

— Faibles ? protestai-je en me redressant un peu, tâche rendue ardue par ma musculature atrophiée et mon épaule ruinée. Nous vous résistons depuis des siècles.

Le Prophète me regarda d'un air qui me parut compatissant. Si j'étais familier de leur espèce depuis de nombreuses années, j'avais toujours du mal à déchiffrer leurs expressions faciales.

— Vous nous résistez…, reprit-il en me tournant autour comme il l'avait fait lors de notre première rencontre. La bataille commence à peine, et votre Commonwealth nous est déjà soumis.

— Ce n'est pas mon Commonwealth.

— Votre présence là-bas suggère que vous aviez besoin d'eux, que votre Empereur est désespéré.

Un bref « ah ! » m'échappa, et je baissai les yeux vers mes pieds ensanglantés. Je compris pourquoi on m'avait traîné jusqu'ici, pourquoi on m'avait gratifié de cette leçon d'histoire et de cette balade dans les jardins du prince. Fermant fort les paupières, je dis :

— C'est le genre de question qu'on pose *pendant* qu'on torture un homme, grand prince. (Le souvenir des traitements qu'on m'avait infligés réveilla mes douleurs. Protestant contre mon obstination, mes blessures se rappelaient à mon bon souvenir.) Non pas après…

Le hurlement haut perché du rire extraterrestre se réverbéra sur les parois de la grotte.

— Vous êtes courageux, Monseigneur, dit-il en se rapprochant de moi, les mains jointes devant lui. Vous me direz néanmoins ce que je veux savoir. Je sais que votre Empereur a quitté sa demeure. Je veux savoir où il se trouve.

— Vous vous adressez à la mauvaise personne. Je ne sais même pas en quelle année nous sommes.

La Main blanche ouverte du prince s'abattit sur mon visage avec une force telle que je m'étalai dans un bassin peu profond. Les poissons lumineux s'éparpillèrent. Mes poignets entravés ne m'aidèrent pas à me redresser sur les coudes.

— Vous me prenez pour un imbécile ? me demanda Syriani. (Le prince me dominait de toute sa taille, et ses pieds griffus s'accrochaient au sol rocheux.) Ne me mentez pas. Je sais que vous connaissez son itinéraire. Je veux la liste des planètes que votre Empereur doit visiter. Les noms, les numéros de catalogue. Les coordonnées.

Je réussis à me mettre à genoux. Tête basse, les cheveux tombant devant mes yeux fermés, j'attendais que se dissipe la douleur terrible. La voix froide et haut perchée de Syriani emplissait mon univers.

— Dites-moi ce que je veux savoir ou vous allez souffrir.

— Je n'ai pas cette information.

Ce n'était pas strictement vrai. Je connaissais plus ou moins les coordonnées et numéros de catalogue des systèmes de Nessus, Gododdin, Aulos et peut-être quelques autres. Toutefois, l'itinéraire de l'Empereur comportait au moins trente étapes, et je n'étais pas navigateur. Cela faisait tellement longtemps que nous avions quitté Nessus ; tant de choses s'étaient passées. Quelques noms me revinrent à l'esprit : Vanaheim, Siraganon, Balanrot, Perfugium…

— Je ne sais rien, ajoutai-je.

Le Prophète s'accroupit pour se rapprocher de mon visage.

— Comme je l'ai déjà dit, vous participez bien trop du Mensonge. Je veux ces noms, *Utannashi*, et je finirai par les obtenir.

— *Utannashi*... Menteur...

— Vous niez ?

La puanteur de son haleine satura subitement mes narines.

— Aranata Otiolo m'appelait *Oimn Belu*, rétorquai-je dans un éclat de rire défensif.

— *Le Sombre*, siffla Syriani. Otiolo était donc poète... Je l'ignorais. (Il m'attrapa par les cheveux et m'obligea à me relever et à le regarder dans les yeux.) Je pensais que votre châtiment vous aurait purifié du Mensonge. Je me trompais. Il nous reste beaucoup de travail.

Il me lâcha, et je retombai, le scalp endolori, les cheveux presque arrachés.

Syriani pivota sur ses talons en faisant tinter les ornements de ses bras et de ses cornes. Il leva la main, deux doigts tendus. Un œil invisible ou une caméra devait être braqué sur nous, car quelques secondes plus tard, six guerriers *scahari* en armure et masque de guerre peint sortirent de derrière des rochers. Je me recroquevillai instinctivement en les voyant arriver, cimeterre à la main. Leur apparition ne me disait rien de bon, aussi me laissai-je faire lorsqu'ils m'attrapèrent.

— *Qattaa !* aboya Syriani, et les guerriers se figèrent. Une dernière chose..., ajouta-t-il en standard, s'interrompant comme pour me laisser le temps de poser une question, de demander des clarifications. Comment avez-vous survécu sur Berenike ?

Les gardes me tinrent fermement, et l'un d'entre eux m'attrapa par les cheveux pour me forcer à regarder son maître et à découvrir ma gorge. Comme je ne répondais pas, un autre me frappa du plat de son arme sur l'abdomen, y laissant une marque rouge et une très fine coupure.

— Vous l'ignorez ? soufflai-je.

Syriani Dorayaica me scruta de son regard inhumain, des membranes transparentes se refermant sous ses paupières mi-closes.

— Votre peuple dit que vous êtes magicien. Que vous faites des miracles.

— Peut-être les pouvoirs d'Utannash ne sont-ils pas aussi faux que vous l'affirmez.

Le Prophète se rapprocha de nouveau, posa ses mains griffues sur mes épaules. Il me sourit en découvrant ses dents.

— Vous voyez les pouvoirs de nos dieux tout autour de nous, lança-t-il en embrassant la grotte du regard. Nous sommes la preuve de leur pouvoir. Ce monde, *Dharan-Tun*, est la preuve de leur pouvoir. De votre côté, vous n'avez que des trucs, des subterfuges.

— J'ai fait de votre victoire une défaite. Pas mal comme truc.

Sans changer d'expression, le Prince des Princes enfonça ses griffes translucides dans mes épaules, faisant jaillir mon sang. Je perçus néanmoins un changement derrière ses yeux. Il était furieux, frustré. Rien n'aurait pu le rendre plus heureux que de me réduire en morceaux à cet instant précis. Subitement, il me lâcha.

— Vous fanfaronnez ! lança-t-il en se retournant et en s'accroupissant pour rincer ses mains tachées de sang dans un bassin.

À ma grande stupéfaction, les petits poissons convergèrent autour de ses mains, et l'eau rougeâtre s'éclaircit rapidement. Mes gardes ne bougèrent pas. Syriani ne leur avait pas demandé de nous laisser.

— Vous détruire ne m'apporte aucune joie, reprit-il en plongeant davantage les mains dans l'eau avec lenteur et délectation. Je crois bien que vous êtes la seule créature de cet *iugannan* – cet univers – à pouvoir me comprendre.

Il mit ses mains en coupe et attrapa un poisson, qu'il sortit du bassin. L'eau s'écoula lentement, et la créature affamée et privée de son élément se tortilla dans ses mains. Soudain, Syriani écrabouilla le poisson dans son poing, faisant couler un peu d'eau et un liquide fluorescent dans le bassin, au grand bonheur des autres poissons, qui ne se firent pas prier pour se repaître du sang de leur congénère.

— En tout cas, vous êtes le seul de votre espèce à en être capable. Je me suis souvent dit que cette guerre était un duel entre nous deux. Après Berenike, j'en étais convaincu. (Il plongea les mains dans l'eau et laissa les poissons se régaler. Un moment plus tard, son regard se riva de nouveau au mien.) Vous avez tout vu, n'est-ce pas ? Mes armées marchant sur vos étoiles, brûlant vos mondes ? Vous avez assisté à votre mort. Je suis celui qui vous tuera. Cela se passera à Akterumu. Et lorsque vous ne serez plus, l'humanité tombera. Vous savez que votre peuple deviendra un peuple d'esclaves, avant de n'être plus rien. (Il se redressa.) Je l'ai vu aussi.

— Les rivières du temps ? articulai-je à grand-peine.

Je m'étais convaincu que Syriani n'était pas du tout un prophète, que ses visions n'étaient pas celles d'un voyant, mais d'un visionnaire, que le futur qu'il avait décrit pour son peuple était le seul rêve qu'il avait eu. Je m'étais persuadé que les visions du Prophète étaient fausses.

Syriani hocha la tête.

— Les Observateurs voient tout, dit-il. Et j'ai vu à travers leurs yeux. Comme vous avez vu à travers les yeux d'Utannash. (Il se retourna pour appeler ses gardes, mais se figea.) J'ai vu que vous finiriez par me dire ce que je veux savoir. Je vous donne une dernière chance de vous confesser, de me dire où se trouve votre Empereur.

— Ne le savez-vous pas déjà ? hésitai-je.

Syriani fit un mouvement de taille avec la main. Aussitôt, un de ses *scahari* m'assena un coup du plat de son sabre sur le ventre.

— Vous croyez que c'est un jeu ? demanda-t-il.

J'avais compris depuis longtemps que ce n'en était pas un.

— *Velenammaa jatti wo !* aboya-t-il en abaissant ses deux doigts.

Emmenez-le !

31

Perdre la raison

Une chose vivait dans ces eaux, qui s'agitait de temps à autre, dérangeait la surface. Une surface presque assez proche pour que je la touche en tendant le bras vers le bas. Ou vers le haut.

Presque.

Ç'aurait été une telle bénédiction. Si mes tourments sur le mur avaient été aggravés par des périodes de répit occasionnel, ceux de la fosse le furent par l'absence totale de sursis. Sans nourriture, sans eau, ils m'avaient entravé les jambes, attaché un bras tout contre la poitrine, suspendu par les chevilles au-dessus de la fosse et de l'eau, dont je me rapprochais centimètre par centimètre. J'aurais dû perdre connaissance longtemps auparavant, sauf qu'ils avaient soigneusement incisé ma peau le long de ma tempe droite, aussi le sang qui aurait dû remplir ma boîte crânienne et me faire sombrer s'écoulait-il à l'extérieur.

Sans doute ma descente vers l'eau durait-elle depuis des jours.

J'avais perdu la notion du temps.

C'était la troisième fois. Ou la quatrième ?

Ils avaient laissé un de mes bras libre afin de me permettre de faire signe à mes tortionnaires, de les informer de mon désir de collaborer. Je leur avais fait signe une première fois, mais lorsqu'ils avaient fait couler de l'eau dans ma bouche, je la leur avais crachée au visage, aussi m'avaient-ils suspendu de nouveau à ma chaîne. J'ignore pourquoi on me remonta la deuxième fois. Peut-être étais-je trop proche de mourir. De vagues souvenirs subsistent : une couche ferme, les bruits électroniques et réguliers d'un appareillage médical.

— ... perdu trop de sang, avait dit une voix féminine, peut-être celle de Severine.

— Pourquoi les palatins sont-ils toujours du groupe AB positif ? demanda un homme.

— Une vieille superstition. À l'origine des vieilles lignées, il y avait un Nippon.

— Vous aviez raison à propos de ses scans neurologiques. (Une autre femme.) Jamais rien vu de tel. L'Empire reste en avance sur nous à bien des égards.

— Ce n'est pas du travail impérial, dit l'homme qui n'était pas Urbaine.

— Une mutation aléatoire, alors ? proposa la seconde femme.

— C'est peu probable, répondit Severine.

Lorsqu'ils me firent descendre de nouveau dans cet horrible trou, j'avais une aiguille dans le bras et une autre dans la cuisse ; la première pour m'hydrater, la seconde pour compenser mes pertes de sang. Je ne pouvais ni dormir, ni mourir. À intervalles irréguliers, un Cielcin apparaissait au-dessus de moi et secouait ma chaîne.

— *Sikarra!* criait mon geôlier inhumain.

Parlez!

Comme je n'obtempérais pas, il agitait la chaîne pour que je me cogne contre la paroi, dérangeant la chose qui vivait dans l'eau. Je fermais les paupières, sentais le sang couler de mon scalp entaillé, imbiber mes cheveux trop longs... et lorsque je les rouvrais, j'étais ailleurs.

Mes souvenirs de Dharan-Tun sont fragmentés. Je revois des images perçues dans mon délire à travers le voile de douleur. Des périodes de lucidité ponctuaient cette horreur tranquille. Régulièrement, on me traînait jusqu'à ma grotte, où je me remettais juste assez pour une nouvelle confrontation avec le *Shiomu*, le Prophète.

Je me souviens de son visage et de son regard plissé suspendus au-dessus de moi dans la cellule.

— Je me lasse de notre petit jeu. Dites-moi où se trouve votre Empereur.

La fumée des cierges et le parfum résineux de la myrrhe flottaient dans mes rêves, les odeurs familières des cérémonies funèbres de la Fondation. L'Empereur vêtu de blanc, agenouillé, priant les bras écartés. Au-dessus de lui l'autel était vide sous la statue du Dieu Empereur et le dôme couvert de fresques représentant la Terre. Au-delà des fenêtres étroites et hautes s'étalait Sananne.

Nessus.

— Dites-moi où se trouve votre Empereur.

Les noms flottaient sur le bout de ma langue. *Nessus. Gododdin. Vastauna. Siraganon. Perfugium.* Mais je n'osais pas les prononcer.

J'étais suspendu au-dessus de l'eau, les battements de mon cœur résonnant dans ma boîte crânienne. Des lumières fantomatiques brillaient dans les profondeurs. *A posteriori*, je pense que des cousins des poissons qui pullulaient dans les bassins du Prophète vivaient dans cette fosse, se nourrissaient du sang qui gouttait de mon front.

Comme je ne parlais pas, on me battait, on me hissait hors de la fosse pour m'attacher à un poteau. Et puis on me déshabillait pour me fouetter jusqu'à ce que mon dos ruisselle de sang chaud. Ou bien on m'arrachait un ruban de peau sur la cuisse, laissant la chair à vif sécher et se craqueler douloureusement.

— Dites-moi où se trouve votre Empereur.

La souffrance disparut, se dissipa comme un rêve au petit matin. Je ne ressentais plus rien, pas même le froid. Pour la première fois depuis une éternité, j'avais les idées parfaitement claires. Syriani Dorayaica se tenait au bord de la fosse, vêtu de son armure noire. Il n'était pas seul. Derrière lui, j'avisai Urbaine en costume violet, les mains plongées dans les manches, les rabats de sa casquette mandari baissés sur ses oreilles plates. Trois Cielcins étaient regroupés autour du treuil, tandis qu'un technicien de MINOS en tenue blanche médicale se tenait à l'écart. Derrière et au-dessus d'eux, la paroi de glace striée de rouge scintillait comme du cristal, et je me rappelai à quel point ma prison était haute de plafond. De grands réservoirs d'eau potable – des océans entiers – surplombaient les cavernes et tunnels de Dharan-Tun, prisonniers de couches de glace qui protégeaient Cielcins et esclaves humains des énergies prédatrices de l'espace. Ma fosse donnait sur un tel réservoir. Loin au-dessus, l'eau passait dans une usine de désalinisation avant d'alimenter la ville infernale. Des groupes de Cielcins et d'humains travaillaient à l'entretien des conduits, des vannes et de puissants monte-charges qui transportaient vaisseaux et marchandises vers la surface via des puits vides d'air.

Là-haut, il n'y avait rien. Dharan-Tun avait la taille d'une planète, et rien d'aussi massif n'aurait pu être protégé par des boucliers, quand bien même Syriani aurait récupéré la technologie des boucliers antiradiations des navires humains qu'il avait pris. Tout ce qui se serait trouvé à la surface, au-dessus de la couche de glace, aurait été sujet à de violentes tempêtes de particules emprisonnées dans l'enveloppe de distorsion du vaisseau de la taille d'une planète. Dans ma fosse, j'étais tellement proche du ciel, plus proche que je ne l'avais été depuis des années, et tellement éloigné à la fois.

— Où se rend votre Empereur ? m'interrogea le Prophète, qui apparaissait pour la première fois au-dessus de ma fosse. Dites-le-moi, et vos tourments s'arrêteront immédiatement.

Je perdais du sang au rythme des battements de mon cœur.

— Je sais que vous m'entendez, poursuivit-il.

Tournant au bout de ma chaîne, je voyais le reste de la vaste grotte, où se trouvaient au moins dix autres fosses comme la mienne, équipées elles aussi d'un treuil et de chaînes.

— Noms. Numéros de catalogue. Coordonnées.

— Je ne sais rien.

La douleur revint, activée comme une ampoule. Je sentis le choc sourd du froid, les hurlements de mes os, les martèlements du sang dans ma tête. Je percevais la présence de l'entaille sur ma tempe, rouverte chaque fois qu'on me faisait remonter, ainsi que celle de rubans à vif et scabreux sur mes cuisses écorchées. Et puis, il y avait les croûtes dures comme du cuir, dans mon dos, les coups de fouet.

— Il est actif, dit Urbaine.

Le collier.

Je l'avais presque oublié. Je le portais depuis si longtemps qu'il faisait partie de moi, même si ses frottements me faisaient saigner. Manifestement, il permettait également à Urbaine de prendre le contrôle de mon nerf spinal et de mon cortex sensoriel.

— Vous êtes extrêmement résilient pour un humain, dit Syriani en apparaissant au-dessus de moi. Cela a trop duré, cependant. Je compte bien obtenir ma réponse. Et ne me mentez plus. Urbaine le saura.

Je me rappelai vaguement avoir donné une fausse liste de planètes, une fois, pour qu'on me sorte de ma fosse. Cela avait fonctionné une journée. Sauf que Syriani devait avoir accès à des cartes de l'espace impérial, voire à la base de données de MINOS.

— Où se rend votre Empereur ?

Vous croyez peut-être que j'ai entrepris ce récit dans le seul objectif de vanter mes vertus, de dresser un portrait avantageux d'Hadrian Marlowe, Héros de l'Humanité, d'illustrer mes campagnes et victoires contre l'ennemi. Ce n'est pas forcément faux. Sachez cependant que je me suis astreint à n'écrire que la vérité et que je pense y être parvenu. Dans l'ensemble. Dès le début de cette entreprise, dès les premières lignes écrites à l'encre vermillon des scholiastes, je savais que ce moment viendrait.

Le moins qu'on puisse dire, c'est que je ne chéris pas mes souvenirs de Dharan-Tun, de Syriani Dorayaica et ses *Iedyr*. Je suis loin d'avoir tout dit, croyez-moi. Je ne vous ai pas parlé de ces charrettes pleines de jambes humaines empilées comme des bûches, ni des corps sans tête suspendus à l'entrée des grottes, ni des canalisations emplies de sang humain.

Le moment est donc venu, même si j'en ai honte.

— Perfugium ! dis-je. Vanaheim ! Balanrot ! Je ne les connais pas tous !

Je ne me souviens pas vraiment des noms que j'ai prononcés, ni même si je les ai tous révélés. J'avais participé à nombre de réunions avec Sa Radiance et le magnarque pour organiser la tournée dans les Provinces centaurines, mais tant d'années s'étaient écoulées. J'avais passé sept ans entre Nessus et Gododdin avant d'entrer en fugue cryogénique pour la durée du voyage vers Padmurak. Je ne pouvais donc pas être certain de la liste.

Pour ce qui concernait Perfugium, cependant, j'étais sûr de moi.

— Perfugium ! répétai-je avant de fermer les paupières et la bouche de honte.

La douleur se dissipa, remplacée par une nausée intense.

Urbaine arborait un sourire dégoûtant, mais Syriani était impassible.

—*Su tutai wo*, dit-il. Très bien.

Sur ce, il adressa un signe à ses soldats, qui me lâchèrent dans la fosse. La douleur ne réapparut pas ; Urbaine fit en sorte que mon collier inhibe mes sensations, aussi restai-je suspendu à saigner et à penser à ce que je venais de faire.

Et ce fut terrible.

32

Errance et libération

Vint un jour où je ne fus plus du tout capable de marcher. Entre les séances de torture et la faim, je n'avais plus de force et je restai étendu dans ma cellule. Mes cuisses étaient à moitié écorchées, et je n'avais plus d'ongles à la main gauche. Mon univers était devenu une agonie humide, une souffrance émoussée et terne. Le souvenir de ma trahison brûlait en moi, une honte noire aussi profonde que n'importe quelle douleur.

Étendu dans la pénombre, je vis de nouveau les formes titanesques des statues taillées dans la grande salle de *Dhar-Iagon*. Les *Caihanarin*, les Observateurs dans toute leur horreur surnaturelle. Syriani avait dit que ses dieux étaient les seules choses vraies, la seule vérité. Si c'est le cas, alors la vérité est hideuse. J'entendis les bruissements de leurs ailes rongées par le temps dans les franges de mon esprit, je sentis la pression de leurs yeux obscènes et scrutateurs.

Kharn Sagara avait dit qu'il existait d'autres choses dans le noir de notre univers, des choses plus grandes que les Cielcins. Kharn savait – il savait forcément – quels dieux monumentaux adoraient ses clients cielcins et pourquoi. Et Syriani avait parlé des Observateurs comme de créatures vivantes. Non pas des dieux tels que Jupiter ou Jéhovah – des histoires racontées par nos ancêtres –, mais des xénobites. Dans les ténèbres, je revis l'image de Syriani guidant ses armées dans les étoiles, comme je l'avais vue à Calagah lorsque j'étais un jeune homme. Je vis une ombre tomber et couvrir les étoiles, et je sus ce qui en était à l'origine.

J'oubliai de bouger, de respirer, j'oubliai même que j'étais un homme. Il n'y avait pas le moindre souffle de vent dans les ténèbres de la grotte éclairée par une lampe, et le seul bruit, en dehors de celui de ma respiration rauque et superficielle, était celui des poissons dans le bassin.

Tout était tellement calme.

Rien ne bougeait.

— Trouvez-nous, lança une voix familière. Trouvez-nous en vous.

Je tournai la tête pour regarder, mais il n'y avait rien. Et c'était tant mieux, car la voix était la mienne… et un souvenir. Je tournai la tête de l'autre côté, regardai vers l'eau. Il était possible – presque possible – d'imaginer qu'il s'agissait de la même eau qui s'accumulait sous le palais de l'Éternel, sur Vorgossos, la mer perdue et invisible où les Frères étaient emprisonnés, avilis. Le daïmon avait parlé de « chercher la difficulté », s'appuyant sur sa vision calculée de l'avenir.

C'est ce que j'avais fait, et cela m'avait brisé.

Très difficilement, je roulai sur le ventre et, m'aidant de mes mains ruinées, je rampai en direction de l'eau. Pour boire ? Me noyer ? Je n'en sais rien ; je me rappelle seulement le contact rugueux de la roche sur ma peau nue. Je n'étais plus un homme, mais une bête, une ombre rampante. Je m'effondrai, le visage posé sur la pierre pâle et froide. Je n'étais pas allé très loin. Pas assez. Grognant, je me redressai et sentis le bout de mes doigts aux ongles arrachés saigner, cracher du pus.

Je ne découvris pas un visage à la surface du bassin noir, mais bien une esquisse, un vague croquis dessiné par un artiste qui n'avait qu'une vague idée de l'apparence d'Hadrian Marlowe. Mes cheveux tombaient en rideau devant mes yeux, et si j'avais été capable de me lever, ils me seraient arrivés au milieu du dos. Si je ne les avais pas perdus, le choc et les privations les avaient fait blanchir par endroits, formant des taches irrégulières.

Des trois doigts de ma main droite, j'effleurai la féroce cicatrice blanche qui courait de ma tempe à mon front, au-dessus de mon œil droit. L'anneau de l'Empereur avait disparu. Quand l'avais-je perdu ?

Le souvenir me revint très lentement. Même cette première humiliation sur le mur au-dessus des portes de *Dhar-Iagon* était un souvenir lointain. Avais-je vraiment vécu une autre vie ? Hadrian avait-il existé ? Probablement. Je fermai les yeux et m'écroulai de nouveau, roulant sur le dos, mes cheveux flottant dans l'eau glaciale qui, par quelque chemin mystérieux, me parvenait depuis le glacier qui enveloppait ce monde.

— Quelle déchéance.

La voix était froide, aiguë, féminine.

— Valka ?

Elle était venue me chercher, exactement comme je l'avais prévu. Toutefois, le visage qui apparut au-dessus de moi était mandari et non tavrosi. Mon cœur, qui s'était absurdement emballé l'instant d'avant, se dégonfla d'un seul coup.

— Vous.

Le visage lisse de Severine se fripa.

— Je frissonne de vous voir dans cet état.

— Arrêtez de vous foutre de moi.

— Non, je suis sincère, promit la femme de MINOS en me toisant le long de son nez. Vous fûtes tellement grand. Un héros pour nombre de gens.

Je fermai les yeux. Je devais l'écouter, mais je n'étais pas obligé de la regarder.

— Un genre de héros, c'est vrai, dis-je.

Severine ne mordit pas à l'hameçon, cependant. Elle garda le silence pendant un long moment. J'en vins même à croire qu'elle était partie ou qu'elle n'avait été qu'une hallucination, le fruit de mon esprit enfiévré.

— Hadrian Marlowe, finit-elle par reprendre, savourant mon nom. (Entrouvrant mes paupières, je découvris qu'elle s'était assise sur la caisse de rations.) Lord Hadrian Marlowe. Un chevalier royal. Héros d'Aptucca. Démon en blanc...

Elle énuméra mes sobriquets avec l'air d'une maîtresse d'école ennuyée. Ils sonnaient faux dans l'atmosphère morte.

Faux.

— Ils vous appellent le Demi-mortel, poursuivit-elle. Ils disent qu'on ne peut pas vous tuer.

Je ne répondis pas, laissai le silence s'installer et se prolonger. C'était un truc que j'avais appris de l'Empereur, de Kharn Sagara, de mon propre père aussi. Ne pas parler, laisser l'autre tout dire.

— Est-ce vrai ? reprit Severine comme je l'avais prévu. Le Prince semble le croire.

Je la laissai poursuivre seule sa réflexion. J'aimerais pouvoir dire que c'était délibéré, que je contrôlais la situation, mais il restait bien peu de chose de celui que j'avais été.

— Je n'étais pas sur Berenike, mais j'ai vu les images, lança-t-elle. Vous auriez dû être réduits en poussière d'atomes.

Ses mots flottèrent dans les airs comme de la fumée, et je restai étendu sur le dos, le regard rivé sur le plafond, sur les doigts de calcaire modelés par une infinité de gouttes glaciales. L'une d'entre elles tomba dans l'eau juste à côté de ma tête.

— Essayiez-vous de vous noyer, Monseigneur ?

Mes yeux se posèrent sur elle. Ses traits étaient tellement faciles à oublier. Elle n'avait ni cette pâleur lothrienne, ni l'éclat poli de Iovan, ni même l'inhumanité d'Urbaine. Elle n'aurait pas dénoté dans l'équipe d'un directeur du Wong-Hopper. Elle retira une bouloche de son pantalon et la jeta avec agacement. Étais-je la cause de cet agacement ? Cela m'aurait fait tellement plaisir. Cela faisait tellement longtemps que je n'avais pas assené de coup à l'ennemi. Au point que je n'avais même plus le sentiment d'exister, comme si la chose appelée Hadrian était devenue un eidolon, un fantôme sans enveloppe charnelle, ni voix.

— Je vais mourir, répondis-je.

— Oui, acquiesça l'Extrasolarienne, ne cherchant aucunement à me rassurer. Dorayaica vous offrira aux autres pour faire la démonstration de son pouvoir. Il deviendra *Aeta ba-Aetane*. Le Roi des Rois.

— Je croyais qu'il l'était déjà.

Severine examina ses ongles, ma question ne l'intéressant apparemment pas.

— Il a certes pris le pouvoir, mais votre mort le cimentera. Peut-être. (Elle laissa sa main retomber et posa ses yeux gris sur moi.) Comment avez-vous survécu à cette explosion ?

— Je l'ai *esquivée*, expliquai-je d'une voix ruisselante de venin. À votre avis ?

— Ne me forcez pas à vous faire du mal, Monseigneur, dit-elle d'une voix devenue d'acier.

— Il est un peu tard pour ça, lui fis-je remarquer en me retenant de rire.

— Bien au contraire, il n'est jamais trop tard. (Severine se leva et se rapprocha de moi, ses semelles dures claquant sur le calcaire.) Répondez-moi.

Je me contentai de la regarder.

La sorcière haussa les sourcils et m'enjamba, se mettant à marcher le long du bassin, l'unique sphère lumineuse projetant son ombre gigantesque sur les parois de la grotte.

— Je vous étudie depuis que Lord Vati vous a amené ici. Votre génome, vos… échantillons de tissus, vos scans neurologiques. (Elle se retourna, me regarda droit dans les yeux.)

Certaines parties de votre cerveau réagissent à une vitesse terrifiante. J'ai vu des ordinateurs plus lents.

— Je ne comprends pas…

— Qu'êtes-vous donc ?

Ses yeux plats et métalliques me disséquaient, examinaient le moindre centimètre carré de mon corps meurtri, comme si elle pensait pouvoir trouver la réponse à ses interrogations dans mes cicatrices.

— Vous n'êtes pas une chimère, poursuivit-elle. Seuls vos os sont artificiels. Mais quoi alors ? Une expérience impériale ? Un homoncule ? (Comme je ne répondais pas, elle insista :) Vous n'êtes pas l'œuvre du Chœur. Je reconnaîtrais les marqueurs génétiques de la Fondation n'importe où. De qui, alors ? Vorgossos ?

Je soutins son regard sans ciller.

— Je vous ordonne de parler !

— Pour dire quoi ? Je ne… Ah !

J'avais essayé de m'asseoir pour mieux la voir, mais ce mouvement m'envoya des ondes de douleur dans le dos. Mes muscles se crispèrent, et je me laissai retomber sur le sol en serrant les dents, attendant que la souffrance se dissipe.

Au lieu de quoi elle disparut d'un seul coup, comme avec Urbaine, dans la fosse.

Lorsque je rouvris les yeux, Severine me fixait du regard, la tête penchée sur le côté. Je ressentais toujours une forte tension dans mon dos, une raideur dans mes muscles et mes tendons, mais la douleur n'était plus là, comme si une neige immaculée l'avait recouverte.

— Répondez-moi, s'il vous plaît, me pria-t-elle de sa voix la plus douce.

Bougeant avec une lenteur calculée, je m'assis, mes longs cheveux mouillés imbibant ma tunique crasseuse. Momentanément libre de toute souffrance, je devins désagréablement conscient de mon état : les couches de saleté, les cheveux gras, l'horreur grotesque de ma puanteur. L'odeur ferreuse du sang, celle de fluides plus dégoûtants, le musc de la chair non lavée. Je ne l'avais pas remarquée jusque-là. Elle était devenue une part de moi, un détail invisible derrière la brume permanente de la douleur.

— Je ne suis que ce que vous voyez, dis-je.

— Ce n'est pas une réponse, protesta Severine, le regard subitement vitreux.

Qu'aurais-je pu dire d'acceptable ? Que j'avais rencontré un dieu – ou quelque chose de semblable – dans un moment abstrait, au sommet d'une montagne qui n'existait pas réellement ? Qu'il m'avait montré une vision du temps nu et demandé de m'assurer de la survenue de *son* temps ?

— Je... (La vision de mes doigts aux ongles arrachés m'hypnotisa, les croûtes purulentes... Je frottai le ruban blanc de ma cryobrûlure avec les trois doigts de ma main droite.) Je n'ai rien à vous dire, sorcière. Vous me l'avez fait remarquer vous-même : je suis un homme mort.

Le sourire doux de Severine devint encore plus doux.

— Pourquoi croyez-vous que je sois venue vous voir ? (Elle plongea la main dans une poche de sa tunique blanche et en sortit un objet de la taille d'un étui à monocle.) Sa Grandeur va vous tuer – on ne pourra pas l'en empêcher –, mais cela ne signifie pas que vous devrez mourir, Monseigneur. Je puis vous offrir une alternative. (Elle retourna la boîte entre ses doigts.) Rejoignez-nous.

— Vous rejoindre ? m'écriai-je en clignant des yeux. Êtes-vous devenue folle ?

— Savez-vous qui était Minos ? Vous avez étudié l'antiquité, si j'ai bien compris.

La nature tangentielle de sa question me secoua, et je m'appuyai sur mes mains blessées.

— Il a construit un labyrinthe en Crète.

—Il était bien plus que cela, contra-t-elle. Mannus pour les Germains. Manu pour les Hindous. Manes pour les Lydiens et les Romains. Menes en Égypte. Adam à Canaan. Il fut le premier roi, l'homme qui a donné son nom à l'*homme*. Nous sommes ses successeurs. Nous poursuivons son œuvre.

—Quelle œuvre ? m'enquis-je, incrédule.

Les liens entre les figures mythiques qu'elle venait d'énumérer m'étaient inconnus, même si les noms se ressemblaient.

—Améliorer l'humanité. Nous tirer vers le haut. Minos a bâti la civilisation pour nous séparer des animaux. Nous ferons des hommes des dieux.

—Iovan m'a tenu le même discours, dis-je en la suivant du regard comme elle faisait les cent pas devant moi, la boîte à la main. Syriani ne partagera pas son pouvoir. Il vous utilise pour nous attaquer. Quand il n'aura plus besoin de vous, il vous tuera. C'est une certitude.

—Nous tuer ? Comme vous avez tué Urbaine ? (Elle sourit, tandis qu'un froid humide s'emparait de moi. Elle avait marqué un point et le savait.) Nous ne sommes pas si faciles à détruire. (Elle s'arrêta devant moi, se dressa comme une déesse.) Vous pourriez vivre éternellement, ne jamais vieillir. Vous pourriez changer de corps, être ce que vous avez toujours rêvé d'être. Tout ceci… (Elle désigna les horreurs que ses maîtres cielcins m'avaient infligées.) … tout ceci pourrait être effacé, balayé. (Severine s'agenouilla devant moi et posa la boîte à sa droite avant de prendre mes mains dans les siennes. Elle portait des gants fins et membraneux pareils à ceux d'un chirurgien.) Nous avons votre sang. Nous pourrions vous préparer un corps en tous points semblable à celui-ci. Syriani pourrait avoir son sacrifice, et vous, vous vivriez de nouveau.

Je détournai les yeux et souris en secouant la tête.

—Votre maître sait-il que vous êtes ici ?

— Il n'est pas obligé de savoir, répondit-elle en serrant plus fort mes doigts. Vous avez bien trop de valeur. Votre mutation… quelle qu'elle soit… elle change tout. Que voyez-vous ? demanda-t-elle en penchant de nouveau la tête sur le côté.

— Quoi ?

— La manière dont votre cerveau traite les informations… J'imagine que vous percevez le temps différemment. Peut-être même à l'échelle de Planck.

Encore une fois, je la regardai fixement. Elle décrivait ma vision du temps. Je croyais comprendre : le Silencieux avait accéléré ma perception du temps, que je voyais passer avec une résolution suffisamment élevée pour voir le potentiel s'écrouler au profit de la réalité, tandis que les particules tournoyaient. Mon silence avait parlé pour moi car le visage de Severine s'éclaira.

— Oui, c'est bien cela…, reprit-elle à voix basse. C'est comme ça que vous avez fait. Comme ça que vous avez survécu. Vous avez réellement esquivé l'explosion !

Elle sortit de sa poche un emballage en aluminium, qu'elle déchira pour en sortir une lingette stérile. Elle me tamponna le front, nettoyant des mois de crasse et de sang séché. L'alcool me piqua la peau, tellement froid dans l'air frais. Je ne l'arrêtai pas, et elle posa la lingette pour reprendre sa boîte, qu'elle ouvrit, produisant une électrode noire. Sans préambule, elle voulut me la coller sur le front.

Je lui attrapai le poignet.

— Et si je refuse ?

— Vous mourrez, répondit-elle, son sourire et son enthousiasme vacillant. Je dispose de votre sang. Je n'ai pas besoin de vous. Je vous offre une opportunité d'échapper à la mort.

— Pourquoi ? Nous sommes ennemis.

— De vulgaires considérations morales ! se moqua-t-elle. Nous ne sommes pas obligés d'être ennemis. Nous combattons tous les deux pour la même cause. Pour l'humanité. Pour le progrès. Vous pourriez vous joindre à nous. Revivre.

Elle tira sur sa main, mais je refusai de la lâcher.

— Qu'est-ce qui vous entrave ? l'interrogeai-je en détournant les yeux comme pour masquer ma compréhension. (Elle aurait facilement pu activer mon collier, m'infliger des souffrances terribles tout en volant mon esprit.) Pourquoi m'offrir un choix ?

Elle scruta mon visage de ses yeux gris et plats.

— Impossible de pratiquer le scan si vous résistez. Vous corrompriez la transcription.

Elle essaya de libérer sa main pour me coller l'électrode sur le front. Rassemblant ce qu'il me restait de force, sans aucune hésitation, j'écartai son bras.

— Allez-vous-en.

Severine ne cria pas, ne protesta pas. Elle se contenta de plisser les yeux.

— Vous commettez une grave erreur.

— Permettez-moi de vous poser une question, docteure..., repris-je en résistant à une terrible envie de me laisser retomber sur le sol. Si j'accepte votre offre, resterai-je dans cette cellule ? (Elle cligna des yeux, surprise par le caractère direct de ma question.) Vais-je mourir ?

La sorcière de MINOS garda le silence pendant un long moment, étudiant mon visage.

— Rien ne peut empêcher cela. (Elle brandit sa boîte noire.) Mais si vous me laissez cartographier votre cerveau, vous vivrez de nouveau. Je peux faire un scan synaptique complet et importer les propriétés dans un corps hôte. Vous aurez l'impression de rouvrir les yeux... ailleurs.

Au loin, j'entendais l'eau qui ruisselait sur la roche et les stalactites pour remplir le bassin, derrière moi. Severine ne se leva, ni ne se retira. Elle n'essaya pas non plus de m'appliquer son électrode.

— Vous êtes déjà morte, murmurai-je. Je vous ai tuée, moi aussi. Siran et moi. Sur Arae. J'ai vu votre cadavre. Je l'ai livré au Renseignement de la Légion. Ils l'ont sans doute disséqué, ils ont sans doute cartographié vos implants avant de donner vos restes à l'Inquisition. (Comme je parlais, elle secouait la tête.) Combien de fois êtes-vous morte ? poursuivis-je d'une voix rugueuse, même à mes propres oreilles. Vous ne vous rappelez aucune de vos morts, j'imagine.

Kharn Sagara ne se rappelait pas non plus les siennes. Il n'avait pas vu les Ténèbres hurlantes, ne les avait pas traversées, et elle non plus.

— Vous n'êtes jamais *réellement* morte, conclus-je.

Elle avait le teint de bronze des Mandari, leurs cheveux noirs, leurs pommettes hautes et leurs yeux légèrement bridés. Et pourtant, *Severine* était un prénom originaire de la Règle, et je l'avais souvent entendue jurer en jaddien. Avait-elle été jaddienne, autrefois ? Une jeune migrante jaddienne dans l'Étendue de la Règle ? Restait-il quelque chose de cette jeune fille dans la femme qui se tenait devant moi ?

— Les Cielcins sont convaincus d'être des esprits prisonniers de ce monde, dis-je. Vous, vous pensez que nous sommes de la matière. Des données. Des informations. (Comprenant son petit jeu, je lui souris.) C'est la même illusion.

Elle n'avait rien à redire à cela.

— Vous n'avez aucune intention de me sauver, même si vous le pouviez. Vous ne comptez pas du tout me reconstruire. Dès que vous aurez mon esprit, vous… vous le fouillerez pour trouver ce qui vous intéresse.

Le sourire de la femme vacilla. Un sourire faux. Nul doute que le modèle qu'elle ferait de ma conscience ne lui servirait qu'à démêler mon mystère. Loin de vouloir me sauver, elle comptait faire de cette copie de mon esprit son jouet, son esclave, une énigme à résoudre.

— Vous voulez la vérité ? repris-je. (Je n'avais aucune raison de lui mentir. Je la regardai droit dans les yeux, profitant du fait que j'avais les idées claires.) Avez-vous entendu parler du Silencieux, docteure ?

Le visage de Severine se déforma, affichant plusieurs émotions en même temps. Confusion. Surprise. Mépris. Plusieurs Severine étaient accroupies devant moi, comme si je la voyais à travers un prisme. J'essayai de retenir ma respiration, mais échouai.

Après tant de temps passé à souffrir, j'avais oublié ce que cela faisait de *voir*.

Son visage opta pour la confusion, la possibilité devenant réalité.

— Les xénobites ? s'étonna-t-elle. Ils sont supposés être éteints.

— Ce n'est pas un xénobite. Le Silencieux est autre chose. (L'eau froide clapotait et ondulait autour de moi.) Il m'a *changé*. (Me rappelant quelque chose que Jari le Voyant m'avait dit, j'ajoutai :) Il m'a donné des yeux.

La vision de Jari avait fini par le détruire. L'Exalté avait bu l'eau des Profonds, et l'animalcule extraterrestre l'avait vidé, avait altéré la chimie de son cerveau et de son corps, provoqué sa mutation. Même ses composants humains n'étaient plus humains.

Alors, je fis quelque chose que je n'avais pas fait seul depuis très longtemps.

Je me levai.

L'eau ondulait autour de moi, la confusion enivrante de ma seconde vue me donnant le vertige. Je plissai les yeux pour lutter contre la sensation d'instabilité, écartai mes pieds abîmés, tandis que ma tunique et mes cheveux gouttaient sur le sol.

Accroupie devant moi, presque agenouillée, la sorcière Severine me regardait avec ses yeux de fer.

— Vous pouvez vous lever ?

Au prix d'un effort monstrueux, je résistai à l'envie de me laisser choir vers l'avant. Mes jambes tremblaient, brûlaient là où les Cielcins les avaient écorchées. Je dus fermer les yeux.

Certaines des créatures qui avaient quitté la Terre avec nous – des insectes et des araignées dissimulés dans nos premiers et très lents vaisseaux – étaient capables de marcher à la surface de l'eau, au contraire de l'homme. Pour ce faire, elles mettaient à profit la tension de surface qui relie les molécules d'un fluide entre elles. Peut-être une créature plus lourde aurait-elle pu parvenir au même résultat, peut-être les lois et dieux de la nature pourraient-ils permettre à l'homme de se tenir debout à la surface de l'eau.

À mon retour du Noir au-delà de la mort, j'avais vu le Silencieux – sous la forme de Gibson – se dresser sur l'eau, au-dessus du chaos de notre monde.

Alors je sus, je compris. Il me suffisait d'avancer, de marcher sur l'eau, de montrer à cette sorcière de MINOS ce qu'était le Silencieux. Il me suffisait de franchir ce pas !

Soudain, le monde s'écroula, une douleur blanche traversa mon épaule tourmentée, et un cri animal se réverbéra au plafond de la caverne. Cette voix était la mienne, mais je ne la reconnus pas.

J'étais sûr de moi, pourtant, tellement sûr.

Severine m'attrapa, me maintint le visage hors de l'eau.

— Il me tuera si vous mourez maintenant ! siffla-t-elle. Qu'est-ce qui vous a pris ?

— J'ai essayé…, parvins-je à articuler. J'ai essayé… Je voulais vous montrer…

— Les Silencieux, dit Severine, dont les ongles mordirent dans mon visage. Où les avez-vous trouvés ? Ils sont supposés être éteints.

Ma vision se brouilla, et le visage de la femme se dilua dans les ténèbres qui nous surplombaient, ses yeux brillant tels de petits points de métal poli. J'ouvris la bouche, essayai de lui répondre, mais seul un gémissement m'échappa.

La souffrance cessa, disparut. Même la douleur provoquée par la chute, probablement bloquée par mon collier. Mes idées s'éclaircirent pour la première fois depuis une éternité, me sembla-t-il, et je me sentis infiniment fatigué. J'étais victime d'une lassitude profonde, au-delà de la simple sensation.

Severine me regardait.

— Répondez-moi, et je vous laisse comme ça, dit-elle en désignant mon collier. Pouvez-vous voir l'avenir ?

— L'avenir ? Non, répondis-je en secouant la tête. Pas comme vous l'imaginez. Je me *rappelle* le temps. Des choses qui ne se sont pas encore produites ou qui ne se produiront pas. Des choses qui pourraient se produire. (Je m'efforçai de ne pas penser à l'eau, à mon échec. La vision avait complètement disparu, aucune possibilité ne tremblotant sur les contours de ma vision humaine.) Si j'essaie, je peux choisir ce qui arrive. Pendant un instant seulement.

La sorcière cligna des paupières, ses yeux gris pareils au diaphragme d'un appareil photo.

— Le rayon. Sur Berenike. Vous dites que vous percevez les états possibles du monde… que vous pouvez choisir celui qui vous convient le mieux ?

Je lui répondis que je n'étais sûr de rien, mais elle écarquilla les yeux. À présent, je sais. Les anciens mystes nous enseignent que la lumière – non observée – agit comme une onde, que c'est le regard qui la contracte en rayons d'énergie cohérents. Il en est ainsi de toute chose. Les observateurs conscients contractent les univers potentiels, condensent la réalité, font l'histoire avec leurs yeux. La différence, c'est que mes yeux – mon esprit – voient plus que les autres.

— Les Silencieux vous ont fait ça ? m'interrogea Severine. Dites-moi où vous les avez trouvés !

— C'est *lui* qui m'a trouvé, finis-je par répondre en secouant la tête.

Ce n'était pas la réponse que la sorcière désirait, car la douleur revint aussitôt. Non pas la douleur sourde de mes nombreuses blessures, non pas le feu intense de ma chute, mais l'agonie incandescente qu'Urbaine m'avait infligée la première fois. Je sentis les ongles de Severine qui, comme des serres, s'enfonçaient dans mon visage.

— Répondez-moi, Marlowe ! cria-t-elle d'une voix glaciale.

Elle me lâcha, et je retombai lourdement sur le ventre, gisant dans dix ou quinze centimètres d'eau. C'était peu, mais j'aurais pu m'y noyer. Une silhouette se matérialisa à côté de moi, et je sentis des mains sur mon corps.

La douleur avait cessé, mais le monde s'assombrissait. À travers les clapotis, j'entendis des bruits de pas et de bâtons claquant sur le sol.

— *Teke ! Teke ! Tekeli !* crièrent des voix inhumaines. *Aeta ! Aeta ! Aeta !*

J'étais étendu sur la pierre grise devant un autel équipé d'anneaux en fer. Derrière moi, s'élevait le dôme noir, et je distinguais au loin des montagnes gris-vert floues aux versants raides et lisses, anguleuses comme des mirages crénelés.

— Vous saviez que cela finirait ainsi, dit le Prophète en désignant le ciel et le grand vaisseau qui déroulait des rubans cotonneux dans son sillage. Le moment est venu.

Je hurlai, crachai de l'eau et du sang sur la pierre.

— Vous êtes en vie ? me demanda une voix rugueuse.

Je me retournai à grand-peine et me retrouvai face à un esclave humain. Il lui manquait un œil, et son visage était couvert de cicatrices.

Severine n'était plus là, et quatre Cielcins se tenaient devant la porte.

— Severine…, dis-je d'une voix incertaine. Où ?

Je toussai encore et remarquai les marques de coups de fouet qui zébraient les bras noueux de l'homme. Aucune lumière ne brillait dans son regard noir.

— Partie, confirma-t-il. Elle a essayé de vous tuer.

Je regardai successivement l'esclave et les gardes, près de la porte. Ils avaient dû m'entendre tomber et s'étaient précipités à mon secours, découvrant Severine à côté de moi.

— Essayé de me tuer ? répétai-je, désorienté. Oui, quelque chose comme ça…, acquiesçai-je en repensant à l'offre d'évasion qu'elle m'avait faite.

33

Vivre le mensonge

Les roues de la chaise couinaient comme l'esclave me poussait dans le couloir grotesque. C'était le seul bruit en dehors de celui produit par les pieds nus de la femme sur la roche. Vêtu d'une nouvelle tunique en toile brute, je baissai la tête et fixai du regard mes mains mutilées : mes doigts manquants, les rubans rouge-blanc de mes cryobrûlures, là où mes bagues avaient arraché ma chair, mes ongles nouveaux, les cicatrices plus anciennes laissées par l'épée d'Irshan. Mon corps était devenu une fresque, un temple dont les reliefs racontaient une vie de souffrances.

Mais je n'étais pas le seul monument de ce genre.

Il y avait toujours des cadavres en ville. Je les vis lorsqu'ils me sortirent sur une civière de ma cellule pour me porter dans les profondeurs de cet endroit impie. Des hommes décapités suspendus à des crochets au-dessus de caniveaux débordant de sang. Il n'y avait pas de mouches dans cette cité extraterrestre, seulement la puanteur de la décomposition, de la viande qu'on faisait faisander pour le palais cielcin. Il y en avait à l'entrée des grottes, exhibés tels des trophées, écorchés et éventrés, vidés de leurs abats.

Et puis… il y avait cet endroit.

Chaque fois qu'on interrompait mes tourments pour me conduire au Prophète, je traversais les passages de *Dhar-Iagon*, des grottes, des couloirs hauts de plafond flanqués de soldats inhumains et de courtisans au visage blanc rongeant des fémurs et mâchouillant du gras. Plus d'une fois, je vis les restes d'esclaves humains gisant sur le sol, ou de simples taches sombres et humides. Par deux fois, notre garde nous arrêta pour écarter des cadavres.

Avant longtemps, la fille me poussa sous une arche en ogive, puis dans un haut couloir. De nombreuses mains avaient poli le sol – au contraire des murs qui avaient conservé la rugosité de la roche originelle de la planète –, aussi les roues grinçaient-elles à peine comme l'esclave me poussait, remuant légèrement le sachet de solution saline suspendu à une perche à côté de ma tête. J'étirai mon cou pour voir derrière un virage, mais les sangles épaisses qui m'enserraient les cuisses et la poitrine m'en empêchèrent. Je n'avais pas quitté cette chaise depuis des jours, attendant que les correcteurs de Severine œuvrent à la réparation de mes tissus. Je devinai les dimensions importantes de la salle, devant nous, grâce au changement de la qualité de l'air, à la brise légère qui soufflait sur la pierre sombre.

Nous nous retrouvâmes sur un promontoire long de plusieurs dizaines de mètres surplombant un gouffre abyssal. À ma droite, la roche brute s'élevait vers le plafond de la caverne, où étaient accrochées d'énormes lanternes, dont les faces en verre sombre diffusaient une lumière rouge démoniaque. Quelque part dans un coin, une flûte jouait une mélodie atonale, et devant moi, au bout de ce qui ressemblait à une table de banquet, était installé le Prophète vêtu de noir impérial.

Syriani Dorayaica se leva et écarta les bras comme pour m'embrasser à distance.

— Le voilà ! lança-t-il en standard. *Shiabbaa o-tajun, cielucin ba-koun ! Shiabbaa cahyr ute Aeta ba-Yukajjimn !*

Mon camarade, mon ami chef de clan ! Agenouillez-vous tous devant lui.

Il posa un regard oblique sur la salle, tournant la tête de droite à gauche à la manière d'un serpent. Alors seulement, je me rendis compte que nous n'étions pas seuls. Dans les ombres couleur rouille, sous les lanternes, j'avisai une congrégation de personnages inhumains. Des soldats en uniforme noir et brillant, masque blanc et crête blanche. Des conseillers en robe blanche et des courtisans en tenue élaborée bleue ou grise. Des concubins au corps androgyne dénudé, peint et orné de bijoux en argent, accompagnés d'esclaves humains équipés de colliers.

Le ménestrel cessa brusquement de jouer de sa flûte.

— *Gasvaa !* ordonna le Prophète en écartant ses griffes de fer.

Comme un organisme unique, la foule tomba à genoux, y compris la fille qui poussait ma chaise. Dominant cette scène, le Prophète se rassit sur son trône en souriant de son sourire extraterrestre, découvrant ses dents translucides. Parlant dans sa propre langue, il reprit :

— Vous allez mieux ?

D'un geste de la main, il désigna ma chaise, l'état dans lequel je me trouvais.

Je regardai les sangles qui m'entravaient les jambes et le torse, les bandes correctrices collées sur mes cuisses écorchées, et puis, une fois de plus, mes mains mutilées. J'étais subitement conscient des sachets médicaux suspendus à côté de ma tête, des cathéters serpentant sous ma longue tunique.

J'étais exhibé. Comme nombre de seigneurs de l'antiquité, on m'avait sorti de prison pour me montrer. Nos deux espèces avaient tellement peu d'émotions et de rituels en commun. L'humiliation en était un, cependant. La honte, aussi. Humains et Cielcins partageaient les deux. « *Ute Aeta ba-Yukajjimn* », m'avait appelé Syriani. « Le vrai roi des hommes ». Je n'étais pas l'Empereur, mais j'avais tué deux princes des tribus d'Eue. À leurs yeux, j'étais un prince *elutanura ve ti-ikurrar*, pour utiliser l'expression cielcine. « Couronné de sang ». Néanmoins, je n'étais pas roi, ni vraiment *Aeta* car je n'étais pas cielcin. Du point de vue des xénobites, j'étais un blasphème vivant, aussi m'avait-on convoqué pour me tourner en ridicule.

— Vos services médicaux laissent à désirer, dis-je en montrant mon fauteuil, les dispositifs correcteurs sur mes mains et mes cuisses. Pourquoi me soigne-t-on, d'ailleurs ?

Le grand prince se pencha en avant sur son trône de pierre, les longs doigts griffus posés sur la table.

— Là où nous nous rendons, vous allez devoir marcher, répondit-il en standard, pour n'être compris que de moi. (Il se redressa en agitant ses chaînes argentées et noires, les *udaritani* brodés sur sa robe scintillant comme des constellations. Levant les mains, il s'adressa à ses invités d'une voix haut perchée et agressive :) *Raka Oranganyr ba-Utannash !* Le Champion du Mensonge ! Il est *Ute Dunyasu*, le Grand Affront, et *Oimn Belu* ! Le Sombre ! (Comme il parlait, Syriani balançait sa tête de gauche à droite, jetant ses mots comme des éclairs. Il se leva et, laissant glisser ses doigts sur la table, se dirigea vers le coin de celle-ci.) C'est sa main qui a tué Aranata Otiolo, sa main qui a massacré Venatimn Ulurani. Et il m'a pris mon Iubalu, mon Bahudde. Il est le plus grand de leurs guerriers ! Le plus grand de tous nos ennemis, celui qui lorgne *Iazyr Kulah* !

Il parcourut un tiers de la longueur de la table en laissant ses griffes glisser sur le plateau de pierre polie. Cette table était bien étrange, d'ailleurs, très différente des tables humaines. Ses bords étaient penchés vers l'intérieur, et un genre de canal profond d'une coudée et large de trois courait sur toute sa longueur.

Au fond de ce canal, il y avait une grille.

En vérité, on aurait dit une auge géante.

Syriani n'avait pas terminé et, montrant les dents aux invités, il poursuivit :

— Mais il a été brisé ! Purifié ! Il s'est confessé ! Il nous a donné la localisation d'*Uganatai*, leur faux roi ! Leur Empereur.

Il prononça ce dernier mot en standard, d'un ton soigneusement mesuré.

Je baissai la tête, submergé par la honte. Combien de temps avais-je résisté à mes tourments ? À ma purification, ma mortification ? Pas assez longtemps. J'aurais dû mourir avant de trahir l'Empereur comme je l'avais fait. À ma place, d'autres seraient morts. Je serrai les poings sur mes genoux, réveillant mes moignons douloureux. Je n'avais jamais été un grand patriote, un véritable amoureux de l'Empire. Jeune garçon, je l'avais même haï, ou presque. Sa cruauté me dégoûtait et me fascinait à la fois. Un peu comme mon père. N'étais-je pas moi-même un avatar de l'Imperium ?

Et pourtant, je l'aimai à ce moment précis, et je l'aime aujourd'hui, moi qui lui ai infligé une blessure plus profonde que n'importe quel autre homme vivant ou mort.

Je n'aimais pas l'Empire pour l'étendue de sa domination, je ne l'admirais pas pour sa force. J'aimais ce pour quoi il se battait : l'humanité elle-même, palatine et patricienne, ploutocrate et plébéienne. J'aimais l'Empire sollien car il figurait un bouclier, un mur de protection contre les ténèbres au-delà de la lumière des soleils.

Je ne m'étais pas montré à sa hauteur, ni à celle de l'Empereur, et donc des hommes, des femmes et des enfants qui étaient sous sa protection.

Ma détresse devait se lire sur mon visage – Syriani comprenait mieux les sentiments humains que moi les sentiments cielcins –, car il s'adressa à sa cour en disant :

— Notre voyage est presque terminé. Dans deux fois douze et neuf horloges, nous atteindrons Akterumu. Là, nous retrouverons nos frères et nous prendrons ce qui nous revient de droit ! Et alors, nous brûlerons les *yukajjimn*. Nous trouverons leur *Uganatai* et je boirai son sang.

— *Teke teke tekeli !* s'écria un Cielcin en robe blanche agenouillé sur la pierre près du bout de la table.

— *Yaiya toh !* répondirent les autres avant de se jeter chacun à leur tour sur le sol, où ils restèrent parfaitement immobiles.

Dans le silence renouvelé, Syriani proclama d'une voix puissante :

— Trop longtemps, nous nous sommes cachés dans les ténèbres. Avons-nous oublié qu'Elu nous avait offert de sortir dans la lumière ? Qu'il avait répondu à l'appel de Miudanar pour nous guider vers le ciel ? Avons-nous oublié que les dieux nous avaient appris à voler ? Que nous seuls pouvions les rejoindre dans le monde d'après, lorsque cet *iugannan* serait purifié, lorsque l'Usurpateur serait vaincu ? (Il pivota sur ses talons et, à grands pas, retourna devant le trône.) Je suis le prince promis par Elu. Je suis celui qui réunira notre peuple, qui rassemblera les treize tribus d'Eue sous une seule et même bannière, qui les tiendra dans sa Main. (Il me désigna, entravé et meurtri, à l'autre bout de la table.) Et c'est ma Main qui vous fait ce grand cadeau, ce grand ennemi. Sa capture est une preuve ! Les dieux se battent dans notre camp !

— *Adiqasur Caihanarin ush ti-ajun wo ! Adiqasur Caihanarin !* entonnèrent les Cielcins, dont certains relevèrent la tête. Les dieux se battent dans notre camp !

— Je suis le prince qui nettoiera le Mensonge ! Je vous donnerai les étoiles ! Je vous conduirai tous au paradis ! (Le grand prince frappa dans ses mains griffues, faisant tinter ses bracelets comme des chaînes.) Et ce n'est qu'un avant-goût de ce qui nous attend.

Subitement, une porte s'ouvrit dans le mur de pierre, sur la droite, et deux rangées d'esclaves humains attachés les uns aux autres par la cheville apparurent, portant de lourds plateaux en verre noir posés entre eux sur des barres, qu'ils placèrent en travers de la table, par-dessus le canal central.

Je sentis l'odeur de la viande avant de la voir, et je jurai comme les esclaves se retiraient.

Les Cielcins ne cuisent pas leur viande ; il y avait peu de combustibles dans les tunnels et les grottes de leur monde d'origine. Il leur arrivait de manger de la viande brûlée – j'avais vu des cadavres carbonisés à moitié dévorés dans des carcasses de vaisseaux et de villes en ruine –, mais ce n'était pas leur préférence. On faisait faisander au lieu de cuisiner.

Pourrir.

Je reconnus les côtes dénudées, les membres empilés, et les têtes – indubitablement humaines – énucléées posées sur des tas de cuisses écorchées savamment disposées. La plus proche semblait me fixer de son regard noir et vide. Noir comme du charbon, comme les yeux de l'ennemi. Les Pâles avaient arraché la peau du visage de l'homme mort, avant de badigeonner la chair marbrée et brunie de ses bajoues d'une pâte verdâtre. Ce n'était pas le pire, cependant, pas plus que le chaos de membres sur lequel la tête trônait, ou le plateau chargé d'organes, apparemment plus frais que la viande. Le pire, c'était le tissu rouge qui tapissait les plateaux. Il ne s'agissait pas de soie extraterrestre, mais de la laine teintée et humble d'une tunique de légionnaire. Les plateaux les plus grands étaient recouverts d'une bonne demi-douzaine de ces tuniques, disposées de façon que les manches courtes et les épaulettes soient exposées.

Pour la plupart, il s'agissait de simples légionnaires, voire de triastres ou de décurions, les premiers ayant un galon, les seconds deux. Des hommes ordinaires. De simples soldats. Autrefois. Les grades importaient peu, toutefois. Ce qui attira particulièrement mon regard, c'est l'insigne situé sous le rayon de soleil de l'Empire sollien.

Une fourche et un pentacle.

Ma fourche et mon pentacle.

Ma vue se brouilla pendant quelques secondes. Ma colère chassa mes larmes.

— Ils étaient mes hommes ! hurlai-je avec une force surprenante.

Autour de moi, les Cielcins commençaient à se lever, se dressaient telle une chorale mortelle sur le sol de pierre. Je tirai sur mes liens, qui refusèrent de céder.

— Mes hommes !

Syriani ne sourit pas et s'assit sur son trône avec une sérénité pharaonique qui contrasta pour le moins avec la détresse et la rage qui émanaient de moi.

— Comment ? demandai-je en tremblant de rage. Quand ?

Le Prince des Princes ne répondit pas, même si ses yeux – qui ressemblaient à des orbites vides – ne me quittèrent jamais.

— *Cielucin ba-koun !* dit-il, sa voix emplissant le volume très haut de plafond. Mon peuple ! Je partage avec vous une part de cette armée abominable ! Ces *yukajjimn* auraient brûlé ces salles. Ils vous auraient massacrés. Ils *nous* auraient massacrés ! Ils auraient détruit nos rêves de paradis. Heureusement, je les ai pris de vitesse. (Il leva une main aux trois doigts tendus comme un vate offrant sa bénédiction depuis son piédestal.) Ce n'est qu'un avant-goût de ce qui nous attend.

— Où sont les autres ? demandai-je en standard. Syriani, où sont les autres ?

Les Cielcins qui flanquaient la table se rapprochèrent doucement, ne communiquant pas avec des mots, mais à la manière d'une meute convergeant avec circonspection vers son chef, le menton levé, la gorge exposée, les lèvres entrouvertes, testant le grand prince.

Celui-ci n'avait d'yeux que pour moi. Il se pencha en avant, les fines chaînes qui ornaient ses cornes se balançant et scintillant dans la lumière rouge, et agrippa les coins de la table.

— Ils n'ont pas bougé depuis le début, répondit-il dans un galstani parfait. Ils sont à moi.

Un des courtisans en robe blanche se rapprocha trop de la table, attirant l'attention du Prophète, qui siffla et ouvrit la gueule, faisant émerger de son visage plat ses gencives noires et ses dents translucides. Son subalterne se recroquevilla et tomba à genoux.

Pendant quelques instants, j'eus l'impression de m'être levé, d'avoir quitté mon corps, même.

— À vous ? répétai-je en secouant la tête. Severine a dit que le vaisseau avait été perdu et que…

Je ne l'avais pas crue, et pourtant.

— Elle est *yukajjimn*, dit le Prophète. Les *yukajjimn* mentent. (Il se tut et se tourna vers la créature agenouillée. Une ride profonde apparut sur le front lisse du xénobite.) Son mensonge, cependant, a servi la Vérité car il m'a servi.

Tout autour, les Cielcins s'agitaient, affamés. On entendait presque la salive goutter de leurs canines. Ils attendaient que la cloche sonne, le signal de leur maître.

— Je voulais que vous intégriez l'idée que vous étiez seul, reprit-il. Parce que vous l'êtes. Les vôtres ne se sont pas enfuis de Padmurak. Ils n'échapperont pas à leur destin, et vous n'échapperez pas au vôtre. (Comme Sa Grandeur continuait de parler d'une voix aiguë et coupante comme du verre, je fermai les yeux et pleurai.) Personne ne sait que vous êtes ici. Personne ne viendra vous sauver.

— Ça ne changera rien, rétorquai-je d'une voix forte pour l'empêcher de se briser. Ma mort ne changera rien. La flotte impériale est dix mille fois plus importante que la vôtre. Jamais vous n'égalerez sa puissance.

— La puissance…, répéta le Prophète. *Vandate*… Savez-vous seulement ce qu'est la puissance, la force ? Ce que signifie avoir de la puissance ?

Rouvrant les paupières, j'avisai les Cielcins qui, autour de moi, se retenaient de se jeter sur le festin par déférence pour le Prophète. Syriani parlait toujours en standard, pour mes oreilles seules, et je dus me rappeler que j'étais moi aussi *Aeta*, que lorsque les *Aetamn* parlaient, les Cielcins attendaient, même s'ils étaient affamés.

— Vous pensez que c'est *wallati* ? Le pouvoir ? Le nombre ? Vous croyez que c'est une question d'armement ? (Le grand prince se tourna vers son congénère prostré.) *Okun-kih*, lança-t-il en pointant quelque chose du doigt. *Iagga*.

Le Cielcin se redressa sans lâcher de ses yeux d'encre le doigt de son maître. Un abîme symbolique plus noir que noir s'ouvrit sous nos pieds. Ni sa profondeur, ni sa largeur ne pouvaient être mesurées. Il n'y avait que les ténèbres, comme le Noir de la nuit et de l'espace, mais sans les étoiles. Il n'y avait pas de lumière en dehors de la lueur rouge des lanternes.

Le Cielcin condamné agita la tête sur le côté, tic nerveux dont je dus me rappeler que c'était leur manière d'opiner du chef. Il ne protesta pas, ne bredouilla, ni ne supplia. Le courtisan en robe blanche recula, les yeux écarquillés, fixes. Il regarda par-dessus son épaule et, à quelques pas du gouffre, pivota sur ses talons pour affronter l'oubli. Il n'hésita qu'un instant avant de se jeter dans le vide.

Il disparut en silence, la soie de sa robe et ses cheveux s'envolant dans le vent.

Personne ne poussa de cri. Quelques-uns s'agitèrent de façon maladroite de droite à gauche, mais la plupart découvrirent davantage leur gorge en signe de soumission à leur roi démon. Personne ne mit en question ses actions, sa suprématie. Je ne dis rien, attendant que le grand prince parle. Syriani jeta un regard circulaire sur ses courtisans, les dents translucides découvertes dans un sourire inhumain.

— *Vandate*… la *force* n'est pas la *force*, lança-t-il en standard. Vous croyez que si tous ceux-là décidaient de me tuer, je pourrais leur résister avec ma *force* ? (Syriani secoua la tête, geste humain bizarrement obscène dans ce décor.) Vous savez ce qu'est votre Empire ?

La question arrivait de nulle part, et je ne pus m'empêcher de demander :

— Quoi ?

— *Imperium*, signifie « commandement ». Ordre. C'est une croyance, une compulsion. Une foi. La foi d'un menteur, oui, mais une foi quand même. (Il désigna de sa main griffue le gouffre et la créature qui venait d'y sauter.) La vraie foi, c'est cela. La foi de celui qui agit au nom de la vérité. Mon nouvel empire est un Imperium aussi, un commandement donné par Miudanar, grand parmi les dieux ! Mon commandement, ma foi, est la vérité. Et la vérité est synonyme de pouvoir. La Vérité des dieux. C'est notre foi, notre *caiharu*, qui a brisé votre flotte sur Berenike. Ou bien avez-vous oublié ?

Je n'avais pas oublié. Je n'avais pas oublié le feu dans le ciel, la cascade annihilatrice emplissant les cieux comme dix mille soleils en train de se coucher. Sur l'ordre de Bahudde, la flotte cielcine avait pénétré le bouclier défensif de notre flotte avant de faire exploser ses réserves d'AM. Les vaisseaux de la flotte de Titus Hauptmann étaient trop proches les uns des autres, et la réaction en chaîne avait été terrible. Nos hommes étaient morts car les Cielcins se moquaient de leur propre vie. Combien d'ennemis étaient morts dans ce sacrifice ? Des centaines ? Des milliers ?

Nous n'en savions rien. Leurs cadavres avaient été réduits à l'état d'atomes.

— Vous avez raison, dis-je. La vérité est le réel pouvoir. Laissez-moi vous en dire une petite. (Je me penchai en avant – autant que mes entraves me le permettaient – et fis abstraction de l'odeur de putréfaction quelque peu masquée par le parfum sucré d'épices exotiques.) Vous croyez avoir déjà gagné, mais… (Je posai les yeux sur le festin puant étalé sur la table bizarre. Les orbites vides de mes hommes étaient focalisées sur moi, impitoyables.) Mais ceci n'est pas une victoire. Savez-vous combien nous sommes ? Combien de billions ? Et vous pensez pouvoir nous balayer ? Vous imaginez qu'ils cesseront de combattre lorsque je ne serai plus là ? Qu'ils ne vous pourchasseront pas ? Jusqu'au dernier ? Vous croyez que le sang de la Terre est si peu épais que ma destruction suffira à les briser ? Vous nous prenez pour une race finie ? Nous n'avons pas eu besoin de vos dieux pour sortir de notre condition animale. Nous ne sommes pas des sauvages, ni des esclaves, comme vous. Vous gagnerez peut-être des batailles, mais vous ne gagnerez pas la guerre.

Le Prophète ouvrit la gueule, exposant plus d'une centaine de dents pointues. Il siffla, et – même si je n'avais pas étudié les expressions de son espèce dans le détail – je reconnus une grimace de colère. Pour la première fois depuis mon arrivée à Dharan-Tun, pour la première fois depuis le miracle de Berenike, j'avais secoué le vieux démon. Les membranes nictitantes de Syriani clignèrent par-dessus les puits noirs de ses yeux, et il leva deux doigts griffus comme un prêtre bénissant ses fidèles. Laissant sa main retomber, il dit :

— *Paqqaa.*

Mangez.

Les Cielcins se jetèrent sur la table sans cérémonie, sans décorum. Les créatures n'avaient que l'apparence de courtisans et d'aristocrates. C'étaient des bêtes, absolument pas une civilisation. Prêtres et concubins se bousculèrent pour détacher des rubans de viande d'ossements arrangés avec art.

Un Cielcin en tenue blanche de prêtre griffa violemment le visage d'un congénère. Se désintéressant totalement du blessé, l'agresseur se pencha au-dessus de la table et mordit à pleine gueule dans le contenu d'un plateau. Tout près de là, je vis deux concubins vêtus de soie colorée agripper un des esclaves qui avaient apporté le festin. Le jeune homme cria lorsqu'un des deux monstres lui arracha la gorge avec les dents.

Je fermai les yeux, mais continuai de voir le Prophète sourire dans les ténèbres. Et j'entendais toujours le bruit de la fête. Si j'avais eu quelque chose dans le ventre, j'aurais vomi.

— Vous dites que ce n'est pas une victoire ? reprit-il d'une voix froide et aiguë. (Le grand prince se pencha en avant sur son trône à haut dossier, s'interrompant pour observer ses courtisans bestiaux en train de festoyer.) Vous oubliez une chose : je n'ai pas besoin de vous tuer tous pour parachever ma domination, et je ne le souhaite pas. Voyez, j'invite les vôtres à ma table.

— Vous ne pouvez pas gagner. Tuez-moi, et vous offrirez un nouveau héros à mon peuple. Je suis aussi dangereux mort que vivant.

— Et votre Empereur ? contra le grand prince en attrapant un morceau de viande, qu'il porta à sa bouche comme un pharaon aurait grignoté une grappe de raisin. Sera-t-il dangereux aussi, lorsqu'il sera mort ?

Je n'avais pas de réponse à cela. Le démon écarquilla les yeux et eut un sourire vicieux.

— C'est bien ce que je pensais, dit-il en mâchant sauvagement, faisant couler un jus noir sur son menton.

Sur un geste de son maître, un courtisan s'approcha en découvrant sa gorge. Syriani attrapa un coin de sa tenue et se tamponna le menton. Le courtisan tomba à genoux et, serrant le tissu taché contre sa poitrine, s'éloigna en rampant. Le prince plongea son regard noir dans le mien. Je finis par céder, m'abîmant dans la contemplation de mes mains.

— Perfugium, dit-il enfin en se délectant de ce mot. Vanaheim. Balanrot.

Les planètes que l'Empereur était censé visiter. Les noms que j'avais révélés, trahissant les miens. Je relevai la tête, écœuré par ce que j'avais fait. Sa Grandeur n'avait pas terminé, cependant.

— Carteia, poursuivit-il. Aulos. Nessus. Ostrannas. Siraganon. Ibarnis. Thielbad. Kebren…

Les mondes se succédèrent. Dans l'ordre. Dix mondes. Vingt mondes. Plus de trente planètes distribuées dans les Provinces centaurines. Lentement, je me rendis compte qu'il s'agissait de l'itinéraire complet de l'Empereur.

— Mais comment… ? (J'avais l'impression qu'un gouffre venait de s'ouvrir sous mes pieds.) Je n'ai pas…

Je ne lui avais pas tout dit. Je ne me rappelais même pas tous les noms. Je n'étais même pas certain de connaître cette liste.

— Vous ne croyez tout de même pas que nous n'avons interrogé personne d'autre ? demanda Syriani Dorayaica. (Il tendit une main aux six longs doigts et saisit un objet au milieu du plus proche des plateaux.) Nous avons mis un certain temps à déterminer qui, parmi les vôtres, était susceptible de disposer de ces informations, mais… Quelle est cette expression amusante, déjà ? Ah, oui, il a fini par *cracher le morceau* !

Sa Grandeur souleva l'objet – une tête – par ses cheveux bruns. Malgré la putréfaction et les épices gris-vert étalées sur le visage, je reconnus les traits nobles, le fier nez palatin, la mâchoire carrée, le front proéminent, le menton. Adric White avait été le navigateur du *Tamerlane*, un des officiers qui nous avaient rejoints lors de mon investiture, lorsque Sa Radiance l'Empereur avait fait de moi un chevalier de l'Ordre royal victorien. Nous n'avions pas réellement eu le temps d'apprendre à nous connaître, mais il était – il avait été – un bon officier. Calme, efficace, compétent. Nous n'étions pas amis, cependant, aussi me pardonnerez-vous peut-être si j'avoue avoir ressenti de l'horreur et non du chagrin.

Adric avait été à bord du *Tamerlane*, non pas sur Padmurak.

C'était vrai. Tout était vrai. Le *Tamerlane* avait été capturé. Et la Compagnie rouge faite prisonnière. Et pourtant, je ne pouvais m'empêcher d'espérer, malgré l'étalage d'hommes écorchés et démembrés sur la table de banquet. Ce festin était si terrible, la vérité si affreuse, que mon esprit tentait de se rebeller, que j'étais dans le déni. Jusqu'à ce moment-là, en tout cas, j'avais douté. Syriani m'avait torturé, tourmenté afin de séparer mon esprit de mon corps, afin de démontrer la pertinence de sa philosophie. De prouver que ce monde – *le* monde – était un mensonge.

Le Mensonge.

Je ne l'avais pas cru, je n'avais pas cru que tout était perdu, que les miens avaient été faits prisonniers, que Valka et Corvo, Pallino et Crim et les quelques survivants de la bataille de Vedatharad étaient morts. J'avais nié la réalité depuis ma sortie de fugue cryogénique dans les bras de Severine. J'avais cru, sans vraiment m'en rendre compte, ce que Syriani voulait. Que la vérité était un mensonge.

Ce fut une terrible prise de conscience. Je me figeai. Je fermai les yeux et les poings pour lutter contre le chagrin. La désolation. On m'avait torturé sans raison, uniquement pour me déshonorer.

— Vous saviez, parvins-je à articuler. Depuis le début. Vous connaissiez les planètes. Les numéros de catalogue. Les coordonnées.

— Les archives de votre vaisseau nous ont appris beaucoup de choses. Et puis, il y a eu le témoignage de… votre ami ?

Je rouvris les paupières à temps pour voir Syriani lancer la tête d'Adric au loin. Trois courtisans se jetèrent sur elle, désireux de récupérer les restes de leur *Aeta*. Mes larmes brouillèrent ma vision.

— Vous commencez à comprendre. Tout ce que j'ai fait, je l'ai fait pour vous arracher cette petite vérité. Je voulais voir si c'était possible. (Sa Grandeur se leva et se pencha au-dessus de la table telle une ombre blanche.) Vous ne serez jamais un Cielcin, Lord Marlowe. Vous ne servirez jamais la Vérité. (Il leva les yeux vers les lampes rouges et cessa de bouger. Il était au centre d'un tableau animaliste, le cœur fixe d'un ordre social tumultueux.) Et vous allez mourir. Vous. Votre Empire. Votre dieu. Tout.

On me congédia.

Mes larmes tombèrent sur mes mains bandées. Des larmes pour Adric, que je connaissais à peine. Des larmes pour Koskinen et Pherrine. Des larmes pour Ilex et Elara, pour Lorian Aristedes. Des larmes pour Durand et Halford et tous les braves soldats de ma Compagnie rouge. Des larmes pour Pallino. Pour Crim et Corvo. Des larmes pour Valka, surtout Valka. Des larmes pour Hadrian Marlowe, dont la fin approchait.

Akterumu attendait.

34

Descente

Deux fois douze et neuf horloges se succédèrent sans doute. Severine et deux techniciens médicaux en tenue gris terne me rendirent régulièrement visite dans ma cellule. Au bout de la troisième ou quatrième fois, je commençai à comprendre qu'ils venaient quotidiennement, à la même heure. J'en avais la conviction, même si je n'aurais su expliquer comment. Après une si longue période sans pouvoir mesurer le passage du temps, une partie ancienne et bien entraînée de mon esprit reconnut le tic-tac d'une horloge dans leurs actions. Peut-être était-ce leur intention, peut-être voulaient-ils me réhabituer au flux et au reflux des événements afin de me préparer pour la suite. On finit par me détacher de ma chaise, par retirer mes cathéters, mon goutte-à-goutte et mes correcteurs médicaux.

J'étais de nouveau entier. Autant que possible, en tout cas.

Mes ongles arrachés avaient repoussé, et du tissu cicatriciel blanc s'était constitué là où on m'avait écorché. Ils ne restaurèrent pas mes doigts – alors qu'ils auraient pu le faire –, et mon épaule droite me faisait toujours souffrir. Ils auraient pu en faire plus, mais ils se contentèrent du minimum. Comme Syriani l'avait dit, on m'avait remis sur pied pour une unique raison : me faire mourir.

Combien de fois l'avais-je vue en rêve ? La fin ? Ma dernière longue marche, Akterumu, cet endroit sur un rocher ? Voilà pourquoi on me pourchassait depuis bien avant la bataille de Berenike. La raison de ma capture. La raison pour laquelle on ne m'avait pas encore tué.

La porte s'ouvrit, et Severine entra, flanquée de ses habituels techniciens, mais aussi de deux soldats cielcins équipés d'amures noires côtelées. Les xénobites portaient une caisse, un coffre de facture extraterrestre, qu'ils posèrent sur le sol devant ma cellule.

Je me levai – parce que j'en étais capable – et leur fis face, dressant le menton d'un air de défi. Me rappelant subitement que ce geste était un signe de soumission chez ces monstres, je baissai la tête et reculai comme Severine s'inclinait.

— Monseigneur, lança-t-elle sans ironie aucune.

— Nous sommes arrivés, dis-je, sentant que l'atmosphère avait changé de nature. À Akterumu.

La docteure fit signe à ses techniciens, et je vis une lumière blanche clignoter dans un coin de sa mâchoire. Elle riva son regard gris et métallique sur moi et, pour la énième fois, je frissonnai face à l'absence d'humanité de ses globes oculaires trop clairs. La femme désigna la caisse.

— Votre présence est requise à bord de la navette de Sa Grandeur. On m'a demandé de vous apporter de quoi vous vêtir correctement.

Les Cielcins ouvrirent le verrou du couvercle et le soulevèrent, révélant le contenu de la caisse.

Le vieil emblème scintillait – la fourche et le pentacle brodés –, flanqué d'ailes, en noir sur noir. Incrédule, j'examinai la tunique noire et ses broderies aux contours rouges, le plastron en céramique habillée de cuir, les jambières et brassards sculptés, les ptéryges ornés de visages et d'étoiles.

Je n'y touchai pas.

— Enfilez ça, dit la sorcière de MINOS.

J'avisai la combinaison isolante noire roulée dans un coin, mais je ne bougeai pas. Je ne pensais pas revoir mon armure un jour, je la croyais abandonnée sur Padmurak, ou bien offerte en trophée au prince ou à un des sorciers de MINOS. Elle semblait en parfait état, restaurée. Je ne voyais aucune trace de la crasse de Vedatharad, et les dégâts qu'elle avait subis lors de mon vol en char et de mon ultime combat sur le pont avaient été réparés par un artisan compétent. Elle semblait aussi neuve que le jour où elle avait été imprimée.

— Qu'allez-vous faire de moi ? demandai-je, les larmes aux yeux.

— Vous allez être présenté à l'*Aetavanni* dans l'enceinte de la ville, expliqua-t-elle en plissant les paupières. Les autres chefs de clan arrivent.

— La ville ?

Les Cielcins ne construisaient pas de villes. Pas sur des planètes, en tout cas.

— Akterumu.

— Je croyais qu'Akterumu était une planète.

— Akterumu est une ville, dit-elle en surveillant ses gardes inhumains. Eue est la planète.

— Eue ? (Je me figeai. Entendant le nom sacré sortir de ma bouche impure, un des gardes m'assena un coup dans la mâchoire. Faible comme j'étais, je tombai comme une poupée de chiffon.) Nous allons sur Eue ?

Eue.

Le nom évoquait des ténèbres primitives au-delà des frontières de l'infini. Malgré mes contacts répétés avec les Pâles, Eue restait une silhouette sombre en bordure de ma compréhension, un mythe comparable à l'Atlantide ou à Sarnath. Le roi cielcin Elu avait conduit ceux qui avaient survécu à la fin de leur monde jusqu'à Eue. Sur Eue, les Cielcins avaient cessé d'être de simples barbares, apprenant à naviguer dans l'espace. À la mort d'Elu, les premiers *Aeta* avaient lancé leurs flottes vers les étoiles.

C'était le lieu le plus sacré de l'univers cielcin, un endroit comparable à notre Terre en termes de symbolique. Je n'aurais jamais imaginé – pas même dans mes pires cauchemars – qu'Eue existait toujours, qu'elle était réelle.

— *Iukatta, qisabar-kih !* s'exclama Severine, ordonnant aux gardes de reculer. *Biqunna o-tajun wo ! Eza shuza netotebe ti-Shiomu !* (Elle s'accroupit à côté de moi, posa ses doigts secs sur mon visage.) Vous êtes blessé ?

Je ne me faisais pas d'illusions. Elle s'inquiétait pour sa peau, pas pour la mienne. S'il devait m'arriver quelque chose, elle le paierait de sa vie. Les deux gardes reculèrent de concert. Si elle était humaine, Severine n'était pas une *yukajjimn*, mais une Exaltée, une servante posthumaine de leur maître noir.

— Ne faisons pas attendre Sa Grandeur, dit-elle d'un ton froid. Dépêchez-vous.

Avec douceur, la sorcière m'aida à me relever et souleva ma tunique par-dessus ma tête. Aucunement gêné par ma nudité, je laissai les techniciens médicaux vaporiser un agent antiseptique qui moussa et bouillonna dans l'atmosphère fraîche, décollant la saleté et la sueur de ma peau parcheminée et couverte de cicatrices. Ensuite, ils m'aidèrent à enfiler la combinaison isolante, qui se contracta autour de ma carcasse. Pour la première fois, j'étais conscient de ma maigreur. Mon ombre, sur le sol, avait quelque chose de cielcin. Mes membres étaient si fins, mon abdomen si creux.

Je laissai les techniciens passer la tunique par-dessus ma tête. L'un d'entre eux souleva mes cheveux – qui m'arrivaient à la taille – pendant que Severine aidait l'autre à m'équiper de mon plastron.

— Le collier gêne, dit le plus jeune des deux hommes. Nous allons devoir le retirer.

Une lumière palpita sur la mâchoire de la sorcière. Elle devait communiquer avec Urbaine ou quelque autorité cielcine. Et puis, elle opina du chef et, ne s'adressant à aucun d'entre nous, lança :

— Il ne causera pas d'ennuis. (Elle s'interrompit, peut-être pour écouter. Ses doigts secs effleurèrent mon cou, et les yeux morts de la sorcière se focalisèrent sur les miens.) N'est-ce pas, Monseigneur ? (Je ne répondis pas et, après une pause, Severine ajouta :) Compris.

Le collier s'ouvrit en cliquetant entre ses doigts fins, et elle le retira. Combien de temps l'avais-je porté ? Sans l'accessoire, mon cou me sembla fin et fragile, et ma peau était à vif. Elle me brûla lorsqu'ils arrangèrent le col de ma tunique et attachaient mon plastron. De vieux servomoteurs gémirent comme l'armure se resserrait, et avant longtemps, on m'équipa de gantelets et de jambières.

— Voilà qui est mieux, dit-elle en démêlant avec les doigts mes cheveux raides et trop longs. Vous êtes presque redevenu vous-même. (Elle soupesa mes mèches. Autrefois noirs, mes cheveux étaient striés de rubans blancs.) Vous avez vieilli prématurément, cependant. (Elle m'adressa un sourire faussement timide. Un sourire de tentatrice.) Il n'est pas trop tard pour accepter mon offre.

Je la toisai et parvins à sourire en dépit de la situation.

— Il a toujours été trop tard pour ça, sorcière.

Severine laissa retomber sa main, son visage sans prétention redevenant sombre.

— *Sorcière!* répéta-t-elle. Vous mourrez donc bête.

Je levai les poignets pour qu'elle me mette des menottes. Avec mes gantelets, on ne voyait même pas qu'il me manquait deux doigts.

— Je mourrai en homme.

Son sourire – qui avait vacillé après mon refus – refit son apparition, mais j'y décelai une certaine tristesse, une finalité, et une victoire étrange.

— Oui, vous allez mourir.

Une lumière verte baignait le tube d'accès reliant les tunnels à la grande navette du prince. Je ne voyais presque rien de l'engin, mais il devait s'agir du cercle brisé commun aux vaisseaux xénobites de petites tailles. À travers les parois vitrées du tube scintillait la surface glacée de Dharan-Tun. Les grands chantiers navals et docks de fer des légions du Prophète avaient été taillés dans les parois d'un cratère ou d'un gouffre afin de permettre aux travailleurs de vaquer à leurs occupations même lorsque le gigantesque vaisseau-monde était en distorsion. Les grues et bras mécaniques d'injecteurs de carburant étaient suspendus en dessous et au-dessus, et au loin, je reconnus les croissants d'autres vaisseaux, navettes et appareils légers appartenant à l'escorte du Prophète.

Mes gardes me tenaient par les bras et m'obligeaient à avancer à grands pas, à trotter pour suivre le rythme en faisant tinter mes chaînes.

— Vous le voyez ? demanda Severine derrière moi.

Je n'eus pas besoin de demander de quoi elle parlait.

Le monde au-dessus emplissait la moitié du ciel, son visage marécageux éclairé par un soleil pâle que je ne voyais pas. Avec ses verts aquatiques et ses bruns rouille zébrés de nuages grisâtres, maladifs, putréfiés, Eue nous regardait de haut, entourée d'un parlement de lunes. Elle ressemblait à une énorme bulle posée sur un cratère, à un visage idiot, ou bien à un œil sans paupière rivé sur moi.

Et pourquoi pas ? Si on en croyait les légendes, les Observateurs avaient conduit leurs esclaves inhumains sur Eue. J'avais l'impression que les Observateurs me regardaient, me surveillaient ; et, repensant aux horribles statues de *Dhar-Iagon*, je frissonnai. Mais je m'étais arrêté trop longtemps, et mon escorte me poussa et tira sur mes chaînes.

Comme une marionnette au bout de ses fils, j'obéis.

Des guerriers *scahari* en armure émaillée noire ornée d'une Main blanche à six doigts montaient la garde à l'intérieur, flanquaient des piliers courtauds hérissés de protrusions cylindriques pareils à des colonnes vertébrales tronquées. De nombreuses lanternes, sphères de verre emplies d'un gaz rouge, étaient suspendues entre les colonnes. Tout en métal et pierre sculptée, l'atrium ressemblait bien davantage à la salle d'un palais qu'à l'intérieur d'un vaisseau. Des fresques constituées de caractères *udaritanu* tapissaient les alcôves dans les murs, tandis que devant nous, une porte en fer se dressait comme la herse d'un château médiéval.

Mon escorte me porta à moitié dans des escaliers aux marches trop hautes et trop peu profondes pour des hommes. J'entendis Severine et ses compagnons s'activer derrière. Un héraut en robe blanc neige et azur donna un coup de sa lance cérémonielle sur une plaque de métal et annonça :

— *Aeta Hadrian Marlowe wo ! Ute Aeta ba-Yukajjimn ! Beletaru ba-Uatanyr Thunsavadedim ba-Zahara. Anabiqan ba-Otiolo. Ba-Ulurani. Elutanura tajun ve ti-Ikurrar !*

Entendant mon nom et mes titres dans la langue des Cielcins, mes intestins se liquéfièrent, et je me félicitai de porter mon armure. De façon absurde, une part ancienne de ma personnalité – celle qui s'était enthousiasmée à l'idée de rencontrer Uvanari et Makisomn dans les fosses d'Emesh – se demanda si les Cielcins avaient toujours employé des hérauts et des titres comme les nôtres, ou si Syriani Dorayaica avait altéré des traditions anciennes pour qu'elles ressemblent davantage à celles notre cour impériale, comme le faisaient les barbares humains depuis l'arrivée de Sargon à Uruk.

La salle ressemblait à la grande caverne de *Dhar-Iagon*, avec ses piliers noueux et ses arches côtelées à l'apparence animale. La lumière verte émise par le visage hideux de la sainte planète se déversait par la verrière du plafond et les vitraux situés derrière l'estrade qui se dressait devant moi. Levant les yeux, je fus frappé par l'étalage de richesse et de puissance offert par la verrière. Aucun vaisseau humain n'en possédait d'aussi grande. La plupart n'en avaient pas du tout, préférant des imitations, des écrans qui, souvent, affichaient de faux champs d'étoiles et planètes. Les verrières étaient les points faibles d'une coque. Doter d'une verrière aussi grande un vaisseau aussi important – la navette personnelle du grand prince – avait pour but de frapper d'effroi les témoins de sa splendeur terrible. Ici vivait un prince sans peur, un prince plus puissant que la peur, un prince qui avait conquis la peur.

Sous cette imposante verrière, face à un mur de verre tout aussi imposant, se dressait le grand prince lui-même, abîmé dans la contemplation de ses chantiers navals. Syriani Dorayaica ne se retourna pas en nous entendant approcher, mais observait son domaine les mains jointes dans le dos, flanqué de ses généraux Vati et Aulamn l'ailé. Hushansa et Teyanu étaient quant à eux absents.

— *Yelnna, tanyr-do*, dit le Prophète en désignant le sol à côté de lui. Joignez-vous à nous. Nous avons commencé notre ascension. Je voulais que vous voyiez cela, vu que vous êtes un savant.

Mes gardes me firent monter les marches royales et prendre place à côté du Prophète. Il n'y avait pas de trône, pas même de siège. L'estrade était nue à l'exception de quelques glyphes mystérieux gravés dans le sol.

— *Ennallaa o-ajun*, lança Syriani en faisant signe à ses gardes de nous laisser.

Les soldats se mirent à genoux et descendirent les marches à reculons, me laissant avec le Prophète et ses deux esclaves.

— Savez-vous où nous sommes ? me demanda-t-il dans le silence.

— Eue.

Syriani siffla, et les deux chimères produisirent un vrombissement mécanique plutôt qu'organique.

— Je vois… (Du coin de l'œil, il regarda Severine, qui s'agenouilla immédiatement, aussitôt imitée par ses deux associés.) Vous connaissez sa signification ?

— Sa signification ? répétai-je, confus. (Bien qu'enchaîné, je me sentais de nouveau homme grâce à mon armure, aussi ne me ratatinai-je pas devant Sa Grandeur comme lors de nos précédentes rencontres.) C'est la planète où Elu a conduit vos ancêtres lorsque Se Vattayu fut perdue.

— *Tuka qisaban !* aboya le général ailé Aulamn, le regard rouge.

Syriani leva une main griffue et lourde de bagues pour faire taire son esclave.

— Elu n'a pas *conduit* notre peuple loin de Se Vattayu. Nous sommes *Cielcins*. *Kielukishunna*, dans la langue ancienne. « Ceux qui ont été portés par les dieux », si vous préférez.

Je clignai des yeux, comprenant pour la première fois.

— Les Observateurs ? Ce sont eux qui vous ont fait quitter votre planète ?

Sa Grandeur découvrit sa denture de verre.

— C'est Miudanar le Rêveur qui a enseigné à Elu l'art de la construction de navires. Il lui a appris comment concevoir les coques et casser les atomes. Il a montré à Elu comment traverser les ténèbres et a guidé notre peuple jusqu'ici.

Le prince tendit une main blanche comme pour toucher la surface verte du monde, au-dessus de nous.

Eue. Le cadeau.

Je m'étais certes souvent demandé comment une espèce aussi vicieuse et primitive avait pu atteindre les étoiles.

Un fracas métallique secoua la navette en dessous, et Vati tourna subitement la tête pour écouter. Mon regard fut attiré par la planète, au-dessus, par ses montagnes rouillées et ses étendues d'eau mousseuses. Je ne repérai aucun canal, aucune ville, aucune trace d'industrie, ni de civilisation. La planète était éclairée par son soleil, aussi n'y avait-il aucune lumière artificielle. Autour d'elle défilaient des lunes minuscules et innombrables tels des logothètes s'activant autour de leur seigneur.

— Vos dieux... les Observateurs vous ont tout appris ? m'enquis-je sans lâcher la planète des yeux.

— *Cara*, précisa Syriani. Ils nous ont *beaucoup* appris. Nous avons découvert certaines choses à Akterumu.

— Akterumu..., répétai-je en sentant mes sourcils se contracter et en me tournant vers Severine, qui se tenait en contrebas au milieu des gardes et des piliers. La docteure m'a dit que c'était une ville.

— Une ville, en effet. La plus ancienne des villes.

— Ancienne comment ?

J'ignorais l'ancienneté de la civilisation cielcine. C'était un des grands mystères qui entouraient leur espèce. Scholiastes et universitaires avaient étudié des artefacts récupérés sur des vaisseaux-mondes capturés à l'ennemi, et j'avais compulsé leurs travaux sur Forum, puis sur Nessus. Valka et moi avions assisté certains de ces chercheurs ; Valka s'intéressait en particulier au lien unissant Cielcins et Silencieux. La superstructure d'appareils plus petits semblait dater de cinq ou six millénaires, mais certains artefacts – de la vaisselle, des monuments de pierre, des tablettes ornées d'*udaritani* – avaient entre vingt et trente mille ans. Ils étaient plus anciens que l'Âge d'or de la Terre.

Le Prophète se détourna de sa contemplation de saint monde et me regarda, ses membranes transparentes se refermant sur ses yeux noir d'encre. Des chaînettes en argent se balancèrent sur son front osseux comme il baissait sa couronne dans une pose quasi didactique, comme s'il était un scholiaste et moi un élève ignorant.

— Elle était ancienne à l'époque d'Elu, dit-il.

Encore une fois, je clignai des yeux sans comprendre.

— Ancienne à… quelle époque ?

Le général-*vayadan* Vati intervint alors, sa voix froide et haut perchée se réverbérant sur la verrière.

— Tout est prêt, *Aeta-Shiomu*, dit-il, usant du titre cielcin signifiant « Seigneur Prophète ».

Syriani Dorayaica inclina la tête et agita la main d'un air royal.

— *Tutai wo. Velenamma o-ajun junne, vayadan-kih.* Posez-nous. (Les fentes nasales du Prophète se dilatèrent comme il exhalait.) Les *baetayan* chantent qu'il n'y a pas de temps sur Eue. Que rien ne passe. Rien ne change. J'ignore si c'est le cas, mais c'est un monde ancien, et Akterumu est encore plus ancienne, dont les tours étaient vieilles lorsque les étoiles étaient jeunes. (Me regardant du coin de l'œil, il ajouta :) Nous ne l'avons pas bâtie. Elu ne l'a pas bâtie.

— Les Observateurs ? demandai-je. Ce… Miudanar ?

— Nous sommes de la bave. De la crasse. Des créatures du Mensonge, tout comme vous. Mais ce n'est pas une fatalité. Dans la soumission à nos dieux, nous recevons notre *ouluu*, notre âme. Une étincelle. Une perle qui nous connecte à nos dieux, un cadeau. Comme Eue !

Un nouveau vacarme métallique résonna dans la structure de la navette, et puis un bourdonnement incessant se fit entendre tout autour de nous comme les moteurs revenaient à la vie. À travers la verrière, je vis plusieurs engins en forme de croissant allumer leurs moteurs sur la paroi du cratère, où ils étaient amarrés.

— Nous ne sommes pas les seuls à avoir été portés par les dieux, lança soudain le prince, me faisant oublier le spectacle grandiose qui s'offrait à moi.

Nous commençâmes à nous élever, même si mon estomac resta cloué sur place, tout comme mon cœur.

— Vous voulez dire…

J'étais incapable de parler. Des images de la vision que j'avais eue au sommet de la montagne se détachèrent de l'écheveau de ma mémoire. Des créatures défiant toute description alignées devant les étoiles. Les êtres innombrables, innommables. L'univers grouillait de vie. Il grouillait de vie bien avant nous, et grouillerait de vie après notre disparition.

— Vous voulez dire qu'il y en avait d'autres ? D'autres… Cielcins ? Des espèces qui adoraient vos dieux ?

Aulamn éclata de rire, me faisant sursauter.

— *Usayu u !*

Seulement une.

Nous nous élevâmes au-dessus du rebord du cratère, prîmes la tête d'une procession imposante de croissants noirs. À travers les verrières latérales, je distinguai les cornes incurvées de la navette du grand prince, pareilles à des bras tendus vers la planète.

— Nous sommes les Seconds. Ils sont les *Enars*, expliqua Syriani. Les Premiers.

Les implications de cette révélation me secouèrent et, pendant un moment, j'oubliai mes tourments, oubliai que je me dirigeais vers ma propre mort, j'oubliai même les deux dangereuses chimères qui se tenaient tout près de moi. Un peuple ancien, une civilisation plus ancienne que tout ce que nous connaissions, plus ancienne que les plus vieux sites laissés par les Silencieux.

— Les Enars ? répétai-je lentement, m'attardant sur les deux syllabes.

Encore un mot ancien. « Premier » se disait *udim* en cielcin, mais comme tant d'autres mots entendus de la bouche du Prophète, *Enar* devait appartenir à une langue aussi vieille qu'Elu, au minimum.

— Utannash a tout perverti, tout emprisonné dans des formes hideuses. C'est aussi notre cas, expliqua Syriani en désignant d'abord son corps, puis le mien. Les Enars ont essayé de s'échapper, de se libérer de ce monde.

— Ils se sont éteints, vous voulez dire.

La denture du prince sembla sortir de sa bouche, ses crocs dégoulinant de salive comme il grognait.

— Ne jouez pas au plus malin, siffla-t-il. Ils ont *échoué*. Ils ne sont pas parvenus à détruire le Mensonge, même s'ils ont brûlé un milliard de mondes.

— Que leur est-il arrivé ? insistai-je, ayant déjà trop perdu pour me laisser impressionner.

— Ils ne sont plus, répondit-il en balayant ma question d'un revers de la main, comme s'il chassait une mouche. Peut-être ont-ils été détruits par Utannash et ses champions avant d'avoir pu terminer leur œuvre. Mais… ce qu'ils ont laissé derrière eux ! Akterumu la Grande ! Akterumu et ses Piliers ! Akterumu et ses Centaines de Centaines de Portes ! C'est leur héritage ! *Notre* héritage ! Notre *Eue*, *notre* cadeau ! Vous voyez ?

La navette du Prophète avança en prenant de l'altitude. Pour la première fois, je contemplai la surface de son monde sombre. Comme Vorgossos, Dharan-Tun était habillé de glace. Au contraire de Vorgossos, qui avait paru dénué de vie, la surface de Dharan-Tun était un fouillis de fer et de puits. Les cratères équipés se succédaient jusqu'à l'horizon lointain, où des montagnes coiffées de glace se dressaient, crachant de la fumée noire par de hautes cheminées dans le ciel dénué d'air. L'éclat vert d'Eue masquait celui des étoiles, sauf les plus lumineuses, et tout était calme dans ce royaume de mort.

— Vous voyez ? redemanda Syriani en pensant toutefois à autre chose. Pour votre espèce… il ne peut y avoir de victoire.

Que pouvais-je répondre ? Rien.

Alors je me tus.

Arpenter les tunnels et la ville démoniaque était une chose ; découvrir la surface de Dharan-Tun et appréhender la vaste et impitoyable machine de guerre en était une autre. Si les ressources de l'Empire étaient énormes et nos armées impressionnantes, je ne pouvais m'empêcher de me sentir tout petit devant la grandeur et la pureté de l'effort de guerre cielcin. Tout sur Dharan-Tun, *absolument tout*, était tourné vers un but unique.

La guerre.

L'annihilation de l'homme.

Que pouvait faire l'humanité face à une telle détermination ? Une telle *caiharu* ? Une telle foi ?

À côté de moi, Syriani Dorayaica leva les yeux vers les ténèbres verdâtres, embrassant du regard Eue et les étoiles derrière la verrière.

— Ils sont nombreux à être déjà arrivés ! lança-t-il en faisant scintiller ses dents translucides.

Je mis un moment à comprendre ce que le Prince des Princes voyait, et lorsque ce fut le cas, ce qui restait de chaleur dans mon sang se dissipa. J'ai parlé d'un parlement de lunes, mais il ne s'agissait pas de cela. Ce n'étaient pas des lunes du tout. La plus proche brillait au-dessus de Dharan-Tun, grande et scintillante comme un kaspum d'argent, son rebord gauche creux révélant des installations cyclopéennes : les salles et les baies, les tours et silos et les grands mécanismes des moteurs qui propulsaient le vaisseau-monde vers les étoiles.

Avec une horreur grandissante, je pris conscience des masses et des charges, de l'échelle cosmique de la *flotte* rassemblée autour de la planète Eue. Chaque lune était un navire, et chaque navire était au cœur d'une flotte de vaisseaux plus modestes. Un millier de lunes emplissaient le ciel, chacune figurant la capitale et le vaisseau amiral d'un clan cielcin. Certaines étaient grandes, d'autres petites, mais aucune n'était plus importante que celle du Prophète. Si les forteresses des chefs de clan semblaient puissantes, aucune n'était aussi grande et terrible que le monde que je venais de quitter.

Syriani avait dit que l'*Aetavanni* se réunissait à sa demande, et je le croyais, car le clan Dorayaica aurait pu écraser n'importe lequel de ses rivaux. Comme notre Empereur aurait pu annihiler un seigneur de province.

Qui oserait refuser une telle convocation ?

— Depuis combien de temps n'avons-nous été si nombreux ici ? demanda Vati à son seigneur et maître.

— Douze et sept générations, répondit le prince à son esclave. Depuis qu'Araxaika a mis un terme au Parricide. (Se tournant vers moi et parlant dans ma langue natale, le Prophète dit :) Ce qui correspond à environ vingt de vos chiliades.

— Des millénaires ?

Vingt mille ans. Dix-neuf générations. Pour la énième fois, je me demandai quelle pouvait être l'espérance de vie des Cielcins et quel âge avait Syriani. Vingt mille ans… Jeune homme, je n'aurais jamais cru que les xénobites étaient les héritiers d'une tradition et d'une histoire aussi longues que les nôtres. Ils me paraissaient tellement primitifs, tellement peu sophistiqués. Et pourtant, c'était logique. Vivant longtemps, ils étaient peut-être plus lents à innover, à découvrir ou à changer. Et si ce que Syriani avait dit était vrai, leurs plus grandes innovations leur avaient été données par des créatures qu'ils considéraient comme leurs dieux. Ils n'avaient donc jamais eu besoin de chercher, de découvrir par eux-mêmes.

Le Prophète et ses esclaves regardaient avec une émotion qui emplissait l'atmosphère autour d'eux comme de la fumée.

— Un tel événement ne s'était produit depuis l'antiquité, dit Syriani à voix basse.

À mon grand étonnement, il prit le poignet de Vati ; comme pour chercher du réconfort ou donner de l'affection. Ce contact m'a plus hanté que les yeux vides des esclaves croisés dans les couloirs de Dharan-Tun, et presque autant que les amoncellements de cadavres sur les plateaux du banquet du roi pâle.

Et je ne sais pas pourquoi.

35

Le cercle brisé

Nous quittâmes Dharan-Tun et plongeâmes vers Eue, naviguant au-dessus de marais infinis et de collines basses et ondulantes. Il n'y avait pas de montagnes, pas de rivières, ni de mers. Syriani avait dit que le temps ne s'écoulait pas sur Eue. Cela semblait vrai, d'un point de vue géologique, en tout cas. De là-haut, la planète paraissait morte, figée et éternelle. Rien ne vivait là, rien ne poussait à l'exception des moisissures d'un jaune et d'un vert maladif qui étouffaient le sol humide. Au-dessus de ces étendues étranglées s'étiraient des plateaux de sable gris dont la monotonie n'était interrompue que par d'occasionnelles arêtes de pierre brisées.

— *Yukajji-kih !* m'assena le général-*vayadan* Aulamn. Vous allez bientôt voir quelque chose que votre race dégénérée n'a jamais vu ! Vous pouvez vous estimer heureux et béni !

Je restai enchaîné à côté du grand prince. L'ombre de notre appareil en anneau brisé glissait sur le paysage. Je tournai la tête vers la verrière et avisai les autres vaisseaux de notre cortège, qui défilaient dans l'atmosphère d'Eue sans produire d'ondes de choc. Et je voyais Dharan-Tun, au-dessus, le visage blanc et trompeusement scintillant. À cette distance, aucun signe des puits et des fonderies, aucune trace des tourments infernaux dissimulés sous la surface gelée.

— Il n'y a rien…, m'entendis-je articuler.

Je fermai la bouche pour éviter d'en dire davantage. Vide et informe, cet endroit me rappelait un peu Annica.

Aulamn siffla, ses articulations de métal se fléchissant dangereusement. Je craignis que la bête m'attaque comme l'avaient fait plusieurs de ses congénères à cause de prétendus blasphèmes, mais la présence de son maître retint sa main.

— *Sim ejaan*, rétorqua mon hôte. Non pas rien. Regardez !

Nous volions à basse altitude et dérangions les plans d'eau gluante et autres canaux étranglés. Devant nous, l'horizon miroitait et, au-dessus des miroitements, une forme noire apparut. Très vite, les marais cédèrent la place à une grande étendue couverte de sable noir. Le paysage de dunes s'étirait d'un horizon à l'autre, noir comme du schiste, parsemé ici et là de champignons semblables à des tas de mucus. Le décor était si vaste qu'il avait dû être le lit d'une mer depuis longtemps disparue.

Un cadeau, en effet.

La masse noire, à l'horizon, était de plus en plus haute à mesure que nous approchions, grandissant de seconde en seconde. De tache sombre et floue à la marge du monde, elle devint alignement de collines, puis de montagnes dont j'aurais été bien incapable d'estimer la hauteur vu qu'elles paraissaient s'éloigner au lieu de se rapprocher. Le terrain était si plat que les distances s'effondraient, ne voulaient plus rien dire. Les montagnes auraient pu être à quinze ou trois cents kilomètres. Je renonçai à deviner, attendant que nous nous retrouvions dans leur ombre.

Nous perdîmes progressivement de l'altitude jusqu'à tracer des sillons dans le sable. Les montagnes culminaient à des kilomètres au-dessus de la plaine désertique et s'étiraient sur des dizaines de kilomètres de largeur. Plus nous nous en approchions, moins ces montagnes me paraissaient naturelles. Malgré la distance qui nous séparait encore d'elles, je remarquai que leurs versants gris-vert étaient plats et aussi raides que les murailles d'une forteresse. Par ailleurs, rien, sur Eue ne suggérait l'existence d'une activité tectonique susceptible de soulever de telles masses de roche. Vu la monotonie de ses paysages, je supposais que son cœur géologique était aussi froid et mort que les créatures qui l'avaient autrefois habitée.

Ces montagnes ne pouvaient être vraies. Elles étaient impossibles.

Comment vous suggérez leurs dimensions avec de simples mots ? Leur poids, la profondeur de leur ombre, leurs sommets et versants lisses dominaient le monde, écrasaient quiconque les découvrait. Même les nuages d'Eue se tordaient en leur présence, s'enroulaient autour de leurs couronnes. Même le Mur Tempête de Berenike n'était pas aussi impressionnant.

— Là ! s'exclama le Prophète en tendant une main ouverte. Là sont réunis les princes de nos clans ! Voyez-vous leurs bannières ?

J'ouvris la bouche pour répondre, mais je ne voyais rien pour l'instant. De fait, je ne regardais pas assez bas.

— Je vois, finis-je par répondre.

De hautes et étroites bannières étaient accrochées à des mâts semblables à la lance que portait le *coteliho* d'un *Aeta*, son héraut. Une mer de verts et de bleus, de blancs et de noirs tapissait le décor au pied de la montagne. De là où nous nous trouvions, les bannières ne paraissaient pas plus grandes que des grains de riz. Il n'y avait de rouge et d'or, d'orange et d'ambre nulle part, mais tous les bleus et violets imaginables. Sans doute y avait-il, aux yeux des Cielcins, de l'ultraviolet dans les noirs.

Ils ne percevaient pas les couleurs comme nous.

Je posai un regard nouveau sur les ténèbres du vaisseau. Celles-ci étaient-elles aussi sombres pour eux que pour moi ? Ou bien y avait-il des motifs cachés et secrets dans des teintes subtiles invisibles pour l'œil humain ? Cette pensée ne fit qu'aggraver mon sentiment d'aliénation.

— Combien de clans y a-t-il ? m'enquis-je.

— Des milliers ! répondit Vati.

— Seulement treize, corrigea Dorayaica, faisant taire le général. Mais il y a eu beaucoup de scissions, de branches, expliqua-t-il d'un ton grave que je jugeai mélancolique.

Un ton de regret. Honteux.

Ce mot, *uatanyya*, « branches », raviva un souvenir.

— Aranata Otiolo, dis-je, attirant les regards de Sa Grandeur et de ses saints esclaves. Aranata Otiolo se présentait comme le *Seigneur de la Dix-septième Branche*.

Les paupières du Prophète se fermèrent lentement. Aulamn produisit un crissement mécanique, à la fois cri et juron.

— Traître ! Usurpateur ! Otiolo a apporté la corrosion dans le sang de son clan ! Il a tué Utaiharo. Il était *vayadan* et aurait dû rester à sa place ! (La chimère frappa une colonne toute proche avec un membre en fer, faisant tomber une cascade d'étincelles sur l'estrade et sursauter Severine et les serviteurs de MINOS.) Vous avez bien fait de l'exécuter !

— La lignée d'Utaiharo remontait à bien avant Araxaika le Quasi-béni, intervint Syriani, nullement affecté par la mauvaise humeur de la chimère. C'était une lignée ancienne, brisée seulement dix-sept fois par la violence depuis l'époque d'Elu. Otiolo aurait dû la respecter davantage.

— Je ne comprends pas, dis-je.

Syriani ouvrit subitement les yeux, et si j'étais incapable de distinguer la pupille de l'iris, je savais qu'il me dévisageait.

— Vous avez étudié votre histoire, n'est-ce pas ? Ignorez-vous que lorsque les dynasties chutent, elles se brisent ?

Les grands empires deviennent de petits royaumes dirigés par les lieutenants et héritiers ayant survécu au chaos. Ce chaos est *uatanyr*. (Il regarda furtivement Vati et un Aulamn sinistre.) Mes *vayadayan* mourront s'ils me tuent. Vos sorciers ont fait le nécessaire pour cela.

—Jamais! se hâta d'intervenir Vati, prostré devant son maître. Jamais, Votre Grandeur!

Presque amoureusement, Syriani Dorayaica posa le pied sur la tête de son subordonné, avant de me fixer d'un regard plissé.

—Votre conquête, Otiolo, était le *vayadan* d'Utaiharo. Sa trahison était *dunyasu*. Un blasphème. Là où il n'y avait qu'Utaiharo, d'autres sont apparus. Otiolo, le Prince du Sacrilège. Ajimma. Tuanolo. Raiazu, dénombra-t-il sur ses doigts. Des branches, le chaos.

Il siffla et retira son pied de la tête de Vati.

Je réfléchis à cette révélation en regardant Vati se lever tout en restant courbé devant son maître.

—Les diadoques, finis-je par dire.

—Je ne connais pas ce mot, avoua Sa Grandeur, la tête penchée sur le côté.

—C'est un mot ancien, expliquai-je en m'amusant de l'ironie de la situation. Il signifie « successeurs », spécifiquement les successeurs d'un très ancien empereur. Nous l'appelions Alexandre. Notre Elu... en quelque sorte. Ils étaient ses généraux et ont divisé son royaume à sa mort.

Syriani acquiesça de la tête à la manière cielcine et passa devant Vati pour regarder par la verrière une fois de plus. Les versants raides et verts des montagnes emplissaient notre champ de vision, et les bannières colorées qui claquaient dans le vent étaient désormais aussi grandes que des doigts.

—Chaque *itani*, chaque clan a pour origine un des premiers *Aetane* d'Elu. Un de ses *diadoques*, comme vous dites. (Le mot grec sonnait bizarrement dans la bouche du xénobite.) Je suis *Aeta* de la Dix-huitième Branche de la Maison de Zahaka, qui était *Aeta* d'Elu. Deux fois six et six. (Et puis il s'adressa à Vati dans sa langue :) Posons-nous dans l'axe de la porte. Et que les autres flanquent la route. Prenons de la place. Montrons-leur que nous sommes nombreux. Je veux que les autres comprennent pourquoi Dorayaica a le droit de les convoquer.

Le général s'inclina et, toujours courbé, contacta l'équipe qui pilotait la navette via ses implants. Du moins le supposai-je, car l'appareil vira lentement à droite, glissant dans les airs sur des répulseurs vrombissants, soulevant de gros nuages de poussière noire.

Sans prévenir, un rire bref m'échappa par le nez. Je l'étouffai, mais trop tard.

— *Dein ?* demanda Syriani.

— Deux fois six et six ! m'amusai-je, comprenant que je ne pourrais jamais expliquer l'importance de ces chiffres ou sa relation avec les emblèmes de ma Maison.

Dix-huit. Trois fois six.

— Ce n'est rien, dis-je, m'étonnant d'être toujours capable de rire de cette triviale coïncidence malgré les circonstances.

Une coïncidence ou un présage.

Me prenant au mot, le Prophète haussa presque les épaules en se redressant avant de se tourner vers Aulamn.

— *Iamarara o-scaharimn wananuri ti-jattin !* dit-il, ordonnant au général de préparer ses gardes. Nous sommes arrivés !

Pas de rampe.

Toujours enchaîné, je me tenais loin derrière Syriani Dorayaica sur la plate-forme d'un monte-charge dans les entrailles de la navette. Les généraux Vati et Aulamn flanquaient leur maître comme dans une partie d'échecs. Derrière moi, Severine attendait en silence, entourée par six techniciens en costumes gris ou noirs. Autour de nous étaient rassemblés environ deux cents des guerriers *scahari* du Prophète, cimeterre à la main, *nahute* brillant enroulé et prêt à être utilisé à la hanche.

J'avais presque l'impression de me trouver dans l'ascenseur du colisée, à transpirer et discuter avec les myrmidons avant un combat. Je regardai autour de moi. Aucun signe de Pallino et Elara, ni même de Siran, Ghen… ou Switch. Les seuls visages humains étaient ceux de Severine et ses compagnons, aussi pouvait-on dire qu'il n'y avait aucun visage véritablement humain alentour.

Si j'espérais de grandes déclarations, des phrases nobles, je fus déçu. Le grand chef de clan Dorayaica se complaisait dans le silence. Un simple combattant poussa un cri et, au-dessus et en dessous de nous, des lumières rouges – qui devaient être intenses et claires aux yeux des xénobites – virèrent au bleu. La plate-forme s'ébranla et, dans un fracas métallique digne d'une horloge géante, nous descendîmes et nous posâmes en douceur sur le sol.

Un vent à l'odeur étrange soufflait autour de nous, charriant des grains de sable noir pareils à de la cendre qui piquaient mon visage exposé. J'étais surpris de pouvoir respirer, à dire vrai, et je soupçonnais les algues, les moisissures et autres champignons que nous avions vus depuis le ciel d'en être la raison. Le paysage puait le soufre et la décomposition, l'immobilité et la désolation.

La tombe.

Un *coteliho* en robe blanche s'avança, brandissant sa lance héraldique terminée par le cercle brisé des Cielcins et, juste en dessous, une Main blanche entourée d'un anneau d'argent. Derrière lui venaient deux *scahari*, des chimères construites par MINOS dotées d'armures et de membres blancs. Chacune portait une mince bannière en peau ornée d'une Main entourée de glyphes.

Je ne m'intéressai ni à eux, ni à la triple colonne de guerriers Pâles en armure et cape noire et azurée qui suivit.

Je n'avais d'yeux que pour les montagnes.

N'étant plus gêné par les verrières de la navette, ni par les nuages, j'avais une vue dégagée sur les pics étrangement carrés et réguliers se dressant dans le ciel gris.

Sauf qu'il n'y avait ni pics, ni montagnes.

Il s'agissait de remparts.

Ce que j'avais pris pour des montagnes jaillissant à angle presque droit du sable anthracite était en réalité une muraille. Culminant à plus de sept mille mètres, surmontée de tours carrées, elle était ornée d'arcades aux arches trapézoïdales hautes de plusieurs dizaines, voire centaines de mètres. Je ne pouvais qu'imaginer son épaisseur et les dimensions de l'espace qu'elle délimitait, car elle s'étirait d'un horizon à l'autre.

J'en voyais une portion tellement infime qu'il m'était impossible d'en déduire la forme ou le plan. Je supposai que la structure constituait un anneau autour d'une vaste plaine désolée, ou que le mur lui-même était la ville dont Syriani et Severine avaient parlé. Je croyais néanmoins distinguer les cornes jumelles d'un cercle ouvert, brisé comme ceux qui terminaient les lances des hérauts, comme si les murs étaient un pouce et un index séparés de deux centimètres.

Entre les deux, il n'y avait que du sable et, au-delà – dans l'enceinte de la muraille – une étendue plane dont les limites apparaissaient sous la forme d'une ligne gris-vert floue entre le sol et le ciel.

— Qui a bâti cette muraille ? Les Enars ? demandai-je émerveillé, pétrifié de crainte et de respect par l'échelle olympienne de la structure verdâtre.

Personne ne répondit, mais j'étais certain d'avoir raison. L'humanité aurait été incapable de construire un temple aussi impressionnant ; quant aux Cielcins… Les Cielcins ne bâtissaient pas vers le haut.

Les xénobites n'étaient pas devenus matures à l'ombre des Silencieux – dans les tunnels de Se Vattayu avais-je cru –, mais à l'ombre de ces *Enars*, les Premiers serviteurs de leurs dieux sombres. Là. Sur Eue. À Akterumu.

Il y eut un cri, un ululement aigu, qui sembla jaillir de la Terre savait combien de milliers de gorges. Sous les bannières et de part et d'autre de la grande ouverture, je vis des épées blanches s'agiter et des lances se balancer. Des bannières bleues flottaient dans cet univers gris-vert. Des milliers de Pâles étaient massés là, qui secouaient leurs armes et leurs drapeaux sous les spires minces, les tours et autres formes indescriptibles de nombreuses navettes. La plupart portaient des masques de guerre ou ces casques à visière noire si communs chez les Pâles. Tandis que les créatures qui servaient Dorayaica portaient des masques blancs et simples, ceux-là étaient peints de façon voyante, équipés de dispositifs que je ne comprenais pas, ornés de stries ou de tourbillons que Valka et moi aurions pu passer des années à tenter de déchiffrer.

Ils nous regardaient à travers des fentes minces comme des pièces de monnaie destinées à les protéger du soleil. Certains avaient de lourdes lunettes de protection et découvraient leurs dents, tandis que de très nombreux autres – les plus pauvres et modestes des *ietumna*, sans doute – plissaient les yeux dans le soleil faible d'Eue.

Quelques-uns – comme Syriani – n'avaient ni masque, ni casque. Le Prophète, cependant, ne semblait pas affecté par la lumière. Je me demandai s'il portait un genre des lentilles sous ses membranes nictitantes, ou si MINOS avait fait cadeau au seigneur d'un des fruits de son labeur.

Sur un geste du grand prince, ma garde constituée de quatre soldats me força à avancer, puis à me mettre à genoux à côté de Syriani, qui me lança un regard furtif avant de lever les yeux vers les tours jumelles se dressant de part et d'autre de l'entrée de la ville.

—Akterumu. Ville des Enars. Vous les voyez ? demanda-t-il en désignant d'un mouvement de sa tête cornue des bas-reliefs grossiers taillés à au moins sept cents mètres de hauteur sur la face de la puissante muraille.

Comment pourrais-je les décrire ? Ces représentations usées par le passage de nombreux éons ? Des personnages semblables à des crabes, le corps plat, écrasé, juché sur des membres tordus au nombre de quatre, six ou huit ; cela dépendait car ils étaient tous différents. Je ne voyais aucun signe d'yeux, ni de tête. Ici et là, j'avisai des armes dans des mains équipées de pinces. On les voyait conquérir d'autres créatures, des choses étranges et encore plus hideuses. De nombreuses lignes de texte entouraient les personnages, décrivant probablement en détails sinistres les exploits de ces conquérants antiques.

—Pourquoi n'avez-vous pas détruit leurs images ? demandai-je en pensant aux fresques du Prophète décrivant de façon abstraite l'histoire de son peuple. Ne participent-elles pas du Mensonge ?

—Elles sont un rappel, *Oimn Belu*, répondit Syriani. Les Enars n'étaient dignes d'être que nos hérauts. Leur échec nous rappelle qu'il faut garder la foi. (Il posa sur moi un regard étrangement placide, pensif.) Akterumu est un monument à leur honte, leur échec… et notre gloire.

Le grand prince se figea comme une statue, le visage tourné vers le haut, le regard rivé sur les gigantesques bas-reliefs. Il semblait attendre de prendre sa place dans le cortège, et j'étais supposé lui emboîter le pas.

—Les *baetayan* disent que Miudanar a ordonné que la cité soit protégée, qu'Elu a interdit qu'elle soit profanée. Mais les trésors d'Akterumu ! Ces trésors, il s'en est emparé. Les armes. Les machines. Elles nous ont rendus forts.

J'opinai du chef, imaginant ces anciens Cielcins se posant là, émergeant de leur arche dans le soleil terne, mais aveuglant pour eux.

— Elu les a-t-il conquis ? Les Enars, je veux dire ?

Le grand prince ramassa sa cape noire et s'enroula dedans pour se protéger du vent.

— *Veih*, me répondit-il. Non. Ils étaient morts et éteints depuis longtemps lorsque mon peuple rongeait des os dans les ténèbres sous Se Vattayu.

— Que leur est-il arrivé ? insistai-je en examinant la fresque de mes yeux plissés. (Les bras – ou les jambes – des Enars paraissaient protégés par une armure, segmentés comme la carapace de certains Exaltés. Ne laissant pas à Syriani le temps de répondre, j'ajoutai :) Étaient-ils des machines ?

— Je l'ignore. Ils sont partis, et personne ne sait à part les dieux.

Je me détournai de la contemplation des ruines et regardai le visage de Syriani. Le grand prince des Cielcins avait mis sa main en visière au-dessus de ses yeux pour étudier la muraille.

— Lorsque Elu est arrivé ici, les salles étaient pleines de merveilles, paraît-il. Des armes. Des machines. Mais elles ne sont plus là. Elles ont été détruites. Emportées par les tribus. C'était il y a tellement longtemps. Il subsiste bien peu de choses. Les clans ont détruit pour bâtir ce que vous voyez.

Il désigna l'espace d'un mouvement de tête, le consortium de lunes qui défilaient dans le ciel pâle et dénué de sang.

Était-ce de la tristesse, dans la voix du prince ? Essayer de comprendre les émotions des Cielcins était aussi difficile que de distinguer des ombres dans un bassin d'encre. Je ressentis moi-même une pointe de tristesse, voyant dans le Prophète une image déformée de moi-même. Comme moi, il était fasciné par les secrets de l'antiquité et voyait dans la grandeur de cette ancienne pile de pierres un ouvrage digne d'être compris. Qu'elle participe du Mensonge ou non. Je ressentais la même chose, comme à Calagah ou devant Fort Din, lorsque les Irchtani fendirent les cieux. Cet émerveillement, je l'avais également vu sur le visage de Valka lorsqu'elle avait découvert la Grande Bibliothèque de Colchis.

Nous aurions presque pu être amis. Dans une autre vie, dans un monde où nos espèces respectives auraient été réconciliées. Nous nous serions raconté des histoires, nous nous serions enseigné tellement de choses si nous n'avions passé tout ce temps à nous entre-tuer.

À nous torturer.

Les souvenirs de mes tourments me revinrent, et ma tristesse se mua en colère. Fermant les paupières, je me tournai vers la muraille et l'armée de démons blancs agglutinée devant. Je rouvris les yeux, regardant au-dessus des têtes et de la forêt d'épées et de lances en direction du désert gris, au-delà de la puissante porte.

— C'est une perte, se lamenta le prince, soufflant par ses quatre narines comme s'il soupirait. Nous aurions découvert tant de merveilles si nous n'avions grandi si vite.

— Ceux qui sèment la destruction et l'appellent le progrès sont des ennemis de l'éternité…, dis-je en regardant furtivement mon hôte. Et de la vérité.

Le prince siffla et leva deux doigts griffus dans un signe de reproche.

— Tenez votre langue. Vous parlez de mon peuple.

Mon sang se glaça, ce qui ne m'empêcha pas de faire face au prince.

— Vous êtes une race de pilleurs, lâchai-je en peinant à contenir un ricanement. De voleurs. De vandales. Vous n'avez rien créé. Ce que vous possédez, vous l'avez pris, ou on vous l'a donné. Vos vaisseaux, votre technologie. Ce monde ! Même votre foi. (J'aurais presque pu cracher aux pieds du prince.) Même votre Elu. Qu'a donc accompli Elu à part se dresser sur cette pierre tombale de monde afin de se grandir ? (Je crachai bel et bien.) Et vous nous insultez en nous traitant de *rats* !

Je ne vis pas le coup partir. Syriani Dorayaica ne grogna pas, ne me prévint aucunement. Sa main griffue s'abattit sur mon visage. Tel le jeune homme qui s'était un jour rebellé contre son père, je tombai lourdement dans le sable en faisant tinter mes chaînes.

La douleur arriva un moment plus tard, blanche et brûlante sur la moitié gauche de ma face. Mon sang chaud coula dans mon œil. Me mettant à genoux, je le chassai en clignant des yeux, effleurant ma chair meurtrie du bout des doigts, le contact de mon gant flasque me rappelant l'absence de deux de mes doigts. La douleur s'intensifia comme je trouvais les plaies : cinq profondes entailles zébraient ma joie gauche et ma mâchoire. Je sentis un goût de sang dans ma bouche et me rendis compte qu'une griffe m'avait transpercé la joue.

À quelques millimètres près, je perdais un œil.

N'en ayant pas terminé avec moi, le Prophète m'assena un coup de talon, me faisant retomber au sol, le souffle coupé, allongé sur le dos.

— Ne blasphémez pas en ce lieu sacré ! me lança le seigneur cielcin en me toisant. Ou je vous fais arracher la langue ! Vous n'en avez plus besoin, de toute façon. Je vous l'ai laissée par pure courtoisie, mais ne me provoquez plus.

Il tendit une main, paume vers le haut. Attendant quelque chose. Interprétant son geste, un de mes gardes se précipita vers son maître. Syriani aboya un ordre, et la créature mit mes chaînes dans sa main.

Il tourna les talons et s'éloigna sans un mot, suivant ses troupes vers la large ouverture flanquée de deux puissantes tours. Comme il me traînait derrière lui, je réussis à me relever tant bien que mal. Ma joue ensanglantée me piquait, d'autant que mes plaies étaient maculées de sable. Je grimaçai. Mes longs cheveux collaient à mon visage. Les pas de la grande créature étaient si longs que je devais trotter pour la suivre.

Quel spectacle je devais offrir, maculé de sang, les yeux écarquillés tel un chef germain présenté devant les citoyens romains. Les guerriers du Prophète marchaient de part et d'autre de notre chemin, glissaient presque sur le sable. Les autres tribus cielcines restaient à distance. Certains abaissèrent leurs bannières à l'approche du prince, d'autres hurlèrent. Pour le saluer ? Le provoquer ? J'étais perversement rassuré d'être flanqué de *scahari* et de chimères en armure blanche positionnées à intervalles réguliers. La horde d'esclaves – ils étaient des milliers – ressemblait à un océan retenu par une digue fragile, menaçant de déferler sur nous pour nous écraser. Je ressentais la même chose qu'à Arae, prisonnier d'une colonne entre le marteau et l'enclume.

Devant nous, la colonne se tordait vers la droite, prenant la direction d'une tour percée d'une gigantesque porte ouverte. Les soldats de tête s'y étaient déjà engagés, gravissant un large escalier conduisant à un labyrinthe. Trottant toujours derrière le grand prince, il m'était facile d'imaginer une ancienne civilisation cielcine devenue florissante dans ces larges salles et sombres galeries. Combien d'étages ces murailles abritaient-elles ? Combien de milliers de kilomètres de couloirs, combien de salles ? La cité anneau était plus vaste que n'importe quelle ville humaine. Elle avait peut-être abrité des millions de Pâles, mais elle était déserte, désormais, ne se remplissant partiellement que lorsque les clans s'y donnaient rendez-vous.

Comme nous arrivions devant la porte, je regardai une dernière fois le désert à l'intérieur du périmètre des ruines, la vue n'étant pas obstruée par les hordes de xénobites. Bien qu'enchaîné au Prince des Princes, je traînai, hypnotisé. La circonférence de la muraille était tellement grande que je n'en voyais pas le point le plus distant. La courbe d'Eue s'étirait au loin, si bien que les remparts carrés et créneaux inhumains paraissaient plats et lisses comme des montagnes distantes. Les terres interdites situées à l'intérieur de l'anneau figuraient un bol titanesque coiffé par le ciel. Ou bien une arène immense. Alors que l'extérieur de la muraille était vertical et orné de bas-reliefs géants, l'intérieur était segmenté, constitué de terrasses ou d'escaliers, les murs les plus bas étant percés de fenêtres trapézoïdales révélant des salles, à l'intérieur. Des tours et des ponts, des colonnades et des galeries faisaient le tour des ruines comme si la muraille était une bête éventrée dont les entrailles urbaines se déversaient sur la plaine.

J'étais resté hypnotisé trop longtemps, et Syriani tira sur mes chaînes. Surpris, je titubai et tombai une seconde fois, m'étalant dans la poussière noire.

Cela n'avait pas d'importance.

Parce que j'avais déjà vu tout cela. Je savais que mes pas m'amèneraient là, me conduiraient à ma fin. Avant longtemps, je traverserais le seuil final pour me retrouver dans le désert, au-delà.

Le sol y était mort et plat comme du verre, dépourvu de la moindre colline ou ravine. Rien ne poussait dans ce paysage désolé, pas même les algues et champignons gluants colorant le paysage à l'extérieur. Il n'y avait rien, simplement une forêt de minces piliers taillés dans la même pierre verdâtre que le reste de la structure. Alors qu'ils devaient mesurer près de trois cents mètres de hauteur, ils étaient minuscules à côté de l'anneau de la ville. À première vue, les piliers semblaient disposés au hasard, ne formant aucun alignement. Plus tard, lorsque je me tiendrais sur une des terrasses les plus basses de la ville, je découvrirais que les anciens bâtisseurs avaient arrangé les piliers en une spirale dont le centre était le dôme situé au milieu de la plaine.

Cependant, aucun pilier ne se dressait dans l'axe formé par l'entrée du cercle brisé d'un côté et le dôme en son cœur. Cinquante soldats auraient pu marcher de front sur cette avenue, manifestement prévue pour des créatures plus grandes que les Cielcins. J'essayai de m'imaginer des crabes pareils à des tanks avançant sur des dalles fondues les unes dans les autres jusqu'au dôme et au sanctuaire sis à près de vingt kilomètres de là.

Saignant toujours du visage, je me redressai à moitié comme le prince tirait sur mes chaînes. Mon épaule me faisait énormément souffrir. Les dents serrées, je tombai à genoux, puis m'étalai de tout mon long, face contre terre. Au prix d'un effort titanesque, je me redressai sur les mains en m'efforçant de ne pas entendre les cris et les huées des xénobites, tout autour.

— *Aeta ba-Yukajjimn vos!* se moqua quelqu'un.

— *Yukajji! Yukajji!*

— *Aeta ba-Yukajjimn ne? Aeta ba-Gaunun!*

Warka shanatim madatim itteche en.

— *Gau! Gau wo!*

— *Gau wo! Psanete wo!*

Teche!

J'étais de nouveau à genoux. Au milieu des railleries et des cris animaux, il y avait des mots que je ne comprenais pas. Une voix grave et sombre comme l'espace murmurait dans mon oreille. Je me tournai brusquement, m'attendant à découvrir un de mes tortionnaires à côté de moi. J'étais seul, cependant. Syriani m'avait traîné sur près de quatre mètres, laissant une tranchée dans le sable noir.

Ana mahriya teche!

Je tournai la tête à gauche, suivant la voix le long de l'avenue, en direction du dôme et du sanctuaire autour duquel les Enars avaient ordonné leur univers. Les distances se contractèrent, le sanctuaire grossit – dans mon esprit – comme si un art depuis longtemps oublié altérait la focale dans mon œil pour précipiter mon destin. Je voyais déjà les marches, je voyais presque l'anneau d'acier auquel je serais enchaîné pour être sacrifié. Je ne voyais même que cela. Cet endroit que je ne connaissais que sous la forme d'ombres, de rêve.

Je le découvris alors sans filtre, j'avisai le dôme et l'emplacement où – le Silencieux me l'avait montré – je mourrais sous l'entrée arrondie d'un temple noir.

L'entrée… l'*entrée*!

Ce que j'avais pris pour une arche circulaire était tout à fait autre chose. C'était l'orbite d'un œil unique et monstrueux. De ce fait, le dôme n'en était pas un, mais le sommet lisse d'un crâne mesurant une centaine de mètres de diamètre, à la surface légèrement ondulée et brillante comme de l'obsidienne.

Akterumu n'était pas *akumn ba-terun* comme je l'avais cru pendant si longtemps. Il était *akute ba-rumumn*. Le Sanctuaire du Crâne.

Je commençai à trembler.

L'œil unique et sans vie soutint mon regard, son vide béant m'appelant de l'autre côté du désert et de la mer de piliers. Ce vide m'emplit d'un sentiment d'horreur et me donna envie de crier. Je ne pouvais pas fermer les yeux, alors que le sable me piquait et que mes larmes coulaient abondamment. Mes mains tremblaient, faisaient tinter mes chaînes, et je ne pouvais pas les arrêter. J'aurais voulu serrer les poings, mais mon corps tout entier était secoué de spasmes.

C'était un des Observateurs ou ce qu'il en restait. J'en étais convaincu. Il s'agissait de la tête de Miudanar, le Rêveur. Celui qui avait convoqué Elu, qui avait appris à ses esclaves cielcins à voler.

Même mort, sa malveillance perdurait, et je sentais son regard m'épingler au sable. Les anciens Enars avaient bâti leur ville – leur monde – pour consacrer et sanctifier le cadavre de leur dieu terrifiant. La ville anneau – et Eue tout entière, en un sens – était une tombe. Depuis combien d'éons le cadavre pourrissait-il dans ce désert ? Sa chair s'était décomposée, ses os avaient été nettoyés par le sable abrasif.

Teche !

La voix d'outre-tombe s'abattit sur moi comme le tonnerre, et si la langue était étrange et le sens incompréhensible, je saisis sa malice et sa joie noire. Plus tard, je verrais ses côtes et ses vertèbres dépasser de la plaine poussiéreuse et je m'émerveillerais de leurs dimensions cosmiques. Il devait mesurer plus de mille cinq cents mètres de hauteur et déformer les ondes noires de l'espace, résistant à la gravité qui aurait dû écraser un organisme aussi massif.

Quand était-il apparu ? Syriani avait dit que les créatures étaient plus anciennes que l'univers, que le Silencieux – selon lui l'auteur de la création elle-même – avait enfermé ses dieux sombres dans des prisons de chair, mais c'était impossible. Mon esprit rejetait l'idée, mais mes yeux étaient bien forcés de croire. Là gisait donc une des viles créatures qui avaient guerroyé – et guerroieraient – avec le Silencieux. Éternellement. Il s'agissait d'une créature issue d'un univers plus ancien, du chaos bouillonnant d'avant la création, terrible même dans la mort.

Ammarka !

Une douleur vive brûla derrière mes yeux, et je sentis des doigts, des nématodes glisser sur la matière blanche de mon cerveau. Des mains me saisirent. Des mains cielcines. Je les sentis à peine.

Je ne sentais plus rien.

36

Les suppliants

La salle caverneuse que le Prophète avait choisie pour sa réunion résonnait de bruits de pas inhumains. Combien de milliers de marches avions-nous gravies pour atteindre cet endroit secret ? Combien de fois étais-je tombé, mes muscles raidis par des crampes, avant que Dorayaica force ses soldats à me porter ?

Le grand prince n'était pas resté avec les autres, dont les camps occupaient les niveaux inférieurs de la cité et la plaine autour de la porte. Je me rappelle trop bien la puanteur des feux de tourbe dans les salles inférieures et les rires maléfiques. L'excitation de carnaval. Dorayaica m'avait dit que les clans ne s'étaient pas tous retrouvés au même endroit depuis des générations. C'était difficile à imaginer. C'était un peu comme si tous les enfants de la Terre se rassemblaient sur ses collines dévastées et ses lits asséchés pour festoyer sur les cendres des hommes. Je me rappelle les tables chargées d'os aperçues par les portes ouvertes, et les ululements de voix inhumaines priant et chantant.

Mais Dorayaica ne s'était pas joint à ses frères inférieurs. Il avait préféré nous emmener dans les niveaux supérieurs, nous faisant gravir étage après étage jusqu'à ce que nous ne puissions plus entendre que le souffle du vent. Là, je restai étendu sur une estrade, à côté du trône érigé par les serviteurs, entravé par de lourdes chaînes en fer. Quasi oublié.

Plusieurs jours s'étaient écoulés depuis notre arrivée à Akterumu. Je n'étais sûr de rien, cependant. Le grand prince avait accepté de laisser Severine soigner mon front et ma joue, mais lui avait interdit de bander les blessures, aussi l'air sec brûlait-il ma chair à vif et ma tête me faisait-elle atrocement souffrir. Le temps s'écoulait, flou, tandis que mes moments de lucidité se faisaient rares, ne venant que lorsque la terreur m'obligeait à me concentrer sur des bruits de pieds griffus sur les dalles de pierre.

Un groupe de Cielcins apparut sous la haute arche trapézoïdale. À sa tête marchait un héraut en tenue blanche de prêtre. Le regard trouble, je m'assis sous les yeux de Dorayaica, mes chaînes produisant un son mat dans l'atmosphère immobile.

Le héraut approcha à tout petits pas, précédant six prêtres de rang inférieur – des *baetayan* en robe blanche –, qui portaient un coffre en métal sur des perches. Deux des *scaharimn* de Dorayaica s'avancèrent, le cimeterre tendu devant eux.

Le héraut s'agenouilla devant les gardes et le trône du Prophète. Une bannière verte était accrochée à sa lance, brodée de calligraphie noire. La gorge exposée en signe de soumission, le messager agrippa la bannière et, d'une voix haut perchée et atonale, lança :

— *Anamnato qi-aqara o-Aeta ba-Aetane.* De la part de mon maître, *Aeta* Gurima Peledanu, Seigneur de la Cinquantième Branche de la lignée d'Imnun, nous vous saluons et vous présentons nos hommages.

Il leva une main griffue pour désigner ses subalternes et leur coffre métallique. Paresseusement, le Prophète leur fit signe d'approcher. Les *baetayan* obtempérèrent et posèrent l'objet devant lui. Dans l'état où j'étais, je pris la boîte pour un cercueil. Deux des serviteurs en soulevèrent le couvercle, et le héraut se leva pour en présenter le contenu au Prince des Princes.

— Des armes, Grand Seigneur ! s'enthousiasma-t-il. Des épées prises aux *yukajjimn* ! Six fois douze par douze et sept, prises au combat !

Le héraut appuya sur un bouton, et mon estomac se noua. La matière haute illumina la salle verdâtre, éclairant des bas-reliefs représentant les Enars – qui pouvaient avoir quatre, six, huit pattes ou plus – arpentant les étoiles.

Six fois douze par douze et sept.

En esprit, je m'efforçai de convertir les chiffres. Cela représentait près de mille. J'en restai bouche bée. Ce qui était choquant, ce n'était pas tant la richesse que ce trésor constituait – le prix d'un monde, voire davantage –, mais bien la tragédie qu'il impliquait. Chacune de ces armes avait appartenu à un chevalier de l'Empire sollien, qui était sans doute mort en même temps qu'une légion tout entière.

— C'est un cadeau de grande valeur, finit par dire Dorayaica, et le héraut laissa échapper un soupir de soulagement. Pose cette arme, esclave ! (Lorsque le héraut eut obtempéré, Dorayaica demanda :) Où est ton maître ?

— Je suis ici, Dorayaica ! répondit quelqu'un dans l'entrée.

Un Cielcin en armure et robe vertes assorties à sa bannière entra, flanqué de guerriers *scahari*. Des fourreaux en argent habillaient sa couronne de cornes, et des chaînes ornaient son haut front, comme s'il était un courtisan jaddien. Des éclats de jade étaient fichés au-dessus de ses yeux et sur ses pommettes saillantes, tandis que des anneaux verts brillaient sur ses doigts.

— Vous avez appelé, et je suis venu !

Dorayaica se leva, et Peledanu se mit à genoux devant son Prophète.

— Votre oracle ! lança-t-il en découvrant sa gorge. Le message que vous avez envoyé ! Le moment est-il vraiment venu ?

— *Raka*, confirma Dorayaica. Oui.

Peledanu ferma les yeux, murmurant quelque chose que je n'entendis pas.

Le Prophète s'arrêta au bord de l'estrade, me tournant le dos. Il dominait Peledanu de toute sa taille.

— Respectez-vous les anciennes traditions ?

L'*Aeta* inférieur leva les yeux vers Dorayaica, mais tarda un peu à répondre.

— Je suis votre esclave, mais les autres ! Ils n'ont pas la foi comme moi. Il y a eu des discussions. Avant votre arrivée, j'ai entendu Iamndaina et les autres ! *Vanahita !*

Dorayaica siffla et, d'un geste brusque, attrapa l'ourlet de la toge impériale qu'il portait par-dessus les plaques de son armure.

— Ne me parlez pas des autres. Ce sont des ombres, Peledanu. Des créatures du Mensonge. Respectez-vous les anciennes traditions ?

— *Eka iyadar ba-osun*, répéta l'*Aeta*. Toujours ! Tout le temps ! Depuis que vous avez chassé *Eta Vananari* de cet endroit ! Par le Rêveur, je le jure : vous êtes Elu ressuscité !

J'appuyai mon front contre le trône du Prophète pour empêcher ma tête de tourner.

— *Eta Vananari* ? marmonnai-je.

Des mots anciens, assurément, car j'en ignorais le sens.

Peledanu avait parlé d'un oracle, d'un message envoyé par Dorayaica. Sur Dharan-Tun, le Prophète avait dit qu'il avait lui-même convoqué cet *Aetavanni*, cette réunion des clans. Comment s'y était-il pris pour rassembler des clans aussi disparates ? Dorayaica pouvait-il les obliger à obéir ? Les avait-il menacés de les pourchasser à travers les étoiles ?

Je ne le croyais pas, même si ses hordes étaient nombreuses et aussi impitoyables que le soleil.

— *Caiharu ba-okun*, commença-t-il. Votre foi vous rachète. Vous avez bien fait de venir en paix.

En entendant le mot « paix », Peledanu s'inclina bien bas et pressa son visage contre la pierre verte et rugueuse. Un frisson me parcourut. *Qilete.* « Paix ». Aranata Otiolo avait utilisé ce même mot durant nos négociations avortées, mais j'avais l'impression d'en saisir le sens véritable pour la première fois.

« Vous avez bien fait de vous soumettre. »

Les pieds griffus cliquetant sur les marches, Syriani Dorayaica descendit de l'estrade en tenant l'ourlet de sa toge. Peledanu ne se leva pas, et ses serviteurs non plus. Comme si tout avait été répété, le Prophète leva le pied et le posa sur l'épaule de l'autre prince. Je grimaçai comme une inspiration sèche réveillait la douleur de ma joue blessée. Je fis tinter mes chaînes en portant ma main à ma joue. Je me rappelai subitement une autre salle, une autre cérémonie : moi à genoux devant l'Empereur, la vieille épée en fer posée sur mon épaule. Après m'avoir adoubé, l'Empereur m'avait ordonné de me lever, avant de me présenter à la cour, m'élevant au rang, à la dignité de chevalier. Tout comme les caractères *udaritanu* des Cielcins étaient une perversion du langage des dieux, cette cérémonie était une parodie démoniaque d'adoubement.

Je suis un soldat de l'Empire.

Peledanu était devenu le soldat d'autre chose… J'avais souvent imaginé le grand jeu de l'Empire comme une partie d'échecs labyrinthiques jouée sur un damier stellaire : roi blanc, roi noir, ou rouge. J'avais l'occasion d'observer une pièce de moindre importance – un centurion, peut-être, ou un pion – qui se faufilait jusqu'au cœur de ce dédale pour dérober une couronne, ne serait-ce que constituée de chaînes.

— Vous êtes à moi, conclut Dorayaica en retirant son pied.

Peledanu ne se leva pas comme je m'étais levé, mais recula à quatre pattes en reniflant, le visage collé contre le sol. Comme il était facile de voir dans cet être inférieur les créatures souterraines primitives que les Cielcins avaient été avant que l'Évolution aux Mains ensanglantées leur fasse cadeau d'un esprit.

— *Eka ba-osun*, répondit Peledanu.

— Mettez-vous sur le côté, ordonna Dorayaica. Il y en aura d'autres.

Sans relever la tête, Peledanu continua de reculer, attendant d'être loin de son maître pour se mettre à genoux. Les soldats de Dorayaica emportèrent le coffre en métal. Je n'aurais pas aimé être à la place de ceux dont la mission serait de le porter jusqu'à la navette en descendant des milliers de marches.

Je venais d'assister à des négociations cielcines. La soumission et l'humiliation de Peledanu avaient été totales. La conversation n'avait pas duré plus de deux minutes, même si mon esprit avait tendance à étirer le temps jusqu'à la rupture.

Comme Dorayaica se retournait pour se rasseoir, il me regarda en découvrant les dents.

— Vous voyez, maintenant, que la foi est synonyme de pouvoir.

Je ne répondis pas, me contentant de m'éloigner du trône en traînant mes chaînes. Dorayaica avait choisi de recevoir ses vassaux sous des arcades ceignant une grande salle intérieure. Des puits profonds et inclinés intégrés aux murs donnaient sur l'extérieur, laissant entrer la lumière grise du soleil d'Eue, illuminant des bas-reliefs qui semblaient couvrir le moindre centimètre carré de la ville. Ceux-ci montraient les Enars combattant des créatures à tentacules dans une cité constituée de tours carrées.

Plusieurs lignes de texte accompagnaient les reliefs, gravées dans la pierre avec les griffes, aurait-on dit. Les vagues qui reliaient les personnages de part et d'autre d'un sillon central dessinaient un genre d'onde sonore. Jamais je n'avais vu une chose pareille.

— Valka…

Qu'aurait pensé Valka d'un tel endroit ? Des images – fruits de mon imagination ou préfigurant un des événements à venir – dansaient comme des ombres dans mon crâne. Dans une autre réalité, aurions-nous pu venir ici ensemble pour découvrir un lieu désert et vide de tout ennemi ?

Mais Valka était morte, forcément. La tête coupée d'Adric, posée sur la table de banquet du Prophète, me fixait de son regard vide. Valka n'avait pas pu sortir vivante de Padmurak. Le *Tamerlane* avait été pris, et elle n'avait nulle part où aller.

Je fermai les yeux, mais cela ne m'empêcha pas de me rappeler. Les grandes portes de Vedatharad se refermant dans un fracas métallique qui avait secoué mon âme. Pourquoi m'en étais-je pris à ces chars ? N'aurais-je pas pu rester dans le transport de troupes avec Valka et les autres ? Au moins serions-nous morts ensemble et me serais-je épargné ces terribles années à Dharan-Tun.

Cela n'avait plus d'importance. Tout serait bientôt terminé.

— *Onnanna !* (La voix du Prophète me transperça aussi facilement que ses griffes, et je me rendis compte que j'étais en train de pleurer.) Il suffit !

Je ne voyais pas son visage ; j'étais focalisé sur sa main blanche agrippant l'accoudoir de son trône.

Me rendant compte de mon état, je m'efforçai de calmer mes pleurs, retenant mon souffle pour stopper mes sanglots.

Tous morts. Les mots se répétaient à l'infini, tournaient en boucle dans mon cœur.

Tous morts. Ils sont tous morts. Morts. Morts. Morts.

« *Le chagrin est une eau profonde* », disait Gibson. Des eaux dans lesquelles je m'étais noyé longtemps auparavant. J'aurais aussi dû me noyer physiquement dans les eaux de ma cellule. Si j'étais mort, cependant – si tout ce que Dorayaica m'avait dit était vrai –, je lui aurais rendu service. Sur Annica, le Silencieux m'avait montré une partie du rôle que je jouerais, ainsi que les avenirs et les passés qui ne seraient et ne furent jamais. Je m'étais vu brûler les Cielcins dans le ciel, je m'étais vu sacrifié sur un autel, sous un dôme noir au-dessus d'une mer de piliers dans un désert de sable noir.

Une de ces visions se réaliserait. Enfin, peut-être.

Dans la vision, je n'étais pas seul.

Seul.

Nous n'étions pas seuls. D'autres vinrent apporter des cadeaux et se soumettre au Prophète. Dorayaica accepta les présents, posa le pied sur chacun de ses vassaux, obtenant ou confirmant leur fidélité. Petit à petit, je m'étais éloigné du trône autant que ma chaîne me le permettait, m'accroupissant tant bien que mal et m'adossant au mur de pierre rugueuse. Un rai de lumière grise filtrait par un puits dans la paroi, au-dessus de ma tête, se déplaçant lentement sur les bas-reliefs. Dans la lumière inconstante, les horreurs pareilles à des crabes semblaient se mouvoir, leurs membres gravés clignotant, comme si le sculpteur avait espéré simuler le mouvement grâce au soleil pâle d'Eue. Peut-être les bas-reliefs avaient-ils été peints ou émaillés dans un passé lointain.

Les princes déposaient des épices et des huiles parfumées devant le Prince des Princes, ou encore des gemmes et des métaux précieux. L'un d'entre eux lui offrit une idole constituée d'ossements humains, tandis qu'un autre arriva avec une vasque en pierre blanche sculptée, ornée de runes cielcines.

Plus d'une douzaine de vassaux se succédèrent, avant de prendre position à côté de Peledanu. Parmi eux se trouvait Muzugara, dont nous avions brûlé la flotte à Thagura quand j'étais jeune. De temps à autre, je croisais un regard noir, les princes se demandant certainement qui était le rat humain enchaîné près de Dorayaica. Avaient-ils deviné qui j'étais ?

— Deux fois douze et un, dit le général Vati Inamna, qui se tenait à la gauche du Prophète, immobile comme une statue. C'est peu.

— Elu n'en avait pas autant, rétorqua Dorayaica en levant une main pour calmer son protecteur.

— Dorayaica !

Le cri vint de la lourde arche en pierre et plongea la salle dans le silence. Tous les regards se portèrent vers l'entrée, où quelque chose de lourd se découpa dans l'encadrement. Je ne l'avais pas entendu arriver, ce qui était surprenant compte tenu de sa masse comparable à celle d'une voiture. Au début, je le pris pour une chimère semblable à celles que MINOS avait fabriquées pour le Prophète, mais comme il approchait – sur une bonne dizaine de pieds métalliques munis de quatre griffes –, je reconnus un fauteuil.

Le Cielcin qui y était installé portait une armure émaillée d'un bleu cobalt criard. Son visage était plus carré que celui de Dorayaica, pareil à un bloc d'os sous une couronne de cornes courtes. Sa tresse était courte aussi, sur son épaule gauche, mais il y avait une sauvagerie féroce dans son maintien, dans son regard brûlant glacial et dangereux. J'en conclus que le personnage était plus important que les autres, presque aussi important que Dorayaica lui-même.

Aucun héraut ne le précéda, ni n'apporta de cadeaux.

— Attavaisa ! s'exclama le Prophète sans se lever. Je ne pensais pas vous voir !

Le prince bleu fit avancer son fauteuil, dont les pattes nombreuses cliquetaient comme celles d'un scarabée dans l'atmosphère immobile. Dans son sillage, apparurent douze combattants vêtus de capes aussi bleues que l'armure de leur maître.

— Je l'ai trouvé, *tanyr* ! commença Attavaisa, s'arrêtant à dix pas de la première marche de l'estrade. J'ai cherché sur de nombreuses fois douze mondes, mais j'ai fini par trouver !

Il se leva en tendant devant lui un paquet enveloppé dans du tissu.

Je contins ma stupéfaction. Alors que je pensais la créature boiteuse, elle bougea avec promptitude, mettant un genou à terre – et non pas deux – au pied des marches, tendant son paquet à deux mains, tel un plateau.

Syriani Dorayaica ne parla pas tout de suite.

— C'est impossible… Vous en avez trouvé un ? Après tout ce temps ?

Le Prophète descendit de l'estrade. Vati s'avança aussi, prêt à bondir pour protéger son maître à la moindre provocation, les réflexes électroniques de la chimère la rendant plus rapide que n'importe quel mortel, humain ou cielcin. Observé par tous les autres, Dorayaica déballa le paquet d'Attavaisa.

J'étirai mon cou pour mieux voir, effort qui m'endolorit le visage.

C'était une tablette de pierre grise, assez semblable à la pierre d'Akterumu. Attavaisa aurait pu prendre un morceau de la ville elle-même pour le tailler.

Dorayaica saisit la tablette à deux mains et l'examina de près. Je distinguai à peine quelques cercles agglutinés comme des bulles de savon, des motifs semblables aux *udaritani* des Cielcins. Semblables aux anaglyphes présents sur les machines étranges du Silencieux. Autour des motifs, cependant, je reconnus du script enari tout en pics et en angles.

Les Enars connaissaient donc le Silencieux.

— L'avez-vous comparé aux autres ? demanda le Prophète.

Attavaisa pencha la tête sur la droite, acquiescement cielcin.

— Il y a de nouveaux mondes. Certains étaient peut-être connus d'Utaiharo. Nous ne saurons jamais tout ce qu'Otiolo a pris ou détruit, toutefois. J'en ai déjà découvert six ou sept qui ne figuraient dans aucun registre.

Dorayaica siffla en entendant le nom d'Otiolo. Plusieurs autres princes firent de même. Le Prophète, me rappelai-je, avait qualifié Otiolo de traître, d'usurpateur, aussi commençai-je à me demander si je n'avais pas rendu service à l'ennemi. Voilà pourquoi Otiolo était tellement pressé de faire alliance avec nous.

Il était désespéré. Sans amis. Seul.

Dorayaica et Utaiharo avaient des objectifs communs. La tablette que tenait Dorayaica était un genre d'atlas, une carte permettant de trouver… quoi ? Les colonies des Enars ? Les ruines des Silencieux ? Des Observateurs eux-mêmes ? Ou les trois à la fois ?

Soudain, je compris pourquoi Uvanari et Tanaran avaient conduit leur vaisseau sur Emesh tant d'années dans le passé. Leur maître, Otiolo, avait trouvé Emesh sur une de ces tablettes. « *Tamnikano* », avaient-ils dit. Les sonorités étaient cielcines, mais ce n'était pas un mot cielcin du tout, plutôt un vocable très ancien modifié par les xénobites. Le nom enari d'une planète. Les Enars avaient-ils été sur Emesh ? Et les Observateurs ?

La ville silencieuse, sur Annica, remontait le temps, défiait l'entropie – croissant au lieu de décrépir –, traversant une dimension inaccessible aux sens humains. Une partie de la vision que j'avais reçue trouva sa place, et je compris. Le Silencieux bâtissait ses cités, son royaume, sur les ossements des Enars, comme tout conquérant érigerait son palais sur le site de son triomphe.

Sur Annica, j'avais eu un aperçu de cette lutte, les ténèbres contre la lumière, les Observateurs contre le Silencieux, le grand nombre contre l'unité. Je savais le rôle que je jouais dans cette guerre, j'étais conscient d'avoir échoué. Dans la pénombre de cette salle, j'apercevais l'autre côté, je goûtais le désespoir de la cause de Dorayaica. Le Prophète avançait péniblement dans le noir, sillonnant l'espace à la recherche de fragments du dominion mort de ses dieux.

— Lorsque nous aurons terminé ici, lança-t-il, nous devrons chercher ces mondes. (Le Prophète resta longuement immobile, le regard rivé sur la tablette, qu'il tenait comme un nouveau-né.) Peut-être les dieux ne sont-ils pas tous morts.

Ses paroles balayèrent la clarté que j'avais ressentie un instant plus tôt, la remplaçant par une terreur aussi froide qu'une lame de glace entre mes omoplates. Plus froide que les fosses sanglantes de Dharan-Tun. Je me rendis compte que je retenais ma respiration, et j'entendis de nouveau les mots que j'avais entendus en esprit lorsque nous étions arrivés.

Ammarka.

Peut-être les dieux ne sont-ils pas tous morts.

Ana mahriya teche.

Le Prophète ne cherchait pas que des ruines, des vestiges datant de l'époque de ses dieux, mais bien les dieux eux-mêmes. Je voulus croiser les bras sur ma poitrine et me les frotter, mais mes chaînes m'en empêchèrent. Le crâne de Miudanar attendait dans le désert, sa présence formant une ombre noire dans mon esprit.

Teche.

Était-ce un souvenir des mots que j'avais entendus à ce moment-là ? Ou bien les mots eux-mêmes ? Peut-être le Rêveur était-il mort, mais il ne reposait pas en paix.

— *Vati-kih, yelnna*, lança le Prophète, appelant le général à côté de lui. (Le chevalier blanc prit la tablette avec une circonspection mécanique.) Ramenez ça à Dharan-Tun.

Personnellement. Et faites très attention, chuchota-t-il. Attavaisa, ajouta-t-il d'une voix plus puissante. Respectez-vous les anciennes traditions ?

37

Le Rêveur

Un fracas métallique me réveilla, et je me redressai pour découvrir un mince lampadaire couché sur le sol, ses morceaux de charbon rougeoyant sur les dalles verdâtres. Je restai assis un long moment à regarder les braises en clignant des yeux. Il n'y avait rien d'inflammable à proximité. Le lit sur lequel je dormais – si on pouvait parler de lit – se résumait à un banc de pierre sous une fenêtre trapézoïdale dépourvue de vitre ou de barreaux.

J'étais de retour dans une cellule, même si celle-ci ressemblait plus à celles de Nov Belgaer qu'à celles auxquelles je m'étais habitué durant mes longues années sur Dharan-Tun. Un vent frais soufflait par la fenêtre. Je regardai par-dessus le rebord profond d'au moins soixante centimètres, embrassant du regard l'intérieur de la cité circulaire. J'estimais que ma cellule se trouvait six cents mètres au-dessus de la plaine désertique ; de là, j'avais une vue dégagée sur le temple noir du crâne, au cœur de la ville.

Il faisait nuit, et le crâne de l'Observateur luisait dans la lumière des étoiles et des milliers de lunes artificielles d'Eue. De cette hauteur, je pouvais observer que les colonnes dessinaient des spirales qui prenaient naissance autour du dôme noir et se déroulaient vers les remparts gris-vert, les terrasses et les tours qui formaient les limites de ce monde.

Je voyais également les créneaux carrés situés de l'autre côté du cercle, ainsi que les lueurs orangées des feux de camp et les halos rouges des lampes cielcines. Ici et là, le clair de lune brillait sur du métal, d'où je conclus que des sentinelles montaient la garde sur les murs de leur ville sainte.

Akterumu.

Elle était réelle, et j'avais du mal à y croire.

Car il me fallait admettre bien d'autres choses. La réalité des Enars, par exemple, une ancienne race de monstres qui avait conquis les étoiles avant que l'humanité se tienne debout. J'avais accepté une croyance similaire une fois auparavant, lorsque j'avais admis l'existence du Silencieux, quand j'avais compris qu'il vivait dans le futur, qu'il n'était pas un peuple mais bien une entité unique voulant s'assurer de sa propre naissance future. Dès lors, tous mes préjugés impériaux avaient été déconstruits. Je m'étais remis à croire que l'humanité était l'aînée et, en un sens, seule, en dépit de tout ce que nous savions. Même si nous connaissions les Umandhs d'Emesh, les Géants de Cavaraad de Sadal Suud, les Irchtani de Judecca… les Profonds, les Cielcins. Accepter l'existence des Enars revenait à accepter un univers à la fois ancien et vivant. Un univers de temps profond dans lequel l'humanité – élue ou non – ne jouait qu'un tout petit rôle.

Un petit peuple.

Indigne, traître et cruel.

Cela revenait à accepter cette petitesse, cette ignorance. Pis, à admettre que je n'avais appris qu'une chose : les Observateurs étaient réels. Jusque-là, ils n'avaient été que des acteurs de mes visions ; des visions dont, au contraire de vous, cher Lecteur, je n'avais jamais douté. Et puis, j'avais vu leurs ossements. Croyez-moi, quand on accueille l'infini et l'éternité dans sa boîte crânienne, on ne doute pas de ces expériences. Ainsi, je ne doutai aucunement de la réalité de ce crâne géant et de ses vertèbres disloquées, à moitié enfouies dans le sable. Impossible de passer outre l'orbite vide pareille à une porte au-dessus des marches du temple.

Il était, tout simplement.

Une rafale souffla de nouveau par la fenêtre, assez forte pour me déstabiliser. Je faillis retomber sur mon banc. Je compris pourquoi le lampadaire que les Cielcins m'avaient laissé pour m'éclairer et réchauffer ma prison avait basculé. En dépit du vacarme, aucun garde ne vint. Cinq minutes passèrent, puis dix.

J'étais seul.

Le corps endolori d'être resté longtemps allongé sur la pierre, je me hissai laborieusement sur le rebord de la fenêtre, avançant centimètre par centimètre. Des lumières sur l'extrémité opposée de la muraille – à des kilomètres de là – scintillaient comme des étoiles distantes. Je restai là un long moment à observer ce tableau. Bien sûr, j'aurais pu sauter dans le vide, comme j'aurais pu sauter du mur de *Dhar-Iagon*. À la différence près que, cette fois-ci, une chute de cette salle cyclopéenne aurait été mortelle.

D'autres lumières bougeaient sur les terrasses en contrebas. Deux ou trois fois, j'aperçus les silhouettes cornues de sentinelles cielcines, cimeterre à la main, cape aux couleurs de leur clan sur les épaules. La tension était palpable. Tant d'*itanimn*, tant de clans réunis au même endroit, de maîtres grognant les uns sur les autres dans les salles et sur les remparts. Il était facile d'imaginer un déchaînement de violence subit, une guerre civile comme la galaxie en avait rarement vu. Les princes étaient sur leurs gardes, se méfiant de leurs congénères.

Sur la muraille lointaine, une lumière s'alluma, s'éteignit, s'alluma de nouveau, clignotant selon une séquence que je ne parvins pas à déchiffrer, comme un prince en contactait un autre. Je me demandai quel message secret était ainsi transmis et à qui.

N'y pensant plus, je baissai les yeux, fermai les paupières.

Je restai là un siècle, me sembla-t-il.

Le Silencieux me sauverait ; il m'avait déjà sauvé auparavant. J'étais mort à bord du *Démiurge* avant de me réveiller ailleurs, et je mourrais ici.

Comme cette pensée me traversait l'esprit, un souvenir de la voix non entendue résonna dans mon âme. « *Tout change*, avait dit le Silencieux. *Bientôt, ton temps s'éloignera hors de notre portée.* »

J'étais seul.

Vraiment ?

Le vent froid piquait mon visage blessé. Très lentement, je rouvris les yeux et regardai en bas encore une fois. Il n'y avait pas de sentinelles sur la terrasse, en dessous. Un peu plus bas, sur la gauche, j'avisai une lumière rougeâtre et mouvante. Je me rendis compte que je n'avais aucun moyen de savoir quand les Cielcins se lèveraient ; mon instinct me disait qu'ils étaient nocturnes, mais… il n'y avait pas de soleil sous terre. Je me balançai au bord du précipice, levai le pied pour faire un pas ultime.

Décisions.

Une nouvelle rafale souffla sur la ville en anneau et me secoua. Poussant un cri, je basculai en arrière et tombai lourdement sur le banc en pierre. Par chance, je ne me cognai pas la tête.

Bizarrement, j'éclatai de rire. Le nœud de nerfs qui s'était formé autour de mon cœur, soulevant mon pied du rebord de pierre, s'était subitement desserré, et une vague de soulagement déferla sur moi. Je ne voulais pas mourir. Malgré les souffrances que j'avais subies. Sur Padmurak. Sur Dharan-Tun. Sur Eue.

Qu'accomplirais-je en me tuant ? Syriani paraderait en exhibant mon cadavre, se moquerait et mutilerait ma dépouille. En vivant, je choisirais la manière dont je finirais mes jours. Si je devais être offert en spectacle une dernière fois, je ne donnerais pas la satisfaction aux Cielcins de décider de l'apparence que j'aurais sur scène. Je mourrais en homme et non pas en animal comme le voulait Syriani.

Teche!

Allongé sur le dos, je fis semblant de ne pas avoir entendu ce que j'étais sûr d'avoir entendu. Le plafond était plat, taillé dans la même pierre verte que le reste de cette puissante structure, orné d'images de la conquête des Enars.

Arkam resham aktullu. Arkam amtatsur.

Je m'assis. Le vent s'était calmé, et le monde était immobile. Avec circonspection, je remontai sur le rebord et examinai une nouvelle fois le désert gris et la forêt de minces colonnes. Les mots étaient étranges à mes oreilles, le bruit constituait une pression sur mon esprit. Si je ne les comprenais pas réellement, j'en saisissais le sens général. Une salutation. Une convocation. Un doigt crochu me faisant signe d'approcher, de sauter, de me précipiter vers sa source.

Je m'arrêtai encore une fois au bord du vide, sentant l'air mort.

Ana mahriya teche!

J'avais le souffle court. Une lumière pâle brillait dans l'orbite solitaire, dans l'entrée du sanctuaire, diffusant une radiance grisâtre sur le sable.

Teche!

J'eus la sensation que de nombreuses mains me saisissaient les bras, les poignets et les chevilles. Elles me tirèrent à l'extérieur, dans l'atmosphère vide. Je criai en tombant de mon balcon, sachant comme je chutais que je ne voulais pas mourir. La terrasse se précipita vers moi, les piliers gravés défilant autour de moi.

L'impact fut violent, et je sentis la couche de gel de ma combinaison se durcir pour absorber le choc. Je m'attendais à ce que les ténèbres ultimes déferlent sur moi, mais il n'y eut que le clair de lune. Je n'avais même pas mal. Je gisais sur la terrasse, sonné et – apparemment – indemne. Avais-je invoqué ma vision ? L'avais-je utilisée inconsciemment ? Je me sentis bête. J'aurais pu m'en servir plus tôt pour descendre en toute sécurité ; ne l'avais-je pas utilisée pour survivre à ma chute sur Berenike ?

Mon épaule ruinée se rappela à mon bon souvenir, et je me relevai. Devant moi, un escalier aux marches peu profondes et irrégulières formait un arc parallèle à celui de la grande muraille. Je les descendis deux à la fois, faisant une pause à chaque palier de crainte d'avoir attiré l'attention des sentinelles. Je n'étais pas en mesure de me battre, vu l'état de ma main et de mon épaule. Au-dessus, le visage pâle de Dharan-Tun brillait d'un éclat blanc glace, baignant le paysage nocturne d'une lumière couleur cadavre. Des canaux rouges taillés sur son visage, où l'eau glacée se mêlait à des taches rouille, donnaient au vaisseau-monde l'apparence d'une face boursoufflée maculée de sang séché.

Sous l'ombre d'un viaduc, je m'arrêtai pour reprendre mon souffle. Depuis combien de temps n'avais-je pas couru ? L'atmosphère nocturne était fraîche, et mon souffle formait des nuages de vapeur sur la toile de fond de la cité hantée. Un peu plus bas, le sable noir m'appelait, les ondulations formées par le vent figurant une lente mer lie-de-vin.

Je ne me rappelle pas avoir traversé ces ondulations et je ne saurais dire comment j'avais fait pour ne pas attirer l'attention des légions innombrables qui arpentaient la muraille. En lisant ces lignes, vous vous demandez peut-être pourquoi je n'ai pas tenté ma chance et volé une navette pour m'évader. Même si j'étais parvenu à prendre les commandes d'un appareil, je n'aurais pas su le piloter. Je suis un piètre pilote, et même le meilleur aquilarius de l'Imperium n'aurait pu piloter un vaisseau cielcin tout seul. Il y avait trop de choses à apprendre et trop peu de temps.

Et puis, il n'y avait pas d'appareils dans le temple.

De près, le crâne de l'Observateur avait des dimensions colossales. La cité anneau était visible à l'horizon comme des montagnes lointaines, et sans la muraille pour faire des comparaisons, le Léviathan mort s'imposait à l'esprit comme s'il était le seul objet de la création. Le crâne gisait là où il était tombé, et les Enars avaient empilé des pierres gris-vert tout autour, bâtissant des fondations soutenues par des piliers couverts de gravures. Le plus grand d'entre eux se trouvait dans l'axe de l'avenue centrale. Regardant par-dessus mes épaules, j'avisai les étendards des clans qui claquaient dans le vent, les bleus et les verts semblant noirs dans la lumière des lunes artificielles.

Dans ce pilier était taillé un escalier qui conduisait à une plate-forme installée sous l'œil unique de l'Observateur. Je gravis ces marches et m'arrêtai sur la plate-forme. De l'autel bas – qui ressemblait plus à une estrade qu'à une table – et des anneaux auxquels je m'étais vu enchaîné dans tellement de visions, il n'y avait trace. La plate-forme était lisse et nue, dépourvue d'accessoires ou de balustrade, et ne servait que de palier permettant d'accéder aux marches qui conduisaient à l'entrée de la grande et invisible caverne, en contre-haut.

La présence de structures enari autour du crâne confirma mon intuition initiale. L'Observateur était mort longtemps avant l'arrivée des Cielcins sur Eue. S'il s'agissait de Miudanar – comme je le pensais –, de la créature qui avait parlé à Elu, alors elle lui avait parlé depuis le monde des morts. Même défunte, la chose était terrifiante, un dieu sombre plus évolué et dangereux que tout ce que l'humanité avait connu.

Je tremblai dans son ombre lumineuse.

Combien de fois m'étais-je tenu là en rêve ? De là où je me trouvais, je distinguais, à plus de quinze kilomètres, les tours jumelles qui marquaient l'entrée des terres interdites ceintes par la cité. L'atmosphère était immobile, mais pas silencieuse. Un murmure de voix rauques et distantes résonnait continuellement, me rappelant le bruit d'un ruisseau. Sauf qu'il n'y avait pas de cours d'eau sur Eue, seulement des bassins étouffés par la pourriture. Levant la tête vers l'orbite, je me dirigeai vers la dernière volée de marches.

La substance du squelette de l'Observateur mort luisait, scintillait comme du cristal, de l'obsidienne. À cette distance, la lueur fantomatique émanant de l'intérieur de l'orbite était comme la lumière d'une étoile lointaine, qui faiblissait à mesure que j'approchais. Les murmures s'intensifièrent, noyant ma quiétude, m'empêchant de réfléchir, si bien que chaque pas me demandait un effort de concentration intense. S'il était mort, quelque chose vivait bel et bien dans le titan. Un fantôme quantique imprimé sur le monde.

— *Te ka ke ku ta !*

Je m'arrêtai sur la première marche de l'escalier intérieur, certain d'avoir entendu cette voix avec les oreilles et non l'esprit. Le murmure était toujours audible, mais cette voix était différente. Différente de toutes les voix humaines ou cielcines que j'avais entendues. Au début, je pensai à un Irchtani ; la voix s'accompagnait de cliquetis, et chaque syllabe était claire et définie. Toutefois, ce n'était pas la langue des Irchtani. Et c'était normal. Ce n'était pas non plus du cielcin, langue agressive et brutale. Ni la langue étrange et quasi oubliée qui m'avait fait perdre connaissance lorsque j'avais posé les yeux sur le temple du crâne pour la première fois, la langue – du moins le pensais-je – des Observateurs eux-mêmes.

— *E na ta te ta ka ! Vi lu na !*

Accroupi très bas, rampant presque, j'atteignis le sommet de l'escalier. Dans mon dos, mon ombre mesurait plusieurs kilomètres. L'intérieur de la chambre était très irrégulier, aussi dus-je descendre quelques marches constituées de pierre verdâtre pour atteindre une allée traversant l'orbite du Béhémoth mort. Devant moi, un escalier permettait de gravir une fente verticale étroite longeant le canal qui accueillait autrefois le nerf optique et conduisait à une chambre située plus haut.

La chambre qui avait contenu le cerveau du dieu monstrueux.

D'épaisses colonnes se dressaient de part et d'autre de l'allée, montrant avec force détails évocateurs des créatures semblables à des crustacées guidant leurs armées dans le ciel. Les yeux écarquillés, je regardai ces images sans réellement les comprendre. Je vis des rois enari faisant la guerre à des géants à trois pattes, à des choses informes et rampantes. Je les vis agenouillés comme des araignées devant un Léviathan possédant un seul œil et cent bras. La créature dans le crâne vide de laquelle je me trouvais.

Miudanar. Le Rêveur.

—*E ku la. Te ke la.*

La voix me sortit de ma léthargie, et je me pressai, montant les marches intérieures. Vous devez vous dire que j'étais bête de me presser, mais je me rappelle mon sentiment d'urgence. Je n'avais pas le choix. J'étais un homme mort.

Le sanctuaire interne m'apparut lentement. Le dôme cristallin présentait des arêtes où le cerveau depuis longtemps disparu avait appuyé contre l'intérieur de la boîte crânienne. Il n'y avait pas de fenêtres. Comme à l'étage en dessous, il y avait des colonnes gravées décrivant des conquêtes, des stèles gigantesques qui mesuraient trois mètres de diamètre sur cent de hauteur. Des tablettes de pierre étaient posées contre les parois, sur lesquelles je reconnus des images et le script des Enars. Celles qui se trouvaient devant moi montraient le serpent aux cent bras, Miudanar, à l'époque de sa grandeur terrifiante, quand il serrait des planètes entières dans ses poings, les faisant éclater dans ses griffes.

Je ne m'intéressai pas à ces splendeurs.

Car je n'étais pas seul.

Plongé dans l'ombre de l'escalier, je me figeai et observai le rituel des créatures. Je les trouvai grises et délavées, comme un souvenir diffus des anciens prototypes mericanii que Valka et moi avions découverts dans les Archives de Gabriel. Irréelles mais terrifiantes.

Les Enars m'arrivaient à hauteur de poitrine, mais étaient trois fois plus larges qu'un homme. Leur corps – leur tête – était constitué de plaques grises chitineuses. Ils n'avaient pas d'yeux, ni aucun autre organe reconnaissable, en dehors d'une bouche perdue derrière des mandibules semblables à des doigts. Ils n'étaient pas aveugles ; autrement, comment auraient-ils fait pour bâtir et décorer une cité telle qu'Akterumu ? Toutefois, aucun d'entre eux ne parut remarquer ma présence, ce qui était impossible. Ils se dressaient sur des jambes terminées par des sabots qui ressemblaient beaucoup à une main humaine, leurs doigts écartés cliquetant lorsqu'ils se déplaçaient. Comme sur leurs monuments, leurs membres étaient en nombre varié. Certains en avaient quatre, d'autres six, d'autres encore huit. Des sexes différents, peut-être ?

Cela n'avait aucune importance.

Ils devaient être deux mille dans cette chambre haute de plafond, épaule contre épaule ou juchés les uns sur les autres tels des crabes dans une marmite.

— *Zu ga ai ya te ka u !* déclama une créature aux membres argentés – peut-être des prothèses mécaniques – qui se tenait sous un gigantesque bas-relief de Miudanar.

— *Te ke li !* répondit la foule. *Te ke li ! Te ke li !*

Et je reconnus dans cette réponse le chant rituel employé par les Cielcins. Cette continuité me glaça.

Le chef leva deux bras, prenant dans ses griffes squelettiques une amphore noire taillée – j'en étais presque sûr – dans un os de la créature dont nous occupions les restes.

—*Ap su!* déclara l'Enar, avant de boire.

—*Ap su!* répondirent les autres.

Presque aussitôt, le grand prêtre commença à changer. Une corruption noire fleurit sur son visage, et le personnage se plia en deux, la respiration sifflante. Des volutes de fumée s'élevèrent, et le corps tout entier du xénobite trembla, entamant sa dissolution. La chair en décomposition accélérée coula comme de la cire sur le sol et, mue par une volonté propre, se dirigea vers les autres, qui se penchèrent pour l'effleurer avec les organes qui entouraient leur bouche. Alors, ils se mirent tous à fumer, à se dissoudre et à se liquéfier par terre, même les plaques chitineuses de leur armure.

Je reculai, horrifié, car la flaque grandissait. L'eau sombre se propagea, les cercles parfaits se fondant les uns dans les autres. Ne sachant pas vraiment ce que je regardais, ni pourquoi, ni comment j'en étais venu à assister à ce spectacle, je restai muet, les dents serrées à cause du murmure terrible du temple. Les Enars étaient morts des éons avant que l'homme et le singe empruntent des voies différentes, et pourtant ils étaient là, qui mouraient sous mes yeux.

Comme il rendait son dernier souffle, un Enar tourna son visage vers moi, tandis que ses mandibules s'agitaient, se détachaient. Avant de finir de pourrir, il me vit, je le jurerais. Le fluide noir atteignit les marches, et je me retirai de crainte de le toucher.

En détruisant leur corps, ils avaient détruit leur connexion avec l'univers matériel, compris-je. Avec le Mensonge. Les Enars avaient été les serviteurs des Observateurs, comme les Cielcins après eux. Échouant à détruire la création, l'*iugannan*, ils avaient opté pour le suicide, opté pour l'autodestruction, pour leur libération de cette prison mortelle.

Descendant les marches à reculons, je frissonnai.

C'était incompréhensible. Ils avaient été des conquérants ! Une race de tueurs terribles dans la victoire et la majesté ! Ils avaient commandé aux étoiles, dominé toutes les créatures qui leur étaient inférieures, et ce avec la bénédiction de monstres qui avaient tout de dieux. Et ils avaient sacrifié tout cela pour… rien, comme si ce qu'ils avaient accompli ne comptait pas.

Je tournai les talons et me retrouvai non pas face à l'atrium, en contrebas, mais à des ténèbres infinies. Les murmures devinrent plus intenses, mais le fluide noir était dans mon dos, se déroulant dans l'escalier sous la forme de vrilles serpentines. Je n'avais d'autre choix que de descendre.

Et je tombai dans un espace nu. Les murmures devinrent des cris, et je vis les choses aux nombreuses pattes brûler des villes et des mondes. Le grand empire des Enars couvrait la galaxie ; des obélisques et des colonnes verdâtres se dressaient sous des soleils étrangers, ornés de la peau de leurs ennemis vaincus. Je vis les conquérants en armure monter sur des piles de cadavres et de membres, je vis des étendards taillés dans des fourrures rayées encore humides de sang et la danse des flammes. Ils brûlèrent des espèces entières, des empires et des royaumes grands et petits. Ils stérilisèrent des planètes, firent bouillir des océans, vitrifièrent des collines. Si notre galaxie était si vide et désolée lorsque l'humanité avait hérité des étoiles, c'était à cause d'eux, de leurs conquêtes.

Mais ils n'étaient plus là, leurs mondes et leurs armées étaient poussière, et il ne restait rien de l'ordre et de la terreur des Enars à part de vieilles pierres et des cendres, d'où une nouvelle vie avait émergé, petite, insignifiante, titubante.

Nos ancêtres.

Je sentis le contact de la pierre froide sur mon visage, et j'ouvris très lentement les yeux. J'étais étendu sur le ventre dans l'orbite vide, au pied de l'escalier qui conduisait à la salle maudite où les Enars s'étaient sacrifiés. Du fluide noir, il n'y avait aucune trace.

— *Yumnae shaan, Avarra-kita !* s'écria une voix rugueuse.

Les mots étaient épais, étranges, quoique étrangement familiers.

Par ici ! La langue ressemblait à du cielcin, mais les voyelles étaient bizarres, plus longues, avec un curieux caractère atonal. Entendant des bruits de pas à l'extérieur, je me redressai tant bien que mal et rampai à l'ombre d'un pilier, dont les faces étaient ornées de bas-reliefs. Les images des Enars s'écoulaient entre mes doigts comme des grains de sable.

Deux personnages apparurent dans l'entrée. Les yeux noirs écarquillés d'émerveillement et de terreur, ils regardaient autour d'eux. Des Cielcins, mais habillés différemment de leurs congénères. Ils ne portaient ni noir, ni armure en céramique imitant des muscles puissants, ni dispositif constitué d'un écheveau de tuyaux et de tubes. Ils n'avaient ni *nahute*, ni masque. J'avisai de minces tatouages azur sur leurs mâchoires et leurs joues. Leurs vêtements étaient gris et amples, avec des anneaux épais au niveau des articulations à la manière des combinaisons de nos premiers voyageurs spatiaux. Autour de leur cou, un épais anneau métallique semblait fait pour accueillir un dôme.

Je remarquai surtout leurs capes, cependant. Elles étaient blanches et grossièrement cousues, faites de plusieurs peaux. Ici et là, elles comportaient des touches de bleu assorties à leurs tatouages. Des peaux de Cielcins, compris-je. Je reconnus également des bras et des mains écorchées – trois ou quatre mains – qui, reliés entre eux, maintenaient le vêtement en place.

Appartenaient-ils à une autre tribu, à un clan que je n'avais pas encore vu ? J'avais remarqué des différences dans les vêtements des serviteurs d'Otiolo et de Dorayaica, mais rien d'aussi extrême, brutal, primitif et terrible.

Le second murmura quelque chose, mais le premier le fit taire.

— *Shem nethta !*

Maintenant que je savais à quoi m'attendre, je trouvai leur langue un peu plus facile à comprendre.

— Je suis venu, Miudanar ! Je suis venu comme tu me l'as demandé !

Si le dieu mort répondit à la créature, je ne l'entendis pas.

— Que dois-je faire ? demanda le Cielcin en se mettant à genoux. Que dois-je faire ?

Une pause. Une réponse ?

— *Ba-yahiya ukoto*, ajouta-t-il en se relevant et en dégainant un couteau. *Yaiya toh.* Si c'est votre volonté. Avarra-kita. Viens ici !

L'autre Cielcin recula, les yeux ronds, la gorge découverte en signe de soumission et de peur.

— Elu ? *Veiyu ! Veiyu !*

Non ! Non ! traduisis-je.

Mais Elu, roi des Cielcins, n'hésita pas un instant. Le couteau blanc d'os décrivit un arc de cercle, faisant couler l'ichor noir comme de l'encre sur la pierre sacrée. Qui avait été cet autre ? Son frère ? Son compagnon ? Son amant ?

Je rêvais. Forcément. Elu avait vécu vingt mille ans plus tôt, quand l'humanité était encore jeune. Le grand roi s'agenouilla et ramassa le corps du Cielcin qu'il avait assassiné.

— *Irnasar !* s'écria-t-il. (*Je sacrifie !*) Je sacrifie pour toi, mon dieu ! Donne-moi la force et la volonté de voir la vérité.

Certain d'être en train de rêver, je sortis de ma cachette et suivis Elu hors de l'orbite, dans les ténèbres, où une armée de Cielcins se dressait sur le sable, les visages blancs et crasseux levés vers leur maître tenant leur congénère sacrifié dans ses bras. Elu posa le cadavre de celui qui s'appelait Avarra au pied du grand escalier. Sans qu'on leur demande, plusieurs

Cielcins gravirent les marches inférieures et s'agenouillèrent. Ils étaient treize. Personne ne remarqua ma présence, dans l'orbite, au-dessus d'eux, alors que le vent faisait voleter mes cheveux.

Treize.

Persuadé d'être face aux *Aetane* originels, aux treize *Aeta* qui avaient été les serviteurs les plus proches du roi terrible, je descendis les marches peu profondes. Des torches brûlaient dans les mains de la congrégation, en contrebas, et un Elu taché de sang leva les paumes vers ses plus fidèles serviteurs et dit :

— Construisez un autel. Et apportez de l'huile.

Et Avarra brûla, et le feu envoya vers le ciel des particules aussi nombreuses que les conquêtes des Enars. Combien de peuples avaient-ils détruits avant de nous trouver ? Comme je me tenais derrière Elu, au-dessus du bûcher funéraire d'Avarra, je pouvais regarder les étoiles au-dessus des remparts d'Akterumu et voir toutes ces anciennes conquêtes. Je vis les Cielcins saccager une ville de tours cylindriques dont les habitants primitifs à six pattes hurlaient leur chagrin en regardant le ciel enfumé. Les pillards rentraient à Akterumu chargés de trésors. De lapis, de saphirs, de caisses emplies d'argent. De rouleaux de peaux, d'épices étranges rapportées de mondes lointains. Le tout était étalé aux pieds du grand roi, et la ville autrefois grande des Enars... redevint grande.

Les Cielcins se répandirent dans la galaxie pour leur dieu sinistre et mort, et lorsque Elu ne fut plus, leur dominion éclata, les treize *Aetane* guidant leur clan chacun de leur côté. Ils revenaient pourtant pour pratiquer des sacrifices sur l'autel où Elu avait brûlé Avarra. Et si Miudanar était mort, il n'était pas seul. Un des *Aetane* d'Elu traversa le sable brûlant et s'agenouilla, tandis que des vrilles longues de plusieurs centaines de mètres et couvertes de chair putréfiée jaillissaient des dunes. L'*Aeta* s'agenouilla et s'offrit en sacrifice.

Les murmures s'intensifièrent, et la vision changea. Le désert rouge s'effondra, céda la place à un nuage rosé, et j'aperçus des ailes et entendis un rugissement plus assourdissant encore que le tonnerre. Une ombre obscurcit le ciel. Lorsque la lumière revint, je me retrouvai sur une plaine herbeuse, sous un ciel bleu. Des créatures qui auraient pu être des hommes si elles n'avaient eu de hautes couronnes rouges marchaient au bord d'une mer grise. L'océan bouillonnait, et un bras épais jaillit de l'eau, culminant à des dizaines de mètres de hauteur. L'armée, sur la plage, poussa des cris incrédules comme le bras retombait, produisant une haute vague pour les noyer.

— *Caiyuz!* criaient-ils. *Caiyuz!*

La vague se brisa.

— Vous essayez de m'effrayer, m'entendis-je articuler.

Et cela fonctionnait. Je ne m'étais pas senti si petit depuis cette montagne, sur Annica.

Je savais que je rêvais, que je glissais – inconscient – dans le rêve de Miudanar. Bien que mort, une étincelle de malice subsistait dans les vieux os.

Vous faites bien d'avoir peur, dit une voix morte et sèche comme la poussière d'Eue.

Je ne répondis pas, mais me détournai. Des herbes hautes ondulaient, vertes et magnifiques. Derrière moi, l'étrange armée rouge mourut. Au-dessus de moi, sur la crête d'une petite colline, se tenait une silhouette noire. Sous les branches d'un arbre, elle ne paraissait pas à sa place.

Syriani Dorayaica s'avança, la cape azurée flottant dans son dos comme une paire d'ailes. Je voyais le reflet de la destruction dans ses yeux. Le Prophète se dirigeait vers moi, le visage pâle arborant un sourire de verre comme il plongeait la main dans les replis de sa robe et en sortait un objet noir. Mais la vision se dissipait. Se déchirait. Ne laissant bientôt que des ténèbres.

Dorayaica leva l'objet semblable à une griffe. Une lumière pâle grossit, et une pointe de cristal se forma dans son poing. L'épée en matière haute crépita et étincela à cause d'un défaut de la matrice de pentaquarks.

Je portai la main à ma ceinture, ayant oublié que je n'avais plus d'épée. Et pourtant, mes doigts – mes cinq doigts – trouvèrent la poignée. J'étais de nouveau entier et armé, et je brandis ma lame de matière haute, qui vrombit de façon familière. Le littoral étranger et les arbres disparurent pour de bon. Le Prophète et moi nous trouvions face à face sous les colonnes de la salle de l'orbite. Syriani attaqua comme une tour qui tombait, et je parai en grognant. La lame décrivit un arc horizontal, sifflant comme le Prince des Princes d'Eue essayait de me frapper à la tête.

Me mouvant plus vite que je ne m'en croyais capable, je me baissai et tendis le bras, obligeant la bête géante à esquiver. L'arme extraterrestre était plus longue que les épées humaines. Où et comment s'était-il procuré un tel objet ? Les sorciers de MINOS l'avaient-ils conçu pour lui ? Ou bien le prince avait-il pris l'arme à un chevalier humain, avant de la modifier ? La lame siffla et crachota comme un câble électrique dénudé. Avec chaque coup, chaque parade, mes muscles hurlaient de douleur. Le géant avançait, son arme tombant comme une montagne pour m'écraser.

Désespéré, je coinçai la lame du xénobite contre la garde de la mienne et, les dents serrées, tentai de résister à la force colossale de la créature. Le prince siffla et cracha.

— Je vais devenir un dieu ! gronda-t-il d'une voix rauque.

Et mon épée avançait. Si Syriani avait la force, je profitai d'un effet de levier qui me permit de pointer la lame d'Olorin vers la gorge du démon. Combien de fois avais-je vu ce moment ? Ce duel à travers des temporalités potentielles. Combien de fois avais-je vu Syriani me décapiter, comme l'avait fait Aranata ?

Trop de fois.

Jamais – pas une seule fois – les rôles n'avaient été inversés.

Ma lame plongea dans la chair du prince terrifiant. Son sang jaillit autour de l'épée blanc-bleu. Et il n'était pas noir ! Non pas noir, mais argenté ! Du sang comme du mercure coula sur son torse. Je reculai et, ce faisant, finis ce que j'avais commencé.

La tête coupée du Prophète tomba et roula sur le sol. Je me tournai pour la suivre du regard, me rappelant comment le monde avait basculé tandis que ma propre tête se détachait de mes épaules. Les yeux plats et vides me fixaient. Les lèvres de Syriani bougeaient en silence, ce qui ne m'empêcha pas de lire ses paroles.

« Vous ne pouvez pas gagner. »

Étêté, le corps du Prophète ne tomba pas. Le sang argenté avait recouvert sa poitrine comme un miroir. Mon propre visage déformé me regardait, la joue gauche zébrée de marques profondes. Une voix sèche – la même que celle, silencieuse, qu'avait produite la tête coupée – résonna dans ma poitrine, répétant l'affirmation du Prophète.

« Je vais devenir un dieu. »

Alors, quelque chose sortit du cou de Syriani, s'enroula et se tordit de façon hideuse, et des griffes mordirent dans la poitrine du Dullahan, essayèrent de s'accrocher.

Des doigts.

Un moment passa, et des bras fins aussi longs que ceux d'un homme adulte s'extirpèrent de la carcasse ruinée qui avait été Syriani Dorayaica. Quelque chose de terrible tourna sa tête étroite vers moi, ouvrit un œil unique et brûlant.

J'eus peur, et je me réveillai en sursaut.

La lampe en fer gisait au pied du banc en pierre que les soldats cielcins m'avaient donné pour lit. Les charbons ardents rougeoyaient sur le marbre verdâtre, et je compris que l'objet venait de basculer et de me réveiller. Tout ce qui venait de se passer, tout ce que j'avais vu s'était déroulé en l'espace d'un battement de cœur, le temps d'une inspiration coupée par un réveil brutal. Un vent frais soufflait au-dessus de moi et, levant les yeux, je ne découvris pas la large fenêtre sur le rebord de laquelle je m'étais tenu, mais trois meurtrières à peine plus larges qu'une main.

Il n'y avait jamais eu une fenêtre assez large pour que je monte sur son rebord.

Cette porte de sortie n'avait jamais existé.

La porte en fer s'ouvrit en grinçant un instant plus tard, et un garde passa sa tête dans l'embrasure. Le Cielcin avait un œil laiteux, une affreuse cicatrice traversant la moitié gauche de son visage. Voyant la lampe couchée, il poussa un grognement satisfait et referma la porte sans un mot.

— Un rêve…, me dis-je en portant la main à ma poitrine.

Les deux doigts vides de mon gantelet se plièrent étrangement sur mon torse, et je me rappelai où j'étais et tout ce que j'avais subi. *Une vision*. Cruelle. Pendant un moment fugace, j'avais recouvré mon intégrité physique, mon physique d'avant Dharan-Tun, le mur, la fosse et le couteau. J'étais si jeune, si fort.

Entier.

Je retins mon souffle pour empêcher mes yeux de s'emplir de larmes.

38

Prélude à la folie

Je vis des rois pâles et des princes aussi. De pâles guerriers, pâles comme la mort ils l'étaient tous...

J'écris ces lignes – comme le poète avant moi –, ma mémoire me ramenant à l'ombre de l'arche de l'une des deux tours marquant l'entrée du désert intérieur entourant le sanctuaire du crâne de Miudanar. Severine et Urbaine étaient tout près, vêtus du gris passepoilé de blanc des gens de MINOS. Devant eux, des rangées innombrables de démons d'Arae mesurant trois mètres de haut et équipés d'armures blanches.

Avec moi, ils regardaient les autres défiler. Des bannières bleu ciel passaient, ornées de runes noir de jais.

— Hasurumn, dit mon escorte cielcine, la créature que Dorayaica avait envoyée me chercher.

L'*Aeta* Elantani Hasurumn en personne apparut derrière le porteur de sa bannière, montant une bête à écailles qui traînait ses huit pattes comme un ours. Il se tenait bien droit, les cornes dressées, le menton levé, royal, l'armure non pas noire mais d'airain, le surcot et la cape du même bleu que son étendard. Suivait sa garde d'honneur composée de deux douzaines de *scahari* vêtus de bronze.

— *Raka oyumn Aeta Ugin Attavaisa*, annonça mon escorte, montrant le chef suivant.

Le prince Ugin Attavaisa était assis sur un trône marchant grâce à une dizaine de pattes mécaniques. Ses bannières étaient couleur cobalt, tout comme l'émail couvrant les plaques de son armure. Son visage était plus carré que celui du précédent, et sa courte tresse posée sur son épaule. Raide sur son trône, il agrippait les boules noires qui coiffaient l'extrémité de ses accoudoirs. Deux douzaines de soldats le suivaient, armés de ce qui ressemblait à des lances à énergie de facture impériale. À mon grand étonnement, une femme défilait avec les hérauts d'Attavaisa, marchant sous les bannières cobalt. Elle avait un collier doré autour du cou.

D'autres princes se succédèrent : Iamndaina et Eluginore, Peledanu et Koleritan, Onasira et Muzugara, que j'avais combattu à Thagura il y avait longtemps. Certains chevauchaient des bêtes au long cou et au cuir lisse ou cloqué, tandis que d'autres étaient installés sur des chars gris ou des trônes mécaniques.

— Combien sont-ils ? demandai-je en attendant une meilleure réponse que celle que Vati et le Prophète m'avaient donnée lors de notre descente.

Mon escorte cielcine cligna des yeux.

— Environ douze et cinq centaines au dernier compte. Peut-être plus.

Mille sept cents princes.

Mille sept cents clans.

Je regardai mes pieds, puis le marbre vert foncé. Une demi-minute passa avant que je me rende compte que je retenais mon souffle.

Le jour était venu. Le dernier jour. J'observai du coin de l'œil la mince colonne de princes qui émergeaient de l'autre tour. Un par un, ils défilaient à la tête de leur escorte, rejoignaient l'allée centrale et viraient vers le temple du crâne. Le clan du Prophète, l'*Itani* Dorayaica, attendait à l'ombre de l'autre escalier. Syriani défilerait en dernier, et c'était un grand honneur. Des geignements humains résonnaient au loin. De part et d'autre de la parade étaient alignés des Cielcins armés agitant les bannières de leurs tribus.

Je ne voyais ni le temple, ni les piliers qui l'entouraient, mais je savais ce qui m'attendait.

J'étais passé par là la veille.

Une voix agressive et froide résonna derrière, et mon escorte recula avant de se mettre à genoux, face contre terre. Les quatre gardes qui nous accompagnaient se mirent au garde-à-vous, agitant les lourdes chaînes qui m'entravaient les poignets et la taille. Des bruits de pas métalliques et familiers claquaient sur les marches, derrière moi, et je tournai la tête à temps pour voir apparaître les étroites épaules et la crête blanche du général-*vayadan* Vati.

— *Raka uelacyr jujia*, dit-il, s'adressant aux soldats chimériques qui se tenaient d'un côté, leur ordonnant de se mettre au garde-à-vous. *Yelnun.*

Il arrive.

Le général fit pivoter la tourelle de sa tête vers les démons, les *scahari*, puis le personnel de MINOS.

— Nous y allons après Netanebo ! lança-t-il, faisant référence à un autre chef de clan, probablement.

— *Aya !* répondirent les soldats en tapant de leurs pieds bottés.

Le grand prince défilerait en dernier, arriverait devant le Temple d'Elu une fois les autres en place. Syriani voulait être vu, voulait que les forces des clans réunis le découvrent dans toute sa majesté, à la tête de ses guerriers et sorciers.

Le général me fit face. Il n'avait pas de visage, mais je sentis le fantôme d'un sourire dans les mots qu'il m'adressa en standard.

— Nous vous avons réservé une place d'honneur, *Oimn Belu*.

— Il y a souvent de la viande en plat de résistance, rétorquai-je en regardant derrière le géant. Mais je crois que l'agneau préférerait gambader dans les prés.

Sous l'épaule du général, je vis Urbaine montrer les dents.

— Vous serez le dernier *Aeta* à faire le pèlerinage avant Sa Grandeur, lança Vati, la tête penchée sur le côté. (Il écarta sa lourde cape blanche, révélant l'azur, en dessous. D'une main griffue, il attrapa un paquet sous un de ses bras.) Un cadeau de Sa Grandeur. *Sha ti-Aeta, ti-Aeta.*

D'un Aeta à un autre.

Le général mit le paquet dans mes mains.

Il était léger et enveloppé dans de la soie noire. Pendant un instant fou, je crus que le Prophète m'avait rendu mon épée. Sauf qu'il n'y avait rien dans ce paquet, je le sentais. Il s'agissait simplement d'un morceau de tissu.

— Qu'est-ce que c'est ?

Le général me fit signe de défaire le paquet. J'obtempérai de mes mains tremblantes.

Il s'agissait d'une cape tissée en *irinyr*, la plus belle soie cielcine, une étoffe lourde et noire comme la nuit. La cape se déroula dans mes mains, dans les airs et sur les dalles vertes, à mes pieds. Dans la lumière pâle, la doublure était rouge comme du sang artériel.

Mes couleurs. Je plongeai le regard dans les yeux artificiels et luisants de Vati. Les Cielcins ne voyaient pas le rouge. Je me tournai vers Urbaine, Severine et les autres mages. Cette cape était leur œuvre.

Haussant la voix pour que l'escorte du grand prince l'entende, le général proclama dans leur langue :

— Une cape pour un roi !

Des rires inhumains emplirent le décor extraterrestre, et je sentis mon sang se glacer dans mon cœur.

Vati me prit la cape des mains et me la mit sur les épaules, l'agrafant. Syriani portait le même genre de vêtement, doté d'un col raide et relevé. Je frissonnai et me rappelai : je portais une cape cielcine sur la route finale de mon rêve, dans les cachots du Grand Conclave.

Les Cielcins se rassemblèrent en faisant tinter leurs cimeterres et rirent, ululant comme des singes démoniaques.

— *Aeta !* déclara l'un d'entre eux.

— *Aeta ba-Yukajjimn !* ajouta un autre.

Le roi de la vermine, traduisis-je.

— Un roi ! répondirent les autres, moqueurs. Un roi ! Un roi !

Ma vision et la réalité marchaient côte à côte, le futur me tendant les bras comme les grandes villes du Silencieux. Je n'aurais pas longtemps à attendre. Dans quelques instants, on m'obligerait à défiler, à traverser la plaine désertique…

… à aller à la rencontre de ma vision.

— Où est votre maître, esclave ? interrogeai-je le général.

Le bras métallique de Vati jaillit, l'extrémité affûtée de son doigt m'entaillant au-dessus des yeux. Une ligne de douleur rouge enfla aussitôt, et un sang chaud coula dans mes yeux. Le cerveau augmenté de la créature avait calculé au micron près la distance qui me séparait d'elle, calculé son attaque avec une précision transhumaine. Un centimètre de plus, et il m'aurait perforé le crâne. Quinze centimètres de plus, et il aurait réduit ma cervelle en bouillie.

Je ne l'avais même pas vu arriver. Son bras avait bougé trop vite pour mon nerf optique. Je ne sursautai pas. Je n'eus pas de mouvement de recul. Je n'eus pas eu le temps d'avoir peur, et à quoi bon avoir peur après coup ? Je n'avais aucune intention de lui donner cette satisfaction. Du sang frais sur le front, du sang séché sur la joue, je fis un pas en avant.

— N'est-ce pas l'heure ? demandai-je.

— Bientôt, répondit Vati. Sa Grandeur défilera en dernier. Lorsque les autres seront en place. (La chimère tendit le bras et frôla mon front ensanglanté du dos de la main.

La céramique était froide comme la glace, comme la mort elle-même.) Vous ne comprenez pas l'importance de cette journée. De cet endroit. Cette réunion.

— Votre maître veut devenir roi, dis-je en le laissant me toucher sans réagir. Ce n'est pas difficile à comprendre.

Le général-*vayadan* eut un genre de toux grave qui aurait pu être un éclat de rire. Il se retourna, mon sang rouge et luisant sur la main.

— Il deviendra le plus grand depuis Elu. (Il parut regarder à travers la voûte, au-dessus, à travers les bas-reliefs représentant les Elars battant leurs ennemis. Parlant le standard afin de n'être compris que de moi et des mages, il dit :) Ou plus grand qu'Elu, même.

— N'est-ce pas un blasphème ? m'étonnai-je en pensant à la réaction violente d'Aulamn aux impiétés du prince Aranata.

— C'est la vérité ! Il aura sa place à la table des dieux !

Mon cauchemar défila devant mes yeux. La tête du Prophète tombant à mes pieds, le sang argenté coulant sur son torse, les doigts terribles émergeant de son cou.

Au-delà de l'arche ouverte et des murs de la tour, les Cielcins rugirent, m'arrachant à mon terrifiant rêve éveillé. Je ne rêvais pas, je le savais. Je connaissais la différence, je savais que la douleur de mon front, dans mes os était réelle.

— Le moment est venu, *vayadan*-doh, lança un des courtisans en robe blanche, rampant vers Vati, dans le hall d'entrée de la tour. Le *yukajji* doit y aller.

En guise de réponse, le général-*vayadan* retourna la créature sur le dos du bout du pied et la piétina. Le courtisan ne réagit pas. Vati fit signe aux chimères les plus proches de la porte. S'il leur donna un ordre, il le fit via le dispositif qui reliait son esprit au métal qui avait remplacé sa chair.

Regardant la créature bouger, je me demandai si Vati voyait ces altérations comme une bénédiction, une déposition de l'enveloppe charnelle mortelle qu'Utannash et les *iugannan* lui avaient donnée. Pensait-il que se débarrasser du gros de sa chair l'avait rendu plus pur ? Ou bien s'était-il sacrifié pour son seigneur, comme Avarra avait tout sacrifié pour Elu ?

Mes gardes tirèrent sur mes chaînes, me firent sortir de sous l'arche de la tour. Mes bottes martelèrent les dalles comme je leur emboîtais le pas, les poignets entravés tendus devant moi. Urbaine se moqua lorsque je passai devant lui.

— Vous n'avez jamais été plus élégant, Monseigneur ! Le sang vous va tellement bien !

À côté de lui, Severine baissa la tête et ne dit rien.

— Je préférerais porter le vôtre, rétorquai-je.

Urbaine haussa les sourcils et s'en fut en faisant signe à ses compagnons.

— Nous sommes immortels ! Vous ne l'êtes qu'à moitié !

— Pourquoi cette femme me voulait-elle tellement ? contrai-je en montrant Severine d'un mouvement de la tête.

Le mage ne mordit pas à l'hameçon de ma provocation.

— Vous allez bientôt rejoindre les vôtres, dit-il en souriant.

Ses lèvres vides de sang s'ourlèrent au-dessus de ses dents pointues, imitation pathétique du sourire inhumain de son maître.

— Je n'en doute pas, répondis-je d'un ton glacial. Je sais ce qui va arriver, sorcier. Vous n'imaginez même pas.

— Vous découvrirez bientôt que vous n'aviez pas idée de ce qui se préparait.

Ayant repéré ma place dans le cortège, mon escorte était prête à se mettre en branle. J'étais censé emboîter le pas à un groupe de soldats chimériques dirigés par le massif Teyanu. Près de cinquante guerriers *scahari* entièrement organiques m'entouraient, le cimeterre à la main, porté de façon traditionnelle. Après moi viendraient un autre groupe de chimères conduites par trois incarnations d'Hushansa, puis une autre cinquantaine de soldats de la garde personnelle du Prophète en noir et argent, ainsi que les hérauts, avec leurs hautes bannières ornées de la Main blanche. Enfin, apparaîtrait le grand prince lui-même flanqué par Aulamn et Vati.

En tête de cortège, cependant, défileraient les esclaves. Un millier d'entre eux attendaient derrière la porte, non pas enchaînés, mais entourés de gardes, comme les prisonniers dans le Colosso de mon père. Sur un signe, les soldats poussèrent les esclaves devant eux, les aiguillonnant comme du bétail vers l'avenue centrale. Un chœur de trompettes aiguës emplit l'atmosphère.

Mes gardes se mirent en route, me tirant par les mains, faisant tinter mes chaînes et mon armure comme des cloches en argent. J'émergeai dans la lumière et tournai à droite en direction du temple du roi. Une vague de bruit que la maçonnerie enari étouffait encore un instant plus tôt déferla sur moi. Les Cielcins qui tenaient mes rênes me tirèrent, m'entraînant sur le sable lisse. Ils rirent comme je trottais en titubant pour ne pas tomber.

Relevant la tête, je découvris la foule.

Le long de la grande route, retenus par des gardes vêtus du noir et de l'argent du Prophète, j'avisai un grand nombre de nos ennemis. Il y en avait six ou sept rangées de part et d'autre de l'avenue, qui se hissaient sur la pointe des pieds pour voir au-dessus des premiers rangs ou essayaient de se faufiler entre les soldats de Dorayaica. Il y en avait ainsi jusqu'au dôme, où leurs rangs enflaient, encerclant le Temple d'Elu.

À environ dix-huit kilomètres.

Le temps était depuis longtemps révolu où capitaines et généraux traversaient des pays à la tête de leurs armées, ou enjambaient le Granique pour combattre les Perses. Je n'avais aucune idée du temps nécessaire pour parcourir à pied une si longue distance. Vu mon état, je n'étais pas sûr d'arriver au bout.

Cela prendrait des heures.

Devant nous, le cortège s'étirait jusqu'au sanctuaire, les princes et leurs entourages scintillant dans le soleil rasant et incolore. Les armures et bannières étaient les seules sources de couleurs dans ce monde gris et verdâtre. L'énorme général-*vayadan* Teyanu – installé dans son corps semblable à un tank juché sur six pattes, à une parodie gonflable d'Enar – se déplaçait très lentement. Il avait pris énormément de retard sur ceux qui le précédaient. Plus de trois cents mètres. Les meneurs d'esclaves cielcins en profitèrent pour insérer dans cet espace un millier d'humains, leurs lances crachant des éclairs dans l'atmosphère immobile. Le son de leurs voix et de leurs rires cruels était un écho des entrailles de Dharan-Tun, de l'enfer.

Dans mon rêve, il y avait du vent dans la plaine circulaire de la ville, mais pas dans la réalité. L'air était immobile, le soleil gris et très petit dans le ciel sans nuages. Ma cape cielcine voletait un peu comme je marchais, tandis que mes cheveux trop longs et gras tombaient en rideau devant mes yeux.

L'identité de celui qui détenait le pouvoir ne faisait aucun doute. Ils étaient mille sept cents princes et autant de clans, et chaque prince était venu avec trois ou cinq dizaines de *scahari*. Sauf le Prophète, qui était descendu avec des milliers de combattants, et sa flotte était là pour s'assurer que les autres obéiraient. Les notables étaient présents par milliers sur le sable noir, sous la mer de piliers, et des dizaines de milliers d'autres assistaient au spectacle depuis les fenêtres, arcades, balcons et tourelles de la ville. Ils étaient désarmés, cependant, ou n'avaient que des cimeterres, aussi ne feraient-ils pas le poids contre les légions du Prophète et son corps de démons.

Aucun autre prince ne commandait à des créatures telles que celles de Syriani. Les démons que MINOS avait conçus dominaient les xénobites cornus de leur taille et se déplaçaient avec une grâce féline. Comme ils défilaient en compagnie du titanesque Teyanu, les autres se figèrent et se turent.

On savait donc qui était le chef, sur Eue. Le Prince des Princes était le premier parmi des égaux. Nominalement, en tout cas. Les Cielcins rassemblés autour de nous présentèrent leur gorge aux forces du *Shiomu*. Et puis, ils me virent…

— *Yukajji !* crièrent-ils. *Aeta ba-Yukajjimn ! Aeta ! Aeta ! Oimn Belu !*

Leur ton moqueur et leur rire glacial étaient comme des crochets en fer arrachant des morceaux de mon âme, tandis que mes deux chaînes m'obligeaient à avancer. Ils avaient fixé mes laisses à l'arrière de Teyanu, et j'étais régulièrement contraint de trotter pour ne pas être traîné au sol par l'Exalté cielcin. Deux ou trois fois, je regardai derrière moi les trois corps d'Hushansa, les capes noires accrochées aux épaules, l'œil rouge scannant la foule. Par deux fois, je tombai, provoquant l'hilarité générale. Les *scahari* qui m'accompagnaient me saisirent brutalement par les bras pour me relever, m'aiguillonnant avec leurs lances.

Devant nous, le dôme du temple se dressait, noir comme l'espace, son étrange substance cristalline scintillant presque. Chaque fois que je croisais le regard aveugle du dieu mort, je sentais la présence fantomatique du Rêveur comme un poids sur mon esprit. Les murmures résonnaient de nouveau, enflaient sous le brouhaha de la foule, m'obligeant à secouer régulièrement la tête pour ne pas les entendre.

Depuis combien de temps n'avais-je marché aussi longtemps ? Au moins depuis mon dernier voyage à bord du *Tamerlane*, où je courais avec le commandant Halford sur la promenade du navire, au-dessus des navettes juchées sur leurs tubes magnétiques.

—Aeta! Aeta! Aeta ba-Yukajjimn!

—Aeta eza dunyasu!

—Dunyasu! Raka dunyasu ne!

Quelque chose d'humide et puant me frappa au visage avant de tomber lourdement par terre. Un morceau de viande en putréfaction. De la viande humaine. Un morceau de chair lancé par un spectateur. La digue céda, et une pluie de chair et de matière blanche et grisâtre s'abattit sur la pierre verdâtre. Une bouteille de verre éclata, et les gardes qui flanquaient l'avenue durent intervenir pour calmer la foule. Une bouillie blanchâtre tomba à mes pieds, éclaboussant mes bottes. La puanteur était atroce, et je compris qu'il s'agissait de déjections extraterrestres.

Je continuai néanmoins de marcher, le regard rivé sur les puissants pistons des membres de Teyanu. Les rayons du soleil étaient rasants et diffus, épaississant l'atmosphère. Comme j'avais la langue pâteuse, j'entrepris de sortir le tuyau d'eau dissimulé sous une plaque de mon plastron. Mes poignets étant entravés, ce ne fut pas facile, mais j'arrivai à m'en saisir et à le mettre dans ma bouche. Lorsque j'essayai de sucer, cependant, rien ne vint. À la demande de Dorayaica, mon armure avait été nettoyée et restaurée, mais quelqu'un avait apparemment coupé ce tuyau.

Je le recrachai en jurant. Une boule de déjections m'atteignit au flanc, maculant ma cape en *irinyr*.

Nous marchions depuis environ deux heures et avions parcouru un peu plus de la moitié de la distance qui nous séparait du sanctuaire. Je traînais les pieds, j'avais mal au crâne à cause de la chaleur et de la déshydratation. Des cris. Des moqueries. Cela ne s'arrêtait jamais. De la merde blanche et de la viande pourrie maculaient les dalles, à mes pieds, s'accrochaient à ma cape et à mes longs cheveux. J'avais mal aux épaules à cause de mes chaînes, et mes entraves mordaient dans mes poignets chaque fois que le général Teyanu faisait un pas, ses énormes pattes faisant trembler le sol.

—*Aeta ! Aeta ! Aeta !*

Il y avait du sang sur la pierre verdâtre.

Du sang rouge. Humain. Des flaques et des traînées à gauche et à droite.

La vue de la substance vitale dans un décor aussi extraterrestre constituait un spectacle affreux, et je trébuchai. Teyanu ne s'arrêta pas, continua de marcher comme si de rien n'était. Je tombai à genoux, et il me fallut déployer des efforts colossaux pour me relever et me hâter. La foule exultait, les trompettes jouaient. Un cri, cependant, se fit entendre par-dessus le reste, attirant mon attention derrière une brume d'épuisement et de douleur.

C'était une voix d'enfant, haut perchée, pure et seule.

—Non !

Était-ce un garçon ? Une fille ? Je n'en étais pas sûr. Je n'étais sûr de rien, à part du mot que j'avais entendu. Un mot unique, final, nécessaire.

Non.

La voix de l'enfant se tut aussi sèchement que si on avait coupé le courant. Après une telle note, nous aurions dû avoir un silence total. Au lieu de quoi il y eut d'autres cris. Les esclavagistes cielcins avaient conduit les humains jusque-là, et une foule dense s'était massée de part et d'autre de l'avenue, au moins trente rangées de visages blancs hystériques tournés vers nous. Apparemment, ils avaient conduit les esclaves là où ils voulaient, et je compris enfin pourquoi on les avait incorporés à la marche du Prophète.

Ces gens étaient des cadeaux.

Regardant au-delà du corps hideux de Teyanu, je vis quatre Cielcins se jeter sur une femme qui était tombée en essayant de ne pas se faire rattraper par le cortège. Sans aucune hésitation, leur leader saisit la femme par les cheveux et lui trancha la gorge avec son cimeterre. Ils jetèrent la femme mourante – mais pas encore morte – dans la foule. Des mains blanches se tendirent pour l'agripper et, un instant plus tard, elle disparut dans la marée de corps inhumains. Je n'avais pas besoin de le voir pour deviner son destin, car je savais ce qui était arrivé à Raine Smythe et au pauvre Sir William Crossflane. Démembrés. Dévorés. Déchirés.

Tous les dix ou douze pas, les esclavagistes exécutaient une victime et la jetaient dans la foule. D'un côté, puis de l'autre, alternativement.

« Nous devons montrer que nous ne sommes pas des abstractions, m'avait dit mon père. *Que nous sommes des puissances tangibles. »* J'imaginai le vieux Lord Alistair marchant à côté de moi. Comme si son ombre, et non celle d'un *scahari*, dansait sur mon épaule tandis que je m'efforçais de suivre le général. *« Si tu veux commander, tu dois montrer à ton peuple pourquoi tu commandes. Tu dois lui donner une raison d'obéir. »*

— Des cadeaux, marmonnai-je en regardant autour de moi, m'attendant presque à voir le vieil archonte dans sa robe de velours rouge et noire. Des pots-de-vin.

« Loi. Justice. Ordre. Ces gens ne comprennent pas. Tout cela ne compte pas pour eux. Mais la nourriture ? Un abri ? La sécurité ? Autant de choses de valeur que ces gens préféreront à la justice parce qu'elles sont plus grandes que la justice. »

— Je ne crois pas, dis-je en cherchant le visage de mon père de part et d'autre de l'avenue. Elles sont plus petites que la justice, au contraire.

« Les hommes sont des créatures viles, rétorqua mon père. *Qu'est la justice comparée à la faim ? Comparée à la peur ? Rien. »*

— Je ne crois pas, insistai-je plus fort.

« Alors, tu mourras stupide. »

— Les gens ne sont pas des bêtes !

Le garde, à ma droite, me frappa derrière le genou, me faisant tomber sur la chaussée. Par réflexe, j'attrapai mes chaînes pour que mes entraves ne mordent pas trop fort dans mes poignets et serrai les dents comme Teyanu me traînait sur deux mètres sur les dalles maculées de sang. Profitant de la lenteur et de la démarche pondérée du général-*vayadan*, je me dépêchai de me relever et de le rattraper pour que mes chaînes ne soient pas trop tendues.

Les hommes n'étaient pas des bêtes, je le savais. Au contraire des Pâles. Je renonçai à trouver mon père dans la foule – il n'était qu'un souvenir –, mais je repérai un des Cielcins se tenant derrière l'alignement de gardes qui flanquaient l'avenue. Il avait le visage plein de sang rouge et un avant-bras humain entre les doigts.

En distribuant ce genre de cadeaux, Syriani montrait aux masses qui était le plus grand parmi les clans éclatés d'Eue. Il ne pouvait y avoir aucun doute sur l'identité du chef.

S'il y en avait eu un, Syriani l'avait dissipé.

Nous arrivâmes enfin dans l'ombre du grand crâne, sa surface noire et cristalline buvant la lumière incolore et baignant la foule de ténèbres. Teyanu s'écarta, et les *scaharimn* qui m'avaient escorté depuis la porte de la ville m'obligèrent à suivre et à prendre la place qui m'avait été réservée dans la foule. Un océan de visages inhumains nous entourait. Ceux qui flanquaient l'avenue nous avaient suivis, si bien que des milliers de Cielcins ceignaient le Temple d'Elu, le crâne de Miudanar. Les entourages des princes se massaient à intervalles réguliers autour des anneaux concentriques de mégalithes qui soutenaient les restes de l'Observateur défunt, les bannières étrangement immobiles dans l'atmosphère morte. Au-delà, le premier anneau de piliers s'élevait, plus haut que le dôme noir, les faces ornées de textes enari et de bas-reliefs racontant des épisodes anciens et violents.

Et au-delà de ces piliers, il y avait une mer de visages extraterrestres. Des milliers d'individus se pressaient autour du temple et sur le sable noir. Des dizaines de milliers.

Ils tapaient du pied et frappaient leurs sabres, leurs cris ne faiblissant jamais. Il n'y avait plus aucune trace des esclaves humains. Ces hommes, ces femmes et ces enfants avaient été démembrés et distribués dans la foule comme des morceaux de pain.

Arriva enfin Syriani, flanqué d'Aulamn et de Vati avec sa cape blanche et sa haute couronne. Le Prince des Princes ne montait pas un *sulan* à écailles, ni ne pilotait une plate-forme marchante. Il n'était pas non plus porté – comme l'est souvent notre Empereur – sur un trône à porteurs. Syriani Dorayaica avait fait le trajet à pied, comment avant lui Elu. Ce faisant, il avait démontré sa détermination, sa force de caractère et sa piété. C'était un profond témoignage de force. Après sa généreuse distribution de bétail humain et sa démonstration de force martiale, après ses démons en armure blanche, après Teyanu et Hushansa, après Vati et Aulamn, après le prince démon captif Hadrian lui-même, le prince qui avait convoqué ses congénères ne se présentait pas comme un *Aeta*, mais comme un conquérant. En lieu et place des serviteurs qui portaient les *flabella* devant l'Empereur, marchaient quatre hérauts ou *coteliho* portant leurs lances héraldiques coiffées d'une image de la Main et du cercle brisé.

Le cercle brisé d'Akterumu, compris-je enfin. Les hérauts entrechoquèrent leurs lances à l'approche du Prophète.

— *Raka attantar Aeta ba-ajun, Ikurshu ba-Elu!* lancèrent-ils d'une seule voix glaciale, des carillons résonnant dans l'atmosphère immobile.

Béni soit notre chef de clan, l'héritier d'Elu!

— *Raka attantar Aeta ba-ajun, ijanameu deni ve ti-iedyya ta-tajun ba-scianda eza ba-itani!*

Béni soit notre chef de clan, qui tient dans ses mains notre flotte-monde et notre sang!

— *Raka attantar Aeta ba-ajun! Ute Iedyrin Yemani Iugannan-Biqarin!*

Béni soit notre chef de clan ! Le Tueur de dieu à la Main blanche !

— *Raka attantar Ute Aeta ba-Aetane ba-Eue !*

Béni soit le Prince des Princes d'Eue !

— Béni soit-il sous le regard de Miudanar ! s'écrièrent les hérauts. Béni soit son nom dans les oreilles d'Iaqaram ! Bénie soit sa vie dans les mains des dieux !

— *Yaiya toh ! Yaiya toh ! Yaiya toh !*

Syriani atteignit l'extrémité de l'avenue et se dirigea vers l'endroit où je me tenais à côté de Teyanu. Il me regarda. S'il avait été humain, il m'aurait toisé. Le Prophète tendit une main ornée d'argent, et deux guerriers se précipitèrent pour détacher mes chaînes de l'armure du général-*vayadan* selon un programme prévu. Ils mirent mes laisses dans les mains du prince et reculèrent en s'inclinant.

— Je vous ai dit un jour que nous étions une race à genoux. Vous vous rappelez ?

Je ne répondis pas, mais vacillai, épuisé par plusieurs heures de marche au soleil. Le prince me frappa doucement du revers de la main. Doucement, certes, mais son coup me secoua tout de même et rouvrit les plaies de ma joue et de mon front.

— Je vous ai demandé si vous vous rappeliez.

Le visage brûlant, je souris au démon, à mon destructeur.

— Je me rappelle.

Syriani Dorayaica ourla ses lèvres amusées. Il garda le silence pendant un long moment, comme pour soupeser ses paroles, jouant avec mes chaînes.

— Aujourd'hui, nous nous relevons.

Il passa devant moi et tira sur mes chaînes, me faisant trébucher, et prit la direction de l'escalier de la plate-forme où Elu avait brûlé le corps d'Avarra des millénaires plus tôt.

39

Aetavanni

Syriani s'agenouilla sur la plus haute marche et embrassa le seuil de l'orbite de Miudanar. Toujours agenouillé, il se retourna pour me regarder en faisant tinter les chaînettes qui ornaient son front et la base de sa couronne de cornes.

— Vous devez faire comme moi, dit-il. Vous êtes *Aeta*. Le plus petit des *Aeta*, mais vous en avez le droit. Ici, vous voyez la *Vérité*..., ajouta-t-il en désignant de sa main aux griffes tendues le rebord en roche cristalline.

Si fueris Romae...

Le grand prince ne me força pas. Je soutins son regard. Il voulait m'honorer, montrer le respect que lui inspirait un puissant ennemi, ou plutôt l'ombre d'un ennemi brisé. J'aurais pu refuser, j'aurais dû refuser. J'étais un homme mort, et je n'avais rien à perdre. Je saignais, je souffrais, j'étais couvert de merde et de crasse. Dans le pire des cas, j'aurais simplement précipité un peu ma mort, n'est-ce pas ?

Non. Un refus aurait été synonyme d'humiliations supplémentaires, de souffrances.

Je m'agenouillai et embrassai le vieux crâne en pensant aux dizaines de milliers de lèvres cielcines qui l'avaient embrassé avant moi. Je frissonnai et me redressai.

— Attendez ici, ordonna Syriani à Aulamn et Vati, avant de tirer sur mes chaînes pour m'entraîner dans les profondeurs de ce lieu sacré où aucun humain n'avait mis les pieds, où aucun humain n'était retourné après moi. Seuls les *Aeta* ont le droit d'entrer dans le temple, reprit-il. Vous êtes béni.

La chambre de l'orbite était presque comme dans mon rêve. Les Enars avaient construit un sol plan et lisse dans la cavité aux contours organiques qui avait accueilli l'œil de l'Observateur. Devant nous, j'avisai la fente verticale où passait autrefois le nerf optique et où on trouvait désormais un escalier assez large pour laisser un Cielcin ou deux Enars monter de front. Les grandes colonnes se succédaient de part et d'autre de l'allée. Les images anciennes avaient été détruites, cependant ; les runes enari avaient cédé la place aux cercles du script cielcin. De grands médaillons étaient suspendus à des chaînes entre les colonnes, sur lesquels je découvris des *udaritani* en argent sertis dans un matériau noir.

— Les bas-reliefs ne sont plus là, dis-je sans réfléchir en embrassant les lieux du regard.

— Quoi ? demanda Syriani en s'arrêtant brusquement pour me regarder.

Le temple avait été enari ; il était désormais cielcin. Alors que les grands piliers situés à l'extérieur et le gros de la ville avaient été épargnés, des Cielcins iconoclastes – peut-être Elu lui-même, ou cet Araxaika mentionné par Syriani – avaient détruit la moindre image taillée par la race ancienne. L'atmosphère avait une odeur de temps immémoriaux, d'époque trop lointaine pour être datée. Les Français avaient dû ressentir la même chose que moi devant les mégalithes de Carnac, reliques d'une époque ancienne à la présence irréfutable pour les sens.

Grandes et terribles à la fois.

— Quelle est la signification de tout ceci, Dorayaica ?

La voix criarde brisa le calme et la quiétude du temple, m'arrachant à mon examen. Je me retournai et vis un groupe de Cielcins qui descendaient l'étroit escalier conduisant au sanctuaire intérieur, au-dessus. Instinctivement, je sus qu'il s'agissait d'*Aetane*, de princes. Ils étaient équipés d'armures noires et blanches, même si elles étaient toutes différentes. Leurs couronnes de cornes étaient coiffées d'argent et ornées de chaînettes scintillant de lapis et de saphirs, tandis que des bandeaux gravés de runes ceignaient leur front. Certains avaient des morceaux d'onyx ou de lapis dans le front ou sous les yeux, formant comme une carapace de joyaux. Plusieurs d'entre eux portaient une cape azur, céruléenne ou sable. J'avisai même une cape en peau cielcine similaire à celle d'Elu dans ma vision.

La créature qui avait parlé – qui descendait les marches à la tête du groupe – portait une cape de ce genre, à la différence près que les mains réunies par une broche en argent sur sa gorge avaient cinq doigts au lieu de six. Son armure était blanche, terne comme le ciel d'Eue, quoique rehaussée par des éclats de pierre enari comparable à du jade. Son visage et ses cornes étaient décorés aussi, ce qui accentuait son front et ses pommettes saillantes déjà dotés d'épingles traversant sa chair cireuse. Ce que je pris d'abord pour des anneaux de bronze autour de ses bras se révéla finalement être une collection de mâchoires inférieures humaines patinées par le temps. Il en avait une demi-douzaine sur chaque biceps, qui rappelaient les segments d'une armure de légionnaire impérial.

Syriani ne se retourna pas tout de suite, me fixant longuement de son regard plissé.

— Êtes-vous devenu fou ? Faire entrer cette crasse dans un endroit sacré ?

Le Prophète leva le bras pour empêcher le chef vêtu d'ossements de s'en prendre à moi.

— *Lannu !* Le *yukajji* est *Aeta*, Iamndaina ! Il a tué Otiolo et Ulurani.

Iamndaina ralentit car, en dépit de son statut et de sa force, il préférait sans doute ne pas tenter sa chance contre un Prince des Princes autoproclamé, dont l'armée avait organisé cette réunion et dont les généraux chimériques attendaient à quelques mètres de là, à l'entrée du temple. Les lois anciennes stipulaient que seuls les *Aeta* avaient le droit d'entrer dans le Temple d'Elu, mais si ceux-là prenaient le risque d'attaquer le Prophète, les lois anciennes seraient vite oubliées.

Iamndaina s'arrêta et plissa ses yeux noir d'encre. Derrière lui, les autres s'immobilisèrent à leur tour. Je reconnus un Ugin Attavaisa habillé de noir et de cobalt, ainsi que le prince Gurima Peledanu, croisé plus tôt dans la matinée.

— Il a tué Ulurani ? s'étonna-t-il en m'examinant comme une femme découvrant une tache de merde sur sa robe. Cette chose ?

— Ulurani était un grand guerrier, remarqua un autre, un personnage sinistre à la cape verdâtre. Un des meilleurs des vieux clans. Et Otiolo… Otiolo était *dunyasu*, mais c'était une bête. (Lui aussi me détailla avec insistance.) Si ce que vous dites est vrai, Dorayaica, vous invitez un *susulataya* parmi nous.

— Le *yukajji* doit être exécuté ! s'exclama Iamndaina en découvrant ses dents et en portant la main à son cimeterre.

Syriani siffla et s'interposa entre Iamndaina et moi.

— Il est l'un d'entre nous, Avarrana ! (Syriani ne semblait pas armé.) Contrôlez-vous ! Il est interdit pour un *Aeta* de tuer un autre *Aeta* dans ce lieu sacré ! Elu l'a voulu ainsi.

Les mâchoires d'Avarrana jaillirent d'entre ses lèvres, et il plissa ses yeux ronds.

— Calmons-nous, intervint Ugin Attavaisa en posant la main sur l'épaule d'Iamndaina. Vous connaissez la loi.

Quiconque la brise dans l'enceinte du Temple ne connaîtra jamais la Vérité.

Le visage pâle du prince Iamndaina s'assombrit.

—Cela ne devrait pas être permis. Cette… bête doit être détruite. Elle profane l'air qu'elle respire !

Celui qui s'appelait Attavaisa acquiesça de la tête d'un mouvement rotatif étrange.

—Elle sera détruite, mais uniquement lorsque le moment sera venu. Dorayaica a convoqué un *Aetavanni*, et si ce qu'il dit est vrai, si ce *dunyasu ujin yukajji* est vraiment *Aeta*, alors le tuer maintenant serait *dunyasu*. (Il posa sa main griffue sur le bras d'Iamndaina pour le dissuader de dégainer sa lame.) C'est interdit. Par la loi d'Elu.

— *Yaiya toh*, confirma le prince Peledanu.

Attavaisa regarda successivement Iamndaina et Dorayaica, cherchant peut-être l'approbation du Prince des Princes. Dorayaica fit signe au prince couleur cobalt de lâcher le prince vêtu d'os, et Attavaisa obéit.

Voyant cette dynamique nouvelle, Iamndaina ricana, ses dents dépassant de ses lèvres d'une manière horrible et serpentine.

— *Ti-nartu gin ba-Elu ne ?* se moqua-t-il en faisant claquer ses dents. Par la loi d'Elu ? Par la loi de Dorayaica, vous voulez dire ! Vous n'êtes pas lui, et vous n'êtes pas non plus un prophète ! lança-t-il en pointant une griffe accusatrice vers Syriani. Vous et vos *kajadimn*, vos esclaves… (Il faisait référence à Attavaisa et Peledanu.) … avez peut-être les forces nécessaires pour organiser cette réunion, mais aucune armée ne pourra faire de vous un nouvel Elu. Rien ne le pourra !

Syriani Dorayaica réagit avec une sérénité digne de notre Empereur. Ses quatre narines palpitèrent, seul indice de la tempête qui faisait rage en lui.

—Croyez-vous que je commande par l'épée ?

—Par l'épée, vous avez convaincu tous les clans de se réunir ici ! contra Iamndaina.

—Vraiment ? (Syriani pencha la tête sur le côté, adressant sa question aux autres et non à Iamndaina.) Est-ce mon épée qui vous a convaincu de venir, Peledanu ?

Le prince Gurima Peledanu découvrit sa gorge.

—Vous savez bien que non, *Aeta ba-Aetane*.

—C'est le *sang*, seigneur ! lança Ugin Attavaisa.

—Le sang ! acquiescèrent Peledanu et deux des autres. *Izhkurrah ! Izhkurrah !*

Je ne suis pas sûr de ma traduction, cependant. *Ikurran* signifie « sang ». Mais *izhkurrah* ? On aurait dit un mot tiré de la langue ancienne des Cielcins, la langue atonale parlée par Elu et Avarra. Voulaient-ils dire que Dorayaica descendait d'Elu d'une manière ou d'une autre ? Il n'y avait dans ses titres aucune référence à des « branches » ou *uatanyya*. Les autres obéissaient-ils par déférence à un lien héréditaire ? Syriani était-il un descendant direct d'Elu ? Ou bien était-ce autre chose ?

—Les signes ont pu être falsifiés ! dit un autre prince, à l'arrière du groupe.

—Falsifier les signes est un blasphème ! acquiesça Iamndaina.

—N'est-ce pas la raison de notre présence ici ? intervint Syriani en écartant les bras. Pour voir la Vérité ? Je suis Syriani ba-Izhkurrah, Syriani du Sang.

Iamndaina porta de nouveau la main à son cimeterre. Immédiatement, Attavaisa et Peledanu – les chefs des loyalistes, apparemment – se rapprochèrent.

—Blasphème ! s'écria le prince vêtu d'os.

Au lieu de répondre, le prince Syriani dit :

—Ne viendrez-vous pas avec nous, Avarrana Iamndaina, seigneur de la Trente et unième Branche ? Ne vous joindrez-vous pas à nous ? Ne souhaitez-vous pas voir la Vérité ?

Le prince Avarrana Iamndaina se voûta et découvrit les crocs, sentant qu'il était coincé.

—Vous blasphémez ici ? Dans le Temple d'Elu ? Dans le corps de dieu ?

—Mentir est un blasphème, rétorqua Syriani.

Je m'attendis à ce qu'il frappe Iamndaina, à ce qu'il lui arrache le visage ou lui brise le cou, mais Syriani ne fit rien de tout cela. Il posa les mains sur les épaules du prince et – presque avec douceur – le força à se mettre à genoux. Conscient d'être encerclé et en infériorité numérique, Iamndaina se laissa soumettre, ses genoux se pliant lentement. D'une main, Syriani saisit une des cornes qui naissaient au-dessus des yeux d'Iamndaina et se courbaient vers l'arrière. Ainsi, il força le prince à pencher la tête en arrière, à découvrir sa gorge. Pendant un instant horrible, je craignis que le Prince des Princes la lui arrache avec les dents.

Au lieu de quoi, il cracha au visage de son vassal. Je grimaçai devant un spectacle aussi pervers et vulgaire ; on se serait cru dans un bordel de marins et non dans un lieu sacré. Il s'agissait de Cielcins, cependant, et non d'hommes.

Syriani lâcha Iamndaina, qui ne s'essuya pas le visage et laissa sa gorge exposée.

—*Junne*, dit-il en montrant le sol à ses pieds.

Apparemment soumis, Iamndaina pressa son visage contre les dalles de marbre et laissa Syriani lui poser le pied sur la tête.

—Très bien, approuva le Prince des Princes en passant par-dessus son ancien opposant et en adressant un signe de la tête à Peledanu et Attavaisa. Ne perdons plus de temps. Les autres sont-ils tous arrivés ?

Attavaisa s'inclina très bas et tourna la tête sur le côté pour offrir sa gorge à Syriani.

—Oui, Seigneur. Ils sont tous là.

— Tous ? J'ai entendu dire qu'Oralo et trois fois douze autres n'avaient pas répondu à mon appel.

— Oralo n'est pas venu, c'est vrai, confirma Attavaisa. Et Balagarimn. Kutuanu, Loreganwa. Quelques autres. Non pas trois fois douze. Deux fois douze plus six, peut-être.

Syriani Dorayaica continua d'avancer et tendit mes chaînes, me tirant devant un Iamndaina agenouillé et soumis.

— Ils devront être pourchassés et tués. Ils sont des souillures qu'il faudra nettoyer.

— *Yaiya toh*, répondit Attavaisa en emboîtant le pas à Syriani.

Le grand prince monta l'escalier en dernier. Je marchais derrière lui, mais cela ne comptait pas ; je ne valais pas mieux qu'un chien. Syriani tenait mes chaînes d'une main, et je suivais cinq ou six pas derrière lui, tandis que nous montions dans la gigantesque salle surplombée d'un dôme où le cerveau du monstre s'était décomposé.

J'avais la chair de poule. Les murmures de ma vision s'intensifiaient. Croiserais-je un Enar pourrissant ? Verrais-je sa chair s'écouler, gluante et noire, fumer comme ses composants organiques se dissoudraient sur ses parties mécaniques ?

Aucune créature de ce genre n'apparut.

L'escalier décrivait une courbe légère, suivait les imperfections de la structure osseuse du Léviathan, aussi ne voyait-on le sommet des marches qu'après avoir tourné un coin. La salle supérieure se trouvait au moins cinquante mètres plus haut. Les murmures étaient de plus en plus forts, si bien que je m'attendais à entendre la voix sombre du dieu non mort résonner dans mes oreilles.

— *Ute tajun ti-saem gi ne ?*

— *Dein velenamuri mnu darya ?*

— *Dein tsuarunbe Iamndaina ne ?*

Entendant le nom d'Iamndaina, je me concentrai sur les murmures. Il ne s'agissait pas du tout des chuchotis infinis du dieu non mort, mais de murmures cielcins, d'une confluence de voix échangeant et se chevauchant.

Dans le rêve, le peu de lumière qu'il y avait dans la terrible chambre provenait des corps augmentés des Enars, qui se reflétaient sur les arêtes du cristal noir, où le cerveau de l'Observateur avait modelé la paroi interne du crâne. Comme à l'étage en dessous, les Cielcins avaient imposé leur marque, recouvrant de plâtre les monolithes sur lesquels les Enars s'étaient représentés. Ils avaient remplacé ces images par des textes semblables à des bulles de savon, qui racontaient probablement la conquête cielcine, la prise d'Eue et Akterumu.

Le bas-relief représentant Miudanar lui-même, cependant, était intact. L'image du dieu ne participait pas du Mensonge ; elle était un reflet de la Vérité, aussi avait-elle été épargnée par les marteaux et les burins. C'est cette image qui apparut en premier comme nous gravissions les marches, éclairée par la lumière infernale des lampes cielcines. Le grand serpent couvrait la pierre verte, ses milliers de bras attirant des planètes à lui, ses milliers de mains les agrippant et les réduisant en poudre. L'œil unique du Rêveur dominait la chambre faiblement éclairée et enfumée…

… et la congrégation de démons réunis pour leur rite.

Il n'y eut pas de trompettes, pas de hérauts annonçant notre arrivée. Il n'était plus question de parade splendide, plus question non plus de foule enthousiaste et de rires rauques. Attavaisa, Peledanu et les autres – dont un Iamndaina soumis et prostré – s'écartèrent de concert pour permettre à Syriani Dorayaica de faire son entrée.

Mille sept cents visages cielcins se tournèrent vers nous en silence. C'était un silence imparfait, ponctué de tintements de chaînettes en argent et de bruissements de robes. Les *Aetane* étaient réunis au centre de la grande salle, formant des groupes compacts dont les conversations venaient d'être interrompues. Ces groupes se séparèrent à notre arrivée. Quelques-uns exposèrent leur gorge en signe de proscynèse. D'autres abaissèrent leurs cornes d'un air menaçant, mais la plupart des Cielcins se contentèrent d'attendre sans bouger.

— *Ba-tanyya-do*, dit Syriani. Parents. Frères. Seigneurs. Bienvenue chez vous. Bienvenue dans cet… endroit sacré. Depuis combien de générations n'avions-nous été réunis ici ? *Tous* réunis ? (Il s'interrompit, laissant le temps à son public de réfléchir. Syriani n'avait pas crié, bien au contraire, ce qui lui permit d'attirer encore plus l'attention du public.) Cela ne s'était pas vu depuis qu'Araxaika eut mis un terme au Parricide, et nous n'avons jamais été aussi nombreux. (Encore une fois, il se tut, laissant ses bras retomber le long de son corps, ce qui fit cliqueter mes chaînes sur le marbre du sol.) Treize, reprit-il. Douze et un étions-nous lorsque Elu nous laissa son royaume. Combien sommes-nous aujourd'hui ?

Syriani ne répondit pas à sa question. La réponse était évidente, après tout, inscrite sur les visages de tous les princes et chefs de guerre.

— Sommes-nous plus grands qu'à l'époque d'Elu ? (Cela causa un concert de murmures et de chuchotis outrés, mais personne ne s'opposa au Prince des Princes comme l'avait fait Iamndaina un peu plus tôt.) Qui parmi vous pourrait, sans rougir, se tenir aux côtés de Dumann ou Zahaka ? Qui parmi vous pourrait regarder dans les yeux Umna, la chair et le sang d'Avarra, sans sourciller ?

Le grand prince avança doucement en tendant mes chaînes dans son dos.

— *Utannashi !* cria une voix agressive et désagréable qui se réverbéra tout autour. Usurpateur ! Vous êtes convaincu de pouvoir faire ces choses vous-même !

Une digue invisible se rompit à ce moment-là, permettant à la colère des chefs de clan de se déverser d'un seul coup. Sifflements et crachats emplirent l'atmosphère, et une part animale de moi-même se crispa de peur, comme si la petite bête arboricole qui subsistait en moi se rappelait en frissonnant le serpent, le prédateur qui la menaçait.

— Vous n'êtes pas Elu ! intervint un autre. Vous êtes une falsification !

— Oui ! Une mauvaise copie, un faux !

— Un faux ! Un faux !

Du regard, je trouvai Iamndaina qui, quelques minutes plus tôt seulement, s'était opposé de façon si véhémente à Syriani. Le prince vêtu d'ossements se tenait, voûté, sur le côté, la salive du Prophète collée au visage. L'instinct de subordination des Cielcins était tellement profond et instantané. Humilié comme il l'avait été, il lui faudrait des années pour recouvrer sa dignité.

Syriani ne répondit pas à ces accusations ; pas avec des mots en tout cas. Se retournant à moitié, il raffermit sa prise sur mes chaînes et tira. Je trébuchai, titubai, surpris par la violence de son geste. Je tombai, réveillant la douleur de mon épaule blessée. Tel un éclair blanc, la souffrance m'aveugla. Je gémis et me retrouvai à quatre pattes.

Je devais offrir un spectacle affreux. Le grand héros – le grand vilain – maculé de merde et de sang, une boule pathétique de nerfs et de chair à vif, vêtu d'une armure trop grande pour lui et d'une cape extraterrestre, ses cheveux sales et emmêlés formant un rideau noir et blanc devant ses yeux.

La tempête de voix inhumaines mourut, les cris hystériques cédant la place à des sifflements qui me rappelèrent une machine à vapeur. La confusion. Je serrai les dents comme l'éclair blanc de la souffrance devenait rouge et terne. Les *Aetane* me tournaient autour, me fixaient d'un regard rond et noir.

— *Shiabbaa o-Oranganyr ba-Utannash wo!* lança Dorayaica. Vous m'accusez d'être *Utannashi*. Moi ! (Il désigna de la tête son négatif, c'est-à-dire moi.) Ceci. Ceci est *Utannashi*. Cette raclure a tué Ulurani. Tué Otiolo. Par la loi d'Elu, ce *yukajji* est *Aeta*.

— *Dunyasu!* s'exclama un autre. Blasphème !

— En effet ! confirma Syriani, ses jambières noires apparaissant à côté de moi.

Je n'essayai pas de me relever, comprenant que, si j'y parvenais, je ne tarderais pas à être ramené plus bas que terre.

— Et pourtant, c'est ainsi, et je vous pose la question : qui sauf un héritier d'Elu pourrait humilier un si grand ennemi de cette manière ?

Un *Aeta* en armure de bronze en bouscula d'autres pour passer au premier rang, sa cape en *irinyr* arborant un bleu pâle enfantin et quasi obscène dans ce contexte. Je reconnus le prince Elentani Hasurumn, qui défia Dorayaica d'une voix forte.

— Qui dit que cette bête est *Utannashi* ?

— C'est la vérité ! insista Syriani, ses pieds griffus rayant la pierre à quelques centimètres de mon nez. Il s'appelle Hadrian Marlowe.

Je fus absurdement satisfait d'entendre le silence provoqué par cette révélation. Le public de Dorayaica relia les points entre eux et comprit. La vague de choc et d'intérêt renouvelé qui déferla sur la congrégation inhumaine me fit presque sourire.

Ils me connaissaient.

— Marlowe ? s'étonna le prince Hasurumn. Ceci est… Marlowe ?

En guise de réponse, Syriani Dorayaica posa un pied sur mon épaule et me retourna, me couchant sur le dos pour permettre aux *Aetane* de m'examiner. J'essayai de me redresser, mais le grand prince me cloua au sol en posant son pied sur mon plastron.

— Cette chose ? reprit Hasurumn en me dévisageant. Cette chose a battu Ulurani ?

Un autre Pâle apparut derrière Hasurumn.

— Vous n'auriez pas dû le ramener ici. C'est interdit.

— C'est ce qu'on m'a dit, répondit Syriani en se tournant ostensiblement vers Iamndaina, voûté et mutique en bordure du rassemblement. (Une fois exprimée sa menace implicite, Syriani Dorayaica retira son pied de mon torse et s'éloigna.) Par les lois d'Elu, il est l'un d'entre nous. Sa place est ici. (Ses dents de verre scintillèrent dans la pénombre.) Par ailleurs, il me divertit.

— Il vous divertit ? protesta un prince en armure grise et robe noire ornée de runes et d'ossements humains. S'il s'agit réellement de Marlowe, alors ce n'est pas un animal de compagnie, Dorayaica. Il devrait être tué immédiatement !

Le front de la créature se contracta, expression accentuée par les éclats d'ivoire humain qui lui transperçaient la peau au-dessus des yeux.

— Il ne représente pas une menace pour vous, Onasira, rétorqua Syriani Dorayaica en agitant mes chaînes. Ni pour personne. Je lui ai arraché les crocs.

Se déplaçant avec une précision arachnéenne, le grand prince revint vers moi et me marcha sur le poignet droit comme pour attirer l'attention sur ma main mutilée, une main qui aurait eu le plus grand mal à manipuler une épée. L'effet ne fut pas à la hauteur de ses espérances à cause de mon gantelet, qui dissimulait l'absence de mes doigts.

— Plus jamais il ne menacera les nôtres.

Comme pour accentuer son propos, il lâcha mes chaînes et s'éloigna.

— Il devrait être sacrifié ! gronda Hasurumn en se rapprochant.

Je ne me redressai pas tout de suite, craignant que cela provoque d'autres réactions. Je me contentai de rouler sur le ventre, de mettre mes mains sous moi. Je ne pouvais pas espérer me défendre contre de si nombreux adversaires. Même si j'avais été entier.

Entier, je ne le serais plus jamais, j'en avais la certitude.

Dorayaica passa devant moi, me présentant son dos et sa tresse blanc craie. Je m'imaginai bondissant et étranglant le monstre avec une chaîne. Iamndaina me remercierait sans doute, tout comme Hasurumn et Onasira. De vulgaires fantasmes.

— Quand le moment viendra, acquiesça le grand prince. Nous avons des questions plus urgentes à régler, *ba-tanyya-do*. Les *yukajjimn* construisent de nouvelles flottes. Leur *Uganatai*, leur Empereur, prépare quelque chose. Il est temps de passer à l'action.

— Et vous nous faites perdre du temps en nous rassemblant ici ? protesta Onasira. Combien de cycles avons-nous perdus en traversant le vide pour revenir ici ? J'attaquais les *hakurani* au-delà du noyau lorsque votre oracle est arrivé. Près de cinq fois douze cycles perdus pour répondre à votre appel ! Cinq fois douze, Syriani ! Combien de batailles aurais-je pu gagner pour mon *itani*, pour mon peuple, durant cette période ?

— Votre peuple ? (Trois grands pas suffirent à Syriani pour parcourir la distance qui le séparait d'Onasira.) Votre peuple, Onasira ? (Syriani, qui se tenait désormais à quelques centimètres de son interlocuteur, le dépassait d'une bonne trentaine de centimètres.) Ne formons-nous pas un seul et même peuple ? Celui des enfants d'Elu ? Vous ne nous étiez d'aucune utilité en combattant les *hakurani* ! Que sont les *hakurani* comparés aux *yukajjimn* ? Nous faisons la guerre aux *yukajjimn* ! Miudanar fait la guerre aux *yukajjimn* ! Dieu fait la guerre aux *yukajjimn* !

La mâchoire d'Onasira se décrocha, dépassant de ses lèvres, dégoulinant de bave à quelques microns du visage du grand prince. En guise de réponse, Syriani leva une main ornée d'anneaux en argent, dont les griffes flottèrent devant les yeux noirs énormes du prince moins important.

Le regard rivé sur cette scène, je me mis doucement à genoux, puis me relevai et rassemblai mes chaînes, les enroulai autour de ma main valide, la gauche. Sentant que ma mâchoire inférieure pendillait, je fermai la bouche. De quoi parlait Onasira ? Les *hakurani* ? Au-delà du noyau ? Y avait-il une autre race de xénobites dans la galaxie ? Une autre espèce dispersée dans les étoiles et non confinée sur son monde d'origine comme les *coloni* d'Emesh ou Judecca ? En dépit des circonstances terrifiantes, mon esprit tournait à plein régime. L'humanité n'avait exploré qu'un tiers du volume galactique. Pas plus. Je ressentis à ce moment-là la même chose que les Mandari qui avaient découvert l'existence de Rome au-delà des déserts asiatiques, en bordure du monde.

Nous savions si peu de choses.

Cependant, je n'avais pas le temps de réfléchir à cette révélation.

— Vous croyez parler pour les dieux ? gronda Onasira, sa langue noire se tortillant d'une façon menaçante et obscène, serpentine.

Syriani fléchit les doigts et pointa deux de ses griffes vers les yeux d'Onasira.

— Les dieux ont choisi de me parler.

— Vous blasphémez ! s'écria un autre.

Syriani se tourna vers les autres princes, marchant devant eux tel un loup marquant son territoire.

— Dire la Vérité n'est pas un blasphème, Ajimma !

— La Vérité ? répéta celui-ci. *Kulan ?* Vous parlez de *Kulan*, mais quelle preuve nous avez-vous donnée ?

— N'avez-vous pas vu le Sang ? s'enquit Peledanu, utilisant le mot ancien, *izhkurrah*.

Mais le prince Ajimma n'était pas convaincu. Il plissa ses yeux énormes dans la lumière rouge.

— L'oracle n'est pas une preuve. C'est une tromperie ! Dorayaica ne cherche qu'à prendre le pouvoir ! Il vous trompe, Attavaisa ! Et vous, Peledanu ! Il nous montre des images ! Des projections ! Ce ne sont pas des preuves !

— Nous sommes venus pour des preuves ! s'écria un autre prince, encourageant ses congénères.

— *Datorete ! Datorete !*

Des preuves ! Des preuves !

Des mains blanches se levèrent dans les airs en signe d'imprécation et de salut. Le prince Ajimma se retourna et, l'air satisfait, regarda ses congénères en hochant la tête de cette manière déséquilibrée caractéristique de son espèce. Je me rappelai subitement pourquoi son nom m'était familier. C'était un des princes qui avaient hérité d'une portion du clan d'Utaiharo lorsque Aranata Otiolo avait tué son ancien maître. Syriani avait mentionné son nom quand il avait parlé du meurtre blasphématoire perpétré par le prince Aranata. Je scrutai le visage d'Ajimma. En un sens, nous étions parents, cousins dans une lignée de conquêtes.

— Vous pouvez dire ce que vous voulez, Syriani. Vous pouvez présenter ce *susulatayu* comme un cadeau. Quelle importance si ces choses ne sont que mensonges ?

— Quelle importance ? Dites-moi, Ajimma. Dites-moi tous : qu'avez-vous fait d'important ? Qu'avez-vous accompli ? (D'un geste du bras, il désigna sa proie précédente.) Onasira a attaqué les *hakurani*. Les *hakurani* ! Quant à vous, vous avez pillé les *yukajjimn*. Brûlé des mondes ! Mais dans quel but ? Ne sommes-nous pas des Cielcins ? Ne sommes-nous pas le peuple élu ? Notre rôle n'est-il pas de détruire le Mensonge ? De détruire l'*iugannan* afin de conduire notre peuple vers le prochain monde ? (Il cracha par terre au milieu de la congrégation, les crocs découverts, la voix aussi froide et aiguë que les pics d'une montagne lointaine.) Et vous parlez d'attaquer ?

Onasira ne se laissa pas impressionner.

— Elu lui-même n'a-t-il pas demandé aux Treize de piller les mondes inférieurs et d'apporter leur butin ici, à Akterumu ? Dumann n'a-t-il pas brûlé les cités d'*Azh-Hakkai* ? Les Enars eux-mêmes n'étaient-ils pas des conquérants ? N'ont-ils pas mis les étoiles à genoux ?

— Les Enars sont morts ! gronda Syriani. Ils n'étaient pas vertueux ! Miudanar les a détruits !

— *Veih*, contra une voix calme. Non. Ils ont ôté leur propre vie. Ils ont bu du poison.

Mille sept cents paires d'yeux se focalisèrent sur moi. Après trois secondes de silence – de véritable silence –, je compris que c'était moi qui avais parlé.

— *Dein marereu ne ?* me demanda Syriani.

Qu'avez-vous dit ?

Je me tenais seul près de l'escalier. La congrégation – l'*Aetavanni* – formait un arc autour de moi. Les rangées de Cielcins se succédaient jusqu'aux piliers dont les bas-reliefs avaient été lissés. Au-dessus d'eux, l'icône de Miudanar nous fixait de son œil unique. Tous les regards étaient tournés vers moi, toutes les oreilles à l'affût de ce que j'allais dire.

— Je les ai vus, expliquai-je simplement dans la langue de mon auditoire inhumain. Les Enars n'ont pas été détruits par un acte divin. Ils ont échoué à détruire notre univers, aussi se sont-ils détruits eux-mêmes.

On aurait pu entendre une épingle tomber sur le marbre enari.

— Vous… les avez vus ? insista Syriani en parlant le standard pour la première fois depuis notre arrivée dans le temple.

Refusant de suivre son exemple, je désignai le sol entre nous et lançai en cielcin, pour être compris de tous :

— Ici même. (Le grand prince changea de position, déplia les bras le long de son corps ; ses doigts touchaient presque ses genoux.) Ils sont morts ici... et aux quatre coins de leur empire. Ils ont renoncé. N'ayant pas réussi à accomplir ce que leurs dieux exigeaient d'eux, ils se sont tués. (Je ne lâchai pas des yeux le xénobite qui se faisait appeler le *Prophète*.) Vous mourrez aussi. Avant la fin. Vous échouerez.

Avant que Syriani Dorayaica me réponde, des mains puissantes m'attrapèrent par les cheveux et tirèrent ma tête en arrière avec une telle force que je crus perdre mon scalp. Une autre main contourna ma tête, et un couteau blanc apparut sous mon menton. Je sentis mes veines et ma poitrine se contracter, comme mon corps inondait la moindre de ses fibres d'adrénaline, les narines et les yeux grands ouverts. Je lâchai mes chaînes pour saisir cette main.

— *Nieton kushanar !* siffla une voix reptilienne au-dessus de mon oreille.

Ses paroles sont du poison !

Des doigts durs libérèrent mes cheveux et se posèrent sur mon front pour maintenir ma tête en arrière. Par la Terre et l'Empereur ! La force de ces doigts inhumains ! Mes deux mains n'étaient pas de trop pour maintenir le couteau loin de ma gorge. Je sentis cependant le contact glacé de la lame sur ma peau, et je serrai les dents.

— Lâchez-le, Hasurumn ! grogna Attavaisa en me rejoignant d'un bon. Il n'est pas pour vous !

— Sa langue de serpent a profané ce lieu saint ! siffla la voix dans mon dos. (Je sentis un souffle chaud, humide et puant la décomposition.) Jamais il n'aurait dû être autorisé à franchir l'œil de dieu !

Je sentis une brûlure juste au-dessus du col de ma combinaison et grimaçai comme un filet de sang coulait sur mon cou.

Je retins mon souffle, jurai dans ma langue maternelle. Mes muscles étaient sur le point de céder, leurs fibres malnutries se contractant de façon douloureuse.

— Lâchez-le ! siffla Attavaisa, imité aussitôt par plusieurs autres.

Eus-je le courage d'attaquer le prince qui me tenait ? De lui écraser le pied et de me jeter sur lui de tout mon poids ? Il était tellement plus grand que moi que je n'aurais pas pu lui donner un coup de tête dans le nez.

En fait, je n'eus même pas le temps de prendre une décision.

Une masse se jeta sur le prince Hasurumn et moi, nous expédiant au sol et nous faisant glisser sur le marbre vert. Je reçus un coup dans le ventre qui me projeta au loin, tandis qu'Hasurumn luttait au sol contre celui qui nous avait foncé dessus. Je vis une créature noire mêlée au bleu pâle d'Hasurumn et reconnus un des princes qui avaient descendu l'escalier pour s'occuper d'Iamndaina. Un des flagorneurs de Syriani.

Mes chaînes tintèrent et, ne me laissant pas le temps de me relever, me tirèrent loin des *Aeta* en train de se battre. Des mains griffues me saisirent, touchèrent le sang sur ma gorge.

— Je vais bien ! criai-je presque, oubliant de parler la langue des xénobites. *Eka udata ! Eka udata !*

— *Ikurra !* s'exclama mon sauveur. (Tournant la tête, je vis le prince Ugin Attavaisa, la main pâle tendue, mon sang rouge luisant d'un éclat noir dans la faible lumière.) Du sang a été versé !

La salle tout entière résonna de voix inhumaines et furieuses. Cris et insultes volèrent comme des flèches, les mots se réverbérant sur la surface irrégulière du dôme.

— *Ikurra !*

— *Ikurra pa ba-ikurra !* lança une voix plus forte que les autres.

Attavaisa intervint d'un ton approbateur :

— *Ikurra pa ba-ikurra !*

Du sang pour laver le sang !

Sur le sol, l'autre *Aeta* avait réussi à désarmer Hasurumn, dont la dague glissa au loin et disparut dans la foule. Peledanu intervint à son tour, contribuant à maintenir mon assaillant au sol.

— Vous défendez les *yukajjimn*, maintenant, Dorayaica ? grogna Hasurumn en essayant de se libérer.

— *Svassa !* siffla Peledanu en tenant Hasurumn par les cornes. Rendez-vous !

Syriani Dorayaica dominait cette scène chaotique. Il était tellement immobile qu'il aurait pu être une statue. Mon hérésie momentanément oubliée, il scrutait Hasurumn, des membranes transparentes clignant verticalement sur ses yeux noirs et vitreux.

— *Iugah !* couina Hasurumn. Vous êtes une falsification, Dorayaica. Vous êtes Utannash en personne !

Le silence se fit de nouveau comme le Prince des Princes marchait vers mon agresseur, la tête penchée vers la gauche dans une dénégation subtile.

— Vous avez fait couler le sang dans le Temple d'Elu, Elentani Hasurumn, dit-il en se tournant pour désigner du regard la main toujours tendue d'Attavaisa.

Comme j'écris ces lignes, je me rends compte que mon sang devait sembler noir au Cielcin ; dans toutes les circonstances et sous tous les éclairages. Aussi noir que le leur.

— Vous avez exercé votre violence contre un de vos *tanyya*, contre un *Aeta ba-itanimn*. Contre un prince des clans. (Il se dressait au-dessus d'Hasurumn, sa couronne de cornes projetant une ombre sur le visage du prince inférieur. Comme il avait craché sur Iamndaina, il cracha sur Hasurumn.) Votre lignée est interrompue. Votre clan souillé. Y a-t-il des objections ?

Pas un seul prince ne parla, ni Ajimma, ni Onasira, ni aucun de ceux qui s'étaient opposés à Dorayaica. Quels que soient les griefs qu'ils avaient contre lui, ils étaient tous d'accord sur ce point précis de la tradition.

Comme personne ne prenait sa défense, Hasurumn parla pour lui-même.

— Je ne m'en suis pas pris à l'*Aeta* d'un clan ! Vous défendez la vermine, Dorayaica ! Les *yukajjimn* !

— Attavaisa, Peledanu, appela le grand prince en se retournant. Prenez autant de gens que nécessaire et escortez le prince Hasurumn dehors. Expliquez-leur qu'il a profané le corps saint de dieu et qu'il a blasphémé contre la volonté d'Elu.

— *Yaiya toh !* répondit Attavaisa en passant devant moi, me laissant seul à côté de l'escalier.

Il se rapprocha de Syriani et s'inclina en tournant la tête sur le côté pour offrir sa gorge à son maître.

À son maître *impérial*, compris-je. Syriani ne contrôlait pas les mille sept cents princes réunis sous le dôme du crâne de Miudanar, mais une minorité radicale composée d'une centaine d'individus lui obéissait au doigt et à l'œil. Les autres étaient venus parce qu'ils craignaient son armée, ou par pure curiosité.

Hasurumn siffla comme Peledanu et quatre autres princes le relevaient. Attavaisa fit un signe et, à ma grande surprise, cinquante ou soixante princes sortirent du rang pour escorter Hasurumn hors de la chambre.

— Tant que ça ? ne pus-je m'empêcher de marmonner.

Personne ne m'entendit, ni ne me comprit, cependant. Je me baissai pour ramasser mes chaînes et les écarter du chemin de la foule qui se précipitait pour soulever le prince Elentani Hasurumn, leurs doigts griffus lui transperçant la chair des bras et des jambes. Ils l'emportèrent dans l'escalier, le long du canal du nerf optique, les pieds cliquetant sur les pierres froides et mortes.

En les suivant du regard, je ne pus m'empêcher de me dire que cette escorte était un peu excessive. Six princes, j'aurais compris, mais soixante ? Je me touchai la gorge. Mes doigts étaient humides.

— Seulement une égratignure.

Un quorum avait été atteint, sans doute, ou bien un rituel avait commencé. Syriani ne me regardait pas, il semblait avoir oublié mon interjection, ma présence même. Il avait l'air de porter un poids colossal sur ses épaules. Non pas un poids physique, mais celui du temps, du moment qu'il venait de vivre. Il me faisait penser à Anubis tenant un homme dans ses mains.

Il tenait en réalité le futur de son empire, de son espèce.

Quelle serait la suite ? S'agirait-il d'un vulgaire amusement, comme il l'avait dit ?

Le prince se tourna vers la congrégation.

— Vous attendiez des signes, lança-t-il, les épaules droites et carrées, la tête basse. Des preuves. Je vous ai apporté un butin colossal ! Les esclaves que j'ai offerts aux vôtres ne sont qu'un avant-goût de ce qui suivra ! J'ai brûlé leurs armées, attaqué leurs fonderies, leurs forteresses, j'ai endommagé leurs flottes ! Au nom des dieux ! Au nom de Miudanar et Iaqaram. De Pthamaru et Shamazha, d'Usathlam et Shetebo et Nazhtenah et de tous ceux qui vivent sous les étoiles, morts et immortels ! (Les mains du Prophète disparurent sous sa cape sombre.) Et j'ai vaincu notre plus grand ennemi ! Le Champion d'Utannash lui-même ! Ne sont-ce pas des preuves suffisantes de la volonté des dieux ?

Les princes échangèrent des murmures, les têtes cornues se tournant dans un sens puis dans l'autre, se balançant comme des arbres dans un vent que personne ne sentait.

— *Veih !* osa répondre quelqu'un.

Et sa voix fut comme une étincelle qui embrasa sa congrégation.

— *Veih! Veih! Veih!* entonnèrent les autres.

Non. Non. Non.

Je scrutai la foule, cherchant un soutien du Prophète. Je n'en trouvai pas, ce qui était effrayant. Étaient-ils tous sortis pour massacrer Hasurumn ? Je fis un pas vers Syriani et plissai les yeux. Tout ceci n'arrivait pas par hasard. On m'avait conduit jusqu'ici dans un but précis, afin de provoquer précisément cette réaction. Ç'avait été Hasurumn, mais ç'aurait pu être un autre. Un Iamndaina prudent et patient, ou Onasira ou Ajimma ou un autre.

Syriani m'avait déployé comme une pièce d'échecs, un appât.

— Montrez-nous le Sang! s'exclama quelqu'un, utilisant de nouveau le mot ancien.

Taroretta Izhkurrah!

Le Prince des Princes se tourna vers celui qui avait parlé. Comme tout le monde se figeait, je me rendis compte que le flanc droit de la congrégation s'était discrètement rapproché de Syriani. Une terreur soudaine s'empara de moi. Ils étaient tellement nombreux, et seuls des interdits religieux les empêchaient de se jeter sur nous. Ils se seraient fait une joie de nous tuer, Syriani et moi, afin de restaurer un équilibre perturbé et de retourner à une vie plus normale, mais je sentais qu'ils se retenaient à cause des commandements d'Elu. Sans compter la curiosité.

Voyant ce mouvement, Syriani dégaina une courte lame incurvée. Elle était blanche comme du lait et ressemblait à une griffe cielcine. Il la tenait pointe vers le bas, l'index passé dans une boucle du manche. C'était une arme ridicule face à la horde qui avançait ; la lame était moins longue que sa main était large.

Syriani leva le couteau au-dessus de sa tête et écarta son bras gauche.

— Regardez-moi, cousins ! lança-t-il d'une voix assez aiguë et forte pour rayer le dôme, au-dessus.

Comment oublier ce qui arriva alors ?

Syriani leva le bras gauche et enserra la lame, s'entaillant la paume et les doigts comme Irshan m'avait coupé dans le Grand Colosseum de la Cité éternelle. Le grand prince ne grimaça pas. Rien ne permettait de dire qu'il avait mal. Syriani ouvrit la main et montra le sang à la congrégation.

Un sang argenté, non pas noir.

Comme dans mon rêve.

Soudain, je repensai aux doigts monstrueux qui avaient émergé du cou de ma vision du Prophète décapité, et mon esprit se débrancha.

— Vous me croyez, maintenant ? demanda-t-il, attirant les regards incrédules de ses sujets frères.

Personne ne parla. Tout le monde était hypnotisé par le signe.

— Le sang d'Elu coule dans mes veines, lança Syriani en serrant le poing pour faire couler entre ses doigts le sang pareil à du mercure.

Ajimma fit un pas en avant et tomba à genoux.

— Dorayaica…, gémit-il en pressant son visage contre la pierre aux pieds du grand prince.

Syriani posa le pied sur la tête d'Ajimma.

— Je ne suis pas Dorayaica, dit-il. Dorayaica est mort. Je suis *Shiomu*. Prophète. Et *Elusha*. (Il releva la pointe du pied de telle sorte que la griffe de son talon s'enfonça dans une partie molle du crâne d'Ajimma, derrière sa couronne de cornes. Du sang gicla, maculant la protection noire de son pied et l'ourlet de sa cape.) Roi !

— C'est interdit ! objecta un autre. Vous avez tué Ajimma ! Vous avez… exercé votre violence ici…

— Un *Aeta* n'a pas le droit de tuer un autre *Aeta* ! cria un autre.

— Je vous l'ai dit, Vanahita, rétorqua la créature qui avait été Syriani Dorayaica. Je ne suis pas *Aeta.* (Il secoua le pied pour en faire tomber le cerveau d'Ajimma et fit un pas en arrière.) Et vous non plus.

Soudain, du sang se mit à couler des narines du prince Vanahita. Quatre lignes noires lui barrèrent la bouche. Les princes se mirent tous à tousser et suffoquer. L'un d'entre eux tomba à genoux et étouffa comme un poisson hors de l'eau. Un autre bascula comme une tour dont on aurait sapé les fondations. De nombreux autres comprirent ce qui se passait et se précipitèrent en titubant vers la sortie. Certains s'arrêtèrent pour vomir, cracher de la bile grise sur les dalles.

— *Kurshanan !* s'écria quelqu'un en se précipitant sur Syriani. Vous nous avez empoisonnés !

— C'est la volonté des dieux, répondit Syriani en agitant la tête. Vous avez eu votre chance et vous avez choisi le Mensonge.

— C'est vous qui avez fait ça…, bafouilla le prince titubant en pointant Dorayaica d'un doigt crochu.

Du gaz. Je repris mes esprits et me retournai vers l'escalier. Dorayaica avait diffusé une substance neurotoxique dans l'atmosphère, sans doute élaborée par Urbaine ou Severine ou un autre de ses mages de compagnie. D'une main hésitante, je cherchai les commandes de mon casque. Si je parvenais à le fermer, je survivrais peut-être. Un indicateur rouge clignotait sur mon terminal de poignet. Mes cheveux ! Les capteurs de mon armure avaient décelé la présence de mes cheveux, qui empêchaient la fermeture du casque. Jurant, craignant de me mettre à cracher de la bile et du sang d'un instant à l'autre, j'atteignis l'escalier, m'affaissai contre le pilier le plus proche, dont la surface avait été lissée par les burins des Cielcins. Mes doigts gourds peinaient à sortir la coiffe élastique rangée dans le col de l'armure, manquèrent de peu de déloger le patch de conduction situé derrière mon oreille droite.

Cela ne se présentait pas bien.

Je n'y arriverais pas. D'autant que mes poignets étaient toujours entravés.

Je toussai, imaginai une douleur naissante dans ma poitrine. Je faillis tomber sur la première marche, plaquai mes deux mains contre le mur pour me rattraper. Alors que je m'apprêtais à tenter de descendre une marche de plus, mes chaînes se tendirent et me tirèrent en arrière. Mon crâne heurta le sol et, regardant derrière moi de mes yeux brûlants, je vis Syriani qui se dressait au milieu du carnage tel un pilier, mes chaînes dans la main.

—Vous n'avez rien à craindre, dit-il dans ma langue. Le poison ne tue que les Cielcins.

Qu'êtes-vous donc ? aurais-je voulu demander, mais les mots restèrent coincés dans ma gorge. Autour de moi, quelques princes bougeaient encore, rampaient vers l'endroit où je me trouvais, au sommet de l'escalier. La vision grise et floue, j'avisai leurs mains tendues en toussant comme le poison conçu par MINOS emplissait mes poumons. Peut-être ne me tuerait-il pas, mais il était douloureux.

Des mains blanches avançaient vers moi, essayaient de me dépasser. Une ombre bloqua une des lampes rouges et, regardant vers le haut – les yeux humides et les poumons manquant d'air –, je vis Syriani retourner le prince le plus proche sur le dos et le transpercer. Presque doucement. Le Prophète soutint le regard du chef de clan mourant jusqu'à ce qu'il s'éteigne définitivement. Il n'y avait aucun sentiment sur le visage du roi pâle. Aucun remords, aucune joie. Le visage de Dorayaica était vide, aussi dénué d'expression qu'un masque funéraire.

Une nouvelle quinte de toux me saisit. Je roulai sur le ventre et, me mettant à quatre pattes, parvint à m'asseoir.

— Je ne peux pas… je ne peux pas respirer, soufflai-je, la poitrine se soulevant frénétiquement.

— Silence. Et cessez de ramper. Vous ne mourrez pas comme cela.

40

L'Autel vert

Je mis longtemps à reprendre mon souffle. Pendant un long moment, l'univers se résuma à ma respiration : la douleur brute et rouge, ainsi que ma vision grise et floue. Chaque inspiration menaçait de causer de nouveaux spasmes, une nouvelle quinte. Je vomis. À travers cette brume, je vis Syriani agenouillé au milieu de la destruction, les bras écartés devant l'image gravée de son dieu noir. Miudanar embrassait du regard le carnage, son image ne trahissant ni approbation, ni condamnation.

— Vous les avez tués, réussis-je à dire en me relevant sur des jambes tremblantes.

Je m'étais rarement senti aussi faible. Sans doute cela avait-il été le cas dans les fosses de Dharan-Tun, au paroxysme de mes tourments, mais le temps et les souffrances avaient émoussé ces souvenirs, et l'épuisement que je ressentais sous ce dôme organique était aussi bien physique que psychologique. J'avais tellement soif, j'étais tellement déshydraté, vide d'eau et de larmes que le fait que je sois toujours capable de me tenir debout était un petit miracle.

— Oui, dit Syriani Dorayaica en standard.

Il n'y avait pas de mot cielcin pour « oui ».

— Tous, ajoutai-je doucement.

— Oui.

Mes chaînes étaient tendues sur le sol. Je les ramassai lentement, les maillons glissant et cliquetant sur le marbre antique.

— Ce n'était pas l'œuvre de vos dieux, affirmai-je.

— Non.

Pris de vertige, je m'appuyai contre le pilier le plus proche. Le roi pâle ne se retourna pas.

— Vos mages ont leur utilité.

— Comment avez-vous fait ?

La créature qui se faisait désormais appeler Shiomu Elusha pivota sur ses talons et me fixa du regard.

— Qu'avez-vous dit, déjà, sur la fin des Enars ?

— Ah…

Je m'attendais à ce qu'il m'interroge à ce sujet. Je regardai le carnage dans le sanctuaire extraterrestre, le sol maculé de sang, de crasse et de vomi. Je n'eus aucun mal à imaginer que j'avais assisté une nouvelle fois à la mort des Enars, à la décomposition mille fois accélérée de leurs corps.

— Je les ai vus. Ici. Ils ont précipité leur fin dans cette chambre. Ils ont bu une… substance. Une potion, un poison. Qui les a dissous, réduits en poussière. (Sentant une quinte de toux arriver, je fermai les paupières et me concentrai sur ma respiration.) Ils n'ont pas été jugés par vos dieux. Ils n'ont pas atteint votre paradis. Ils avaient conquis la galaxie, mais cela ne leur suffisait pas. (Chaque mot que je prononçais me rendait plus fort, plus sûr de moi.) Vous croyez vraiment pouvoir tout détruire ?

Le Shiomu Elusha plissa les yeux, mais ne se leva pas.

— Vous en doutez ?

— Je ne doute aucunement de votre conviction, mais de votre pouvoir.

Le visage de l'ancien prince s'éclaira d'un sourire inhumain.

— Vous oubliez… ou bien ne comprenez-vous pas. Je n'ai pas besoin de tout détruire. C'est *vous* que je dois détruire. Sans vous, votre espèce échouera. Et sans votre espèce, l'Utannash ne sera jamais.

— Je…

J'avais oublié, effectivement.

— Et sans l'Utannash, l'univers n'aura jamais été. (Il se leva lentement, vacilla. Le roi était aussi épuisé que moi, et je me rappelai que lui aussi avait longuement marché ce matin-là.) Croyez-vous que j'aie exagéré lorsque j'ai accusé votre maître d'être l'auteur de ceci ? (Il écarta les bras pour englober le cosmos.) Utannash a créé le monde. Vous l'appelez *dieu*, mais vous ne devriez pas. S'il est au-delà du temps, il est né en son sein. Il y a été engendré. En vous détruisant, les vôtres et vous, je briserai le cycle, je mettrai un terme à cette création pervertie et libérerai mes maîtres – les vrais dieux –, les dieux du rien qui fut avant. (Il me montra sa main, sa paume couverte de sang argenté et luisant.) Voilà pourquoi ils m'ont créé ainsi.

Le silence s'installa et, pour la première fois, j'entendis la fureur lointaine de la foule, à l'extérieur. L'Elusha franchit la distance qui le séparait de moi en trois grands pas et commença à me tourner autour.

— Nous sommes pareils, vous et moi. Touchés par des puissances supérieures.

— Vous rêvez aussi le futur ? lui demandai-je, provocateur.

Le roi pâle se figea et pencha la tête sur le côté. Encore une fois, son visage lisse arbora un grand sourire bordé de noir.

— Il n'y a pas de futur. Bientôt, nous serons libres.

Des bruits de pas métalliques résonnèrent dans l'escalier, et je fus surpris de voir apparaître le général-*vayadan* Vati sous l'arche étroite, suivi d'Attavaisa et de Peledanu. Tous les trois s'agenouillèrent et pressèrent leur visage contre le sol.

— *Elusha ba-koarin*, dirent-ils à l'unisson.

Mon roi.

Vati leva la tête et découvrit de ses yeux rouges les montagnes de cadavres.

— C'est fini, alors.

— En effet, confirma Elusha avec ce que je pris pour une pointe de tristesse. Quoique, pas tout à fait. Nous avons conquis… maintenant, nous devons commander. Les autres sont-ils en place ?

Vati se leva sans se redresser, manœuvre complexe facilitée par son corps mécanique.

— Le vaisseau arrive. La foule l'a déjà repéré. Elle demande ce que *notre roi* nous a apporté.

— Vous me flattez, Vati, rétorqua Shiomu Elusha. Je doute qu'ils aient utilisé cette expression.

— Ils le feront à n'en pas douter, *ushan belu* ! dit le prince Attavaisa, toujours agenouillé.

Ushan belu ? Je regardai successivement Attavaisa et Dorayaica. Signifiant « bien-aimé », l'expression pouvait être utilisée entre un *Aeta* et son *vayadan*, esclave ou partenaire sexuel. Attavaisa leva ses yeux grands ouverts vers son nouveau roi. Je me demandai… Attavaisa et Peledanu étaient-ils *vayadan*, désormais ? Les remplaçants d'Iubalu et Bahudde ? Les concubins et consorts du nouveau roi ?

Le Shiomu Elusha balaya ces flatteries d'un geste de la main.

— Appelez les *kalupanari*. Qu'ils récupèrent ces corps et les donnent aux soldats. Que tout le monde voie ce qu'il advient de ceux qui mettent en doute ma domination.

Les *kalupanari* étaient les chimères, les démons d'Arae.

Il avait adressé ces mots à Vati, qui leva le menton et se redressa.

— *Yaiya toh.*

— *Ushan belu*, qu'allez-vous dire au peuple ? s'enquit l'ancien prince, le *vayadan* Peledanu, à genoux.

Le Shiomu Elusha cligna des paupières et des membranes nictitantes.

— *Ejaan*, répondit-il. Rien. Le peuple verra ce qui est vrai et croira, conclut-il en levant sa main argentée pour appuyer son propos.

— Et ceux qui ne croient pas ? demanda Attavaisa. Que doit-on faire d'eux, Dorayaica ?

Le roi pâle gronda.

— Il n'y a plus de Dorayaica ! Je suis *Shiomu Elusha.* Ne l'oubliez plus, Attavaisa, ou vous ne tarderez pas à les rejoindre, conclut le roi pâle en désignant d'une main dégoulinante de son sang le massacre du temple.

Attavaisa se tut et présenta sa gorge en signe de capitulation.

— Ceux qui refusent de croire et de se soumettre sont *Utannashimn* et seront détruits. Mais ils se soumettront, assura-t-il en me regardant. Je leur ai apporté un très beau cadeau.

Ses mots restèrent suspendus dans l'atmosphère, aussi épais que le poison qui avait tué les autres princes. Pendant quelques secondes, on n'entendit plus que ma toux contenue et le brouhaha étouffé de la foule. Alors, des bruits de pas métalliques dans l'escalier annoncèrent l'arrivée des *kalupanari* qui porteraient les *Aetane* jusqu'à leur dernière demeure, à savoir l'estomac de leurs anciens sujets.

— Redescendons, finit par dire le grand roi. *Raka ute uelacyr.*

Le moment est venu.

Les cadavres des princes étaient empilés comme du bois de chauffage sous les piliers de la chambre de l'œil. Le soleil brillait d'un éclat orange sinistre juste au-dessus de la ligne d'horizon, embrasant le sommet des tours qui marquaient l'emplacement de l'entrée de la cité. Les chimères n'avaient pas mis longtemps à empiler les corps, à les préparer pour l'exposition finale.

Je percevais l'énervement de la foule à travers les parois du grand crâne, je l'entendais s'agiter, se chamailler. Les princes étaient entrés depuis longtemps, et si un groupe était ressorti avec Hasurumn, rien ne laissait croire que l'*Aetavanni* touchait à sa fin.

Pourtant, il était terminé, et le monde des Cielcins avait été changé pour toujours.

J'étais assis par terre, adossé à un pilier, le regard dans le vague. Une chimère tenait mes chaînes, aussi immobile qu'une statue.

— Ce sera bientôt fini, dit une voix froide mais humaine.

Relevant la tête, je découvris le mage Urbaine, les bras croisés sur la poitrine, les mains rentrées dans ses manches grises et amples. Severine se tenait à côté de lui et d'une autre femme, toutes les deux étant également vêtues de gris.

— Qu'est-ce que vous attendez ? m'enquis-je.

Urbaine se contenta de sourire, tandis que l'autre femme me demandait :

— Êtes-vous si pressé de mourir ?

— Depuis combien de temps suis-je prisonnier ?

Severine et Urbaine échangèrent un regard.

— Depuis que Vati vous a conduit à Dharan-Tun ? Sept années standard, répondit Severine. Sept années, trois mois et vingt-sept jours.

De la nature clinique de sa réponse, je déduisis qu'elle consultait une donnée transmise par ses implants neuraux.

J'eus la nausée. Si j'avais eu quelque chose dans l'estomac, j'aurais vomi. Combien de fois avais-je posé cette question depuis mon réveil dans le froid et le fluide gluant ? Combien de centaine de fois sans obtenir la moindre réponse ?

— Sept ans…, bredouillai-je en soutenant le regard de la femme de MINOS. Sept ans, et vous me demandez si je suis pressé de mourir ? (Je baissai les yeux car la vue des sorciers attisait une fureur que j'étais dans l'incapacité d'assouvir.) Je savais que ce jour viendrait. Je le savais depuis le début. Je savais que je n'y échapperais pas. Non… (Je secouai vigoureusement la tête, chassant des larmes nouvelles.) Je ne suis pas pressé de mourir.

En vérité, je n'étais pas sûr de pouvoir mourir. Réellement. Et cela me terrifiait. Si j'avais été sûr de trépasser, la perspective de ma mort prochaine aurait été agréable après tout ce que j'avais enduré. Cependant, j'étais déjà mort avant, et je savais que la mort n'était pas libératrice. Qu'arriverait-il si Dorayaica – si l'Elusha, me corrigeai-je – me sacrifiait et que je survivais ? Serais-je condamné à finir ma vie en captivité et à mourir mille fois pour distraire le roi pâle ?

— Vous auriez de l'eau ? demandai-je sans trop d'espoir.

À mon grand étonnement, Urbaine sortit une flasque à demi pleine de sous sa robe.

— Une dernière politesse, dit-il.

Je bus avidement, en renversai un peu sur mon menton. Menu soulagement, ce n'était pas de l'urine, comme mes tourmenteurs cielcins m'en avaient si souvent donné.

— Merci, dis-je d'une voix légèrement cassée.

Lorsque j'eus terminé, les cuivres extraterrestres jouèrent, et un torrent de voix inhumaines enfla pour les accueillir. Relevant la tête, je vis Syriani Dorayaica, le Shiomu Elusha, l'héritier d'Elu et Grand Roi des Cielcins émerger de l'étage supérieur. Il ne s'arrêta pas, ne tourna pas la tête à gauche ni à droite, mais passa devant les montagnes de cadavres et les soldats rassemblés dans la salle inférieure, dépassant ses chimères et ses humains, puis les princes qui avaient accepté de devenir ses esclaves. Il passa devant moi et les soldats qui m'entouraient, émergea dans la lumière du soleil couchant sous l'arche de l'orbite unique.

— *Cielcin ba-kousun!* s'écria-t-il, la voix amplifiée par un instrument invisible, transmise par des haut-parleurs sertis dans les corps des soldats chimériques alignés devant la foule. Mes Cielcins! *Mon* peuple! (La foule agitée se tut soudain, et le grand roi s'exclama:) Les princes sont morts!

Le silence devint plus intense. La confusion la plus totale – et non Dorayaica – régnait. Autour de moi, les soldats chimériques soulevèrent des cadavres de leurs longs membres articulés. Je reconnus le corps d'Iamndaina. Comme les soldats montraient les morts à la foule, j'entendis des cris de stupeur étouffés.

— Pour la première fois depuis l'époque d'Elu, les clans sont réunis! proclama le roi. Je suis *Elusha*! *Shiomu Elusha*! J'ai parlé aux dieux! Et à Miudanar qui rêve dans la mort! Je suis celui dont Elu avait annoncé la venue. Je suis celui qui guidera notre peuple dans les ténèbres jusqu'à une nouvelle vie. Je suis l'épée qui nettoiera l'univers! Je suis la main qui le renouvellera!

Je voyais à peine la silhouette du Prophète sur les marches qui conduisaient à l'autel d'Elu. Le roi levait bien haut sa main entaillée pour montrer le Sang à la foule. Le roi pâle se tut, attendant que les Cielcins tirent seuls leurs conclusions.

Les signes étaient connus de tous.

Soudain, les guerriers chimériques commencèrent à distribuer les *Aetane* morts comme un grand prince de l'Imperium jetterait des pièces à des mendiants. Si je m'étais attendu à ce que les Cielcins hésitent par déférence pour les morts, je fus déçu. Ils se ruèrent sur les cadavres comme des vautours, arrachant bagues et anneaux avant de s'attaquer aux doigts. Des joyaux orneraient bientôt les mains de modestes soldats. Qui s'entre-tueraient pour des colifichets et des morceaux de tissu.

— *Izhkurrah!* cria quelqu'un dans la foule.

Le mot se propagea comme une traînée de poudre, et le désert tout entier entonna :

— *Izhkurrah ! Izhkurrah ! Elusha ba-Izhkurrah ! Elusha ba-Cielcin !*

— Le Roi du Sang, dit doucement Urbaine dans un sourire en coin diabolique.

— Le Roi des Cielcins, ajouta Severine.

— Un nouvel âge commence ! (La voix du roi fit tomber la poussière des piliers et du plafond.) Elu nous a permis de quitter Se Vattayu ! Il nous a conduits ici ! Miudanar nous a donné des ailes ! Il nous a donné des navires et la volonté d'en construire ! Umna a libéré Usathlam de ses chaînes sous les eaux des Baikosi ! Dumann et Zahaka et Inumgalu – les premiers *Aetane* – ont réduit les *Azh-Hakkai* en esclavage, les ont anéantis ! Et ils ont fait tout cela grâce à Elu. Elu qui a construit nos premiers navires. Elu qui a créé notre premier royaume stellaire. (Il serra les poings et les leva devant ses yeux à la manière d'un boxeur, descendant la courte volée de marches menant à l'autel vert.) Et *Elusha* récupérera ces étoiles ! Elusha réduira les *yukajjimn* en esclavage ! Elusha, qui a soumis leur grand champion, leur *Aeta* !

L'ancien Prince des Princes écarta ses mains griffues pour attirer à lui tous les Pâles. Répondant à un ordre invisible, la chimère qui tenait mes chaînes dans sa main s'avança et me força à me lever.

Je vacillai, m'appuyai contre un poteau aux faces lissées.

Urbaine me sourit et posa une main moite sur ma joue.

— Je vais adorer le temps que nous allons passer ensemble. (Lisant la confusion sur mon visage, il me tapota la joue.) Sa Grandeur nous a promis votre tête.

On me tira comme un chien, et je me retrouvai dans la lumière sinistre. Je me figeai au sommet des marches, face à la foule. À mon arrivée dans le temple, je n'avais pas eu l'occasion de m'émerveiller de son importance.

Des centaines de milliers de Cielcins étaient rassemblés sur le sable devant le sanctuaire du crâne. Un véritable océan de visages et de bannières bleues et violettes recouvrait la plaine hérissée de piliers. Des soldats avaient escaladé des colonnes et s'accrochaient à des visages sculptés pour mieux voir au-dessus des têtes cornues de leurs congénères. Au loin, il y avait d'autres bannières sur les terrasses et les balcons d'Akterumu, et je devinai que pour chaque créature présente sur le sable, il y en avait une cinquantaine dans la ville. Tous les Cielcins – à part les clans qui avaient refusé de répondre à l'appel du roi pâle – étaient réunis à Akterumu, sur Eue, ou dans la flotte, au-dessus.

Ils devaient être des milliards.

— Voyez-le ! lança le Shiomu Elusha. Voyez le Champion d'Utannash, qui m'a défié et que j'ai vaincu dans la bataille ! (La créature leva de nouveau sa main ensanglantée pour la montrer à la foule.) C'est le plus grand d'entre eux ! Qu'il soit sacrifié pour marquer le début d'un nouvel âge ! Comme Avarra s'est sacrifié pour Elu, sacrifions ce grand roi ennemi au Rêveur et aux Observateurs qui sont avec nous aujourd'hui !

Le grand prince se retourna et fit le geste de trancher avec sa main indemne.

Mon garde me poussa, et je dégringolai l'escalier pour me retrouver aux pieds du Prophète. Je levai les yeux et constatai qu'il était monté sur l'estrade et se tenait derrière l'autel à l'endroit exact où son prédécesseur avait brûlé le cadavre de son compagnon.

— J'offre cette créature à Miudanar le Grand au nom d'Elu, mais je l'offre aussi à mon peuple ! Ce sera un avant-goût de l'avenir !

Il se passa la main ensanglantée sur le visage, maculant ses joues, ses lèvres et sa mâchoire, puis la leva de nouveau vers le ciel, vers le soleil. Tous les regards se tournèrent dans la direction qu'il montrait, tandis que quelque part en dessous, des tambours se mettaient à jouer.

Une ombre passa devant l'astre du jour, et comme je me relevais tant bien que mal, mon cœur se brisa en morceaux.

— Non ! murmurai-je d'une toute petite voix creuse. Non !

Le monarque se tourna vers moi, la robe noire claquant autour des chevilles, le regard mort, froid et lointain. Derrière lui, les chimères jetèrent une nouvelle salve de princes morts dans la foule, qui s'agitait et sautait sur place, les bras tendus au-dessus de la tête. Les dents de verre entourées de sang argenté, désignant toujours le ciel, Elusha prononça les mots que j'attendais d'entendre :

— Vous saviez que cela finirait ainsi. (À la noirceur de ses yeux, je compris qu'il savait que j'avais déjà vu cet épisode.) Le moment est venu.

Dharan-Tun ne bloquait pas le soleil comme sur Berenike, mais autre chose le faisait. La silhouette noire glissait au-dessus des tours et de la grande muraille d'Akterumu, se déplaçant avec la lourdeur d'un nuage d'orage démesuré. Les rayons maladifs du soleil frappaient la coque polie, ainsi que celle des navires extraterrestres qui le tractaient. Des tours et des spires dépassaient de son ventre telle une version inversée de la ville bâtie dans le désert de sable anthracite. Les gueules des canons étaient muettes, les hangars d'où pouvaient décoller des appareils légers scintillaient d'un éclat argenté sous la ligne lumineuse de son équateur. L'engin se rapprochait, et je sentis presque dans mes os les grincements de sa superstructure agrippée par la gravité d'Eue. Le vaisseau avait été construit dans l'espace, et aucune machine de cette taille ne pouvait survivre à un atterrissage. Le monstre vira, et l'arc convexe de ses moteurs sembla couper une tranche de ciel.

La grande spire pareille à un château inversé normalement située à l'arrière n'était plus là – peut-être avait-elle explosé ou bien l'avait-on démontée –, mais je reconnus sans mal le navire.

Le *Tamerlane* était suspendu au-dessus des remparts de la ville, porté par quatre gros appareils cielcins dotés de répulseurs bleus. L'atmosphère gémissait et tremblait, résonnait d'un bruit de métal tordu et de tonnerre. J'étais pétrifié, tandis que mes larmes coulaient librement sur mes joues.

Jamais auparavant sa vue ne m'avait inspiré autant de douleur et de terreur.

Dorayaica, l'Elusha, avait l'intention de poser le *Tamerlane* dans le cercle d'Akterumu. Il comptait offrir le vaisseau et ses quatre-vingt-dix mille soldats en fugue cryogénique aux Cielcins en signe de bonne volonté. Afin de sceller le pacte qui unirait son armée nouvelle, son empire naissant.

— Non !

Et pourtant… Combien de fois avais-je été témoin de cette scène en rêve ? Combien de fois mon inconscient m'avait-il montré cet instant précis – comme une mémoire traumatique – afin de me pousser à tout faire pour l'éviter ?

Ce que j'avais échoué à faire.

Je n'avais pas échappé à mon Destin.

La grande horde avait tourné le dos au temple pour assister à la descente du grand navire de guerre. Nombreux étaient ceux, à l'arrière, à se disperser déjà, pressés qu'ils étaient de se rapprocher du vaisseau. Une rangée de chimères, cependant, les obligea à rebrousser chemin afin de sécuriser la piste d'atterrissage. Les tambours et les cors jouèrent encore plus fort, tandis que les cris de guerre s'intensifiaient, concurrençant le vacarme des répulseurs. À plusieurs reprises, j'entendis les mots *Elusha* et *Izhkurrah* portés par le vent.

Lorsque le vaisseau gémissant eut fini de franchir la muraille, des soldats allumèrent des fumigènes primitifs, déroulant des volutes de fumée verte et azurée dans le ciel, guidant le pilote. C'était la première fois que je voyais le *Tamerlane* d'aussi près. Le navire de guerre de classe Eriel nous dominait tous, dominait même la tête de l'Observateur qui se dressait au cœur de cette terre morte. Sous le ventre du monstre, les chimères en armure blanche ne semblaient pas plus grandes que des fourmis. Le vaisseau descendit encore, et je vis sa coque et les portes de ses hangars grêlées et usées d'avoir passé tellement de temps dans l'espace sans entretien.

Sans doute avait-il passé la durée de mon emprisonnement sur la surface de Dharan-Tun ou dans les entrailles d'un des vaisseaux-mondes de Vati. Les stigmates de sa bataille perdue étaient visibles, même à un kilomètre et demi de distance : le blindage lourd de la coque dorsale présentait de profondes fissures géométriques où les longues chaînes de molécules d'adamant avaient cédé sous des assauts titanesques. Les appareils d'abordage cielcins dépassaient des ponts inférieurs telles des pointes de flèche dans le flanc d'un géant de fer.

Le *Tamerlane* n'était plus qu'à trois cents mètres d'altitude, soit plus bas que les colonnes de fumée colorées. Je vis Hushansa, qui commandait aux troupes chargées de gérer l'atterrissage. Cent cinquante mètres. Des jets de fumée verdâtre marquaient sa descente, plus hauts et moins permanents que les piliers des Enars. Cent mètres. Soixante-dix mètres. Les tours noires comparables à des stalactites accrochées au ventre du vaisseau frôlèrent le sommet des colonnes des Enars. Le grand navire vacilla comme les répulseurs peinaient à le retenir, brûlant d'un éclat plus chaud et bleu dans le coucher du soleil. Une spire conique heurta un pilier antique dressé là depuis des temps immémoriaux.

Le *Tamerlane* l'écrasa en quelques secondes. Lorsque le vaisseau fut à environ trente mètres du sol, les remorqueurs cielcins coupèrent leurs câbles. Impossible de dire combien de piliers le navire cassa dans sa chute finale. Le fracas de l'impact terminal couvrit celui des tambours et de tous les coups de tonnerre de l'univers. Mon monde s'écroulait. D'énormes nuages de sable gris jaillirent vers le ciel, balayant les équipes chimériques au sol et calmant la foule.

Le silence revint.

Je savais ce qui venait ensuite.

Le flanc bâbord du *Tamerlane* ne se trouvait qu'à un kilomètre et demi des marches du temple, et le vacarme de la chute avait plongé la horde cielcine dans le chaos. Obéissant à des ordres relayés par leurs implants, les chimères s'activèrent pour reprendre le contrôle des masses. J'entendis des coups de feu, comme les démons de fer tiraient sur la foule, jetant les cadavres des plus récalcitrants pour terrifier les autres.

L'instinct d'obéissance était profondément ancré dans les xénobites, aussi ne mirent-ils que quelques minutes à dominer les hordes et à dégager l'avenue centrale reliant le temple à l'entrée de la ville, chaussée en travers de laquelle était couché le *Tamerlane*.

Je voulus protester, arrêter le grand roi, casser mes chaînes. Mais je savais… Même si je le faisais, même si j'y arrivais, je me retrouverais face au roi, à sa Main blanche, à ses vassaux, aux chimères, aux *scahari* et à un demi-million de Cielcins enragés.

Que pouvais-je faire d'autre à part mourir ?

Je tombai à genoux en voyant des silhouettes humaines émerger de l'épave de mon monde. Mes yeux s'emplirent de larmes en découvrant les officiers en tenues noires et rouges, les hommes en treillis marron. Syriani avait vidé les cubicula du *Tamerlane*, avait rassemblé au moins la moitié des quatre-vingt-dix mille hommes du puissant navire. Peut-être même les avait-il tous réveillés.

Ils n'avaient pas d'armure, certains titubaient et ne s'étaient manifestement pas remis de leur fugue cryogénique. Ils s'accrochaient les uns aux autres, essayaient de rester le plus loin possible des monstres qui flanquaient l'avenue. Les gardes du roi pâle ne les pressèrent pas, ne leur mordirent pas les chevilles, ne les fouettèrent pas comme ils avaient fouetté les pauvres esclaves au commencement de la parade. Syriani avait planifié l'événement avec une précision diabolique. On sentait presque l'odeur de la salive qui gouttait des crocs extraterrestres, on goûtait presque l'anticipation grandissante.

Je reconnus d'abord Ilex. Sa peau verte et ses cheveux mousseux juraient sur la toile de fond des visages pâles. Après ces longues années d'enfermement et de solitude, mon cœur se brisa.

— Ilex !

Je me redressai et me précipitai vers l'autel sans me soucier de mes chaînes, prévoyant de renverser la pierre et de descendre les marches pour rejoindre les miens. Ce faisant, j'avisai un nœud d'officiers vêtus de noir. Il y avait le crâne chauve et les oreilles proéminentes du commandant Halford, et cette petite silhouette, là, c'était Lorian !

Ma chaîne se tendit, m'étrangla. Mes pieds firent quelques pas de plus, glissèrent, et ma tête heurta le sol.

— Pourquoi ? sifflai-je à personne en particulier. Pourquoi ?

— *Dajaggaa o-tajun junne !* répondit une voix froide et morte.

Mais ce n'était pas une réponse. J'étais tellement abasourdi et submergé par la joie, la terreur et le chagrin que je ne compris pas les mots. Des mains de fer m'agrippèrent et me remirent debout. Ne me laissant pas le temps de respirer, ni même de cligner les yeux, les soldats qui me tenaient me plaquèrent le visage contre l'autel, enfonçant leurs doigts durs dans mes cheveux emmêlés. En tournant légèrement la tête au dernier moment, j'avais réussi à sauver mon nez. J'étais pris de vertige. Le bruit de la foule se brouilla, devint étouffé, comme si je l'entendais à travers un rideau d'eau. J'étais redevenu un jeune homme, j'étais seul et sans ami dans la nuit de Borosevo.

— Pas comme ça..., gémis-je ou crus-je gémir.

Derrière mon esprit embrumé, j'entendais des tintements de chaînes. Ils tirèrent sur celles qui entravaient mes poignets et les passèrent dans une boucle située sous l'autel, m'obligeant à pencher la tête au-dessus d'une saignée ou d'un canal comparable à celui qui courait le long de la table de banquet de Dharan-Tun. Je savais comment cela se terminerait ; je l'avais vu un millier de fois. Syriani Dorayaica, le Fléau de la Terre, le Shiomu Elusha, Roi des Cielcins, me saisirait par les cheveux et tirerait ma tête en arrière. À l'aide de son couteau incurvé, il me trancherait la gorge d'une oreille à l'autre. Mon sang s'écoulerait dans le canal, seule source de rouge dans ce décor infernal.

Mais il ne le ferait pas tout de suite.

Mes tourments n'étaient pas terminés.

Les autres victimes se rassemblaient au pied de l'escalier, désormais. Je me rappelle que je ne pouvais pas m'empêcher de les regarder. Et je souriais... Après une si longue solitude, une si longue torture sans voir un visage ami, j'étais submergé de joie. C'était pervers, mais je n'y pouvais rien. Je pleurais abondamment et me félicitais de ce que mes yeux étaient dissimulés par un rideau de cheveux.

Les gardes cielcins postés au pied des marches croisèrent leurs cimeterres pour obliger les prisonniers à s'arrêter. Dans le fond, des hommes continuaient de descendre des ruines du *Tamerlane*, aiguillonnés par des esclavagistes armés de cimeterres et de piques. La Compagnie rouge se massait dans le triangle de sable dégagé par les chimères.

Vingt hommes vêtus de noir se tenaient épaule contre épaule au pied des marches, en contrebas. Ilex, dryade aux pommettes hautes et aux bras nus, sortait du lot, évidemment. Elle me fixait de son regard ambré en clignant des paupières. À côté se tenait Elara, la dernière de mes myrmidons, sans doute ; Pallino devait être mort. Elle croisa mon regard et hocha la tête. Ses grands yeux marron scintillaient de larmes. Et puis il y avait Halford, capitaine de l'équipe de nuit, puis Koskinen et Pherrine et les officiers de rang inférieur, des gens que je connaissais à peine. Au début, je ne reconnus pas Tor Varro. Le scholiaste portait une tenue noire d'officier. Je ne l'avais jamais vu autrement qu'en robe verte. Son visage couleur de bronze était impassible, dénué d'expression, comme une statue. À sa droite, près du centre, il y avait Lorian Aristedes, qui dépassait péniblement le coude du scholiaste, ses cheveux blancs trop longs noués et posés sur son épaule. Sans sa canne et ses accessoires argentés, il ressemblait presque à un enfant. Enfin, il aurait pu ressembler à un enfant si son visage pâle n'avait trahi une telle souffrance. Ses yeux clairs et délavés trouvèrent les miens, et il hocha la tête.

Le fait que Lorian se taise en disait long sur la gravité de la situation.

— Had ! appela Elara. (J'entendis à peine sa voix dans le tumulte inhumain, mais je lus sur ses lèvres.) Où est Pallino ?

Je ne pus que secouer la tête. J'hésitais entre me réjouir ou être dévasté. Pallino n'était pas là. Ni Crim, ni Otavia…

… ni Valka.

— Had ! (Le visage maternel d'Elara était rouge de colère et de peur.) Que lui est-il arrivé ?

Les paupières fermées, je pressai mon front contre la pierre froide. *Il est mort*, voulus-je lui dire. *Mort et enterré.*

Le Fléau de la Terre contourna l'autel et s'arrêta au sommet de l'escalier, embrassant du regard l'humanité réunie au milieu de sa horde.

Pas comme ça…

Les tambours de la mort se remirent à jouer, et le roi pâle leva sa main argentée vers le ciel, absorbant un torrent de cris de joie et de chant : *Izhkurrah ! Izhkurrah ! Izhkurrah !*

L'Elusha abaissa la main, et lorsque ses Cielcins se furent calmés, il parla, non pas à la foule mais aux humains réunis en contrebas.

— Lequel d'entre vous est le capitaine ? demanda-t-il en standard.

Les officiers s'agitèrent, regardèrent autour d'eux, attendant de voir comment les autres réagiraient. J'imaginai l'impression que leur faisait ce monde. Pour le meilleur et pour le pire, j'avais vécu parmi les Pâles pendant des années. Les hommes du *Tamerlane* s'étaient réveillés en enfer ou vivaient dans un cauchemar d'où il n'était pas possible de s'échapper.

Comme personne ne répondait, le roi répéta :

— Lequel d'entre vous est le capitaine ?

Il pencha la tête sur le côté, mouvement qui fit tinter ses chaînettes et ses bracelets. Sa cape et la toge de style impérial qu'il portait par-dessus son armure à l'apparence organique accompagnaient ses mouvements ; on aurait dit un reflet inversé de notre Empereur. Derrière lui, Vati et Aulamn et la sphère flottante qui contenait le cerveau d'Hushansa observaient avec des yeux rouges et brillants. Le géant Teyanu dominait les officiers de toute sa taille, au pied de l'escalier. Chimères en armure blanche et *scahari* vêtus de noir et de bleu brandissaient de fines bannières ornées de la Main blanche, et au loin… les remparts et les tours laides d'Akterumu – du pandémonium – se dressaient, rose-vert et gris, ceignant le monde et la carcasse du *Tamerlane.*

Sur un geste du roi, Aulamn bondit en écartant ses larges ailes membraneuses. Le *vayadan* sauta au milieu des officiers et en attrapa un par les épaules. Le monstre battit des ailes une fois et profita d'un courant d'air chaud pour s'élever au-dessus du désert. À trois cents mètres du sol, il lâcha l'homme, qui hurla avant de s'écraser sur le sable au milieu de la horde cielcine. Les xénobites lui sautèrent dessus comme des requins affamés dans des eaux sanglantes. Ayant accompli sa mission, Aulamn se posa à côté de Vati, devant l'œil caverneux de Miudanar.

— Répondez-moi ! Lequel d'entre vous est le capitaine ? demanda Syriani en levant la main, menaçant de lâcher une nouvelle fois son amant ailé et esclave.

— Moi ! répondit une voix lasse et ténue. (Un homme maigre aux épaules étroites se faufila jusqu'au premier rang.) Je suis le capitaine ! lança-t-il en levant la main.

Il portait une tenue noire d'officier de la Légion, mais il avait le crâne rasé comme un simple soldat. Bastien Durand avait toujours été un homme calme et sans prétention, un aide autoritaire et renfrogné au service de Corvo. Je ne l'avais jamais apprécié, le trouvant étrangement froid et guindé pour un mercenaire, et nous avions connu quelques conflits, lui et moi. J'étais convaincu qu'il manquait de courage physique, tout en lui concédant une certaine conscience professionnelle.

Avait-il tenté de se cacher derrière les autres ?

Cela n'avait plus d'importance, car il ne se cachait plus. Sortant du rang, le soldat érudit ajusta ses lunettes purement esthétiques et poussa un bref soupir.

— Je suis le capitaine, répéta-t-il en levant le menton dans un geste de défi et non de défaite.

Il s'avança jusqu'au pied de l'escalier, où deux gardes l'arrêtèrent en croisant leurs cimeterres.

— *Ujjaa nevasari*, lança le grand roi, ordonnant à ses soldats de laisser passer Bastien.

Les cimeterres se décroisèrent, et lorsque Durand hésita, un des *scahari* le saisit par le coude et l'obligea à monter, avant de le forcer à s'agenouiller sur le marbre vert devant l'autel. Devant l'Elusha.

En spécialiste qu'il était des coutumes humaines, le Shiomu Elusha tendit sa main ornée d'une bague à Bastien. Celui-ci me regarda du coin de l'œil, hésita trop longtemps. Le chef cielcin le frappa au visage, lui entaillant la joue comme il avait entaillé la mienne. Le coup n'avait pas été trop fort, cependant, et, à son crédit, Bastien resta droit dans ses bottes. Je lui adressai un hochement de tête, lui donnant mon approbation.

Bastien baisa la bague, frissonnant en prenant la main extraterrestre. L'Elusha referma ses doigts trop longs autour de son cou et dit :

— Je veux que vous confirmiez, pour moi et pour votre peuple, que cet homme est bien Hadrian Marlowe. Je veux qu'ils sachent tous que ce qu'ils voient n'est pas le *Mensonge*. Que ce n'est pas une ruse. Qu'ils ne rêvent pas. Acceptez-vous d'obtempérer ?

— Vous voulez que je…

— Confirmez que ceci…, insista le xénobite en tendant deux doigts griffus. Que ceci est bien votre maître !

Son geste s'adoucit un peu comme il ouvrait sa main ensanglantée, invitant Bastien à se rapprocher de l'autel. En dessous, la Compagnie rouge se mettait collectivement sur la pointe des pieds pour voir son capitaine – son premier officier, en réalité – et le roi pâle. Même en enfer, la curiosité humaine était infinie. Autour d'eux, la marée cielcine monta, enfla comme un océan de ténèbres coiffées de blanc.

Bastien Durand acquiesça de la tête et, marchant avec sa raideur habituelle, vint plus près de l'autel.

— Lord Marlowe ? Monseigneur ?

— Bastien, répondis-je en relevant tant bien que mal la tête, enchaîné que j'étais.

En entendant ma voix, le jeune homme se mit au garde-à-vous et se frappa le torse avant de tendre le bras droit à la mode impériale.

— Monseigneur… (Il regarda brièvement le crâne du dieu mort et les généraux chimériques sur les marches, au-dessus de nous.) Mourir dans un endroit aussi hideux…

— Hideux, en effet.

— Otavia, Monsieur…

Sa voix se brisa. Il ne parvint pas à articuler sa terrible question : *Est-elle morte ?*

— Perdue, répondis-je en secouant la tête. Sur Padmurak. Elle et…

Ce fut à mon tour de ne pas terminer ma phrase. *Et Valka…*

Bastien ferma les paupières, se massa les yeux avec les doigts, dérangeant ses lunettes. Jamais je ne l'avais vu montrer davantage ses émotions. Son moment de faiblesse, cependant, ne dura pas.

— Vous me confirmez qu'il ne s'agit pas d'une tromperie ? insista le xénobite d'une voix froide, aiguë et terrible, nous empêchant de nous apitoyer.

Bastien Durand inspira profondément et, faisant face au Shiomu Elusha, répondit :

— C'est bien lui.

D'une main argentée, le xénobite désigna les humains encadrés par les rangs cielcins, en contrebas.

— Dites-leur.

Bastien me regarda une dernière fois, et je remarquai une larme solitaire sur son visage sévère. Pour moi ? Pour Otavia ? Pour lui-même ?

— Je croyais que vous étiez l'Élu, lâcha-t-il d'un ton amer, la mine sombre.

Ses mots me firent l'effet d'une gifle, m'entaillèrent plus profondément que n'importe quel couteau. Je baissai les yeux, pressai mon front sur la pierre froide de l'autel. C'était ma faute. Si j'avais été plus vigilant, j'aurais compris que Padmurak était un piège. Si je ne m'étais mis dans le crâne de détruire les pilotes de char de Vedatharad, j'aurais été jusqu'à la fin avec Valka et Otavia, Pallino et Crim. Je les aurais peut-être sauvés. Ainsi que le *Tamerlane*. Rien de tout ceci ne serait arrivé, et l'Empire aurait été informé de la trahison du Commonwealth.

Je ne regardai pas comme Bastien confirmait aux spectateurs humains que j'étais bien moi-même. Je sentis – plus que je n'entendis, ni ne vis – la Compagnie rouge contenir des cris de désespoir. Mon univers se limitait à mes mains entravées sous la dalle de l'autel. J'essayai de me concentrer, de ravaler mes larmes et de serrer les dents, de voir un endroit où mes entraves se cassaient, où je gagnais ma liberté. Je m'imaginai sautant sur l'autel et étranglant le monarque avec mes chaînes devant nos armées respectives. Et nous gagnerions notre liberté à l'issue d'une improbable bataille contre les Cielcins…

Des fantasmes.

Je ne me faisais pas d'illusions. Même si je parvenais à invoquer mes pouvoirs disparus et à me libérer, je savais que je ne dépasserais pas cet autel. Si les *Iedyr* et les gardes ne m'arrêtaient pas, le roi lui-même le ferait. Même si j'avais été en pleine forme, le roi xénobite était bien plus puissant ; et cela faisait des années que j'avais perdu ma force. Par ailleurs, même si je battais l'Elusha, même si les humains gagnaient cette bataille – alors qu'ils étaient cinq ou six fois moins nombreux que l'ennemi –, nous n'aurions nulle part où aller. Akterumu accueillait des millions d'autres Pâles, auxquels il fallait ajouter les milliards qui orbitaient autour de la planète. Les vaisseaux-mondes de mille sept cents clans nous attendaient.

Nous étions fichus.

Des cris traversèrent les murs de mon petit univers. Le choc et l'incrédulité.

Je levai les yeux et découvris un homme en tenue noire décapité là où se tenait Bastien Durand quelques secondes plus tôt. Le corps vacilla un instant, avant de basculer dans l'escalier en direction de la foule. Le roi qui avait été Syriani Dorayaica tenait une épée luisante dans sa main. Non pas une épée en céramique blanche, ni un cimeterre comme les Pâles en avaient généralement.

L'épée en matière haute semblait toute petite dans son poing, de la taille d'un couteau dans ses longs doigts arachnéens. Ce n'était pas la monstruosité crépitante dont Carax avait parlé à l'Empereur dans un lointain passé, ni l'arme que j'avais vue dans ma vision la nuit précédente. La lame était claire et lisse comme du cristal, comme un éclat de lune, sa surface ondulée partant des quillons de métal liquide qui protégeaient la main. La garde était en argent, la poignée habillée de cuir bordeaux. C'était une lame jaddienne. L'épée d'Olorin. Mon épée.

Pendant tout ce temps, je l'avais crue perdue sur Padmurak, entre les mains de Iovan, peut-être. Ou bien détenue par Lorth Talleg, tel un trophée. Mais les Lothriens l'avaient donnée à Vati, qui l'avait bien évidemment remise à son maître.

Et Syriani s'en était servi pour tuer Bastien Durand.

La tête du commandant avait dégringolé les marches, s'arrêtant entre les gardes qui protégeaient l'accès de l'escalier et mes officiers. Personne ne dit rien, et j'eus l'impression que les humains avaient cessé de respirer. Ils étaient immobiles, solennels, stupéfaits par ce qui venait d'arriver et par ce qui les attendait.

L'Elusha reprit la parole, et sa voix glaciale fut amplifiée par quelque dispositif invisible comme il s'adressait à mes hommes :

— À genoux, humains ! ordonna-t-il en brandissant son arme dans une parodie de statue de la Justice provoquant la foule.

Lentement, irrémédiablement, la Compagnie rouge – quatre-vingt-dix mille personnes – tomba à genoux. Le monarque baissa la main, et d'un ton contenu, poursuivit :

— Je suis cielcin. *Le Cielcin*. Et j'ai battu votre maître, votre prince, précisa-t-il en agitant sa main ensanglantée vers moi. Votre Hadrian mourra aujourd'hui, et votre Empereur le suivra bientôt. Votre peuple deviendra une nation d'esclaves. Du bétail. Mais ne soyez pas déçus ! Vous vous êtes bien battus ! Votre mort sera rapide !

Lentement, je levai les yeux et me préparai. Le Shiomu Elusha pointa mon épée jaddienne vers mon visage, et d'une voix amplifiée, lança :

— Mais d'abord, vous devez choisir.

Je croisai le regard du Prophète, mais ne dis rien. Derrière lui, la carcasse du *Tamerlane* fumait, des volutes noires se déroulant au-dessus des remparts d'Akterumu, vers les cieux, où d'innombrables lunes nous regardaient.

— Vous devez en choisir un, dit Syriani. Un de vos hommes devra retrouver votre Empereur pour lui annoncer votre mort. Je vous laisse le désigner.

Les officiers agenouillés avaient tous entendu, et les premiers rangs s'agitèrent maladroitement. Le cadavre de Bastien gisait entre eux et nous, son sang créant une tache d'un rouge irréel dans un monde gris et vert. Sa tête avait roulé à quelques mètres de l'endroit où Halford et Koskinen étaient agenouillés. Je croisai brièvement le regard de l'un, puis de l'autre, me rappelant comment le dernier avait sauvé la Compagnie rouge et le *Tamerlane* sur Nagapur. Il était devenu un bon officier. Je me tournai vers Elara, mais elle secoua la tête et détourna les yeux. Je la comprenais.

Tu n'as pas intérêt.

— Je…

Était-ce une ultime faveur ? Un cadeau à un adversaire de valeur ? Ou bien une malédiction ? Un ultime acte de cruauté ? Sous l'autel, je tendis mes chaînes, écartai les poignets autant que possible. Ilex me regardait ; elle avait le visage presque aussi blanc que Varro. Pherrine pleurait doucement, les épaules basses. Le commandant Aristedes était agenouillé à côté d'elle, ratatiné dans la défaite, ses mains fines sur celles de la femme, moment d'humanité fugace dans cet enfer extraterrestre.

Un seul.

Je n'en sauverais qu'un seul.

Ce n'était pas vraiment un choix. Une colère justifiée brûlait en moi, enflait derrière la douleur et les indignités que j'avais subies. Je me raclai la gorge et lançai :

— Lorian.

Bastien et Otavia étant morts, il était le plus haut gradé.

L'intus jura et se leva.

— Je n'irai pas !

— Il le faut !

— En vous laissant mourir ici ? demanda-t-il en s'avançant, s'arrêtant à portée de cimeterre.

Sur un signe du grand roi, les gardes laissèrent passer Lorian, qui gravit les marches ensanglantées en claudiquant et en contournant le cadavre de ce pauvre Bastien. Il ne se dégonfla pas en arrivant devant le Prophète, qui était presque deux fois plus grand que lui, mais rentra le menton à la manière d'un boxeur.

— Quelle amusante petite créature, remarqua Syriani. Vos seigneurs ont des animaux de compagnie du même genre, n'est-ce pas ? Que sait-il faire ?

Habitué depuis toujours à ce type d'insulte, Lorian se mordit la lèvre inférieure et, à mon grand étonnement, garda le silence.

Syriani renifla en faisant palpiter ses quatre narines.

— Emmenez-le.

Des bruits de pas résonnèrent sur les dalles derrière moi. Tirant sur mes chaînes, je me retournai suffisamment pour voir approcher Severine et une chimère. Le garde saisit Lorian par le cou et le tira sur la terrasse qui ceignait le crâne de Miudanar. Il y eut un courant d'air chaud, et je découvris la silhouette grise d'une navette – un appareil de facture humaine, à en juger par ses lignes droites et simples – en train de descendre.

— Lorian ! appelai-je en les regardant s'éloigner.

Severine s'arrêta et permit à Lorian de se retourner. Je plongeai le regard dans celui, pâle et humide, du jeune officier, qui déglutit.

— Vengez-nous !

41

Le festin noir

Des ailes noires traversèrent l'atmosphère crépusculaire, tandis qu'une rafale balayait la terrasse devant le dôme du crâne. Le roi cielcin n'avait pas perdu de temps, envoyant son messager sans attendre. Cela me fit réfléchir. Malgré mon éducation et mon expérience, les Cielcins me demeuraient fondamentalement étrangers. S'il avait attendu un peu, Dorayaica aurait pu envoyer ma tête à l'Empereur. Toutefois, il semblait avoir d'autres préoccupations, un autre plan. Peut-être craignait-il que le chaos s'empare de la ville, que les diverses factions, les généraux et serviteurs, les ministres et *vayadan* des princes assassinés soient tentés par un régicide. Peut-être Lorian avait-il un autre rôle à jouer dans la phase suivante de son plan, une part qui ne pouvait attendre.

Ou bien le Prophète voulait-il que je voie la navette s'éloigner dans le ciel de plus en plus sombre.

Encore une fois, je posai mon front contre le rebord de l'autel et regardai mes mains, tandis que Syriani s'adressait à son peuple. Une lumière clignota sur mon terminal de poignet, un indicateur de mise en route sans doute, ou bien un capteur me mettant en garde contre un dysfonctionnement de ma combinaison, me prévenant d'une fuite dans le réseau d'hydratation, peut-être.

— *Cielucin ba-koun !* Mon peuple ! Assistez au spectacle de ma victoire ! Les *yukajjimn* sont à genoux.

Je redressai la tête à temps pour voir l'Elusha lever une fois de plus sa main ensanglantée.

— Battez-vous pour moi, et nous ferons plier le moindre de leurs mondes !

Derrière moi, les chimères reprirent leur distribution de princes morts, jetant les cadavres sans cérémonie.

— *Ti-koun !* proclama le Prophète. Je suis le Sang d'Elu ! Le Sang des dieux coule dans mes veines ! (La main levée, l'épée tendue, Syriani pivota sur ses talons et fit face au crâne du géant mort, à moi.) Miudanar ! Rêveur ! Observateur ! Dieu ! Je suis votre serviteur, comme le fut Elu avant moi !

Les tambours infernaux se remirent à jouer, secouant les os et les dents de tous ceux qui étaient réunis dans cet endroit hideux. J'essayai de regarder Syriani dans les yeux, mais le soleil couchant brillait presque directement derrière sa couronne de cornes, transformant le roi pâle en silhouette noire.

— Je vous ai apporté celui qui sert Utannash, l'Usurpateur ! Le Champion du Mensonge ! Puisse sa mort briser vos chaînes ! Avec son sacrifice, je frappe le Mensonge lui-même ! Je suis votre instrument ! Je suis la Vérité de Dieu !

Les chimères et l'armée du grand roi poussèrent un rugissement. Cimeterres et bannières jaillirent vers le ciel et s'agitèrent au-dessus du vaste océan extraterrestre.

Rangeant ma lame, Syriani pivota sur ses talons et, s'exprimant toujours dans sa propre langue, dit :

— Ici, Avarra a offert sa vie afin qu'Elu puisse prouver sa dévotion ! Tout comme Elu a sacrifié Avarra, je vais sacrifier cette créature aux dieux et offrir ceux-là… (Le Prophète écarta les bras, désignant les humains agenouillés sur la plaine, devant l'escalier.) … à mon peuple !

Je savais ce qui m'attendait, je l'avais vu – comme j'avais vu une grande partie de cette terrible journée – mille fois en rêve.

Sauf que je ne rêvais pas.

Mille fois j'avais vu le Prophète lever ses mains luisantes. Mille fois, je les avais entendues s'entrechoquer, le bruit se réverbérant dans mes visions, à travers le temps.

Syriani frappa dans ses mains et prononça un seul et terrible mot, un ordre ultime et horrible :

— *Paqqaa.*

Mangez.

Les chimères, qui jusque-là retenaient la foule, levèrent les bras et, comme un océan noir, les Cielcins se déversèrent, recouvrirent la Compagnie rouge agenouillée et sans défense. Quatre-vingt-dix mille soldats se relevèrent en hurlant de terreur, tandis que des centaines de milliers de Pâles se jetaient sur eux. Une créature se lança sur Pherrine, au premier rang, mais Koskinen lui barra la route et lui donna un coup de coude dans le visage. Tandis que le Cielcin décrivait des moulinets avec les bras, le timonier palatin lui sauta dessus et le fit tomber. Deux autres monstres arrivèrent par-derrière et attrapèrent les bras du jeune officier, les lui arrachant en posant un pied sur son torse.

Je n'entendis pas le cri de douleur de Koskinen.

Mon hurlement noya mon univers. Je cognai mon front contre l'autel en essayant de me relever, d'arracher les chaînes de l'anneau dans lequel elles passaient. La lumière continuait de briller sur mon gantelet, me prévenant des défaillances de ma combinaison.

Pas comme ça.

Fermant les paupières, je m'efforçai de reprendre le contrôle de ma respiration. Le seul bruit audible – plus puissant que les cris distants de terreur – fut celui des timbales de mon cœur.

Syriani se tourna vers moi et me dit d'une voix aussi douce et lisse que du verre :

— Vous voyez ? Votre légende est un mensonge. Votre dieu ne peut pas vous sauver.

Je ne l'écoutai pas, me concentrai sur mes chaînes. Le vieil anneau en fer finirait bien par céder. Je me refermai sur moi-même, essayai de trouver cet endroit calme, en moi. *Le chagrin est une eau profonde*, me dis-je. *La colère est aveugle.* Les aphorismes stoïques, les leçons de Gibson, toute sa philosophie et sa poésie tombèrent à plat et sonnèrent creux dans cet enfer à l'atmosphère immobile. Ils ne signifiaient rien devant cette horreur. En toile de fond, le *Tamerlane* fumait, sa carcasse noircissant le ciel. Soudain, une ombre recouvrit la partie inférieure du soleil, et le monde devint gris. Levant les yeux, je compris.

Dharan-Tun occultait partiellement le soleil. Syriani avait ordonné à son capitaine et ses marins d'assombrir le ciel comme ils l'avaient fait au-dessus de Berenike. C'était du théâtre, un mélodrame, et le mélodrame était la moins noble des formes d'art. La moins noble, certes, mais aussi la plus proche de la vérité.

J'appuyai mon front contre l'autel et souhaitai de toutes mes forces que les chaînes cassent. Je bandai tous mes muscles, les bottes plantées dans le marbre vert, les genoux et le dos fléchis. Mes poignets me faisaient souffrir là où mes entraves mordaient dans ma chair en dépit de mes gantelets.

— Non, grondai-je. Non !

Des mains rugueuses m'agrippèrent et me plaquèrent la face contre la pierre, avant de tirer ma tête en arrière. Je ne résistai pas.

— Regardez ! siffla Syriani dans mon oreille. Je veux que vous voyiez. Je veux que vous sachiez que votre dieu vous a trompé, qu'il vous a déserté. Je veux que vous appreniez la *Vérité*.

Je ne savais comment, mais Ilex et Elara avaient réussi à récupérer des cimeterres. Derrière elles, des nœuds d'hommes s'étaient formés. Quatre-vingt-dix mille, c'était beaucoup. Ils seraient longs à mourir.

— Voyez comme ils tentent de résister ! lança le Prophète. Le dernier festival de ce genre remonte à avant la Dispersion !

Ses griffes s'enfoncèrent dans mon scalp, et mon sang se mit à couler. Je grimaçai et m'affaissai.

— Pourquoi ne vous contentez-vous pas de me tuer ? marmonnai-je.

L'Elusha lâcha ma tête ensanglantée. Je ne pouvais rien faire pour empêcher mon peuple de mourir. Rien. L'atmosphère grise s'assombrit encore, tandis que les bruits de la fête et les rires diaboliques se faisaient entendre sur le sable, en dessous. Et les cris, les larmes.

— Ce n'est pas encore le moment, dit Syriani en désignant le soleil et la fausse lune qui l'éclipsait. Utannash vous a abandonné, admettez-le.

Un sang chaud coulait sur mon visage. Je clignai des paupières pour le chasser de mes yeux, détournai le regard, plaquai mon front contre la dalle. Je ne pouvais plus supporter le spectacle de la souffrance que j'avais été incapable de prévenir. Que j'avais causée. Je ne pouvais pas ne pas entendre, ne pas *écouter* le bruit de la chair qu'on arrache, de la terreur.

— Admettez que ce que vous avez fait sur Berenike était un mensonge, insista Dorayaica en me dominant de toute sa taille. (Sous le soleil noir, il n'avait pas d'ombre. Car son ombre recouvrait le monde tout entier.) Vous n'avez pas de pouvoirs. Vous n'en avez jamais eu. Vous êtes aussi faux que votre faux maître. Vous m'avez trompé.

Je regardai du coin de l'œil le grand roi en armure et robe noires, en toge de style impérial, les bras et les cornes ornés de bijoux en argent. Je tremblai de rage, de chagrin, de douleurs remémorées.

Je détournai les yeux.

— Vous êtes seul, lança le grand roi. Votre peuple est seul. Ils ont vécu comme des rois, mais ils mourront comme des rats. Je marcherai sur votre cadavre et sur chacun de vos mondes. Je déracinerai votre peuple. Je l'avilirai. Jusqu'au dernier homme. Et lorsque vous ne serez plus, votre avenir n'existera plus. Utannash mourra, et les dieux seront de nouveau libres. Libérés de cet univers falsifié. Libres d'en construire un autre.

Des ténèbres totales nous recouvrirent.

Soudain, la lumière.

Blanc-bleu comme le clair de lune.

Une lame jaddienne. Mon épée.

— Mourez maintenant et pour toujours, dit Syriani en brandissant l'arme.

Le monde devint aussi silencieux et immobile que de la roche, comme si le Temps lui-même chancelait. Severine était convaincue que je percevais le temps d'une manière singulière, que mon cerveau le traitait en haute résolution, le découpait en incréments plus petits. Assez petits pour percevoir les embranchements quantiques, pour que les instants paraissent des heures.

J'écoutai et je n'entendis rien.

Je vis.

J'aurais pu pleurer, s'il avait été possible de pleurer dans cet espace et ce temps. Ma vision était revenue, et je tournai mon regard non voilé pour me voir à travers un instant présent infini. D'innombrables Hadrian étaient agenouillés, enchaînés, ou accroupis, ou se dressaient avec fierté, chacun représentant une possibilité qui n'était pas arrivée. Vous qui lisez ces lignes, vous vous dites peut-être qu'il y avait – qu'il y a – une infinité d'autres mondes. Vous imaginez que nos actes ne comptent pas, parce que nous avons tout fait une fois, quelque part.

Il n'en est rien.

Seul arrive ce qui arrive. En revanche, l'univers se rappelle ce qui n'est pas arrivé. Les passés alternatifs ne sont pas perdus. Rien ne se perd. Ni la matière. Ni l'énergie. Ni les possibilités. Je vis du coin de l'œil ces autres *moi*, je plongeai dans ces possibilités infinies, des événements si distants et improbables qu'ils n'auraient jamais pu se produire.

Les autres Hadrian croisèrent mon regard.

Dans l'Alcaz du Badr, le grand palais des Princes de Jadd, il y a une salle des miroirs. En son centre se trouvent une fontaine en argent et un bassin dont les poissons – les porphyrogénéticiens le disent – ne peuvent pas mourir. Sous les lampes de cristal de cette fontaine, la salle est réfléchie, réfractée en une infinité de variations sur les murs polis. Assis sur la margelle en marbre, le prince peut se croire au centre de l'univers et méditer en contemplant sa personne et sa fontaine immortelle réfléchies à l'infini.

Il en fut ainsi pour moi.

Je clignai des yeux, et dans l'espace de ce clignement de paupières, ma vision changea. Je n'étais plus une ligne tracée sur le présent potentiel, mais une vision kaléidoscopique dont les facettes réfléchissaient une autre version de moi.

Quelque chose avait changé à la faveur de la crise. J'avais l'impression d'être éveillé pour la première fois. Je souffrais toujours, bien sûr, mais j'étais au-delà de la douleur et du chagrin. Au-delà de tout. Mes tourments et l'horreur finale de cet endroit m'avaient transporté dans un coin de mon âme que même mes passions ne pouvaient atteindre. J'étais propre et *pur*, ce qui me permettait de voir tout.

Bien que toujours conscient, je m'affaissai sur l'autel – je sentais la pierre froide et sèche sur mon visage – et découvris dans un genre de vision double le Noir abyssal au-delà de la mort.

Trouvez-nous, dit une voix polie et familière dans mes oreilles. *Trouvez-nous en vous.*

Hadrian Marlowe se dressait au-dessus de moi, comme dans les cachots du Conclave. Ses cheveux gras – zébrés de mèches blanches – lui arrivaient à la taille. Ses côtes se voyaient sous sa peau blanche comme de l'ivoire et translucide. Ses yeux étaient profondément enfoncés dans leurs orbites. De larges cicatrices lui couvraient les bras et les cuisses, et son visage présentait des marques de dents et de griffes.

Étais-je déjà mort ?

Lorsque j'étais mort à bord du *Démiurge*, ma propre image m'avait accueilli, vêtue de magnifiques vêtements du noir le plus profond. J'avais tellement changé. Tellement souffert. Tellement… perdu. Je me regardai, meurtri, vêtu de haillons. Il leva une main, m'offrit l'objet qu'il tenait avec trois doigts.

Je m'en saisis avec trois doigts.

Pendant un instant très bref, nos regards, à cet autre Hadrian et à moi, se croisèrent.

— Vengez-nous, me dit-il comme j'avais dit à Lorian.

J'acquiesçai et je compris. Il était un de ceux qui auraient pu être, un Hadrian qui ne fut pas. Un Hadrian qui avait échoué, qui – dans ses derniers moments – m'avait tendu la main depuis son époque. Depuis un temps qui n'avait pas eu lieu. Un passé qui ne s'était jamais produit, un temps perdu pour toujours. Il avait échoué afin que je… que *nous* n'échouions pas forcément.

— Je vous vengerai.

Sous l'autel, un poids se retrouva dans mes mains. Toujours enchaîné, j'agrippai l'objet, sentant le cuir lisse entre mes doigts gantés. La vision se dissipa, et je raffermis ma prise sur l'émetteur et son protège-pluie. Je le pointai vers le bas, fermai les yeux et, prenant la poignée à deux mains, j'appuyai sur la détente et activai la lame en pressant

les boutons jumeaux. La matière haute fleurit au-dessus du sable du désert et, en un seul et même coup, tailla dans mes chaînes et dans la pierre de l'autel pour stopper la lame qui descendait vers mon cou. Mon épée se tordit, et je craignis même qu'elle finisse par me tuer.

Mais j'entendis un grognement, un cri contenu de douleur, et – libéré – je roulai sur le dos pour faire face à mon ennemi.

Du sang argenté coulait d'une blessure dans le flanc du grand roi, qui se plaqua une main sur la plaie et tituba en arrière. J'en profitai pour me relever, posant la main gauche sur l'autel craquelé pour me stabiliser, l'épée dans ma main droite ruinée tendue devant moi. L'Elusha me regardait avec de grands yeux noirs. Des yeux apeurés ? Furieux ?

— Comment ? demanda-t-il.

Je ne dis rien.

Pendant un instant solitaire, le monde fut immobile, même si le massacre continuait en dessous. Nous nous regardions, deux pièces de force équivalente au centre de l'échiquier, deux combattants armés d'épées identiques.

La même épée.

La garde instable du fait de ma main diminuée, je m'affairai maladroitement sur ma ceinture, trouvai le bouton d'activation de mon bouclier afin de déployer le rideau d'énergie. Je m'attendais à ce qu'il ne fonctionne pas. Après une si longue période de négligence, il n'aurait pas dû fonctionner, mais la batterie au graphène avait maintenu sa charge depuis Padmurak. Le rideau fractal se déploya et se referma autour de moi, l'air miroitant quelques instants avant de redevenir invisible. Ainsi protégé, je repris mon épée à deux mains et avançai, espérant profiter de ce que le grand roi était sur la défensive. Sur les marches, au-dessus, Vati bondit pour défendre son maître, mais le Prophète stoppa son serviteur.

Le général se figea, une main posée sur la lame en céramique, à sa ceinture.

Comme nous nous faisions face, j'entendis un cri lointain enfler au pied de l'escalier.

— Le Demi-mortel ! lança une voix humaine et fragile. Le Demi-mortel !

Ils m'avaient vu. Bientôt, le cri fut repris par mille gorges.

— Le Demi-mortel ! répétaient-ils dans un ultime effort de défense. Le Demi-mortel !

Je passai à l'attaque, tentant de toucher le roi des monstres à la hanche.

La main toujours sur le flanc, l'Elusha para avec ma lame, faisant glisser mon arme vers le bas. Même blessé, le seigneur cielcin me dominait comme une vague en train de se briser, ses dents de verre brillant au milieu d'un visage grimaçant.

— Vous ne me prendrez pas… ma victoire ! siffla-t-il avant de lancer son front vers mon visage.

Je réussis à rentrer le menton à temps, si bien que le front osseux du roi frappa le sommet de ma tête et non mon nez. Le coup fut brutal, cependant, et mes genoux cédèrent sous mon poids comme du bois trop sec. Je me mordis la langue en heurtant les dalles.

Je n'étais plus l'homme que j'avais été. Bien que décidé, bien que légitime dans ma fureur, je n'étais pas assez fort. Le temps passé dans ma prison de Dharan-Tun, sur les murs, dans les fosses, sous les couteaux cielcins, avait puisé dans mes forces. Je tenais debout, quoiqu'à peine.

— Un autre de vos trucs ! gronda le Prophète en suivant mon arme du regard. Cachée dans votre combinaison ?

Il brandit son épée pour attaquer, grognant comme son mouvement étirait la blessure de son flanc. Cet instant d'hésitation me donna tout le temps dont j'avais besoin. Je roulai sur le côté, passai sous l'autel d'Elu avant de me relever tant bien que mal. La lumière clignotait toujours sur mon gantelet comme je me remettais en garde, voyant les Cielcins qui attaquaient mes hommes au pied de l'escalier. Si je tuais Dorayaica, la marée refluerait peut-être, l'empire cielcin nouvellement créé éclaterait peut-être en mille sept cents factions différentes. Sans leader évident, ils s'écharperaient mutuellement dans leur désir désespéré de nous atteindre.

— Hadrian ! hurla Elara. Le *Tamerlane* ! Il faut retourner dans le *Tamerlane* !

Je ne l'écoutai pas. Le *Tamerlane* était en mauvais état. Il suffisait d'avoir des yeux pour le comprendre. Il ne volerait plus, il en serait incapable. Sa descente ultime l'avait brisé, et la fumée noire trahissait d'importants incendies internes. Bientôt, ils trouveraient des portes de sortie et se nourriraient de l'atmosphère d'Eue.

Le vaisseau était perdu.

L'Elusha contourna l'autel, la main ensanglantée pressée contre son flanc. Il donna un coup d'épée, mais je levai la mienne à temps pour écarter son attaque, et la lame ricocha comme une pierre sur la surface d'un étang. L'Elusha fit décrire un tour complet à sa lame avant de frapper de haut en bas à la manière d'un bourreau.

Mon bras gauche me sauva comme dans le Colosso, dans un lointain passé. Les os en adamant de Kharn Sagara tinrent bon, et la matière haute traversa ma combinaison et ma peau avant de heurter mon coude. La force de l'attaque, cependant, me fit trébucher, et je m'écroulai contre l'autel. Aveuglé par la panique, j'agrippai Syriani par le poignet, stoppant la descente de sa lame avec la main gauche. Alors que j'étais sur le point de frapper à mon tour, la main sanglante de l'Elusha jaillit pour me clouer le bras à l'autel. La créature découvrit ses dents.

— Pourquoi prolonger cette lutte ? Vous mourrez de toute façon !

La lame de l'Elusha se rapprochait inexorablement de mon visage, son fil ondulant brillant comme le clair de lune. Effilée comme l'était la matière haute, le monstre n'aurait besoin d'appliquer aucune force pour pénétrer ma peau, mes os et mon cerveau. Micron par micron, l'arme se rapprochait. J'essayai de libérer ma main, mais les griffes de Syriani ne la pressèrent que plus fort.

— Vous *devez* mourir !

J'étais pris au piège. Je ne pouvais même plus mettre mon arme en travers du chemin de la sienne. Mon épée pointait vers le bas, et mon adversaire pesait de tout son poids terrible sur mon poignet, piégeant l'arme à côté de moi, au bout de mon bras écarté. J'avais le plus grand mal à empêcher la matière haute de me transpercer le visage. De la salive coulait des crocs du vampire ; ses mâchoires étaient si proches de mon visage que je m'attendais à ce qu'elles se disloquent pour jaillir vers moi. Je sentais son haleine fétide, la puanteur de viande avariée et de pourriture mêlée à l'odeur métallique du sang qui lui maculait le visage.

Mon épaule tourmentée me faisait atrocement souffrir, et j'étais conscient de ne plus en avoir pour très longtemps. Les narines du Prophète palpitaient. Je tournai la tête et vis un mouvement à peine perceptible. Mon regard glissa sur le flanc blessé du monstre. Son sang pareil à du mercure coulait et tachait sa robe stygienne. Je lui avais assené un coup puissant, mais mon arme n'avait pas mordu assez profondément pour le tuer. Cette blessure, toutefois, aurait eu raison d'un adversaire ordinaire.

Pendant un instant interminable, je restai suspendu là, entre ma résistance à la force surhumaine de Syriani et la vue de son flanc ouvert. L'avais-je imaginé ? Je me tournai vers le visage du Prophète, qui arborait une grimace de triomphe. Et de compréhension.

Une nouvelle fois, je baissai les yeux et vis ce que je n'aurais pas dû voir.

Quelque chose de pâle et laid glissa sous la peau du Prophète tel un poisson sous la surface d'une mare trouble. Mes pupilles se dilatèrent, tandis que je me rappelais le cauchemar que j'avais eu dans ma cellule, les doigts pâles s'extirpant du cou du Prophète décapité. Le crâne de Miudanar était énorme derrière l'épaule de Syriani, avec son orbite vide, solitaire, pleine d'une malice mortelle.

— Qu'êtes-vous donc ? demandai-je d'une voix terriblement petite.

— Je vous l'ai dit, répondit le Prophète. Je vais devenir un dieu !

Il pesa de tout son poids sur moi. Mon épaule hurla. J'allais bel et bien mourir. Mon miracle n'aura donc servi à rien. La matière haute traverserait ma chair sans rencontrer aucune résistance.

Aucune résistance.

J'avais oublié ce que Crispin oubliait si souvent lorsque nous étions jeunes garçons.

J'avais oublié que la matière haute n'était pas de l'acier.

Le fil de la lame n'avait pas besoin de force pour couper, ni de place pour accélérer.

Quelques centimètres suffisaient.

Quelques centimètres, c'était tout ce que j'avais.

Je cessai d'essayer de libérer mon poignet, de relever mon arme. Au contraire, j'accompagnai le mouvement du Prophète, modifiant ma prise sur mon arme, la pointant vers la jambe de mon adversaire, juste au-dessus de la cheville. Si ma liberté de mouvement était limitée, l'arme tailla dans l'armure noire, le tissu et la moitié de son os.

Syriani siffla et me tomba dessus, mais son épée me manqua. Je me libérai, brandis mon arme pour achever le Prophète sur son autel.

Quelque chose d'énorme et solide me frappa comme une pierre, m'envoyant dans les airs par-dessus la tête des gardes qui se battaient au pied de l'escalier, puis dans la masse d'hommes et de corps, au-delà. J'essayai de m'asseoir, le sang des cadavres sous mes mains imbibant ma cape en *irinyr.*

Le général-*vayadan* Vati se tenait au sommet des marches, sa cape blanche abandonnée, sa silhouette squelettique se dressant entre son maître et moi. La bête m'avait foncé dessus avec toute la vitesse surnaturelle dont son corps augmenté était capable. Mon bouclier m'avait protégé, mais la masse et l'énergie cinétique de la créature m'avaient projeté à près de cent mètres de l'autel.

Quelque chose de mou avait amorti ma chute et, pendant un moment, je restai à ma place, un peu sonné. Le chaos régnait autour de moi, le monde refusait de se stabiliser. Je tournai la tête et eus l'impression de tomber. Enfin, ma vision s'éclaircit, et je me retrouvai face à ce qui avait été un visage de femme. Je ne la reconnus pas. Elle n'avait plus d'yeux, et la chair d'une de ses joues pendillait sous sa mâchoire, découvrant des dents rouges de sang. Je criai et voulus me dégager, mais le matériau mou sur lequel j'étais assis bougea, me déséquilibrant, et je me retrouvai allongé sur un tapis de cadavres. Des treillis déchirés comme du parchemin, des rubans de peau et de chair, des boucles d'intestin accrochées à mon armure.

Au prix d'un effort terrible, je parvins à m'asseoir sur ce carnage.

Des hommes et des femmes se battaient autour de moi ; nombre d'entre eux étaient armés de lances et de cimeterres dérobés. Comme je regardais autour de moi, Teyanu écrasa un homme en train de fuir sous ses pieds, et une chimère souleva une femme au-dessus de sa tête et – la saisissant par les chevilles et sous les bras – la déchira en deux morceaux, qu'elle lança derrière elle dans la foule affamée. Le cercle d'Akterumu résonnait de rires, de hurlements sauvages et du rythme des tambours cielcins.

Au-dessus de moi, Vati aida son maître à se relever. Syriani tenait toujours mon épée – mon arme originelle – et me fixait d'un regard plissé. Il favorisait sa jambe valide, la droite, tandis que la gauche saignait abondamment devant l'autel, se mêlant aux restes de Bastien. J'avais à moitié tranché son pied royal, et je savais que le seigneur noir ne remarcherait plus jamais comme avant.

Impossible, cependant, de me féliciter d'une si petite victoire. Le souvenir de ma vision et de la *chose* pâle se déplaçant sous la peau de l'extraterrestre me retourna l'estomac, que j'avais pourtant vide.

Je résistai à la tentation de me coucher et de rejoindre nos morts.

Des mains rugueuses m'attrapèrent. Des mains humaines, compris-je. Me retournant, j'avisai Elara, Ilex et un jeune chiliarque. Petros, il s'appelait Petros.

— Debout ! s'écria Ilex en essayant de me relever. Il faut partir d'ici !

— *Biqqaa !* hurlait Syriani en brandissant mon épée volée. *Biqqaa totajun wo !*

Les mots du Prophète furent noyés dans le vacarme et l'instant qui suivit.

Il y eut d'abord la lumière, blanche et furieuse comme un soleil brillant sous l'éclipse du Prophète, plus intense que tout ce qu'Eue avait connu jusque-là. L'explosion suivit une seconde plus tard, comme l'air faisait bouillir la chair extraterrestre ; et avant que je recouvre l'ouïe, je sentis – plus que je ne l'entendis – le chœur percussif des armes à feu.

— Impossible.

Je sentis le mot dans mes os. Je me retournai pour regarder par-dessus mon épaule.

Le *Tamerlane* avait ouvert le feu. Bien qu'endommagé et incapable de voler, échoué comme une baleine, ses batteries de canons rougeoyaient de fureur. Accompagné de mes derniers amis dans tout l'univers, je brandis mon épée et ris.

— Pour la Terre ! m'écriai-je en agitant mon arme à l'intention du Shiomu Elusha, de Syriani Dorayaica et de sa cour de démons. Pour la Terre et l'Empereur !

Ma voix était rauque et mes oreilles tintaient, mais j'entendis mes mots répétés par les défenseurs rassemblés autour de moi.

— Pour la Terre ! Pour la Terre et l'Empereur ! Pour le Demi-mortel ! Pour le Demi-mortel !

À l'ombre de son dieu mort et immortel, le Prophète tituba, choqué, confus. J'embrassai du regard le spectacle qui avait abasourdi Dorayaica. Je pensai tout d'abord que c'était un coup de Lorian. Que le petit homme avait échappé à Severine et à son garde pour… faire quelque chose. Sauf que ce n'était pas possible. Je mis ma main en visière au-dessus de mes yeux – cet éclair avait été produit par un des lasers d'un térawatt du *Tamerlane* – et me figeai.

Je regardai la lumière sur mon terminal de poignet, le voyant que j'avais sous les yeux depuis le début de mon exécution avortée. Ce n'était pas un indicateur de défaillance, ni une jauge d'énergie.

C'était une communication.

Comment ne l'avais-je pas compris plus tôt ?

Comme engourdi, je vérifiai de la main gauche le patch de conduction de ma combinaison, juste derrière mon oreille. Il était toujours là. Bêtement, je voulus appuyer sur le bouton du terminal, sur mon gantelet, alors que mon épée était toujours active dans ma main.

Je faillis la faire tomber.

— Il était temps, lança une voix guillerette et familière. J'ai bien cru que j'allais devoir descendre te chercher moi-même.

Mon cœur manqua un battement.

— Va… Valka ?

— Qui d'autre, *anaryan* ? répondit-elle d'une voix enrouée. Dépêche-toi de rejoindre le *Tamerlane*.

Je faillis m'étouffer en l'entendant.

— Mais !

J'étais à peine capable de réfléchir. Je me tournai vers l'Elusha et ses généraux. Plus jamais pareille chance ne se représenterait.

— Ce n'est pas le moment ! Il faut filer ! Rassemble Elara et tous ceux que tu pourras !

Je mis mes mains le long de mon corps et pivotai sur mes talons, regardant successivement les marches du temple et le vaisseau de guerre endommagé. Devant moi s'étirait une marée de cadavres humains et cielcins, les sangs rouge et noir se mêlant dans le sable.

— Cours ! Mais cours donc !

42

Sacrifice

Valka est vivante.

J'étais comme pris de vertige. J'avais vécu si longtemps sans le moindre espoir, que j'avais presque oublié ce sentiment. En faire l'expérience après une si longue période de sevrage était une torture aussi terrible que les fosses, une joie désespérée qui me faisait l'effet d'un coup de fouet.

Vivante.

Comme Elara était toujours à mes côtés, je la saisis par l'épaule.

— Il faut y aller !

Autour de nous, le carnage se poursuivait, chaotique comme un océan déchaîné. Les soldats qui nous entouraient, ainsi que les canons du vaisseau, avaient créé une brève fenêtre de calme. La horde cielcine s'était fracturée un peu, les xénobites les plus éloignés du temple courant vers les murs d'Akterumu. Comme ils avaient peu de chances d'accéder à la viande humaine étalée entre le *Tamerlane* et le crâne de Miudanar, ils n'avaient aucune raison de rester.

— Valka ! hurlai-je presque dans mon micro. Vise le temple ! Vise le temple, Dorayaica s'y trouve !

Comme je parlais, je sentis un courant d'air au-dessus de moi et, levant la tête, je vis des navettes cielcines en forme de croissant, dont les répulseurs secouaient l'atmosphère comme elles se mettaient à orbiter autour du crâne de l'Observateur.

Une autre voix, rauque, concentrée et inquiète, me répondit :

— Vous êtes trop près ! Si je pointe un des T-watt dans votre direction, le temple tout entier va exploser !

— Corvo ? (J'avais du mal à y croire. Cette sensation, dans mon ventre, Lin, Pallino et Valka l'avaient-ils ressentie en me voyant revenir d'entre les morts ?) Tu es vivante !

— Oui, mais ça risque de ne pas durer si vous ne vous dépêchez pas. Je suis sur le pont. La doc est en train de démarrer l'*Ascalon*. Nous sommes vraiment pressés !

Je n'avais aucun mal à l'imaginer penchée au-dessus du puits holographique du *Tamerlane*, d'où elle dirigeait les opérations.

— L'*Ascalon* !

Je faillis rire de joie. J'avais oublié le petit intercepteur de classe Challis. Et les Cielcins aussi, apparemment. Cette fois, je me surpris à espérer vraiment. Il existait une échappatoire. J'entrepris de m'éloigner du temple, l'épée scintillant dans la main. Elara et Ilex me flanquaient, poussant nos hommes devant nous. L'espoir est une chose délicate, cependant, qui pourrit dans l'horreur de l'instant suivant. Je trébuchai, mais le chiliarque Petros me rattrapa.

— Otavia, repris-je d'une voix éraillée. Et les autres ? L'*Ascalon* ne peut embarquer qu'une centaine d'hommes.

Il n'y eut pas de réponse.

— Otavia !

Lorsque la voix de la capitaine de la Règle me parvint, elle fut aussi tranchante qu'un monofilament.

— Je sais.

— Il y a quatre-vingt-dix mille hommes, ici ! criai-je, la gorge à vif.

— Je sais ! Et je ne peux rien faire pour eux !

— Les navettes ! insistai-je en continuant d'avancer vers le vaisseau. Il y a les navettes !

— Aucune d'entre elles n'est capable d'effectuer un saut en distorsion, et ce même si nous parvenons à les envelopper de notre champ ! rétorqua-t-elle.

Un puits s'ouvrit dans mes entrailles, dévorant la lumière. Elles seraient détruites avant de quitter l'atmosphère d'Eue, et elles n'auraient aucune chance de survivre sur la planète. Pas pendant les années, voire les décennies nécessaires pour envoyer des renforts. Ceux des nôtres qui réussiraient à s'échapper du cercle d'Akterumu seraient pourchassés pour le plaisir dans les étendues humides et gluantes qui passaient pour des paysages sur cette planète maudite.

Une centaine de personnes. Peut-être moins.

Nous n'en sauverions pas plus.

Je sentis le vieil acier impérial redresser ma colonne vertébrale, mes mâchoires se serrer et mes tendons se crisper. Il n'y avait rien d'autre à faire qu'à courir, se battre et sauver autant de gens que possible. Pas question que je meure dans cet endroit terrible. C'était désormais exclu. Valka était venue me chercher, et le vent avait tourné. Et pourtant, je savais que s'il devait rester un combattant dans notre camp, c'était moi, que si quelqu'un devait mourir à ce champ d'honneur, c'était bien moi.

Écartant ce choix pour le moment, je lançai :

— Elara ! Ilex ! Il faut y aller !

Je pointai mon épée vers la carcasse titanesque du *Tamerlane*, mon cœur enflant dans les cendres de mon âme. Valka était en vie, et Corvo aussi. Ce qui signifiait que Pallino et Crim devaient être de la partie.

La réponse d'Elara fut noyée dans les coups de canons. Des nuages de vapeur et de sable noir grossirent à mi-distance, et je vis des corps de Cielcins projetés dans le ciel, les membres brisés, avant de retomber en pluie. Le chaos régnait dans la horde cielcine, des groupes entiers s'en détachant pour courir sur le sable afin d'échapper aux canons de Corvo.

— Pour la Terre ! cria quelqu'un.

— Au vaisseau ! rugis-je en essayant de regrouper nos hommes.

Une lumière aveuglante emplit le monde et le plongea dans un silence absolu. Un instant plus tard, le tonnerre secoua toute la création comme le laser d'un térawatt transperçait la horde, vaporisant le flanc droit ennemi. Aveuglé, mais avançant toujours, je tombai, mon épée traversant la voie lisse tracée par les Enars. Comme ma vision brouillée s'éclaircissait, je vis sur quoi j'avais trébuché : un tronc humain. Fermant les paupières, je m'en libérai en rampant et me relevai difficilement. Des coups de feu secouaient le désert. Autour de moi, il n'y avait que du sang et des cris.

— Au vaisseau ! hurlai-je de nouveau en poussant un jeune soldat dans la bonne direction.

Les yeux écarquillés, le jeune homme courut sur une dizaine de mètres, bousculé par les hommes qui fuyaient avec lui. Je le regardai s'éloigner, son crâne chauve de légionnaire flottant dans une mer noire et bordeaux. Soudain, un des démons d'Arae bondit tel un singe, traversant notre route comme une machine agricole traverserait un champ de blé, moissonnant les hommes sur son passage. La créature tourna son masque sans visage vers moi, l'armure blanche couverte de sang. Elle se redressa de toute sa taille pour me barrer la route.

À côté de moi, Ilex jura.

N'ayant nulle part où me réfugier, je brandis mon épée bien haut, me préparant pour l'attaque qui ne manquerait pas de survenir. Des images de mon combat contre Hushansa sur Eikana me revinrent, la charge du *vayadan*, la chimère tombant en deux morceaux, comme je l'avais prévu. Bien qu'armé de mon impossible épée, je n'étais pas certain de pouvoir réitérer cet exploit car, pour défaire un pareil monstre dans l'état où j'étais, il faudrait véritablement un miracle.

La chimère me chargea en galopant à la façon d'un tigre poursuivant une biche.

Mon cri fut perdu dans le vacarme des canons du *Tamerlane* tirant à plus d'un kilomètre de là, mais je rugis bel et bien et me précipitai à sa rencontre.

La chimère explosa subitement, une myriade de morceaux s'éparpillant dans le sable autour de nous. Sa tête heurta la chaussée devant moi, et je vérifiai mon avance, regardant également vers le ciel. Corvo avait-elle détruit la bête ?

— Eh ! patron, je t'ai déjà dit qu'agiter cette épée vers le ciel de cette manière ne servait pas à grand-chose.

La voix était presque rieuse, et une silhouette noire descendit du ciel dans des rugissements de moteurs et un violent courant d'air. De grandes ailes se replièrent, les répulseurs crachant comme la navette descendait.

Je repliai mon bras devant mes yeux pour les protéger d'une vague de sable et de cailloux. Les Cielcins les plus proches de l'appareil détalèrent comme celui-ci poursuivait sa descente, craignant une salve comme celle qui avait détruit la chimère. À travers l'alumverre gris du cockpit, je distinguai le sourire de Crim, une grimace asymétrique surmontée d'un regard déterminé. Il me salua d'un geste de la main et stoppa la navette à quelques centimètres du sol. Je lui rendis son geste et poussai Elara devant moi comme Crim faisait doucement pivoter son appareil.

Comprenant que leurs proies risquaient de s'échapper, les Cielcins les plus proches convergèrent vers nous.

Des décharges de plasma furent tirées par la trappe bâbord de la navette, accompagnées par un cri presque aussi puissant que le vacarme produit par les canons du *Tamerlane*. Le feu violet frappa la charge cielcine à hauteur des genoux, et les xénobites s'écroulèrent, les corps fumants se disloquant, la chair se mêlant à l'armure fondue ou bien réduite à l'état de carbone noirci, de cendres emportées par le vent. La navette compléta son demi-tour, et je découvris que sa portière latérale en forme de coquillage était ouverte. Pallino y était assis, une jambe se balançant dans le vide, un lourd fusil à plasma posé sur l'épaule.

— Bouge un peu ton cul ! Nous n'avons pas la journée ! aboya le vieux soldat en s'agitant sur le fauteuil du mitrailleur.

Le chiliarque portait le plastron noir et rouge de la Compagnie rouge. Celui-là même qu'il avait à Vedatharad. Il était un peu plus cabossé et éraflé que la dernière fois que je l'avais vu, comme si le soldat avait connu l'enfer avant de me rejoindre dans cet endroit terrible. Pallino avait une barbe courte et raide, bien plus grise que noire, désormais. L'étincelle dans son regard bleu était toujours présente et féroce, cependant. Il eut un sourire sauvage, visa et tira dans la horde.

— Maintenant !

— Pallino !

Elara courut vers la navette, les bras tendus devant elle. Tout autour, les humains se précipitèrent vers le petit appareil, les hommes et les femmes aux yeux écarquillés espérant y trouver une place.

Je ralentis, profitant d'un moment de répit, de la masse de gens qui me séparait de l'ennemi. Il s'agissait d'une navette de classe Ibis. Les Ibis pouvaient accueillir trente soldats, peut-être quarante personnes non équipées et non armées.

Il faudrait faire des choix.

Seuls ceux qui monteraient à bord de ces appareils échapperaient au massacre sur cette terrible plaine. Une centaine d'hommes sur quatre-vingt-dix mille. Avais-je le droit d'être l'un d'entre eux ? Sans moi, ils ne se seraient jamais retrouvés ici. À Akterumu. Sur Eue. Sous Dharan-Tun.

— Ilex ! appela Pallino. Attrape sa seigneurie et montez à bord !

La dryade m'empoigna par le bras, mais je me dégageai.

— Allez-y. Moi, j'irai à pied.

— Mais, vous tenez à peine debout, rétorqua l'ancienne ingénieure en clignant des yeux.

— J'y arriverai. Prenez quelqu'un d'autre. Je refuse que quiconque meure à ma place.

— On ne peut pas tous les sauver ! lança Pallino, débout dans l'encadrement de la portière. (Stupéfait, je vis le vieux soldat pointer son arme dans la direction des hommes qui se rapprochaient.) Ne bougez plus ! On ne peut pas tous vous emmener. Continuez à pied jusqu'au *Tamerlane*. Je suis ici pour son altesse !

Tous les regards se tournèrent vers moi et, ne me laissant pas le temps de réagir, une douzaine de mains m'agrippèrent, me traînant vers la navette.

— Lord Marlowe ! dit un homme en me donnant une tape sur l'épaule.

— Laissez-le passer ! lança un autre en dégageant le passage devant nous.

Des mains se tendirent vers moi, non pas pour m'entraver, mais pour toucher mon bras, ma cape ou mes cheveux crasseux.

— Que lui est-il arrivé ?

— C'est bien lui ?

— Que lui ont-ils fait ?

— Quelle planète maudite !

— Merde !

Des larmes brouillaient ma vue, et j'avais du mal à marcher droit. La foule désespérée se fendit, et Ilex et moi fûmes poussés devant. Je tenais mon épée bien haut pour ne blesser personne et, après quelques secondes, je la désactivai. Des cris retentirent dans notre dos. Regardant par-dessus mon épaule, je vis des cimeterres cielcins à une soixantaine de mètres. Une muraille d'humains les retenait, des hommes armés ou sans défense luttant contre des ennemis deux fois plus grands qu'eux, une pellicule d'huile recouvrant un océan.

Nous n'avions pas beaucoup de temps devant nous.

J'arrivai devant la navette avant Elara. Prenant appui contre le montant de la portière, Pallino se baissa et me tendit la main. Il me souleva et me relâcha sur le plancher de l'appareil, où mon vieil ami m'aida à me relever.

— Tu as vraiment une salle gueule, Had. Et je ne te parle pas de l'odeur.

— Tu as connu des jours meilleurs aussi.

Il grogna et se tourna vers l'extérieur.

— J'en prends encore trente-cinq, à condition que vous vous tassiez bien ! Et magnez-vous un peu !

Je m'adossai à la paroi, le souffle court. Dans ce moment de calme relatif, je parvins à prendre un peu de recul. Regardant par-dessus l'épaule de Pallino qui aidait les hommes à monter à bord, je contemplai une mer de chair bouillonnante, une muraille humaine en train de céder sous les assauts de monstres cornus et aux yeux vides.

Ils déferlaient comme la marée, piétinaient des monticules de cadavres et de membres arrachés. Un croissant noir survolait ce carnage et se dirigeait vers le ciel clair au-delà des remparts d'Akterumu. Je savais que Syriani était à bord. Le roi blessé vivrait ; peut-être d'ailleurs n'était-il pas possible de le tuer. Un sang pareil à du mercure maculait ma main droite là où l'Elusha m'avait tenu ; déjà sec, il s'effritait. Je le contemplai pendant quelques secondes, sourd au chaos et aveugle au carnage qui nous entouraient. Je rêvais constamment de la mort de Syriani, de ces doigts pâles s'extirpant de son cou, de cette chose qui voulait à tout prix voir le jour.

«*Je vais devenir un dieu*», avait dit le Prophète.

La silhouette du crâne géant de Miudanar brillait dehors. Depuis l'endroit où j'étais assis, je ne voyais ni le gros de sa masse, ni son œil. Syriani avait dit que l'Observateur lui chuchotait à l'oreille, qu'il avait entendu l'appel du dieu noir. Ne l'avais-je pas entendu moi aussi ? Lui qui hurlait depuis ce lieu au-delà de la mort.

Je croyais comprendre cette vision.

La bête rêvait de résurrection, et Syriani était son instrument. À moins que… Une idée encore plus déstabilisante me vint. Syriani avait été changé, reconstruit à un niveau cellulaire. Peut-être sa transformation était-elle en cours, peut-être devenait-il quelque chose de plus proche d'un Observateur que d'un Cielcin, ou bien un hybride impie des deux, comme s'il était le rejeton de Miudanar, son *enfant*.

Soudain, il faisait très, très froid.

— Ilex, Elara ! s'écria Pallino, me sortant de mes réflexions. Petros, vous deux… Grouillez-vous ! (Le chiliarque leur fit furieusement signe, avant de menacer une nouvelle fois de son arme les hommes qui se pressaient devant l'entrée de l'appareil.) Vous autres, ne vous approchez plus !

Quelque chose changea alors, sans que je puisse dire quoi. L'air s'épaissit, et les cris lointains s'intensifièrent, devinrent plus aigus. Pallino me regarda avec ses yeux rajeunis horrifiés, dans lesquels je vis qu'il avait compris une fraction de seconde avant moi. Le mot fut lâché par un des hommes restés au sol, et si mon sang était déjà glacé, ces trois syllabes plongèrent mon cœur dans un bain d'azote liquide.

— Les *nahute* !

Je compris pourquoi l'atmosphère avait changé de nature et de densité. En effet, j'avais senti les bourdonnements de l'arme la plus vicieuse des xénobites. Les *nahute* fonçaient au-dessus de la horde telle une nuée de sauterelles, volée de serpents de fer assoiffés de sang. Pourquoi les Cielcins ne s'en étaient pas servis plus tôt ? Impossible à dire. Jusqu'à l'arrivée de la navette régnait une ambiance de carnaval hideux. Nous étions en infériorité numérique, désarmés, parqués comme du bétail. Sachant ceci, les Cielcins qui encerclaient le groupe humain avaient avancé avec une violence tranquille, massacrant les hommes de leurs mains griffues, les rompant comme du pain. Ils avaient le visage rouge de sang, tiraient une langue dégoulinante de liquide vital, tandis que l'atmosphère résonnait de cris de joie et de rires hideux. Avec l'apparition de la navette, l'ambiance avait changé, l'enthousiasme avait cédé la place à la fureur de voir leurs proies risquer de leur échapper.

Une fraction de seconde avant que les *nahute* frappent le groupe qui se pressait vers la navette, je distinguai clairement un porteur de bannière ennemi, un *coteliho*. Il y avait une tête humaine au bout de sa lance, piquée à l'horizontale, dont le sang imbibait la soie noire. Le crâne rasé aurait pu appartenir à n'importe lequel de nos soldats, mais j'étais certain qu'il s'agissait d'Halford. Malgré la distance, j'avais reconnu ses oreilles proéminentes.

Ilex accepta la main tendue de Pallino alors même que les *nahute* attaquaient nos hommes désespérés, leur gueule vrombissant, produisant un bourdonnement haut perché qui accompagnait les pulsations graves des répulseurs. Les choses primitives traquaient la chaleur et le mouvement, leurs mâchoires réduisant en bouillie la chair comme les os pour atteindre le cœur de la masse chaude. Les hommes pris pour cibles par ces monstrueux projectiles hurlèrent, tirant sur les serpents volants avec l'énergie du désespoir, tandis que les dents en carbone mâchouillaient leur chair tendre. Sans armure, sans aucune protection, ils n'avaient aucune chance de survivre.

Poussant un cri, Pallino arrosa le paysage de plasma, et des dizaines de monstruosités en acier tombèrent parmi les survivants, formant des monticules fondus et fumants. Cela ne servit à rien, cependant. Pour chaque serpent abattu par le myrmidon, trois autres jaillissaient, s'accrochaient comme des sangsues à la chair des pauvres soldats. Les hommes titubaient et tombaient, les mains frénétiques essayant en vain d'arracher les anguilles ondulantes des ventres et des cages thoraciques.

— Elara ! appela Pallino en tendant le bras.

Elle avait été séparée d'Ilex et moi dans la cohue. En s'écartant pour me permettre d'accéder en priorité à la navette, la foule l'avait poussée en marge de la cohue, l'empêchait de revenir. Ilex tituba dans l'habitacle et donna un coup de poing sur un bouton, ouvrant une porte intérieure pour rejoindre Crim. J'entendis la voix de l'assassin de la Règle, aussi perçante qu'un couteau de lancer.

— Pallino, il faut y aller !

Le vieux myrmidon ne l'écouta pas et lâcha son fusil à plasma, le laissant pendre à sa bandoulière, avant d'agripper l'encadrement de la portière.

— Vire à tribord, Crim, enfoiré de la Règle !

Je sentis presque la tension dans la mâchoire de Crim, qui poussait son manche à balai à droite. Les répulseurs pivotèrent sur les ailes courtes de l'Ibis, et la navette tourna, couchant hommes et femmes comme des brins d'herbe. Je voulus me détourner de ce spectacle horrible, mais je découvris que j'étais incapable de bouger. J'attrapai une barre en métal, au plafond, fis comme si je n'avais pas remarqué les regards des hommes qui m'entouraient, me focalisant sur Pallino et sa main tendue.

Dix mètres séparaient le chiliarque de sa femme. Au milieu des survivants abandonnés, Elara tendit la main, les yeux noirs écarquillés de terreur. Le crâne massif de Miudanar dominait le paysage à trois cents mètres de là, et plongeant mon regard dans son œil unique, je sentis son murmure s'immiscer de nouveau dans mon esprit.

— Allez ! hurla Pallino.

Un homme se suspendit à la navette et essaya de se hisser à l'intérieur. Ses mains couvertes de sang glissèrent sur le plancher, toutefois, y laissant des traînées rouges, et il retomba en heurtant celui-ci avec le menton. Les Cielcins étaient parmi les survivants, à ce stade. Là où il y avait eu un mur de défenseurs en tenues dépareillées, il y avait désormais une foule apeurée courant dans tous les sens pour rejoindre la masse humaine qui se précipitait vers le *Tamerlane*.

La main d'Elara flottait au-dessus des têtes comme une bannière. Pallino s'accroupit autant qu'il le put, se suspendit à une barre de fer, le visage déformé par une grimace de désespoir. Les mains se rapprochèrent l'une de l'autre.

— Je t'ai ! grogna-t-il en essayant de soulever sa femme, de la libérer de la masse confuse.

La navette vacilla, mais Elara s'éleva bel et bien, ses pieds quittant le sol. Un homme sauta, essaya de se glisser dans la portière ouverte. Ceux qui étaient déjà à l'intérieur les agrippèrent, Elara et lui, tandis que ceux du fond tenaient les premiers rangs fermement, tous les passagers de l'appareil formant un organisme unique et uni.

— Crim, vas-y ! lança Ilex en frappant le dossier du pilote.

Le mercenaire de la Règle ne perdit pas de temps, appuya sur une série de boutons. Les ailes se déployèrent, se courbant dans l'air, et le bourdonnement des répulseurs s'intensifia. La navette commença à s'élever. Une mer rouge s'étalait en dessous, un champ jonché de corps. Certains bougeaient toujours, tressautaient comme les *nahute* se tortillaient en eux, passant d'un homme à l'autre. Sur les franges, des Cielcins se jetaient sur des corps tels des vampires et détachaient la chair des os avec les dents ou des couteaux. Ici et là, je voyais des hommes et des femmes nus cloués au sol, luttant contre deux ou trois ennemis à la fois. Voyant la manière dont ils se mouvaient, je pensai à Gurana et eus envie de vomir.

— Par le dieu du Feu ! jura Crim. Qu'est-ce qu'elle est lourde !

— Remontez-moi ! supplia Elara.

— J'essaie ! répondit Pallino d'un ton féroce.

Deux hommes se précipitèrent à son aide, le second tenant par la ceinture le premier, qui se pencha à l'extérieur pour attraper le poignet du myrmidon.

— Jetez votre sabre, Madame ! cria un soldat.

À côté d'Elara, l'autre homme s'était presque hissé dans l'ouverture.

Après un moment d'hésitation, Elara se débarrassa de son cimeterre, qui tomba en tournoyant dans l'abattoir, en contrebas. Nous étions pressés les uns contre les autres, et je ne servais à rien. L'air sentait le fer et le musc. Le gars parvint à attraper la main d'Elara et aida Pallino à la soulever.

Soudain, quelque chose frappa Elara dans le dos, et elle tomba dans les bras de Pallino. Elle ouvrit la bouche pour crier, mais il en sortit du sang. Un vrombissement aigu résonna dans la cabine.

— Non ! hurla Pallino en plaquant une main dans le dos de sa femme, cherchant la queue de la machine maléfique qui s'était immiscée dans sa chair.

Elara s'affaissa. Pallino referma sa main sur le métal tressé du *nahute* et, dans un cri annonciateur de la fin d'un monde, arracha la chose du dos de son amante. La tête de l'arme tournait toujours, projetant des gouttelettes de sang au visage de Pallino et dans l'encadrement de la portière. Le vieux soldat fixa le meurtrier d'Elara d'un regard furieux et incrédule à la fois, avant d'écraser sa tête et ses dents en carbone contre la carrosserie de la navette.

— Non ! répéta-t-il en lançant l'arme dans le vide. Non, non, non, non ! (Il prit la tête d'Elara dans ses mains.) On venait de se retrouver…

Il l'embrassa, et la tête de la femme roula en arrière.

Il était trop tard. Elle était morte.

L'autre homme fut mis à l'abri dans l'appareil, qui vira lourdement de bord. Nous étions tous immobiles et aphones. Les blessures infligées par un *nahute* étaient toujours très graves, ses dents taillant dans la chair et les os, laissant des trous béants de trois centimètres de diamètre, des galeries qui n'étaient jamais rectilignes, mais qui serpentaient dans le corps comme celles d'un ver dans un fruit. Pallino avait empêché la chose d'entrer complètement dans le corps d'Elara, mais on ne pouvait présager des dégâts qu'elle avait subis en interne.

Rien n'aurait pu la sauver.

— Tu dois la laisser partir, dit Ilex à Pallino d'une voix douce. On ne peut pas l'emmener.

Elle avait raison ; serrés comme nous l'étions, il n'y avait pas de place pour étendre un corps au sol.

Pallino se tourna vers Ilex, vers moi. Jamais je n'avais vu le vieux soldat dans cet état, le regard vide, la mâchoire tremblante par manque de mots.

— Je… (Pour la première fois, je vis des larmes emplir ses yeux d'un bleu perçant.) Je… on peut la mettre dans une crèche cryogénique.

Si nous réussissions à la ramener à bord du *Tamerlane*, puis de l'*Ascalon*, si nous la mettions en fugue assez vite, son cerveau survivrait peut-être assez longtemps pour que nous la confiions à un chirurgien. Les organes endommagés pouvaient être cultivés.

— Nous n'aurons pas le temps, Monsieur, intervint une femme mince arborant l'étoile verte des techniciens médicaux sur le bras. Nous n'avons que dix minutes devant nous pour la préparer, et nous ne disposons pas d'un kit portatif.

Comme pour accentuer son propos, l'Ibis tressauta, et le bruit de la bataille et de la mort nous parvint par la portière ouverte.

— On ne peut pas l'emmener, insista Ilex. Tu ne peux pas. On a besoin de toi.

— Pallino, je suis désolé, dit une voix sèche, dont je me rendis compte *a posteriori* que j'en étais à l'origine.

Le chiliarque me regarda en clignant de ses yeux bleus subitement plus sombres et creux que ceux des Cielcins.

— Je… (Il ferma les paupières et hocha la tête comme s'il cherchait à se convaincre.) Je suis désolé, articula-t-il d'une voix rauque avant de lâcher Elara.

La femme bascula en arrière et tomba presque gracieusement dans le vide. Les paupières toujours closes, Pallino donna un coup de poing dans le bouton de commande de fermeture de la portière et s'affaissa contre la paroi.

Le temps du deuil viendrait plus tard.

— Lord Marlowe ?

Je me retournai et découvris un jeune légionnaire au visage rond et pâle, au crâne tondu.

— Quel est cet endroit ? me demanda-t-il.

Je clignai des yeux. Plébéien, il ne devait pas avoir plus de vingt années standard. Comme moi lorsque j'avais quitté Delos. Je remarquai que les autres me regardaient aussi. Sauf Pallino, dont le visage était recouvert d'une ombre qui le rendait aveugle.

C'est l'enfer, pensai-je. *Et nous n'en sommes pas encore sortis.*

— C'est leur monde, soldat. Enfin, s'ils en ont un, c'est ici.

Plusieurs visages devinrent tout pâles. Soudain, je remarquai que l'autre chiliarque, Petros, n'était pas parmi eux. L'officier avait été abandonné au sol.

La navette trembla sous nos pieds. Je me retournai et, serrant ma cape cielcine autour de mes épaules, me penchai vers le cockpit, où Ilex était appuyée contre le fauteuil de Crim. Le *Tamerlane*, véritable montagne d'acier, se dressait droit devant nous.

— On a été touchés ? m'enquis-je.

Ilex agrippa l'épaule de Crim, qui répondit :

— Eh ! patron, si vous essayez de sortir de ce véhicule aussi, je vous tue !

Je ne ris pas.

— Ils nous tirent bel et bien dessus, dit Crim. Ce sont ces satanées chimères. Les boucliers tiennent bon.

Le pilote vira à droite et longea le *Tamerlane* en direction de sa poupe.

La voix de Valka résonna sur tous les canaux de communication :

— Crim. Où êtes-vous ?

— En approche du navire. À bâbord, à environ quatre kilomètres.

— Vous êtes sortis de la zone d'atterrissage ?

— Absolument, docteure, répondit le pilote.

— Et Hadrian ?

— Je suis là ! criai-je par-dessus le vacarme des armes à feu, trois cents mètres plus bas.

Crim pointa le nez de la navette vers le ciel et passa par-dessus la coque usée du *Tamerlane*, loin de l'essaim de *nahute* et des armes des chimères.

— Nous avons perdu Elara, dit Ilex d'une voix rauque. Et Bastien.

— Nous perdons tout le monde, ajoutai-je, appuyé contre la porte du cockpit.

Les mots d'Ilex me parurent tellement inappropriés, presque fous. Au sol, la Compagnie rouge était en train de mourir. J'aurais dû mourir avec eux, j'aurais même dû mourir sur cet autel.

— *Khun!* s'écria Valka dans sa langue natale, et je n'eus aucun mal à l'imaginer penchée au-dessus d'une console de l'*Ascalon*, les poings serrés, les phalanges blanchies. Je suis presque prête, ici. Dépêchez-vous!

— On fait ce qu'on peut! répondit Crim d'un ton sec.

La navette traversa une colonne de fumée noire comme l'enfer, derrière laquelle les remparts d'Akterumu se dressaient comme des montagnes. Les voyant réellement pour la première fois, Ilex en eut le souffle coupé.

— Ils ont construit tout ça?

— Ils n'ont rien construit, intervins-je, m'attirant les regards de tout le monde, y compris de Crim, qui haussa les sourcils.

Une explosion secoua l'Ibis. Le pilote jura et vira à gauche, faisant plonger la navette vers le *Tamerlane*. Comme je maintenais fermement l'encadrement de la porte, je rattrapai Ilex qui tombait en arrière. Dans notre dos, les hommes criaient et se bousculaient comme des pièces dans une boîte. Crim tira sur le manche à balai, redressant la navette à une dizaine de mètres à peine de la surface noire du vaisseau. Jamais je n'avais vu cette coque d'aussi près. L'adamant n'était pas réellement noir, mais d'un gris charbon foncé, avec une étrange texture fibreuse. Nous remontâmes le long d'une paroi verticale, sur notre gauche, plan mégalithique s'élevant vers le ciel de plus en plus sombre. D'énormes fissures étaient visibles là où le matériau avait cédé entre les segments de la coque. Chaque segment était constitué d'une seule molécule longue de plusieurs centaines de mètres et large de plusieurs dizaines accrochée à la structure en carbone et titane du vaisseau de guerre.

Le navire s'écroulait sous son propre poids.

Une lumière rouge traversa la verrière en alumverre, et la navette trembla comme une nouvelle explosion nous secouait.

— *Noyn jitat!* siffla Crim. Ça n'est pas passé loin !

— Qu'est-ce qui nous tire dessus ?

Un bruit horrible traversa l'atmosphère, couvrant même les communications internes, un crissement tellement puissant et aigu que je craignis qu'il raye le verre qui nous surplombait.

— C'est la Main, dis-je avec un calme qui me surprit.

Comme pour répondre à une question que personne n'avait eu le temps de poser, une forme blanche et mince atterrit sur la verrière de la navette, agrippant la carlingue avec des mains fines. D'énormes ailes membraneuses se déployèrent, emplissant notre champ de vision. Les yeux rouges d'Aulamn transpercèrent l'alumverre et trouvèrent les miens. Il ne parla pas, mais poussa de nouveau son cri terrible, tandis qu'un court appendice jaillissait au-dessus de son épaule gauche telle la queue d'un scorpion. Je reconnus la lance à énergie une seconde avant qu'elle fasse feu et poussai violemment Ilex au sol pour la protéger de mon corps. Le rayon invisible frappa la verrière et la fit rougeoyer. L'alumverre se ramollit sous le faisceau de l'arme, rouge comme les yeux du monstre.

— Il faut le faire tomber ! hurlai-je, entendant les hommes crier dans le compartiment, derrière moi.

Crim poussa le manche sur le côté, décrivit une vrille au-dessus de la colonne vertébrale du *Tamerlane*, nous éloignant du carnage, nous lançant en direction du désert et de la porte de la cité.

Aulamn tint bon. Pas un seul instant ses yeux ne lâchèrent mon visage. Alors même que l'horizon tournoyait dans son dos, le général-*vayadan* décrocha une main de l'appareil et pointa ses doigts munis de lames vers la verrière, frappant juste au-dessus de l'endroit où sa lance avait fait rougeoyer l'alumverre. Sa main rebondit en produisant un bruit métallique. Aucunement découragé, il frappa de nouveau, et le matériau se fissura. Crim sortit de sa vrille et activa brutalement les aérofreins dans l'espoir de faire lâcher prise au géant.

Cela ne fonctionna pas.

Le général-*vayadan* cogna encore, brandissant le bras comme une pioche, frappant plus fort qu'un canon.

— Fais quelque chose ! s'écria Ilex.

— Si vous avez des idées, je suis tout ouïe ! répondit Crim.

L'alumverre encaissa un, puis deux, puis trois coups.

Vint le quatrième, le coup de trop. Quatre est synonyme de mort, comme disent les Nippons.

Le général ailé fit voler la verrière en éclats, et je déployai ma cape au-dessus d'Ilex pour la protéger. Je n'y parvins pas forcément, mais au moins lui épargnai-je une dernière vision de Crim.

Le mercenaire de la Règle ne cria pas lorsque les doigts blancs l'attrapèrent et le cueillirent alors qu'il était sanglé à son fauteuil. Crim – Karim Garone – ne jura pas, ne se débattit même pas. Son caftan rayé rouge et blanc voletant autour de lui, il porta les mains à son ceinturon, là où il rangeait ses innombrables couteaux. D'un geste aussi rapide que possible pour un être humain, il plongea une de ses lames vibrantes dans l'œil d'Aulamn. Ce coup, qui aurait eu raison de n'importe quel homme ou Cielcin, ne tua pas la chimère. Le couteau enfoncé dans son orbite, Aulamn serra, ses doigts se refermant sur le cou de Crim.

— Crim ! Non ! cria Ilex.

Le drame de Pallino et Elara était en train de se reproduire.

Je dus maintenir Ilex à terre et lui couvrir les yeux avec ma cape. La navette partait en vrille, mais était maintenue dans les airs par ses répulseurs. Elle continuait sur son élan, sur sa trajectoire. Une alarme retentit, couvrant les hurlements du vent et les vrombissements de la chose à moitié mécanique qui agrippait mon ami et serviteur mourant.

Je levai mon épée et m'avançai, mais Crim me repoussa vers le fond du compartiment avec ce qui lui restait de force.

— Sauve-la ! grogna-t-il.

Comme Aulamn serrait davantage, Crim leva une main, l'auriculaire et l'index levés pour maudire son assassin.

Les cornes du diable.

Le *vayadan* lui arracha la tête comme un petit garçon en colère aurait arraché celle d'un personnage en argile. La chair déchirée, le sang… Je ne compris la signification du geste final de Crim qu'après coup.

Les ululements n'étaient pas ceux d'une alarme.

Les charges explosèrent un instant plus tard. Trois brèves détonations. Un staccato. Deux sur le bras d'Aulamn, une sur sa poitrine. Quand Crim les avait-il placées ? Les petites mines magnétiques détruisirent le bras du *Iedyr*, tandis que la troisième le projeta en arrière, hors du compartiment. La navette fut secouée, et je supposai que la chimère avait heurté une aile dans sa chute.

Une alarme retentit réellement à ce moment-là. Je me jetai sur la console – en essayant de ne pas voir les restes écrabouillés de mon ami – et j'attrapai le manche. J'essayai désespérément de redresser le nez de l'appareil, mais l'Ibis était irrécupérable.

— Restez à l'arrière ! criai-je à Ilex, avant de m'adresser à tous les passagers : Préparez-vous !

Nous heurtâmes la coque un instant plus tard, le métal crissant contre l'adamant, produisant un bruit presque aussi terrible que le cri de guerre d'Aulamn. Valka hurlait dans mes oreilles, mais je ne l'écoutai pas. Il était trop tard. Je coupai l'alimentation des répulseurs. Il n'y avait rien à faire, pas de freins, et déployer le train d'atterrissage à ce moment-là aurait aggravé la situation. Je m'étais mordu la langue au moment de l'impact, et un goût de fer m'emplissait la bouche.

Je crachai.

— Pallino ! Il faut faire quelque chose !

Quelqu'un ouvrit la portière latérale du compartiment arrière. Une lumière grise s'engouffra à l'intérieur. Dharan-Tun était en train de sortir du disque de l'astre du jour, aussi l'atmosphère gagnait-elle en densité, prenant une texture granuleuse. Sans hésiter, ne m'embarrassant pas de cérémonie car nous n'en avions pas le temps, je sortis le pistolet maculé de sang du holster de Crim et le tendis à Ilex en le tenant par le canon.

— J'ai besoin de vous avoir à mes côtés, dis-je en dissimulant comme je le pouvais l'homme mort.

Il y avait des larmes dans les yeux d'ambre de la dryade, mais elles refusaient de couler.

— Il nous a sauvé la vie, poursuivis-je, honteux de voir ma main trembler. Ne perdons pas de temps.

Ilex empoigna le pistolet sans trembler. Ses larmes s'accrochaient toujours à ses yeux lorsqu'elle dit :

— Vous auriez pu le sauver.

— Quoi ?

— Vous auriez pu le sauver, répéta-t-elle plus sèchement.

— Mais non…, me défendis-je en secouant la tête.

— Ne me racontez pas de conneries, Marlowe ! cracha-t-elle en m'arrachant l'arme de la main.

Non pas *Hadrian*, mais *Marlowe*. Je n'ai jamais pu oublier ce moment.

— Vous auriez pu faire en sorte que le bras de cette chose se brise contre la verrière, ou qu'elle rate Crim… (Elle regarda par-dessus mon épaule le cadavre massacré sur le fauteuil du pilote.) … mais vous n'avez rien fait.

J'aurais voulu lui dire que je n'aurais rien pu faire, j'aurais voulu lui faire comprendre à quel point j'étais faible, à quel point ma maîtrise de ma vision était vacillante. J'aurais voulu lui expliquer que je n'avais pas eu le temps, que je n'avais pas été assez rapide, que je n'aurais pas pu l'être. Mais cela n'aurait rien changé. Comme Pallino, elle souffrait, et rien de ce que j'aurais pu dire n'aurait pu l'atteindre dans l'endroit terrible où elle se trouvait.

Je me contentai de secouer la tête. Le visage pointu de la dryade se déforma de dégoût, et puis elle sortit du cockpit.

Je restai juste assez longtemps pour récupérer un des couteaux de Crim sur son ceinturon. Je ne suis pas vraiment croyant, et même si je l'étais, Crim était un fidèle de la foi jaddienne, et je ne connaissais pas les mots qui auraient pu recommander son esprit *fravashi* à son seigneur de la lumière. Je me contentai donc de m'incliner et d'observer quelques instants de silence.

43

Le fils de la Fortitude

Les hommes se déversaient déjà sur la gigantesque coque du *Tamerlane*. Nous devions nous trouver à mille cinq cents mètres au moins au-dessus du désert, vers l'arrière du navire, où la grande masse des moteurs et des réservoirs de carburant vides formait une bosse sous l'arc lisse de la coque dorsale. En tout cas, nous étions suffisamment haut pour qu'un vent sec balaie la courbe quasi infinie d'adamant sous nos pieds, soulevant mes longs cheveux et ma cape comme des doigts morts espérant me renvoyer en enfer, en contrebas.

J'emboîtai le pas à mes hommes en regardant la cicatrice noire laissée par l'Ibis dans la coque du *Tamerlane*. Elle mesurait plus de trois cents mètres et se déroulait en direction du sable et du temple. Derrière nous, la proue du *Tamerlane* était déformée, écrasée. Devant, la grappe de moteurs et les tours s'élevant au-dessus de la poupe défiaient les tours carrées et lointaines de la cité anneau des Enars. Je distinguai le dôme du crâne de Miudanar, au loin, sentis la pression de son œil unique et vide focalisé sur nous.

Depuis notre position privilégiée, je voyais la tache rouge de plus en plus réduite de nos forces écrasées par la tenaille noire ennemie. Les Cielcins avaient pris la colonne humaine à revers, rendant impossible toute retraite. Loin au-dessus du carnage, le vacarme du massacre était réduit à l'état de gémissement lointain couvert par les canons du *Tamerlane*. Corvo ne pouvait pas tirer sur les Pâles les plus proches sans risquer de tuer les nôtres aussi. Elle se contentait donc de repousser les membres les plus éloignés de la horde, qui se dispersaient, les bannières bleues et vertes claquant au vent, quand elles n'avaient pas été repliées.

— Où est-ce qu'on va, Monseigneur ? demanda un des soldats, une jeune femme au visage carré, chauve comme ses camarades.

Elle avait deux entailles profondes sur le scalp, souvenir de sa rencontre avec les Pâles, sur le sable de la ville.

— À l'intérieur, répondis-je en regardant autour de moi. Pallino ?

Le vieux chiliarque émergea de la navette en grognant, les yeux rouges, la douleur lisible sur le visage. Il vérifia son fusil à plasma, éjecta le noyau en tungstène du dissipateur de chaleur principal, avant d'en mettre un nouveau en place.

— Il devrait y avoir une trappe pas loin, dit-il.

— Corvo, appelai-je en mettant par habitude un doigt sur le patch de contact, derrière mon oreille. Tu suis notre position ?

— À Pal et toi, oui, répondit-elle une seconde plus tard. Il y a une trappe de service à environ sept cents mètres, à tribord en direction de la poupe.

— Compris.

— Qu'est-ce qu'elle dit ? me demanda Ilex.

La dryade n'avait pas d'unité de communication. À part Pallino et moi, personne n'en avait.

— Il y a une entrée, expliquai-je en scrutant l'horizon. Par là, ajoutai-je en pointant le couteau de Crim dans la bonne direction.

Ilex n'attendit pas. Elle pivota sur ses talons et cria aux hommes :

— On se met en route ! Suivez-moi !

Elle partit devant, menant la charge sur la coque désolée de l'épave, silhouette verte en tenue noire de légionnaire.

— Nous n'avons pas beaucoup de temps devant nous, reprit Corvo. Je ne vais pas pouvoir les tenir à distance indéfiniment.

Je l'entendis à peine. J'étais hypnotisé par le spectacle de la porte d'Akterumu. Les deux tours s'élevaient plus haut que le soleil couchant, désormais entièrement visible. Sous la radiance floue enflait un gros nuage, de la poussière grise soulevée par une menace nouvelle.

— Qu'est-ce que c'est que ce bordel ? s'étonna Pallino, émergeant de la brume dans laquelle l'avait plongé la mort d'Elara.

Pour la énième fois ce jour-là, je maudis mes cheveux de m'empêcher de porter mon casque. Sans agrandissement, ce nuage n'était qu'un nuage ordinaire.

— Corvo, je crois qu'on a de la compagnie.

L'officier de la Règle lâcha un juron qui choqua mes oreilles pourtant habituées. Les mots qu'elle prononça ensuite peignirent des images, des silhouettes blanches sur les pages noires de mon esprit : des éclaireurs sur des skiffs soulevant d'énormes nuages de sable, des xénobites massés sur des navettes volant à basse altitude et pressés de se joindre à la mêlée. Et derrière eux ? Une seconde horde arrivait à pied, bien décidée à refermer définitivement le livre de nos âmes.

Les canons bâbord tirèrent. Les éclaireurs et les navettes se dispersèrent et zigzaguèrent pour échapper aux canons de Corvo. Otavia disposait d'une puissance de feu phénoménale, mais aucun mortel seul n'aurait pu combattre autant d'adversaires à la fois. Et pourtant, elle essaya – tel le vieil Horace sur son pont –, elle fit son possible pour contenir la marée ennemie.

— Courez ! cria quelqu'un.

Regardant par-dessus mon épaule, je constatai que presque tous les hommes avaient suivi Ilex, gravissant la pente de la poupe en direction des moteurs. Quatre soldats étaient restés avec Pallino et moi.

Le vieux myrmidon n'avait pas bougé d'un centimètre.

— Nous ne sommes pas très loin, dis-je en poussant un des hommes et en me rapprochant de Pallino. Sept cents mètres, d'après Corvo. Après, il restera à descendre jusqu'à l'*Ascalon*.

Pallino ne parut pas m'entendre. Il n'arrivait pas à détacher son regard de la masse grouillante d'humains et de Cielcins, du sang rouge – en quantité de plus en plus grande et visible même à cette hauteur – et du crâne de la vile divinité qui présidait à la bataille.

— C'est fini, dit-il enfin. Pas vrai ?

— Pas encore, contrai-je en le prenant par l'épaule.

— Autrefois, je ne croyais pas dans l'existence du mal, reprit-il sans me regarder. Je pensais que c'était la loi de la jungle, qu'on était tous des enfoirés parce que seuls les enfoirés arrivaient à manger. (Il serra encore plus fort le canon à plasma dans ses mains.) Mais ça... que pouvons-nous faire contre ça ?

Si je n'étais plus qu'un contenant fêlé, fendu, je versai le peu de sentiments qu'il me restait – le peu d'énergie – dans cet homme qui était mon plus ancien ami dans l'univers.

— On fera ce qu'on pourra.

— Ceci est le mal, Hadrian, dit-il, les yeux rouges et humides. Et elle est partie.

— Je sais. Je suis désolé.

J'essayai de le faire bouger, mais il refusa. Les mots d'Ilex me faisaient toujours souffrir. « *Vous auriez pu le sauver.* » Ils étaient tous morts à cause de moi. Elara était morte à cause de moi. Crim était mort à cause de moi. Bastien et Halford,

Koskinen et Pherrine et tous les autres… Morts à cause de moi.

— Ç'aurait dû être moi, dit le myrmidon. Pourquoi ça n'a pas été moi ?

Je n'avais rien à lui opposer. N'avais-je pas ressenti la même chose ? Ne m'étais-je pas posé la même question ?

— Comment peut-on arrêter ça ? ajouta-t-il. On ne peut pas.

— Tant que nous vivrons, nous nous battrons, insistai-je. Et s'il le faut, nous mourrons.

— Mais elle est morte ! Ils sont tous morts !

Sans réfléchir, je lui assenai un coup de poing au visage. Le myrmidon tituba en arrière en jurant. Il mit un genou à terre, et je fus surpris et satisfait de constater qu'il me restait de la force dans les bras.

— Nous, nous ne sommes pas morts ! hurlai-je.

Le vieux soldat cligna de l'œil qu'il avait gagné en me servant, une main plaquée sur sa joue barbue.

— Tu as raison. Tu as raison, putain. Je ne reconnais plus le chiot inoffensif dont j'avais fait la connaissance dans le Colosso.

— Lui est bel et bien mort, répondis-je en lui tendant la main.

— Je peux me relever tout seul, petit con.

— Alors, allons-y.

Nous n'avions pas beaucoup de chemin à parcourir. Ilex et les autres avaient déjà trouvé la trappe, à en juger par la manière dont ils se massaient autour d'une excroissance ronde semblable au sommet du tumulus d'un ancien roi. Et comme un tumulus, la bosse s'élevait en pente douce, avant de retomber brusquement côté poupe.

— Elle ne veut pas s'ouvrir ! cria Ilex.

Cinq hommes agrippaient la trappe, tiraient de toutes leurs forces.

— Reculez, ordonnai-je en me faufilant entre les soldats.

Ayant parcouru en courant la courte distance qui me séparait de la trappe, je me pliai en deux, pris de toux. Je crachai du flegme rosé entre mes pieds, tandis qu'un homme me tenait par les épaules.

— Vous vous sentez bien, Monseigneur ?

— Du poison, expliquai-je en me redressant et en donnant une tape dans le dos du soldat. Dans les poumons. Mais il n'est pas mortel.

Je toussai encore et fis signe aux gars de s'écarter de la porte en décrochant mon épée. Ils comprirent le message et obtempérèrent. Je serrai le poing, et l'arme s'activa. La coque était en adamant, mais la trappe était en métal ordinaire. Je plongeai la pointe dans la porte et sentis aussitôt un souffle d'air chaud me frapper le visage. Un incendie faisait-il rage à l'intérieur ? Pesant de tout mon poids sur la poignée, je taillai dans la trappe du linteau jusqu'au seuil, avant de modifier ma prise pour tirer la lame horizontalement.

Alors, nous l'entendîmes de nouveau. Haut perché, glacial et terrible comme les lunes qui emplissaient le ciel. Le cri d'Aulamn transperça l'atmosphère du soir, tandis que, loin au-dessus de nous, je perçus des battements d'ailes monstrueux. Levant la tête, j'avisai le monstre qui tombait comme un diable, les ailes repliées le long du corps, les pattes griffues tendues devant lui. Les explosifs de Crim ne l'avaient pas tué, lui avaient simplement endommagé un bras et l'armure. Ses serres n'étaient plus qu'à une trentaine de mètres lorsque je brandis mon épée d'un air de défi.

Une détonation sèche secoua l'air autour de nous, et des flammes violettes frappèrent le titan en plein vol, le projetant sur le côté.

— Je t'ai eu, fils de pute ! lança Pallino en regardant le monstre tomber, le fusil à l'épaule.

Aulamn heurta la coque à une bonne centaine de mètres de nous dans un fracas de métal et de membres entremêlés. Les bombes de Crim ne lui avaient pas seulement arraché le bras, semblait-il ; le *vayadan* n'avait plus de bouclier.

— Had, beugla le chiliarque. Ouvre-nous cette saloperie de porte !

— Qu'est-ce qui s'est passé ? demanda Valka sur le réseau de communication.

— La Main blanche ! me contentai-je de répondre tout en m'activant sur la trappe.

Pallino tira de nouveau, et j'entendis des gémissements lointains de servomoteurs.

— Les navettes seront sur vous dans approximativement deux minutes, intervint Corvo, dont la voix crachota dans mon oreille. Vous êtes bien trop exposés, là-haut !

Qu'avaient-ils tous à parler ?

La porte était constituée d'une plaque en titane de huit centimètres d'épaisseur, et même la matière haute eut du mal à la découper. Je tirai de toutes mes forces, découpant le sommet de la porte. Un coup de feu retentit dans mon dos, projetant une giclée de sang sur la trappe et derrière ma tête. Il y eut une autre détonation, et un homme tomba à côté de moi en agrippant la bouillie sanguinolente de ce qui avait été ses jambes. Un troisième projectile frappa mon bouclier et, me retournant, je constatai qu'Aulamn s'était relevé et avait déplié ses ailes membraneuses rouges. Son bras restant s'était ouvert comme une fleur, exposant un canon MAG courtaud. Le point granuleux d'un laser de visée se promena sur ma poitrine, et je levai un bras pour me protéger le visage. La balle en tungstène heurta ma protection à plusieurs fois la vitesse du son, choquant l'atmosphère elle-même. L'effet de Royse me sauva, stoppant la munition avec sa propre énergie cinétique. La balle fut réduite en poudre, et le rideau de mon bouclier brilla d'un éclat blanc-bleu. Deux des hommes qui se tenaient près de moi reçurent des projectiles dans la tête, qui explosa.

— La porte ! cria Pallino en courant vers nous.

Je me remis au travail, enfonçai la pointe de mon épée jaddienne dans la porte, tirant le fil aussi fin qu'une molécule dans le métal ordinaire. Enfin, je poussai de tout mon poids, mais la trappe refusa de bouger. Dans mon dos, les hommes criaient, et j'entendis les vrombissements des navettes à l'approche. Ilex jura, joignant son fusil à plasma à celui de Pallino pour tenter d'abattre Aulamn. Je poussai de nouveau et, cette fois, sentis quelque chose céder dans le vieux métal.

— La porte ! beugla Pallino.

— Elle est bloquée ! grognai-je en me jetant avec mon épaule valide sur le métal.

Un des légionnaires me rejoignit, étalant du sang rouge vif sur le métal clair.

— À trois, Monsieur !

Il compta et, à trois, nous nous jetâmes tous les deux sur la porte. Quelque chose lâcha d'un seul coup, et la lourde plaque de métal tomba à l'intérieur d'un sas en forme de losange, dont la porte intérieure s'ouvrait grâce à un levier rayé jaune et noir.

— On a réussi ! lançai-je à Pallino, tandis que l'autre homme s'activait déjà sur la porte intérieure. Entrez, vite !

Aulamn atterrit au milieu d'un nœud de nos soldats et, d'un puissant coup d'aile, en balaya trois. Avec une patte dotée de lames à la place des griffes, il découpa une femme en plusieurs morceaux bien nets, avant de se tourner vers Pallino. Le myrmidon tira une décharge de plasma sur la créature, lui arrachant un morceau situé à la base de l'aile gauche. Comme si de rien n'était, le *Iedyr* tira à son tour, et le projectile en tungstène atteignit sa cible. Enveloppé d'éclairs bleus, Pallino jura et lâcha son arme. En effet, le canon de l'énorme fusil à plasma dépassait du rideau de Royse et n'était pas protégé. Assisté par un daïmon, Aulamn n'avait eu aucun mal à le toucher avec la précision d'un laser.

— Vous croyez pouvoir *lui* échapper ? lança Aulamn d'une voix parfaitement neutre, haussant le ton sans se donner aucun mal, comme s'il parlait à une table de banquet. Vous croyez pouvoir défier le destin ?

La bête nous regardait successivement, Pallino et moi, évaluant les menaces potentielles. Le couteau de Crim vibrait toujours dans son visage.

Une décharge l'atteignit à la tête, le faisant reculer d'un pas. Aulamn tourna la tête vers son assaillant. Ilex se dressait à moins de dix mètres de là, le pistolet de Crim dans les mains. Elle était incroyablement calme. Froide. Dure comme de vieilles racines. Elle ne prononça pas un mot. Le général lui avait pris Crim. Qu'aurait-elle pu dire, de toute façon ?

Elle tira de nouveau, le plasma transperçant une aile écarlate.

Aulamn lui fit face.

— Misérable insecte.

Il leva la main qui lui restait, ses doigts se remettant en place, les plaques se refermant pour escamoter le canon MAG. Avec des gestes saccadés, il attrapa le couteau dans son œil et l'arracha avec force étincelles. Ilex tira et, cette fois, Aulamn déplia une aile devant son visage pour se protéger. Elle tira de nouveau trois décharges rapides, et puis son arme éjecta son dissipateur de chaleur, qui rebondit sur la coque en fumant. Aulamn lui tourna le dos et replia ses ailes.

Je vis Ilex écarquiller les yeux. Elle n'avait pas d'autre dissipateur de chaleur. Elle n'aurait pas dû pousser le pistolet dans ses retranchements. Le *Iedyr* produisit un grognement satisfait et, pivotant sur place, lança le couteau. La lame se ficha dans l'œil gauche d'Ilex. Le gauche, comme celui d'Aulamn. La force de l'impact lui projeta la tête en arrière, la plia en deux comme un château en papier. Je poussai un petit cri de surprise, mais il était trop tard : elle était déjà morte lorsqu'elle heurta le sol.

Elle n'était pas morte en vain, cependant. L'aile qu'Aulamn avait dépliée pour se protéger pendillait, en lambeaux, sur son cadre en adamant. Il s'en débarrassa d'ailleurs par-dessus son épaule à la manière d'un matador faisant son entrée dans un colisée. Aulamn de la Main blanche, avec son œil et son aile uniques, se tourna vers moi.

— Courez ! lançai-je aux hommes autour de moi. Montez à bord du vaisseau !

— *Durem ne ?* répéta Aulamn. Le vaisseau ? (Il gronda en me fixant du regard. Une trentaine de mètres nous séparaient.) Mon maître aurait dû vous tuer il y a des années, *yukajji*. Vous êtes un poison !

— Monseigneur ? appela l'homme le plus proche de moi.

Je reconnus l'enseigne Leon, qui avait servi avec moi sur Eikana.

Je brandis mon épée, la pointai vers le *vayadan*, mon épaule blessée se rappelant à mon bon souvenir. Je gardai la lame à l'horizontale, même si mon bras tremblait un peu. Mes poumons brûlaient à cause de la toxine de MINOS qui avait tué les *Aeta*, et mon crâne palpitait là où les griffes de l'Elusha m'avaient ouvert le scalp.

— Allez-y ! ordonnai-je en m'efforçant de voir clair.

Des années de sous-emploi avaient abîmé ma vue, et la douleur était extrêmement difficile à oublier. Néanmoins, je voyais Aulamn à travers un prisme, son image se multipliant sur la largeur du temps.

Une attaque. J'avais besoin d'une seule attaque. Je n'aurais pas la force d'en lancer une seconde.

Une attaque, comme lorsque j'avais tué la marionnette d'Hushansa sur le sable de Virdi Planum. Aulamn s'accroupit. Aucun mot ne me vint. Aucune citation. Aucune remarque cinglante. À la place, un cri m'échappa – en deçà et au-delà du langage –, un rugissement de colère, le fruit de sept années de souffrances. Les soldats filèrent dans mon dos, sautèrent par-dessus la porte découpée, s'engouffrant dans le sas. Le premier homme avait déjà ouvert la porte intérieure pour entrer dans le navire. Je ne fis pas attention à eux. Mon monde s'effondra à ce moment-là, se résuma à un étroit couloir, une ligne mince qui nous reliait, le démon et moi.

Ses serres métalliques griffant la coque, Aulamn bondit.

Rugissant comme un démon, Pallino plaqua le monstre à mi-hauteur. S'il était grand, Aulamn était principalement constitué de céramique et donc assez léger ; plus léger que le vieux myrmidon, en réalité. Pallino monta sur la créature, pesa de tout son poids sur son corps, sur son bras. Ne laissant pas au monstre le temps de réagir, il dégaina son couteau et en enfonça la pointe dans le fouillis de pistons et de conduits qui passait pour le cou de la chimère. Agitant affreusement son arme vibrante, Pallino sectionna les câbles et les tiges, les tendons et ligaments mécaniques. Un fluide hydraulique blanc gicla, et Pallino grogna comme la vapeur lui brûlait et lui ouvrait la joue. Il continua néanmoins de tourner la lame jusqu'à ce que l'œil rouge d'Aulamn s'éteigne et que sa tête blindée roule en arrière, à moitié détachée de son corps. Je restai là, sonné, attendant une attaque qui ne vint jamais, la bouche ouverte, choqué et impressionné à la fois.

Pallino avait quasi vaincu la chimère à mains nues.

Mais le démon n'était pas mort.

Aulamn parvint à libérer son bras et assena un coup sur le côté de la tête de Pallino. Un coup relativement faible à cause du poids de Pallino sur son épaule, mais il n'en envoya pas moins le myrmidon quatre mètres plus loin sur la coque grise. Étêté, aveugle, Aulamn tourna sur lui-même en déployant son aile, balayant l'espace autour de lui.

— Dans le vaisseau ! criai-je à la dizaine de survivants qui ne s'étaient pas encore réfugiés dans le *Tamerlane*.

Trouvez la capitaine Corvo sur la passerelle et escortez-la jusqu'à l'*Ascalon* !

— Mais Monsieur ! s'écria Leon, cloué sur place.

— Fichez le camp ! m'emportai-je en m'approchant doucement du *vayadan* blessé. Vous n'êtes d'aucune utilité, ici !

Je levai mon épée pour stopper l'extrémité de l'aile, mais la structure de la chose était en adamant, qui repoussa mon arme. Sentant ma présence, Aulamn fit tournoyer son corps tout entier dans ma direction. Un saut désespéré me sauva de ses griffes, mais je retombai lourdement sur mon épaule blessée en poussant un cri. Le bruit attira l'attention du monstre qui, s'aidant de son bras unique pour ramper, avançant au juger, se rapprochait de moi, les restes de ses ailes voletant dans l'atmosphère puante.

Encore une fois, Pallino se jeta sur la bête, le couteau à la main. Mettant son poids à profit, il plaqua le démon au sol et enfonça la pointe de son couteau entre les plaques d'adamant de son épaule, dans le métal, en dessous.

— Tire-toi, Had ! grogna-t-il.

— Je ne te laisserai pas ! protestai-je en frappant derrière un genou.

Aulamn rua comme une mule, m'atteignant à la hanche.

— Tu ne comprends rien, ma parole ! gronda le vieux myrmidon en pesant sur le châssis du *Iedyr* et en maintenant son bras et sa main munie de lames au sol. Si tu meurs, tout ça n'aura servi à rien ! Il n'y a que toi qui comptes !

Ces mots me firent encore plus mal que les coups et entailles que j'avais subis.

— Je refuse de te laisser !

La tête du *Iedyr* roula sur les quelques connecteurs qui lui restaient. Le monstre se tortilla sous le poids de Pallino, cherchant une prise sur la coque lisse. Sans prévenir, une trappe s'ouvrit sur son épaule, et un canon court en émergea, qui se focalisa tel un œil noir sur Pallino. Le myrmidon se baissa comme le projectile frappait son bouclier, qui le fit voler en éclats. Le couteau de Pallino lui glissa de la main, et son emprise sur le bras du monstre aveugle faiblit. Aulamn profita de l'occasion qui lui était offerte. Le *vayadan* lui assena un coup de coude dans le thorax, le projetant trois mètres en arrière, où Pallino heurta la coque de la tête. Et ne bougea plus.

Aveugle et presque étêté, le monstre tournoya frénétiquement en usant de ses ailes comme de faux. Je parai une de ses attaques, m'attirant son ire. Une aile jaillit. J'essayai de la bloquer, mais une vrille de douleur se propagea dans mon bras, et j'échouai. Elle me frappa à la tête, et je tombai, une articulation adamantine me clouant à la coque. Je donnai quelques coups de taille, déchirant la membrane, mais son squelette tenait bon. Me maintenant à ma place, le *vayadan* tâta la coque autour de lui à la recherche de Pallino, rampant dans sa direction sans me lâcher. Lorsque je tournai la tête, je vis sa main couverte d'un gantelet se refermer sur la cheville de mon ami.

—Non!

Pas encore. Cela ne pouvait pas se produire de nouveau! J'essayai de me relever, mais Aulamn replia son aile sur moi, m'en empêchant.

Le général traîna Pallino plus près de lui, puis le souleva aussi facilement qu'un enfant une poupée abîmée. Le myrmidon reprit ses esprits à ce moment-là et commença à s'agiter, tentant de se redresser. Nos regards se croisèrent brièvement, et il fronça les sourcils.

Alors, le *vayadan* jeta Pallino contre la coque, le cogna comme un pêcheur cognerait le fruit de sa pêche contre la jetée. Le myrmidon ne produisit pas le moindre bruit, pas même lorsque Aulamn le souleva et le cogna de nouveau. Après la troisième fois, Pallino resta inerte, la tête ensanglantée. Ma vision se brouilla de nouveau de larmes, et je tapai de toutes mes forces sur l'aile, transperçai la membrane dans mon désespoir de me libérer.

— *Suja wo!* dit Aulamn, sa voix sortant de haut-parleurs sertis dans sa poitrine. Assez perdu de temps!

Lâchant la cheville de Pallino, il remonta le long de son corps, tâtant sa chair en direction de sa tête. Son épaule arrachée crépita d'étincelles comme il se dressait au-dessus de mon ami.

Pallino tourna la tête. Il était toujours en vie! Ses lèvres bougèrent, articulèrent en silence des mots que je n'eus aucun mal à comprendre. *« Aurais dû… fuir. »*

Il ne restait plus que nous. Leon et les autres avaient filé; ils étaient partis chercher Corvo pour la conduire auprès de Valka. Combien de fois Pallino et moi nous étions-nous retrouvés dans cette position? Au Colosso et après?

Celle-ci serait la dernière.

— Pallino! dis-je avant de faire la seule chose que je pouvais.

Je lançai mon épée.

Glissant sur la coque, la lame disparut dans une volute de vapeur bleue. Elle s'arrêta contre le flanc de Pallino. Celui-ci l'avait vue venir, et ses doigts trouvèrent aussitôt les détentes. Une seconde s'écoula pendant que le noyau de pentaquarks de la poignée changeait d'état. Un instant plus tard, le cristal bleu jaillit et se déploya vers le haut.

Pallino avait bien visé, et le bras d'Aulamn se détacha de son épaule et se tortilla sur les plaques de la coque comme un serpent. Sans son bras, le *vayadan* bascula, mais refusa de me lâcher, me comprimant encore plus fort avec son aile. Je vis Pallino se redresser, mon épée à la main. Pallino de Trieste, fils d'Auberno, fit la chose la plus courageuse qu'il m'ait été donné de voir.

Il se leva.

Du sang coulait derrière sa tête. Ses yeux étaient vitreux et ternes, et chaque fibre de son corps donnait l'impression de ne tenir que par la seule force de sa volonté. Et d'une rage totale.

— J'en ai plus que marre…, articula-t-il difficilement avant de cracher du sang. J'en ai plus que marre de cette bande d'enfoirés de Pâles.

Aulamn se stabilisa comme il pouvait et se tourna vers le myrmidon, le canon de son épaule cherchant sa cible. Ce faisant, cependant, le *Iedyr* ne parvint qu'à présenter le trou de son cou tranché à la lame de Pallino.

Mon vieil ami ne perdit pas de temps et enfonça la pointe de l'épée d'Olorin vers le bas, le long de la colonne vertébrale de la chimère, jusque dans sa cavité thoracique, où se trouvait probablement son cerveau. Dans un ultime acte de désespoir, Aulamn me lâcha et agrippa les mains de Pallino avec les ailes, usant de ce qui restait de ses articulations comme de bras. Il n'avait pas de doigts, mais les barres d'adamant avaient la puissance de tenailles. Je jurai en entendant les os des mains de Pallino se briser, tandis que la poignée de l'épée crachotait des étincelles bleues.

Pallino grimaça, mais ne fléchit pas, ni ne recula. L'épée fumait dans ses mains, mais il serra les dents et enfonça la pointe encore plus profondément.

Un nouveau moment passa, et ce fut terminé.

Aulamn tomba, et Pallino s'affaissa sur lui en toussant. Enfin libre, je redressai mon ami et l'appuyai contre le cadavre du monstre. Un fluide bleu phosphorescent coulait du cou tranché, se mélangeait au liquide hydraulique. Pallino avait visé juste et détruit le cerveau d'Aulamn dans son châssis blindé.

— Mort ? demanda le myrmidon en souriant de toutes ses dents ensanglantées.

Je posai un genou à terre et les mains sur ses épaules.

— Mort, confirmai-je. Nous sommes près du but. Tu peux marcher ?

— Merde ! s'amusa-t-il. Je ne tiendrais même pas debout, Had. Je crois bien que cet enfoiré m'a cassé jusqu'à la dernière côte flottante. (Sa respiration était saccadée, superficielle.) J'ai bousillé ton épée.

La poignée était posée sur ses cuisses, avec ses mains brisées. Des volutes azurées et paresseuses s'élevaient de l'émetteur. Le cuir jaddien bordeaux était usé, et le métal, en dessous, avait plus en commun avec une casserole cabossée qu'avec une œuvre d'art. Je la récupérai avec circonspection et l'accrochai à ma ceinture.

— Ce n'est pas grave.

— Pas étonnant que tu te croies si fort. (Il désigna l'arme du menton.) Avec ce truc, tout est tellement plus facile.

Je ris. Il rit aussi, et nous fûmes tous les deux pris d'une quinte de toux douloureuse. Pallino rouvrit les paupières sur des pupilles asymétriques et floues, et dit :

— Qu'est-ce qu'ils t'ont fait subir ?

— Tout ce que tu peux imaginer.

— Je suis désolé, gargouilla-t-il, la respiration sifflante. Je suis vraiment désolé.

— Tu n'as pas à être désolé. Je vais te porter.

— Mauvaise idée. (Pallino essaya de secouer la tête, mais échoua.) Je n'en ai plus pour longtemps.

Sans même m'en rendre compte, je secouai moi-même vigoureusement la tête. C'était trop difficile, trop terrible. Une rafale de vent nous balaya, portant une odeur de fumée et le son de rires lointains. En dessous, la tache rouge et humaine était réduite à sa plus simple expression. Je me rendis compte que je n'avais pas entendu le tonnerre des canons du *Tamerlane* depuis plusieurs minutes. Où étaient passées les navettes et l'armée qui se dirigeaient vers les portes d'Akterumu ? Je ne les voyais pas.

Le soleil était très bas, désormais.

—Ne t'en fais pas, reprit le myrmidon. J'étais déjà vieux quand nous nous sommes rencontrés. Tu m'as fait cadeau d'une seconde vie. Permets-moi de te faire ce cadeau à mon tour. (Il toussa de nouveau violemment et cracha un juron.) Tu dois y aller.

—Je ne te laisserai pas.

—Quelle tête de cochon, c'est pas vrai ! Tu ne peux pas mourir ici. Pas après tout ce que tu as fait. (Ses yeux bleus se rivèrent sur moi et il parut me voir clairement pour la première fois depuis longtemps.) Tu es trop important. Ces choses que tu peux faire… Bute ces connards pour moi, tu veux bien ? Dis-leur que c'est moi qui t'envoie.

—Tu leur diras toi-même. Tu es le Fils de la Fortitude, tu te rappelles ?

—Le Fils de la Fortitude ! gloussa Pallino, le regrettant aussitôt. (Il sombra subitement dans le silence et cessa de bouger, mais ce n'était qu'un prélude à l'immobilité finale qui s'emparerait de ses membres.) Je t'aurais accompagné jusqu'au bout, Had. Jusqu'à la toute fin.

Mes doigts – cinq et trois – serrèrent plus fort ses épaulières.

—Je sais.

—Dis-moi une chose, avant… (Sa voix se tarit brusquement.) Avant.

La tête de Pallino roula en arrière, et je dus la stabiliser avec la mienne. L'arrière de son crâne était mou.

—Ce n'est pas… Je veux dire, ce n'est pas fini ? demanda-t-il. N'est-ce pas ?

Je savais ce qu'il voulait dire.

—Non, le rassurai-je, en retenant ma respiration pour ravaler mes larmes.

—Dans ce cas…, reprit-il en souriant absurdement. Dans ce cas, je verrai… je verrai… je retrouverai Elara plus vite que prévu. Et puis Ghen et Switch et les autres. Je leur passerai… je leur passerai le bonjour d'Hadrian. (Son regard se focalisa sur un point distant, au-dessus de mon épaule, et ses lèvres bougeaient à peine.) Fais-leur vivre l'enfer, maintenant, d'accord ?

Alors, son regard ne se focalisa plus sur rien.

Je me relevai, raide, ma cape claquant autour de moi. Pas le temps d'ériger un monument, ni de prononcer un discours. J'en avais déjà trop perdu. Je finis par pivoter sur mes talons, bien décidé à tenir ma promesse. Je séchai mes yeux et courus vers la porte, plongeant dans un *Tamerlane* mourant.

La journée et ses horreurs n'étaient pas terminées.

44

Le vol de l'*Ascalon*

— Ce n'est plus très loin, lançai-je, ne m'adressant à personne en particulier, tandis que nous courions dans le tunnel du tram. (Titubant, je m'appuyai contre la paroi métallique, y laissant des empreintes sanglantes.) Plus très loin…

La plupart des autres avaient obéi à mes ordres, partant chercher Corvo sur la passerelle ou bien fonçant directement vers les hangars arrière, où était parqué l'*Ascalon*. Je toussai encore; à cause des effets résiduels de la toxine de MINOS et à cause de la fumée peu dense qui emplissait le tunnel. À force de courir, mon sang pulsait dans mes oreilles, et ma langue était épaissie par la soif.

— Laissez tomber le cheval…, murmurai-je, passant sans doute pour un fou auprès des quelques hommes qui m'entouraient, dont l'enseigne Leon.

Mon royaume pour un verre d'eau.

La voix d'Otavia résonna dans mon oreille, relayée par le patch dans le col de ma combinaison.

— Les navettes se sont posées sur la coque. Le navire est compromis.

— L'*Ascalon* est toujours en sécurité? l'interrogeai-je en me remettant en route.

— Pour l'instant.

— J'ai envoyé quelques hommes te chercher.

Mes talons faisaient tinter les plaques de métal, tandis que les pieds nus des autres claquaient. Le couloir s'élevait progressivement vers la poupe. Tout était de travers, légèrement penché, participant du déséquilibre du monde.

Car le monde ne tournait plus rond.

Pallino était mort. Et Ilex. Et Crim. Et Elara, Durand, Koskinen, Pherrine, Halford… Toute la Compagnie rouge. Morte. Disparue.

— Où en sont nos forces ? demandai-je en passant un des croisements qui permettaient aux trams d'atteindre les parties externes du navire.

Quelque part, devant nous, il y avait un poste de garde, une des garnisons chargées de la sécurité du *Tamerlane*. Il y aurait des armes, là-bas, ainsi qu'une nouvelle batterie pour mon bouclier.

— C'est presque… terminé, dehors, bafouilla Corvo.

Presque terminé. Des mots définitifs, même s'ils ne décrivaient pas la réalité. Les Cielcins avaient presque fini de massacrer quatre-vingt-dix mille âmes humaines. Incapable de me retenir, je donnai un coup de poing dans la paroi, générant une lance de douleur dans mon bras droit. Avant longtemps, les couloirs du *Tamerlane* grouilleraient de xénobites et nous deviendrions des proies.

— Lord Marlowe ! s'écria Leon, qui avait une quinzaine de mètres d'avance sur moi. Nous y sommes !

La porte du poste était morte, et il fallut trois hommes pour l'ouvrir. J'essayai mon épée, mais la lame jaddienne crachota des étincelles et fuma. Un examen rapide confirma mes craintes : le réservoir qui contenait la matière haute de pentaquarks s'était fissuré dans la poigne d'Aulamn, permettant à la matière exotique d'échapper à son confinement.

La vieille arme était fichue.

Je n'avais pas plus le temps de regretter la perte de mon épée que celle de nos hommes. Leon et les autres survivants avaient trouvé des disrupteurs de phase dans une armoire murale et des ceintures-boucliers sur un râtelier. Ils s'équipèrent fébrilement. Deux hommes boitaient à cause de blessures au pied ou à la jambe, et tous arboraient un masque grave pour dissimuler leur horreur. Je me répétai que je n'étais plus seul à souffrir.

C'était dur.

—Tenez, Monsieur, lança Leon.

Je regardai le disrupteur dans ma main gauche – j'aurais pu le tenir de la droite, mais mal – et vérifiai la nouvelle batterie de mon bouclier.

—Une simple décharge de disrupteur ne suffira pas à mettre un Cielcin hors d'état de nuire, leur expliquai-je. (La myéline qui enveloppait les nerfs des xénobites était plus épaisse que la nôtre, les rendant plus résistants à l'énergie des disrupteurs.) Vous en voyez un, vous tirez jusqu'à ce qu'il tombe.

Leon et les autres opinèrent du chef, acquiescèrent à voix basse.

—Tous les systèmes sont dans le bleu ? leur demandai-je en les regardant successivement.

Ils étaient dix ou douze soldats meurtris, abattus.

Une femme – une jeune engagée au crâne rasé et au symbole de la Compagnie rouge tatoué dans le cou – vérifia son arme et lança :

—Oui, Monsieur.

—Alors, on y va.

Nous quittâmes le poste et le quai, nous engouffrâmes dans un couloir ordinaire éclairé par des veilleuses rouges, qui me rappelèrent les cachots de Dharan-Tun, et je sentis ma poitrine se serrer. *La peur est un poison*, me dis-je. L'aphorisme échoua à calmer mes nerfs à vif. *La peur est un poison.*

La fumée s'épaississait à mesure que nous montions. Pas très loin devant nous, des tubes ascenseurs permettaient d'accéder aux niveaux supérieurs. Ils étaient forcément en panne, cependant. Si les batteries d'armement restaient fonctionnelles grâce à un réseau d'alimentation d'urgence, les colonnes d'ascenseurs avaient dû être déformées par l'atterrissage contre-nature du navire. Nous n'aurions d'autre choix que d'emprunter l'escalier de service, de nous fier aux couloirs de maintenance pour atteindre le hangar dans lequel attendait l'*Ascalon*.

Soudain, le sol trembla sous nos pieds, se déforma, tombant d'une trentaine de centimètres.

— Par la Terre et l'Empereur ! cria un homme en sautant vers la paroi.

— Continuez d'avancer ! ordonnai-je en progressant dans une nouvelle portion de couloir.

Le navire tout entier s'écroulait, s'effondrait sous son propre poids telle une créature marine rejetée sur la plage. Le couloir s'était déformé, ouvert le long de ses soudures, le métal se déchirant comme du papier. Un crissement grave d'alliages torturés se propagea dans toute la coque.

Encore une fois, Corvo me parla dans l'oreille.

— Ils sont dans le vaisseau. J'ai fermé toutes les portes coupe-feu que j'ai pu, mais ils sont entrés.

Nous n'avions plus beaucoup de distance à parcourir, peut-être sept cents mètres jusqu'aux ascenseurs, puis quelques volées de marches à descendre jusqu'au hangar.

— Ceux que j'ai envoyés te chercher sont-ils arrivés ?

— Pas encore, répondit-elle.

— Merde. Ne les attends pas. Descends toute seule. Nous sommes presque aux ascenseurs.

— Où êtes-vous ? me demanda Valka d'une voix claire, aussi tendue qu'une corde de piano.

— Niveau G, à sept cents mètres environ des ascenseurs.

—Niveau G ? répéta Valka avec une incrédulité palpable, lourde. Vous avez quatre-vingt-quatre étages à descendre.

Cette nouvelle me fit hésiter, et je vis Leon et la jeune femme au crâne rasé me dépasser, le disrupteur à la main. Je n'étais pas surpris, à vrai dire.

—Au moins, nous sommes déjà en train de descendre, dis-je. Le navire se disloque, ajoutai-je.

—Il n'était pas censé se poser, répondit Valka. (D'une voix plus douce, comme si elle se parlait à elle-même, elle ajouta :) Les Cielcins ont purgé les réservoirs principaux, mais ils n'ont pas pensé à l'*Ascalon*.

—Ils ont dû le prendre pour une simple navette, intervint Corvo.

—Corvo, n'attends plus. Tu es encore plus éloignée que nous du hangar.

—Je suis aussi plus rapide, rétorqua la capitaine. Dépêchez-vous. Ils ont trouvé la trappe que vous avez ouverte. Vous êtes combien, en tout ?

Je pris le temps de compter.

—Onze.

—Onze ? (Je n'eus aucun mal à imaginer sa mine horrifiée. Alors, elle posa cette question terrible :) Crim ? Pallino ?

Je fermai les paupières, une nécessité désespérée animant mes jambes sans mon intervention.

—Ils n'ont pas survécu.

Le silence des deux femmes m'assourdit, aussi entendis-je à peine mes hommes faisant feu devant moi. Leurs jurons attirèrent mon attention, en revanche.

—Par la Terre et l'Empereur !

—Comment ont-ils fait pour se retrouver devant nous ?

—Reculez ! cria la jeune femme, dont je reconnus la voix. Reculez !

Leurs pieds nus claquaient sur le plancher métallique, et ils avaient les yeux écarquillés en courant dans ma direction, ne ralentissant que pour tirer dans leur dos. Des visages pâles émergèrent de l'obscurité, des xénobites aux cornes blanches et aux yeux noirs comme l'espace, les dents luisantes, noires et transparentes dans les lumières des veilleuses rouges. Sans doute étaient-ils passés par une autre trappe dans la coque et avaient-ils trouvé une autre cage d'escalier.

Ils se dressaient désormais entre l'*Ascalon* et nous. Entre Valka et moi.

— Reculez! criai-je à mon tour, avant de voir une fourche, devant nous. Tournez à gauche! On retourne dans le tunnel du tram!

Mes poumons me brûlaient, mais je courus quand même, et des flammes semblaient avoir remplacé mes jambes. J'avais l'impression d'être un cadavre mouvant, et je faillis perdre l'équilibre en tournant à gauche. Il y avait des portes hexagonales fermées de part et d'autre, les portes des quartiers des officiers les moins gradés. Nous courions le long du flanc bâbord du *Tamerlane*, franchissions la grille des dortoirs. Pas très loin devant devait se trouver le tunnel de tram traversant l'arête dorsale du navire, qui permettait aux officiers de se rendre sur la passerelle, à l'avant. Le tunnel devait être brisé aussi; il ne pouvait pas avoir survécu à l'atterrissage. Le tunnel périphérique, cependant, était en relativement bon état; nous l'avions emprunté pour nous rendre au poste de garde.

Les trams du vaisseau ne parcouraient pas seulement son épine dorsale, mais traversaient des puits inclinés reliés aux ponts inférieurs et à plusieurs zones critiques. Si les escaliers étaient bloqués, nous pourrions passer par les tunnels – même à pied – afin de trouver un autre carrousel d'ascenseurs.

Nous n'étions plus très loin.

À l'extrémité du couloir transversal, nous tournâmes à droite. Quelques-uns de nos hommes avaient pris de l'avance. Leon, en revanche, n'était jamais à plus de deux ou trois pas de moi. Une ouverture rectangulaire dans la paroi, à gauche, menait à un nouveau quai, à l'extrémité rayée jaune et noire duquel se trouvait celui des nôtres qui avait le plus d'avance. Il attendait, disrupteur levé devant lui. Dans son dos, il y avait une voiture aux phares éteints.

— Sur la voie ! m'écriai-je en lui faisant signe de sauter.

Au lieu de quoi il tira. J'entendis un Cielcin grogner et, regardant par-dessus mon épaule, je vis un xénobite tituber et se rattraper à la porte. Il ne se trouvait pas à plus de dix mètres de moi.

— Je vous couvre ! lança le soldat avant de s'adresser à un de ses camarades : Garan, la porte !

Il tira de nouveau, toucha le Cielcin au visage. Le monstre s'écroula, et son cimeterre tinta par terre.

Un des nôtres se précipita vers le panneau de contrôle commandant la porte coulissante.

— Non ! criai-je, car je savais que le panneau ne fonctionnerait pas. Pas le temps ! (Je poussai un soldat vers la voie, tandis que celui qui se tenait près de la porte appuyait sur le bouton de fermeture d'urgence, en vain.) Filez !

Je me laissai glisser sur le rail électromagnétique, en contrebas, mes bottes martelant le plancher ondulé. Leon, la jeune femme chauve et quelques autres descendirent juste devant moi. Celui qui s'appelait Garan et le tireur étaient toujours au-dessus et, un instant plus tard, j'entendis le sifflement électrique des disrupteurs, ainsi que des cris de Cielcins.

Plus très loin, me dis-je. *Plus très loin*.

Des cris, encore, dont un humain.

— Garan !

Une voix cielcine couvrit le vacarme.

— *Bayarraa o-totajun ! Bayarraa o-totajun !*

Coupez-leur la route.

— Corvo ! appelai-je en appuyant sur mon patch. À l'*Ascalon*, vite ! Il n'y a plus de temps à perdre !

— Je peux toujours empêcher le gros de leurs forces de nous aborder, répondit la capitaine d'une voix ferme.

— Otavia, cours ! intervint Valka.

Le navire trembla sous nos pieds, comme résonnaient au loin des crissements de métal torturé. Le sol tressauta, et des nuages de fumée noire jaillirent de tunnels transversaux embrasés par des lampes rouges.

— Le navire tout entier tombe en morceaux, dit Leon, à côté de moi.

— Il devrait y avoir un escalier de maintenance quelque part sur la droite, un peu plus loin ! lançai-je sans lui répondre.

— Vous êtes sûr ?

— Ne posez pas de question, foncez !

Mes années de solitude et de promenades à bord du *Tamerlane* portaient leurs fruits. Je savais que j'avais raison. De toute façon, le tram ne menait pas aux hangars des vaisseaux, aussi serions-nous contraints de trouver une autre route.

Avec un peu de chance, celle-ci nous sauverait de nos poursuivants.

Plus très loin…

Le tunnel était de plus en plus pentu, et une lumière rouge plus intense brillait. À deux cents pas de nous, il s'élargissait. Le puits ! Mes bottes martelèrent le sol en métal, si bien que je produisais à moi seul le bruit d'une section entière. Dans notre dos cliquetaient les griffes des Cielcins.

— *Kiannaa !* hurlaient-ils au loin. *Kiannaa, yukajjimn-kih ! Kiannaa eza ujarraa !*

Courez ! Courez !

Leurs rires suraigus et leurs ululements étaient comme des coups de fouet. Je tirai par-dessus mon épaule… et puis, je m'arrêtai, me figeai, incrédule.

Des formes noires apparurent sur la pente, au-dessus, des cimeterres blancs rougeoyant dans les mains. Les Cielcins formaient un mur devant nous.

« *Coupez-leur la route* », avaient-ils dit.

Et ils l'avaient fait.

— Vous êtes coincés ! s'écria leur capitaine. *Svassaa !*

— Hadrian ? (La voix de Valka résonna dans mon oreille.) Hadrian, qu'arrive-t-il ?

Je ne répondis pas.

C'était fini. Tout était terminé. Tout. J'avais perdu. *Nous* avions perdu. L'humanité avait perdu. J'avais osé espérer, j'avais produit un miracle. Mais mon épée était brisée et mes espoirs aussi.

Des mensonges.

Le pont trembla sous mes bottes. Je me retournai, vis nos poursuivants se précipiter sur les rames. Il n'y avait pas de passages transversaux, pas d'échappatoire.

— *Svassaa !* lança un Cielcin.

Rendez-vous !

— *Wemayu udim !* rétorquai-je. (Un esprit noir s'empara de moi, et j'écartai les bras, rejetant en arrière ma cape en *irinyr*.) Plutôt mourir !

Je ne me laisserais pas prendre vivant. Pas question que je retourne dans les boyaux de Dharan-Tun, que je redevienne un esclave. Je suivrais Pallino, comme Pallino avait suivi Elara. Et Valka me suivrait.

Valka...

Je ne reverrais plus jamais Valka. Alors qu'elle était si proche. Après une si longue séparation, après sept années passées dans les prisons du Prophète, je n'étais qu'à quelques minutes d'elle.

Ou des millénaires.

Le capitaine pencha la tête, et derrière son masque blanc et vierge, il devait sourire.

— Mourir ? Mais vous êtes déjà mort ! Vous êtes déjà à nous ! Vous êtes à lui !

Autour de moi, Leon et les autres frissonnèrent, les disrupteurs armés, la gueule rougeoyant plus fort que les veilleuses.

— Hadrian ! appela Valka dans mon oreille.

— C'est terminé, lui dis-je.

— Que se passe-t-il ?

— Je t'aime.

Elle ne répondit pas. *Comme je te comprends*, devait-elle se dire.

Je ne répondis pas non plus au Pâle. Je brandis mon disrupteur et pointai sa gueule sur le capitaine. Celui-ci ne portait pas de bouclier ; il n'avait pas eu l'idée d'en voler à une de ses victimes humaines.

Je tirai.

La décharge le toucha en plein visage. Il mit un genou à terre en jurant. Notre résistance serait futile, mais je ne mourrais pas en lâche. J'étais brisé, mais je mourrais entier. Je tirai encore et encore. Le capitaine gisait mort, les nerfs grillés. Je choisis une nouvelle cible et tirai en me mettant à courir, fonçant vers l'ennemi. N'ayant plus d'épée, je serais taillé en pièces.

Le plancher se déforma sous mes pieds, tandis que de la fumée noire s'élevait un peu partout. Tout le monde se figea comme le métal hurlait et se tordait, comme le tunnel tout entier cédait comme une branche pourrie. Je hurlai et entendis Valka crier dans mon oreille. Le labyrinthe de fer s'effondrait autour de moi, les câbles arrachés crachant des étincelles bleues. Le monde bascula, et je chutai en même temps que les hommes confus et les Cielcins, entourés de flammes.

— Hadrian ! hurla de nouveau Valka.

Je tombai dans le vide, heurtai lourdement une passerelle avec mon épaule blessée, avant de poursuivre ma chute. Avant que les ténèbres s'emparent de moi, j'eus le temps de voir un morceau de métal sombre venir à ma rencontre à grande vitesse.

— Hadrian ! appelait constamment une voix familière. Hadrian Anaxander Marlowe, réveille-toi, putain !

Anaxander, me rappelé-je m'être dit. *Qu'est-ce que c'est que ce prénom ?*

C'est grec ?

Oui, c'était grec.

— Hadrian, réponds-moi ! Est-ce que tu es là ?

— Valka ?

Valka poussa un soupir de soulagement. Je l'imaginai fermant les yeux, la poitrine vidée de sa tension et de son air.

— Je te croyais mort.

Je me sentais mort. Ma tête résonnait comme une cloche, et chacun de mes muscles me faisait l'effet d'avoir été attendri avec un maillet. Je gisais par terre, au sommet d'un monticule de métal, de poutres brisées, de câbles arrachés et de plaques tordues.

— Où suis-je ?

J'étais seul et Valka était à bord de l'*Ascalon*, me rappelai-je. Je devais trouver l'*Ascalon*. Mes bras tremblèrent comme j'essayais de me lever. Le hasard avait fait que je n'avais pas fini enfoui sous une montagne de débris. Lorsque j'avais atterri dans ce nouveau couloir, j'avais dû rouler au loin. Regardant derrière moi, j'avisai une butte irrégulière, bordée de métal déchiré mêlé à des corps, remplissant l'espace. Les quelques pas que j'avais faits vers l'ennemi, ma charge ultime et suicidaire, m'avaient – perversion de la providence – sauvé la vie.

— Leon ? appelai-je en regardant autour de moi, en cherchant un signe de la présence des autres. Leon ?

— Qui est Leon ? me demanda Valka.

Je ne lui répondis pas. Je mobilisais toutes mes forces physiques et cognitives pour me lever, alors le reste… Les bras tremblants, je me mis à quatre pattes.

— Combien de temps suis-je resté sans connaissance ?

— Dix minutes. Otavia dit qu'il y a eu un effondrement.

J'opinai silencieusement du chef. Dix minutes. Ce n'était pas très long ; assez long, cependant, pour que je m'estime en relative sécurité. S'il y avait eu encore des Cielcins dans les parages, ils se seraient déjà jetés sur moi. J'avais eu de la chance, même si c'était une chance perverse. Une fumée noire de feu électrique s'élevait en plusieurs points de la butte de métal ruiné, dans mon dos, éclairée de l'intérieur par des flammes rouges et huileuses. L'odeur de plastique et de cheveux brûlés était suffocante. Je fis un pas, et ma cheville s'embrasa. Je la testai. Elle n'était pas cassée, mais elle me faisait atrocement souffrir chaque fois qu'elle portait mon poids.

— Ils sont tous morts, lançai-je, avant de lâcher un rire sec et nerveux. Tous.

— Nous n'avons plus le temps, Hadrian ! Ils doivent avoir investi tout le navire à l'heure qu'il est !

M'appuyant contre une paroi endommagée, je pressai mes gantelets crasseux contre mes yeux, espérant chasser la douleur qui me fendait le crâne. Au lieu de quoi, cela déclencha une quinte de toux, qui me plia en deux. J'essayai de cracher. J'étais déshydraté ; je n'avais rien bu depuis la longue marche et le pèlerinage des Cielcins. Tous ces événements s'étaient-ils déroulés dans la matinée ? Combien de temps duraient les journées sur cette maudite planète ?

— Je sais…, parvins-je à articuler. J'arrive…

J'avisai deux xénobites morts, non loin de là, l'un écrasé sous une lourde poutre, l'autre à moitié enfoui là où le couloir était éventré côté droit. Vu la manière dont le crâne de la créature était enfoncé derrière sa crête – une partie plus molle et vulnérable –, je supposai que le monstre était mort dans sa chute. Je me félicitai d'avoir pris le temps de recharger mon bouclier, qui m'avait sauvé la vie. La poignée du cimeterre du guerrier inhumain dépassait de sous son corps.

J'étais désarmé. J'avais perdu mon disrupteur dans ma chute.

Je me penchai et extirpai la lame incurvée et blanche comme du lait de sous la créature. Du pommeau à la pointe, l'arme m'arrivait presque au menton. Elle était plus longue que n'importe quelle rapière ou épée, et lourde – comparée à la matière haute –, aussi aurais-je besoin de mes deux mains pour la brandir. Et c'était tant mieux ; ma main droite seule était presque inutilisable. Je me servis de la lame comme d'une canne, m'appuyai sur la pointe en zirconium. La cage d'escalier que nous visions au départ devait se trouver devant moi, au sommet du couloir ruiné, sous une épaisse poutre brisée par l'effondrement des niveaux supérieurs. Je devrais me faufiler par un étroit passage – à peine assez large pour un homme – sur la gauche.

Je fis un pas en avant en pesant avec circonspection sur ma cheville foulée.

Quelque chose me fit m'arrêter et je posai le regard sur le cadavre que j'avais dépouillé. C'était bizarre. La vision et l'équilibre un peu précaires, je mis un genou à terre à côté du corps, que je tâtai avec l'épée pour m'assurer qu'il était bien mort. Je repérai la chose qui avait attiré mon attention : une fine chaînette en argent autour de son cou. Ce n'était pas remarquable en soi – les Cielcins portaient toujours de l'argent –, mais cette chaîne était clairement de facture humaine, avec des maillons carrés tout à fait étrangers aux xénobites.

Un style que je ne connaissais que trop bien.

— Non…, dis-je en levant des doigts tremblants pour tirer la chaîne de sous le guerrier sans vie.

Ce n'était pas possible. Pas possible. Et pourtant…

Mes doigts gourds trouvèrent le pendentif un instant plus tard. Ma stupéfaction déferla sur moi comme une vague.

La coquille plus blanche que blanche de l'œuf de Silencieux brillait, sertie avec soin dans un anneau en argent et maintenue en place par des griffes délicates. Je l'observai longuement – un temps infini, me sembla-t-il –, sonné par sa présence. Je fus submergé par une impression de poids – celle de ma mission –, comme si le monde tout entier était suspendu à cette chaînette. Mes doigts se refermèrent sur le pendentif, me confirmant sa réalité.

Quel improbable voyage avait-il accompli, depuis que cet esclave me l'avait volé, avant de me revenir ? Le Cielcin l'avait-il pris à ce salopard sans langue lorsque j'étais accroché aux murs de *Dhar-Iagon* ? Ou bien le pendentif avait-il emprunté une route encore plus sinueuse et étrange ?

Je dépliai mes doigts et regardai l'éclat comme s'il s'agissait d'une sainte relique, ce qu'il était en quelque sorte. Syriani affirmait qu'Utannash le Silencieux avait créé notre monde, l'univers tout entier. Légitimement, on pouvait le considérer comme un dieu. Il s'agissait donc bien d'une relique, tout comme moi, et l'admirant en ce lieu infernal et à ce moment-là, je me surpris à croire. Le Silencieux l'avait placé là pour que je le retrouve. *Il* avait placé le cimeterre sous le cadavre pour attirer mon attention. Il m'avait sauvé lorsque tous les autres étaient tombés, m'avait préservé, comme il m'avait délivré de la mort sous l'épée d'Aranata.

Serrant la relique dans ma main, je me levai et, m'appuyant sur mon sabre volé, me mis en route.

La cage d'escalier était là où je pensais la trouver. Mes bottes résonnèrent sur le métal galvanisé. Je m'efforçai de ne pas regarder en bas. J'avais soixante étages à descendre, et l'escalier n'était séparé du tunnel du tram que par une grille en acier. Une violente sensation de vertige me tétanisa. L'escalier semblait intact, et c'était un miracle ; j'avais cependant appris à ne pas m'attarder trop longtemps sur ces choses-là. De la fumée sortait de passages transversaux, aspirée par le puits relié à la coque dorsale.

Je savais où je me trouvais. Lorsque je serais au fond du puits, il me suffirait de longer le tram longitudinal sur environ quatre cents mètres. Là, il y aurait un quai, un poste de sécurité et, au-delà, un simple couloir menant à l'escalier de service parallèle aux ascenseurs permettant d'accéder aux hangars, à l'*Ascalon* et à Valka.

L'escalier descendait en dents de scie. Douze marches, un virage, puis douze autres marches… Tourner, descendre, tourner, descendre… Encore, encore et encore.

— Otavia est-elle arrivée ? demandai-je à Valka.

— Je suis toujours sur la passerelle, répondit la capitaine elle-même. J'ai réussi à dériver l'alimentation d'urgence vers le canon dorsal pour éliminer quelques-unes de ces navettes.

— Ne joue pas à l'héroïne, Corvo ! protestai-je. Ils sont déjà dans le navire ! Dépêche-toi de… (Je m'interrompis pour reprendre mon souffle en m'appuyant contre la rampe.) Descends tout de suite au hangar !

Corvo hésita.

— La meute a déjà atteint certains des compartiments inférieurs. Je peux encore faire quelques dégâts, histoire de clairsemer leurs rangs.

— Tous les autres sont morts ! criai-je presque, mes mots résonnant sur les parois du puits. (*Morts. Morts. Morts.*

Craignant d'avoir attiré l'attention de l'ennemi, je repris en chuchotant :) Je refuse de te perdre aussi. Allez, bouge !

—Non, non, non, rétorqua Corvo, que j'imaginai secouant la tête. S'ils sortent de ces compartiments, ils se retrouveront entre le vaisseau et toi.

—Et si tu ne te mets pas en route tout de suite, ils seront entre le vaisseau et *toi* !

Je donnai un coup de poing sur la grille qui me séparait du puits du tram. Plus qu'une vingtaine de niveaux à descendre.

À l'autre bout de la ligne, le silence. Je continuai de descendre en titubant d'épuisement, tenant le cimeterre de la main gauche comme une canne. J'avais mis le pendentif contenant le morceau de coquille dans une poche de ma ceinture, gardant ma main libre pour me stabiliser.

—Corvo !

Je la sentis sursauter à cause de mon ton agressif.

—J'y vais !

—Bien, fis-je en clignant des yeux de soulagement. On se verra bientôt.

—Où es-tu ? demanda Valka d'une voix tendue, proche de la panique.

—Près du fond du puits d'un des trams transversaux. J'y suis presque.

J'étais un homme mort, mais un homme mort qui marchait, qui longeait un des tunnels transversaux du *Tamerlane*. Quelque part derrière moi, Otavia Corvo progressait dans un tunnel de ce genre. La passerelle se trouvait au niveau G, une soixantaine d'étages au-dessus, à l'arrière du navire, à plus de quinze kilomètres. Lorsque j'étais en forme, il me fallait un peu plus d'une heure pour courir d'un bout à l'autre du *Tamerlane*. Corvo était plus rapide que moi, mais à quel point ? Comme j'avançais péniblement dans le tunnel en traînant le sabre cielcin, je me rappelai le combat de l'ambassade impériale, la manière dont Corvo s'était frayé un chemin dans la Garde du Conclave à main nue. Je lui souhaitai de bouger encore plus vite.

Le poste était bien là où je le pensais. Je jetai le cimeterre sur le quai et gravis une courte échelle pour le récupérer. Les veilleuses clignotaient, et deux panneaux muraux crachaient des étincelles blanches. L'atmosphère puait la décomposition, et de vieilles taches coloraient les murs. Du sang, sans doute. Des reliques de la bataille qui avait provoqué la perte du *Tamerlane* à Padmurak. Il n'y avait aucun corps, et je croyais savoir pourquoi.

Il y avait des brûlures de plasma sur les parois, du métal déformé et du plastique fondu là où les combats avaient été les plus âpres. J'avisai de profondes éraflures dans le sol, dont je supposais qu'elles avaient été laissées par les démons d'Arae, les chimères.

— Corvo, où es-tu ? appelai-je. Moi, j'y suis presque.

Pas de réponse.

— Corvo ?

— Je fais aussi vite que je le peux, finit-elle par répondre. Ne ralentis pas !

Quelque chose dans la manière dont le vieux navire gémissait tandis que ses poutrelles s'étiraient et que ses ponts s'effondraient me rappela le chant des baleines. Combien de fois avais-je entendu cette musique sinistre, la nuit, au Repos du Diable, portée par le vent qui soufflait sur la baie et l'océan d'Apollon, en contrebas de notre acropole ? Je claudiquai aussi vite que mes blessures me le permettaient, le cimeterre faisant tinter le métal sous mes pieds. Les yeux morts d'Elara me hantaient, ainsi que la manière dont la tête de Crim était restée entre les doigts d'Aulamn. Je pleurai abondamment, mais je ne ralentis pas. Je ne pouvais pas me le permettre. Les mots de Pallino m'aidaient à avancer. Et ceux que j'avais lancés à Lorian.

« Fais-leur vivre l'enfer. »

« Vengez-nous. »

— Vengez-nous, murmurai-je. Je vous vengerai…

Je me séchai les yeux avec la cape en essayant de ne pas penser aux horreurs dont elle était maculée. Le carrousel d'ascenseurs se trouvait droit devant moi, et je voyais la porte rouge donnant sur la cage d'escalier. J'eus un regain d'énergie et me mis à trotter vers cette dernière. La poignée tourna et les pênes sortirent de leur logement.

— *Iukatta !*

Je regardai par-dessus mon épaule.

Un Cielcin se tenait à l'extrémité d'un couloir perpendiculaire à celui que j'avais emprunté. Non pas un des soldats de Syriani, car sa combinaison caoutchouteuse gris-vert me rappelait davantage celle des serviteurs d'Otiolo lors de l'expédition d'Emesh. Nous nous fixâmes du regard pendant un long moment ; s'il savait que j'étais humain, il ne me reconnaissait pas forcément. Ses membranes nictitantes clignèrent une fois sur ses yeux plats et sans âme. Si seulement je n'avais pas perdu mon disrupteur de phase. Je l'aurais éliminé vite fait, bien fait.

Au lieu de quoi le Cielcin tourna la tête et cria :

— *Yukajjimn ! Shuga o-yukajjimn !*

La porte cogna comme je la poussais d'un coup d'épaule et me précipitais dans l'escalier. Celui-ci était plus large, moins raide, zigzaguait beaucoup moins que le premier. Je le dévalai littéralement.

— Je les ai vus ! lançai-je. Corvo, où es-tu ? Je les ai vus !

— Dépêche-toi ! me répondit Valka. Le réacteur est actif ; nous sommes prêts à partir !

La porte se rouvrit au-dessus de moi, et j'entendis les cliquetis de pieds griffus. Je faillis tomber à ce moment-là, mais je me rattrapai de justesse avec ma mauvaise main. Maudissant ma cheville, je poursuivis ma descente claudicante, m'efforçant désespérément de garder mon avance sur mes poursuivants. À en juger par le vacarme qu'ils produisaient, ils devaient être au moins cinq. Autrefois, je n'aurais pas craint de combattre cinq *scahari* à la fois. Avec un bouclier et armé de matière haute, ils ne m'auraient pas impressionné, mais dans l'état où j'étais ? Ces cinq-là ou les cinq cent mille rassemblés autour du temple, le résultat serait le même. Au moins n'avaient-ils pas de *nahute*, ou s'ils en avaient, ils ne les avaient pas utilisés.

Sous le niveau G, les ponts étaient numérotés en caractères mandari et standard peints en rouge sur le métal gris. *70. Quatre-vingt-quatre.*

La poignée grinça comme je pesais dessus, et je me cognai le tibia en tirant la porte. Ma jambière sculptée me protégea, et je bondis sans aucune grâce du fait de mes membres trop raides. Comme je quittais la cage d'escalier, je crus voir un mouvement flou dans mon dos.

— *Uimmaa o-tajun!* cria une voix inhumaine. *Kisurraa! Qita! Qita! Qita!*

La porte se referma derrière moi, étouffant momentanément leurs voix. J'avais le choix entre tourner à gauche ou à droite, tandis que le mur opposé penchait vers l'extérieur et était percé de hublots trapézoïdaux.

Était-ce à gauche ou à droite ?

Je pris à gauche, me tournai vers les vitres penchées sur ma droite, avisant les vastes armatures qui contenaient les pinces magnétiques maintenant le vaisseau dans son hangar.

Sauf qu'elles ne maintenaient rien du tout.

— Merde !

Je tournai les talons et me précipitai dans la direction opposée. La porte de la cage d'escalier s'ouvrit, et le premier des Cielcins apparut. Je criai, levai le cimeterre à deux mains et frappai. Il n'y avait aucun art derrière ce coup, pas trace de mes siècles d'entraînement. Mon attaque porta ses fruits, cependant, le sabre se fichant à la base du cou du monstre.

Un fluide noir jaillit de la blessure, et le Cielcin s'écroula comme un personnage en argile.

Ses congénères se déversèrent dans le couloir un instant plus tard, mais à ce moment-là, j'avais déjà parcouru une trentaine de mètres. Je voyais l'*Ascalon* par les hublots, à ma gauche, sa coque en lame de couteau fermement agrippée par des pinces. La lumière orangée du jour finissant filtrait par la porte ouverte du hangar. Je me demandai comment Valka s'y était prise pour l'actionner avec les seules batteries auxiliaires, mais ce spectacle me remonta le moral, et mes jambes me semblèrent plus légères comme je tournais le dernier coin en dérapant et galopais vers la passerelle suspendue.

— Valka !

Elle se tenait dans l'entrée ronde du sas, les dents serrées, les yeux dorés plissés de détermination. Mon cœur se gonfla en la voyant, et mon âme vide fut submergée par des sentiments tels que je faillis bien m'écrouler sous leur poids. Mes yeux ruisselaient de larmes et, pour la première fois de la journée, c'étaient des larmes de joie.

Valka ne portait pas d'armure, simplement un bouclier, n'étant vêtue que de la combinaison que les légionnaires avaient sous leur équipement. Ses cheveux longs – plus longs que jamais – étaient coiffés en une tresse épaisse posée sur son épaule.

— Fais attention ! m'écriai-je en me tournant vers les Cielcins qui s'engageaient sur la passerelle derrière moi.

Sans un mot, Valka brandit son pistolet tavrosi et visa en fermant un œil. Je me baissai. Elle tira. Un faisceau violet jaillit au-dessus de la passerelle en produisant un bruit de tonnerre. Valka tira de nouveau, et un de mes poursuivants tomba en poussant un cri étranglé. Un bourdonnement emplit subitement l'air. Je reconnus le son des *nahute* et me propulsai en avant, gardant la tête basse comme Valka tirait une troisième fois.

— Entre, vite ! cria-t-elle.

Je me collai contre la paroi du passage ombilical et me jetai dans le sas avant de l'*Ascalon* en me retournant dans les airs pour atterrir sur le flanc gauche. Valka tira à trois reprises, abattant les derniers de mes poursuivants. Trois *nahute* virèrent vers elle, leurs gueules de lamproie tournant comme des scies-cloche. Valka leva une main comme pour en attraper un en vol et, un instant plus tard, les drones tombèrent, morts, sur le plancher en métal.

— Est-ce que ça va ? demanda-t-elle en appuyant sur le bouton de fermeture de la porte extérieure du sas.

Elle ne me regarda que furtivement, mais pour Valka, ce regard dit tout.

— Je survivrai, répondis-je, étendu sur le sol, essoufflé.

Valka était déjà en mouvement, ses bottes claquant vers la passerelle. Je la regardai à l'envers, ma poitrine se soulevant à un rythme rapide, et je roulai sur le ventre pour la suivre des yeux, épuisé et absurdement gêné d'être couvert de sang et de crasse. Je tremblais violemment et, les muscles perclus de crampes, je me mis à genoux et lançai :

— Où est Corvo ?

Je regardai autour de moi, m'attendant à moitié à voir la grande capitaine à la peau couleur de bronze dans l'encadrement de la porte ou émergeant de derrière une caisse d'équipement en retirant sa capuche.

Je compris une fraction de seconde avant que Valka dise :

— Elle ne viendra pas.

— Quoi ? m'écriai-je en me relevant pour suivre Valka sur la passerelle. Non ! Où est-elle ?

Valka était déjà en train de s'installer dans le fauteuil du pilote.

— Dès que je mettrai en route le réacteur principal, ils sauront que nous sommes là, répondit-elle en appuyant sur quelques boutons, faisant avancer son fauteuil sur le rail qui conduisait à la sphère géodésique en verre située à l'avant de l'*Ascalon*. Tous ces petits vaisseaux nous prendront pour cible. Otavia s'est portée volontaire pour rester et couvrir notre retraite.

—Elle ne peut pas faire ça!

Corvo m'avait menti. Valka m'avait menti.

—C'était le plan.

Valka ne s'arrêta pas pour me regarder, mais appuya sur quelque interrupteur et saisit le manche à balai à deux mains. Loin derrière, un bourdonnement sourd se fit entendre, se propageant dans le vaisseau, faisant trembler le sol sous mes pieds.

—Sangle-toi ou trouve un endroit où t'accrocher.

Il y avait une pointe d'agressivité dans sa voix, un tranchant plus coupant que de la matière haute. Je compris pourquoi: elle était à deux doigts de s'abandonner à une rage totale.

Grognant, je tournai le dos au cockpit et appuyai sur mon patch.

—Corvo, explique-toi.

Pour une fois, la capitaine répondit tout de suite.

—Le choix a été facile, dit-elle simplement. Je donne ma vie pour sauver celle de tous ceux qui trouveront place dans l'*Ascalon*.

—Il n'y a que Valka et moi! sifflai-je.

—Cela ne change rien, rétorqua-t-elle avec calme. Je sais ce que tu es.

—Mais je suis tout seul…, lâchai-je en m'affaissant contre l'arche ronde de la porte.

—Si quelqu'un peut tuer ces fumiers, c'est bien toi! s'amusa Corvo.

J'aurais voulu lui dire qu'elle avait tort, mais je ne pouvais pas. Pallino et Elara, Ilex et Crim, tous les autres avaient donné leur vie pour me permettre de poursuivre la lutte.

Quatre-vingt-dix mille hommes étaient morts pour cela. En esprit, je voyais la grande capitaine penchée au-dessus du puits holographique, les cheveux flottant comme un halo, les épaules voûtées tel Atlas portant le monde.

— Me battre pour toi a été un privilège, Hadrian.

Je l'imaginai se redressant et levant les yeux au ciel.

Je donnai un coup de poing dans la paroi, puis un autre, et encore un autre, manquant de peu de me casser les phalanges. Fermant les yeux, je penchai la tête en arrière, regardai le plafond à travers mes paupières.

— Le privilège a été pour moi.

A été…

— Je me battrai jusqu'à la fin, dit-elle. Je compte bien ne pas partir toute seule, remarque ! Maintenant, filez !

— Hadrian, sangle-toi ! s'exclama Valka. On y va !

Tout tremblant, je m'affalai dans le fauteuil du navigateur et m'attachai en silence. Valka ne dit rien non plus. Je devinai ses articulations blanchies autour du manche à balai. L'*Ascalon* bourdonnait sous nos pieds, faisait tomber la poussière des poutrelles du grand hangar du *Tamerlane*. Une série de bruits métalliques sourds résonnèrent comme les pinces se dépliaient, et nous flottâmes sur nos répulseurs.

— Ils vous ont entendus ! lança Corvo via les haut-parleurs du vaisseau. Vous avez attiré l'attention de leurs navettes.

— Compris, répondit Valka, qui semblait être redevenue la capitaine de la garde tavrosi qu'elle avait été. On file.

Valka pressa des boutons. Elle activa, non pas les moteurs ioniques trop lents à démarrer, mais la torche à fusion principale. Un torrent de flammes rouges et violettes jaillit de derrière le navire avant de nous englober, emplissant le hangar de feu. L'*Ascalon* s'ébranla, et même si le champ de suppression était actif, je fus écrasé contre mon fauteuil. Un instant plus tard, nous émergions des flammes et nous élevions au-dessus du sable noir entre le *Tamerlane* et la muraille de la ville. Je vis l'anneau et les tours jumelles de la porte d'Akterumu se dresser devant nous. Un appareil de combat – lance de métal noirci, aurait-on dit – vint à notre rencontre.

En dessous, le *Tamerlane* répliqua, jouant de ses canons. Dénué de bouclier, l'appareil ennemi éclata en morceaux, ses fragments pleuvant sur le sable.

— On ne passera jamais entre les mailles de leur flotte ! dis-je en avisant les lunes artificielles emplissant le ciel au-delà de la cité anneau.

— On passera, affirma Valka sans ciller.

Un des lasers d'un térawatt s'embrasa, la radiance polarisée par notre verrière. Je détournai néanmoins les yeux et vis du coin de l'œil deux vaisseaux exploser. Valka tira sur le manche à balai, pointant le nez de l'intercepteur vers le ciel comme les fusées de l'ancien temps.

— Otavia, dit-elle, nous sommes prêts à faire le saut.

— Quoi ? m'étonnai-je. Dans l'atmosphère ?

Normalement, basculer en distorsion à l'intérieur de l'atmosphère d'une planète était extrêmement dangereux. Le processus consistant à déformer l'espace pour constituer une enveloppe autour du vaisseau était extraordinairement destructeur pour ce qui se retrouvait dans sa tubulure. La courbure de l'espace et de la gravité est une seule et même chose, comme nous l'apprennent les scholiastes. Tordre l'espace revient à accroître la gravité locale. Basculer en distorsion signifiait exposer l'espace environnant à d'immenses pressions. Pour cette raison, les vaisseaux accéléraient toujours une fois sortis du puits gravitationnel d'une planète. C'était plus sûr pour ceux qui restaient derrière.

Sur Eue, cela n'aurait certes aucune importance.

La réponse de Corvo mit un terme à mes objections.

— Ne perdez pas de temps, dit-elle après s'être raclé la gorge.

Valka poussa le levier.

Le ciel s'étira, les tours et les lunes s'effaçant comme si quelqu'un jouait un tour à la focale de mes yeux. Les canons du *Tamerlane* détruisirent un nouveau trio de navettes en approche, qui explosèrent en nuages rougeoyants, comme des feux d'artifice lors d'un triomphe. Je m'enfonçai dans mon fauteuil, et un instant plus tard, les tours d'Akterumu et les lunes de la flotte cielcine disparurent. Le ciel orangé céda la place à des ténèbres totales et au silence.

Ni Valka, ni moi ne bougions.

Nous étions libres.

45

La place d'un homme

— De l'eau, dis-je dans le silence tendu.

Valka n'avait pas parlé, n'avait pas bougé de la place du pilote depuis plusieurs minutes, voire plusieurs heures, car j'avais sans doute perdu connaissance plusieurs fois dans le fauteuil du navigateur. Les lumières ultramarines scintillaient derrière la verrière, formant des taches et spirales autour de l'enveloppe de distorsion du vaisseau. Je les observai longuement, sûr d'avoir encore une fois perdu connaissance. Ma vision vacilla, et lorsque je parvins à faire le point, je vis que Valka me regardait. Des mains gantées portèrent un gobelet à mes lèvres.

L'eau avait un goût d'ambroisie, et je bus avidement le liquide dont le goût pur enfla dans ma poitrine. Mes tempes blessées palpitaient.

— Où ? demandai-je en toussant, crachotant de l'eau. (Valka retira le gobelet.) Où va-t-on ?

Son regard doré familier se détacha de mon visage.

— Nulle part. Partout. J'ai programmé un itinéraire aléatoire sur dix années-lumière. Je ne pense pas qu'ils aient installé un traceur à bord, mais je n'en suis pas encore certaine. J'aimerais en être sûre.

— Tu n'en trouveras pas, dis-je en appuyant la tête contre mon dossier. Dorayaica ne s'attendait pas… (Je levai un bras.) Il ne t'attendait pas.

— J'ai besoin de certitudes, insista-t-elle en se redressant.

Je n'aimais pas la manière dont elle me regardait, le front ridé d'horreur et de pitié, le nez plissé à cause de mon odeur, que je devinais atroce même si j'avais cessé de la remarquer depuis longtemps.

— Comment ? repris-je finalement, toujours pris de vertige. Comment avez-vous fait pour… ?

— Pour nous évader ? termina Valka en faisant un pas en arrière, ne voulant pas fuir, mais refusant de venir trop près. Pour survivre ? (Elle regarda à gauche, vérifia les instruments de navigation et, satisfaite, poursuivit :) Ça n'a pas été facile. Les Lothriens avaient détruit notre navette. Nous nous sommes emparés d'un… navire de fret, grâce auquel nous avons fui en orbite, sauf que le *Tamerlane* avait déjà été arraisonné. Je suppose qu'ils ont pris Durand par surprise.

— Durand est mort, dis-je bêtement.

Je le voyais dressé devant l'autel, le regard plein de défi, là où Elu avait brûlé le corps de son amant. Je voyais sa tête tomber de ses épaules, comme la mienne autrefois. Sauf que Durand n'était pas revenu.

Valka me regardait comme si j'avais moi aussi perdu la tête.

— Je sais, acquiesça-t-elle avant de reprendre son récit. Nous avons localisé le télégraphe du *Tamerlane* et sommes parvenus à rejoindre un convoi lothrien ravitaillant la flotte cielcine. Nous nous sommes posés dans le cratère d'un de ces vaisseaux-mondes. Et puis nous avons pris des tours de garde pendant quatre ans, le temps d'atteindre Dharan-Tun.

— Quatre ans… (Il devait s'agir du vaisseau de Vati, celui-là même qui m'avait transporté de Padmurak à Dharan-Tun. Plus d'une décennie s'était donc écoulée depuis cette fameuse bataille, sur le pont.) Pourquoi avoir attendu ?

— Nous étions quatre, Hadrian, rétorqua-t-elle, incrédule. Et eux toute une planète ! Et nous étions coincés, ajouta-t-elle en me tournant le dos. Nous ne pouvions pas quitter notre vaisseau car nous volions en distorsion.

Un minuscule « ah ! » de compréhension m'échappa, et je me sentis bête, aussi bête que le jeune homme que j'avais été lorsque nous avions fait connaissance à Borosevo. Des particules hautement chargées et des radiations avaient tendance à s'agréger dans l'enveloppe de distorsion, raison pour laquelle les vaisseaux étaient préservés par des boucliers constitués de matériaux denses tels que l'adamant ou les épais manteaux de glace des engins cielcins. Car il fallait bien protéger les délicats passagers. Hors du vaisseau, vêtu d'une simple combinaison environnementale, on risquait gros, y compris de mourir très vite.

— Nous avons fait notre possible, reprit-elle. Nous étions conscients de ne pouvoir sauver personne, pas avec un *Tamerlane* dans cet état. Si tu l'avais vu…

— J'en ai vu une partie.

— C'est Otavia qui a élaboré le plan, dit-elle en haussant les épaules. Elle s'est portée volontaire pour… rester derrière. Je devais piloter l'*Ascalon*, tandis que Crim et Pallino étaient chargés de te retrouver. (Elle secoua la tête. Elle me tournait toujours le dos et manipulait le gobelet comme si elle cherchait à l'étrangler.) Nous ne pouvions pas sauver tout le monde. Nous le savions. Mais toi ? Elara ? Ilex ? Lorian ?

Voyant une lueur d'espoir, je m'animai :

— Lorian est en vie.

Les épaules de Valka se contractèrent et elle sursauta comme si je venais de la frapper. Elle ne dit rien, cependant.

— Enfin… je crois. Dorayaica en a fait son émissaire et l'a envoyé retrouver l'Empereur.

— Pourquoi ne pas avoir attendu que tu sois mort ?

— Je ne sais pas, avouai-je en m'essuyant les yeux. Je ne sais pas, Valka. (Un sanglot sec me secoua, et je me pliai en deux comme un paysan victime d'une attaque.) Peut-être qu'il s'agissait seulement de mettre Lorian à l'abri pour l'envoyer en mission plus tard. Tu n'as pas vu comment c'était, en bas. Un véritable abattoir. Ils démembraient les nôtres…

J'essayai de ne pas penser aux piles de membres, au pauvre Adric White découpé sur son plateau, au destin qui attendait Lorian à présent que nous nous étions échappés. Dorayaica l'enverrait-il quand même auprès de l'Empereur en prétendant que j'étais mort ? Lorian en serait probablement convaincu. Ou bien Dorayaica se vengerait-il sur le seul membre de ma compagnie disponible ?

Valka se rapprocha enfin. Elle s'agenouilla pour prendre ma main droite dans les siennes, ne s'interrompant que pour poser le gobelet.

— Tout ira bien, murmura-t-elle d'une voix douce.

— Non, tout n'ira pas bien ! Tout le monde est mort ! Tout le monde ! Pallino ! Elara ! Crim ! Ilex et Durand ! Halford, Pherrine, Koskinen… Ils ont découpé White en morceaux et me l'ont servi à dîner.

Mes tremblements s'aggravaient, et les doigts de Valka se resserrèrent autour des miens.

Je la sentis se raidir, reculer.

— Qu'ont-ils fait à ta main ?

Elle défit les attaches de mon gantelet. Je ne répondis pas. Elle découvrirait la vérité bien assez tôt. Les sceaux cliquetèrent et sifflèrent doucement comme elle tirait sur mon brassard et mon gantelet. Ma chair puait la transpiration, ajoutant une touche supplémentaire au nuage nauséabond qui m'enveloppait. Valka faisait très attention, comme si elle retirait un masque funéraire. Elle écarquilla les yeux en découvrant ma main : les cryobrûlures, les doigts amputés.

— *Forfehdri*…, jura-t-elle avant de porter ma main à ses lèvres. Que s'est-il passé ?

— Je… (J'avais envie de tout lui raconter. La fosse, le mur, les chaînes, ma peau écorchée, le fouet, les centaines de sévices ; cependant, les yeux de Valka brillaient déjà, et je me contentai de secouer la tête.) Tu veux bien m'aider à retirer cette armure ?

Je souhaitais me laver ; c'était même ce que je souhaitais le plus au monde.

Valka hocha la tête, passa mon bras autour de ses épaules. Je grimaçai comme la douleur se réveillait, mais je me levai.

— Il va falloir désinfecter tes blessures, dit-elle, et je sentis son regard sur mon scalp entaillé. Tu as perdu beaucoup de sang.

Les douches se trouvaient au niveau inférieur, à côté de la section hydroponique morte de l'*Ascalon*. L'atmosphère sentait les algues et le poisson pourri, mais les lumières s'allumèrent lorsque nous y entrâmes, permettant à Valka de me déshabiller. J'étais incapable de stopper les tremblements et sanglots inconstants qui me secouaient. Elle réussit enfin à me débarrasser de mon armure tachée de sang et de ma cape puante.

— On va devoir nettoyer tout ça, dit-elle en examinant les taches. Dans quoi t'es-tu roulé ?

— Du sang et de la merde. Ils m'ont jeté de la merde dessus, et des morceaux de…

Des morceaux de gens, fus-je incapable d'articuler en me remémorant la manière dont la foule me jetait des organes d'esclaves morts comme des tomates pourries. Je ne lui racontai pas non plus que les gardes m'avaient obligé à boire leur pisse avant de me battre. Je fermai les yeux, sursautai comme Valka desserrait les sceaux de ma combinaison, et lorsqu'elle saisit mon col pour la tirer vers le bas, je roulai au sol dans un fouillis de membres et de cheveux. Je restai là à trembler comme une feuille dans la tempête, en position fœtale, secoué par une toux violente, avalant de l'air goulûment pour chasser ma panique.

— Tu veux que je te laisse ? finit-elle par me demander.

Je me rendis vaguement compte qu'elle était assise contre la paroi, les genoux repliés contre la poitrine.

Quelque chose dans sa voix desserra les muscles du serpent qui m'étouffait et, fibre par fibre, je me détendis. Prudemment, je touchai la seule partie de son corps que je pouvais atteindre avec ma main mutilée : son orteil. Nous restâmes ainsi pendant un long moment, plongés dans le silence. Ce contact simple était une manière de communiquer dont nous nous contentâmes. Ayant un rideau de cheveux crasseux devant les yeux, je décollai doucement mon visage du sol, y laissant des taches brunes de sang séché. Un sang frais dégoulinait sur mon visage. Je me hâtai de sortir mon bras gauche de mon vêtement caoutchouteux et collant. La manche se retourna, révélant son envers maculé de sueur.

Le bras droit ne me résista pas davantage. J'étais essoufflé, la douleur rouge de mon épaule pulsant derrière mes yeux. Voyant que j'étais fatigué, Valka vint à mon secours. Je l'entendis contenir une exclamation horrifiée.

— Ton dos…

Je sentis ses mains sur mes cicatrices épaisses et j'eus un frisson.

— Sept ans, dis-je, comme si c'était une réponse. Sept ans.

— Qu'est-ce qu'ils t'ont fait ? m'interrogea Valka, même si la réponse était évidente.

Tu n'imagines même pas, eus-je envie de répondre.

— Allez, viens, reprit-elle en me faisant signe de me lever.

Je trébuchai sur le seuil surélevé de la cabine de douche, me retrouvai à quatre pattes.

Valka voulut se précipiter à mon aide, mais je levai la main pour l'arrêter.

— Je peux y arriver seul, lui assurai-je en appuyant sur les boutons de contrôle.

Une douche était un luxe monstrueux à bord d'un vaisseau interstellaire, aussi dus-je me contenter d'une brumisation et d'épurateurs à ultrasons. Valka ferma la porte derrière moi. Assis sur le sol, je tendis les jambes devant moi. Transpiration, sang et crasse coulèrent comme de l'encre de mon visage et mes cheveux, plaqués contre mon corps par la brume.

Derrière le silence, je sentais et entendais le bourdonnement des moteurs. La réalité commençait à s'imposer à moi, à me recouvrir de sa substance lourde et épaisse.

J'étais en vie. En vie… et libre.

Était-ce une nouvelle vision ? Un rêve éveillé ? Allais-je me réveiller dans un instant la tête en bas, suspendu dans la fosse, perdant mon sang par une entaille à la tempe ?

— Non, chuchotai-je.

Un déni ? Une prière ? Relevant la tête, je vis mon reflet dans la vitre de la porte. Nos regards se croisèrent comme j'avais croisé celui de l'autre Hadrian dans sa cellule du Palais du Peuple, comme j'avais croisé celui de tous les Hadrian qui habitaient mes visions. Des regards violets.

Dans la vitre, un cadavre me contemplait.

Mes cheveux : noirs, striés de blanc comme des éclairs dans la nuit. Mes yeux : tombants, cernés, enfoncés. Deux étincelles brillant au fond d'un puits. Mes côtes saillant sous une peau aussi fine que du parchemin. Ma chair pareille à une tapisserie de cicatrices et de brûlures mal soignées.

Je ne m'étais pas vu – pas vraiment – depuis Vedatharad.

Je ne me reconnus pas.

Un mouvement attira mon attention derrière la porte. Refaisant le point, je constatai que Valka me regardait et pleurait en silence. Un tic lui souleva le coin gauche de la bouche, me sortant des profondeurs de mon être. L'empreinte laissée par Urbaine. Il s'agissait bien de Valka et non d'un rêve.

— Je leur ai tout dit, avouai-je. Dorayaica m'a torturé, et je lui ai tout dit. (Je levai ma main ruinée et meurtrie pour me cacher le visage.) Perfugium. Vanaheim. Balanrot. Thielbad. Ostrannas. (Il était important qu'elle comprenne, même si ce que je disais était incompréhensible.) Aulos. Carteia. Ibarnis. Siraganon.

— Chut…, fit-elle.

— Kebren, poursuivis-je en fermant les yeux. Nessus.

La porte s'ouvrit, et je sentis sa présence chaude et sombre au-dessus de moi. J'imaginai un parfum d'encens et de bois de santal. Elle ne pouvait pas avoir gardé ses savons à bord d'un navire de fret lothrien pendant onze ans. Étais-je en train de devenir fou ? Ou bien la mémoire et l'affection étaient-elles plus fortes que la vérité ?

La douche bipa et, un instant plus tard, un torrent d'eau chaude nous coula dessus, comme Valka s'agenouillait à côté de moi pour m'embrasser. Elle ne parla pas. Ne bougea pas. Elle me serra fort et ne me laissa pas partir.

J'étais vivant. *Nous* étions vivants.

— Ils les ont déchiquetés, Valka. Tous. Je n'ai pas pu les sauver. Je n'ai pas… C'est ma faute. Je suis responsable. Aucun d'entre eux ne se serait retrouvé là si je n'y avais été.

— Tu sais que ce n'est pas vrai. On nous a trahis.

— Je devrais être mort, et eux vivants. Pallino. Elara. Tout le monde. Pas moi. Pas moi.

J'ouvris les yeux et la tins à bout de bras sans me soucier de l'eau qui nous coulait dessus. Elle était habillée, n'ayant pris le temps de retirer que ses gants. Ses cheveux auburn étaient plaqués sur son visage.

— Leurs vies comptent bien plus que la mienne.

Si Valka pleurait, ses larmes étaient invisibles sous la douche. Elle posa une main sur ma joue et eut un sourire en coin. Son sourire n'avait plus été le même après le virus d'Urbaine, après notre visite à Edda destinée à tuer le serpent dans son esprit. Il ressemblait au mien.

— Tu ne dois pas penser comme ça, me réprimanda-t-elle.

Et pourtant, je ne pouvais m'empêcher d'avoir ce genre de pensée.

Lorsque j'eus nettoyé toute ma crasse et que Valka se fut lavée aussi, elle émergea, dégoulinante, sur le tapis en caoutchouc. Sans sa combinaison, elle était toute menue. J'étais assis sur un banc. Elle m'étudia longuement, puis lança :

— Tu devrais faire quelque chose pour tes cheveux.

Je relevai la tête et me regardai dans un des nombreux miroirs de la salle de bains. L'effet fut plus brutal que lorsque j'avais découvert mon reflet dans la porte vitrée. Plus difficile à nier. Des lignes rouges irrégulières parcouraient la moitié gauche de mon visage, cousines plus récentes des zébrures blanches de mon dos et de mes jambes. Mes cheveux formaient un lourd rideau, mes mèches blanches témoignant de l'énergie vitale que m'avaient prise mes séances de torture. Je ne me rappelais même pas la dernière fois où j'avais été propre. Sans doute cela remontait-il à ma visite de la station polaire avec les Lothriens.

Je laissai Valka me couper les cheveux, et le bruit des ciseaux et de la tondeuse emplit le silence qui nous entourait. Un moment simple et ordinaire après ce que nous avions vécu tous les deux. Des mèches plus longues que mon bras tombaient comme de la fumée dense, et lorsqu'elle eut terminé, je me regardai de nouveau, constatai qu'il y avait presque autant de blanc que de noir dans mes cheveux courts.

Regarde comme tu es vieux, dis-je à mon reflet. Cela faisait presque trois cent cinquante ans que j'étais sorti de ma matrice artificielle, et la route que j'avais empruntée avait souvent été difficile. Néanmoins, je me laissai bercer par la présence sobre de Valka, par son sourire altéré, par le contact délicat de ses doigts secs et doux comme elle m'appliquait du bêta-gel et des bandes correctrices.

J'ignore combien de temps je passai à dormir ces premiers jours. Longtemps, probablement. Pendant des semaines, sans doute. Peut-être un mois. Je ne garde de cette période que de vagues souvenirs. Des repas. Ma banquette. Les bras de Valka autour de moi dans la nuit. Le bourdonnement régulier des moteurs. Je me souviens de Valka jurant dans son panthaï natal en s'activant dans la section hydroponique, empilant des cartons de plantes pourries et d'arêtes de poisson à côté de mes cheveux dans le sas à ordures. Je me revois démontant mon armure pour en nettoyer soigneusement tous les composants.

Je revois tout cela, mais à travers une brume épaisse.

Des jours plus tard, ou des semaines, Valka me trouva dans la salle adjacente à la section hydroponique, hypnotisé par le spectacle du sas à ordures. Les lampes qui nous surplombaient brillaient d'un éclat blanc clinique, presque bruyant dans le calme du vaisseau solitaire.

— Qu'est-ce que tu fais ?

La cape en *irinyr*, propre et soigneusement pliée, était posée sur le comptoir près du tube ouvert. J'avais pris la décision de me débarrasser du vêtement inhumain, de le projeter dans l'espace, mais je n'y arrivais pas. Toute ma vie, j'avais amassé ce genre de reliques, de témoignages. Cette cape devait-elle les rejoindre, ou bien devais-je m'en débarrasser dans les ténèbres ?

— Je réfléchissais. C'est calme, ici. On n'entend pas vraiment les moteurs.

Je regardai autour de moi et décroisai les bras. Par miracle, quelques-unes des caisses que nous avions rapportées de la Villa Maddalo étaient restées à bord de l'*Ascalon*, aussi portais-je mes propres vêtements, ma tunique, mon pantalon.

— Je n'avais pas remarqué, dit Valka en faisant la moue.

— J'ai passé beaucoup de temps dans une grotte. (Je lui avais tout raconté.) On ne se rend compte du bruit que font les choses que lorsqu'elles ne sont plus là. (J'avais fait l'expérience du silence véritable – des ténèbres véritables, aussi – pendant tellement longtemps, que la solitude grise de l'*Ascalon* était presque trop intense pour moi.) Est-ce que ça va ?

Je me rendis compte qu'elle tenait un chiffon, qu'elle s'essuyait les mains d'un air absent.

— Oui. Il y a enfin de l'eau propre dans la section hydroponique. La culture d'algues devrait commencer dans un jour ou deux.

— C'est bien, approuvai-je en me frottant les bras.

Les algues étaient synonymes d'air pur.

— Je pense que certaines graines sont toujours bonnes. Je vais avoir besoin de ton aide pour les semer.

— Bien sûr.

— J'aimerais tant pouvoir t'aider, dit-elle en cessant de s'essuyer les mains.

— Je sais.

— Ils me manquent aussi.

Je fermai les yeux, renonçai momentanément à décider si je devais ou non me débarrasser de la cape.

— On sortira de distorsion dans deux jours environ, ajouta-t-elle.

Nous en étions au troisième saut aléatoire depuis notre départ d'Eue. Nous avions passé le vaisseau au peigne fin à la recherche de mouchards, et après notre second saut, nous nous étions même équipés pour examiner l'extérieur. Nous n'avions rien trouvé.

— Nous avons besoin d'une destination.

— Colchis, répondis-je sans hésiter, ouvrant les paupières et lui faisant face. Siran est sur Colchis. Elle est la seule qui… qui… (J'étais à court de mots. Le poids de fantômes trop nombreux pesait sur mes épaules.) Il n'y a plus qu'elle.

Une lueur de pitié – une pitié terrible – brilla de nouveau dans le regard de Valka. Je me rendis compte de mon erreur juste avant qu'elle prenne la parole.

— Hadrian, nous avons quitté Colchis il y a des siècles. Il y a plus de quatre cents ans. Siran est… elle est morte depuis longtemps. Tu le sais, n'est-ce pas ?

Je hochais déjà la tête, à ce stade, comme si cela pouvait adoucir ses mots, comme si mes mouvements pouvaient m'empêcher de les entendre. Une part de moi savait la vérité depuis le début. *« Siran est morte depuis longtemps. »* Ma langue était épaisse et inutile dans ma bouche.

— Je sais, finis-je par coasser. J'aurais dû le savoir. (Subitement, j'interprétai le ton particulier de la voix de Valka.) Je ne suis pas fou, Valka.

S'ensuivit un silence si profond que j'entendis bel et bien le bourdonnement à peine perceptible des moteurs. Valka ne dit rien. Nous restâmes là en silence.

— Je n'ai pas réfléchi, tentai-je d'expliquer.

Dans la grotte ou les fosses, je n'avais aucun moyen de mesurer le passage du temps. J'avais oublié à quel point il était rapide.

Puisse le temps, tellement fugace, nous pardonner…

— Nous ne sommes pas les seuls, reprit Valka en essayant de sourire. (Je l'entendis dans sa voix, risquai un regard dans sa direction.) Tu as dit qu'ils ont envoyé Lorian sur Nessus ?

Ses yeux dorés glissèrent sur mon visage. Comme elle me parut vieille ! Aussi vieille que je me sentais vieux, la tresse à moitié défaite après une journée de travail, les yeux enfoncés par l'inquiétude et la fatigue.

— Je *pense* qu'ils ont envoyé Lorian sur Nessus, corrigeai-je en portant ma main estropiée à mon visage. Après la bataille ? Je ne sais pas. Peut-être est-il mort à l'heure qu'il est.

— Cela m'étonnerait de Lorian.

— Je veux quand même aller sur Colchis. Ne serait-ce que pour voir la tombe de Siran. Et celle de Gibson.

Je ne dis pas que Gibson n'avait pas de tombe. Les scholiastes brûlaient leurs morts et dispersaient leurs cendres. Il devait être mort, cependant, car il était déjà vieux lorsque j'étais jeune, et je n'étais plus jeune depuis longtemps. Nous nous étions revus sur Colchis, alors que nos chances de nous croiser étaient aussi fines que de la matière haute. Mais je ne supportais pas l'idée de pleurer seul. Colchis était l'endroit où je me sentirais le plus à ma place dans tout l'univers humain. Car mon monde – celui où vivaient Gibson, Siran et la Compagnie rouge – n'était plus.

Seul.

Enfin, pas vraiment. Valka était avec moi. Valka était une partie de moi, et moi une partie d'elle. Un homme a besoin de plus que cela, cependant. Un homme a besoin d'appartenir à un peuple, à un endroit. Un homme a besoin d'une famille de sang ou de cœur.

J'avais besoin de la mienne.

Mais elle n'était plus.

— Colchis, alors, acquiesça Valka.

Pourquoi pas, en effet ? Il nous faudrait retourner dans l'Imperium afin de sonner l'alarme. Dorayaica avait envoyé Lorian annoncer sa venue, proclamer sa domination sur toutes les autres armées de Pâles. Si Lorian atteignait Nessus, il annoncerait ces nouvelles. Ainsi que notre mort, à Valka et moi. Et pour le Commonwealth ? Lorian était-il au courant de sa trahison ? Il devait avoir deviné. Il était à bord du *Tamerlane*, à ce moment-là. Était-il seulement conscient lorsque Vati et ses troupes avaient attaqué ?

Non, nous n'avions d'autre choix que d'y aller.

— Tu sais combien de temps le voyage durera ?

46

Vers Colchis

— Ça prendra combien de temps ?

Les mots de Valka flottaient dans l'atmosphère de la passerelle. J'avais mal entendu, certainement. Les étoiles silencieuses brillaient dans les ténèbres au-delà de la verrière de l'*Ascalon*. Nous étions sortis de distorsion pendant notre sommeil, dans le Noir, à des années-lumière de toute étoile, en sécurité. Valka avait passé près d'une heure à travailler sur les instruments de navigation, à déterminer notre position et à planifier notre vol vers Colchis.

— Vingt-huit ans, cinq mois et treize jours, répéta-t-elle, les mains entre les genoux.

Parfaitement précise. La machine dans sa tête avait répondu pour elle, à n'en pas douter. Elle soutenait mon regard à travers les yeux de la femme. Cette révélation me plongea dans une immobilité quasi catatonique. Je n'aurais pas dû être surpris par ce chiffre ; Eue ne pouvait qu'être très éloignée de tout monde humain. Le ton neutre avec lequel cette part du cerveau de Valka avait répondu à ma question fit naître un sentiment nouveau d'horreur en moi.

Vingt-huit ans.

Une vie pour nombre de gens, et quatre fois le temps que j'avais passé dans les prisons de Dharan-Tun.

Vingt-huit années seuls, tous les deux, dans la prison de métal du vaisseau.

Après une longue minute, je retrouvai ma langue.

— On peut y arriver ?

Valka réfléchit quelques secondes avant de répondre, ce qui n'était pas très bon signe. Son lacis neural pensait bien plus vite que ses neurones ordinaires, même s'il était moins flexible. Elle était rarement lente à répondre, sauf lorsque le tact l'imposait, donc presque jamais.

— Nous avons le carburant nécessaire. Le confinement a tenu bon pendant toutes ces années, et Corvo a pris soin de faire le plein. Quelques systèmes de communication ont été détruits. Dans notre fuite, peut-être. Le maser est fichu. Je ne sais pas pour la radio. Quelques grappes d'antennes ont été endommagées.

— Pas d'accès au datanet, donc ?

— Il ne nous servirait pas à grand-chose, de toute façon. Nous sommes si loin que le premier relais datanet doit se trouver à mille années-lumière, voire davantage. (Elle pivota sur le fauteuil du navigateur et appuya sur quelques boutons d'une console latérale.) On pourrait contacter l'Imperium par télégraphe. Le TQ est en bon état. Il n'est pas impossible qu'ils aient un vaisseau éclaireur dans les parages. On pourrait attendre qu'ils…

— Non !

Ma véhémence me surprit. Valka haussa les sourcils. Je posai une main sur l'arche ronde conduisant à la cabine principale, mes doigts se refermant sur le mur capitonné. Je sentais mon cœur battre dans ma poitrine. Pourquoi serais-je effrayé ? Valka attendit que je m'explique. Il me fallut un peu de temps pour trouver mes mots.

— Si nous contactons l'Empire, ils ne nous laisseront jamais aller à Colchis.

Je repensai aux boiseries et aux jardins de Maddalo, aux cyprès secoués par le vent ; des cyprès pareils aux barreaux d'une cellule. De ma main mutilée, je serrai autour de moi la couverture que j'avais mise sur mes épaules. *Une autre prison*, me dis-je.

— Simplement une autre prison…

Valka parut comprendre.

— Ce qui m'inquiète, c'est plutôt les rations, dit-elle en se massant les tempes.

J'entrai dans le poste de pilotage, m'assis dans le fauteuil du copilote, pivotai pour faire face à Valka, installée de l'autre côté de l'espace vide surplombé du projecteur holographique.

— Nous avons assez de protéines de bromos pour… la moitié du trajet. Certaines barres ont tourné, mais le bouillon nutritif…

— … durera plus longtemps que les étoiles, je sais.

Je repliai un genou sous mon menton et serrai les dents comme mes muscles se manifestaient douloureusement. La perspective de faire bouillir une pâte de protéines dans de l'eau salée et des algues pendant des années, voire des décennies, n'était pas très engageante, mais nous n'avions pas le choix. Même si nous entrions en contact avec l'Imperium, rien ne garantissait que les nôtres nous rejoindraient rapidement. Dans tous les cas, il convenait de retrouver l'espace impérial.

— Et les systèmes hydroponiques ? demandai-je.

— Tu les as vus toi-même. Il faut purger les lits. Tout est pourri. Quelques banques de semences sont encore bonnes. Certaines seulement.

— Mais les algues sont bien ?

— On ne manquera pas d'air, si c'est ce que tu veux savoir. Ces systèmes-là se régulent plus ou moins tout seuls. Mais ils devraient être nettoyés, et il faudra replanter les lits végétaux. Je ne pourrai pas tout faire moi-même.

J'examinai mes mains sur mes genoux ; mes cicatrices brillaient dans la lumière des consoles. Au lieu de lui répondre, je me tournai vers la verrière.

Je ne suis plus bon à rien, me dis-je en me cambrant jusqu'à réveiller la douleur dans mon épaule. Si les étoiles pâles avaient une solution à mon problème, elles la gardèrent pour elles. La douleur en elle-même était une réponse, certes brutale et primitive.

À rien du tout.

J'entendis Valka soupirer par le nez, et elle dit :

— J'ai besoin de ton aide, Hadrian.

— Je sais.

Je fermai les yeux pour ne plus voir les étoiles impitoyables. Ce fut une erreur, cependant, car sans les étoiles pour me distraire, la plaine d'Akterumu m'apparut de nouveau, avec ses corps déchirés et ses membres mâchouillés, qui cédaient sous mes pieds comme j'essayais de m'extirper du carnage, au bas de l'escalier du temple. Syriani Dorayaica – le Shiomu Elusha – me dominait de toute sa taille, le visage maculé de sang argenté, les dents de verre découvertes en un rictus de délectation inhumaine. Je me secouai et rouvris les paupières.

— Je sais.

Je m'étais suffisamment vautré dans mon auto-apitoiement. J'avais certes souffert, mais je n'étais pas mort. Si le vaisseau était silencieux, il l'était moins qu'une tombe. J'étais vivant, Valka aussi, ce qui signifiait que nous devions travailler. Lorsque l'*Ascalon* était en parfait état de fonctionnement, un seul homme suffisait à le faire fonctionner, même si un équipage de trois était préférable.

Le vaisseau était loin d'être en bon état. Valka avait besoin de moi. Les réservoirs des algues devraient être purgés, les lits végétaux replantés. Et il y avait sans doute bien d'autres problèmes à régler à bord de cet appareil trop longtemps négligé. L'*Ascalon* avait attendu dans les hangars du *Tamerlane* pendant onze ans, oublié pendant tout le trajet de Padmurak à Eue. Qu'il soit en mesure de voler était un miracle.

— Hadrian ?

Je clignai des yeux et me tournai vers Valka, qui s'était levée et me fixait d'un regard jaune trop compatissant pour être supportable. Je ne voulais pas de sa pitié. J'aurais voulu ne jamais en être digne.

— Je sais, répétai-je une fois de plus avant de détourner les yeux.

Elle saisit ma main estropiée et l'embrassa.

— Onze ans, murmura-t-elle dans un souffle. (Elle embrassa encore mes doigts, pressa ma paume contre son visage.) Il m'a fallu onze ans pour te retrouver. J'ai besoin de toi, maintenant.

S'agissait-il de larmes ?

Je les essuyai avec le pouce. Si elle n'avait pas subi les fosses et le fouet, elle avait souffert aussi. J'essayai de m'imaginer son calvaire. Prisonnière de quelque vaisseau lothrien avec Corvo, Pallino et Crim, prenant des tours de garde, priant pour que les Cielcins ne les débusquent pas, dans l'incapacité de changer de cachette car les navires étaient en distorsion.

— J'ai besoin de toi aussi, dis-je en lui adressant le sourire en coin des Marlowe.

Elle prit ma main ruinée et se pencha pour m'embrasser sur le front. Je la serrai dans mes bras, et nous restâmes ainsi un très long moment.

— Je devrais programmer notre voyage, marmonna-t-elle. Si nous devons y aller, il vaut mieux ne pas attendre. Colchis n'est pas à côté.

Je la lâchai à contrecœur, la regardai s'installer sur le fauteuil du navigateur. Comme elle pianotait sur la console, je me levai, franchis les quelques pas qui me séparaient d'elle pour m'appuyer contre son dossier.

— Où sommes-nous, exactement ?

— À environ quinze cents années-lumière au nord-ouest du noyau, aussi loin qu'il est possible de l'être du Sagittaire, répondit-elle d'une voix rendue rauque par l'émotion.

— Au nord du Commonwealth…

Nous étions au-delà des limites de l'espace humain, à la base du bras du Sagittaire, là où la spirale rencontrait le cœur palpitant de notre galaxie. Il nous faudrait traverser l'espace lothrien et la ceinture de Rasan pour atteindre les marches de l'espace impérial.

— Plus de vingt-cinq kilolumières, précisa Valka en manipulant les commandes de la console. Ce vaisseau dépasse les mille C, mais ça fait quand même loin.

— Le Sagittaire…

Je fis rouler le mot dans ma bouche et secouai la tête. La civilisation humaine s'était étendue pour occuper la majeure partie de la moitié sud de la galaxie, elle avait avancé jusqu'à ce que les Cielcins la repoussent, affluant de l'est et de l'Étendue de la Règle, qui était perdue pour de bon. Le bras du Sagittaire décrivait une spirale vers l'ouest autour du noyau, dont les étoiles et étoiles noires sont trop nombreuses et denses pour risquer de voler en distorsion. Mes doigts agrippèrent le dossier de Valka comme j'imaginais les légions nouvellement constituées du Prophète-roi contournant le noyau par l'est et par l'ouest pour prendre l'humanité en tenailles.

— Ils doivent contrôler la moitié de la galaxie.

Valka cessa de pianoter.

— Ils ne contrôlent rien. Tu le sais. Ils vont où ils veulent, c'est tout. Nos navires et nos colons les ont sans doute croisés plein de fois dans le Noir avant Cressgard. Mais l'espace est grand, Hadrian.

Elle avait raison, évidemment. N'ai-je pas déjà écrit que la carte de l'univers humain était emplie de frontières intérieures ? Si nos mondes étaient éparpillés dans la moitié du volume galactique, nous n'occupions pas toutes les étoiles. Seules

les planètes habitables par les hommes étaient à nous, plus quelques endroits dont nous n'aurions pas pu nous passer : des comptoirs commerciaux sur des routes stratégiques, des systèmes sans vie riches en minéraux. Les Cielcins occupaient la moitié de la galaxie, mais leur présence était aussi fine que la nôtre. Plus fine encore, peut-être.

— Cela ne change rien à ce qui se prépare, rétorquai-je, sinistre. Tu as vu combien il y avait de vaisseaux en orbite au-dessus d'Eue ? Des milliers, des dizaines de milliers ! Combien de billions de Cielcins y a-t-il, à ton avis ?

— Je n'en sais rien, concéda Valka, immobile.

Après un moment de silence, elle se leva et passa devant moi pour aller à la place du pilote, se penchant au-dessus de la console, la longue tresse pendillant par-dessus l'épaule, rappel de longues années de solitude. Je l'entendis appuyer sur des boutons.

— S'ils le peuvent, ils iront sur Forum. S'ils ont les coordonnées. Avalon. Nessus. Goddodin. La Terre, même.

À l'idée que la Terre puisse brûler de nouveau, qu'elle risque d'être annihilée par ces démons, je m'étouffai et plaquai plus fort ma couverture autour de mes épaules. Je n'étais pas croyant, mais cette perspective restait néanmoins blasphématoire.

Au loin, j'entendis le générateur de distorsion revenir à la vie, je le sentis dans mes pieds, je le perçus dans le changement de nature de l'atmosphère. Le spectacle d'un vaisseau se préparant à effectuer un saut en distorsion était étrange. Nous ne bougions pas ; à peine dérivions-nous dans le vide. Les moteurs infraluminiques ne démarrèrent pas ; ils n'en avaient pas besoin. Ce n'est pas le vaisseau qui bascule en distorsion, à vrai dire, mais l'espace autour de lui, une enveloppe de nuit dans la nuit. En une seconde, on passe des ténèbres tranquilles à une vive lumière violette.

Valka fit comme si elle ne m'avait pas entendu ; peut-être n'avait-elle rien à me répondre.

— Tu ferais mieux de te tenir à quelque chose. Il risque d'y avoir un choc.

Le champ de suppression était censé minimiser tout choc provoqué par le saut, mais elle avait raison. Je repris place dans le fauteuil du copilote. Nous gardâmes le silence, tandis que Valka finalisait la séquence qui nous ferait basculer. Loin derrière nous, à la poupe du mince vaisseau, l'oscillation bourdonnante s'intensifia. Je serrai les moignons de mes doigts et baissai la tête pour attendre.

Combien de fois, sur la passerelle du *Tamerlane*, avais-je écouté Koskinen et White nous préparer à effectuer un saut ? Corvo et Durand aboyant leurs ordres, Lorian et Pherrine relayant leurs informations…

Le souvenir des derniers mots de Corvo dans la radio me revint en mémoire.

« Ne perdez pas de temps. »

Valka agrippa le manche à balai et – la trajectoire ayant été programmée – le poussa. L'*Ascalon* gémit et, pendant un instant, je nous imaginai installés sur la pointe d'une flèche filant entre les étoiles. D'innombrables étincelles s'étirèrent, virèrent du blanc à l'azur, de l'azur à l'indigo. Au violet.

Nous étions en route.

47

Longues ténèbres

Les premiers jours de notre voyage passèrent dans une brume grise. Jusque-là, Valka s'était contentée de me laisser tranquille, enveloppé dans ma couverture sur la passerelle ou dans la soute, à écouter les moteurs ou à regarder les étoiles qui s'étiraient à l'infini. C'était un peu comme si je n'étais pas à bord de l'*Ascalon*, mais dans la barque de Charon voguant, non pas vers Colchis, mais vers l'au-delà.

Valka avait raison, nous n'étions pas morts. Durant les jours suivants, grâce à sa patience et à son insistance, elle parvint à me sortir de ma léthargie. Je m'habillai pour l'aider à réparer les systèmes critiques.

Nous parlions très peu. Malgré les années de séparation, il n'y avait pas grand-chose à dire, et nous avions tous les deux été isolés tellement longtemps que nous ne savions plus comment nous adresser la parole. Nous n'en avions pas besoin, cependant. Il est des langages plus anciens et profonds que ceux qui utilisent la parole, et l'amour n'avait pas réellement besoin de mots. Je me contentai de sa présence constante ; Valka refusait de me laisser seul.

Une fois les cuves purgées et remises en route, une fois le gros des plantes décomposées et des arêtes évacué des systèmes d'aquaculture, les lits furent rapidement alimentés en eau et replantés. Très vite après cela, l'atmosphère recouvra une odeur normale. Pendant ce processus, Valka s'activa avec calme, efficacité et diligence. J'avais failli oublier qu'elle avait longtemps été marin. Par deux fois elle avait dû quitter sa planète natale, Edda : lorsqu'ils avaient voulu la *guérir* du virus d'Urbaine et, bien des années auparavant, lorsqu'elle avait utilisé les crédits gagnés en servant dans l'armée pour laisser derrière elle la Stochocratie afin d'explorer la galaxie et les ruines qui la fascinaient tant.

Les vieilles habitudes sont difficiles à perdre.

— Tu sais qu'on ne peut pas être en fugue cryogénique tous les deux en même temps, dit Valka, mettant les pieds dans le plat. Le vaisseau ne se pilotera pas tout seul, et même si on le laissait se débrouiller, nous retrouverions les systèmes hydroponiques dans un état déplorable.

Je ne répondis rien. J'appréhendais cette conversation, je la sentais venir depuis plusieurs jours, voire des semaines. Je me voilais la face. Il n'y avait qu'une solution à ce problème, mais je n'étais pas encore prêt à rester seul.

Aiguillonnée par mon silence, Valka poursuivit d'un ton plus sec :

— On pourrait s'arrêter quelque part. Se ravitailler. Après la ceinture de Rasan, il y aura forcément un avant-poste où...

— Non ! l'interrompis-je en me détournant de la caisse dans laquelle des plants de courges poussaient sous une lampe, m'étonnant de ma véhémence. Valka, dès qu'on mettra les pieds dans les systèmes impériaux, on sera saisis. On ne peut pas s'arrêter dans un dépôt de carburant ou dans un port pour embaucher deux marins, qu'on n'aurait pas de quoi payer, de toute façon. On n'arriverait jamais à Colchis.

Alors qu'elle était occupée à tester la composition minérale des lits d'eau, Valka releva la tête et fronça les sourcils. Son bâtonnet testeur resta suspendu dans les airs, pincé entre le pouce et l'index, oublié.

—Pourquoi veux-tu tant te rendre sur Colchis ? Hadrian, Siran est morte. Gibson est mort. Tu le sais.

—Je le sais, acquiesçai-je sans parvenir à contenir mon amertume. C'est juste que… (J'avais la bouche sèche, et je dus fermer les yeux pour trouver mes mots.) Il faudra retourner sur Nessus. Ou Forum. Mais on ne peut pas y aller directement. C'est bien trop loin. Comme il faut s'arrêter quelque part, autant s'arrêter sur Colchis. (Je m'essuyai les mains sur le chiffon gris que j'avais posé sur le bord de la cuve et reculai sur ma chaise à roulettes, écoutant les sifflements des brumisateurs pendant une minute.) Si on s'arrête sur l'avant-poste le plus proche, qui sait qui viendra nous récupérer. Si on a de la chance, il pourra s'agir des hommes de l'Empereur. Quoi qu'il arrive, le Renseignement de la Légion sera du voyage. À moins qu'il s'agisse de l'Inquisition.

—Je n'avais pas pensé à ça, concéda Valka en laissant retomber sa main.

—Si on se rend sur Colchis, on aura la main, on décidera de la manière dont on entrera en contact avec l'Empire. On pourra utiliser l'athenaeum, faire ça officiellement. Comme ça, la Fondation ne pourra pas nous faire… disparaître. (Je souris pour ne plus penser aux assassins de la Fondation, sur Thermon.) Et l'*Ascalon* pourra se faufiler dans la défense orbitale pour trouver… ce qui reste de Siran.

—Tu veux dire sa tombe ?

—Bien sûr que je veux dire sa tombe ! Tu étais obligée de me le faire dire ? (Je me mordis la langue en ravalant mon amertume. Je repris d'une toute petite voix :) Elle seule en a une. Une tombe sur laquelle on peut se recueillir. Je veux le faire avant toute chose. Après, on ira à l'athenaeum pour se présenter à l'Imperium.

Je baissai la tête et n'en dis pas plus. Peut-être Valka avait-elle raison de s'inquiéter pour moi. Peut-être étais-je devenu fou, mais une part de moi était convaincue de pouvoir la trouver là-bas. Et Gibson aussi. Près de cinq cents ans s'étaient écoulés depuis que nous avions quitté Colchis pour Annica. Colchis était un autre monde, cependant, et je ne pouvais pas m'empêcher de me dire que rien n'y avait changé durant mon absence. Après tout, n'y avais-je pas recroisé la route de Gibson après l'avoir cru mort pendant des siècles ? Mon père, par son intransigeance, avait rendu cette rencontre possible. Il avait envoyé Gibson sur Colchis à bord du navire de fret le plus lent qui soit. Il arrive que la vilenie et le mal engendrent quelque chose de positif. Ainsi, Gibson était-il arrivé sur Colchis quelques années seulement avant moi, rendant possible cette réunion. Il n'y en aurait pas d'autre, bien sûr.

J'en étais conscient.

Je lui avais laissé une lettre lorsque nous étions passés par Colchis sur le chemin de Padmurak. Je n'avais pas reçu de réponse, et je n'en recevrais pas. Néanmoins, j'étais convaincu que revoir ces grottes, sous la Grande Bibliothèque, me ferait du bien. Marcher là où Gibson avait marché, retourner sur le sable de Thessa me permettrait de retrouver un peu de cette époque. J'avais tellement envie de nager encore une fois dans ces eaux où – certes brièvement – j'avais connu la liberté et le bonheur. Une part de moi savait également que les cris et les rires de mes hommes me manquaient plus que tout. La camaraderie, le sentiment d'appartenance qui fait qu'on se sent chez soi.

Plus jamais je ne ressentirais cela.

— Tu devrais aller dormir, reprit Valka en parlant de la fugue cryogénique. Tes blessures… Tu n'es pas encore remis.

Je secouai violemment la tête, me rebellant contre la pitié, dans sa voix.

— Nous savons tous les deux que je ne peux pas faire ça en fugue. J'ai besoin de temps pour… pour prendre soin de moi.

De la main gauche, je saisis mon épaule ruinée. Aucune gymnastique ne réparerait mes articulations. J'avais besoin d'un médecin.

— Tu as besoin de repos, insista-t-elle en posant ses outils et en se tournant vers moi. Quand on sera à Colchis, ils s'occuperont de ta pauvre main et… du reste.

Subitement gêné, je détournai mon visage balafré, conscient des bandes correctrices qu'elle avait collées sur les marques laissées par les griffes de Syriani. Je les voyais presque sur les parois blanches et polies de la chambre hydroponique : traits noirs sur ma peau pâle, comme les soudures dans la vasque brisée de Jinan.

— C'est toi qui devrais dormir, dis-je. Rien ne nous arrivera. En distorsion, nous sommes en sécurité. Je m'occuperai du vaisseau tout seul.

— Vraiment ?

Il n'y avait pas de venin dans la voix de Valka, seulement du doute, ce qui était encore pire.

Je me maudis à ce moment-là. Ma faiblesse. Une ombre avait rampé hors des fosses de Dharan-Tun, une ombre, un ver qui portait mon nom. J'avais passé les premières semaines de notre voyage dans un état lamentable. Était-ce pardonnable ? Peut-être. Compréhensible ? Certainement. Toutefois, la tristesse était un luxe que nous ne pouvions pas nous permettre. Je poussai un long soupir en hochant la tête et eus l'impression d'être un hologramme de statue en train de s'écrouler passé à l'envers, la moindre particule de mon corps revenant tant bien que mal à sa place.

— Je n'ai pas envie de te laisser seule, dis-je en me retenant de regarder sa main gauche, celle qui s'était refermée sur sa propre gorge sur l'ordre du ver d'Urbaine.

Je ne pouvais pas la laisser s'occuper du vaisseau seule, et puis… Valka appartenait aux clans de Tavros ; elle n'avait pas vingt-huit ans à perdre.

J'étais palatin. Je *suis* palatin.

Ces vingt-huit années, je pouvais les lui donner.

— Je peux le faire, insistai-je.

— Tu n'es pas marin, Hadrian, me rappela-t-elle, le visage affûté et adorable empreint de tristesse.

— Et tu n'as pas tout ce temps. Vingt-huit ans, c'est beaucoup.

— Vingt-huit ans tout seul, c'est trop pour n'importe qui. Tu ne suggères tout de même pas que je te laisse ici tout seul ? protesta-t-elle en désignant l'*Ascalon*. Je ne suis pas si vieille que ça. Les Tavrosi ne vivent pas aussi longtemps que les palatins, mais il me reste du temps. Nous avons quelques années de provisions.

J'attrapai le chiffon gris pour avoir quelque chose à faire de mes mains. Je l'étreignis dans mes poings jusqu'à en avoir mal aux articulations et me mordis la langue.

— Quelques années… Donc personne n'est obligé d'aller en fugue pour l'instant, et quand le moment viendra, il faudra que ce soit toi, tu le sais pertinemment.

Pour une fois, elle ne me contredit pas.

— Il faut remettre en service tous les systèmes du vaisseau, reprit-elle subitement après une longue pause. (Et puis elle ajouta à voix basse, comme si elle se parlait à elle-même :) On peut y arriver. On peut y arriver.

Ainsi passèrent les premières années de notre voyage. Le vaisseau volant en distorsion, nous nous occupâmes des systèmes hydroponiques, cultivâmes les légumes qui complétaient notre régime constitué sinon exclusivement de porridge préparé à base de bouillon de bromos. Je ne connaissais rien à l'aquaculture et me fiais à Valka, dont l'esprit contenait des volumes entiers encodés dans son lacis neural. Les connaissances dont elle disposait n'étaient pas plus une part d'elle que mes livres étaient en moi. Elle avait souvent comparé ses aptitudes à une bibliothèque, à un palais psychique presque infini constitué de salles interconnectées dont elle connaissait le contenu dès qu'elle y entrait.

Les scholiastes employaient une technique similaire – quoique sans l'aide de machines – pour ne rien oublier. Un maître scholiaste avait le même rendement qu'une machine, mais il fallait une vie entière pour maîtriser ces techniques. Valka était née avec ces capacités. Elles faisaient partie d'elle. Après toutes ces années, elles continuaient de m'effrayer, mais je n'en remerciais néanmoins pas moins les dieux – le Silencieux, peut-être – de l'avoir faite ainsi. De m'avoir donné Valka.

Notre première récolte arriva quelques mois plus tard, et nous pûmes nous préparer un festin : courge et oignons, pommes de terre, tomates et haricots pour compéter l'omniprésent porridge. Il y avait même des plantes aromatiques dans notre banque de graines : romarin, sauge, thym. Ce fut donc un véritable repas de fête, même s'il n'y avait pas de viande. En vérité, cela ne me frustrait pas ; j'avais mangé tellement de poisson cru lorsque je m'étais retrouvé à court de rations, dans ma cellule. Enfin, si ces créatures à la chair puante étaient des poissons.

J'ai honte d'avouer que j'ai pleuré à la première bouchée, même si j'aurais rêvé de manger du pain et du fromage, de boire du vin. J'avais presque l'impression d'être de retour dans la civilisation humaine.

Valka et moi étions seuls, et je rêvai souvent de musique, de rues animées et du vent qui soufflait dans les arbres du jardin anglais de Maddalo. Le vaisseau froid avait tout d'une prison.

J'exagère, évidemment. Si Valka et moi étions seuls, nous étions seuls *ensemble*. Quand on aime, l'univers se contracte, les horizons se rapprochent jusqu'à envelopper deux êtres. Pour Valka et moi, c'était littéralement vrai. Tout comme nous étions arrivés ensemble dans les prisons de Vorgossos, frissonnant dans le noir et le froid, nous affrontions la longue nuit de ce voyage côte à côte.

Les années passèrent, et le souvenir d'Akterumu et de Dharan-Tun s'estompa. Les cicatrices de mon corps et de mon visage passèrent du rouge feu à l'ambre, puis au blanc cendré, et même si mon épaule me faisait toujours souffrir, même si mes doigts manquants me réveillaient la nuit, chaque jour était plus facile que le précédent. Je ne serais plus jamais celui que j'avais été – même si nous atteignions l'Imperium, même s'ils réparaient mon épaule et cultivaient mes doigts –, et je savais qu'une part de moi resterait à jamais étendue sur le sable noir sous l'œil vide du Rêveur.

Tout a une fin, cher Lecteur.

Et avant longtemps, une de ces fins survint.

— Cela ne me plaît pas du tout, dit Valka pour la énième fois.

Il ne faisait pas encore froid dans le cubiculum. Les crèches cryogéniques étaient toutes vides. Chacune appartenait à un homme que nous aurions pu sauver. Corvo aurait pu dormir à la gauche de Valka, Pallino et Crim un peu plus loin. Ilex et Elara et le jeune Leon auraient pu nous rejoindre. Ainsi que ceux dont je ne connaissais pas le nom et qui avaient survécu à l'attaque d'Aulamn et atteint le *Tamerlane*.

Les crèches étaient vides, cependant.

— Je sais, acquiesçai-je. Mais ça ira. Promis.

Valka ne répondit pas et se retourna pour examiner les tuyaux dans lesquels circulait le liquide de refroidissement, travail normalement effectué par un technicien spécialisé, que nous n'avions pas. Mais cela importait peu. De tous les systèmes présents dans un vaisseau interstellaire, ceux qui concernaient les crèches de fugue cryogénique étaient les plus automatisés, les moins sujets aux pannes.

Valka se redressa et me fit face.

— Je continue de penser que nous devrions alterner. Les réserves de TX-9 sont basses, mais il devrait y en avoir assez pour changer de crèche une ou deux fois.

— Je sais, je sais, concédai-je en utilisant une technique de scholiaste pour calmer ma respiration. Il est temps de te préparer.

— On peut attendre un jour de plus, rétorqua Valka sans faire mine de se déshabiller.

— Ça fait des semaines qu'on dit ça. (Je rentrai le menton, croisai les bras sur ma poitrine, scrutant le sol poli entre nous, les bottes pointues de Valka.) Le moment est venu.

Elle renifla et, si je ne levai pas les yeux, je sus qu'elle hochait la tête.

— D'accord.

Risquant un coup d'œil dans sa direction, je la surpris en train de regarder en l'air, de fixer des yeux les lampes accrochées au sommet de l'arche. Nous nous trouvions au niveau supérieur de l'*Ascalon*, juste en dessous de la coque dorsale, et le poids du vide et des étoiles tourbillonnantes oppressait mon esprit. Elle ne bougea pas et, dans son immobilité, je reconnus la souffrance creuse d'une femme retenant ses larmes.

— Je ne peux pas m'empêcher de me dire que… que tu ne seras pas là à mon réveil, finit-elle par avouer en reniflant et en fermant les paupières.

Je me rapprochai d'elle, la serrai contre moi en dépit de mon épaule douloureuse.

— Je serai là, ne t'en fais pas. Je n'irai nulle part.

Elle prit mon visage avec une grande délicatesse.

— Promets-moi, murmura-t-elle d'une voix rauque dans mon cou. Promets-moi de me réveiller. Quand il le faudra.

— Si j'en ai besoin, je te réveillerai.

— *Quand!*

Je la lâchai et fis un pas en arrière en essayant de sourire.

— Je te réveillerai ! mentis-je.

Comme Valka l'avait dit, nous n'avions pas beaucoup de liquide cryogénique. Corvo n'avait pas fait approvisionner l'*Ascalon* avant de partir pour Padmurak ; nous n'en avions pas besoin. L'équipage du *Tamerlane* n'avait fait que des travaux de maintenance minimaux sur le petit vaisseau.

Valka laissa échapper un souffle saccadé et retira son tee-shirt. Elle n'avait rien, en dessous, et je me rappelai le jour où j'avais dû me déshabiller à bord de l'*Eurynasir* de Demetri. Je me souvins du froid intense, de l'univers impitoyable. Nous avions quitté Eue depuis six ans, et notre voyage en durerait encore vingt-deux.

— Je m'occupe de tes vêtements, lui dis-je, tandis qu'elle s'adossait à la console pour retirer ses bottes.

Elle jeta par terre ses chaussures et son tee-shirt rayé.

Elle se retrouva nue. Elle ne portait plus que la demi-lune ternie suspendue à une chaînette en argent, autour de son cou. Les lignes noires du *saylash* de son clan buvaient la lumière, les lignes fractales décrivant des spirales sur son bras, son flanc, jusqu'à sa hanche. Elle semblait si petite dans la lumière vive du cubiculum, mais sans doute était-ce notre lot à tous. Elle retira son pendentif et me le tendit en le tenant par la chaîne.

— Tu en prends soin, s'il te plaît, me demanda-t-elle en lâchant le bijou dans ma paume.

Une vague de honte absurde déferla sur moi. Mon propre phylactère – celui qui contenait les cellules de Valka – était resté à Maddalo, où je l'avais laissé. Je refermai mes doigts autour de l'objet, avant de le ranger dans la poche de ma tunique.

— J'en prendrai soin, promis-je en souriant. Et de toi aussi.

Les mains dans le dos, elle se rapprocha de moi, se hissa sur la pointe des pieds et m'embrassa sur la joue.

— Je suis sérieuse. N'hésite pas à me réveiller, d'accord ? (Elle fit un pas en arrière pour me dévisager d'un regard oblique.) Je ne veux pas que tu joues encore au héros.

— Ce n'est pas du tout mon intention, répondis-je le plus sincèrement du monde.

Elle m'embrassa bel et bien, et lorsque nous eûmes terminé, elle s'installa dans la cabine. Je la regardai pendant un long moment, avant de l'aider avec les perfusions et les entraves destinées à la maintenir en place. Le ver d'Urbaine ne la menacerait pas dans le sommeil profond et glacial, ce qui était réconfortant. Je suis sûr que nous échangeâmes d'autres mots et regards, des phrases prononcées un million de fois dans les ténèbres ou la lumière. À la fin, je reculai et appuyai sur le bouton de fermeture du couvercle. Le métal et le verre se replièrent comme des pétales à la fin de la journée, et puis je lançai le début du processus.

Elle s'endormit avant que le fluide cryogénique eût fini de remplir la cabine.

Et je me retrouvai aussi seul que jamais.

« Promets-moi de me réveiller. Quand il le faudra. »

Finalement, je ne la réveillai pas. Ni après cinq ans, ni après dix ans, ni même après vingt ans, alors que j'en avais envie. Et ce depuis le début. J'échappai aux royaumes de la mort et retournai dans l'empire du silence, où je vécus pendant des années. La routine me rendit ma santé mentale ; au début, en tout cas. La solitude me rendit fou, cependant. Nous ne sommes pas faits pour vivre seuls, et je passai de nombreuses journées dans le cubiculum à regarder le visage endormi de Valka à travers la vitre de sa cabine, tel le prince des contes anciens trouvant sa princesse dans la mort.

Comme elle me paraissait paisible, si proche de la mort. Elle avait parcouru tant de chemin, traversé tant d'épreuves.

Pour moi.

Pour la énième et sûrement pas la dernière fois, j'entrepris de mettre ma vie en mots. Ne disposant ni de parchemin, ni d'un crayon, je racontai ma vie par écrit sur mon terminal et évoquai bien d'autres sujets. Je parlai de Pallino, de Corvo et de tous ceux que nous avions perdus. Je détaillai les tourments que j'avais subis à Dharan-Tun. Dans l'écriture, je parvins à dissoudre ma folie et ma tristesse, car il est dans la nature des mots d'emprisonner des sentiments qui les dépassent, de réduire à l'état d'objets manipulables les forces et les passions qui risqueraient de nous écraser.

Tristesse. Chagrin. Peur. Douleur.

Je les appelai tous par leur nom.

Dans la solitude du vaisseau, pendant des années silencieuses, je remis de l'ordre dans mes idées et mes sentiments. Je n'étais pas entier, ni réparé, et si je passai des années dans un état proche du rêve ou du coma, étendu dans mon lit, je finis par me relever pour revivre, pour me parler franchement. J'entrepris également de renforcer tant bien que mal mon corps. Dans les limites imposées par mes membres torturés et mon épaule douloureuse. Je nourrissais l'espoir d'être aidé et soigné une fois de retour dans la civilisation. De nouveaux doigts, comme Pallino avait reçu un nouvel œil. Et c'était remarquable : j'avais de l'*espoir*. Comme j'espérais, je commençai à compter les jours jusqu'à l'inversion de la poussée.

Jusqu'au réveil de Valka.

48

La rive opposée

Le premier souffle d'air qui balaya la rampe de l'*Ascalon* était chargé de soleil et de sel, annonçant la présence d'une mer toute proche. Valka et moi clignâmes des yeux, et je confesse avoir versé une larme. J'avais passé la majeure partie de ces vingt-huit années de voyage seul, m'occupant de la cabine cryogénique de Valka et des légumes dans le jardin hydroponique. Et si Valka était réveillée depuis près d'un an, si sa présence avait réparé mon esprit et mon âme, je pleurai en échappant au confinement de notre vaisseau, en sentant l'attraction véritable d'un monde sous mes pieds.

Colchis.

Je faillis tomber à genoux au pied de la rampe, et j'aurais volontiers enfoncé mes mains dans le sable. J'étais tellement submergé que j'en perdis mes moyens ; j'étais abasourdi tel un condamné à mort riant de découvrir le soleil en marchant vers l'échafaud après des années passées en cellule. Je tournai sur moi-même, embrassai le décor du regard. L'*Ascalon* était perché sur un promontoire rocheux surplombant une mer bleu-vert, dont les eaux remplissaient le bol du monde jusqu'à l'horizon. Le ciel pâle brillait, l'œil orangé de la géante gazeuse Atlas scintillait dans le soleil, tandis que les rires lointains de mouettes terriennes ramenèrent mon âme à mon enfance et à la plage située sous notre acropole. Je ris et laissai Valka et la rampe derrière moi pour courir sur la colline en direction de la côte. J'étais ressuscité.

Je n'avais pas vu les villageois approcher en criant et en nous pointant du doigt, riant eux-mêmes en voyant le vaisseau au-dessus de la mer. Nous étions venus à Racha, l'île-village, à une seule occasion, suivant quelques natifs dans leur partie de pêche lors de notre séjour à Thessa. Peu de choses avaient changé durant les décennies qui s'étaient écoulées depuis. Les maisons de bois se dressaient toujours sur leurs piliers de pierre au-dessus de la côte, les toits pentus et les cheminées étroites et pittoresques se découpant sur le ciel étrange. Ici et là flottait une bannière blanche ornée du soleil impérial, preuve que les paysans de la région ne reconnaissaient qu'un seul maître : l'Empereur. De fait, comme on pouvait le lire dans la Grande Bibliothèque d'Aea, de l'autre côté de cette vaste étendue d'eau, ce dernier considérait Colchis comme un de ses nombreux domaines.

Valka m'appela, et lorsque je me retournai, je la vis qui se tenait dans l'ombre du grand aileron arrière de l'*Ascalon*, la main en visière au-dessus des yeux.

— Pas de poursuivants, dit-elle en se tapotant la tempe. Rien sur le réseau de communication générale. Je crois qu'on a échappé aux douaniers et à la patrouille.

— Excellent !

Je pivotai sur mes talons en souriant comme un imbécile et avalai l'air salé à pleins poumons. J'étais vivant. Nous étions vivants. Ces mots résonnaient d'une manière particulière à côté de l'eau, sous le ciel pâle. Si nous avions réussi à échapper à toute détection, nous aurions le temps dont nous avions besoin ; celui de retrouver Siran, notamment, ou plutôt sa tombe. De lui raconter ce qui s'était passé. Cela faisait tellement longtemps, et pourtant, la solitude avait empêché les plaies de se refermer, et si je marchais et me comportais comme un homme, j'avais l'impression d'être un fantôme. L'ombre d'Hadrian Marlowe, tout au plus.

— Eh là ! lança une voix, attirant notre attention.

Les villageois étaient tout proches, désormais. Ils étaient une bonne vingtaine, de tous âges, vêtus d'habits confectionnés à la main, beiges et ornés de spirales brodées bleues et rouges.

— Qu'est-ce qui vous amène à Racha, marins ? poursuivit en souriant la femme âgée, au visage pâle taché de soleil. Êtes-vous marchands ?

Je secouai la tête et levai la main gauche pour les saluer, ayant honte de la droite.

— Non, Madame ! Nous sommes des voyageurs ! Je suis à la recherche de Siran d'Emesh, épouse de votre échevin Lem.

— Je ne connais pas ces personnes, marin, répondit la femme, le regard plissé, en laissant retomber sa main.

— Nous parlons d'une époque lointaine ! intervint Valka, comme mon cœur se serrait.

— Alors elle doit être morte ! conclut la femme.

— Lem était échevin au temps de mon grand-père ! lança un homme. Et il était patricien ! Il a vécu trois cents ans !

— Nous savons ! acquiesça Valka. Nous cherchons la tombe de Siran, ou ses enfants. Leurs enfants.

La foule sembla délibérer, et une femme avec un tablier à carreaux rattrapa un enfant un peu agité. Pendant qu'ils discutaient, je retournai auprès de Valka. J'avais retrouvé un de mes longs manteaux pendant le voyage, et son ourlet claquait autour de mes mollets. Mes cheveux, taillés sans art et zébrés de mèches blanches car je ne m'étais jamais remis complètement de mes tourments, me fouettèrent le visage. À l'arrière du groupe, un vieil homme me fixait d'un regard bleu tellement clair qu'il paraissait incolore.

— Qui êtes-vous, jeune homme ?

Oserais-je leur dire la vérité ? Je me tournai vers Valka, mais son expression était indéchiffrable. Même si je leur parlais, l'information ne risquait pas de quitter l'île très vite. Comme la plupart des sujets impériaux, les villageois de Racha vivaient très simplement. Ils ne disposaient que de très peu de technologie : des armoires réfrigérantes, l'éclairage électrique, la climatisation dans les maisons, un projecteur holographique ou deux, peut-être une voiture – même s'il y avait peu de routes carrossables à Racha – ou un skiff. Ils devaient avoir des radios et des connexions à la datasphère pour recevoir les infos planétaires et communiquer avec Aea et les autres colonies de Colchis. Il était peu probable, cependant, que la nouvelle de mon arrivée soit ébruitée. Racha était très isolé, l'éloignement de l'archipel étant son plus grand avantage.

Un homme encore plus vieux prit alors la parole et m'évita de prendre une décision :

— Vous êtes Hadrian Marlowe, n'est-ce pas ? (N'attendant pas ma réponse, il s'avança en retirant sa casquette en feutre tachée de sel.) Oui, j'en étais sûr. Vos mèches blanches m'ont fait un peu douter, mais votre voix, Monseigneur… Il n'y en a pas deux comme la vôtre. Et votre éloquence vaut celle de l'Empereur, si je puis me permettre. (Il opina du chef.) Et je reconnais votre femme, Monseigneur. Je me rappelle ses tatouages. Sauf votre respect… (Comme je ne répondais toujours pas, il vint plus près et s'inclina aussi bas que le lui permettait son dos.) Vous m'avez certainement oublié, sire, mais j'étais l'apprenti du vieux Lem. Je m'appelle Ejaz. C'était il y a des siècles. J'ai été marin, puis je suis rentré chez moi. Je me souviens bien de vous.

— Ejaz ? répétai-je en étudiant le visage du vieillard.

Je croyais me rappeler un jeune homme portant ce nom ; il pêchait avec Lem. Je me sentis soudain bête. Nous n'aurions jamais dû venir sur Colchis. Siran était morte, et Gibson aussi, sans aucun doute. Cinq cents ans, c'était assez pour transformer en cendres la plupart des palatins, d'autant plus que ni Siran, ni Gibson n'étaient jeunes lorsque je les avais laissés. Colchis était sur notre chemin, cependant.

— Je me souviens de vous, Ejaz, dis-je, même si ce n'était qu'à moitié vrai, et je fermai les paupières. Je ne m'attendais pas à retrouver quelqu'un ayant vécu cette époque.

— C'est bien vous, alors ? demanda Ejaz, les bajoues tremblotantes.

— En effet. (Et puis j'ajoutai d'une voix plus forte, pour être entendu de tous :) Je suis Hadrian Marlowe. Je suis venu me recueillir sur la tombe de mon amie Siran, qui vécut parmi vous.

Le vieil Ejaz s'inclina encore plus bas.

— Je savais que c'était vous, Monseigneur.

— Marlowe ! s'exclama la femme qui s'était adressée à nous la première. Vous êtes le Demi-mortel ?

— C'est ce qu'ils disent, Madame. S'il vous plaît, dites-moi où est enterrée mon amie.

La vieille femme secoua la tête, et l'homme aux yeux bleus dit :

— Nous devrions les emmener voir Imrah !

— Imrah ! répéta Ejaz.

— C'est une Gardienne, expliqua la vieille. Elle saura quoi faire.

Je m'avançai, m'arrêtai à côté d'Ejaz et me penchai pour regarder la vieille femme dans les yeux.

— Gardienne ? (Je ne connaissais pas ce titre.) Gardienne de quoi ?

— Des tombes, Monseigneur ! De l'île des morts !

Je me tournai vers Valka, qui haussa les épaules en relevant le col de son chemisier.

Je ne saurais dire pourquoi, mais je m'attendais à ce qu'Imrah soit une autre vieille femme. Peut-être parce que les villageois qui nous avaient parlé sur le promontoire rocheux étaient âgés eux-mêmes. Toutefois, la Gardienne était une jeune femme, avenante et bien bâtie, aux cheveux noirs huilés soigneusement peignés et coiffés en un chignon épais maintenu par deux épingles en bois entrecroisées.

— Vous êtes vraiment Hadrian et Valka ? nous demanda-t-elle, souriante, en nous regardant tour à tour. Grand-mère me racontait tellement d'histoires...

Une brise légère s'engouffra par les volets ouverts et agita un carillon en bois suspendu à l'extérieur. Imrah le regarda, et je suivis son regard, avisant l'aileron de l'*Ascalon* au-dessus des toits et la mer, au-delà. Une des silhouettes grises, à l'horizon, était Thessa, l'île où la Compagnie rouge avait séjourné autrefois. Je ne savais pas laquelle, en revanche.

— Siran était votre grand-mère ?

— Quoi ? Non, non, répondit-elle en secouant la tête. Elle était la grand-mère de ma grand-mère. Je ne l'ai pas connue.

La Gardienne de Thessa saisit une théière en céramique et nous servit une boisson verte et fumante, et puis elle fit pivoter le plateau sur son axe pour nous présenter le breuvage. Valka but immédiatement, pendant que je scrutais le visage d'Imrah, où je crus trouver des traces de Siran. Dans la teinte légèrement plus sombre de sa peau, dans les yeux en amandes, dans les mouvements de sa mâchoire lorsqu'elle parlait. Comme était étrange le passage du Temps. Évanescent.

— J'imagine que je dois vous remercier pour mon statut de patricienne.

— Non, vous devez remercier Siran, rétorquai-je. C'était une bonne amie, et une excellente combattante. Elle m'a sauvé la vie nombre de fois.

— Elle était convaincue que vous reviendriez, dit Imrah en tenant sa tasse à deux mains. Je ne pensais pas que ça arriverait de mon vivant, toutefois. Que ce serait moi.

— Vous ?

— Vous ne savez pas ? s'étonna-t-elle en clignant des paupières. Mais alors, pourquoi êtes-vous venus jusqu'ici ? s'enquit-elle en nous regardant tour à tour.

— Ils sont tous morts, répondis-je sans réfléchir.

Valka posa une main sur la mienne, sur la table.

— Nous avons perdu des hommes. Et nous ne savions pas où aller.

J'attendis alors en silence pendant que Valka racontait – en résumant au maximum – la capture et la destruction de la Compagnie rouge. Je fixai la boisson verte dans ma tasse, n'osant pas tout à fait y croiser mon regard. Les carillons tintèrent de nouveau à l'extérieur, et je me tournai vers la mer et comptai les cheminées grises qui se découpaient à l'horizon.

— Je suis désolée, dit Imrah, horrifiée. Pour votre perte. Vous avez donc besoin… d'un refuge ?

— De calme.

— De paix, précisa Valka d'une voix cassée, qui me rappela qu'elle avait passé plus d'une décennie dans un navire de fret sous la neige de Dharan-Tun avec Corvo, Crim et Pallino, qu'elle avait souffert, elle aussi.

Je me raclai la gorge, reposai ma tasse sans avoir rien bu.

— Nous n'avons nulle part ailleurs où aller.

Imrah accepta tout ceci en arquant les sourcils.

— Pourquoi ne pas retourner là d'où vous êtes venus ? Sur Nessus ? finit-elle par se rappeler.

— Parce que tout le monde est mort ! Vous ne comprenez pas ? m'emportai-je en me levant et en serrant les poings, les bras secoués de spasmes. Ignorez-vous ce qu'ils feront sur Nessus ? Ce qu'ils exigeront ?

Je ne pouvais pas revivre ce qui s'était produit, ni même envisager l'idée d'un débriefing ou de l'écriture d'un rapport. Je me suis arrêté de nombreuses fois lors de la rédaction de ce récit. Il m'est arrivé de n'écrire qu'une seule phrase en une journée. Me remémorer mon expérience de Dharan-Tun et d'Akterumu me fut tellement difficile. Même après tout ce temps… Il n'y a pas de guérison véritable. Il n'y a que des cicatrices, des blessures que ni mon écriture, ni mon art n'ont pu soigner.

— Je ne peux pas, m'entendis-je chuchoter. Je ne…

J'avais passé tellement de temps seul, et me retrouver là avec Valka et cette femme, cet écho d'une amie que j'avais perdue, m'était trop difficile. J'avais cru que le temps passé seul à bord de l'*Ascalon* m'avait réparé, mais je compris alors qu'il m'avait vidé. Le temps avait continué de s'écouler pendant que nous combattions et souffrions parmi les étoiles. Pourquoi étions-nous venus ici ? Qu'espérais-je trouver ? Siran ? Non, bien sûr. Cette jeune femme était de son sang, mais il ne s'agissait pas de Siran. Je n'avais rien à faire là, je n'étais pas à ma place.

Valka se leva et me stabilisa avec douceur.

— Pardonnez-nous.

— Il n'y a rien à pardonner, nous rassura Imrah en secouant la tête.

Je détournai les yeux, incapable de supporter la compassion, dans son regard. Après un moment de silence, elle ajouta :

— Donc… vous n'êtes pas au courant pour l'île ?

Comme je n'étais pas en état de répondre, Valka prit la parole :

— L'île des morts ? (Elle me tenait par les épaules, mais fixait la jeune femme du regard, de l'autre côté de la table. Dehors, le carillon résonnait.) Qu'est-ce que c'est ?

Une fois de plus, la Gardienne secoua la tête.

— Je pensais que vous sauriez. Grand-mère pensait que vous sauriez.

— Que nous saurions quoi ?

— Votre père, dit Imrah en inclinant la tête dans ma direction. Votre père est là-bas.

— Mon père est un vieillard de Delos, femme ! me moquai-je en écartant les mains de Valka. (Je me laissai retomber sur la chaise et me penchai en avant.) Ne vous moquez pas de moi.

La descendante de Siran pâlit et s'inclina en arrière.

— Il a dit que vous reviendriez ici un jour et qu'il voulait être présent ce jour-là. Voilà pourquoi il a fait livrer une cabine de fugue cryogénique sur Thessa.

Je cachai mes mains sous la table et fermai les yeux.

— Mon père est le seigneur archonte du Repos du Diable !

— Siran lui est venue en aide ! affirma Imrah.

— Menteuse !

— Ma famille s'occupe de sa cabine cryogénique depuis près de cinq siècles ! protesta Imrah, la gorge nouée, et je me rendis compte que j'avais crié.

Valka posa les mains sur mes épaules pour me calmer, mais je me levai en grognant pour partir.

Nous n'aurions jamais dû venir.

— D'abord Siran, puis sa fille Elara. Puis ma grand-mère, mon père et maintenant moi.

Elle parlait vite, désormais, manifestement effrayée. Mais je m'en moquais. Je remarquai à peine que Siran avait baptisé son enfant Elara, je ne m'arrêtai pas pour repenser à la manière dont son homonyme était tombé de la navette.

— Depuis qu'il a quitté le collège ! Je le jure, Monseigneur ! Je… je ne mens pas !

La rage que je ressentais encore quelques instants plus tôt s'évapora comme la rosée au soleil.

— Le collège ? répétai-je, abasourdi, desserrant les poings. Vous parlez de… l'athenaeum ?

Je tournai des yeux écarquillés vers Valka. La Gardienne ne parlait pas de mon père, mais de…

— Gibson, dit Valka. Tor Gibson ?

— Il était scholiaste, n'est-ce pas ? demanda Imrah.

— Était ? (Je me tournai vers la Gardienne, clignant des yeux pour contenir des émotions que j'étais incapable de décrire.) Que voulez-vous dire ?

On ne cessait pas d'être scholiaste. On pouvait être radié, ostracisé, nos travaux pouvaient être confisqués, enterrés ou détruits, mais quand on embrassait la Stricture, c'était pour la vie.

La jeune femme nous regarda tour à tour, sans comprendre.

— Vous n'êtes pas au courant, alors ?

— Bien sûr que nous ne sommes pas au courant ! m'emportai-je de nouveau.

— Ce n'est pas votre père ? demanda Imrah en pinçant les lèvres.

— Il est comme son père, intervint Valka. Vous dites que Tor Gibson est sur Thessa ? En fugue cryogénique ?

J'étais complètement sonné. Gibson… en vie ? Une fois de plus, je fermai les paupières et me pris le visage à deux mains. Imrah s'agita sur sa chaise ; le bois craqua.

— Mon arrière-arrière-grand-mère l'a aidé à s'installer. Elle a promis de s'occuper de lui. Et de vous.

Elle se tut, et les cris des mouettes lointaines s'engouffrèrent par la fenêtre.

Des pions, une fois de plus, pensai-je en touchant le morceau de coquille sous ma chemise. *Avancer, toujours.*

Mes regrets et ma colère d'être venu dans cet endroit si reculé disparurent d'un seul coup.

— Comment est-il sorti de l'athenaeum ?

— Je… je ne sais pas, avoua Imrah.

Je me frottai le visage, me forçai à redevenir humain.

— Je suis désolé, repris-je en faisant de mon mieux pour lui sourire.

Je vis de nouveau des échos du visage de Siran dans le sien, les marques d'une vieille amie. Je me sentis soudain très vieux. Vieux et seul. Elle était tellement jeune ; elle n'avait peut-être même pas trente ans ! J'avais au moins dix fois son âge ! J'avais passé presque autant de temps à bord de l'*Ascalon* qu'elle sur cette planète. Presque un millénaire d'histoire humaine s'était écoulé depuis que le Collège supérieur avait conçu mon génome sur un métier à tisser génétique, depuis que Tor Ada m'avait sorti de ma matrice artificielle. Cette femme, cette *jeune fille* était-elle seulement capable de concevoir une si longue période de temps ? Je n'étais pas sûr d'en être capable moi-même, moi qui avais vécu une existence si longue et affreuse.

— Vous ne pouvez pas comprendre ce que ça signifie, finis-je par dire. Pouvez-vous nous conduire à lui ?

La Gardienne s'anima et, posant une main sur la table, lança :

— Bien sûr !

49

L'ÎLE DES MORTS

Thessa dépassait des vagues telle la canine usée d'un géant. Cette idée me fit penser au crâne énorme de Miudanar, à la vision que j'avais eue des créatures à la couronne rouge immobiles pendant qu'un colosse émergeait des vagues, et malgré la chaleur du soleil de Colchis, je frissonnai et me frottai les bras, laissant les embruns me fouetter le visage. Regardant par-dessus mon épaule, je vis Valka vers la poupe du bateau, où elle discutait avec un des cousins d'Imrah – un autre descendant de Siran –, un homme appelé Ginoh. Imrah était assise dans la cabine avec son frère, Alvar, qui pilotait l'embarcation.

Notre proue brisa une vague, qui éclaboussa le pont, scintillant dans le soleil de midi. Je me tournai vers l'eau et fermai les yeux. Lorsque je les rouvris, je crus reconnaître les silhouettes basses et blanches des modules préfabriqués que nous avions installés là pour accueillir la Compagnie rouge. On aurait dit des sépulcres chaulés. Une mélancolie profonde m'étreignit alors, et j'agrippai le bastingage avec mes trois doigts aux articulations blanchies.

— Est-ce que ça va ?

Imrah était sortie de la cabine, laissant son frère piloter seul. Elle portait une cape hydrophobe tissée à la main et ornée de serpents brodés rouges et anguleux, motifs omniprésents dans cette culture.

Je la regardai de haut – je la dépassais d'une tête et demie – et fis de mon mieux pour sourire. Mon mieux ne suffit pas, cependant, car la jeune femme eut un mouvement de recul.

— J'étais en train de me dire qu'une bonne averse me ferait du bien, dis-je en levant les yeux vers le ciel gris clair.

— Une averse ?

— Je n'ai pas vu la pluie depuis plus de quarante ans, expliquai-je, prenant conscience de cette réalité.

Quarante ans depuis qu'on m'avait plongé en sommeil cryogénique à Padmurak. Une vie entière. J'imaginai que le gris du ciel était celui des nuages, que la pluie pouvait se mettre à tomber pour me nettoyer. Mon épaule me faisait toujours vaguement souffrir, et je sus alors qu'aucune eau ne serait jamais assez pure pour me laver.

La jeune femme plissa les yeux et désigna quelques nuages distants au-dessus de l'horizon.

— Il ne pleuvra pas aujourd'hui. Si vous restez assez longtemps, cependant, vous aurez votre averse.

Vu la réaction qu'avait provoquée mon sourire précédent, je préférai rester impassible.

— Je suis navré. Je suis resté seul très longtemps. Je ne voulais pas vous effrayer.

La Gardienne rassembla sa cape autour d'elle et vint à côté de moi, posa les mains sur le bastingage. Thessa se rapprochait à vue d'œil, et les modules blancs brillaient dans le soleil. Malgré la distance, je voyais que les locaux avaient tendu des fanions entre les préfabriqués et ajouté des fondations en pierres sous les quais.

— Votre docteure m'a expliqué que vous aviez effectué la majeure partie de votre voyage seul.

Je soutins son regard. Ne souhaitant pas m'attarder sur la question de mon voyage, je désignai le rivage de la tête.

— Le camp est habité ? lui demandai-je.

— Oh ! non, répondit Imrah, manifestement heureuse de changer de sujet. C'est la mère de ma grand-mère qui a fait construire ces fondations. Ainsi que ces digues, là, ajouta-t-elle.

Quelqu'un avait également construit une jetée, un mince ruban de pierre posé sur des piliers en ciment couverts de bernaches et d'un corail rouge probablement endémique. Ginoh, le cousin d'Imrah, sauta sur l'appontement pour nous amarrer. Comme je gravissais les quelques marches de la jetée, l'homme me tendit la main. Je le laissai m'aider en essayant de ne pas penser à mes trois doigts dans les siens.

— C'est moi qui ai construit cette jetée, Monsieur, dit-il en reculant pour me faire de la place.

Valka m'adressa un sourire en coin et nous rejoignit. Imrah descendit la dernière, sa cape claquant autour de ses fines épaules.

— Je surveille le bateau, Imrah ! dit Alvar en ouvrant une glacière dont il sortit une bouteille sombre.

— Ouais, c'est ça ! Veille à ne pas t'endormir sur ton lit de glace !

Son frère sourit et la salua de sa bouteille.

Tout était comme je l'avais vu depuis l'embarcation : Imrah et sa famille avaient érigé des fondations en pierres sous les préfabriqués et tapissé la plage de larges dalles. Des fanions voletaient au-dessus de nos têtes, emplissant les airs d'un bruissement d'ailes. Ginoh passa devant, suivi de près par Imrah. Je m'attardai un peu, examinai la plage protégée, la roche noire des falaises, ses grands arbres se balançant dans le vent marin. Les bruits du monde me parvenaient étouffés, comme si je me trouvais dans l'enceinte de la Fondation. Les vagues se brisaient doucement dans notre dos.

Désignant un carré de sable nu, je dis :

— C'est là que les gars boxaient, tu te rappelles ?

— Oui, répondit simplement Valka.

Je me rappelai trop tard qu'elle n'oubliait jamais rien, que sa mémoire était aussi précise que sa vue. Sa main me trouva, et elle montra un promontoire surplombant la baie.

— Et là, c'est notre endroit. Tu te souviens du premier jour, quand Otavia nous a trouvés là ?

— Oui ! acquiesçai-je en serrant ses doigts de ma main valide.

Une mélancolie huileuse s'accrochait à moi et, à chaque pas que je faisais, je croyais entendre le cri d'un homme ou les rires d'une femme. Je crus voir le jeune Aristedes filer vers le quartier des officiers en tenant par la main une fille locale. Je pensai même entendre la voix tonitruante de Pallino : *« On en était où, déjà ? »*

Si j'étais venu pour ériger un monument honorant nos morts, j'en avais trouvé un tout prêt, entretenu par les Gardiens de Racha. Les descendants de Siran. L'endroit avait été préparé bien avant mon arrivée.

— Seigneur Marlowe ! appela Imrah en agitant la main, loin devant. Par ici !

Je me libérai de l'emprise de ma mémoire et suivis Imrah et son cousin sur le chemin. Au-delà de la dernière rangée de bâtiments en forme de losange, le plateau rocheux de l'île s'élevait, raide, et nous longeâmes un chemin que Valka et moi connaissions très bien et qui conduisait à la falaise, en direction du promontoire.

— Siran a fait installer son hôpital sur la crête pour le protéger des tempêtes ! s'exclama la Gardienne par-dessous son épaule, sans s'arrêter.

Nous prîmes à gauche au sommet du chemin, tournant le dos à l'éperon rocheux qui surplombait la baie et que Valka avait tant aimé autrefois. Devant nous, le chemin décrivait une courbe, suivait le croissant de l'île, s'élevait doucement vers un genre de plateau surplombant la mer, au centre duquel j'avisai un dôme solitaire recouvert de tuiles blanches usées. On aurait dit un étrange champignon à écailles. Autrefois, la structure était juchée sur trois grands patins d'atterrissage, de puissantes colonnes semblables aux pattes repliées d'un chien. Comme pour les préfabriqués situés plus bas, la famille d'Imrah – celle de Siran – l'avait dotée de fondations en pierres. Le dôme avait manifestement été fabriqué par le Consortium, origine trahie par les caractères mandari peints à côté de la porte en indigo délavé. Tout comme les modules qui avaient servi de baraquements, le champignon était descendu de l'espace, et je croyais même distinguer des restes de roche fondue par les réacteurs à fusion lors de l'atterrissage.

Je ne remarquai pas les cairns tout de suite, aussi Imrah me les montra-t-elle. Ils étaient alignés à droite du chemin, monticules de pierres arrondis à l'extrémité desquels se dressaient des piliers grands comme un homme. Des cordelettes constituées de quelque fibre impérissable étaient tressées entre les pierres. Elles étaient rouges et blanches, ornées de cartes à prière, constatai-je.

— Les autres Gardiens, annonça fièrement Imrah, les mains sur les hanches. Là, il y a mon père, ajouta-t-elle en s'inclinant devant le cairn le plus proche. Il est mort en mer il y a une dizaine d'années. Il est le seul à ne pas avoir été inhumé ici.

— Je suis désolée, dit Valka pour nous deux.

Imrah sourit et ajusta une des fines cartes en matière plastique suspendues à une cordelette. *BAGOS*, y lisait-on. Le nom du défunt.

— Ce n'est pas grave. Il est toujours avec moi. L'âme continue de vivre dans le cœur. Dans la mémoire. On ne meurt jamais vraiment.

On ne meurt jamais vraiment...

Elle me regarda et, un sourire doux aux lèvres, me demanda :

— Si je puis me permettre, Monseigneur… ils disent que vous êtes mort…

Ce n'était pas une question.

Je me tournai vers la mer grise et agitée, en contrebas. Une brise salée soufflait qui soulevait mes cheveux et faisait cliqueter les cartes. Regardant autour de moi, j'imaginai une armée de monuments plus modestes, des rangées de pierres tombales ornées de cartes ou de noms gravés. Des noms presque oubliés.

Quatre-vingt-dix mille noms.

— C'est la vérité, acquiesçai-je simplement.

— Vous en savez donc plus que nous. (Elle regarda Valka, à côté de moi, puis Ginoh, qui se dirigeait vers l'écoutille du dôme, devant nous.) Les morts ne sont-ils pas parmi nous ?

Corvo et Durand.

Mon regard glissa sur le visage de la jeune femme, se posa sur le chemin, derrière elle. Je n'avais parlé des Ténèbres hurlantes qu'à Valka, alors que nombre de gens m'avaient interrogé. Je secouai la tête, tentai de trouver les mots pour décrire cette expérience. Je n'avais vu personne dans le Noir, et pourtant…

— C'était noir, expliquai-je en écartant les bras. C'était abîmé, usé, fin comme de la fumée. C'était sombre, mais je savais qu'il y avait de la lumière en dessous et devant. Je n'ai vu aucun visage, ni entendu aucun mot dans ce silence, mais je n'étais pas seul.

Comment avais-je oublié ?

Je les avais comparées à des poissons dans une eau impénétrable, ces présences, chacun de nous avançant et descendant vers la lumière, sous les ténèbres divines, rampant comme un serf pour atteindre le trône. Je n'avais pas été seul, non.

Ilex et Crim.

J'inspirai profondément pour ravaler mes larmes.

— Je n'étais pas seul…

— J'en étais sûre, s'anima Imrah. Il paraît qu'on se retrouvera tous sur Terre, un jour.

— Sur Terre, répétai-je, dubitatif. Ou ailleurs.

— Là, c'est ma grand-mère, reprit Imrah en désignant le cairn suivant. Elle a été Gardienne pendant plus de cent cinquante ans. (Brièvement, elle effleura la carte suspendue à une cordelette. *AMARTA* y lisait-on. Imrah toucha aussi la carte du cairn voisin.) Et sa mère.

ELARA.

Le nom familier déclencha un incendie en moi, et je dus détourner les yeux. Je sus sans qu'Imrah prononce un mot à qui était dédié le dernier monument.

— Elle est là, dit néanmoins la jeune femme.

SIRAN.

Mes genoux cédèrent sous mon poids, et je lâchai la main de Valka. Tournant mon visage vers le tumulus, je trouvai de la pluie dans le ciel sans nuages. De l'eau tombait sur mon visage, *de* mon visage.

— Elle pensait que je… que je l'obligerais à me suivre, bredouillai-je, les doigts de ma main mutilée s'enfonçant dans la terre rocailleuse. Elle avait raison. Je le voulais. Vraiment.

Valka posa une main sur mon épaule. Je m'en saisis.

— Si je… si je l'avais retenue… elle serait morte aussi, bien sûr, mais…

Elle était certes morte, mais avec les honneurs. Et elle avait été inhumée avec amour. Mieux valait Thessa qu'Akterumu, mieux valait Colchis qu'Eue. Je ne tremblai ni ne sanglotai, mais je ne parvins pas à contenir mes larmes.

— Combien d'autres auraient fini comme cela s'ils ne m'avaient pas suivi ?

La main de Valka trembla, puis agrippa mon épaule avec une force sublime.

— Aucun autre.

Aucun ?

Je la regardai dans les yeux, et pendant un instant, Imrah et Ginoh – le grand plateau tout entier et l'ancien hôpital – ne furent plus que des ombres.

— Elle serait un tas de cendres dans l'incinérateur du colisée, si tu n'avais pas été là. C'est grâce à toi qu'elle est venue ici.

— Et que les autres se sont retrouvés à Akterumu, grognai-je.

Pallino et Elara.

Pallino et Elara auraient dû être là, enterrés à côté de Siran.

Valka me caressait la clavicule avec le pouce.

— Siran a choisi de partir. Hadrian, tu n'es ni le Destin, ni encore moins la Mort.

— Je devrais être mort. Ils devraient tous avoir un monument comme celui-ci.

Je ramassai un caillou et le jetai sur le cairn de Siran, décidant à cet instant précis d'ériger autant de monuments de ce genre que je le pourrais.

— Ils sont morts pour toi, insista Valka en m'agrippant plus fort. Pour que tu puisses continuer à te battre. Parce qu'ils croyaient en toi.

— Pour quel résultat ? Ils auraient dû rester chez eux. (Je trouvai une autre pierre plate, que je posai sur le cairn.) Mon père avait raison. J'aurais dû l'écouter. Aller sur Vesperad. Je serais devenu tourmenteur et j'aurais fait beaucoup moins de mal.

— Moins de bien, surtout, me corrigea Valka en m'embrassant sur la tête. Combien de millions de gens as-tu sauvés ? Sur Berenike ? Senuessa ? Mettina ? Arae ? Aptucca ?

Combien ? (Comme je ne réagissais pas, elle me secoua et me cloua du regard.) Ton *père* est ici, tu te rappelles ? Allons le voir.

Gibson…, pensai-je en poussant un long soupir. *Gibson est en vie.*

Une atmosphère fraîche nous accueillit au sortir du sas, lorsque nous entrâmes dans le cubiculum. Le dôme n'était pas très grand ; mis à part le sas, il était constitué d'une salle unique mesurant environ seize mètres de diamètre. Toutes les surfaces étaient faites de plastique blanc et des mêmes tuiles en céramique que l'extérieur, tandis que les consoles et plans de travail étaient couverts de verre noir. Douze cabines de fugue cryogénique étaient disposées à hauteur de taille autour de la console centrale, tels les rayons d'une roue. Leurs couvercles de verre étaient relevés comme des pétales.

Sauf un.

— Comment l'avez-vous alimentée ? demanda Valka en se frottant les bras.

— Il y a un petit réacteur sous-marin de l'autre côté de l'île, expliqua Ginoh en appuyant sur un bouton pour allumer des lampes blanches et froides. Il décompose l'eau en carburant.

— Les besoins énergétiques d'une seule cabine ne sont pas très élevés, ajouta Imrah en se dirigeant vers celle dont le couvercle était fermé.

— Siran n'avait pas les moyens d'acheter tout ça, remarquai-je en tournant sur moi-même.

L'air froid picotait mes joues humides, et je me frottai le visage à deux mains. Lorsqu'elle avait quitté la Compagnie rouge, Siran n'avait rien d'autre que les vêtements qu'elle portait sur le dos, et les habitants de Racha n'avaient pas non plus ce genre de moyens financiers. Le dôme devait avoir coûté au moins un demi-million de marks, peut-être davantage. Les équipements étaient de qualité ; on était loin des plastiques bas de gamme communément associés aux productions du consortium Wong-Hopper.

Imrah s'arrêta devant la cabine et releva la tête, l'air surpris.

— Elle ne les avait pas, lui, si, rétorqua-t-elle. (Comme je clignais des yeux sans comprendre et me tournais vers Valka, elle poursuivit :) Vous êtes des aristocrates, n'est-ce pas ?

J'étais sans voix. Gibson était scholiaste, il ne possédait rien. Les scholiastes renonçaient à leurs biens matériels pour porter leur robe, servir et parfaire leur savoir. Gibson n'avait aucun argent.

C'était impossible, illogique.

Et pourtant... il était bien là. Je rejoignis Imrah à côté de la crèche fermée et avisai son visage adorable et familier derrière la vitre couverte de givre et le fluide violet. Gibson paraissait plus jeune, pas du tout mort ; il n'avait rien d'un cadavre. Ses cheveux fins et moustaches léonines étaient à leur place, et sa narine gauche présentait toujours l'entaille pratiquée par le couteau de Sir Felix.

— C'est bien lui, confirmai-je d'une voix à peine audible. Que fait-il ici ? Comment est-ce possible ?

La réalité de ce que je venais de découvrir, de la présence de Gibson, me submergea. Une part de moi était convaincue de dormir depuis que nous avions descendu la rampe sur la plage. Mes pérégrinations interplanétaires m'avaient rarement autant coûté. Nombre de mes amis et compagnons, nombre de gens croisés dans l'Imperium – le magnarque, les officiers, le Conseil impérial, l'Empereur lui-même – avaient voyagé avec moi ou étaient palatins ; ils avaient une longue espérance de vie et n'avaient pas été remplacés par leurs petits-enfants.

Pendant l'Âge d'or, on racontait des histoires de marins dérivant sur les courants du temps, de marins voguant à une vitesse proche de celle de la lumière et distançant le temps lui-même, voyageant loin dans l'avenir. Les héros de ces histoires rentraient alors sur Terre pour ne retrouver que des ruines, un empire de singes ou des machines. Le vol en distorsion permet de passer outre le passage relativiste du temps, mais les distances entre les étoiles sont si grandes que les conséquences ne sont pas si différentes, le vieillissement étant suspendu en fugue cryogénique. Je me battais pour sauver un Empire qui avait bien changé depuis le début de mon combat. Mon Empire résidait dans le passé et ne serait plus jamais. Comme ses habitants.

Pas tous, cependant.

— Qu'est-ce que vous faites ici ? lâchai-je dans un souffle, la main sur le couvercle en verre, un sourire incrédule aux lèvres. Vous… vous pouvez le réveiller ? demandai-je à la Gardienne.

Imrah écarquilla ses yeux noirs. Elle regarda brièvement Ginoh et répondit d'une voix incertaine :

— Je… nous n'avons encore jamais…

— Cela n'a aucune importance, intervint Valka. C'est très simple. Je vais le faire.

Sans cérémonie, ma sorcière tavrosi écarta la jeune Gardienne et appuya sur quelques boutons, pianotant sur le verre en attendant la réaction de quelque mécanisme invisible. Du tranchant de la main, j'essuyai le givre couvrant la vitre. En dessous, Gibson ressemblait à l'image gravée d'un roi sur son sarcophage.

Le bourdonnement léger d'un moteur se fit subitement entendre dans la console centrale, et la température affichée se mit à augmenter. 77 kelvins. 78. Pendant la fugue cryogénique, un flot constant de TX-9 circule dans les veines du sujet, et ce afin d'empêcher les tissus de geler et de prévenir les cryobrûlures. La première phase de la résurrection consiste à faire augmenter la température de ce flot intraveineux, réchauffant le corps de l'intérieur en préparation de la réintroduction de sang dans le système et de la purge des fluides cryoniques. Alors seulement, la cuve est vidée, et le cœur et le cerveau du sujet redémarrés grâce à des décharges électriques transmises via des électrodes.

Quand le protocole est respecté, la fenêtre durant laquelle le dormeur risque de subir des dégâts cérébraux est réduite à moins d'une minute.

— Sa température augmente, annonça Valka.

Je regardai la jauge. 137 K.

— Qu'est-ce qu'on peut faire ? demanda Imrah.

— Vous avez des couvertures ? m'enquis-je en désignant les placards qui tapissaient le dôme.

Imrah et Ginoh se figèrent pour réfléchir. Soudain, l'homme se mit en mouvement et se dirigea vers une rangée de placards. Je me penchai vers Valka et lui demandai :

— Est-ce qu'il va bien ?

— Tant que le système fonctionne, oui, acquiesça-t-elle en hochant la tête et en m'écartant pour tapoter un autre indicateur. Encore quatre-vingt-dix secondes avant l'injection de solution saline.

Je reculai pour prendre position à côté du sarcophage. Il n'y avait rien à craindre – réveiller un dormeur à la fin de sa fugue était une formalité –, et pourtant, j'avais les mains moites.

219 K.

À 300, le TX-9 serait remplacé par une solution saline, après quoi le processus entrerait dans sa phase finale. Ginoh revint en courant avec une couverture blanche dans les bras. Je le stoppai en levant une main. Sous les doigts de l'autre, le givre qui couvrait la vitre de la cuve fondait et gouttait sur le revêtement en caoutchouc du sol.

— Trente secondes.

Le regard de Valka croisa le mien au-dessus de la console centrale, et elle sourit. Pour la première fois depuis que j'avais sauté du char à Vedatharad, je sentis une chaleur enfler dans ma poitrine. Je lui rendis son sourire.

— Ça y est.

En même temps que la solution saline affluait, le fluide violet fut évacué à la base de la cuve pour être porté à ébullition et récupéré. Il y eut un sifflement pneumatique, et je reculai pour faire de la place à l'ouverture du couvercle. Gibson était étendu, nu, sur une plate-forme blanche et capitonnée, les bras – tachés par l'âge et le temps – le long du corps. Un tuyau plongeait dans sa bouche pour siphonner le fluide de ses poumons, tandis qu'un câble tressé s'enfonçait dans son bras. Comme je regardais, un sang chaud et rouge feu se mit à couler dans ses veines.

— Ne vous approchez pas ! nous mit en garde Valka en se préparant à activer les électrodes.

J'avisai l'encéphalogramme, qui était parfaitement plat, comme si Gibson était mort.

Il y eut une note aiguë et étonnamment joyeuse, et Gibson convulsa, les cheveux imbibés et la peau couverte de fluide. Je remarquai une mince cicatrice sur sa poitrine, comme un coup d'épée. Je la découvrais. Sur le moniteur, la ligne bondit. Une fois, deux fois. Son cœur battait de nouveau. L'activité de son cerveau s'affichait sur des panneaux en verre noir ; j'étais incapable d'interpréter ces données.

— La couverture ! lançai-je à Ginoh.

L'homme me la tendit, et je la dépliai aussitôt sur Gibson pour cacher sa nudité. J'étais gêné de l'avoir vu dans ces circonstances. Je lui pris la main. Le vieil homme siffla, toussa doucement, et ses doigts fins se refermèrent sur les miens par réflexe.

— Dois-je retirer le tube ? demandai-je à Valka.

Elle opina du chef.

D'un geste ferme et fluide, je retirai le siphon de la gorge de Gibson. Le scholiaste toussa de nouveau, roula sur le côté et vomit un filet de fluide violet. La résurrection cryonique – en dépit de la science et de la technicité du protocole – était aussi brutale que la naissance elle-même. Je lâchai la main de Gibson et l'attrapai par les épaules, maintenant la couverture en place. Soudain, je me rappelai un autre lit, un autre monde, une autre vie.

« Par la Terre, que faisiez-vous seul en ville ? »

— Par la Terre, que faites-vous ici ? demandai-je, incapable de contenir mon sourire.

Les yeux gris du vieux scholiaste se baladèrent sur mon visage sans me voir, ce qui n'avait rien d'étonnant. La cécité post-fugue cryogénique était presque systématique.

— Live ? coassa-t-il en tournant la tête pour essayer de localiser la source de ma voix. Live, c'est toi ?

Live ? Un vieil historien grec ou romain s'appelait Live. Ce Live-ci était-il un scholiaste ?

— Non, Gibson, répondis-je dans son oreille, car il était à moitié sourd depuis que je le connaissais. Non, c'est Hadrian.

Un sourire chaleureux lui fendit le visage.

— Hadrian ! (Il leva une main, se découvrant. Comme il venait de se réveiller, Gibson n'avait pas recouvré sa rigueur de scholiaste, aussi ses émotions étaient-elles parfaitement lisibles sur son visage.) Hadrian ! (Ses doigts osseux trouvèrent mon visage et ses yeux aveugles se posèrent sur moi.) Vous avez trouvé… ma lettre.

— Quelle lettre ?

Je ne comprenais pas. Les scholiastes n'envoyaient pas de lettres lorsqu'ils étaient à l'athenaeum. Les collèges étaient faits pour se retirer du monde. C'étaient des endroits isolés, propices à la contemplation et à l'étude, des endroits proches des domaines abstraits de la forme et de la théorie. Bien sûr, Gibson ne se trouvait pas à l'athenaeum. Une lettre était-elle arrivée sur Nessus, avait-elle été bloquée par les gens de Venantian ?

— Quelle lettre ? répétai-je en secouant la tête.

— Aucune importance, répondit-il dans un murmure à peine audible. Vous êtes ici.

Aucune importance. Incapable de me retenir, j'étreignis le vieil homme, comme un fils avec son père.

— Oui, je suis ici.

50

Mémoire et histoire

Gibson mit deux jours à recouvrer toute sa conscience. Il était vieux, et la fugue cryogénique n'était pas anodine. Lorsque Valka fut satisfaite de son état, je portai le scholiaste sur le chemin de la colline jusqu'au vieux camp, et ce même si mon épaule me faisait souffrir le martyre. Nous ne retournâmes pas à Racha – je ne voulais pas prendre le risque d'emmener Gibson trop loin du dôme hôpital dans le cas où son état se serait aggravé –, préférant l'installer dans un des modules autrefois occupés par les officiers.

Les vieilles lampes fonctionnaient toujours ; en revanche, Ginoh et Imrah passèrent la majeure partie de la première journée à remettre en état les sanitaires avec l'aide de Valka. Gibson marmonnait constamment, perdant régulièrement connaissance. De temps à autre, il reparlait comme un scholiaste, m'appelait ou bien appelait ce *Live* ou sœur Carina, qui s'était occupée de lui dans la grotte des archivistes, sous la Grande Bibliothèque. À une ou deux reprises, il appela même mon père, ce qui me déprima le plus. Gibson avait été le tuteur du jeune Lord Alistair ; plus tard, il avait été son conseiller durant la Rébellion d'Orin et l'attaque sur Linon. Je n'aimais pas me rappeler ces détails, qui nous rapprochaient, mon père et moi.

Quel âge avait-il ? Je restai à ses côtés et m'occupai de lui, étudiant son visage familier. Sa peau était comme du parchemin, tellement fripée et tachée qu'il m'était impossible d'imaginer le jeune homme qu'il avait été. La résurrection l'avait ratatiné, et sous son lourd couvre-lit, il ressemblait à une marionnette au squelette en bois et à la peau de papier. J'avais peiné à le porter jusque-là, mais il était tout sauf lourd.

— N'avez-vous pas dormi ?

Sa première phrase cohérente depuis son réveil, la première dont le ton suggérait qu'il était conscient de la situation et de ma présence.

Je dormais, justement. En tout cas, j'étais dans un état tellement proche du sommeil que cela ne faisait aucune différence.

— Je ne dors plus vraiment, répondis-je en souriant.

— Décidément, certaines choses sont immuables, dit le scholiaste. Toujours aussi mélodramatique.

— Mais j'ai gagné le droit de l'être.

Gibson regarda par la fenêtre. Je ne savais ce qu'il voyait, mais nous lui avions choisi une chambre avec vue sur la mer. Après une minute de silence tranquille, le vieil homme demanda :

— En quelle année sommes-nous ?

— En 17089 ISD, répondis-je.

Le scholiaste accepta cette information en inclinant légèrement la tête.

— Presque cinq cents ans. Puisse le temps, tellement fugace, nous pardonner… (Son regard se focalisa au-dessus de la fenêtre carrée aux angles arrondis.) Je n'aurais jamais cru vivre si longtemps. Connaître cette époque… mais ç'a fonctionné. Cela me donne l'occasion de vous revoir, ajouta-t-il en me souriant.

— Mais comment ?

— J'imagine que votre amie Siran est morte, dit-il sans répondre à ma question.

— Oui. Son arrière-arrière-petite-fille s'est occupée de vous. (Échouant à contenir complètement un sourire, j'ajoutai :) Ils ont transformé cette île en véritable mémorial. Vous devriez voir ça.

Le vieil homme sourit, et puis ses vieilles habitudes reprirent le dessus, et il ferma les yeux pour absorber un maximum de lumière pâle.

— Son arrière-arrière-petite-fille, répéta-t-il, les paupières closes. Par la Terre et l'Empereur, comme leur vie est courte.

Incapable de me retenir, je posai la question qui me brûlait la langue :

— Comment ? Comment est-ce possible ? Comment avez-vous quitté l'athenaeum ? Où avez-vous trouvé l'argent pour acheter ce module hôpital ?

Gibson ouvrit ses yeux gris et se détourna de la lumière. Il me scruta longuement, les sourcils broussailleux contractés par l'inquiétude.

— Que vous est-il arrivé ? me demanda-t-il en semblant découvrir mes cicatrices, mes mèches blanches. Votre visage…

— Plus tard. (J'aurais pu gâcher nos retrouvailles en lui parlant de Dharan-Tun, d'Eue et du Prophète fait Roi, mais je ne le voulais pas.) Valka est ici ; elle voudra vous voir, mais, s'il vous plaît ! dites-moi comment. Comment avez-vous accompli tout ceci ?

— Cela n'a pas été facile. Votre amie, Siran, a demandé au collège de lui fournir un archiviste. Ç'a pris des années.

C'était à n'y rien comprendre.

— Les collèges n'envoient pas de scholiastes aux chefs de clan…

— En effet, confirma Gibson en essayant de s'asseoir. (Je me hâtai de l'aider, empilant des oreillers derrière sa tête et ses épaules.) Mais il arrive qu'ils envoient l'un d'entre nous étudier des populations isolées. Les Savrastéens – les îliens –, les Rachans et les autres ont une langue et une culture uniques. Siran et son époux voulaient que leurs traditions soient compilées. J'ai convaincu le primat de me confier cette mission. (Il contint un nouveau sourire.) J'avais tout prévu, évidemment. Après l'installation de la medica et ma cryogénisation, Siran a fait courir le bruit de… mon décès.

Je sentais bien que parler de sa propre mort dérangeait mon ancien tuteur.

— Ils ne sont pas venus vous chercher ? m'étonnai-je.

— Je pense que Siran leur a envoyé une urne. Les gens d'Aea ne s'aventurent jamais si loin vers le sud. Il n'y a que des pêcheurs, ici.

— Mais les crèches cryogéniques ? La clinique ? insistai-je en secouant la tête.

— Je n'ai pas toujours été scholiaste, Hadrian, expliqua Gibson dans un sourire triste qu'il ne tenta pas de masquer. Quand vous êtes parti, je savais que vous reviendriez un jour. C'était un calcul de scholiaste ou l'intuition d'un vieil homme. (Il haussa les épaules, les mains toujours enfouies sous le couvre-lit.) Je ne voulais pas vous laisser seul.

Mes propres épaules tremblaient, et je me penchai en avant, incapable d'articuler les sentiments qui guerroyaient en moi. Incapable de les nommer, je ne pouvais pas non plus les balayer à la façon des stoïciens. Il est vrai qu'en dépit de mon éducation – les aphorismes, les exercices de respiration, la littérature antique –, j'ai toujours été un piètre stoïcien.

— Hadrian ? (Gibson se redressa davantage, tendit une main noueuse qu'il posa sur mon genou.) Mon garçon, est-ce que ça va ?

Je serrai sa main avec mes trois doigts, ce qui était une réponse en soi. Le mal absolu m'avait mutilé. Une part de moi resterait à jamais avec Syriani Dorayaica.

— Non, répondis-je sincèrement. (Et peut-être était-ce définitif.) Non, je ne vais pas bien.

Je ne lui en dis pas plus ce jour-là, mais je lui racontai tout les jours suivants. Sa présence m'était suffisante, le fait qu'il vive.

Nous restâmes des années sur Colchis, notamment dans la solitude de Thessa : Valka, Gibson et moi. Je ne relaterai pas ici le contenu de la majeure partie de nos conversations et expériences. Ces moments intimes appartiennent à notre mémoire, non pas à l'Histoire, ni à vous, Lecteur. Valka et moi avions souffert tous les deux, et ce genre de blessures ne guérit jamais complètement. On garde nos cicatrices à vie, et le temps – comme je l'ai souvent déploré – s'écoule dans une seule direction.

Les années passèrent, et si la galaxie tournait autour de nous, nous nous en moquions. De temps à autre, nous partions avec Imrah et Ginoh rejoindre Alvar et le reste du clan de Siran à Racha. Souvent j'accompagnais les pêcheurs pour les aider à remonter leurs filets dans la limite de mes capacités physiques réduites. Ainsi, je tombai amoureux de Colchis et de la mer, comme Siran tant d'années avant moi. Nombreuses furent les soirées où je m'asseyai pour écouter Gibson faire la leçon aux enfants du village ou leur raconter des histoires du monde ancien, comme il le faisait lorsque j'étais petit garçon. Valka posait la tête sur mon épaule tandis qu'il parlait de Siméon le Rouge et Kasia Soulier, d'Alexandre et Arthur, du Dieu Empereur lui-même. Nombreux furent les jours où j'arpentai les chemins de Thessa en compagnie de Gibson à parler de ce que j'avais enduré. Il me tint compagnie comme j'érigeais cairn après cairn sur le point culminant de l'île. D'abord pour Pallino, puis pour Elara, puis pour Corvo et Durand, Ilex et Crim, Halford et Koskinen et le pauvre Adric White. Je peignis leurs noms sur des cartes à prière en plastique dur, avant de les vernir pour qu'elles résistent au vent et à la pluie. Elles sont toujours là-bas, à côté de quatre-vingt-dix monticules anonymes bordant le chemin qui descendait vers la plage et notre vieux campement.

Un pour chaque millier d'hommes perdu.

Gibson écoutait – au début avec des larmes dans les yeux – comme je parlais de nos batailles, de Nessus et Padmurak, d'Eue et Dharan-Tun. Nombreuses et longues furent les journées ; nombreuses aussi furent les nuits passées en compagnie de Valka, moments doux tout aussi apaisants. Thessa était resté un endroit à part, éloigné des tumultes et des horreurs de l'univers, et si mes cicatrices restèrent, elles devinrent moins visibles. La laideur du monde ne nous atteignait pas.

— Combien de temps comptez-vous rester ici ? (Le vieux scholiaste s'assit sur un arbre couché.) Permettez que je me repose un peu…

Un vent sec et frais annonciateur de l'hiver soufflait autour de nous. Nous étions sur Colchis depuis quatre années standard, à ce moment-là, et le temps se rafraîchissait enfin. Le soleil gris brillait faiblement dans les arbres du plateau, tandis qu'au-delà de la falaise, les vagues formaient des rouleaux coiffés d'écume blanche. Les bleus riches de l'été étaient oubliés, et le monde s'estompait. Même la géante gazeuse Atlas semblait grise, les oranges vifs ayant disparu dans l'ombre.

Ce n'était pas la première fois qu'il me posait la question et que je lui répondais :

— Êtes-vous si pressé de vous débarrasser de moi ?

Je ne voulais pas lui dire la vérité, à savoir que je ne désirais pas quitter Colchis car je me réveillais encore la nuit en sanglotant.

Il savait.

— Je suis trop vieux pour être pressé, rétorqua-t-il en posant sa canne sur ses genoux. Cependant, vous ne pouvez pas rester ici pour toujours, mon garçon.

— Pourquoi pas ? protestai-je avec amertume en sondant du bout de la langue un trou où une des dents que j'avais perdues était en train de repousser.

C'était toujours désagréable, les nouvelles dents témoignant de l'artificialité de ma caste palatine. Les hommes adultes n'étaient pas censés sentir leurs dents pousser.

Le scholiaste ne répondit pas tout de suite.

— Je vous ai parlé autrefois de la laideur du monde, vous vous rappelez ?

— Le jour où Père vous a banni.

— Effectivement.

— Comment aurais-je pu oublier ? m'exclamai-je, tandis qu'une question plus pressante s'imposait à moi. Vous saviez ?

— Que Sir Felix m'arrêterait ?

Sans son habit vert de scholiaste, il avait une allure étrange. Comme ses robes n'avaient pas survécu à son long internement, il portait des habits noirs. Mes tuniques et pantalons pendillaient sur sa carcasse comme sur un épouvantail.

— Oui, confirma-t-il. Alcuin m'avait prévenu. Petite courtoisie professionnelle. Il savait à quel point vous comptiez pour moi et voulait me donner une chance de vous dire au revoir.

— Quoi ? m'étonnai-je en clignant des yeux. Pourquoi aurait-il fait une chose pareille ?

Je n'avais pas pensé à Tor Alcuin depuis des années, des décennies, même. Je me demandai si le scholiaste préféré de Père était vivant. C'était possible. Alcuin était lui-même palatin, et Père était toujours en vie – si j'avais bien compris –, préservé par plusieurs longs voyages en fugue à Arcturus, dans les installations du Consortium.

— Parce qu'il savait que j'étais innocent. Votre père savait que je n'étais pas derrière votre tentative d'évasion. Il voulait vous punir, mais sans vous faire du mal.

« Parce que ce ne pouvait pas être toi », m'avait répondu Père lorsque je lui avais demandé pourquoi il avait fait ce qu'il avait fait. Je me détournai de Gibson, m'abîmai dans la contemplation de la mer. Depuis cette hauteur, la silhouette floue de Racha était visible, de même que quelques cheminées pareilles aux sommets immergés de tours grises.

— Maudit soit-il, marmonnai-je. (Après tous ces siècles, ma haine pour Lord Alistair Marlowe s'était refroidie, passant du charbon ardent à quelque chose d'huileux et mort. Toujours présente, mais pourrie et froide.) Je me demande comment il a découvert mon plan.

Cela m'avait toujours tracassé. J'avais pris tant de précautions.

— Alistair porte en lui une bonne partie de la noirceur du monde, Hadrian. C'est un homme dur. La poursuite du pouvoir et son exercice intéressent les gens comme lui. Alistair pense que son pouvoir se renforce lorsqu'il fait preuve d'une grande dureté, et peut-être a-t-il raison. Les temps difficiles tels que ceux que nous vivons révèlent ce genre d'hommes. (Il fit tourner sa canne sur ses genoux.) Vous ne devriez pas le mépriser, cependant. Nous sommes tous modelés par nos souffrances. Nous ne sommes que ce que nous sommes, et c'est notre premier péché.

— Vous voudriez que je lui pardonne ? m'enquis-je en haussant les sourcils.

— Ainsi qu'à vous-même.

— Je ne mérite pas le pardon, affirmai-je, ne me prononçant pas sur le sujet de mon père.

— *Kwatz !* assena Gibson au lieu de me gifler. Soyez heureux que nous n'ayons pas ce que nous méritons, mon garçon. Autrement, le paradis serait vide, et cette vie serait encore plus sombre et difficile qu'elle ne l'est. (Il me regarda longuement de ses yeux délavés.) Vous n'êtes pas votre père. Mais vous êtes son fils.

—Vous me l'avez déjà dit.

—C'est toujours aussi vrai, répondit-il avec raideur. Alistair n'a pas toujours été comme vous l'avez connu. La mort de son père. La Rébellion d'Orin. Votre mère. Et surtout, sa fonction. Elles ont fait de lui l'homme qu'il est.

Il y avait de la tristesse dans la voix de Gibson, une tristesse que je n'étais pas habitué à le voir exprimer, lui qui avait un contrôle total sur ses émotions. Je me demandai quel homme avait été mon père dans sa jeunesse, et si le scholiaste regrettait sa disparition.

—Ne le jugez pas trop promptement, ajouta-t-il. Et ne soyez pas trop dur avec vous-même.

Le silence s'installa et se prolongea. Le vent parlait à notre place. La cape claquant autour de mes jambes, je me dirigeai vers la ligne des arbres, observant la baie, les losanges blancs pareils à des pierres tombales de notre vieux camp.

—J'ai mené tous ces gens à leur mort, Gibson.

—*Kwatz!* (Une fois de plus, j'entendis sa canne frapper le sol.) Êtes-vous ce Syriani Dorayaica ?

Je me tournai vers lui. Le vieil homme avait planté sa canne dans le sol, entre ses pieds. Ses mains étaient posées l'une sur l'autre, sur le pommeau en laiton.

—Vous ne les avez pas tués, ajouta-t-il.

—Cela revient au même.

Gibson rejeta ma réponse d'un nouveau coup de canne.

—Vous endossez trop de responsabilités, affirma-t-il dans le calme recouvré. Vous ne pouvez pas porter seul le poids de l'univers.

—L'univers, c'est ce qu'on me demande, justement ! contrai-je en repensant au Silencieux. Gibson, les choses que j'ai vues ! Les choses dont je suis capable !

— Je sais. (Il serra les dents et fixa du regard le sol tapissé de brindilles.) Peut-être n'êtes-vous pas hanté par le fait d'avoir survécu. Peut-être ne parvenez-vous pas à vous pardonner le temps que vous avez passé ici.

J'ouvris la bouche pour répondre, mais aucun mot n'en sortit. Je la refermai. Mes derniers mots à Lorian me revinrent. *« Vengez-nous. Vengez-nous. »* J'étais en vie, et cette réalité pesait sur mes épaules. Quel droit avais-je de me prélasser dans le confort et la paix de Thessa ? De me vautrer dans la tristesse et la douleur lorsque tant de malheurs étaient arrivés ?

Aucun.

— Suis-je un lâche ? demandai-je en paraphrasant le prince Hamlet.

— Non, répondit Gibson d'un ton neutre.

Les voiles blanches des bateaux de pêche se dressaient sur la toile de fond de la mer, preuve que l'univers continuait à tourner malgré tout. Je les regardai sans savoir quoi dire. L'air avait un goût de sel – comme les larmes –, mais la musique des mouettes était plus vive que le soleil. Comment les Cielcins pouvaient-ils croire que la création était un mensonge ? « La beauté est vérité », avait écrit Keats, et le monde était magnifique.

— Seul le passé est écrit, reprit Gibson. Vous n'êtes pas mort, Hadrian. Cette île n'est pas votre tombeau.

Je hochai la tête, le regard toujours rivé sur les bateaux, les oiseaux et les poissons. Une fois de plus, je sondai avec la langue ma gencive boursouflée.

— Rien n'est fini, conclut-il.

Rien n'est fini.

— Vous avez raison, acquiesçai-je. Je regrette que ce soit si difficile, c'est tout.

— Moi aussi. Chacun de nous le regrette à son niveau. Nous sommes tous des Sisyphe poussant un rocher sur une colline. (Il grogna et se leva difficilement. Je me hâtai de le rejoindre.) L'un d'entre nous finira par atteindre le sommet. Ce n'est pas la vie que j'avais imaginée pour vous, mon garçon, dit-il en s'appuyant sur sa canne et en posant la main sur mon épaule.

—Moi non plus ! ris-je.

Je vis alors une lueur rare dans son regard, une dureté.

—J'espérais vous éviter le fouet, dit-il en sentant probablement les cicatrices épaisses sur mon épaule. Je suis navré.

—Ce n'est pas votre faute, le rassurai-je en pensant aux cicatrices qui zébraient notre dos à tous les deux, témoignages des épreuves que nous avions traversées.

Le regard gris devint encore plus vif, et je compris qu'il avait marqué un point. Le vieil homme eut un sourire peiné.

Grimaçant, nous descendîmes du plateau, passant devant les cairns qui accueillaient Siran et ses descendants. Sur notre chemin, nous dépassâmes l'endroit qui surplombait la baie où Valka et moi nous étions embrassés ce premier jour sur Thessa, dans un lointain passé. Gibson le désigna de sa canne.

—Lorsque nous faisions préparer la medica, j'avais l'habitude de m'asseoir ici pour assister au lever du jour. Siran me parlait de vous.

—Vraiment ?

Gibson s'arrêta et me regarda dans les yeux.

—Elle me disait qu'elle aurait voulu partir avec vous. Qu'elle aurait dû le faire.

—Je suis heureux qu'elle ne l'ait pas fait, commentai-je en me détournant de lui.

—Je suis fier de vous, Hadrian, reprit le vieillard en s'appuyant moins lourdement sur sa canne. De l'homme que vous êtes devenu.

—Et quel homme ! lâchai-je, cynique.

— Quel homme, en effet. Je ne prétends pas comprendre ce qui vous arrive, ni cette histoire de Cielcins et de Silencieux, mais je sais que Siran était fière de vous. Vos amis vous aimaient, comme Valka et moi vous aimons. Voilà pourquoi ils vous ont sauvé. Cet amour, je vous l'ai déjà dit, est une chose puissante ! Il vaut la peine qu'on se batte pour lui, même après la disparition de ces gens.

— Il pense que nous devrions y aller, dis-je en acceptant le vin que Valka m'offrait.

Je le sirotai avec hésitation. Les vins produits par les îliens étaient trop sucrés à mon goût, un peu vulgaires, manquant de sophistication. Tellement blancs qu'ils étaient presque verts. Mais le vin restait du vin, et je ne pouvais pas me plaindre de la gentillesse d'Imrah. Je voyais Gibson, en contrebas, assis parmi les enfants autour du feu, le pommeau en laiton de sa canne scintillant dans la lumière orangée. Depuis le porche où j'étais assis, j'entendais à peine sa voix grave et rauque, comme il récitait :

Écoutez-moi maintenant, Ithakèsiens, quoi que je dise.
Craignez qu'un roi porte-sceptre ne soit plus jamais ni bienveillant, ni doux,
et qu'il ne médite plus de bonnes actions dans son esprit,
mais qu'il soit cruel désormais et veuille l'iniquité,
puisque nul ne se souvient du divin Odysseus
parmi les peuples auxquels il commandait aussi doux qu'un père.

Faisant comme si elle ne m'avait pas entendu, Valka demanda :

— Qu'a-t-il choisi, ce soir ?

Elle désigna Gibson du menton et s'installa dans le canapé à côté de moi. Si les nuits étaient de plus en plus fraîches, la peau de Valka était chaude, et les hautes colonnes de chauffage argentées réchauffaient la terrasse qui ceignait la maison d'Imrah. La maison de Siran, sans doute. Son pêcheur et elle s'asseyaient probablement au même endroit que nous quelques siècles plus tôt.

— Homère, répondis-je en l'attirant contre moi. *L'Odyssée*. Il leur dispense une culture classique digne de ce nom. (Je ne pus m'empêcher de sourire.) Il me récitait ces vers lorsque j'étais petit garçon. Il m'en a fait apprendre par cœur quelques-uns.

— Ceci explique cela, dit-elle en buvant un peu de vin. (Elle rit comme je la poussais gentiment.) En tout cas, je ne connais pas cet Homère.

Je laissai Gibson poursuivre un peu avant de répondre.

— C'est l'histoire d'un homme – un soldat, un roi – qui ne peut pas rentrer chez lui. Il a gagné une grande bataille, mais il s'est moqué des dieux... qui le condamnent à errer. (Je m'interrompis pour boire du vin, dont le goût me fit grimacer.) Son fils est chez lui, et en l'absence du héros, les prétendants se succèdent pour réclamer la main de sa mère et le trône de son père.

Valka s'agita en entendant le mot « réclamer » ; je la comprenais. Par deux fois, des seigneurs avaient voulu me marier à leur fille. Anaïs dans le cas de Balian Mataro, Sélène dans celui de l'Empereur.

— Il rentre chez lui, à la fin ? demanda-t-elle.

— Oui, acquiesçai-je en reposant ma coupe. Mais son histoire est bien différente de la mienne. Comme lui était différent de moi. (Je lui racontai comment le courageux Ulysse était rentré chez lui avec l'aide de son fils pour massacrer les prétendants de sa femme, et ce dans son propre foyer, comment Pénélope et lui s'étaient réconciliés.) En un sens, on ne peut jamais rentrer chez soi, car ce *chez-soi* n'est jamais au même endroit.

En contrebas, Gibson écarta les bras en continuant sa récitation. Il racontait la scène où Télémaque reprochait à son peuple de ne pas avoir chassé les prétendants hors de la maison de son père. Son peuple n'étant pas disposé à l'aider, il demandait qu'on lui fournisse un bateau pour se rendre à Pylos et partir à la recherche de son père. Le cercle d'enfants écoutait attentivement, hypnotisés qu'ils étaient. Gibson récitait sa traduction d'une voix grave et caverneuse, bien plus puissante que sa voix habituelle, comme s'il avait rajeuni de plusieurs siècles, comme s'il était un père faisant la lecture à ses fils.

Tèlémakhos, tu ne seras ni un lâche, ni un insensé,
si l'excellent esprit de ton père est en toi, tel qu'il le possédait pour parler et pour agir,
et ton voyage ne sera ni inutile, ni imparfait.
Si tu n'étais le fils d'Odysseus et de Pènélopéia,
je n'espérerais pas que tu puisses accomplir ce que tu entreprends,
car peu de fils sont semblables à leur père.

— Il sait vraiment y faire avec les enfants, dit Valka en se blottissant contre moi et en posant la tête sur ma poitrine.

— Il a toujours su, confirmai-je en lui caressant les cheveux.

— C'est bizarre, quand même. Presque tous ces enfants sont des descendants de Siran. Cinq ou six générations les séparent d'elle. C'est fou l'impact que peut avoir une seule personne, ajouta-t-elle en se collant encore plus à moi. Ça me donnerait presque envie d'avoir des enfants.

Je ne dis rien, me contentant de l'embrasser sur le sommet de la tête.

Tèlémakhos, agorète orgueilleux et plein de colère,

qu'il n'y ait plus dans ton cœur ni soucis, ni mauvais desseins.
Mange et bois en paix comme auparavant. Les Akhaiens agiront pour toi.
Ils choisiront une nef et des rameurs,
afin que tu ailles promptement à la divine Pylos t'informer de ton illustre père.

51

La gloire du monde

Malgré nos conversations, ni Valka, ni moi n'étions pressés de partir. Nous nous sentions à notre aise dans la famille d'Imrah, et les villageois ne semblaient pas se lasser de nous. Les années passèrent, les enfants du village grandirent et commencèrent à accompagner les pêcheurs en mer. Je sortais moi aussi de plus en plus souvent avec eux, essayant de trouver mon bonheur dans les petites actions de la vie ordinaire. Jour après jour, les tourments de Dharan-Tun s'estompaient, et les étoiles brillaient un peu plus.

J'attendais. Je n'aurais su dire quoi, même si cela se terrait dans les recoins de mon esprit comme une araignée. La guerre qui faisait rage dans les étoiles hantait mes rêves, mais pas une seule volute de fumée de cet incendie ne souillait le ciel de Colchis. Même si les étoiles m'appelaient, même si mes mots me hantaient – *« Vengez-nous ! Vengez-nous ! »* –, j'étais heureux. Je n'étais pas guéri, me disais-je – pas complètement –, alors que je savais que seul un hôpital impérial aurait pu soigner mon corps.

Ce n'était qu'une excuse.

Le signe arriva la neuvième année de notre séjour parmi les pêcheurs. Je revenais à Thessa avec Ginoh et Alvar et des provisions, et trouvai Valka sur la plage. À la manière dont sa poitrine se soulevait, je compris qu'elle avait couru nous rejoindre dès qu'elle avait vu nos voiles au loin.

J'attendais la mort de Gibson.

— Qu'y a-t-il ? demandai-je en sautant sur la jetée.

Je connaissais la réponse, je la sentais comme une hache enfoncée profondément dans mon torse.

Valka me prit dans ses bras et me serra très fort.

— Il faut que tu le voies.

Il était étendu sur le lit que je lui avais choisi lorsque nous l'avions extrait de sa fugue, dans la chambre avec vue sur la baie. La pièce sentait le renfermé comme toutes les chambres mortuaires, et même la lumière qui se déversait par la fenêtre semblait diffuse et décolorée. Il avait l'air mort, effectivement ; en tout cas, il ne bougea pas lorsque j'entrai.

— Que s'est-il passé ? demandai-je, les yeux humides.

— Il est tombé, répondit Valka en se massant le bras gauche.

Je m'avançai sans me soucier d'elle ni de Ginoh, qui m'avait suivi depuis la jetée.

Je posai la main sur le front de Gibson, le trouvai sec et frais. Il ne réagit pas. Je vérifiai sa respiration, la trouvai régulière.

— Où l'as-tu découvert ?

— Devant le module, répondit Valka en s'asseyant au pied du lit.

— Il faut le conduire à la medica, lançai-je en me retournant. Ginoh ! Vous auriez quelque chose pour le transporter ?

Le jeune homme réfléchit en s'abîmant dans la contemplation du plafond.

— On pourrait prendre un filet, fabriquer une civière.

— Qu'est-ce que tu as derrière la tête ? m'interrogea Valka en me prenant le poignet.

— On pourrait le congeler, expliquai-je en essayant de me dégager de son étreinte. Le congeler avant de le transférer dans l'*Ascalon*. Pour l'emmener à Aea. Chercher de l'aide.

— On ne sait même pas ce qu'il a, dit-elle sans me lâcher. Le traumatisme de la fugue cryogénique risquerait de causer des dégâts supplémentaires.

Je tombai à genoux devant le lit de Gibson, posai mon front sur le bord du matelas. Valka refusait de me lâcher. Après un moment de silence, je dis :

— Je ne peux pas ne rien faire, Valka. Et je ne peux pas le perdre, ajoutai-je d'une petite voix.

Et pourtant, je m'attendais à le perdre. Gibson – et Gibson seul – expliquait ma présence dans ces îles. J'avais l'impression d'émerger d'un rêve, un rêve dans lequel Valka et moi étions un couple s'occupant de mon père vieillissant, proche de la mort.

— Il a peut-être eu une attaque, dit-elle.

— On ne peut pas le laisser là. Il y a des scanners médicaux dans le module médical.

Valka me caressait la main avec le pouce. Je sentais son regard doré sur moi.

— Il se peut qu'il y ait aussi un scanner portable, remarqua-t-elle. Je vais aller voir.

— Il y en a un à bord de l'*Ascalon*, rétorquai-je en me tournant vers Ginoh. Il y a un docteur, au village, n'est-ce pas ?

Le pêcheur secoua la tête.

— Le doc est à Egris, expliqua-t-il, faisant référence à une communauté plus importante située dans les terres sauvages du Sud, bien plus à l'est. Mais on peut lui envoyer un message, le faire venir en navette. Il y a une liaison numérique dans l'enceinte du caravansérail.

— Tu irais ? demandai-je à Valka.

— Moi ? s'étonna Valka en clignant des yeux, surprise que je lui demande de partir.

— Chercher le scanner dans le vaisseau.

Valka baissa les yeux et regarda dans le vague en réfléchissant.

— Hadrian, si nous faisons venir le docteur, ils sauront que nous sommes ici.

Nous savions tous les deux qu'elle avait raison. Communiquer avec Egris via la connexion du village ne pourrait qu'alerter le bureau du gouverneur général, à Aea. Le médecin était forcément un fonctionnaire de l'Empire, et un seigneur palatin accompagné d'une Tavrosi ne pouvaient pas passer inaperçus.

Cela n'avait plus d'importance.

— Ce n'est pas grave, la rassurai-je en lui serrant la main. Le moment est venu.

Valka et Ginoh s'en furent chercher le scanner. Je regardai le petit bateau s'éloigner, fendre les eaux en direction de Racha, puis je m'assis sur une chaise au chevet de l'homme qui avait fait de moi qui j'étais. Il n'y avait aucune force dans les doigts de Gibson, et la chaleur de sa main était résiduelle, comparable à celle de braises éteintes.

— Je n'ai jamais dit que j'étais désolé, chuchotai-je. (Gibson ne m'entendant pas, j'en étais conscient.) Je ne voulais pas que vous souffriez à cause de moi. C'est étrange… Quand j'ai quitté la maison, je ne pensais pas du tout revenir. Je ne voulais revoir ni Père, ni Crispin. Ni les autres. Je ne risquais pas d'être comme les héros des vieilles histoires, qui finissent par rentrer chez eux. Mon histoire devait être différente. (Je regardai sans le voir le plastique blanc du plafond. À la place, je voyais les cieux, des ténèbres lourdes de menaces.) J'étais convaincu d'être différent, de pouvoir apporter la paix. (Je me massai les moignons des doigts en repensant aux crocs de Syriani. Dans le silence de la chambre, j'entendis encore une fois les cris des hommes et les rires froids des Pâles festoyant dans l'ombre verte d'Akterumu.) J'avais tort.

Il n'y aurait pas de paix. Ni avec les Cielcins, ni avec les dieux sinistres.

— J'avais tort aussi pour ce qui était de rentrer chez moi, ajoutai-je, entendant ma voix se briser.

Gibson ne réagit pas, ne bougeant que pour respirer doucement sous ses draps blancs. Derrière la fenêtre, les vagues et les mouettes ne produisaient aucun bruit.

— C'est la deuxième fois que je crains de ne plus jamais vous revoir. Mais vous avez toujours été là. Et même maintenant. Après tout ce qui s'est passé.

Une fois de plus, j'embrassai du regard l'appartement spartiate, blanc sur blanc. Quelques petites touches ajoutées au fil des ans avaient personnalisé la chambre. Des rideaux ornés d'angles droits rouges, à la mode locale. La chaise sur laquelle j'étais assis avait été sculptée à Racha, tout comme la table poussée dans un coin. Le tapis avait été tissé dans la même toile beige que les rideaux et présentait des motifs géométriques similaires.

— Je ne sais même pas comment vous avez fait.

Colchis n'était certes pas le monde le plus éloigné de Delos. J'étais revenu d'endroits encore plus éloignés, et il s'était écoulé tellement de temps depuis les coups de fouet assenés devant les marches du grand donjon du Repos du Diable, que le fait que nos routes se soient recroisées – deux fois – était déjà miraculeux.

— D'une certaine manière, j'ai fini par rentrer à la maison, dis-je, certain qu'il ne m'entendait pas. Merci, Gibson. Si vous m'entendez. Merci.

Valka était partie depuis longtemps, et le ciel s'était assombri. De temps à autre, Gibson frissonnait dans son lit. Une ou deux fois, ses lèvres bougèrent, mais aucun son ne sortit de sa bouche. Il fallait environ une heure et demie pour se rendre à Racha. Quatre heures, donc, pour aller récupérer le scanner, passer un appel et rentrer. Plus si elle devait donner des explications à Imrah, et davantage encore si les autorités l'interrogeaient.

Je trouvais absurde que les communications puissent être si lentes dans un univers où le télégraphe quantique permettait d'envoyer des messages instantanés sur des années-lumière. Toutefois, rien, à Thessa, n'était relié à la datasphère anémique de Colchis. Valka aurait pu utiliser ses implants, ce qui n'aurait pas manqué d'attirer l'attention de la Fondation, et nous n'avions vraiment pas besoin qu'un inquisiteur s'intéresse de trop près à ce qu'elle avait dans la boîte crânienne. Mieux valait donc passer par les canaux officiels.

— Je suis désolé, dit Gibson d'une toute petite voix. Je suis tellement désolé…

Je sursautai. La nuit était tombée, et Valka n'était toujours pas rentrée. Il n'y avait pas de lumières, aucun signe d'un bateau ou d'une navette à l'horizon, juste la lueur terne d'Atlas baignant l'atmosphère nocturne. Gibson s'était agité dans son sommeil, roulant sur le côté, si bien qu'il me faisait face. Sa tête était coiffée d'une tignasse blanche ébouriffée.

— Gibson ?

Je me penchai en avant, posai la main sur son épaule.

— Je suis désolé, articula-t-il difficilement.

Je me rendis compte avec horreur qu'il pleurait. C'était la première fois que je le voyais pleurer. Il était scholiaste, et les scholiastes ne pleuraient pas.

— Live, j'avais tort.

— Qui est Live ? lui demandai-je sans lâcher son épaule.

Gibson bougea bizarrement la tête, ses yeux cherchant mon visage.

— Hadrian ?

— Oui, Gibson, c'est moi, répondis-je en agrippant sa main. (Il ne me rendit pas mon étreinte. L'hypothèse de l'attaque semblait se vérifier. Où était Valka, d'ailleurs ? Pourquoi cela prenait-il tant de temps ?) Valka est partie chercher un médecin. On va pouvoir vous secourir.

Le vieil homme essaya de secouer la tête. Sa mâchoire trembla.

— Trop tard. Trop tard.

— Non, non, contrai-je en fermant les paupières. Ne dites pas cela.

Il ne bougea pas, et moi non plus. Pour une raison que j'ignorais, il ne dit plus rien, tandis que, pour ma part, j'étais incapable de mettre des mots sur les hurlements gris dans mon âme. *Non, je vous en prie*, étais-je seulement capable d'articuler mentalement. L'instant d'après, Gibson se contenta de fermer ses yeux gris.

Il se réveilla deux fois dans la nuit, et Valka n'était toujours pas rentrée. Sans mon terminal, je n'avais aucun moyen de la contacter ; je ne pouvais qu'attendre. Peut-être Ginoh avait-il refusé de naviguer de nuit, peut-être attendaient-ils que le docteur vienne d'Egris en navette pour rentrer. C'était ce que je me répétais, en tout cas. J'étais totalement impuissant. Nous l'étions tous. Gibson était un palatin et l'homme le plus âgé – à l'exception de Kharn Sagara – que je connaisse. Chez les palatins, la fin, lorsqu'elle survenait, survenait rapidement.

Je m'efforçai de l'installer confortablement, d'ajuster ses oreillers, de le redresser un peu pour lui permettre de voir les vagues et le monde dans toute sa gloire. Atlas projetait des reflets orangés sur la mer bordeaux, tandis que quelques étoiles inatteignables brillaient dans le ciel.

Sur le plancher des vaches, un vieillard trembla et gémit.

— Live…, murmura Gibson, émergeant de son sommeil comme une baleine de l'océan lorsqu'elle avait besoin de respirer. Dites à Live que j'avais tort.

— Qui est Live ?

Je lui avais posé la question une dizaine de fois au fil des longues années que nous avions partagées sur cette île. *« Un frère scholiaste,* avait-il seulement répondu. *Un vieil ami. »*

— Maudit soit-il ! siffla Gibson avec une agressivité que je ne lui connaissais pas.

Je sursautai et soulevai ma tête de la table où j'étais installé pour me précipiter à son chevet.

— Où est-il ? demanda Gibson.

— Qui ? l'interrogeai-je en me rasseyant et en lui prenant la main.

— Il devrait être là ! protesta le vieillard comme s'il ne m'avait pas entendu.

Il avait du mal à articuler, et son regard voletait sur mon visage sans me voir. Une pupille était plus dilatée que l'autre, ce qui me rappela le jour affreux où le ver d'Urbaine avait creusé une galerie dans les circuits neuraux de Valka. Je fermai les yeux.

— C'est lui qui m'a mis là !

Oublié, le calme légendaire des scholiastes. L'attaque – s'il s'agissait de cela – avait eu raison de sa maîtrise de lui-même. Son apatheia n'était plus qu'un souvenir.

— Alois ! Où est mon fils ?

— Votre fils ? (Je me relevai subitement en lui lâchant la main, renversant ma chaise derrière moi.) Live… est-il votre fils ?

Pas une seule fois depuis que je le connaissais, je n'avais entendu Gibson parler d'une famille. Il était palatin, aussi avait-il sans doute été marié. Le Collège supérieur devait avoir approuvé sa descendance. Mais alors, pourquoi était-il devenu scholiaste, pourquoi avait-il renoncé à sa famille et ses titres ?

Qui avait-il été avant ?

Son regard gris se focalisa sur mon visage.

—Alois ! lança-t-il sans me reconnaître. Quel est cet endroit ? demanda-t-il en regardant autour de lui et en clignant des paupières.

—Nous sommes sur Colchis, Gibson, répondis-je en ravalant mes larmes. (Affronter la mort du vieil homme était une chose, accepter de ne plus être reconnu par lui en était une autre.) Gibson, c'est Hadrian.

—Ça ne me plaît pas, se plaignit l'ancien scholiaste en agitant une main couverte de taches. Où sommes-nous ?

Je m'agenouillai à côté du lit et pris dans les miennes la main paralysée de Gibson.

—Nous sommes dans les îles. À Thessa. Sur Colchis. Vous vous rappelez ? (Je serrai sa main, désirant qu'il se souvienne.) C'est moi. C'est Hadrian.

—Hadrian ? (Encore une fois, la brume sembla se dissiper dans son regard, et il examina la chambre comme s'il la découvrait. Il cligna des yeux et laissa retomber sa tête sur les oreillers.) Ce n'est..., commença-t-il en fronçant les sourcils. Ce n'est pas Belusha ?

—Belusha ? répétai-je à grand-peine. Belusha ?

Il s'agissait de la plus grande des planètes-prisons de l'Empire, d'un lieu où l'on bannissait seigneurs et autres personnes embarrassantes. Sir Lorcan Breathnach, l'ancien directeur du Renseignement de la Légion qui avait comploté avec l'Impératrice et les Vieux Lions pour m'assassiner sur Forum, avait été envoyé là-bas, m'avait-on dit. Probablement était-il mort.

—Qui êtes-vous ? (Gibson ferma les yeux et s'installa confortablement sur ses oreillers.) Thessa. Drôle de nom. Thessalus, fils de Jason. Assassiné. (Il secoua la tête, les paupières closes. Une association d'idées se fit dans son esprit, et il dit :) Mon fils devrait être ici.

—Moi, je suis là !

— Live… Je suis désolé. Pardonne-moi. Pardonne… (Il eut une inspiration longue et saccadée.) Je t'ai trahi. J'ai trahi… notre maison. Je voulais commander. Je voulais…

Il se tut et resta aussi immobile que la mort. Je ne lâchai pas sa main. Une voix, dans ma tête, se mit à murmurer ce que je savais déjà. Gibson ne survivrait pas jusqu'au retour de Valka. La Mort attendait dans l'encadrement de la porte, vêtue du même voile noir que le cadavre de ma grand-mère lorsque Crispin et moi l'avions découverte dans la salle des porphyres, silhouette informe arrivée au terme de sa vie. Elle n'avait pas de faux, mais les bras ouverts.

Gibson ne partit pas tout de suite, mais se réveilla une dernière fois et, me voyant assis à côté de lui, dit :

— Alistair. (Il me prenait pour mon père. Il sourit.) Mon garçon, où étiez-vous passé ?

— Je ne suis pas mon père, rétorquai-je en serrant sa main. Gibson, c'est Hadrian.

— Hadrian ! (Son regard brumeux s'éclaircit.) Hadrian.

— Oui, confirmai-je en me raccrochant à cette connexion ultime et ténue.

— Vous rappelez-vous les Huit formes de l'Obéissance ? m'interrogea-t-il.

Je lui répondis que oui, et il posa sa main valide sur la mienne en guise de bénédiction.

— Et quelle est la plus haute ? poursuivit-il.

— L'obéissance par dévotion, répondis-je sans réfléchir, comme si j'étais redevenu un petit garçon.

Un sourire rida ce visage par trop marqué.

— L'amour, oui. Ne l'oubliez pas. Ne commettez pas la même erreur que moi.

— Quelle erreur ?

— Le pouvoir n'est rien. Le pouvoir…

Sa voix était devenue aussi ténue que de la vieille fumée. Ses lèvres bougeaient sans produire le moindre son. Soudain, elles se figèrent.

— Gibson ? appelai-je d'une voix tout aussi faible.

Je serrai sa main en espérant que ses doigts se refermeraient sur les miens. Au lieu de quoi ses paupières tombèrent, et je sus que Gibson était parti.

Je ne saurais dire combien de temps je restai assis au chevet du scholiaste mort. Le soleil s'était levé, et une ombre nouvelle se tenait dans l'encadrement de la porte. Non plus la Mort. Seulement Valka. Derrière elle, j'avisai Ginoh et une femme que je ne connaissais pas. Le médecin venu d'Egris. Trop tard.

Sans rien dire, Valka s'approcha et me prit dans ses bras. J'avais pleuré pendant des heures, mais mes yeux étaient secs, désormais. Elle me serra contre elle un long moment, et Ginoh et la femme se retirèrent.

— Je devrais l'enterrer, dis-je lorsque je me sentis capable de parler.

Je ne me rappelle pas ce que Valka répondit. Je me souviens seulement de son visage, de la douleur et de la pitié dans ses yeux. De la peur ? Je ne m'en rendis pas compte, sur le coup. De quoi aurait-elle eu peur ? Pas de moi. Je compris plus tard qu'elle avait peur *pour* moi. Nous avions fui la mort et l'horreur, mais nous avions retrouvé la mort ici. Cependant, comme je portais Gibson sur la colline en direction du plateau et des cairns accueillant les Gardiens, je ne trouvai rien d'horrible dans sa mort. Il y avait du chagrin, bien sûr, mais aussi de la joie, car sa mort avait été ordinaire. Le monde, mon monde, ne s'était pas terminé sur Eue, à Akterumu.

— Rien n'est fini, dis-je devant son corps.

Je lui trouvai une place, non pas parmi les Gardiens le long du chemin menant au dôme hôpital, mais sur les hauteurs qui surplombaient la baie. Valka resta légèrement à l'écart, Ginoh et Imrah gardant davantage leurs distances. J'accompagnai donc Gibson une dernière fois, et repensai aux nombreuses fois où nous nous étions retrouvés tous les deux sur la muraille du Repos du Diable surplombant l'océan. Que de chemin parcouru pour nous retrouver là.

Il me fallut beaucoup de temps pour réunir les pierres nécessaires à l'érection du cairn de Gibson. J'en avais déjà ramassé tellement pour ériger les monuments en mémoire de mes hommes, qu'il me fallut descendre plusieurs fois jusqu'à la mer pour trouver des pierres assez grandes et plates à empiler sur ses os. Mes mains saignaient et mon épaule me faisait souffrir, mais je refusai de laisser les autres participer à mon effort.

— C'était mon père. C'est à moi de l'enterrer.

Le soleil se couchait comme je terminais enfin mon travail. Un empilement large et ramassé de pierres recouvrait le corps de Gibson. Il n'était pas aussi beau que les autres, pas aussi grand et gracieux, mais c'était le mien. Et puis, dans les années qui viendraient, Imrah et ses enfants redresseraient un peu tout cela, remettraient de l'ordre dans le cairn de Gibson et dans les autres. L'honneur et la charge de l'entretien des chemins et des tombes de Thessa – de l'Île des Morts – leur reviendraient.

Il est toujours là-bas. Il faut prendre le bateau à Aea en direction des îles Sevrast, qui jaillissent de l'eau grise. Et puis il faut emprunter les chemins rocailleux de Thessa et longer les falaises. Vous le trouverez là. Son corps restera sur cette île jusqu'à ce que les étoiles s'éteignent, à moins que Thessa s'effondre dans l'océan gris. Trouvez-le si vous le souhaitez, et sachez que tout ce que j'ai raconté est vrai.

Valka me rejoignit et s'immobilisa dans le vent, les bras croisés sur la poitrine. Nous regardions tous les deux sans parler le cairn que j'avais érigé.

— Comment pouvait-il savoir ? demandai-je, posant la question qui me taraudait le plus. Comment pouvait-il savoir que nous reviendrions ?

Valka ne répondit pas.

— Je ne sais pas quoi faire, repris-je. Il a toujours été là. Même quand je le croyais mort, je ne pouvais pas m'empêcher d'espérer. Je me demandais tout le temps ce qu'il ferait à ma place, ce qu'il penserait. Mais à présent, il est vraiment parti. Maintenant, je *sais* qu'il n'est plus. (Je secouai la tête, essuyai mon visage de mes mains crasseuses.) Comment pouvait-il savoir ? Comment pouvait-il savoir que j'aurais besoin de lui ? Besoin de… *ça*…

Je n'eus pas à regarder Valka pour savoir qu'elle souriait.

— Il ne savait pas, dit-elle. Il me l'a dit. Il espérait.

— C'est magnifique, ici, poursuivis-je en souriant à mon tour et en passant mon bras sur les épaules de Valka. Mais on ne peut pas rester, n'est-ce pas ?

— Non. Ils vont venir nous chercher. Maintenant, ils savent où nous sommes.

— Nous devrions partir, alors.

— À Aea ?

— À la Bibliothèque, répondis-je en me mordillant la lèvre. J'ai besoin de trouver la réponse à certaines questions.

— Dans ce cas, nous devrions y aller. Si nous nous présentons de nous-mêmes à ton peuple, ils renonceront peut-être à interroger les villageois.

Elle avait sans doute raison. L'idée que l'Inquisition ou le Renseignement de la Légion puissent débarquer à Racha pour questionner Imrah et sa famille au sujet de notre présence ne me plaisait pas du tout. Ils avaient été des hôtes généreux, et il était hors de question que la famille de Siran souffre à cause de moi. Je serrai Valka tout contre moi.

— Restons encore un tout petit peu, dis-je en souriant à la tombe.

« Écoutez-moi bien… » Les phrases anciennes me revenaient, portées par le vent, transportées d'un monde à l'autre par l'air océanique. *« Entendez cette leçon qu'aucun Tor, ni primat du collège ne vous enseignera jamais, si tant est que cette leçon puisse être enseignée. Le monde est aussi doux que l'océan. N'importe quel marin vous expliquera ce que cela signifie. Cependant, même lorsqu'il est le plus violent, Hadrian… restez focalisé sur sa beauté. »*

— Je le ferai, murmurai-je à l'esprit du vieil homme sans me soucier de la confusion de Valka, à côté de moi. Je le promets.

Je sortis de la poche de mon manteau un poids qui ne m'avait pas quitté depuis notre arrivée sur Colchis. La poignée de l'épée brisée était lourde dans mes mains, son réservoir fissuré et vide, ses accessoires ternis et cassés. Combien de plumes aurait-il fallu pour égaler son poids ? Combien d'âmes humaines y avait-il dans la balance ?

Je me retournai et lançai l'épée vers la mer.

Je ne vis pas où elle transperça la surface de l'eau, ni ne l'entendis.

Les fins existent, Lecteur, et ceci en est une. Une part de moi ne quittera jamais l'anneau brisé de pierre verte et demeurera au milieu du sang et des sacrifices, devant ce qui restait de ce dieu de la nuit endormi. Une autre part de moi, cependant, se trouve toujours sur une falaise ensoleillée au-dessus des eaux de Colchis, sous un soleil éclatant. La douleur subsiste, et la laideur, mais la lumière et la beauté du monde brillent toujours au-dessus et au-delà des pouvoirs des ténèbres.

Comme Orphée, j'étais revenu des Enfers, mais contrairement à lui, je n'étais pas revenu seul. J'étais blessé et meurtri, en revanche. D'autres blessures – pires encore – m'attendaient, des blessures qui ne laisseraient pas de marque. Si mes tourments – et ce que j'ai fait – vous indisposent, cher Lecteur, je ne vous en veux pas. Je comprendrais même que vous ne souhaitiez pas en lire davantage. Vous avez le luxe de la clairvoyance. Vous savez où tout cela nous mène.

Je continuerai seul.

Dramatis personæ

La Compagnie rouge de Meidua

Compagnie impériale spéciale. Après la victoire d'Hadrian Marlowe contre le prince cielcin Aranata Otiolo en 16227 ISD, la Compagnie rouge de Meidua participa à une dizaine de batailles majeures lors des Guerres cielcines, à Thagura, Arae, Aptucca, ainsi qu'à la célèbre bataille de la Bête sur la route de Nemavand et à la légendaire bataille de Berenike. Après un séjour dans la Stochocratie de Tavros et une mission privée, la Compagnie rouge retourna sur le front, participant notamment au siège de Senuessa, puis à la bataille de Sybaris, où Lord Hadrian Marlowe fut arrêté par le Saint Bureau de l'Inquisition et conduit à Thermon pour être jugé. Le procès de Marlowe fut peu concluant, si bien qu'au bout de douze ans, la Fondation tenta de l'assassiner, mais Marlowe survécut, et l'Empereur – intervenant pour sauver la vie de son serviteur – l'envoya sur Nessus, où il servit comme conseiller auprès du magnarque Karol Venantian. Lord Marlowe resta sur Nessus jusqu'en 17006 ISD, année où une attaque sur une usine de production de carburant convainquit l'Empereur de renvoyer la Compagnie rouge sur le front après une pause de près d'un siècle.

Ci-dessous se trouve la liste des membres de la Compagnie rouge mentionnés dans le quatrième volume des chroniques de Lord Marlowe.

Lord Hadrian Anaxander Marlowe : Chevalier victorien impérial, seigneur commandant de la Compagnie rouge et Héros d'Aptucca. Surnommé le Demi-mortel, le Dévoreur de soleil, le Briseur d'étoile, le Tueur de Pâles et le Sans-mort. Il est notoirement responsable du génocide des Cielcins.

— Sa compagne, **Valka Onderra Vhad Edda** : Stochocrate tavrosi et xénologue passionnée par les Silencieux, victime d'un virus cérébral extrasolarien.

— Ses myrmidons, amis et anciens compagnons d'armes du colisée d'Emesh :

— **Pallino de Trieste** : Chiliarque et lige d'Hadrian. Vétéran des Guerres cielcines élevé au rang de patricien. Il perdit un œil au cours de la bataille d'Argissa.

— Sa compagne, **Elara d'Emesh** : Quartier-maître à bord de l'ISV *Tamerlane* et lige d'Hadrian élevée au rang de patricienne.

Otavia Corvo : Capitaine de l'ISV *Tamerlane*, ancienne mercenaire de la Règle recrutée pendant les événements de Pharos. Possible homoncule.

— Son second, **Bastien Durand** : Commandant et ancien mercenaire de la Règle, originaire d'Algernon et recruté pendant les événements de Pharos.

— Ses officiers :

— **Roderick Halford** : Commandant, également appelé capitaine de nuit. Il commande le *Tamerlane* lorsque le reste de l'équipage est en fugue cryogénique. Septième fils d'un petit seigneur palatin.

—**Lorian Aristedes** : Commandant et officier tactique de l'ISV *Tamerlane*. Bâtard du grand-duc de Patmos et d'une de ses chevaliers. Intus palatin souffrant de douleurs idiosyncrasiques et de connectivite.

—**Karime Garone**, dit **Crim** : Lieutenant-commandant et officier chargé de la sécurité à bord de l'ISV *Tamerlane*. Ancien mercenaire de la Règle recruté pendant les événements de Pharos.

—**Ilex**, compagne du précédent : Lieutenante-commandante, officière mécanicienne à bord de l'ISV *Tamerlane*. Dryade homoncule recrutée pendant les événements de Pharos.

—**Felix Koskinen** : Lieutenant et timonier de l'ISV *Tamerlane*. Jeune officier palatin.

—**Adric White** : Lieutenant et navigateur de l'ISV *Tamerlane*. Jeune officier palatin.

—**Juliana Pherrine** : Lieutenante et chargée des communications à bord de l'ISV *Tamerlane*. Jeune officière palatine.

—**Luana Okoyo** : Lieutenante-commandante et médecin à bord de l'ISV *Tamerlane*. Ancienne mercenaire de la Règle recrutée pendant les événements de Pharos.

—**Tor Varro** : Scholiaste chalcentérite et conseiller scientifique.

Leon : Enseigne nouvellement assigné à la Compagnie rouge.

Galba, **Otho**, **Baro** et **Garan** : Nouvelles recrues.

{**Udax de Judecca**} : Xénobite irchtani, premier centurion de l'Unité auxiliaire irchtani rattachée à la Compagnie rouge, tué lors de la bataille de Berenike.

— Son commandant, **Barda de Judecca**.

La cour impériale

Remontant à la Maison Windsor et à l'Âge d'or de la Terre, la dynastie aventine dirige l'Empire sollien et l'humanité depuis la défaite des Mericanii dans l'antiquité. L'Empereur régnant à l'époque de Lord Marlowe, William XXIII, monta sur le trône très jeune en 15826 ISD après le décès de sa mère, l'Impératrice Titania Augusta, et régna pendant mille ans, passant une grande partie de ce temps en transit autour de l'Imperium, au contraire de la plupart de ses prédécesseurs. Il commença une tournée de ce genre en 16989 ISD, voyageant avec une flotte de la Légion de Forum à Gododdin, puis à Nessus, avant de visiter les Provinces centaurines pour constater les dégâts causés par les invasions cielcines et évaluer le degré de préparation des provinces. Cette tournée nécessita le déplacement d'une grande partie de la cour impériale, ainsi que le déploiement d'une escorte composée de plusieurs légions martiennes.

Ci-dessous se trouve la liste des membres de la cour impériale mentionnés dans ce volume du récit de Lord Marlowe.

Sa Radiance Impériale, **l'Empereur William vingt-troisième du nom de la Maison Avent** : Premier-Né de la Terre ; Gardien du Système solaire ; Roi d'Avalon ; Seigneur Souverain du Royaume de Windsor-en-Exil ; Prince Imperator des Bras d'Orion, du Sagittaire, de Persée et du Centaure ; Magnarque d'Orion ; Conquérant de la Règle ; Grand Strategos des Légions du Soleil ; Seigneur Suprême des cités de Forum ; Étoile du Nord des Constellations du Sang palatin ; Défenseur des Enfants des Hommes et Serviteur des Serviteurs de la Terre.

— Son épouse, **l'Impératrice Maria Agrippina Avent** : Princesse d'Avalon, Archiduchesse de Shakespeare et Mère de la Lumière.

— Leurs enfants :

— **Aurelian** : Premier-né et prince héritier.

— **Sélène** : Quatre-vingt-dix-neuvième-née. Fiancée potentielle d'Hadrian Marlowe.

— **Alexander** : Cent septième-né. Écuyer de Sir Hadrian Marlowe.

— **Vivienne** : Cent vingt-sixième-née.

— Son ancêtre, le {**roi William VII Windsor**}, surnommé **William Avent** : Empereur Dieu ; Empereur d'Avalon et d'Éden ; Dernier Roi du Royaume-Uni de Grande-Bretagne et Seigneur Souverain du Royaume de Windsor-en-Exil. Premier Empereur sollien, déifié par la Fondation.

— Son prédécesseur, et sa mère, {**Titania Augusta III**} : C'est pendant son règne qu'eut lieu le premier contact de l'humanité avec les Cielcins. Aujourd'hui encore, on loue sa gestion agressive de la crise.

Le Conseil impérial :

— **Le prince Hector Avent** : Chancelier suprême du Conseil impérial et prince d'Aeolus. Frère de l'Empereur.

— **Lord Rand Mahidol** : Ministre de la Guerre et membre du parti des Lions.

— Son subordonné, **Sir Gray Rinehart** : Logothète du Bureau de Renseignement de la Légion.

— **Lord Allander Peake** : Ministre de la Justice et membre du parti des Lions.

— **Lord Peter Habsburg** : Ministre des Travaux et du Développement. Membre du parti des Lions.

— **Lady Leda Ascania** : Ministre de l'Éveil public et membre du parti des Lions.

— **Lord Haren Bulsara** : Directeur du Bureau des Colonies et membre du parti des Lions.

— **Lady Miana Hartnell** : Ministre des Affaires sociales.

— **Lord Nolan Cordwainer** : Ministre du Revenu.

— **Lord Cassian Powers** : Conseiller spécial sur la question cielcine et baron d'Ashbless ; surnommé le

Vengeur de Cressgard ; ancien strategos de la Légion qui remporta la première victoire humaine contre les Cielcins au cours de la Seconde Bataille de Cressgard. Membre du parti des Lions.

— Sa Sagesse divine, **Vergilian XIII** : Synarque de la Sainte Fondation terrienne ; Premier Égal du Synode et du Chœur ; Grand Prieur de Forum ; Haut Prêtre métropolitain de la Cité éternelle et Orateur de la Terre Disparue.

Membres du Conseil non nommés :

— Le **Lord ministre des Rites**.

— Le **directeur des Affaires intérieures**, membre du parti des Lions.

{**Lord Augustin Bourbon**} : Ancien ministre de la Guerre et membre du parti des Lions. Fils du {Prince Philip Bourbon}. Tué sur l'ordre d'Hadrian Marlowe après avoir tenté de le faire assassiner.

— Son allié, **Sir Lorcan Breathnach** : Ancien directeur du Bureau de Renseignement de la Légion. Jugé coupable d'avoir conspiré contre la personne d'Hadrian Marlowe et condamné à passer le restant de ses jours sur la planète-prison Belusha.

Leonora : Archiprieuse de la Sainte Fondation terrienne. Confesseuse personnelle de l'Empereur.

Nicephorus : Valet de l'Empereur, homoncule androgyne.

Les Légions

Il y a des milliers de légions combattant sous la bannière impériale réparties par secteurs géographiques, les Légions perséides, orionides, sagittarines et centaurines constituant la majeure partie des forces, auxquelles il convient d'ajouter les Légions de la Règle (largement décimées par les Cielcins) et les Légions martiennes chargées de la protection de Forum, d'Avalon et des diverses propriétés de la Maison Avent. Les plus petites légions comprennent environ trente mille hommes – officiers navals, membres d'équipage, soldats –, les plus grandes jusqu'à trois cent mille. Ces légions sont loyales à l'Empereur et composées principalement de recrues engagées directement par les provinces de l'Empire (celles qui sont dirigées par des gouverneurs généraux et non des seigneurs féodaux, même si ces derniers ont également reçu licence pour lever des impôts spéciaux). Les légions ne doivent pas être confondues avec les armées privées des seigneurs, qui ne répondent pas à l'Empereur lui-même.

Ci-dessous se trouve la liste des membres des Légions impériales mentionnés dans ce volume du récit de Lord Marlowe :

{**Lord Titus Hauptmann**} : Duc d'Andernach et premier strategos des Légions du Centaure. Tué lors de la bataille de Berenike.

Sir Leonid Bartosz : Strategos et conseiller militaire de l'Empereur. Ancien légat de la 437e Légion centaurine.

Sendhil Massa : Légat de la 409e Légion centaurine.

Bassander Lin : Tribun de la 409e Légion centaurine et capitaine de l'ISV *Tempête*, anciennement attaché à la

437ᵉ Légion. Longtemps associé à Hadrian Marlowe, fut présent lors de sa mort dans la bataille contre Aranata Otiolo.

— Son ancienne commandante, {**Dame Raine Smythe**} : Tribune de la 437ᵉ Légion centaurine, tuée au combat par le prince Aranata Otiolo.

Dans l'Empire sollien

À l'aube du dix-septième millénaire ISD, l'Empire sollien occupait une grande partie des quatre bras spiraux de la galaxie et comprenait un demi-milliard de mondes habitables et des milliards de lunes sans atmosphère et de stations spatiales. Constituée d'innombrables groupes ethniques, d'une grande variété de religions, de centaines de milliers de familles nobles – palatines ou patriciennes – et de dizaines de millions de soldats, sa population est difficile à estimer, mais est évaluée à plus d'un quintillion d'âmes humaines.

Fondé approximativement deux mille ans après le développement du voyage spatial, l'Empire sollien apparut lorsque William, Roi d'Avalon, détruisit le dernier bastion de l'Empire mericanii sur Terre. En se faisant couronner Empereur des Hommes sur la colline de l'Aventin, à Rome, William Windsor donna naissance à la plus importante dynastie de l'histoire humaine. Sa lignée régna pendant seize mille ans sans interruption, maintenant sa domination sur ses vassaux grâce à un contrôle total sur les naissances dans la noblesse, tâche confiée au Bureau impérial. Sa lignée et l'Empire tout entier firent face à nombre de menaces au fil des millénaires, la plus grande étant évidemment l'invasion cielcine.

Ci-dessous se trouve la liste des personnes croisées par Lord Marlowe dans diverses parties de l'Empire sollien et mentionnées dans ce volume de son récit :

Sur Nessus

Conquise par l'Empire à la fin du neuvième millénaire, la planète Nessus est restée sous le contrôle direct de la Maison impériale via la nomination d'un magnarque, représentant choisi par l'Empereur. Monde pastoral, Nessus fut originellement colonisée par les ancêtres des colons de la Règle, notamment par une communauté arthurienne formant des moines guerriers dans les montagnes. Plus tard, l'Empire en fit une planète agricole et industrielle – produisant des vivres et des vaisseaux –, mais aussi un terrain d'entraînement pour ses légionnaires. Grâce à Nessus et au magnarque du Centaure, l'Empereur exerça son autorité sur les provinces les plus éloignées de l'Empire, mordant même sur les territoires de la Règle. Cette hégémonie, cependant, fut remise en cause par l'arrivée des Cielcins.

Lord Karol Marcus Venantian : Magnarque des Provinces centaurines, vice-roi de la province d'Alicante, gouverneur général de Nessus, Archonte de la Préfecture de Sananne, nommé par Sa Radiance l'Empereur.

— Ses subordonnés :

— **Sir Anders Lynch** : Commandant de la Station d'Alden en orbite au-dessus de Nessus.

— **Sir Daveth Kartzinel** : Commandant de Fort Horn sur Nessus.

Anju : Chef du personnel de la maison d'Hadrian Marlowe à Maddalo.

Sur Colchis

Lune principale de la planète SAG-8813D appelée Atlas par les locaux, Colchis fut colonisée durant le cinquième millénaire ISD. Elle était à l'époque le monde humain le plus éloigné de la Terre. À la suite du Siècle de Terreur de Boniface Grael, l'Empereur Gabriel II y ordonna le transfert des archives impériales jusque-là conservées sur Avalon. En dépit de son importance, Colchis demeure largement sous-développée, la majorité de sa population – principalement des membres de la Légion et des fonctionnaires impériaux – se concentrant autour de la capitale Aea. Y vivent également des communautés de pêcheurs, descendantes des premiers colons.

Lord Velan Dorr : Gouverneur général de Colchis, représentant de l'Empire.

Tor Arrian, anciennement **Lord Marcus Avent** : Cousin de l'Empereur. Primat de l'athenaeum de Nov Belgaer et maître de la Bibliothèque impériale.

{**Siran d'Emesh**} : Ancienne compagne d'Hadrian Marlowe, myrmidon. Installée sur Colchis. Première Gardienne de Thessa. Décédée.

—Son époux, {**Lem de Colchis**} : Savrastéen, échevin du village de Racha.

—**Ejaz** : Ancien apprenti de Lem, pêcheur.

—Leurs descendants :

—{**Elara de Colchis**} : Deuxième Gardienne de Thessa, baptisée Elara en hommage à Elara d'Emesh.

—{**Amarta de Colchis**} : Troisième Gardienne de Thessa.

—{**Bagos de Colchis**} : Quatrième Gardien de Thessa.

—Ses enfants :

—**Imrah de Colchis** : Cinquième Gardienne de Thessa.

—**Alvar de Colchis.**

—Leur cousin, **Ginoh**.

Tor Gibson de Syracuse : Scholiaste. Ancien tuteur de la Maison Marlowe de Delos, figure paternelle pour Hadrian. Banni pour avoir encouragé Hadrian à fuir son père.

Les Cielcins

D'après ce récit et leurs propres légendes, les Cielcins furent sauvés de leur monde natal, Se Vattayu, et conduits sur la planète Eue par le Grand Roi Elu qui, avec ses partisans, les treize *Aeta*, constitua un empire cielcin à l'autre bout de la galaxie. Après la mort d'Elu, les *Aeta* se retournèrent les uns contre les autres, leurs armées se divisant en tribus. Les treize *Aeta* d'Elu furent à l'origine de lignées séparées qui, à l'époque d'Hadrian, avaient donné naissance à plus de mille clans installés chacun sur une flotte de vaisseaux interstellaires, dont certains aussi grands que des lunes. Ces clans étaient éparpillés un peu partout dans l'Étendue de la Règle et les régions situées au-delà du noyau galactique.

Ci-dessous se trouve la liste des Cielcins mentionnés dans ce volume du récit de Lord Marlowe :

Syriani Dorayaica : Le Prophète des Cielcins, le Prince des Princes. *Shiomu*. *Aeta ba-Aetane* et *Aeta*-Prince de l'*Itani* Dorayaica. Chef suprême de Dharan-Tun. Sang d'Elu. Béni de Miudanar. Maître des Treize Tribus d'Eue. Surnommé le Fléau de la Terre par les humains.

— Ses généraux, les Iedyr Yemani ou la Main blanche :

— **Vati Inamna** : La Première Épée. Plus proche compagnon du Prophète. Un de ses *vayadan*, son serviteur et concubin. Transformé en chimère semi-mécanique avec l'aide de MINOS. Chef amiral des forces du Prophète.

— Son lieutenant, **Gorre**.

— **Hushansa** aux-nombreuses-mains : Un des *vayadan* de Syriani, son serviteur et concubin. Transformé en chimère semi-mécanique avec l'aide de MINOS. Capable d'occuper plusieurs corps à la fois.

— **Teyanu** : L'Incassable. Un des *vayadan* de Syriani, son serviteur et concubin. Transformé en chimère semi-mécanique avec l'aide de MINOS.

— **Aulamn** : Les Ailes du désespoir. Un des *vayadan* de Syriani, son serviteur et concubin. Transformé en chimère semi-mécanique avec l'aide de MINOS.

— {**Iubalu** aux-quatre-mains} : Un des *vayadan* de Syriani, son serviteur et concubin. Transformé en chimère semi-mécanique avec l'aide de MINOS. Tué lors de la bataille de la Bête.

— {**Bahudde**} : Le Géant. Un des *vayadan* de Syriani, son serviteur et concubin. Transformé en chimère semi-mécanique avec l'aide de MINOS. Tué lors de la bataille de Berenike.

— Son esclave, **Gurana** : un simple soldat.

— Ses alliés :

— **Ugin Attavaisa** : Le Bleu. *Aeta*-Prince de l'*Itani* Attavaisa. Commandant de la flotte à la bataille de Perfugium.

— **Gurima Peledanu** : *Aeta*-Prince de l'*Itani* Peledanu, seigneur de la Cinquantième Branche de la lignée d'Imnun. Commandant de la flotte à la bataille de Ganelon.

— D'autres princes :

— **Avarrana Iamndaina** : *Aeta*-Prince de l'*Itani* Iamndaina, opposant de Dorayaica.

— **Elentani Hasurumn** : *Aeta*-Prince de l'*Itani* Hasurumn, opposant de Dorayaica.

— **Ajimma** : Seigneur de la Dix-septième Branche de la lignée de Zahaka, ancien *vayadan* d'Utaiharo. Opposant de Dorayaica.

— **Raiazu** et **Tuanolo** : Seigneurs de la Dix-septième Branche de la lignée de Zahaka, anciens *vayadan* d'Utaiharo.

—**Onasira** : Prince d'une région lointaine connu pour avoir attaqué les *hakurani* au-delà du noyau.

—**Muzugara** : Combattit Hadrian Marlowe à la bataille de Thagura.

—**Vanahita** : Opposant de Dorayaica.

—**Koleritan**, **Eluginore** et **Netanebo**.

Heiun Oralo : *Aeta*-Prince de l'*Itani* Oralo, seigneur de la Trente et unième Branche de la lignée de Dumann. Le plus important des quarante chefs cielcins à n'avoir pas rejoint l'*Aetavanni* convoqué par Dorayaica sur Eue. Opposant de Dorayaica.

—Ses alliés en exil, **Balagarimn**, **Kutuanu** et **Loreganwa** : Chefs de leurs propres clans, opposants de Dorayaica.

{**Aranata Otiolo**} : *Viudihom*, *Aeta*-Prince de l'*Itani* Otiolo, seigneur de la Dix-septième Branche de la lignée de Zahaka. Meurtrier et ancien *vayadan* d'Utaiharo. Ancien chef suprême du vaisseau-monde *Bahali imnal Akura*. Tué par Hadrian Marlowe à bord du *Démiurge*.

—Son enfant, {**Nobuta Otiolo**} : Tué par Hadrian Marlowe à bord du *Démiurge*.

—Son ancien maître, {**Umna Utaiharo**} : Dernier rejeton de la lignée d'Utaiharo, une branche de la lignée de Zahaka.

—Ses serviteurs :

— {**Casantora Tanaran Iakato**} : *Baetan*, prêtre historien de son clan.

— {Itana **Uvanari Ayatomn**} : *Ichakta*, capitaine de l'expédition avortée des Cielcins sur Emesh.

{**Venatimn Ulurani**} : Ancien *Aeta* du clan Ulurani, tué par Hadrian Marlowe lors d'un combat singulier pendant la bataille d'Aptucca (victoire humaine où très peu de sang fut versé).

{**Elu**} : Personnage mythique. D'après la légende, le Grand Roi cielcin qui guida sa tribu jusqu'à la planète Eue. Béni de Miudanar.

— Son partenaire, {**Avarra**} : Sacrifié à Miudanar d'après la légende cielcine.

— Leur rejeton, {**Umna**} : Premier *Aeta*.

— Ses alliés, {**Dumann**}, {**Imnun**}, {**Zahaka**} et {**Inumgalu**} : Parmi les premiers *Aeta*, à l'origine de diverses lignées.

{**Araxaika**} : Le Quasi-béni. Autre personnage mythique. A mis fin à la guerre civile entre les clans cielcins mentionnés dans ce récit. A échoué à unifier les tribus.

Les Extrasolariens

Depuis que l'Empire sollien existe, il s'est trouvé des gens pour vouloir échapper à son emprise. Si leur origine remonte aux survivants des Mericanii et des clans privés mericanii, les Extrasolariens ne constituent pas réellement un peuple, mais bien un ensemble disparate et innombrable de factions vivant dans l'espace interstellaire, sur des astéroïdes, des planètes errantes, des stations secrètes et d'énormes navires interstellaires appelés Migrateurs. Ils appartiennent parfois à des micro-États ou à des royaumes planétaires, même si nombre d'entre eux sont des anarchistes et des aventuriers économiques. Ils ne sont unis que dans leur opposition à l'Empire sollien et dans leur volonté d'user de technologies interdites par la Fondation.

Plusieurs factions et agences extrasolariennes sont mentionnées dans le récit de Lord Marlowe. En voici une liste :

Sur Vorgossos

D'après la légende, la planète Vorgossos fut colonisée par les ancêtres des Extrasolariens fuyant l'Empire naissant. Le récit de Lord Marlowe suggère cependant que la colonisation pourrait être plus ancienne encore et remonter à l'Empire mericanii et à la Guerre de la Fondation. Par ailleurs, Marlowe semble insister sur la réalité du mythe de Kharn Sagara. En effet, le chef de guerre aurait atteint une sorte d'immortalité grâce à quelque technologie mericanii abandonnée, lui permettant de régner sur sa planète depuis l'antiquité, accueillant pirates et mercenaires aux activités interdites telles que le marché noir cybernétique et génétique.

Kharn Sagara : Surnommé l'Éternel. Roi de Vorgossos. Il s'agit probablement du même Kharn Sagara que dans les anciennes légendes et il serait donc âgé de plus de quinze mille ans. Aux dernières nouvelles, sa conscience se trouvait à l'intérieur de deux corps différents.

— Ses enfants, {**Suzuha**} et {**Ren**} : Deux clones. Morts. L'esprit et la personnalité de Kharn Sagara habitent désormais leurs corps.

— **Les Frères** : Intelligence artificielle mericanii composée de tissus humains et confinée dans la mer souterraine de Vorgossos.

— **Calvert** : Mage exalté en charge du programme et des fermes de clonage de Vorgossos.

— Son serviteur, **Yume** : Golem ou androïde.

MINOS

Il n'existe aucune référence à une organisation extrasolarienne appelée MINOS dans les archives impériales, aussi est-il permis de douter de son existence. Il est un fait que le prince cielcin Syriani Dorayaica engagea diverses agences extrasolariennes durant ses guerres pour fabriquer des équipements et des soldats pour ses armées, mais Marlowe parle d'un ordre de mages capables de passer de corps en corps et de traverser les années-lumière, ce qui n'est corroboré par aucune preuve sérieuse.

Les Maîtres-élus de MINOS (groupe de mages dont le nombre demeure inconnu) :

— **Urbaine** : Maître-élu de MINOS, conseiller du prince Syriani Dorayaica. Inocula un dangereux virus cérébral à Valka Onderra lors de la bataille de Berenike.

— **Severine** : Maîtresse-élue de MINOS, conseillère du prince Syriani Dorayaica. Rencontra Hadrian Marlowe lors de la bataille d'Arae.

— **Iovan** : Maître-élu de MINOS, agent infiltré auprès des Lothriens, nommé Neuvième Siège.

Le Commonwealth lothrien

Les origines du Commonwealth lothrien sont peu connues. Probablement colonisée par les Extrasolariens à la fin du cinquième ou au début du sixième millénaire, la planète Padmurak a toujours été un monde inhospitalier. Certains historiens pensent cependant que la colonisation est plus ancienne, que les ancêtres des Lothriens étaient des réfugiés mericanii fuyant la Guerre de la Fondation, ce qui n'a jamais été démontré. La Lothriade a été rédigée au sixième millénaire, mais il a fallu attendre quatre mille ans de plus pour que les Lothriens, jusque-là très isolés, s'aventurent au-delà de leur amas d'étoiles dans le Sagittaire supérieur. Radicalement totalitaires et collectivistes, les Lothriens ont supprimé de leur langue toute référence à la personne dans un effort pour altérer fondamentalement la nature de la société humaine, ainsi que sa biologie (si l'on en croit le récit de Lord Marlowe). Les Lothriens sont des adversaires acharnés de l'Empire sollien et des Principautés de Jadd, auxquels ils disputent des territoires dans le bras de Persée, près de la bordure galactique.

Ci-dessous se trouve la liste des membres du Commonwealth lothrien cités dans ce volume du récit de Lord Marlowe :

À la racine du Commonwealth lothrien, on trouve la **Lothriade**, un texte composé de deux volumes, le premier comprenant les lois du Commonwealth, le second une collection de mots et d'expressions autorisés, liste constamment mise à jour. On peut dire que ce texte est l'autorité suprême de l'État lothrien.

— Le Grand Conclave lothrien est constitué de trente-quatre ministres, appelés **Sièges** :

— Le **Premier Siège** : Chef du Conclave.

— Le **Troisième Siège**.

— Le **Sixième Siège**.

— Le **Neuvième Siège** : Leader de la faction pro-Lothriade. En réalité, le mage extrasolarien Iovan, Maître-élu de MINOS.

— Son allié, le **Treizième Siège** : Autre agent de MINOS.

— Le **Dix-septième Siège** : De son vrai nom, Lorth Talleg, formé par les scholiastes. Chef de l'aile plus modérée du Conclave.

— Le **Vingt-cinquième Siège**.

Lord Damon Argyris : Chef consul et directeur du consulat impérial sollien sur Padmurak. Membre de la Maison Argyrisof Anxia.

Carry : Pilleur et batelier vivant dans les souterrains de Vedatharad.

— Son enfant, **Looker** : Androgyne. Un des hommes nouveaux des Lothriens.

Magda : Médecin, convertie au Catholicisme historique.

—Son mentor, {**Père Dias**} : Prêtre catholique historique, missionnaire, mort depuis plusieurs années.

Le reste du monde

Certaines des personnes mentionnées par Lord Marlowe sont difficiles à classer car non concernées directement par les événements décrits.

Ci-dessous se trouve la liste de ces personnes néanmoins mentionnées dans le récit de Lord Marlowe :

Lord Alistair Diomedes Friedrich Marlowe : Archonte de la Préfecture de Meidua, seigneur du Repos du Diable, ancien Lord exécuteur de Delos et Boucher de Linon. Père d'Hadrian Marlowe.

—Son épouse, {**Lady Liliana Kephalos-Marlowe**} : Célèbre librettiste et réalisatrice de films.

—Leurs autres enfants :

—**Crispin Orestes Marlowe** : Probable héritier du Repos du Diable.

—**Sabine Doryssa Marlowe** : Fille née pour remplacer Hadrian après son exil.

—Son châtelain, **Sir Felix Martyn** : Commandant de la garde et maître d'armes chargé de l'éducation des enfants Marlowe.

—Son conseiller, **Tor Alcuin** : Scholiaste.

Edouard Albé : Officier de renseignement impérial.

Au-delà…

Dans son récit, Lord Marlowe mentionne souvent des entités dont l'existence n'est pas attestée par la science, ni confirmée par des textes historiques. On peut les diviser en deux groupes : les Silencieux, décrits précédemment comme une espèce de xénobites éteinte dans les temps antiques, et les Observateurs, dont Lord Marlowe pensait initialement qu'ils étaient des idoles païennes cielcines. À en croire le récit de Marlowe, ces créatures ne seraient pas mythiques, et leur existence était connue des Cielcins. Cependant, il est impossible de conclure de l'étude des textes et artefacts cielcins que les Silencieux et les Observateurs sont autre chose que des idoles imposées par leur religion. Les athénées ne contestent pas le fait que la galaxie est pleine de ruines laissées par des races anciennes. Celles d'Emesh, par exemple, existent bel et bien. En revanche, le fait que ces ruines soient liées à d'autres sites, situés sur d'autres mondes – les Tours mouvantes de Sadal Suud, par exemple –, n'a jamais été confirmé par les scholiastes, même s'il ne faut pas écarter la possibilité d'une interférence de la Fondation. L'hypothèse des Silencieux existe depuis des milliers d'années, mais ne peut être sérieusement étudiée à cause de la censure de l'Inquisition, qui surveille nos universités. Lord Marlowe affirme toutefois qu'il n'y a qu'un Silencieux, que les ruines sur ces mondes divers sont des structures anti-entropiques qui remontent le temps, ce qui ne peut être vérifié.

Quant aux Observateurs, les noms de ces diverses déités apparaissent en effet sur nombre d'artefacts cielcins récupérés durant la guerre, mais aucun d'entre eux n'a permis de confirmer l'existence de ces créatures. La planète Eue, dont il est question dans ce récit, n'a pas été localisée, ni les ossements de Miudanar trouvés. D'après le traducteur, les Observateurs sont une pure invention, d'où il faut conclure que le récit de Marlowe est largement une fiction. Néanmoins, leurs noms et rôles sont consignés ici :

Le **Silencieux** : Appelé **Utannash**, le **Menteur**, par les Cielcins, qui le considèrent comme le créateur de l'univers et l'ennemi éternel des Observateurs. Entité constituée de volonté pure alliée de l'humanité, protectrice d'Hadrian Marlowe. On pensait autrefois que les Silencieux étaient une espèce éteinte.

Miudanar, le **Rêveur** : Dieu suprême du panthéon cielcin, gigantesque serpent doté d'un seul œil et de nombreux bras, autrefois adoré par les Enars. Offrit sa technologie aux Cielcins et guida Elu jusqu'à Eue. Apparemment mort.

— Les autres Observateurs :

— **Iaqaram** : On dit qu'il entend tout. Occupe une place d'honneur dans le panthéon cielcin. N'est devancé que par Miudanar.

— **Shamazha** : Père des Géants.

— **Nazhtenah**, **Pthamaru**, **Shetebo** et **Usathlam**, dont on sait très peu de choses.

Index des mondes

Liste des mondes mentionnés dans ce volume des chroniques de Lord Marlowe. Cette liste a pour seul but d'aider le lecteur à se faire une idée de ces mondes. Pour plus de détails astrographiques et planétologiques, référez-vous au Catalogue de Vandenberg. Je me suis contenté de compiler les informations nécessaires à une bonne compréhension du récit de Lord Marlowe.

Tor Paulos de Nov Belgaer

Annica : Monde sans atmosphère orbitant autour d'une naine rouge à l'extrémité du bulbe galactique. Semble avoir un lien avec les Silencieux.

Aptucca : Colonie impériale du voile de Marinus dans le bras de la Règle. Site de la défaite du prince cielcin Ulurani, vaincu par Hadrian Marlowe en combat singulier.

Arae : Site d'une bataille pendant les Guerres cielcines. Hadrian Marlowe y découvrit la preuve d'une alliance entre les Cielcins et les humains extrasolariens.

Atlas : Géante gazeuse autour de laquelle orbite Colchis.

Aulos : Colonie impériale dans les Provinces centaurines. Une des étapes de la tournée de l'Empereur William XXIII.

Avalon : Une des premières colonies humaines qui accueillit massivement des migrants européens arrivés à bord d'arches géantes. Lieu de naissance de l'Empire sollien.

Belusha : La plus célèbre planète-prison impériale, dernière destination de nombreux prisonniers politiques. Un monde lugubre et froid.

Berenike : Ancien centre commercial et colonie minière sur la frontière centaurine, à la périphérie du voile de Marinus. Site d'une grande bataille pendant les Guerres cielcines.

Bras du Centaure : Un des cinq bras de la galaxie colonisés par l'humanité. Situé entre Orion et le Centaure, contient la majeure partie des colonies impériales, ainsi que la Lothriade.

Bras de Persée : Un des cinq bras de la galaxie colonisés par l'humanité. Situé au-delà d'Orion, près de la bordure extérieure. Abrite la plus grande partie des territoires de la bordure extérieure. Colonisé par l'Empire sollien, les Principautés de Jadd, la République durantine, ainsi que diverses tenures de la Règle et petits États non affiliés ou alliés à de grandes puissances.

Bras du Sagittaire : Deuxième bras de la galaxie colonisé par l'humanité, au nord d'Orion et au sud du Centaure. On y trouve le cœur de l'Empire sollien – ainsi qu'Orion –, mais une bonne partie de la frontière occidentale est occupée par le Commonwealth lothrien.

Carcassonne : Colonisée à l'origine par des missions de catholiques historiques, désormais monde impérial, Carcassonne jouit d'un climat tempéré et accueille de très nombreuses formes de vie terriennes. Connue pour ses vins.

Carteia : Monde glacial dans les Provinces centaurines, dévasté par les Cielcins durant la guerre. Une des étapes de la tournée de l'Empereur William XXIII.

Ceinture de Rasan : Vaste volume d'espace non colonisé mesurant cent années-lumière de diamètre. Située dans le Sagittaire supérieur entre l'Empire sollien et le Commonwealth lothrien.

Colchis : Première colonie impériale dans le bras du Centaure, qui doit son nom au jardin du bout du monde. Lune de la géante gazeuse Atlas. Colonie de faible importance connue pour le grand athenaeum de Nov Belgaer.

Comum : Domaine centaurin, site de la bataille de Comum, où s'illustra Lord Marlowe.

Delos : Planète natale d'Hadrian Marlowe et siège du duché de la Maison Kephalos, dans la Lance d'Orion. Monde tempéré au soleil pâle, connu pour ses réserves d'uranium, à l'origine de sa prospérité.

Dharan-Tun : Vaisseau-monde cielcin plus vaste que certaines lunes. Siège du pouvoir du prince Syriani.

Eikana : Monde sans atmosphère dans les Provinces centaurines centrales, connu pour sa production d'antimatière par Yamato Interstellar. Principal fournisseur de carburant de Nessus.

Elos : Monde renommé pour ses fonderies de particules.

Emesh : Monde aquatique du voile de Marinus. Siège de la Maison Mataro. Planète natale des Umandhs, célèbre pour les ruines souterraines de Calagah. Il s'agissait à l'origine d'une colonie de la Règle.

Étendue de la Règle : Voir *Voile de Marinus*. Les deux expressions sont interchangeables. On emploie plus souvent « le Voile » au sein de l'Empire et « l'Étendue » dans les tenures.

Eue : Planète ayant appartenu aux Enars, puis aux Cielcins. Destination de la migration cielcine, centre névralgique de leur premier empire. Sépulture de l'Observateur Miudanar.

Forum : Capitale de l'Empire sollien. Géante gazeuse à l'atmosphère respirable dans la ceinture nuageuse de laquelle flottent plusieurs villes-palais abritant l'administration de l'Imperium.

Gododdin : Système situé entre les bras du Centaure et du Sagittaire. Détruit par Hadrian Marlowe durant la bataille finale de la Croisade.

Ibarnis : Colonie impériale dans les Provinces centaurines. Une des étapes de la tournée de l'Empereur William XXIII.

Judecca : Monde glacé et montagneux situé dans le bras du Sagittaire. Planète natale des Irchtani. Connue pour le temple d'Athten Var et pour avoir été le théâtre de la lutte qui opposa Siméon le Rouge aux mutins.

Kebren : Colonie impériale dans les Provinces centaurines. Une des étapes de la tournée de l'Empereur William XXIII.

Linon : Lune d'une géante gazeuse dans le système de Delos, ancien domaine de la Maison exilée d'Orin et site de la bataille de Linon en 15863 ISD, lors de laquelle Alistair Marlowe tua toute la famille Orin.

Marinus : Première des tenures de la Règle prises par l'Imperium. Parmi les premières colonies de ce dernier dans l'Étendue.

Mettina : Domaine centaurin. Site de la bataille de Mettina, dans laquelle s'illustra Lord Marlowe.

Nagapur : Zone de transit commercial sur les anciennes routes centrales des provinces d'Orion en direction du Sagittaire et du Voile.

Nemavand : Colonie impériale dans la province de Rammanu sur la frontière centaurine.

Nessus : Siège du primarcat centaurin. Hadrian Marlowe y fut exilé pendant près de cent ans après son arrestation et la tentative d'assassinat dont il a été l'objet par la Sainte Fondation terrienne.

Ostrannas : Colonie impériale dans les Provinces centaurines. Une des étapes de la tournée de l'Empereur William XXIII.

Oxiana : Site d'une bataille mineure pendant les Guerres cielcines.

Padmurak : Capitale du Commonwealth lothrien. Monde glacial dépourvu d'atmosphère dans le Sagittaire supérieur, dans la partie la plus éloignée de la ceinture de Rasan.

Pagus Minor : Planète-prison de l'Empire sollien.

Perfugium : Monde impérial situé dans le bras du Centaure utilisé comme base militaire et camp de réfugiés durant la dernière partie de la Croisade.

Pharos : Tenure de la Règle longtemps dirigée par Marius Whent, ex-légat impérial défait par Hadrian Marlowe lorsqu'il était mercenaire.

Rammanu : Colonie impériale sur la frontière centaurine, dans la zone limitrophe avec le voile de Marinus.

Sadal Suud : Planète sauvage dans la Lance d'Orion. Monde natal des Géants de Cavaraad, xénobites de très grande taille. On y trouve également les Tours mouvantes, une des Quatre-vingt-dix-neuf Merveilles de l'univers. Elle est dirigée par la Maison Rodolfo.

Second Golfe : Vaste vide situé entre les bras du Sagittaire et du Centaure.

Se Vattayu : Planète natale mythique des Cielcins. Sa surface est apparemment parcourue par un labyrinthe de tunnels semblables à ceux que les Silencieux ont creusés à Calagah, sur Emesh.

Senuessa : Monde sagittarien. Site de la bataille de Senuessa, un des affrontements les plus sanglants des Guerres cielcines.

Sete : Colonie impériale située au cœur de l'Étendue de la Règle.

Teukros : Monde désertique appartenant à l'Imperium. Il abrite l'athenaeum de Nov Senber.

Thermon : Bastion de la Fondation dans les Provinces sagittarines. Lieu du célèbre procès en sorcellerie d'Hadrian Marlowe.

Thielbad : Colonie impériale dans les Provinces centaurines. Une des étapes de la tournée de l'Empereur William XXIII.

Vanaheim : Colonie impériale dans les Provinces centaurines. Une des étapes de la tournée de l'Empereur William XXIII.

Vesperad : Lune orbitant autour de la géante gazeuse Ius. Le plus ancien des mondes contrôlés par la Fondation, dont il accueille un très important séminaire.

Vieille Terre : Planète natale de l'espèce humaine. Enfer nucléaire, victime d'un effondrement environnemental, elle est protégée par les Gardiens de la Fondation. Personne n'a plus le droit de fouler son sol.

Voile de Marinus : Région située à la base du bras de la Règle, à l'endroit où il effleure le bulbe galactique. Ancienne zone d'expansion coloniale dominée par l'Empire sollien et les tenures de la Règle. C'est dans cette région qu'eurent lieu la majorité des attaques cielcines.

Vorgossos : Monde extrasolarien mythique gravitant autour d'une naine brune. Censé être la Mecque du marché noir génétique. Servit de repaire aux Exaltés. Aujourd'hui dirigé par un chef de guerre surnommé l'Éternel.

Zigana : Planète impériale située en bordure du bras du Sagittaire. Centre de production et d'entraînement de la Légion. Son environnement difficile en fait un lieu idéal pour former des soldats.

Lexique

Liste des termes du quatrième volume du manuscrit de Lord Marlowe dont la traduction en anglais classique pose un problème ou qui sont spécifiques à une culture ou un domaine technologique. Lord Marlowe a rédigé ses chroniques en galstani. Pour des informations plus approfondies sur la méthodologie que j'ai employée pour traduire ces termes, veuillez consulter les appendices du premier volume de cette œuvre.

Tor Paulos de Nov Belgaer

Adamant : N'importe lequel des matériaux à base de longues chaînes de carbone. Il est utilisé dans la construction des coques des vaisseaux spatiaux et des armures individuelles.

Adorateur : Membre d'un antique culte religieux maintenu par l'Empire et toléré par la Fondation.

Aeta : Prince chef cielcin exerçant un droit de propriété sur ses sujets et leurs biens.

Alumverre : Forme d'aluminium transparent plus résistant que le verre, communément utilisé dans les fenêtres et les vitres des vaisseaux spatiaux.

Androgyne : Homoncule ne présentant aucune caractéristique mâle ou femelle.

Apôtre : Ambassadeur, le plus souvent de l'Empire sollien. Envoyé pour un temps limité ou pour accomplir une mission précise. Émissaire.

Aquilarius : Pilote de chasse.

Archiprieur : Au sein de la Fondation, prieur de rang supérieur généralement chargé de tâches bureaucratiques.

Athenaeum : Complexe/monastère de l'ordre des scholiastes dédiés à la recherche.

Auctor : Représentant officiel de l'Empereur. Parle et prend des décisions au nom de l'Empereur lorsque celui-ci est absent.

Azh-Hakkai : D'après le récit de Lord Marlowe, espèce de xénobites ou faction de xénobites pourchassés et massacrés par les Cielcins.

Baetan : Dans la culture cielcine, prêtre historien de la *scianda*.

Bastille : Centre judiciaire et pénal de la Fondation. Jouxte généralement un temple sanctuaire.

Banc : Assemblée de trente-quatre grands ministres présidant le Grand Conclave lothrien. En charge de la politique gouvernementale lothrienne et en particulier des révisions de la Lothriade.

Bêta : Matrice extracellulaire appliquée sous forme de pâte ou de mousse pour accélérer la cicatrisation, en particulier après une opération ou une blessure.

Bromos : Superavoine enrichie en protéines. Aliment de base des barres de ration destinées aux soldats et première source de protéines dans la fabrication de viande synthétique.

Bureau de Renseignement de la Légion : Service de renseignement, d'espionnage et d'intervention extérieure de la Légion.

Cathare : Chirurgien tourmenteur de la Sainte Fondation terrienne.

Cavaraad : Xénobites géants natifs de la planète Sadal Suud. Mesurant jusqu'à treize mètres de haut, ils sont quasi immortels. Réduits en esclavage par l'Empire sollien.

Centurion : Rang au sein de la Légion impériale. Commandant d'une centurie.

Champ statique : Variante extrêmement perméable du champ de Royse, utilisé pour contenir une atmosphère conditionnée dans un bâtiment.

Char : Véhicule volant individuel qu'on pilote debout, penché sur un guidon.

Chiliarque : Rang au sein de la Légion impériale.

Chimère : Créature génétiquement modifiée ou créée, généralement en mélangeant les codes génétiques de plusieurs animaux.

Chœur : Division de recherche et de renseignement de la Fondation.

Cid-arthurianisme : Religion syncrétique fondée au quatrième millénaire sur le modèle du Bouddhisme reconnaissant le roi britannique Arthur comme un nouveau Bouddha et insistant sur les vertus chevaleresques comme un moyen d'atteindre la sagesse.

Cielcin : Espèce extraterrestre ayant colonisé l'espace. Humanoïde et carnivore. Ennemi principal de l'humanité pendant la Croisade.

Coloni : Xénobites intelligents préindustriels vivant sur un monde occupé par les humains, en particulier dans l'Empire sollien.

Commissaire : Officier appartenant au Parti dans le Commonwealth lothrien, membre de la Garde du Conclave. L'équivalent d'un chevalier dans l'Empire sollien.

Commonwealth lothrien : Le deuxième État le plus important de la galaxie. État collectiviste totalitaire ennemi de l'Empire.

Conseil impérial : Gouvernement de l'Empire sollien, dirigé par le chancelier et constitué de ministres, du Synarque de la Fondation, de divers strategoi et conseillers. Conseille l'Empereur et dirige les différentes branches de l'exécutif dans l'Imperium.

Consortium : Consortium Wong-Hopper. La plus importante des sociétés commerciales mandari. Détient plusieurs contrats gouvernementaux. Spécialisé dans l'industrie de la terraformation.

Consul : Apôtre impérial installé dans un consulat, ambassadeur permanent auprès d'une puissance étrangère.

Cryobrûlure : Brûlure résultant d'une mauvaise cryogénisation.

Cubiculum : Salle dans laquelle des personnes sont gardées en fugue cryogénique, généralement à bord d'un vaisseau spatial.

Daïmon : Intelligence artificielle. Il arrive que le terme soit employé abusivement pour désigner des systèmes informatiques non intelligents.

Datanet : Ensemble de toutes les datasphères planétaires connectées par télégraphe quantique et relais satellites locaux.

Datasphère : Réseau de données planétaires. Dans l'Empire, son accès est strictement réservé aux castes patriciennes et palatines.

Dispholide : Poison hémotoxique rare, probablement créé par la Fondation. Empêche la coagulation, dissout le collagène, voire les os. Liquéfie littéralement la victime.

Douze Abominations : Les douze péchés capitaux d'après la Fondation. Aucun privilège légal ne s'applique dans ces cas-là.

Doxe : Autorité exécutive suprême de la République durantine, élue pour un mandant de cinquante ans par l'assemblée.

Dryade : Homoncule à peau verte capable de pratiquer la photosynthèse et conçu pour travailler dans l'espace interstellaire.

Duplication : Une des Douze Abominations. Copie des données génétiques, de l'apparence et des souvenirs d'un individu par clonage ou procédé apparenté.

Eali : Caste dirigeante jaddienne, produit d'un développement eugénique intense. Ses membres sont pratiquement des surhommes.

Échevin : Chef élu d'une communauté plébéienne. Ils sont plus fréquemment trouvés dans les régions rurales des planètes impériales.

Elusha : Mot cielcin signifiant « roi ». Titre donné à Syriani Dorayaica. Créé dans un lointain passé pour le chef semi-mythique Elu.

Empereur : Chef suprême de l'Empire sollien. Il est considéré comme un dieu et comme la réincarnation de son prédécesseur. Son pouvoir est absolu.

Empire sollien : Le plus vaste et le plus ancien régime politique dans l'espace contrôlé par les humains. Il comprend un demi-milliard de planètes habitables.

Enars : Espèce de xénobites éteinte qui, d'après Lord Marlowe, dominait la galaxie et détruisit des millions de planètes et de races dans un très lointain passé, ce qui expliquerait que l'univers soit relativement vide. Il n'en subsiste aucune trace concrète.

Entoptique : Dispositif de réalité augmentée projetant des images sur la rétine.

Étendue de la Règle : Frontière des colonies humaines dans le bras de la Règle de la Voie lactée, proche du bulbe galactique.

Exaltés : Faction extrasolarienne connue pour ses augmentations cybernétiques extrêmes.

Excubitors : Gardes les plus proches de l'Empereur. Ils rassemblent les 108 meilleurs chevaliers et combattants de l'Empire.

Extrasolariens : Barbares vivant hors du contrôle impérial. Ils possèdent souvent des praxis prohibées.

Extraterranique : Dans le domaine de la terraformation et de l'écologie, le terme fait référence à tout organisme n'étant pas originaire de la Vieille Terre. Extraterrestre.

Fravashi : Dans la religion zoroastrienne de Jadd, l'esprit d'une personne, en particulier la partie de l'esprit qui reste avec leur dieu dans le monde des esprits.

Galstani : Langue commune de l'Empire sollien, dérivée de l'anglais classique avec une influence marquée de l'hindi et du franco-germanique.

Gardes martiens : Gardes d'élite chargés de la protection du palais de l'Empereur. Ils sont originaires de la planète la plus proche de la Terre, Mars.

Grand Conclave : Organisation bureaucratique dirigeante du Commonwealth lothrien composée des trente-quatre membres du Banc, mais aussi de plusieurs centaines de fonctionnaires et de membres du Parti.

Grande Charte : Ensemble de lois imposées à l'Empire par une coalition de maisons palatines. Garantit l'équilibre entre les Maisons et l'Empereur.

Guerres de Persée : Série de conflits ayant opposé l'Empire sollien et leurs alliés jaddiens au Commonwealth lothrien au treizième millénaire.

Hakurani : D'après le récit de Lord Marlowe, espèce interstellaire vivant dans une région inexplorée de la galaxie.

Homoncule : Être humain ou semi-humain artificiel. Conçu pour accomplir des tâches très précises ou pour des raisons esthétiques.

Hoplite : Soldat disposant d'un bouclier et faisant partie de l'infanterie lourde.

Hurasam : Pièce de monnaie dorée utilisée par les classes roturières impériales. Elle vaut son poids en or. Il existe également des billets de différentes valeurs.

Iazyr Kulah : Dans la religion cielcine, l'univers de pensée pure qui existait avant le Big Bang, obscurci par l'univers matériel. Le Paradis.

Ichakta : Titre cielcin. Équivalent d'un capitaine de vaisseau.

Iedyr Yemani : Les six généraux-*vayadan* ayant juré une obéissance totale à Syriani Dorayaica. La fameuse Main blanche.

Imperium : Voir *Empire sollien.*

Inquisition : Branche spéciale de la Fondation impériale. Elle enquête principalement sur l'utilisation des technologies illégales.

Intus : Palatin né hors des cuves du Collège supérieur. Il est souvent affligé de plusieurs handicaps physiques ou psychologiques. Bâtard.

Irchtani : Xénobites originaires de la planète Judecca. Ressemblent à un oiseau et possèdent une paire d'ailes. L'espèce est considérée comme un modèle d'assimilation.

Irinyr : Étoffe comparable à de la soie. Sa fibre est produite par un ver de vase.

Jaddien : Langue des Principautés de Jadd, patois mélangeant langues romanes et sémitiques, avec quelques influences grecques.

Légat : Grade de la Légion impériale. Commandant d'une légion.

Légionnaire : Soldat des Légions impériales. Non gradé, en général.

Libéral : Hypothétique insurgé démocrate dans le Commonwealth lothrien.

Licteur : Garde du corps d'un nobile ou d'un dignitaire. Habituellement un chevalier.

Logothète : Représentant d'une agence gouvernementale dans une maison palatine. Dans le langage courant, n'importe quel fonctionnaire.

Lothriade : Code en deux volumes rassemblant les textes du Commonwealth lothrien. Le premier compile les lois à proprement parler, le second est un dictionnaire des mots et expressions approuvés. Ce dernier est constamment révisé.

Mage : Intellectuel, scientifique, philosophe.

Magnarque : Vice-roi impérial de chaque bras de la galaxie. Dans les faits, co-Empereur.

Mamluk : Esclave soldat homoncule originaire des Principautés de Jadd.

Mandari : Groupe ethnique semi-détaché de la société impériale. Les Mandari travaillent souvent pour les grandes sociétés commerciales interstellaires.

Matière haute : Matière exotique produite par les alchimistes. Utilisée pour fabriquer les épées des chevaliers impériaux qui sont capables de trancher à peu près tout.

Medica : Hôpital, en général à bord d'un vaisseau spatial.

Mericanii : Premiers colons interstellaires. Civilisation technologique hyperavancée dirigée par des intelligences artificielles. Détruite par l'Empire.

Migrateur : N'importe quel vaisseau de très grande taille. Souvent long de plusieurs centaines de kilomètres, surtout quand ils appartiennent aux Exaltés.

MINOS : Organisation extrasolarienne ou ordre spécialisé en biomécanique et recherche et développement, apparemment alliée au Prophète des Cielcins.

Nahute : Arme cielcine. Elle ressemble à un serpent de métal volant. Elle cherche une cible et fore une galerie à l'intérieur de son corps.

Navette : Vaisseau spatial suffisamment petit pour se poser sur une planète.

Nippon : Descendant des colons japonais qui quittèrent la Vieille Terre lors du Troisième Pèlerinage.

Nobile : Terme générique désignant un membre de la caste palatine ou patricienne dans l'Empire sollien.

Observateurs : D'après les chroniques de Lord Marlowe, espèce ou créatures xénobites d'une très grande puissance, vraisemblablement vénérées par les Cielcins et d'autres espèces extraterrestres.

Palatin : Aristocrate impérial descendant des humains libres qui se sont battus contre les Mericanii. Augmenté génétiquement, il a une espérance de vie de plusieurs siècles.

Pâle : Cielcin. Terme argotique considéré comme insultant par les xénobites.

Panthaï : Langue tavrosi développée par les populations d'origine thaïlandaise, laotienne et khmère installées dans la Volute, où on parle également nordei.

Parti : Gouvernement du Commonwealth lothrien constitué du Grand Conclave de Padmurak, des conclaves moins importants des autres planètes du Commonwealth et de diverses institutions.

Patricien : Plébéien ou ploutocrate ayant bénéficié d'augmentations génétiques à la demande d'un palatin en récompense de services rendus.

Pentaquarks : Classe de particules composées de cinq quarks, au contraire de la matière ordinaire, formée de particules à trois quarks. La matière haute est un matériau constitué de pentaquarks.

Phylactère : Ampoule dans laquelle sont conservés des échantillons génétiques, notamment à des fins de reproduction.

Pitrasnuk : Membre du Parti lothrien, en particulier ceux qui sont impliqués dans l'appareil d'État.

Plébéien : Roturier de l'Empire. Descendant des banques génétiques non altérées transportées à bord des premiers vaisseaux de colonisation. Un plébéien n'a pas le droit d'utiliser la technologie.

Posthumain : Terme désignant une personne tellement augmentée qu'on ne peut plus la qualifier d'humaine.

Préfecture : Dans l'Empire, district administratif dirigé par un archonte.

Préteur : Au sein de l'Inquisition de la Fondation, juge présidant un procès et délivrant un verdict.

Primat : Plus haute autorité religieuse d'un athenaeum. Équivalent d'un doyen d'université.

Principautés de Jadd : Nation composée de quatre-vingts anciennes provinces impériales s'étant révoltées pour recouvrer leurs droits de reproduction. Société de castes militariste.

Profonds : Micro-organismes peut-être artificiels et intelligents trouvés sur plusieurs mondes, capables de digérer et d'altérer d'autres formes de vie.

République durantine : République interstellaire comprenant trois mille mondes. Affiliée à l'Empire.

Répulseur : Dispositif utilisant l'effet de Royse pour permettre à des objets de flotter sans déranger l'air, ni l'environnement immédiat.

Rugyeh : Mot par lequel les Lothriens désignent les Cielcins. Littéralement « les autres ».

Sainte Fondation terrienne : Religion d'État de l'Empire. Bras armé de la justice, intervenant notamment lorsqu'il est question de technologies interdites.

Satrape : Gouverneur planétaire dans les Principautés de Jadd, subordonné à un des princes régionaux.

Scholiaste : Membre d'un ordre monastique de chercheurs, savants et théoriciens dont les origines remontent aux scientifiques mericanii capturés à la fin de la Guerre de la Fondation.

Shiomu : Mot cielcin signifiant « Prophète ». Titre donné à Syriani Dorayaica.

Siège : Un des trente-quatre hommes et femmes occupant le Banc du Grand Conclave lothrien. Techniquement, la place occupée par cette personne et non la personne elle-même.

Stochocratie de Tavros : Petit État dans la Volute. Radicalement ouverte à la technologie. Sa population participe à toutes les prises de décision via un implant neural.

Strategos : Amiral de la Légion impériale. Commandant d'une flotte et de plusieurs légions.

Stricture : Ensemble des règles gouvernant le style de vie et le comportement des scholiastes, tels qu'ils sont décrits dans le *Livre de l'esprit* et l'œuvre d'Imore.

Sulan : Prédateur originaire du monde d'origine des Cielcins.

Synarque : Premier ecclésiastique de la Fondation impériale. Sa première fonction est de couronner l'Empereur.

Synode : Collège d'archiprieurs présidé par le Synarque dirigeant la Sainte Fondation terrienne.

Tavrosi : N'importe laquelle des langues parlées dans la Stochocratie de Tavros. Souvent appelé nordei.

Télégraphe/TQ : Dispositif utilisant des particules quantiques intriquées pour communiquer instantanément sur de longues distances.

Terranique : Dans le domaine de la terraformation et de l'écologie, fait référence aux organismes originaires de la Vieille Terre. Non extraterrestre.

Trias : Unité de trois légionnaires, généralement deux peltastes et un hoplite.

Tribun : Officier de la Légion commandant une cohorte (il y a quatre cohortes par légion). Commande à la fois l'infanterie et les forces navales.

Trône solaire : Trône impérial. Parfois synonyme de la Présence ou de la Fonction impériale.

Umandh : Espèce originaire de la planète Emesh. Tripèdes amphibiens, ils possèdent une intelligence comparable à celle d'un dauphin.

Vaisseau-monde : Navire cielcin atteignant parfois la taille d'une lune et constituant le cœur de leurs flottes.

Vate : Prêcheur ou homme saint n'appartenant pas au clergé de la Fondation.

Vayadan : Dans la civilisation cielcine, concubin et garde du corps d'un *Aeta*.

Verrox : Puissante pseudo-amphétamine présente dans les feuilles de la verroca. On absorbe les feuilles – généralement confites – par voie orale.

Voiture terrestre : Automobile fonctionnant à l'énergie solaire ou grâce à une combustion interne.

Xénobite : Forme de vie n'étant pas d'origine terrestre ou humaine, surtout si cette forme de vie est considérée comme intelligente. Extraterrestre.

Xénologue : Scholiaste ou mage spécialisé dans l'étude des créatures intelligentes non humaines.

Yamato Interstellar : Compagnie industrielle interstellaire fondée par la Maison Yamato sur Nichibotsu.

Zuk : Prolétaire dans le Commonwealth lothrien.

Achevé d'imprimer en mars 2024
Par CPI Bussière à Saint-Amand-Montrond
N° d'impression : 2077084
Dépôt légal : avril 2024
Imprimé en France
2812163-1